アーサーとジョージ

Arthur & George

Julian Barnes

ジュリアン・バーンズ
真野 泰／山崎暁子＝訳

中央公論新社

目次

第一部　ふたつの始まり　5
第二部　終わりのある始まり　67
第三部　始まりのある終わり　283
第四部　ふたつの終わり　437
著者あとがき　484
訳者あとがき　487

アーサーとジョージ

――ＰＫに

第一部　ふたつの始まり

アーサー

子供は見たがるものだ。だからいつもこんなふうに始まるし、そのときもこんなふうに始まった。子供が見たがったのだ。

その男の子はもう歩けたし、ドアの取っ手に手も届いた。およそ意図と呼べるような考えがあってしたことではなかった。幼児らしく、本能に従って歩き回っていただけだった。押してくれと言わんばかりのドアがそこにあり、だから男の子は中に入り、立ち止まり、見た。男の子のことを見ている者はおらず、男の子は回れ右をして、外に出て、出てからドアを注意深く閉めた。

そこで目にしたものが男の子の最初の記憶となった。小さな男の子、部屋、ベッド、午後の光の漏れ入る閉じられたカーテン。のちにこの記憶を活字にするに至ったとき、六十年が経っていた。最終的に用いた平明な言葉に落ち着くまでに、繰り返し、繰り返し、いくたび心の中で語ったことだろう。時を経ても、きっとその日と同じくらい鮮明に見えていたに違いない。ドアが、部屋が、光が、ベッドが、そしてベッドの上にあったもの――「白くて蠟《ろう》のようなもの」――が。

小さな男の子と死体。このような出会いは当時のエジンバラではさほど稀ではなかったはずだ。死亡率は高く住宅は手狭だったから、幼いうちに死に接することが多かった。この家庭はカトリックで、死体はアーサーの祖母、キャサリン・パックという人のそれだった。ドアは故意に少し開けてあったのかもしれない。死の恐ろしさを子供に印象づけたいとか、あるいはもっと楽観的に、死を恐れる必要のないことを教えたいとか、そんな思惑があったのかもしれない。祖母の魂は紛れもなく天国へ飛んでいったのであり、あとに残されたのは身体という抜け殻に過ぎない。あの子が見たがっている？　ならば見せてやれ。

カーテンの引かれた部屋での出会い。小さな男の子と死体。記憶を獲得したことにより、物であることをたった今やめた孫と、その子が発達させつつある諸々の属性を失ったことにより、物の状態に戻った祖母と。小さな男の子は目を瞠《みは》り、そして半世紀以上ののち、大人になった男の子はまだ目を瞠っていた。いったい「物」とは結局のところ何なのか、いや、より正確に言えば、あの途轍《とてつ》もない変化が生じ、あとに「物」だけが残されるとき、いったい何が起こるのか――ゆくゆくこれがアーサーにとって最重要の関心事となる。

ジョージ

ジョージには最初の記憶というものがなく、そんな記憶のあるのが普通なのでは、と人から言われる頃にはもう手遅れになっている。ほかのすべての記憶に明らかに先行する記憶というものがない――体をすくい上げられるところにしろ、抱かれているところにしろ、笑われているところにしろ、折檻《せっかん》されているところにしろ。かつて自分は一人っ子だったという意識はあるし、それが今はホレスもいることは分かっている。しかし、迷惑にも弟というものに引き合わされた初回の感覚、つまり楽園からの追放は覚えていない。視覚の面でも、嗅覚の面でも最初がない――香水の薫る母にしろ、消毒薬臭いメイドにしろ。

ジョージは内気で真面目で、ひとの期待を鋭く察知する。ときどき、自分は両親を失望させているのではないかと思う。孝行息子なら、大切に育ててもらったことは最初の最初から覚えているはずだ。しかし、この面で不甲斐ないジョージを両親は咎《とが》めない。また、ほかの子供なら、足りないものを補って、優しく微笑みかけてくる母の顔や、逞しく抱え上げてくれる父の腕を、記憶の中に強引に創り上げたかもしれないが、ジョージはそれをしない。そもそも想像力に欠けているからだ。もっとも、生まれつき恵まれなかったのか、それともあるにはあった想像力が、親のした何かのせいでその成長を阻害されたのかは、この時点では未開拓の、心理の科学の一部門に委ねられるべき問題である。いずれにせよ、ジョージには、ひとの創作、例えばノアの方舟やダビデとゴリアテ、東方の三博士の旅といった物語を理解する能力は十全に備わっているものの、みずから創作する力はないに等しい。

だからといって恥ずかしいとは思わない。両親もそれを息子の欠点とは見なしていないからだ。村の子供について「想像力逞しい」と両親が言うとき、それは明らかに非難の言葉である。非難の度合いがさらに大きくなるほうに進むと「ほら吹き」と「ごまかし屋」がある。断然いけないのは「大嘘つき」の子供で、この手合いとは何としても関わりを持ってはならない。しかし、ジョージ自身は、本当のことを言いなさいと説かれることはない。それでは説くことが必要な子だということになってしまう。話は甚だ簡単なのだ——ジョージは当然に本当のことを言うのであり、何となれば司祭館で暮らす者に選択の余地はないからだ。

〈われは道なり、真理なり、生命なり〉ジョージはこの言葉を父の口から何度も聞かされることになる。道《ウェイ》、真理《トゥルース》、生命《ライフ》。真実《トゥルース》を語り続けて人生《ライフ》の道《ウェイ》を歩む。聖書の言っていることとはいささか違うと分かってはいても、成長期のジョージにはこの言葉がそんなふうに聞こえてしまう。

アーサー

アーサーの場合は家と教会との間に普通の距離があったけれども、それぞれが霊に——物語と教訓とに——満ちた場所だった。一週間に一度出かけ、ひざまずいて祈る冷たい石の教会には、神とイエス・キリストと十二使徒とがいて、十戒と七つの大罪とがあった。すべてがじつに整然としていて、讃美歌や祈禱文や聖書の章節のように、必ずきれいに並べられ、番号をふられていた。

そこで教わることこそ真実であると頭では理解していたが、アーサーの想像力が好むのは、それと並行して家で聴く別の話のほうだった。母の物語もまた、やはり遥かに遠い時代を舞台とし、やはり善悪の区別を教える意図をもって語られた。大抵母は台所のかまどの前に立ち、片手で粥《ポリッジ》をかき混ぜながら、もう片手で髪の毛を耳の後ろに掻《か》き上げることを繰り返していた。今か今かと待っていると、やがて母はかき混ぜていた棒で鍋の縁をとんと叩き、そしてひと呼吸置いてから、微笑をたたえた丸い顔をアーサーに向けてくる。それから母の灰色の目がアーサーをしっかりとつかまえて、一方母の声は宙に曲線を描いて動きだす。急上昇して急下降して、しかしそのうち速度が落ちてきて、もう少しで止まりそうになる。そのとき話はアーサーが居ても立ってもいられなくなる局面、すなわち強烈な苦痛あるいは歓喜が、主人公ばかりか聴き手をも待ち受ける局面に差しかかっている。

「そして騎士は、のたくる蛇でいっぱいの穴の上に吊るされました。蛇がしゅーしゅーいいながら、くねくねと長い体を巻きつけているのは、これまでの犠牲者たちの白くなりかかった骨に違いありません……」

「そして腹黒い悪漢は、恐ろしい罵りの言葉を吐くやいなや、ブーツに仕込んであった短剣を抜き、身を守るすべもない少年にじりじりと……」

「そして乙女は髪からピンを抜き、すると金髪は窓からこぼれ、下へ下へ城の壁を撫でていき、ついに王子の立つ青々とした草地に触れんばかりのところまで……」

　アーサーは元気旺盛な利かん坊で、めったにじっと座ってなどいなかった。けれども、ひとたび〈かあさま〉が粥の棒を持ち上げると、魔法にかかったように静かになった——まるで母の話に出てくる悪漢が、アーサーの食べ物にそっと秘密の薬草を入れておいたかのように。すると騎士たち、騎士の愛する貴婦人たちが、ちっぽけな台所いっぱいに動きだす。決闘が申し込まれ、探し求めていた宝が奇跡的に発見される。甲冑《かっちゅう》はがちゃがちゃ、鎖帷子《くさりかたびら》はざらざら音を立て、名誉は必ず守られる。

　これらの話は、両親のベッドの脇にある古い木製の大箱と繫がっていた。その繫がり方を最初アーサーは理解できなかったが、大箱には家系に関する文書が納まっていた。それはいささか趣を異にする、むしろ学校の宿題に近い種類の話であり、例えばブルターニュ公爵家のこと、ノーサンバーランドのパーシー家のアイルランド分家のこと、ワーテルローの戦いでパック旅団の指揮をとった、そしてアーサーが忘れることのできない「白くて蠟のようなもの」の伯父にあたる人のことだった。そしてそれら諸々と繫がって、母から個人教授された紋章学がある。かあさまは台所の食器棚から大きな厚紙を数枚引っぱりだす。ロンドンに住むアーサーの伯父の一人が図柄を描き、色を塗ったものだった。母は紋章をいくつか解説すると、今度はあなたの番よと指示をする。「この楯形《たてがた》紋章を説明してごらん！」そしてアーサーは掛け算の九九のときみたいに答えなければならないのだ。山形帯《シェブロン》に星形《エストワール》、拍車《マレット》、五つ葉《サンクフォイル》、白銀月《クレッセント・アージェント》などなど、きらめく構成要素の数々を。

　教会で覚えた十戒に加え、アーサーは家でもいくつかの戒律を教わった。「強き者を恐れず、弱き者に高ぶらず」がひとつ。それから「貴賤すべての女性に騎士的であれ」かあさまから直接に与えられたぶん、アーサーにはこのふたつの戒律のほうが大切に感じられた。またこのふたつは実践が必要な戒律でもあった。実践の求められる状況が目の前にあったのだ。住まいのフラットは狭く、金は不足がち、母は過労で、父は当てにならなかった。随分と早い時期にアーサーは子供ながらに誓いを立てた。そして立てた誓いは断じて破ってはならないことを知っていた。「かあさまが年をとったときにはね、ベルベットの服を着て、金縁の眼鏡をかけて、暖炉の前でゆっくり座っていられるようにするからね」その物語の始まりも——今そこに自分は立っている——、めでたしめでたしの結びも、アーサーにはすでに見えていた。ただそのあいだが、目下のところ欠けていた。

そこで手がかりを、いちばん好きな作家であるメイン・リード大尉に求めた。『ライフルレーンジャー部隊——南メキシコにおける一将校の冒険』に当たってみる。『若き航海者たち』と『戦いの道』と『首なし騎手』を読む。アーサーの頭の中で、鎖帷子に身を固めた騎士やパック旅団の歩兵たちと水牛やアメリカインディアンたちとが入り乱れはじめた。メイン・リードでいちばん好きだったのは『頭皮を狩る人々——南メキシコにおける浪漫的冒険』である。どうすればベルベットの服や金縁の眼鏡が手に入るのかはまだ分からなかったが、どうやら危険を冒してメキシコへ旅することになりそうだと思うのだった。

ジョージ

週に一度、ジョージは母に連れられて大伯父コンプソンを訪ねる。大伯父の住まいは遠くない。それより先へ行くことを両親から禁じられている花崗岩を低く並べた仕切りの向こう側だ。毎週、水差しの花を替えに行くのである。グレート・ワーリーは二十六年のあいだコンプソン伯父さんの預かる教区だったけれども、今では伯父さんの魂は天国にあり、体だけが教会墓地に残っている。そんなことを説明しながら、母は萎びた茎を取り出し、嫌な臭いのする水を捨て、切りたてのみずみずしい花を挿してやる。ときどき許されて、ジョージもきれいな水を注ぐ手伝いをする。人の死を過度に悼むことはキリスト教精神に反すると母は教えるが、これはジョージには理解できない。

大伯父が天国に旅立ったあと、その職を父が引き継いだ。ある年に父は母と結婚し、翌年に父は自分の教区を持ち、その翌年にジョージが生まれたのだ。これがジョージの聞かされてきた物語であり、それは明快で真実で幸福で、世の中万事かくあれかしと願いたくなるほどだ。

まず母がいて、母はジョージの生活の内に常にあり、字を教えてくれ、おやすみのキスをしてくれる。それから父がいて、でも父は家を留守にすることが多く、それは年寄りや病人を見舞っていたり、説教の原稿を書いていたり、説教壇に立っていたりするからだ。そして司祭館があり、教会があり、母の教える日曜学校の建物があり、庭があり、猫がいて、鶏がいて、司祭館から教会に行くときに横切る草地があり、教会墓地がある。これがジョージの世界であり、この世界をジョージはよく知っている。

司祭館の中はすべてが静かである。そこにあるのは祈り、本、針仕事。叫んではならない、走ってはならない、粗相してはならない。暖炉の火はときにやかましく、ナイフとフォークもきちんと持たないとやかましい。弟のホレスが生まれてくると、これもまたやかましい。しかしこれらの例外を別にすれば、ここは静かな、信頼するに足る世界である。これに対して、司祭館の外の世界は、予想もつかない音と予想もつかない出来事に溢れているように思われる。四つのとき、田舎道の散歩に連れ出され、これが牛さんよと教えられる。ジョージを不安にさせるのは、この動物の図体の大きさでもなければ、ちょうど視線の先で揺れている膨れた乳房でもない。それはこの得体の知れないものが格別の理由もなく発するしわがれた鳴き声である。ひどく機嫌が悪いとしか考えられない。ジョージはわっと泣きだし、父は牛を棒切れで叩いて懲らしめる。するとこの動物は横を向き、尾を振りあげ、粗相する。この噴出を目の当たりにしてジョージは立ちすくむ——それが草地に落ちるときのばしゃばしゃいう奇妙な音、それまで制御されていたものが突然ふっと制御されなくなる一瞬の変化。しかし母の手が引っぱるので、それ以上は眺めていられない。

司祭館の塀の外の世界に対して不審の念を抱くのは、何も牛のせいばかりではない。馬や羊、豚といった牛の多くの仲間たちのせいばかりでもない。外の世界に関して耳にする大抵のことがジョージを心配させる。そこには年老いた人や病気の人、貧しい人がいっぱいいて、外から帰ってきたときの父の態度や声のひそめ方から判断すると、そのいずれもが、そうならないほうがよいものらしい。それから炭坑寡婦《ピット・ウィドウ》と呼ばれる人たちもいて、これが何のことかジョージには理解できない。塀の向こう側にはごまかし屋の少年たちがいて、さらには大嘘つきまでいるらしい。近くにはまた採炭場と呼ばれるものもあり、そこは暖炉で使う石炭のとれるところだ。石炭はあまり好きでないような気がする。嫌な臭いがするし、粉が飛ぶし、火かき棒でかき回すとやかましいし、それに石炭の炎には近づいてはいけないと言われている。石炭をうちに運んでくるのは、後ろが背中まで垂れている革のヘルメットをかぶった大きくて荒々しい男たちだし。外の世界が訪ねてきて玄関ドアのノッカーを鳴らすとき、ジョージはいつも飛び上がる。あれこれ考え合わせると、ここに、つまりうちに、母と、弟のホレスと、生まれたばかりの妹モードと一緒にいたほうがよさそうだ。大伯父コンプソンのいる天国に、いよいよ自分も行くことになるまでずっと。しかし、どうやらそれは許されそうもないと思っている。

アーサー

引っ越しばかりしている家だった——アーサーが生まれてからの十年に六度。越すたびにフラットは小さくなる気がしたが、家族は増えていった。アーサーのほかに姉のアネット、妹のロティとコニー、弟のイネスがいて、のちにはさらに二人の妹、アイダ、そしてドードーという愛称で呼ばれることになるジュリアが生まれる。父は子供をもうけることに有能で、ほかにすぐに死んでしまった子も二人いたが、もうけた子供を養うことにはさほど有能でなかった。かあさまが年老いたとき、快適な生活に必要な品々をこの父に整えられるはずがないと早い時期に悟ったアーサーは、ならば自分が用意するぞと決意をいよいよ固くした。

ブルターニュ公爵家との繫がりはさておき、父は芸術家を多く出す家系に生まれた。才能と繊細な宗教的直観に恵まれたが、神経過敏で体も強健ではなかった。ロンドンからエジンバラに移ってきたのが十九歳のとき。スコットランド土木庁の測量技師補となり、この面倒見はいいがとかく荒っぽい飲酒過多の世界にまだうぶな年齢で放り込まれた。土木庁で出世することはなく、それはジョージ・ウォーターマン＆サンズという石版印刷の会社でも同じことだった。心優しい落伍者で、その柔らかな顔をふさふさした柔らかなひげが覆っていた。みずからの務めを遠くに眺め、すでに人生において道を見失っていた。

暴力を振るったり、喧嘩をしたりする人間ではなかった。涙もろくて、金離れがよく、自己憐憫に浸るのが好きな飲んだくれであった。馬車に乗せられ、ひげによだれを垂らしての帰館も多く、金を払ってもらわなくては困ると繰り返す御者の声で子供たちは目を覚ました。翌朝になるとめそめそして、俺は心から愛する家族を養うこともできない碌でなしだといつまでも嘆くのだった。後年、アーサーは寄宿学校に入れられる。一段と亢進した父親の堕落ぶりを見せるよりは、という配慮からだった。しかし、それまでに目にしたことだけで十分、男子たるもの何をなしうるか、また何をなすべきかについて形成されつつあったアーサーの見解の正しさは裏付けられた。母に聞かされた騎士と愛の物語に、大酒飲みの挿絵画家など出番はないのである。

アーサーの父は水彩画家であり、作品を売って生活費の足しにすることをいつも目論んでいた。しかし生来の気前のよさが常に邪魔をした。誰彼なしに絵をただで進呈し、金を受け取っても数ペンスがせいぜいだったのである。絵の題材はときにおどろおどろしく、また持って生まれたユーモアのセンスを示すことも少なくなかった。しかし本人が最も好んで描き、またそれを描くことによって最もよく人々に記憶されたのは妖精であった。

ジョージ

ジョージは村の学校に上がる。よく糊のきいたカラーをつけ、カラーの飾りボタンを隠すために蝶ネクタイをゆるく締める。蝶ネクタイのすぐ下までボタンのかかるチョッキに、位置の高い下襟《ラペル》がほとんど水平に近く左右に開いている上着。ほかの男の子たちはそこまできちんとしていない――粗末な手編みのセーターや兄からのお下がりで体に合わない上着を着ている者もいる。糊をきかせたカラーをつけている者なら少しはいるが、ジョージのようにネクタイを締めているのはハリー・チャールズワースだけである。

すでに文字を母から教わり、簡単な計算を父から教わっている。最初の一週間、なんとなく教室の後ろに座ることになる。金曜日に試験が行われ、その成績によって席替えが行われる予定である――頭のよい子は前に、悪い子は後ろに座らされる。進歩上達のご褒美は先生に近い席に移ること、すなわち教えの座に、知識に、真理に近づくことである。先生というのはボストック先生。ツイードの上着の下に毛のチョッキを着込み、シャツの襟の両端をネクタイの下で金のピンでもって留めている。先生は茶色のフェルト帽を常時持ち歩き、授業中も机の上に置いておく。目を離したが最後、足が生えて逃げていくとでも思っているみたいだ。

授業の合間の休憩時、男の子たちは庭と呼ばれる場所に出ていくが、そこは遠く採炭場のほうまで続く広々とした畑を見渡すことのできる踏み荒らされた草地に過ぎない。すでにお互いを知っている男の子たちは途端に喧嘩を始める。ほかにすることもないからだ。男の子同士の喧嘩を見るのはジョージにはこれが初めてである。眺めていると、乱暴者の一人、シド・ヘンショーが寄ってきて目の前に立つ。ヘンショーは両手の小指で口の両端を引っぱりながら、親指を使って左右の耳を前へぱたぱたさせ、猿のような顔をしてみせる。

「はじめまして。ジョージといいます」と、教えられているとおりに言う。しかしヘンショーは喉をごぼごぼいわせ、耳をぱたぱたさせ続けるばかりである。

子供たちの何人かは農夫の子で、牛の臭いがするとジョージは思う。炭坑夫の息子たちもいて、話す言葉が違う気がする。ジョージは級友の名前を覚える——シド・ヘンショー、アーサー・アラム、ハリー・ボウム、ホレス・ナイトン、ハリー・チャールズワース、ウォリー・シャープ、ジョン・ハリマン、アルバート・イエイツ……。

お前にも友だちができる、と父は言うが、どうしたらできるのかジョージには分からない。ある朝、庭でウォリー・シャープが後ろから近づいてきて、こう囁く。

「変なやつ」

ジョージは振り向き、「はじめまして。ジョージといいます」と同じことを言う。

第一週の最後にボストック先生は読み方、綴り、算術の試験をする。結果は月曜の朝に発表され、いよいよ席替えとなる。ジョージは目の前に広げた本を読むのはよくできるが、綴りと算術はがっかりする結果に終わり、そのまま教室の後ろにいなさいと言い渡される。次の金曜も、そのまた次の金曜も、同じことである。気がつくと周りは、どこに座らされようが気にしない、それどころかボストック先生から離れれば離れるほど有利、悪さがしやすくてよいと考える農夫や炭坑夫の子ばかりである。ジョージは道と真理と生命からじわりじわりと遠ざけられていく気がする。

ボストック先生が白墨で黒板をトンと突く。「**これ**足すこれ（トン）はいくつ（トン、トン）だね、ジョージ」

頭の中全体がぼうっと霞み、そこでジョージは当てずっぽうに答える。「十二です」とか、「七と二分の一です」とか。前に座っている子たちが笑い声を上げ、それによって間違いであることを知った農夫の子たちがあとから一緒になって笑う。

ボストック先生は溜息をつき、首を振り、ハリー・チャールズワースを指す。ハリーは常に最前列にいて、いつも手を挙げている。

「八です」とか「十三と四分の一です」とかハリーは答え、するとボストック先生はジョージのほうに顔を向ける。おのれの馬鹿さ加減が分かったかとでも言うように。

ある日の午後、司祭館への帰り道にジョージは粗相する。母に服を脱がされ、浴槽の中に立たされ、ごしごし洗われ、また服を着せられ、父のところに連れていかれる。しかし、じきに七歳になる自分がなぜおむつの取れない赤ん坊のような真似をしてしまったのか、父に説明することができない。

同じことが再び、そして三度起こる。そんな息子を両親は懲らしめはしないが、学校では劣等生で下校時には赤ん坊となる第一子に対する両親の紛れもない失望くらいにつらい罰はほかにない。両親は本人の頭越しに話し合う。

「これが神経質なのはお前に似たのだな、シャーロット」

「とにかく、歯の生える時期だからというのでないことだけは確かです」

「寒さのせいでもない。まだ九月だ」

「消化に悪いものを食べたのでもありませんよ。ホレスは何ともありませんから」

「ほかに何があるかな」

「あと、原因として本に挙がっているのは、恐怖心くらいです」

「ジョージ、お前、何か怖いものがあるか」

ジョージは父のことを見る。光沢のある聖職者カラー《クレリカル》、その上に載った幅の広い微笑まない顔、往々にして理解不能な真理を聖マルコ教会の説教壇から語る口、真実を言えと今も迫ってくる黒い目を見る。何と答えればいいのだろう。ウォリー・シャープとシド・ヘンショーとほかにも何人か怖いのがいる。でも、それを言えば告げ口になる。どちらにしろ、いちばん恐ろしいのはそれじゃない。ジョージはようやく答える。「自分が馬鹿なのが怖いです」

「ジョージ」と父は応じる。「お前が馬鹿でないことは分かっている。お母さんとお父さんはお前に字と計算を教えたのだからな。お前は頭のいい子だ。家ではちゃんと計算できるのに、学校だと駄目だね。なぜなのか説明できるかな」

「いいえ」

「ボストック先生は教え方が違うのか」

「いいえ、お父さん」

「あきらめてしまうのか」

「いいえ、お父さん。帳面だとできるんですけれど、黒板だとできないんです」

「シャーロット、この子をバーミンガムに連れていったほうがよさそうだ」

アーサー

アーサーには伯父が何人かおり、弟の堕落に心を痛め、その一家を不憫に思っていた。伯父たちの解決策は、アーサーをイングランドにあるイエズス会の寄宿学校にやることだった。九歳のアーサーはエジンバラで汽車に乗せられ、プレストンまで泣き通した。以後の七年はストーニーハースト校で過ごすことになり、わずかに毎夏六週だけ、かあさまの待つ、そして父は留守がちの家に帰った。

ストーニーハーストはもともとオランダから渡ってきたイエズス会士たちが開いた学校であり、教育課程も懲罰方法もオランダから持ち込まれたものだった。課程は七級、すなわち初歩、文彩、原理、文法、構文、詩学、修辞からなり、各級に一年が当てられた。要するに、パブリックスクールでお定まりの幾何と代数と古典語からなる課程であり、そこに含まれる真理は力強い打擲《ちょうちゃく》によって叩き込まれた。用いられた道具——大きさといい厚さといい靴の底革にそっくりの一枚のゴム——もまたオランダから渡ってきたもので、〈トリー〉の名で通っていた。これがイエズス会ならではの容赦なさで振り下ろされるから、ただのひと打ちで手のひらは腫れ上がり色が変わる。上級学年の生徒の場合、罰は通例左右の手を九回ずつ打つことになっていた。この罰を受けるとドアノブが満足に回せなくなり、打たれた部屋を出るのがひと苦労だった。

アーサーが聞かされた説明では、トリーという名はラテン語の駄洒落に由来するとのことだった。フェーロ、私は耐えます。不規則動詞フェーロは、フェルレ、トゥリ、ラートゥムと変化する。トゥリ、私は耐えたところです。トリーをトゥリ、私は耐えたところです、というわけさ。

　ユーモアもまた体罰と同様に乱暴だった。アーサーは将来の希望を尋ねられ、土木技師《シヴィル・エンジニア》を考えていますと正直に答えたことがある。

「ふん、技師にはなれるかもしれんが」と司祭は応じた。「しかし、お前が礼儀正し《シヴィル》い技師になれるとは到底思えんな」

　アーサーは柄の大きな元気溢れる若者に成長し、慰めを図書室に、幸せをクリケット場に見出した。週に一度、生徒たちは親元に手紙を書くことを課され、これもまた懲罰のひとつと見なす者がほとんどの中で、これをアーサーは褒賞《ほうしょう》ととらえた。それを書く時間には、母に向かって洗いざらい打ち明けた。無論、神はおり、イエス・キリストもおり、聖書もあり、イエズス会士たちもおり、トリーもあったが、アーサーが最も信頼し一身を委ねた権威は、小柄ながら犯し難い威厳を備えた〈かあさま〉であった。かあさまは下着から地獄の業火にいたるまで、あらゆる事柄に通暁していた。「肌にじかに着けるものはフランネルになさい。それから、神による永遠の断罪などという話を信じてはいけません」と忠告してくれるのだ。

　かあさまはまた、これは意図したことではなかったが、人気者になる方法も教えてくれていた。早い時期から、アーサーは同級生たちに騎士道とロマンスの物語を話して聞かせるようになったのだ。かつてアーサー自身、持ち上げられた粥の棒を見上げて聞いた話の数々である。折角の半ドンに雨が降ると、アーサーが机の上に立ち、聴衆はそれを囲んでしゃがみ込む。かあさまの巧みな話しぶりを覚えていたアーサーは、自信をもって声を落とし、話を引き伸ばし、身をよじりたくなるほどのきわどい場面で、続きはまた明日と約束して切り上げる。体が大きく、いつも腹を空かせていたから、お話ひとつにつき基本料としてパイ菓子ひとつを申し受けた。しかし、ときに、胸の高鳴る危機一髪のところでぴたりと口をつぐみ、りんごひとつを頂戴しなければどうしても再開しないこともあった。

　かくして、アーサーは語りと見返りとの本質的関係を知るに至ったのである。

ジョージ

幼い子供に眼鏡は勧められないと眼科医は言う。お子さんの目が歳月をかけて自己調整するのを待つのがよいのです、と言う。ですから、学校の席を前に移してもらってください。ジョージは農夫の子たちを後ろに残し、毎試験一番で通しているハリー・チャールズワースの横に座ることになる。これによって学校がわけの分からないものでなくなった。ボストック先生の白墨がどこを突いているのか見えるようになり、二度と帰り道に粗相しなくなる。

相変わらずシド・ヘンショーは猿の顔をして見せるが、ジョージは気にしない。シド・ヘンショーは牛臭い馬鹿な農夫の子に過ぎず、きっと牛の綴りも知らないだろう。ある日、庭で突進してきたヘンショーが肩でジョージをはじき飛ばし、まだよろけているジョージの蝶ネクタイをむしり取って逃げていく。笑い声が聞こえてくる。教室に戻ると、ボストック先生から、ネクタイはどこにいったのかねと尋ねられる。

ここでジョージは難問にぶつかる。級友が叱られるようなことを言うのがいけないのは知っている。しかし、嘘をつくのはもっといけないことも知っている。この点についてお父さんの考えはとてもはっきりしている。嘘をつき始めたが最後、あとは自然と罪に罪を重ねることになって止まらなくなる。止まるのは、ある日、首吊り役人の手で首にするりとロープを巻かれるそのときだ。そこまでは誰も言わなかったが、そうジョージは理解したのである。だからボストック先生に嘘をつくわけにはいかない。何か逃げ道はないかと考え――そう考えること自体がすでに悪いこと、嘘の始まり、なのかもしれない――、結局はありのままを答える。

「シド・ヘンショーがぶつかってきて、取りました」

ボストック先生はヘンショーの髪をつかんで外に連れ出し、ヘンショーが泣き叫びだすまで打ち据え、ジョージのネクタイを持って戻ってくると、生徒たちに向かって盗みについて説教する。学校が引けるとウォリー・シャープがジョージの行く手に立ちふさがり、避けて通ろうとするジョージに向かって言う。

「変なやつ」

ジョージは友だち候補からウォリー・シャープを外す。

ジョージは自分にないものを不足と感じない性質であ

る。一家は近所付き合いをしないのだが、近所付き合いとは具体的にどうすることなのか、ジョージには想像がつかない。一家が付き合おうとしないのか、付き合えないのか、その理由ともなれば、なおのこと分からない。ジョージ自身、ほかの子の家に遊びにいくことは絶えてなく、だからよそで物事がどんなふうに行われているのか見当もつかない。ジョージの生活は自己完結している。ジョージは金を与えられないが、金が必要でもなく、拝金こそ諸悪の根源と聞いてはますます用がない。玩具も持たないが、なくて寂しいとも思わない。各種の遊戯に必要な技能と視力とを欠いているから、石蹴りでけんけんをしたこともなく、ボールを投げてよこされれば腰が引ける。兄弟仲良くホレスと、また静かにモードと、さらに静かに雌鶏たちと、遊べればジョージは満足である。

大抵の子に友だちがいるのはジョージも知っている――聖書のダビデにはヨナタンがいるし、学校ではハリー・ボウムとアーサー・アラムが庭の隅で額を合わせ、ポケットからいろいろ出して見せ合っていた。しかし、ジョージ自身にはそういうことが起きてくれない。こちらから何かしなくてはいけないのか、それとも相手のほうが何かしてきてくれるものなのか。どちらにしろ、ボストック先生には気に入られたいけれど、後ろに座っている子たちに気に入られたいとは特別思わない。

毎月最初の日曜にお茶にくる大叔母のストーナム叔母さんがやってきて、やかましい音を立てて受け皿の上でカップを動かして、皺だらけの口を開き、どんなお友だちがいるの、とジョージに訊く。

「ハリー・チャールズワースがいます」とジョージの返事は決まっている。「席が隣なんです」

三度目にも同じ返事をすると、叔母さんはやかましい音を立ててカップを受け皿に戻し、眉を寄せて訊く。「ほかにはいないの」

「ほかはただの臭い農夫の子なんです」とジョージは答える。

ストーナム叔母さんが父の顔を見たその目付きから、ジョージは自分が言ってはいけないことを言ったらしいと知る。夕食の前に書斎に呼ばれる。父は机の向こうに立っていて、その背後には信仰をめぐる権威ある書物がびっしりと並んでいる。

「ジョージ、お前いくつになる」

よく父はこの問いから会話を始める。答えはすでに二人とも知っているのだが、それでもジョージは答えなくてはならない。

「七つです、お父さん」

「七つともなれば、ある程度は知恵と分別が備わっていてよいはずだ。そこでひとつ訊くがな、ジョージ。神の目から見てだ、農夫の子たちよりお前のほうが大事な存在なのかね」

正しい答えが「いいえ」であることは分かるのだが、そう即答したくない。だって司祭館に住み、父が司祭であり、大伯父もまた司祭であった子のほうが、神様にとって大事だろう。教会に行ったこともなくて、頭が悪くて、そのうえ残酷な、ハリー・ボウムのような子なんかよりも。

「いいえ」とジョージは答える。

「ではなぜ、農夫の子たちのことを、臭いと言うのかね」

今度は正しい答えが何であるのか、ちょっと分かりづらい。ジョージはじっくりと考える。正しい答えとは正直な答えである、これまでそう教わってきた。

「臭うからです、お父さん」

父は溜息をつく。「臭うとしてだ、ジョージ。なぜ、そうなったのだ」

「なぜ、どうなったんですか、お父さん」

「臭うようにだ」

「それは風呂に入らないからです」

「いや、ジョージ。臭うとしてだ、それは貧しいからだ。うちは幸いにして石鹸を買うだけの余裕がある。新しい下着も買える。浴室もある。畜生のすぐ近くで寝起きする必要もない。あの人たちは〈地のへりくだる者〉たちなのだ。そこで尋ねるがな、どちらを神は深く愛されるかね。地のへりくだる者たちかね、それとも誤った自尊心に満ちた者たちかね」

今度のほうが易しい問いである。その答えにジョージ自身は格別に賛成というわけではないにしても。「地のへりくだる者たちです、お父さん」

「さいわいなるかな、柔和なる者、だ。聖書の文句は知っているな、ジョージ」

「はい、お父さん」

しかし、ジョージは心のどこかでこの結論に素直に従えない。ハリー・ボウムとアーサー・アラムが柔和であるとは思えない。また、被造物のために神がお定めになった御旨《みむね》の一環として、ハリー・ボウムとアーサー・アラムが地を嗣《つ》いでしまうとも信じられない。そのような事態はジョージの正義の観念と相容れない。何と言われても、農場の、ただの臭い子たちに過ぎない。

アーサー

ご子息の授業料を免除いたしましょう、とストーニーハースト校から申し出があった。ただし聖職を目指して勉強する覚悟を決めてほしい、という条件つきである。かあさまは応じなかった。アーサーには覇気があり、人の上に立つだけの器量も十分にあり、だからこそ早くも、ゆくゆくはクリケットのイングランド代表の主将と目されている。しかし、かあさまは、自分の産んだどの子にしろ、人々の信仰生活の指導者となったところを想像することはできなかった。アーサー本人も、清貧と従順の生涯を送ることを誓ったならば、金縁の眼鏡とベルベットの服、暖炉の前の指定席を供するという約束を果たせなくなること必定と心得ていた。

アーサーの見るところ、イエズス会士たちは悪い人たちではなかった。人間は生来が意志薄弱であるという思想であり、そのような不信をアーサーはもっともであると考えた――自分の父親を思い出しさえすればよかったのである。そして罪深い習慣は年少のうちに始まることもイエズス会士たちは理解していた。少年たちだけでいることを断じて許さず、散歩には必ず教師が同行し、夜には共同の寝室から寝室へと幽霊のような影が巡回した。常時の監視は自尊と自助の精神を蝕んだかもしれないが、他校で蔓延していた獣性むきだしの不品行は最小限に抑えられた。

神が存在すること、魔が差して罪を犯すことが自分たちにはあること、神父たちがトリーで自分たちの手を打つのは正しいことをアーサーは全体としては疑わなかった。しかし信仰箇条の個別の条項については、友人のパートリッジとこっそりと議論した。パートリッジには脱帽させられたことがある。セカンド・スリップの位置についていたパートリッジが弾き返されたアーサー渾身の速球を見事にキャッチし、目にも留まらぬ早業でボールをポケットに隠して後ろを振り向き、転々とバウンダリーへ向かうボールを目で追うふりをしたのである。パートリッジは仲間をかつぐのが好きだった。それもクリケット場に限らなかった。

「君は気づいてるかい。無原罪懐胎の教義が信仰箇条に加えられたのは、ごく最近の一八五四年のことなんだぜ」

「言われてみれば、いささか遅きに失した感があるかもな、パートリッジ」

「考えてもみろ。この教義について教会は何世紀にもわたって討議を重ね、そのあいだはずっと、無原罪懐胎を否定したって異端でも何でもなかったわけだ。それが突然、異端ということになってしまった」

「ふーむ」

「いったいなぜ、そんな大昔のことについてだよ、ローマ教会は決める必要があるんだ。マリアの生物学上の父親の、その件への貢献度を小さくしてやれだなんて」

「おいおい、少し言い過ぎだろう」

しかし、パートリッジはすでに、ほんの五年前に宣言されたばかりの教皇不可謬《ふかびゅう》性の教義について論じはじめていた。なぜ、過去数世紀の教皇たちは全員が可謬であると暗に仄めかしつつだよ、現在及び未来の教皇たちは全員がその反対だなんて宣言を出す必要があるんだい、と。ほんとになぜだろうね、とアーサーが相槌を打つ。

なぜならばだ、とパートリッジが答える。それが神学の進歩というよりは教会政治の問題だったからだ。影響力のあるイエズス会士がローマ教皇庁の上のほうにいたことと大いに関係がある。

「君は悪魔の手先だな」ときどきアーサーはそう応じることがあった。

「その逆でね。僕はこんなふうにして君の信仰心を強化しているのさ。教会の内にあって自分たちの頭で考える、これこそ真の従順の道なんだ。教会はみずからが存亡の危機に立ったと見るや、対応策として決まって統制を厳しくする。これは短期的には有効でも、長期的には駄目だ。トリーみたいなものさ。今日、手を打たれれば、明日や明後日に違反を繰り返しはしない。しかし、トリーの記憶があるから死ぬまで違反しないと考えるのは馬鹿げてる。違うかい」

「そうでもないさ。実際効果をあげてるんだ」

「しかし、あと一、二年すれば僕らはこともおさらばだ。トリーはもう存在しなくなる。宗教上、また法律上の罪を犯したくなる誘惑に、合理的な議論によって打ち勝つ力を身につける必要がある。身体的苦痛を恐れる気持ちによってではなくてね」

「合理的な議論の通じそうにない連中がいるじゃないか、周りにも」

「そのときは是非もない、トリーだよ。それは外の世界でも同じさ。監獄が必要であることはもちろんだよ。苦役も、首吊り役人も必要だ」

「でも教会がなぜ存亡の危機なんだい。教会は揺るぎないように見えるけどな、僕には」

「科学だよ。懐疑的な教えが広まっているだろう。教皇領の喪失、政治的影響力の喪失。そこまで聞こえてきた二十世紀の足音だよ」

「二十世紀か」アーサーはその言葉にしばし思いをめぐらせた。「そんな先のことは僕には考えられない。来世紀が到来するとき、僕は四十になっている」

「そしてイングランド代表の主将にね」

「それは怪しいけどね、パートリッジ。でも司祭になってないことだけは確かだ」

　自分の信仰心が薄れだしたのを意識していたわけではなかった。しかし、教会の内にあって自分の頭で考えているつもりが、いつの間にか、教会の外に出て自分の頭で考えていた。自分の理性と良心が、目の前に差し出されたものをいつも受け入れるとは限らないことにも気がついた。アーサーにとって最終学年の年、マーフィー神父が説教をしに来校した。高い説教壇に立った司祭は獰猛な顔を真っ赤にして、教会の外にとどまる者は一人残らず、絶対確実に、地獄落ちであると脅した。外にとどまった理由が、その者が邪悪であるからにせよ、頑迷であるからにせよ、ただ無知であるからにせよ、結果は同じ——絶対確実に地獄落ち、それも永遠の地獄である、と。さらに先を続けて地獄の責苦と孤独とを余すところなく、それも特に少年たちが身悶えしたくなるように、描写した。しかしアーサーは耳を傾けるのをやめていた。真実はかあさまから聞いている。今アーサーがマーフィー神父をじっと見上げるその目付きは、もはや信じられなくなった物語の語り手を眺めるときのそれだった。

ジョージ

　母は司祭館の隣の建物で日曜学校の先生を務める。煉瓦造りの壁に菱形の模様のある建物で、見るたびにフェアアイル編みの襟巻き《コンフォーター》を思い出すと母は言う。何を言っているのか、ジョージには理解できない。〈ヨブの慰安者《コンフォーター》〉と何か関係があるのかな、と思うばかりである。ジョージは日曜学校を楽しみにして一週間を過ごす。乱暴な子たちは出てこない——野原を駆けずり回り、うさぎを罠にかけ、嘘をつくのに忙しいからで、総じて永遠の地獄目指して歓楽の道を突き進んでいる。日曜学校ではほかの子と少しも区別しませんからね、と母からあらかじめ言い渡されていた。そのわけはジョージにも理解できる。母は皆に、平等に、天国に至る道を示そうとしているからだ。

母は日曜学校でジョージにもよく分かる胸の躍るようなお話をしてくれる——獅子の穴に投げ入れられたダニエルの話、燃え盛る炉に投げ込まれた三人の話。しかし、聞いていて分からない話もある。キリストは譬《たと》えを用いて教えを説いたが、ジョージは譬えというものが好きになれない。麦と毒麦の譬えにしてみても、麦畑に敵が毒麦の種を播いていったこと、また本物の麦まで一緒に抜く恐れがあるから毒麦を抜き集めてはならないこと、ここまでは理解できる。いや、そこまででも釈然としない点はある。なぜなら、司祭館の庭で母が草取りをしているところをよく見るからで、草取りとは即ち、この場合の毒麦と麦とが生長しきらないうちに毒麦を抜き集めることにほかならないではないか。しかし、この問題は捨て置くにしても、それより先に進めないのである。この話がじつは別のことを言っているらしいのは分かる——だからこそ譬えなのだ。けれどもその別のことというのがいったい何であるのか、ジョージにはどうしてもつかめない。

ジョージは麦と毒麦の話をホレスに聞かせるが、ホレスには毒麦が何であるかも理解できない。ホレスはジョージの三つ下で、モードはホレスのさらに三つ下である。モードは女の子なので、またいちばん幼いので、兄たちほど体が丈夫ではない。モードを守ってやるのがお前たちの務めだと、兄たちは言い付かっている。いったい守るとは具体的にどうすることなのか教えられていないのだが、どうやらその中身は概ね、いろいろなことをしないことらしい。モードのことを棒切れで突っつかないこと、髪の毛を引っ張らないこと、それからこれはホレスが好きでよくやるのだけれど、顔を相手の顔にくっつけて変な声を出さないこと。

しかしジョージとホレスは力不足でモードを守りきれないようである。医師の往診が始まり、定期的な診察が続くので、家族は不安な心持ちに陥る。医師が訪れるたび、ジョージは疚《やま》しく思い、モードの病気の主因はお前だと指差されてはいけないと、必ず奥に引っ込んでいる。ホレスはそういう疚しさを覚えず、医師の鞄を自分が二階まで運んでよいかと快活に尋ねる。

モードが四つのとき、こんな虚弱な子を一晩中一人で寝かせておくわけにはいかないと決まる。といって、ジョージにもホレスにも、あるいは二人一緒でも、妹の夜の世話はとても任せられない。以後、モードは母の部屋で寝ることになる。同じとき、ジョージは父と一緒に寝ることに決まり、ホレスは子供部屋を一人で使うことになる。ジョージはもう十歳、ホレスは七歳である。もしかすると、罪深い年齢が近づいてきたと考えて、少年たちを二人だけにしておくのを避けたのかもしれない。しかし説明は与えられず、また求められもしない。父の部屋で寝かされることが賞罰いずれであるのか、ジョージは問うことをしない。とにかくそうなったのであり、言うべきことはそれだけだ。

ジョージと父はごしごし洗われた床板に並んでひざまずき、一緒にお祈りをする。それからジョージはベッドにもぐり込み、父はドアに鍵をかけて明かりを消す。眠りにつくとき、ジョージは床板のことを考えて、それがごしごしきれいにされるように、自分の魂もごしごしきれいにしてもらわなければと思うことがある。

父はぐっすりと眠るほうではなく、唸ったり、ぜいぜいいったりする癖がある。早朝、曙の光がカーテンの端から入りはじめる頃、父が問答を仕掛けることがある。

「ジョージ、お前が住んでいるのはどこか」

「グレート・ワーリーの司祭館です」

「で、それはどこにあるか」

「スタフォードシアにあります、お父さん」

「で、それはどこにあるか」

「イングランドの中央部です」

「で、イングランドとは何か、ジョージ」

「イングランドは帝国の脈打つ心臓です、お父さん」

「そのとおりだ。で、帝国の動脈から静脈へと流れ、帝国の最果ての地にまで行き渡る血液は何か」

「イングランド国教会です」

「そのとおりだ、ジョージ」

そしてしばらくすると、父は再び唸ったり、ぜいぜいいったりを始める。ジョージはカーテンの輪郭が次第に明確になっていくのを見守る。ベッドに横たわったまま、動脈と静脈が世界地図の上に赤い筋を伸ばしていくさまを思う。その筋によって英国はピンク色に塗られたあらゆる場所と結ばれる——オーストラリアと、インドと、カナダと、至るところに点在する島々と。管が電信ケーブルのように海底に敷かれていくさまを思う。その管を血液が泡立ちながら流れていき、シドニーに、ボンベイに、ケープタウンに湧き出るさまを思う。血の筋。血筋という言葉をどこかで聞いたことがある。血液の脈動を耳の中に聞きながら、ジョージは再び眠りに落ちる。

アーサー

アーサーは大学入学資格試験《マトリキュレーション》に優等で合格した。しかしまだ十六歳だったので、もう一年、オーストリアのイエズス会士たちのもとに送られる。フェルトキルヒ校に入ってみると、こちらは方針が寛大で、ビールを飲むこと、共同寝室を暖房することが許されていた。長距離歩行が行われ、そのさい英国からきた生徒たちはドイツ語を話す生徒に両脇を挟まれて歩く。これは意図的になされたことで、こうされるとドイツ語を話さざるをえない。アーサーはみずから編集者兼執筆者に就任し、独力で〈フェルトキルヒ校誌〉と題した手書きの文芸科学雑誌を刊行した。竹馬サッカーもしたし、ボンバルドン・テューバという、胸に二重に巻く、いよいよ最後の審判の日がきたかと思わせる音を出す楽器も教わった。

エジンバラに帰ると父が療養所に入っていた。表向きは癲癇《てんかん》の治療のためである。これで金の入ってくる見込みはなくなった。妖精の水彩画でたまに数ペンスということさえなくなったのだ。そのため長姉のアネットがすでにポルトガルに渡り、住み込みの家庭教師として働いていた。ロティもじきに姉のいるポルトガルに渡る予定であり、二人で家に仕送りすることになっている。かあさまのもうひとつの方策は下宿人を置くことであった。これがアーサーには恥ずかしく、また腹立たしかった。我が母ともあろう人が、下宿屋の女主人に身を落としてはならない。

「そう言いますけどね、アーサー。下宿人を置く人がいなかったら、あなたのお父さんがパックお祖母さまのところに住むこともなくて、そうしたらかあさまがお父さんに会うこともなかったんですよ」

そう聞いて、やっぱり下宿人を置くと碌なことはないじゃないかと思った。いかなる形でも父の批判は許されないと知っているから何も言わずに黙っている。しかし、かあさまは最高の結婚をしたなどと言い張るのも馬鹿げていた。

「そしてもしそうなっていなかったら」とかあさまは続け、アーサーがどうしても逆らえない例の灰色の目を微笑ませる。「アーサーって人が存在しなかったことはもちろん、アネットって人も、ロティって人も、コニーって人も、イネスって人も、アイダって人も存在しなかったのよ」

これは議論の余地なく真実であり、同時にまた、ときどき遭遇する解決不能な形而上学的難問のひとつでもあった。こんなときパートリッジがいてくれたら一緒に議論してくれるのだが――別の人間を父親として生まれたとして、自分は自分でいられるのか。完全にではなくても、同じ自分だと言えるくらいに自分でいられるのか。もしもいられないとすると、それは姉や妹たちも今の姉や妹たちでいられないことを意味する。しかも、なんとロティまでそうなるのだ。人がコニーのほうが綺麗だと言っても、アーサーが最も愛するのはロティである。今の自分と違う自分なら何とか思い描くことができるけれども、髪の毛一本でも今と違うロティなど、想像力をいくら働かせても目に浮かばない。

かあさまが一家の零落に臨んでそんなふうに対応したとき、それを我慢ならないとまでアーサーが感じたのは、ひとつにはかあさまの最初の下宿人にすでに引き合わされていたからかもしれない。すなわちブライアン・チャールズ・ウォラーである――歳はアーサーのほんの六つ上だが、すでに医師の資格を持つ。書いた詩も出版されている。その伯父はサッカレーから『虚栄の市』を捧げられた人である。この男がものをよく読んでいること、いや、いっぱしの学者であることに文句はなかった。歯に衣着せぬ無神論者であることにも文句はない。文句があるのはただ、この家に暮らして何の構えるところもなく、じつに愛想のよいことである。「やあ、君がアーサーか」と、にっこり手を差し出すその仕草。一歩お前の先を行っているのだと暗に仄めかすその口調。ロンドン仕立ての二着のスーツを着て、一般論や警句の体裁を借りつつ話すその話術。ロティとコニーと一緒にいるときの、その態度。かあさまと一緒にいるときの、その態度。

アーサーに対しても構えるところなく、愛想がよかった。それがオーストリアから帰ってきたばかりの、大柄でぎこちなくて片意地な、中等教育を終えたばかりの若者には気に入らなかった。ウォラーはアーサーのことが理解できるという顔をする。アーサー自身が自分のことを理解できない気がしているとき、つまり自宅の暖炉の前に立ちながら、まるでボンバルドン・テューバを胸に二重巻きにして抱えたみたいな馬鹿馬鹿しい気分でいるときでさえ、そうなのである。アーサーは抗議に一発、吹いて聞かせてやりたかった。ことに、まるでアーサーの魂の奥まで見透かすような顔をして、そしてこれがいちばん気に障るのだが、そこに見出したものを真面目に受け止めながら、しかし同時に不真面目に受け流すようなときはなおさらだった。年少者の心の中に探知される混乱困惑がいずれも驚くに当たらないもの、取るに足りないものであると言わんばかりに微笑んで済ますのだから。

人生そのものに対して構えるところがなく、愛想がよく、じつに忌々しい。

ジョージ

ジョージに思い出すことのできる限りの昔から、司祭館にはメイドがおり、いつも目立たないところで床をごしごし洗い、埃を拭い、ものを磨き、暖炉に火を熾《おこ》す準備をし、火格子を黒く塗り直し、銅釜に湯を沸かしていた。一年に一度くらいの割合でメイドが変わる。ある者は結婚し、ある者はキャノックやウォルソルといった町、さらにはバーミンガムに出ていく。ジョージはそもそもメイドというものに関心がないが、ルージリー校に入り、毎日汽車で往復するようになった今、なおのことメイドの存在に注意を払わなくなっていた。

村の学校を脱出することができてジョージは喜んでいる。馬鹿な農夫の子や、へんな言葉を喋る炭坑夫の子ともこれでお別れであり、そんな子たちの名前さえ、ジョージはじきに忘れてしまう。ルージリー校では、一緒に勉強する生徒たちも概してましで、教師たちもまた、知力の高いことを有用なことと見なしている。親しい友人こそできないが、ジョージはまずまず同級生たちと仲良くやっていく。ハリー・チャールズワースはウォルソルの学校に進み、二人とも最近は顔を合わせても頷き交わすだけである。ジョージにとって学業と家族と信仰と、それら宝とするところのものから派生する諸々の義務とが今は大事である。ほかのことはもっと先になって考えればよい。

ある土曜の午後、ジョージは父の書斎に呼ばれる。机の上に大きな聖書用語索引《コンコーダンス》が広げられ、明日の説教の草稿も見えている。父の顔は説教壇に立ったときの顔である。さいわい、父が何から訊いてくるかだけは見当がつく。

「ジョージ、お前いくつになる」

「十二です、お父さん」

「十二ともなれば、ある程度の思慮分別は備わっているはずだな」

これが問いなのかそうでないのか分からないのでジョージは黙っている。

「エリザベス・フォスターから苦情でな、ジョージ。お前に変な目で見られると言っている」

ジョージは首を捻る。エリザベス・フォスターは新しいメイドで、来て数か月になる。御仕着せを着ているのは、これまですべてのメイドと変わらない。

「何のことを言っているんでしょう、あれは」

「何のことを言っているのだと思うかね」

ジョージはしばらく考え込む。「何か罪深いことでしょうか、お父さん。あれが言っているのは」

「そうだとして、いったいどんな罪かな」

「お父さん、僕の唯一の罪は、あれのことをまるで意識していないことです。もちろん、あれも神の造化の一部であることは分かっていますけれど。口をきいたのは二度だけです。二度ともあれが物を置き間違えたときでした。あれのことを見る理由は僕にはありません」

「理由はまったくないのだな、ジョージ」

「まったくありません、お父さん」

「ならば、あれに言っておくとしよう。あれが愚かな告げ口屋だとな。そして、今度またあれこれ苦情を言ってきたら暇を出すとな」

ジョージはラテン語の動詞に一生懸命で、エリザベス・フォスターがどうなろうと構わない。また、メイドがどうなろうと構わないと思うことが罪なのではないか、とも考えない。

アーサー

アーサーはエジンバラ大学で医学の勉強をすることに決まった。責任感があって勤勉な若者だから、やがて必ずや沈着さを身につけて患者から厚く信頼されることだろう、というわけである。アーサー自身も乗り気であったが、この考えの由《よ》って来るところについては疑念もあった。初めてかあさまが医学はどうかと提案してきたのはフェルトキルヒに宛てた手紙の中であり、その手紙が出されたのはウォラー博士が下宿するようになってひと月と経たないうちであった。ただの偶然の一致だろうか。そうあってほしいとアーサーは願った。自分の将来が母との侵入者によって話し合われているところを想像するのは気持ちよくなかった。たとえその男が——うんざりするほど聞かされてきたように——医師の資格を持ち、詩を出版していても。たとえその男の伯父が『虚栄の市』を捧げられた人であろうとも。

奨学金取得を目指すアーサーに、ウォラーが指導を申し出てきたというのもまた、少々都合のよすぎる話に思われた。大人になりきらない若者らしく、アーサーは嫌々という感じでこの申し出を受けたから、ちょっといらっしゃいとかあさまに呼ばれて注意をされた。今では息子のほうが母よりずっと背が高くなり、とうに輝きを失っていた母の金髪は、引っ詰めにした鬢《びん》の辺りに白いものが混じりはじめていた。しかし灰色の目と静かな声と、そのふたつの内に在る道徳的権威とは、以前とちっとも変わらず強力だった。

教わってみるとウォラーは優れた家庭教師であった。グリアソン奨学金に狙いを定め、二人で古典の受験勉強をした——年額四十ポンドを二年間受給すれば家計は大助かりである。通知が届き、家族から口々に誉めそやされたとき、アーサーは自分が生まれて初めて本当の意味で何かを成し遂げた、多年にわたる母の犠牲的行為に対する恩返しが初めてできたと感じた。誰もが誰もと握手をし、キスをした。ロティとコニーは滑稽なまでに感傷的になり、いかにも少女らしく涙をぽろぽろとこぼした。そしてアーサーは、すっかり鷹揚な気分になり、ウォラーのことを怪しむのはもうやめようと決意した。

数日後、獲得したものを受け取るためにアーサーは大学に立ち寄った。応対に出てきたのは、ばつの悪そうな顔をした小柄な事務員だったが、正確には何という身分であるのか最後まで明らかにされなかった。遺憾千万に存じます。どうしてこのようなことになったのか、まだはっきりしません。なんらかの事務手続上の間違いです。グリアソン奨学金は文科系専攻の学生のみが対象です。申し込み自体、受け付けられるべきでありませんでした。再発防止の対策を講ずる所存です、うんぬん。

でも賞や奨学金はほかにもありますね、一覧表があるじゃないですか、とアーサーは指摘した。そのうちのひとつを代わりに頂くわけにはいきませんか、と。ええ、まあ、そういうこともないではありません、理論上はですね。実際、一覧表上の次の奨学金は医学生も申し込めるものです。しかし、残念ながら、受給者が決定済みです。じつを申しますと、ほかのものもすべて決定しております。

「そんな、それでは詐欺じゃないですか」とアーサーは叫んだ。「詐欺ですよ！」

おっしゃるとおり、残念なことです。もしかすると、何かできることがあるかもしれません。そして翌週、実際そうなった。アーサーは思いがけず見舞金七ポンドを授与されたのである。それは忘れられていたどこかの口座に貯まっていた金で、アーサーのために用いてよろしいと情け深くも大学当局が考えてくれたのであった。

これはアーサーが初めて経験した非道の仕打ちであった。かつてトリーで打たれたときも、もっともな理由が何かしらあるのが通例であった。また父が療養所送りとなったときも、息子の心は確かに痛んだが、かといって父に非難されるべき点はありませんと言い張ることもできなかった。悲劇ではあっても非道の仕打ちではなかったのである。しかし、今度のことは！　大学に対して訴訟を起こすことができる、と誰もが言った。大学を訴えれば奨学金を取り戻せる、と。その中にあって、これから自分が教育してもらおうという機関を相手取って訴訟を起こすのは得策でないと説得したのはウォラー博士の手柄であった。ここは男らしく、自負心はぐっと呑み込み、失望に耐えるよりほかに仕方がない。こんなふうに自分がまだ成員となっていない一人前の男の世界の掟を示されて、アーサーは従った。そして慰められれば納得した顔をして頷いて見せはしたものの、アーサーの耳には意味のない音にしか聞こえていなかった。心の中は爛《ただ》れ、燃え上がり、悪臭を放ち、まるでアーサーがその存在をもはや信じない地獄の一角のようであった。

ジョージ

お祈りを済ませて明かりを消してしまうと、ジョージの父は滅多に話しかけてこない。祈りの言葉の意味を静かに考えつつ、神の御胸に抱かれての眠りに身を委ねることになっている。じつは、ジョージは翌日の予習を頭の中で続けることのほうが多い。神様も、これを罪に数えはしないだろう。

「ジョージ」父が突然言う。「人がうちの周りをうろついているのを見たか」

「今日ですか、お父さん」

「いや、今日というんじゃない。普段からだ。最近だな」

「見ていませんけど。なぜ、人がうろついてると思うんです」

「お母さんと私宛に匿名の手紙が届くんだよ」

「うろついてる人からなんですか」

「うん。いや、そうじゃない。とにかく、ちょっとでも怪しいことがあったらお父さんに報告しなさい。ドアの郵便受けに誰かが何かを突っ込んでいるとかな、ジョージ。ぼんやり立っている人とかな」

「手紙は誰からなんですか、お父さん」

「手紙は匿名なんだよ、ジョージ」暗がりの中でも父が焦《じ》れているのが感じ取れる。「匿名《アノニマス》。ギリシア語起源だな。それからラテン語に入った。名前がない、という意味だ」

「手紙には何が書いてあるんです、お父さん」

「いろいろと悪いことがな、……皆のことをな」

心配しなければいけないことは分かっていても、胸の高鳴るのをジョージはどうしようもない。探偵役を務める権限を与えられたので、学業に差し障りのない限り、できるだけ頻繁に探偵活動を行う。太い木の幹の陰から様子を窺う。階段の真下の小さな納戸に身を隠して玄関ドアを見張る。司祭館にくる人たちの行動を観察する。どうしたら拡大鏡を、できることなら望遠鏡も、買うことができるだろうかと考える。分かったことは何もない。

手紙ばかりでなく、ハリマンさんのところの納屋やアラムさんの農場の建物に、ジョージの両親について罪深い言葉が白墨で落書きされ始める。これが誰の仕業なのかも分からない。洗い落とされるたび、不思議なことに言葉はすぐに再び現れる。何と書いてあるのかジョージは聞かされない。ある日の午後、ジョージは名探偵なら誰でもするように遠回りをしてハリマンさんの納屋に忍び寄ってみるが、そこに見出すのは、むらに濡れたところが乾きかけた壁だけである。

「お父さん」明かりが消されてからジョージが囁く。どうやらこの時間に、この種の事柄について喋ることが許されるらしいと分かったからである。「思ったのですが、ボストック先生です」

「ボストック先生がどうしたというんだ」

「先生は白墨をたくさん持ってます。いつもたくさん持ってました」

「それはそうだがな、ジョージ。ボストック先生は除外して考えて差し支えないと思うぞ」

数日後、ジョージの母が手首を捻挫して包帯を巻く。それでエリザベス・フォスターに頼んで肉屋への注文を代わりに書いてもらう。しかし、その紙を持たせてグリーンシルさんのところへ使いに出すことはせず、紙を自分で夫のところに持っていく。鍵の掛かった引き出しの中身と突き合わせたのち、エリザベス・フォスターに暇が出される。

　後日、父は事情の説明を求められ、キャノックの治安判事裁判所に出頭する。ひょっとすると自分も証言を求められるのではないか、と心密かにジョージは期待する。ほんの悪戯のつもりでしたとあの馬鹿な娘は申しました、二度とお騒がせいたしませんと誓わせました、と父は報告する。

　エリザベス・フォスターの姿は近傍で二度と見かけなくなり、ほどなく新しいメイドがやってくる。探偵役をもっと上手く務められたはずだとジョージは悔しがる。ハリマンさんの納屋とアラムさんのところの建物に白墨で何と書かれていたのか、知らずじまいになったのも残念である。

アーサー

　アイルランド人の血を引き、スコットランドで生まれ、ローマの信仰をオランダのイエズス会士によって教育されたアーサーはイングランドの人間となった。イングランドの歴史に心を動かされ、イングランド人の享受する市民的自由を誇らしく思い、イングランドのクリケットに愛国心を掻き立てられた。そしてイングランド史における最も偉大な時代は——選ぶのに迷うが——十四世紀であった。それはイングランドの弓矢が戦場を制した時代、そしてフランス国王とスコットランド国王の二人ともがロンドンで捕虜となった時代である。

　だからといって、持ち上げられた粥の棒を見上げて聴いた物語も決して忘れなかった。アーサーにとって、イングランド人らしさの源は、失われて久しい、しかし人々の記憶に残りつづけ、物語に材を提供しつづけてきた騎士道の世界にあった。サー・ケイほど忠実な騎士、サー・ランスロットほど勇敢で色を好む騎士、サー・ガラハッドほど徳の高い騎士はほかにない。トリスタンとイゾルデに増して真に愛し合った恋人たちはほかになく、グイネヴィアに増して美しく不貞な妻はほかにない。そして、もちろん、アーサーに増して勇敢で高潔な王はほかにない。

　キリスト教的徳目は、生まれの卑しい者から高貴な者まで、誰でも実践できる。しかし騎士道を歩むことは力ある者にのみ許される。かつて騎士は貴婦人を守り、強き者は弱き者を助けた。名誉は命ある生き物で、これを救うためには死を賭した。だが悲しむべきことに、資格を取得したばかりの医師が探求することのできる聖杯の数はごく限られていた。バーミンガムに工場が建ち並び、人々が山高帽をかぶるこの御時世では、騎士道の精神は衰微したと感じられることが多く、その痕跡はわずかにスポーツマンシップの精神にのみ認められた。それでもアーサーは可能な限り騎士道の規範を実践した。約束は必ず守る。貧しい者に救いの手を差し伸べる。下等な感情を抱かぬよう常に用心する。女性は敬意をもって扱う。もとより母を救ってその面倒をみるという長期的な計画がある。遺憾ながら十四世紀は終わってしまったこと、またアーサーはウィリアム・ダグラス、すなわち騎士道の華そのものたるリデズデイル卿ではないことを考えれば、そのくらいが現在のアーサーにできる精一杯であった。

女性に対するアーサーの最初の姿勢を決めたのは騎士道の掟であり、生理学の教科書ではなかった。アーサーはなかなかの美男子で女性のほうから寄ってきたし、アーサーのほうでも大胆に誘った。あるときなど、目下同時に五人の女性と清い交際をしていると、かあさまに胸を張って報告したことがある。もちろん学校の同級生と親友になるのとは話が違うが、それでもいくつか同じ法則が当てはまった。例えば、好きな女性ができたらその人の呼び名を決める。エルモア・ウェルドンという人がいた――愛らしい、がっしりとした女性で、アーサーは数週間この人と猛烈な恋をした。この人のことは、嵐の夜、船の帆柱や帆桁《ほげた》の先に現れる不思議な光、聖エルモの火から借りて、エルモと呼んだ。アーサーは自分を人生の荒波にもまれる水夫に見立て、自分のためにエルモが暗い空を照らしてくれるのだ、と考えることを好んだ。実際、エルモとは婚約する一歩手前までいったのだが、結局、しばらくののち、立ち消えになった。

またこの時期、アーサーは夜の射出を気に病んでいた。この現象は『アーサー王の死』には出てこなかった。朝起きるとシーツが濡れているのでは、せっかくの騎士道的な夢が台無しである。それに、男子とはかくあるもの、あるいはその気になって努めさえすれば、かくあり得るもの、という観念にも反する。アーサーは睡眠中の自分の体が勝手な真似をすることを許すまいと運動量を増やした。すでにボクシングとクリケットとサッカーの心得があり、今度はゴルフを始めた。小人《しょうじん》が猥褻な読み物に向かうとき、アーサーはウィズデンのクリケット年鑑を読んだ。

アーサーは雑誌に物語を載せはじめた。学校の机の上に立ち、声を巧みに使い分けたあの少年、見上げる目、目、目の注視を浴びて、皆を話に引き込んで口をぽかんと開けさせたあの少年に再び戻ったわけである。書いたのは自身が好んで読む種類の話であった——商売としての著述に取り組むとき、これが最も理にかなった方針と思われた。冒険物語の舞台は遠い国に置かれ、しばしばそこでは埋蔵された宝が発見されるのを待っており、土地の人々のあいだでは腹黒い悪漢や救出すべき乙女の噂で持ち切りなのである。物語中の危険な任務を担う都合上、主人公はいくつかの条件を備えていなければならない。第一に、体質の虚弱である者、自己憐憫そしてアルコールに溺れる者が不適任であることは明白である。アーサーの父はかあさまに対して負う騎士道上の義務を怠ったのであり、今やその務めはその息子に帰属したのである。かあさまを十四世紀流に救うことはできないから、この卑小な時代に利用できる方法に訴えなければならない。アーサーは物語を書くことにする。つまり、かあさまを救うため、話の中で別の女性の救出を描くのだ。これを描くことがアーサーに金をもたらし、あとのことは金がやってくれる。

ジョージ

クリスマスの二週間前のことである。ジョージはすでに十六であり、もはやかつてほどこの季節に興奮を覚えない。我らが救い主の誕生が厳粛な真実であり、だから毎年祝われることは分かっているのだが、ホレスとモードが今でも感染する、あのそわそわと落ち着かない高揚感はもう卒業した。そしてルージリー校の学友たちが公然と表明して憚らなかった詰まらぬ期待もジョージは抱かない。司祭館では、その種の軽薄なプレゼントに用はないのである。学友たちはまた、毎年、雪の降ることを願い、それを神に祈るという罰当たりな行いに及んだものである。

ジョージはスケートにも、そりにも、雪だるまを作ることにも関心がない。なにしろすでに将来の職業に向けて第一歩を踏み出したのである。ルージリーを卒業し、今はバーミンガムのメーソン・コレッジで法律を勉強している。精励して第一試験に合格すると実務修習生となる。五年間の修習を終えると最終試験があり、それで晴れて事務弁護士《ソリシター》となる。自分が机を持ち、装丁された法律書を一式揃え、背広を着てチョッキのポケットからポケットへと金モールのように懐中時計の鎖を渡したところが目に浮かぶ。ジョージは尊敬されている自分を想像する。帽子をかぶった自分を想像する。

十二月十二日の午後遅く、もうだいぶ暗くなった頃にジョージは帰宅する。司祭館の玄関まできて、ドアの前に物が置いてあることに気づく。まず腰を屈め、それからもっとよく見ようとしゃがみ込む。大きな鍵である。触ると冷たく、持つと重い。何の鍵だかジョージには見当もつかない。司祭館の鍵はずっと小さいし、それは日曜学校の鍵も同じである。教会の鍵はまた違うし、どこかの農場で使うどんな鍵にも見えない。しかし、ずしりと重いことから重要な場所の鍵であることが察せられる。

父のところに持っていくと、父も同様に首を捻る。

「ドアの前にあったのだな」これもまた最初から答えが分かっている問いである。

「はい、お父さん」

「それで誰かがこれを置いていくところは見なかったのだな」

「はい」

「それで駅から帰ってくる途中、誰か司祭館のほうからくる人と会ったか」

「いいえ、お父さん」

鍵は書き付けと共にヘンズフォードの警察署に送られ、それから三日後、ジョージがメーソン・コレッジから帰ってくると、アプトン巡査部長が台所で腰を下ろしている。父は教区回りからまだ帰っておらず、母は心配そうにうろうろしている。ジョージの頭をよぎったのは、鍵を見つけたので礼金が出るのだろうという考えである。もしもこれがルージリーの級友たちが好んだ類の話であったならば、あれは金庫か宝箱の鍵で、主人公が次に必要とするのは×印の記された皺くちゃの地図ということになる。が、そうした冒険物語はジョージの好みに合わない。あまりにも現実離れしているとしか思えない。

アプトン巡査部長は鍛冶屋のような体つきをした赤ら顔の男である。着ている紺サージの制服に体を締めつけられ、それが原因なのか、ぜいぜい音をさせて息をする。巡査部長はジョージのことを頭の天辺から足の爪先までじろじろ見て、そうしながら一人で頷いている。

「じゃあ鍵を見つけた若者というのは君のことか」

エリザベス・フォスターが壁に落書きをしたとき、探偵となって真相を突き止めようとしたことをジョージは思い出す。今ここにまたひとつの謎があるわけだが、今回は警察官と未来の事務弁護士とが事件解決に関与する。胸の高鳴りを覚えるだけでなく、いかにも似つかわしいことに思われる。

「はい。玄関ドアの前にあったのです」巡査部長はこれに返事をせず、一人で頷きつづけている。緊張しているのかもしれないと思い、ジョージのほうから切り出してみる。「礼金でも出るのですか」

巡査部長は驚いた顔をする。「礼金が出るんじゃないかなんて、いったいなぜ思うんだ。しかもよりによって君が」

これを聞いてジョージは礼金はないということだなと思う。もしかするとこの警察官は遺失物を届けた労をねぎらいにきただけかもしれない。「鍵がどこのものだったか分かりましたか」

アプトンはこれにも返事をしない。黙ったまま手帳と鉛筆を取り出す。

「名前は」

「僕の名前はご存じでしょう」

「名前は、と訊いたんだ」

この警察官、もう少し礼儀を弁えるべきだ、とジョージは思う。

「ジョージ」

「ん。続けて」

「アーネスト」

「続けて」

「トンプソン」

「続けて」

「姓はご存じでしょう。父と同じなんですから。母ともですが」

「生意気な小僧だな。続けて、と言ってるんだ」

「エイダルジ」

「そうだったな」と巡査部長は言う。「そいつは綴りを教えてもらわなくちゃならん」

アーサー

アーサーの結婚は、その人生の記憶と同様、死に始まった。

医師の資格を取ったのち、アーサーはシェフィールド、シュロップシア、バーミンガムで代診として働き、それから蒸気捕鯨船ホープ号の船医の職を得た。船はピーターヘッドを出港し、北極圏の氷原へ向かった。アザラシでも何でも、追いかけて殺すことのできるものを探す旅であった。乗ってみると船医の職務は軽く、アーサーは当たり前の若者らしく喜んで酒を飲み、必要とあれば喧嘩も辞さなかったから、たちどころに乗組員の信頼を得た。また、あまりにも頻繁に海に落ちたので、皆から〈偉大なる北の潜水夫《グレート・ノーザン・ダイヴァー》〉と渾名された（訳注　これは海鳥ハシグロアビの別名である）。そして健康な英国人ならば誰でもそうであるように、大猟を楽しんだ。この航海中にアーサーが仕留めた獲物はアザラシ五十五頭に達したのである。

果てしなく広がる氷の上に出て、皆とアザラシを叩き殺しているときは、男の競争心が煽《あお》られるばかりでほかに何も感じなかった。しかしある日のこと、ホッキョククジラが捕獲され、これはアーサーにとって、それまでに遭遇したどんな出来事ともまったく別種の経験であった。なるほど針にかかった鮭をそのまま遊ばせて疲れさせるなどは王侯貴族のスポーツかもしれないが、北極海で捕獲した獲物の体重が郊外住宅一軒分より重いとなると、これと比較されるものは何であれちっぽけに見えてしまう。手で触ろうと思えば触れる距離から、アーサーは鯨の目が――驚いたことに大きさは雄牛のそれと変わりない――ゆっくりと光を失って死に向かうのを見守った。

殺された動物の神秘――アーサーの考え方のどこかに変化が生じた。相変わらず鴨を雪のちらつく空から撃ち落としたし、射撃の腕のよさを誇りに思いもした。けれども、その奥に、アーサー自身摑みかけはしても抑え込むことのできないひとつの感情があるのだった。落とした鳥は、どの一羽も、地図が顧みない土地の小石をその砂嚢《さのう》に持っていた。

次は南への航海に出た。マユンバ号に乗ってリヴァプールを出港、カナリア諸島からアフリカ西海岸へと向かう。船上での飲酒は変わらなかったが、喧嘩のほうはトランプの卓においてとクリベッジの得点盤をめぐって以外には起こらなかった。捕鯨船では防水のゴム長に普段着だったのが、客船では金ボタンのついたサージの上下を着用しなくてはならないのが難ではあっても、少なくとも代償としてこの船には女性客が乗っていた。ある晩のこと、ご婦人方がアーサーのベッドに悪戯して、足が伸ばせないようにシーツを折り込んだ。翌晩、アーサーは友好的復讐を果たそうと、ご婦人の一人のバスローブにそっとトビウオを入れておいた。

そののち、陸地と常識と定職とに戻った。すなわち、サウスシーで開業した。フリーメーソンの会員となり、フェニックス第二五七番支部の第三階級に迎えられる。ポーツマス・クリケット倶楽部の主将となり、サッカーではハンプシアで最も信頼できるバックスの一人と評される。サウスシー・ボウリング倶楽部の会員仲間の誼《よし》みでパイク医師が患者を回してくれるようになり、またグレシャム生命保険会社に雇われて嘱託医となり保険加入者に健康診断を行う。

ある日、一人の患者についてパイク医師がアーサーの所見を求めてきた。夫と死に別れた母親と姉と一緒に、サウスシーに移ってきて間もない若い男であった。アーサーの意見も聞きたいというのは礼儀に過ぎなかった。ジャック・ホーキンズが脳膜炎に罹っていることは明らかだったからである。この病の前には、アーサー個人はもちろん、医学界全体が無力であった。どこのホテルも下宿屋も、気の毒なこの男を受け入れようとしなかった。そこでいわば住み込み患者として、自宅に預かりましょうとアーサーが申し出た。預かられる者は預かる者よりひと月早く生まれただけだった。鎮痛効果のあるクズウコンを何杯も何杯も飲ませるのだが、ホーキンズはみるみる悪化し、譫妄《せんもう》状態に陥り、部屋にあるものをことごとく打ち砕いた。そして数日のうちに死んでしまった。

この死体のことは、幼時に「白くて蠟のようなもの」を見たときよりも注意深く見た。これは医学生だった頃から気づいていたことだが、死んだ者の顔はしばしば希望に満ちている。生きていたときの緊張と負担がなくなり、これまでになかった平安が訪れたとでも言いたげだ。それは死の直後に筋肉が弛緩するから、というのが科学的な説明である。しかし、それが十全な解答であるのか、アーサーは心のどこかで怪しんでいた。死んだ人間もまた、その砂嚢に、地図が顧みない土地の小石を持っている。

馬車一台だけの葬列の、その馬車に揺られて自分の家からハイランド・ロード墓地へ向かう途上、今や男手を失い不慣れな町で二人きりとなった黒衣の母娘にアーサーの騎士道精神は刺激された。かぶっていたベールを上げたルイーザは丸顔のはにかみ屋で、青い目の心持ち緑がかっているのが海の色を思わせた。常識にかなうだけ間を置いてから、アーサーは下宿屋にルイーザを訪ねることを許された。

若き医師は手始めに島のことを——というのもサウスシーは一見それと分からないが島なのである——中国のパズルにあるような輪っかの重なりと見立てることができるのだと説明した。中心に公園などの空間があり、中ほどの輪が街、外の輪が海である。それから砂利の多い土壌であること、その結果として水捌《は》けのよいことを話した。サー・フレデリック・ブラムウェル設計の下水設備の効果のほどについて、またここが健康によい街として評判であることについて話した。話が最後の点に及ぶとルイーザは急に悲しみに襲われ、それを隠したくてブラムウェルのことを尋ねた。そしてこの高名な技師についてたっぷりと聞かされることになった。

このようにして基礎知識を固めると、いよいよ島を実地検分する日となった。二人はふたつの桟橋を見にいった。どちらでも軍楽隊が日がな一日演奏しているらしかった。ガヴァナーズ・グリーンで軍旗分列行進式を、公園《コモン》で模擬戦を見物する。英国海軍の艦隊が沖合の投《とう》錨《びょう》地スピットヘッドに停泊中であるのを双眼鏡で確かめる。海岸沿いにクラレンス遊歩道《エスプラネード》を歩いていき、戦争の記念物や記念碑が並んでいるのを一つひとつアーサーが説明する。こちらにロシアの大砲があり、あちらに日本の迫撃砲があり、あちこちにある碑や塔は大英帝国各所で死んだ水兵や歩兵たちの霊を慰めている。死に方は様々——黄熱病に海難、不実なインド人傭兵の反乱。このお医者様、ちょっと病的なところがあるのではないかしらと聞き手の女性は思わなくもなかったが、こんなふうに何にでも興味を持つ好奇心というのは、ちょうどこの人の疲れを知らない体力と表裏一体なのだろう、そう当座は考えることにした。路面馬車鉄道を利用してアーサーはロイヤル・クラレンス海軍糧食工場にまでルイーザを連れていき、船上食である乾麺麭《かんめんぽう》の製造工程を見学した。袋詰めになった小麦粉からパン生地へ、パン生地は加熱により姿変じてお土産の出来上がり。それをくわえて見学者たちは帰っていくことになる。

男女の交際というものが——これがその交際であるとしての話だが——これほど体力の要るもの、これほど観光に似たものになりうることをルイーザ・ホーキンズ嬢は初めて知った。次に二人は目を南のほう、ワイト島に向けた。アーサーは遊歩道に立って指差して、ワイト島をその古名で呼んで、ウェクティスの島の空色の丘をご覧なさいと言い、それを聞いてルイーザはなんて詩的な言い回しだろうと思った。島の上に小さく見える王宮オズボーン・ハウスをアーサーは説明して、ヴィクトリア女王が滞在しているときは海を行き来する船の数が増えるから分かるのだと言う。それから二人は汽船に乗ってソレント海峡を渡り、ワイト島を一周した。ルイーザはアーサーの指差す先を見るのに忙しい。岩礁群のニードルズ、アラム湾、キャリズブルック城、地滑りの跡のランドスリップ、地滑りでできた崖のアンダークリフ。しばらくして、ルイーザはデッキチェアとひざ掛けを持ってこさせなければならなかった。

ある晩、二人でサウスパレード桟橋に立って海を眺めていたとき、アーサーはアフリカと北極海での武勇談を披露した。が、話が氷原に出ていく目的に触れるとルイーザの目に涙が溜まりだし、仕留めた獲物の数を自慢することは控えなければならなかった。ルイーザの持つ生来の優しさにアーサーは気づき、これは女性一般の特徴で、知り合ってしばらく経つと分かってくるものらしいと思った。ルイーザは微笑むことをけちらない性質《たち》ではあったが、洒落も残酷と紙一重であるようなもの、あるいは洒落を飛ばした当人の優越感が透けて見えるようなものは受けつけなかった。心が広くて寛大で、巻き毛の髪が愛らしく、ささやかながら自分自身の収入があった。

恋愛に積極的なアーサーであったが、それまでの女性とは清い付き合いで通してきた。ところが、二人してこの同心円を描く保養地を散策している今、つまりルイーザがアーサーの腕を取って歩くことを覚えた今、ルイーザの名前がアーサーの口の中でトゥーイに変わった今、ルイーザが向こうを見ている隙にその腰の辺りを盗み見ている今、自分が清い恋愛以上のものを欲していることがよく分かった。また、ルイーザなら自分という男を向上させてくれるだろうとも思った。何と言っても、それは結婚の基本原則のひとつだろう。

しかしながら、この若々しい青写真は、まずは、かあさまの承認を得る必要があり、そのかあさまが面接をしにハンプシアまでやってきた。ルイーザは内気で従順で、名家とは言えないまでも良家の出だ、とかあさまは評価した。可愛い息子を困らせることになりそうな下品なところ、目に見えて道徳的に弱いところはない。いつか夫の権威に反抗するもととなる虚栄心の強さが隠れているとも見えない。母親のホーキンズ夫人も愛想がよく、かといって馴れ馴れしくもない。かあさまは求められた承認を与えつつ、ひょっとするとルイーザにはどこかしら——ほら、あんな姿勢で光の中に立ったときなんか——若かった頃の私と似ているところがあるのではないかしら、とそんな考えを心の中で楽しみさえした。そして、結局のところ、それ以上の何を母親は望むことができるだろう。

ジョージ

メーソン・コレッジに通いはじめて以来、バーミンガムから帰ると晩は大抵田舎道を散歩する習慣になっている。これは運動のためではなく——運動ならルージリーで一生分やった——、夜の勉強に取り掛かる前に一度頭をすっきりさせるためである。もっとも、そういかないことのほうが多いくらいで、気がつくと契約法の細かな点についてまた考えている。寒い一月の、空に半月がかかり、道端の草は前夜の霜でまだ輝いているこの晩、ジョージは歩きながら明日の模擬事件での自分の主張をぶつぶつと確かめている——事件は穀倉において不純物が混入した小麦粉に係わる——と、そのとき、木の陰からジョージの前に人影が飛び出してきた。

「ウォルソルへ行くとこか、ん」

アプトン巡査部長である。赤い顔をしてふうふういっている。

「何ですって」

「聞こえたはずだぞ、何と言ったか」アプトンはジョージの間近に立ち、睨みつけてくるその睨み方がまた尋常でない。この警察官、ちょっと頭がヘンなのではないかとジョージは思う。そうだとすると、逆らわないほうがいい。

「僕がウォルソルへ行くところなのかお尋ねでした」

「ちゃあんと耳がついてるんじゃないか」ぜいぜいいっているのがちょうど——ちょうど馬みたいだ。それとも豚か何か。

「僕はただ、なぜお尋ねになるのか不思議だったんです。ウォルソルに通じる道じゃありませんからね、この道は。お互いよく知っているように」

「お互いよく知っているように、ときた。お互いよく知っているように、と」アプトンは一歩前に踏み出し、ジョージの肩を摑む。「お互いよく知っているのはな、お互いよく知っているのはだな、お前がウォルソルへの道を知ってること、この俺もウォルソルへの道を知ってること、それからお前がウォルソルで悪さをしてきたこと、違うか」

　やっぱりこの警察官、絶対に頭がヘンだ。それに肩が痛い。二年前のこの時期に、ホレスとモードのクリスマスプレゼントを買いにいって以来、ウォルソルには行ってもいない。この事実を指摘しておく価値があるだろうか。

「お前、ウォルソルに行って、学校の鍵を取り、持って帰ってきて、自分のうちの玄関の前に置いたんだ、違うか」

「痛いじゃないですか」とジョージが言う。

「とんでもない。痛いことがあるものか。こんなのは痛いうちに入らない。痛い思いをさせてもらいたいのなら、このアプトン巡査部長にそう言ってくれればいい」

　ジョージはかつて遠くの黒板を見つめ、正しい答えが何なのか皆目分からずにいた、あのときの気分になっている。かつて粗相をしたときの、その寸前の気分になっている。なぜそんなことを言うのか自分でもよく分からずにジョージは言う。

「僕は事務弁護士になるんです」

　警察官は摑んでいた手を放し、一歩退くと、面と向かって嘲笑する。そしてジョージの靴の近くに唾を吐く。

「へえ、そんなこと考えてんのか。べ、ん、ご、し、だと。お前みたいな雑種が大層なことを思いついたもんだ。このアプトン巡査部長様がならせないと言ったらどうする。それでも、べ、ん、ご、し、になれると思ってんのか」

　自分が事務弁護士になれるか、なれないかを決めるのは、メーソン・コレッジであり、試験官たちであり、事務弁護士会《ロー・ソサエティ》ですと、出かかった言葉をジョージはぐっと呑み込む。できるだけ早くうちに帰って、父に話さなくてはと思う。

「ひとつ尋ねさせてもらおうか」アプトンの口調から棘《とげ》がなくなったように感じ、そこでジョージはもう少し相手をすることにする。「お前が手にはめているそれは何だね」

　ジョージは両腕の肘から先を持ち上げ、すると手袋をはめた両手のひらが自然と開く。「これですか」とジョージは訊く。この男、おつむが足りないのに違いない。

「そうだ」

「手袋ですが」

「ならばだ、べ、ん、ご、し、になるつもりの頭のいい小猿のことだ、たぶん知ってるだろうな。手袋をはめるのが準備行為に当たるとされていることは、ん」

そう言うともう一度唾を吐き、足を踏み鳴らして引き上げていく。ジョージはわっと泣きだす。

うちに着くころには恥ずかしく思っている。もう十六なのだから、泣くことは許されない。ホレスは八つになってから泣いたことがない。モードはよく泣くけれども、それはモードが女の子であるうえに病気だからだ。

父は息子の話に耳を傾け、よし、スタフォードシアの州警察本部長に手紙を書こう、ときっぱり言う。下っ端の警察官がうちの息子に公道上で手荒な真似をして、盗みを働いただろうと責めるとは不届きである。そういう警察官は免職になって然るべきだ。

「お父さん、あの人はちょっと頭がヘンなんだと思います。僕に向かって二度、唾を吐きました」

「お前に向かって唾を吐いたのか」

ジョージは例によって考え込む。まだどきどきしているけれども、それは真実を曲げてよい理由にはならない。

「お父さん、それははっきりとは言えません。あの人は一ヤードくらい離れて立っていて、僕の足のすぐ近くに二度、唾を吐いたんです。下品な人たちがよくするみたいに唾を吐いただけかもしれません。でも、唾を吐いたとき、僕に腹を立てているように見えました」

「故意を証明するのにそれで十分だと思うかね」

このやりとりがジョージには嬉しい。未来の事務弁護士として扱われているのである。

「不十分かもしれません、お父さん」

「私も同じ意見だ。いいだろう。唾を吐いた件には触れないことにしよう」

三日後、スタフォードシア州警察ジョージ・A・アンソン本部長閣下からシャプルジ・エイダルジ師宛に返書が届く。手紙は一八九三年一月二十三日付で、期待されていた陳謝と処分の約束とはそこにない。それどころかアンソンはこう書いて寄越したのである――

十二月十二日、司祭館玄関前に置かれた鍵が何者の手から渡ったのか、御子息ジョージにお尋ねいただきたい。鍵は盗まれたものであるが、本件が何かの気紛れ、ないしは悪戯心に発することが明らかになった場合、これに関して刑事手続に入ることをせず不問に付す所存である。しかしながら、鍵を本来の場所より移動させることに関与した者たちが、この件について説明を拒む場合には、本事案を深刻に受け止め盗難として扱わざるをえない。付言するならば、鍵について何も知らぬと御子息が主張する可能性があろうが、そのような申し立ては到底受け入れ難い。この件に関し小職は警察内部からのものではない情報を得ている。

司祭は日頃から見ていて息子がまともな、曲がったところのない若者であることをよく知っている。母親譲りと思われる神経過敏は克服しなければならないが、すでに将来有望と思わせるものが十分に認められる。大人扱いしはじめる時がきたようだ。司祭は手紙を息子に見せ、どう考えるかと尋ねる。

ジョージは手紙を二度読み、少し時間をかけて考えを組み立てる。

「道で会ったとき」とジョージはゆっくりと始める。「アプトン巡査部長は僕がウォルソル中学まで行って鍵を盗んだという嫌疑をかけました。一方、州警察本部長は、僕が単数または複数の他の者と組んで事に当たったという嫌疑をかけています。他の者が鍵をとってきて、その盗品を僕が受け取り、玄関前に置いたというわけです。もしかすると警察は僕がこの二年間、ウォルソルに行ってないことに気づいたのかもしれません。とにかく話を変えてきています」

「そのとおりだ、ジョージ。ほかに何が分かる」

「巡査部長も州警察本部長もきっと頭がヘンなのだ、ということが分かります」

「頭がヘン、というのは子供っぽい言い方だ。だいいち、知力に劣る者たちを憐れみ、労《いたわ》るのが、我々キリスト教徒の務めではないか」

「済みませんでした、お父さん。ならば僕に分かるのはただ、あの人たちが……あの人たちが、何か僕には理解できない理由から、僕のことを疑っているということです」

「それから手紙にある『この件に関し小職は警察内部からのものではない情報を得ている』という一文はどういう意味だと思うかね」

「それは誰かが僕を告発する手紙を州警察本部長に送ったという意味でしょう。ただし……ただし本部長が真実を言っていないのなら別です。本部長がじつは知りもしないことを知ったふりをしている可能性はあります。ただのはったりかもしれません」

シャプルジは息子に向かってにっこり微笑む。「ジョージ、お前の視力では、なろうとしても探偵にはなれなかっただろう。だが、お前の頭なら、とてもいい事務弁護士になれる」

アーサー

アーサーとルイーザが結婚した地はサウスシーではなかった。二人が結婚したのは花嫁の出身教区であるグロスターシアのミンスターワースでもなければ、アーサーが生まれた街でもなかった。

医師の資格をとって間もなくエジンバラを離れたとき、アーサーはかあさまと弟のイネス、三人の妹コニー、アイダ、幼いジュリアをあとに残してきた。残してきた中にはフラットのもう一人の住人であるブライアン・ウォラー博士もいた。詩人ということになっていて、下宿人であることだけは疑いのない、世間に対する態度が忌々しいほどゆったりとした男である。ウォラーが家庭教師として助けてくれたことには大いに感謝していたものの、アーサーの胸中には依然として疼く何かがあった。この下宿人が親切にしてくれたのには何か下心があったのではないかという疑念がどうしても拭い切れなかったのである。もっとも、その下心が具体的に何であるのか、アーサーに見抜くことはできなかった。

アーサーはエジンバラをあとにしたとき、ウォラーがじきにエジンバラで開業するものとばかり思っていた。やがて妻帯して、地元でのちょっとした評判を得て、そうすれば次第に疎遠になっていき、ときどき思い出話に登場する程度の存在になるはずであった。しかし、そのような期待は現実のものとはならなかった。アーサーは今や保護者を欠く一家の暮らしを支えるべく広い世間に乗り出していて、ところが気づくとその保護者役をウォラーが引き受けていた。要らぬお世話とはこのことである。アーサーがかあさまへの手紙で使うことを意識的に避けていた言い回しを使うなら、自分の巣を作らずにほかの鳥の巣を利用するカッコウにウォラーは似ていた。

帰郷するたび、家族の物語は前回の自分の帰郷を最後に停止しており、そこからの続きがこれから始まるのだと、アーサーは浅はかにも考えてしまう。しかし、そのたび、この物語が——自分のいちばん好きなこの物語が——自分抜きで先に進んでいることに気づかされる。ふとした言葉、思いがけない目配せや仄めかし、もはや自分が出てこない逸話、そんなものに引っかかりを感じることが多かった。ここには自分抜きで進行している生活があり、その生活に活気を与えているのが例の下宿人であるらしかった。

結局ブライアン・ウォラーは医師として開業しなかった。また手遊びの詩作が本職となることもついになかった。ヨークシアはウェストライディング地方のイングルトンにある地所を相続し、イングランドの郷紳《スクワイア》として有閑階級の生活を送ることで満足した。カッコウがとうとう二十四エーカーの森林と、その中ほどに建つメーソンギル館という、灰色の石でできた巣とを我が物としたわけである。そうか、それはよかった。だが、アーサーがこのよい知らせを聞いた直後、かあさまから手紙が届き、その中にはかあさまとアイダとドードーの三人もエジンバラを離れること、行き先はやはりメーソンギルであることが書かれてあった。目下その敷地内の田舎家が一軒、三人のために整えられているところだという。かあさまは正当化の理由——体によい空気を求めてとか、体の弱い子がいるからとか——を挙げることはせず、そういうことになりますとだけ述べている。いや、もう移ってしまったわけだ。いや、正当化の理由がひとつ書いてある——家賃が非常に安い。

この一件はアーサーにしてみれば誘拐であり同時に背信であった。これをウォラーによる騎士道精神の発揮として納得することは全然できなかった。貴婦人に献身する真の騎士であるならば、謎の遺産がかあさまとその娘たちの手に入るようにお膳立てして、自身は遠い国へと、長くて、望むらくは危険な探求の旅へと出立したはずである。真の騎士であるならば、ロティだかコニーだか、二人のうちのどちらであったにせよ、それを振ることもなかったはずである。アーサーは何の証拠を握っているわけでもなく、もしかするとただの恋愛ごっこが、空しい期待を抱かせたに過ぎないのかもしれない。しかし、ある種の仄めかしや女性たちの沈黙の意味するところをアーサーが誤解していなければ、何かがあったことだけは確かである。

悲しむべきことに、アーサーの疑念はそれだけではなかった。ものごとはすべて明らかで確かであってほしい、アーサーはそう考える若者であったが、今アーサーの置かれた状況では、明らかなことは少なく、確かなことのいくつかは受け入れ難かった。ウォラーがただの下宿人以上の存在であることは自分の顔に鼻があることとくらい明らかであった。家族の友人と呼ばれることが多く、家族の一員と呼ばれることさえあった。だが、一員とはアーサーは呼ばなかった。今さら兄を押しつけられるのは迷惑だし、しかもその兄に向かってかあさまが特別な微笑み方をするのだからなおさらだった。ウォラーはアーサーの六つ年上、かあさまの十五年下である。母の名誉を弁護するためならば、アーサーは自分の手を火中に突っ込むことも辞さぬ覚悟であった。アーサーの道義心、家族観、家族に対する義務についての考え方、そのすべてが母から教わったものである。そうでありながら、ふと考えることがあった。もしもエジンバラの裁判所に持ち込まれた場合、どんなふうに見えるだろう、と。どんな証拠、証言が出て、陪審員はどう考えるだろう。例えば、こんな事実を考えてみよう――衰弱したアルコール中毒患者の父は各所の療養所に入っていた時期もあったが、母はブライアン・ウォラーが同居人となったのちに最後の子供を産んだ。そうして生まれた娘に母は四つの洗礼名を与えていた。四つのうち後ろの三つはメアリ、ジュリア、ジョゼフィーンで、その子の愛称はドードーという。しかし、洗礼名の最初のひとつはブライアンなのだ。何より、アーサーにはブライアンが女子名であるとは思えなかった。

ちょうどアーサーがルイーザと交際していた頃、アーサーの父は入っていた療養所でアルコールを入手することに成功し、脱出を図って窓を破り、モントローズ王立癲狂院《てんきょういん》に移された。一八八五年八月六日、アーサーとトゥーイは、ヨークシア州はソーントン・イン・ロンズデールの聖オズワルド教会で結婚した。花婿は二十六歳、花嫁は二十八歳であった。アーサーの付添人《ベスト・マン》はサウスシー・ボウリング倶楽部の仲間でもなく、ポーツマス文芸科学協会やフェニックス第二五七番支部の仲間でもなかった。手筈の一切はかあさまが整えたのであり、アーサーの付添人はブライアン・ウォラーであった。どうやら、将来ベルベットの服と金縁の眼鏡、暖炉の前の快適な椅子を用意する役はウォラーが務めることになったらしい。

ジョージ

カーテンを開けると、牛乳の運搬に使う大型容器の空になったのが芝生の真ん中に置いてある。あれを見てくださいと父に知らせ、二人で着替えて調べにいく。容器は蓋がなくなっていて、ジョージが覗き込むと底にクロウタドリの死骸がある。堆肥の山の向こう側に二人で手早く死骸を埋める。道に出した容器のことはお母さんに話して構わないが、中に入っていたものについては黙っておこうと言われ、ジョージも同意する。

翌日、ジョージのもとに絵葉書が一枚届く。絵はブルード教会の墓石に刻まれた、一人の男と二人の妻の図柄で、「お得意の悪戯書き、壁を見つけてまたやらんのかね」という文句が書き込まれている。

父のもとには同じ稚拙な筆跡の手紙が届く――「日一日、刻一刻、ジョージ・エイダルジに対する我が憎しみは募ってゆく。お前の忌々しい女房に対しても。お前の気持ち悪い娘に対しても。汝、偽善者のパリサイ人よ、おのれが司祭であるがゆえに、おのれの罪悪を神が許し給うと思うか」父はこの手紙を息子に見せずにおく。

宛名に父子の名が連記された手紙が届く――


アプトン万歳、頑張れアプトン！

アプトン様はよい御方、アプトン様は偉い方！

アプトン、アプトン、アプトン様様！

　立て、立ち上がれ、アプトンのもと
汝等、十字軍の戦士たち
　高く掲げよ、王国の御旗
奪われてはならじ、王国の御旗

司祭夫妻は、司祭館宛の郵便物は今後すべて自分たちで開封することに決める。ジョージの勉学の邪魔になってはいけないからだ。その結果、ジョージはこんなふうに始まる手紙を目にしない――「ある者に危害を加えることを私は神かけて誓う。この世で私にとって大切なのは復讐、復讐、楽しい復讐。憧れるのは楽しい復讐。それさえ果たせば私は地獄で幸せ者になる」。また、こんなことを書いてよこした手紙も目にしない――「今年の末までに、お前の子供は墓場に埋まっているか、一生雪《そそ》げぬ汚名をこうむっているか、そのどちらかだ」。けれども、こんな書き出しのものは見せてもらう――「偽善者のパリサイ人め、偽預言者め。エリザベス・フォスターを咎めてお払い箱にしたな、お前とお前の忌々しい女房とで」

こうした手紙の届く頻度が増す。便箋として使っているのは罫の入った安物の紙、どれも同じ帳面から剥ぎ取ったもので、投函地はキャノック、ウォルソル、ルージリー、ウルヴァハンプトンなどであるが、中にはほかならぬグレート・ワーリーからのものさえある。司祭にはどうすればよいか分からない。最初はアプトン、次は州警察本部長と、二人の態度はすでに分かっているから、警察に訴えることに意味があるとは思えない。司祭は溜まっていく手紙のおもだった特徴の整理を試みる。その結果はエリザベス・フォスターの擁護、アプトン巡査部長及び警察一般への狂気じみた賞讃、エイダルジ一家に対する理性を失った憎悪、装ったものとも本物ともつかぬ宗教的熱狂。字体はまちまちだが、これは筆跡を隠そうとしているのであれば当然だろう。

シャプルジは蒙《もう》の啓《ひら》かれることを神に祈る。シャプルジはまた忍耐辛抱の続くことを祈り、自分の家族のために祈り、そしてやや気乗り薄ながら義務感から、手紙を書いた人間のためにも祈る。

メーソン・コレッジに通うジョージは毎朝郵便の届く前に家を出るが、帰ってくるとその日匿名の手紙が届いたかどうか大抵は察しがつく。母はわざとらしく陽気に振る舞い、ひとつの話題から次の話題へと目まぐるしく飛びまわる。まるで沈黙すれば、それがちょうど重力のように働いて、一家は地面まで引っ張り下ろされ、汚泥にまみれてしまうとでもいうように。気持ちを隠すのが母ほど得手でない父は押し黙り、そのまま花崗岩の彫像と化したかのようにテーブルの上座についている。二人それぞれの反応が、他方の神経を逆撫でする。ジョージは中庸を狙い、口数を父よりは多く、しかし母よりは少なくする。一方ホレスとモードはぺちゃくちゃお喋りしていても誰からも制止されずに済むのだから、この一連の手紙から一時的であるとはいえ唯一恩恵を蒙《こう》むった者たちである。

鍵と牛乳容器に続き、ほかのものも司祭館に現れはじめる。窓台に置かれた白鑞《しろめ》のひしゃく。うさぎの死骸を刺して芝生に突き立てられた股鍬《またぐわ》。玄関前に叩きつけられていた三つの卵。毎朝ジョージと父で敷地を見て回り、それが済むまで母と幼い二人は外に出ることを許されない。ある日はペニー硬貨と半ペニー硬貨が合わせて二十枚、芝生の上に間隔をあけて並べてあるのを発見する——司祭はこれを教会への寄付と見なすことにする。鳥の死骸が置いてあることもあり、そのほとんどが首を捻ってある。一度は排泄物がよく目立つところに置いてあった。時折、曙《あけぼの》の光の中に、ジョージは人の、もしかすると様子を窺う者の、存在というより気配を感じることがある。それは間一髪の不在とでも言ったほうが近そうな、誰かがたった今立ち去った気配である。しかし誰かがつかまることはおろか、見つかることもない。

そして今度は名前を騙《かた》った悪戯が始まる。ある日曜の礼拝のあと、ハンゴウヴァ農場のベックワース氏が司祭に握手を求め、それからウィンクをして囁く。「新しい分野のお仕事に手を染められたようですな」シャプルジがぽかんとしていると、ベックワースは『キャノック魁《さきがけ》新報』の切り抜きを渡して寄越す。扇形の縁取りに収まった広告である。

妙齢の淑女が多数

行儀よろしくて身元は確か

資産を有され人品の卑しからぬ

紳士との結婚を切に希望しております

ご紹介するはS・エイダルジ師

グレート・ワーリー司祭館

手数料申受けます

司祭は新聞社を訪ね、同種の広告がさらに三件、すでに申し込まれていることを知る。しかし広告主の姿を見た者はいない――指示は郵便為替の同封された手紙で行われたのである。広告局の局長は同情し、残る三件の掲載は見合わせましょうと当然の申し出をする。もしも犯人が抗議してきたり、払った金の返還を求めてきたりしたならば、もちろん警察を呼びましょう。いや、それは駄目でしょう。編集局がこの事件に関心を持つとは思えません。悪く思わないでいただきたいのですが、新聞社にとっては評判が第一です。新聞社が一杯食わされたなどと世間に向かって言おうものなら、その新聞に載る他の記事への信用にかかわりかねません。

シャプルジが司祭館に戻ると、ノーフォークから会いにきたという若い赤毛の助任司祭が待っている。キリスト教徒でありながら、焦れる心を抑えきれずにいる。同じキリストに仕える身のシャプルジから、悪魔祓いが必要かもしれない信仰上緊急という用件で、遠路はるばるスタフォードシアまで呼び付けられた事情を早く知りたいのである。この件について奥様は何もご存じないようですが、と言う。ここにお手紙があります、ここにご署名もなさっています。シャプルジは説明し、謝る。助任司祭は旅費の償還を求める。

次は司祭館のメイドがウルヴァハンプトンに呼ばれる。町のパブで倒れたままになっているという、いもしない姉の遺体を確認しに来いというのである。大量の品物——麻のナプキン五十枚、梨の苗木十二株、牛一頭分の腰肉丸ごと、シャンパン六箱、黒のペンキ十五ガロン——が配達され、送り返すことになる。複数の新聞に司祭館を貸すという広告が載り、その家賃がごく安いので賃借希望者が大勢現れる。厩舎貸しますの広告が出て、馬糞売りますの広告も出る。複数の私立探偵に司祭の名前で手紙が届き、仕事が依頼される。

数か月にわたって悩まされつづけ、シャプルジは反撃を決意する。こちらも広告を打とうと一文を草し、最近の出来事のあらましを述べ、匿名の手紙の筆跡、文体、内容の特徴を説明する。投函の日時と場所を一つひとつ明らかにする。新聞諸紙には司祭の名前での依頼を断るよう、読者には些細なことでも思い当たる節があればご一報くださるよう、犯人には良心に恥じるところがないか自問するよう、求める。

二日経った午後、台所に通じる裏口の前に、クロウタドリの死骸の入った欠けたスープ鉢が現れる。翌日は執行吏がやってきて、ありもしない借金の形に家財を差し押さえはじめる。そのあとで婦人服の仕立屋がスタフォードから訪ねてきて、モードの花嫁衣装の採寸をすると言う。何も言わずに母親がモードを連れてくると、仕立屋はヒンズーか何かの婚礼で幼な妻になるのですかと遠慮がちに尋ねる。ちょうどその場に、油布製のコートが五着、ジョージに届く。

そしてそののち、一週間後のこと、司祭の懇請に対する応答が三紙の新聞に載る。黒枠で囲われ、見出しに「陳謝」とある。そこにはこう書かれている——

本状末尾に署名するグレート・ワーリー教区在住の我々両名は過去十二箇月の間に様々な人々の受け取った例の不快な匿名書簡の立案執筆が専ら我々によるものであることをここに言明する。我々はこれらの言辞を弄したこと、並びにキャノック警察の巡査部長であるアプトン氏にとり、またエリザベス・フォスターにとり、不利益となる言辞を弄したことを遺憾に思う。我々は求めに応じて我々の良心に恥じるところがないか自問した結果、関係各位並びに教会と警察の両当局に許しを乞うものである。

署名　G・E・T・エイダルジ及び
フレデリック・ブルックス

アーサー

アーサーは見ることを大事にした。瀕死の鯨の灰緑色の目を見、撃ち落とした鳥の砂嚢の中身を見、義理の弟になり損ねた死体の顔が弛緩するところを見る。そのようなものを見るとき先入観があってはならない――このことは一人の医師として実際上の必要であったし、一人の人間として道徳上の義務であった。

注意深く見ることがいかに重要か大学時代にエジンバラ病院で教わったという話をアーサーは好んで語った。そこの外科医ジョゼフ・ベルが、この大柄で熱意溢れる若者を気に入り、ベルの外来を担当する実習生にしてくれた。アーサーの仕事は患者を呼び集め、事前のメモを作ったうえ、医師が助手たちに囲まれて座っている診察室へ患者を連れていくことだった。ベルは患者一人ひとりに挨拶し、無言の、けれども猛烈な観察により患者の生活と性癖について可能な限り多くを推論しようとする。そして、この男はワニス塗り職人、この男は左利きの靴直し、と宣言してその場にいる者たち、とりわけ患者本人を驚かせる。アーサーは次のようなやりとりを覚えていた――

「さてと、あなた、陸軍にいましたね」
「はい、先生」
「除隊して長くありませんね」
「はい、先生」
「高地連隊《ハイランド》でしたか」
「はい、先生」
「バルバドスに駐屯してましたか」
「はい、先生」

それは手品、種も仕掛けもある手品だった。最初は不思議だが、説明を聞けば簡単である。

「いいかね、皆。あの男は礼儀正しい男だったが、帽子は脱がなかった。陸軍では脱がないからね。けれども除隊して長かったならば、民間人としての振る舞い方を身につけているはずだ。あの男には何やら威厳があり、スコットランド人であることは明らかだ。バルバドスのことは、訴えているのが象皮病の症状で、象皮病は西インド諸島のものでイギリスのものではないからね」

アーサーはこの人生で最も可塑《かそ》性の高い時期に医学的唯物論の考え方を教え込まれた。正規の宗教教育のわずかな名残も取り除かれた。しかし形而上的なものへの敬意は失わなかった。何らかの〈知的設計者〉の存在する可能性は認めていたのである。もっとも、その〈知的設計者〉が何であるか見極められなかったし、なぜその意図するところがこれほど迂遠な、そしてしばしば酷い仕方で実現されなければならないのかも理解できなかった。精神と魂とに関しては、当時の科学的説明を受け入れていた。精神とは脳の発散物であり、それはあたかも胆汁が肝臓の放出物であるのと同じであり、その性質は純粋に物質的なものである。一方魂とは、そのような用語を使うことがおよそ許されるとしての話であるけれども、精神が遺伝的に、また個人的に、様々に機能した結果の総体のことである。だが、知識はひとつところにとどまらないこと、今日の確信が明日の迷信となるかもしれないこともまた、アーサーは認識していた。それゆえ、見ることを続ける知的義務に終わりはないのである。

　隔週火曜に例会のあるポーツマス文芸科学協会で、アーサーはこの町の思索的精神の持ち主たちと出会った。ちょうどテレパシーの議論が盛んだった頃で、ある日の午後、カーテンの引かれた鏡のない部屋にアーサーは地元の建築家スタンリー・ボールと座ることになった。二人は数メートルの距離を置いて背中を向けあう。アーサーは膝に載せた画帳に何か形をひとつ描き、精神を強く集中することによりその像をボールに送ろうと努める。そして建築家のほうは、とにかく建築家自身の精神が提示していると感じられる形を描く。次に順序を逆にして、建築家が図形発信人となり、医師が受信人となる。二人を驚かせたことに、その結果の合致率には、偶然の一致とは有意な差が認められた。二人はこの実験を十分な回数重ね、科学的な結論に達することができた——すなわち、送り手と受け手との相性がよいならば、思考伝達は実際起こりうる、と。

　これはいったい何を意味するであろう。もしも明らかな伝達手段なしに、思考が距離を隔てて送られうるならば、アーサーの教師たちが唱える純粋な唯物論は少なくとも厳密に過ぎる。無論、描く図形の合致という結果をスタンリー・ボールとの実験で得たからといって、輝く剣を携えた天使たちが戻ってくるわけではない。けれども、ひとつの問題を提起することにはなる。それも一筋縄ではいかない問題である。

　同じころ、ほかにも多くの者たちが鉄壁の唯物論的宇宙を揺さぶろうと試みていた。催眠術《メスメリズム》のド・マイヤー教授——ポーツマスの各新聞が報ずるところによればヨーロッパ全土で名を轟かせているということだった――が町にやってきて、多くの健康な青年を意のままに操ってみせた。ある者は口をあんぐり開けて立ったまま、観客にいくら笑われても閉じることができない。またある者は膝をついたまま、教授の許可が出るまで立ち上がることができない。アーサーも舞台上の被験者の列にもぐり込んだが、マイヤーの催眠術にかかることはなく、感心できなかった。科学的実験というよりは、寄席芸能の趣が強かった。

アーサーとトゥーイは交霊会に出かけるようになった。スタンリー・ボールもよく来ていたし、サウスシーの天文学者ドレイソン将軍もいた。集まりの執り行い方は心霊研究の週刊誌『ライト』に出ていた。劈頭《へきとう》にエゼキエル書の第一章が朗読される――「凡《すべ》て霊のゆかんとする所には生物その霊のゆかんとする方に往く」。預言者エゼキエルの目に映ったもの――旋風と大いなる雲、輝き、火、それぞれ四つの顔と四つの翼を持つ四人の智天使《ケルビム》――の描写が出席者たちの感応力を高める。それから炎の揺らぐ蠟燭、フェルトのような感触の薄暗さ。精神を集中し、己を空しくし、一座の者で待つ。あるときはアーサーの大伯父の名に応えた霊がアーサーの背後に現れた。またあるときは槍を持った黒人だった。数か月経つと、霊の光が、アーサーにも時折見えるようになった。

このように多数で共同して行う集まりにどれだけの証拠価値を認めてよいものか、アーサーには確信が持てなかった。むしろ説得力があったのは、ドレイソン将軍の家で会った老いた男の霊媒だった。いささか芝居がかった様々な準備をしたのち、その老人は息を荒くして神がかり状態に入り、息をひそめた少人数の聴衆に向かって忠告やら霊からの伝言やらを与えはじめた。アーサーは懐疑主義の鎧《よろい》に身を固めて出席していた――ところが、霞《かすみ》のかかったような霊媒の目がアーサーに向けられると、か細い、遠い声がこんな言葉を発したのである。

「リー・ハントの本は読むな」

これは不気味などというものではなかった。それまで数日間、アーサーはリー・ハントの『王政復古期の喜劇作家達』を読むか読むまいか心の中で迷っていたのである。この件は誰との間でも話題にしなかったし、こんな悩みでトゥーイの心を煩わせるつもりのないことは言うまでもない。それなのに、口にしてもいないこの問題に対してこれほどぴたりとした答えを与えられるとは……。奇術師の手品とはわけが違う。一人の男の精神が、今はまだ説明のつかない仕方によって、もう一人の男の精神に入りこむことができる、そういう能力がなければ起こりえないことである。

この経験に深く感じ入ったアーサーは『ライト』誌に詳細な報告を書いた。さらにまたひとつテレパシーは存在するという証拠が見つかったのであり、目下のところそれ以上ではない。今までこれだけのことをこの目で見てきた——そこから推論できる最大限ではなく、最小限のこととは何であろう。もっとも、信頼に足る情報が今後も増えつづけるならば、そのときは最小限以上のことを検討する必要が生ずるかもしれぬ。自分が以前に確信していた一切がその確かさを失いはじめるとしたらどうであろう。そして、さらに言えば、最大限のこととはいったいどんなことになるのであろう。

夫がテレパシーと霊界とにのめり込んでいくのを、トゥーイは夫のスポーツへの熱中に対するのと同様、好意と注意を伴った関心をもって眺めていた。心霊現象の法則はクリケットの規則と同じくらい門外漢には不可解に思われた。しかし、そのどちらにも、好ましい結果というものがあるらしいことだけは分かっており、そのような結果が得られたときには夫から報告があるに違いないと素直に信じていた。それに、今やトゥーイは娘のメアリ・ルイーズの世話におおわらわだった。そしてその存在を生ぜしめるためには、人類が知るうちで不可解さから最も遠い、テレパシーから最も遠い法則が適用されたのであった。

ジョージ

新聞に出たジョージの「陳謝」が司祭に新たな調査の糸口を与える。司祭はジョージの連署人とされているフレデリック・ブルックスの父、村の金物屋のウィリアム・ブルックスを訪ねる。緑の前掛けをした金物屋は丸々と太った小男で、壁にモップや手桶や金盥《かなだらい》の掛かった倉庫室にシャプルジを通す。前掛けを取ると引き出しを開け、この家族が受け取った攻撃の手紙六通を差し出す。使われている紙は帳面から剝ぎ取られた罫線入りの、見慣れたもの。しかし筆跡のほうはばらつきがある。いちばん上の手紙はひょろひょろと頼りない子供っぽい字で書かれている。「黒い奴らから離れなければお前とお前の妻を殺す。お前たちの名前はちゃんと知っているんだ。お前たちが書いたとばらしてやる」ほかの手紙は、隠そうとはしていても、もっと力強い筆跡に見える。「お前の餓鬼とウィンのところの餓鬼、ウォルソルの駅で年寄りの女の顔に唾を吐きかけていたぞ」償いに金をウォルソル郵便局に送れと書き手は要求している。この手紙にはピンで第二便が留めてあり、こちらは要求に応じなければ告発すると脅している。

「金は送らなかったようですね」

「送るもんですか」

「そしてこのふたつの手紙を警察に見せたわけですね」

「警察？　警察にも私にも時間の無駄ですよ。だって子供の悪戯でしょ。それに聖書にもあるでしょう、棒切れや石ころじゃなし、言葉で何と言われたって平気の平左って」

ブルックス氏の典拠の誤りを司祭は訂正しない。そしてこの男の態度が何とはなしにおざなりであることも感じ取る。「ですが、届く手紙をただ引き出しに入れていたわけではないでしょう」

「ちょっと当たってはみましたよ。フレッドにも心当たりがあるか訊きました」

「このウィンさんというのはどなたです」

ウィンというのは鉄道を北に行ったブロクスウィッチに住む服地屋であるらしい。息子が一人いて、ブルックスの息子と同じウォルソルの学校に通っている。二人は毎朝汽車で顔を合わせ、大概一緒に帰ってくる。しばらく前に――具体的にいつのことだったか金物屋は明らかにしない――車両の窓を割ったのはお前たちだろうとウィンの息子とフレッド少年が咎められたことがある。二人とも、誓って自分たちではない、スペックという少年の仕業であると言い、結局は鉄道当局も告発することを見送った。そんなことがあったのが、最初の手紙の届く数週間前だった。何か関係があるのかもしれないし、ないのかもしれない。

そう聞いて、司祭はブルックスがこの件に不熱心であるわけを理解する。いいえ、と金物屋は答える。スペックというのがどこの子かは知りません。いいえ、ウィン家のほうには手紙は届いていません。いいえ、ウィンの息子とうちの息子はジョージと友だちではありません。最後の点はちっとも驚くにあたらない。

以上のやりとりをシャプルジは夕食前にジョージに話し、大いに勇気づけられたと宣言した。

「なぜ、勇気づけられるのですか、お父さん」

「関与している人間が多ければ多いほど、悪党が見つかる可能性は高くなる。悪党がいやがらせの対象を広げれば広げるほど、悪党が間違いを犯す可能性が高くなる。そのスペックという男の子のことは聞いたことがあるか」

「スペックですか？　いいえ」ジョージは首を横に振る。

「それにブルックス家にいやがらせが及んでいることからも、ある意味で勇気づけられている。これが単なる人種的偏見ではないという証拠だからな」

「それがよいことでしょうか、お父さん。複数の理由から憎まれることが」

シャプルジは頬をゆるめる。こうした知性の閃きが、普段は自分の殻に閉じこもっていることの多い、大人しい少年から発せられるのを見ることは、常に大きな喜びである。

「以前にも言ったことだがな、ジョージ、お前はいい事務弁護士になる」しかしその言葉を口にしているまさにそのとき、息子に見せずにいる手紙のうちの一通、そこにあった一行を思い出す。「今年の末までに、お前の子供は墓場に埋まっているか、一生雪げぬ汚名をこうむっているか、そのどちらかだ」

「ジョージよ」とシャプルジは言う。「お前に覚えておいてもらいたい記念日がある。一八九二年七月六日、ほんの二年前だ。その日、ダダブハイ・ナオロージ氏がロンドンのフィンズベリー・セントラル区から選出され、庶民院議員となったのだ」

「はい、お父さん」

「ナオロージ氏は長年にわたりロンドンのユニヴァーシティ・コレッジでグジャラート語の教授を務めていた人だ。私はその人としばらく文通をした仲でな、これは誇りに思っているのだが、私の『グジャラート語文法』に賛辞をくださった」

「はい、お父さん」これまで教授の手紙がジョージの前で広げられたことは一度や二度ではない。

「ナオロージ氏の当選は、まことに不名誉な時代の名誉ある結末であった。首相のソールズベリー卿は、肌の黒い人間は議員に選ばれてはならぬし、選ばれることはないだろうと言ったのだ。ソールズベリー卿はその発言で女王陛下からじきじきに譴責《けんせき》を受けた。そしてそれからわずか四年後、フィンズベリー・セントラルの有権者たちは、ソールズベリー卿にではなく、ヴィクトリア女王に賛成するという結論を出したのだ」

「でも、お父さん、僕はパールシー（訳注　インドのペルシア系ゾロアスター教徒）

ではありません」ジョージの頭に次々と言葉が甦る――イングランドの中央部、大英帝国の脈打つ心臓、流れる血液としてのイングランド国教会。僕はイングランド人だ。イングランドの法を学ぶ者だ。そしていつの日にか、神がお許しになれば、イングランド国教会の儀式典礼に則って結婚することになるだろう。生まれたときから、そういうふうに両親に教えられてきた。

「ジョージよ、確かにそれはそうだ。お前はイングランド人だ。だが、よその人たちは必ずしも完全に同意するとは限らない。そして私たちが住んでいる、ここ――」

「イングランドの中央部です」寝室で問答を仕掛けられたみたいにジョージは応じる。

「そう、私たちがいるイングランドの中央部、そして私が二十年近くも司祭を務めてきたイングランドの中央部は――被造物は皆平等に神の祝福を受けているにもかかわらず――いまだ少々未開であるのだ、ジョージ。それだけでなく、これから先も、まさかと思うようなところで未開の人々に出会うことがあるだろう。社会の中で、もう少しましだろうと予想されるような階級にも、そういう人々は存在するのだ。だが、ナオロージ氏が大学の教授や庶民院議員になることができるのならば、ならばジョージよ、お前も事務弁護士に、社会の尊敬される一員に、なることができるし、きっとなるだろう。そしてもし不公平なこと、場合によっては悪辣なことが行われたならば、そのようなときには一八九二年七月六日という日を思い出しなさい」

そう言われてジョージはしばらく考え、それから先程の言葉を、静かに、しかしきっぱりと繰り返す。「でも、お父さん、僕はパールシーではありません。そういうふうにお父さんからもお母さんからも教えられてきました」

「ジョージよ、記念日を覚えておきなさい。記念日をな」

アーサー

アーサーは今までより職業的にものを書きはじめた。文学的な体力がついてくるのに従い、それまで短篇小説だったのが長篇になった。そのうち最も出来のよいものが英雄たちの十四世紀を背景とすることは言うまでもない。作品はどの一頁も夕食後にトゥーイに読んで聞かせ、完成原稿はかあさまのもとに送って編集の参考となる論評を加えてもらうことを常とした。秘書兼口述筆記者としてポーツマス中学の教諭であるアルフレッド・ウッドを雇いもした。控え目で有能、薬剤師を思わせる実直な風貌の男で、スポーツは何でもこなし、クリケットの球を投げさせれば相当の剛腕でもあった。

しかし、医術が目下の生業《なりわい》であることに変わりはなかった。そしてもし医学の世界で栄達を求めるなら、そろそろ専門の分野を決める時期がきていることは分かっていた。アーサーは従前より、生活のあらゆる局面において、注意深く見るということを誇りにしていた。従って、霊の声や宙に跳び上がるテーブルに教えてもらうまでもなく、何の医者になるかの選択に迷いはなかった——眼科医である。アーサーは曖昧なことでごまかす男ではなく、どこで訓練を受けるのがいちばんよいか即座に決めた。

「ウィーン？」トゥーイは怪訝な面持ちで鸚鵡《おうむ》返しに言った。なにしろイングランドの外に出たことがなかったのである。季節はすでに十一月、冬が迫っている。小さなメアリは歩きはじめた——後ろからサッシュベルトをつかんでいてやればだけれど。「いつ発ちますか」

「すぐに」アーサーは答えた。

そしてトゥーイは——あっぱれ取り乱すことなく——ただ針仕事の手を休めて立ち上がり、一言つぶやいた。

「それじゃ急がなくっちゃ」

二人は自宅を売り払い、メアリをホーキンズ夫人に預け、六か月の予定でウィーンに旅立った。アーサーはウィーン総合病院の眼科講座聴講の登録をしたものの、かつて二人のオーストリア人生徒に挟まれて歩いて覚えたドイツ語では、そもそもその生徒たちの言葉遣いが最上等とは言いかねることも少なくなかったこともあり、専門用語のやたらに多い早口の授業を受けるには不十分であるとじきに判明した。それでも、オーストリアの冬にはスケートの楽しみがあり、ウィーンの街には極上のケーキがあった。アーサーは短めの小説『ラッフルズ・ホーの奇蹟』を書き上げさえして、それで二人のウィーン滞在費の全額を賄った。しかしながら二か月ののち、アーサー自身、ロンドンで勉強していたほうがよかったと認めるに至った。この計画変更にトゥーイはいつもながらの平静さと迅速さをもって対応した。二人は帰途パリに寄り、その地でアーサーは数日間にわたって眼科医ランドルトの教えを受ける機会を得た。

かくして二か国で訓練を受けたと称することが可能になったアーサーは、ロンドンはデヴォンシア・プレースに部屋を借り、眼科協会会員に選ばれ、患者が来るのを待った。同業の大物たちが仕事を回してくれることにも期待をかけた。人気の医師はしばしば忙しすぎて、屈折力を自分で計算していられないからである。屈折力の計算を詰まらぬ単純作業と見る者もいたが、アーサーはこの方面に自信があり、おこぼれの仕事にありつけることを当てにしていた。

デヴォンシア・プレースの部屋は待合室と診察室からなる。しかし数週間もすると、アーサーは冗談半分に、どちらの部屋でも待つばかり、そして待っているのは医者のほうだと言うようになった。しかし無為には耐えられないので机に向かい、そして書いた。すでに文筆業の修行も十分に積んでいたアーサーは、ちょうどこの業界を席捲《せっけん》していた現象に目を向けた――雑誌小説である。アーサーは問題の解決に頭をしぼるのが大好きで、この場合の問題は次のようなことだった。雑誌に掲載される小説に二種がある。一方には非常に長い連載小説があり、毎週、毎月、読者を罠におびき寄せる。他方には一回読み切りの短篇がある。短篇の欠点は往々にして食い足りないこと、連載の欠点は一号分でも読み損なうと筋が分からなくなることだ。このジレンマに対して持ち前の実際的な脳を働かせ、アーサーは二種の形式それぞれの長所を結びつけることを目論んだ。すなわち連作の短篇として一号毎に完結させ、けれども作中人物の多くを毎号登場させることにより、読者の共感なり反感なりを呼び覚ますようにする。

それゆえ毎号確実に、しかも多種多様な冒険に遭遇するような主人公が必要であった。言うまでもなく、必ずしも当てはまらない職業がほとんどである。だがアーサーは、デヴォンシア・プレースで思案をめぐらすうち、すでに創作した中に打ってつけの候補がいるではないかと思いはじめた。どちらかと言えば不出来な小説の二篇において、エジンバラ病院のジョゼフ・ベルを模した私立探偵が主人公だったのである。猛烈な観察と、それに続く厳密な推論、これこそが病気の診断にとっても、犯罪の分析にとっても鍵なのだ。この探偵をアーサーは当初シェリダン・ホープと名づけたのであった。しかし、この名前は飽き足りなく思われ、書くうちにシェリダン・ホープはまずシェリングフォード・ホームズに変わり、それから――あとになってみれば必然と感じられる――シャーロック・ホームズに変わったのである。

ジョージ

手紙と悪戯が続く。シャプルジが自問せよと訴えたことはさらに犯人を挑発することになったらしい。司祭館が下宿屋を開業、部屋代は格安と新聞に出る。次には屠畜場になったと出る。婦人用コルセット類の無料見本、お求めに応じて速達いたします、とも出る。どうやらジョージは眼医者となって診療を始めたらしい。無料で法律上の相談にも乗るらしいし、免許を得てインド及び極東への旅行者のために切符類や宿泊先を手配もするらしい。戦艦の燃料かと思うほどの量の石炭が配達される。百科事典が届き、生きた鵞鳥《がちょう》も一緒に到来する。

いつまでも同じように神経を尖らせ続けることは不可能であり、しばらくすると一家にとって嫌がらせを受けるのもほとんど日常の一部と化す。夜が明ければ司祭館の敷地を点検して回り、品物が届けば門口で断るか返送する。専門的な治療、相談などを求めて訪ねてきて当てが外れた人には事情を説明する。シャーロットなどは、緊急の援助を求められて遠方の州からやってきた聖職者たちを宥《なだ》めるのが巧みになりさえする。

ジョージはメーソン・コレッジを卒業し、今はバーミンガムの事務弁護士事務所で実務を修習中である。毎朝汽車に乗るときは、家族を見捨てるようで気が咎める。けれども晩になれば安心できるわけではなく、また別の不安を覚えるばかりである。この危機に対して父が選んだ反応の仕方もまた、ジョージには妙なものに感じられる――いかにパールシーは昔からイギリス人に好かれてきたか、ジョージを相手に短い講義をするのである。かくしてジョージは、イギリスまで旅してきた最初のインド人がパールシーだったことを知る。イギリスの大学でキリスト教神学を学んだ最初のインド人もパールシーだった。オックスフォードの最初のインド人大学生もそうだったし、のちには最初のインド人女子大学生もそうだった。宮中で国王に拝謁を賜った最初のインド人もそうだったし、のちには同じ栄に浴した最初のインド人女性もそうだった。大英帝国インド文官職の資格を得た最初のインド人もパールシーだった。シャプルジはイギリスで実習を修めた外科医や法律家のことをジョージに話す。アイルランドが飢饉に見舞われたときの、またのちにはランカシアの困窮する工場労働者への、パールシーの慈善活動のことを話す。果ては、イングランドに遠征してきた最初のインドのクリケットチームのことまで話して聞かせる――チーム全員がパールシーだったのである。しかしジョージはクリケットにはまったく関心がなく、この父の戦略は藁にもすがるの感が強く、役には立たなさそうだと思う。パールシーとして二人目の庶民院議員になるムンチェルジ・ボーナグリーが北東ベスナル・グリーン選挙区から当選を果たし、司祭館でも祝杯をあげなくてはならぬとなったとき、恥ずべきことにジョージの心の中に厭味な言葉が浮かんでくる。新人議員に手紙を書いて、力を貸してくれるように頼んだらいいじゃないか。石炭や百科事典、生きた鵞鳥が届かないようにしてください、と。

シャプルジは配達されてくる諸種の品々よりも、手紙のほうを心配する。ますます、宗教的偏執狂の手になるものと思われてくる。手紙末尾の署名は神、ベルゼブル、悪魔である。書き手は自らを、永遠に地獄に迷い込んだ者であると、あるいは地獄に至ることを真剣に望む者であると称する。その宗教的熱狂が暴力的意図を示しだしたとき、司祭は家族の身の安全を案じはじめる。「私は神に誓う。近々ジョージ・エイダルジを殺害することを」「必ず混乱と流血を起こしてみせよう。起こせなければ、主によって一撃のもとに殺されて構わない」「私は呪いの言葉をお前たちに浴びせつつ地獄へ落ちよう。そして時到らば、そこでお前たちと相見《まみ》えよう」「お前たちがこの地上にいられる時間も終わりに近づきつつある。私は神によって選ばれたこの任務のための道具であるのだ」

二年以上も嫌がらせが続き、シャプルジは州警察本部長にもう一度かけ合う決心をする。書面で出来事を報告し、参考のために手紙を何通か同封し、今や明確な殺人の意図が表明されていることを丁重な言葉遣いで指摘し、このような脅迫を受けている罪のない家族を警察の力をもって守っていただきたいと求める。アンソン警察本部長からの返信は保護依頼を黙殺し、ただこう述べている。

犯人の名前を知っているとは申さぬものの、小職には具体的な心当たりがある。もっともその心当たりを公にすることは今は控え、その推測を証明することが可能となる日を待つこととする。小職はいずれ犯人に懲役罰を与えることができると信ずるものである。何となれば、法律上重大な犯罪を構成しかねない行為は極力避けるべく多大の注意を払っている様子ではあるが、問題の手紙の書き手は二、三の場合において度を過ごしており、極めて重い刑罰を受ける危険に身を晒しているのである。いずれ犯人が発見されるであろうことについては寸毫《すんごう》の疑いもない。

この手紙をシャプルジは息子に渡し、意見を求める。

「一方では」とジョージは答える。「州警察本部長は、犯人が法律の知識を巧みに利用して、いかなる形でも法に抵触しないよう努めていると主張しています。他方では、懲役刑を受けるに値する明らかな犯罪がすでに行われたと考えているようです。その場合、結局のところ、犯人はあまり頭のいい男ではないことになります」ジョージはそこで言葉を切り、父の顔を見る。「もちろん本部長が言っているのは僕のことです。あの鍵を僕が盗んだのだと信じ、今度はあの手紙を僕が書いたのだと信じているのです。僕が法律の勉強をしていることも知っていますから——誰のことを言っているのかは明らかです。お父さん、僕の考えでは、正直なところ、手紙を書いた張本人より州警察の本部長のほうが僕にとって大きな脅威かもしれません」

そうとは限らないとシャプルジは思う。一方は懲役刑に服させると脅し、他方は殺すと脅しているのだ。頭から州警察本部長に対する憤りが追い払えない。手紙のうちでも最も卑劣なものはまだジョージに見せていない。あんな手紙をジョージが書いたなどと、アンソンが本気で信じているということがあり得るだろうか。そうだとしたら、教えてもらいたいものだ。自分自身に宛てて匿名の手紙を書き、自分自身に向かって殺してやると脅すことの、いったいどこが犯罪なのか。日夜、シャプルジは第一子の息子のことを心配する。夜はよく眠れず、しばしば自分でも意識せずにベッドを出て、ドアに鍵がかかっているか、分かっているはずなのに慌てふためき確かめている。

一八九五年の十二月、ブラックプールの新聞に広告が載り、司祭館の家財道具一切を一般公開の競売に付す旨が告げられる。どの品についても最低価格は設定されません。司祭夫妻は日の迫ったボンベイへの出立の前にすべてを処分したいと強く希望しているからです、云々。

ブラックプールといえば直線距離で少なくとも百五十キロはある。嫌がらせが国中に広がっていくところがシャプルジの目に浮かぶ。ブラックプールはまだ序の口かもしれない。次はエジンバラ、ニューカースル、ロンドン。そのあとはパリ、モスクワ、トンブクトゥ……。あり得ないことではないぞ。

そして、始まったときと同じく突然にやむ。手紙も来ないし、注文しない品も届かない。悪戯の広告も載らないし、聖職者仲間が玄関口で穏やかでないことを口走ることもない。それが一日続き、一週間続き、一か月続き、二か月続く。やんだのだ。本当にやんだのである。

第二部　終わりのある始まり

ジョージ

各種の嫌がらせがやんだ月、シャプルジ・エイダルジはグレート・ワーリーの司祭に任命されて二十周年の記念日を迎える。それに続いて、この司祭館で祝う二十回目の――いや、二十一回目の――クリスマスがやってくる。モードには綴れ織りの栞《しおり》が、ホレスには父の著した『聖パウロのガラテヤ書講話』がホレス専用に一部、ジョージには勤務先の壁に掛けてはどうかと「世の光」と題されたホルマン・ハント氏によるセピア色の版画が、それぞれ贈られる。ジョージは両親に礼を言うが、上級弁護士たちが何と思うか容易に想像がつく。経験わずか二年の実務修習生、安心して任せられるのは書類の清書くらいの若僧に、什器備品を決める資格などあるものか、と憤るだろう。それだけでなく、依頼人は法律上の助言を求めて事務弁護士を訪ねてくるのであり、別種の助言を鼓吹《こすい》するハント氏の作品を見たならば戸惑いを覚える恐れがある、と心配もするだろう。

新年の最初の数か月が過ぎていくにつれ、毎朝カーテンを開けるときの不安も減じていく――大丈夫、芝生の上にあるのはきっと神から賜る輝く露だけだ。それに郵便配達夫の姿が見えても怯えなくなる。司祭は口癖のように、私たち家族は火をもって試されたのであり、主を信ずる心がこの試練を乗り越えさせてくれたのだ、と言うようになる。虚弱で信心深いモードには、できるだけ何も知らせずにおいた。今や十六歳、頑健で真っ直ぐな気性の若者に育ったホレスのほうは、もっと事情が分かっていて、こっそりとジョージに本心を打ち明けることがある。ホレスは〈目には目を〉という昔の方式こそ改善の余地のない正義の実現法であるという見解で、もしも生垣越しにクロウタドリの死骸を放り込んでくる者を見つけたら、そいつの首をこの手でへし折ってやると息巻くのである。

両親の想像とは異なり、サングスター、ヴィカリー&スペイト法律事務所にジョージの部屋はない。与えられているのは背のない小さな腰掛けと、絨毯も途切れた部屋の隅に置かれた書き物机で、そこに日の光が射し込むか否かは遠い天窓の機嫌次第である。まだ懐中時計は持てておらず、専用の法律書一式はさらに先の話になるだろう。けれども帽子だけはちゃんとしたのを持っている。グレーンジ・ストリートのフェントン帽子店で求めた三シル六ペンスの山高帽だ。そして家のベッドは相変わらず父のベッドから三メートル足らずのところにあるけれども、心の内の微《かす》かな動きとして、自立した生活の始まりを感じている。それぞれ近隣の事務弁護士事務所に勤める二人の実務修習生、グリーンウェイとステントソンという知り合いさえできた。少し年嵩の二人に誘われて一度は昼休みにパブに出かけ、短い時間ではあったけれども、身銭を切って注文した酸っぱくて嫌な味のするビールを楽しむふりもした。

メーソン・コレッジにいた頃は、日々そこに身を置くことになったこの大都市にほとんど無関心だった。街のことは、駅と書物との間に立ちはだかる、騒音と雑踏からなる障壁くらいにしか感じていなかった。じつを言えば怖かった。しかし今ではこの街でくつろげるようになりはじめ、この街に好奇心が湧きつつある。この活気と迫力に押し潰されなければ、いつかは自分も街の一部になれるかもしれないと思う。

ジョージはバーミンガムについての本を渉猟《しょうりょう》しはじめる。最初は刃物師に鍛冶屋に金属加工の話で、いささか退屈な読み物に感じる。次に来るのは清教徒革命に大悪疫、蒸気機関に月光協会《ルナー・ソサエティ》、一七九一年のバーミンガム暴動、人民憲章運動《チャーティズム》の騒擾《そうじょう》。けれども、ほんの十年ほど前、バーミンガムは巨軀《きょく》をひとつ揺すり、当代の都市として目を覚ます。すると突然、読んでいるのが現実のこと、今の自分と関わることなのだという感じがする。自分だってバーミンガムの歴史上記念すべき日のひとつに居合わせることもできたのだと気づいたジョージは身悶えする。一八八七年の一日、女王陛下の来臨を賜ってヴィクトリア裁判所の定礎式が執り行われたのである。そしてそれ以来、新しい建物、新しい施設が続々と建ちあがり現在の街の姿となった——総合病院、仲裁会議所、精肉市場。目下、大学の設立のために寄付が募られている。新しい禁酒会館を建てる計画もあり、またバーミンガムをウスター主教区から独立させ自前の主教を戴かせるという案も真剣に検討されている。

そのヴィクトリア女王行幸の日、歓迎に五十万人が繰り出し、そんな物凄い人出にもかかわらず、騒ぎも起こらなければ怪我人も出なかったという。ジョージは感心し、かといって驚きはしない。都市は暴力的な、混みすぎた場所であり、それに対して田舎は静かで落ち着いていると、一般には言われる。しかしジョージ自身の経験ではその逆である。田舎は不穏で原始的で、それに対して都市は生活に秩序があって、近代的だ。もちろん、バーミンガムに犯罪や悪徳やもめごとがないわけではない。そうでなければ今のように大勢の事務弁護士が食べていけるはずがない。だがジョージには、この街のほうが人間が理性的に振る舞い、遵法《じゅんぽう》精神に富むように思われる。礼儀正しいのだ。

日々この都市に出てくることに、ジョージは心が引き締まると同時に慰めになる何かを感じている。旅があって、目的地がある——そのようなものとして人生を理解せよと教えられてきた。目的地は家にあっては神の国である天国であり、事務所にあっては正義、すなわち依頼人の主張が通ることである。しかし、どちらを目指す旅路も、別れ道と、敵の仕掛けた罠とに満ちている。それらの旅に本当はこうあってほしいという形、こうもなりうるのだという形を、鉄道はそれとなく示している。平行に伸びる軌道の上を、定められた時刻表に従って、終点を指して滑らかに進む。それに乗る客は一等、二等、三等の客車に分けられている。

それゆえか、ジョージは鉄道に害を加えようとする者に静かな怒りを覚える。窓を上げ下げするための革の帯をナイフや剃刀《かみそり》で切る若者、ないしは一人前の男がいる。座席の上の額縁を無意味に傷つける者もいる。跨線橋《こせんきょう》をうろつき、機関車の煙突の中に煉瓦を落とそうとする者もいる。どれもこれもジョージには理解不能である。一ペニー銅貨を軌道上に置き、急行列車に轢《ひ》かせてぺしゃんこにして、直径が倍ほどにもなったのを見るなどは無害な遊びに思われるかもしれないが、これもジョージは列車の大破につながりかねない危険行為と見なす。

当然、これらの行為には刑法が適用される。しかしジョージは次第に乗客と鉄道会社との私法上の関係に心を奪われていく。一人の乗客が乗車券を買い、その瞬間、対価の授受が行われ、契約は直ちに成立する。しかし、いかなる種類の契約関係に入ったのか、つまりいかなる義務を両当事者は負うことになったのか、遅延、故障、事故の場合に、鉄道会社に対していかなる補償の請求を行うことが可能であるのか、当の乗客に訊いてみたとしよう。恐らくは何の答えも返ってこないであろう。そしてこれは乗客側の落ち度ではないのかもしれない。乗車券に契約関係を仄めかす文言はあるが、その約定の詳細は幹線の駅のいくつかと、鉄道会社の事務所とに掲示されているのみである。わざわざ回り道をして、その内容を確かめる時間が、忙しい旅客にあるはずもない。それにしてもジョージは不思議に思う。世界に先駆けて鉄道を発明したイギリス人が、鉄道を単に便利な輸送手段と見るばかりで、多様な権利と義務の結集点と捉えないとはどうしたことか。

そこでホレスとモードをいわゆる〈クラパムの乗り合い馬車上の人〉として、すなわち一般人の代表として、指名する。もっともこの場合は、〈ウォルソル―キャノック―ルージリー鉄道上の人〉なのだけれども。法廷には許しを得て日曜学校の教室を使う。弟と妹を机に着席させ、最近外国の判例集で見つけた事例を話して聞かせる。

「今は昔」と始め、この話をするにはこうすることが必要なのだというふうに行ったり来たり歩きだす。「ペイエールという名のとても太ったフランス人がいた。体重が百五十キロ以上もあった」

ホレスがくすくす笑いだす。ジョージは弟に怖い顔をして、法廷弁護士《バリスター》よろしく両手で左右の襟をきゅっと引っぱる。「法廷で笑ってはいけない」とぴしゃりと言い、先に進む。「ムシュー・ペイエールはフランスの鉄道で三等の切符を買った」

「どこへ行くところだったの」とモードが訊く。

「どこへ行くところだったのでもよろしい」

「なぜそんなに太っていたんです」とホレスが迫る。このにわか仕立ての陪審は、好きなときに質問してよいと思っているらしい。

「さあね。きっとお前に輪をかけて食い意地が張っていたんだろう。実際、あんまり食い意地が張っていたものだから、列車が来てみると、乗ろうとしても三等車のドアを通れなかったのだ」その情景を思い浮かべてホレスは忍び笑いを始めるが、ジョージは構わず続ける。「そこで次に二等車を試してみたのだが、あんまり太っていてそこにも入れなかった。そこで一等車を試して――」

「試してみたけど、あんまり太っていてそこにも入れなかった！」ホレスが大きな声で、小咄の落ちを先回りするみたいに言う。

「違うのだ、陪審員諸君。一等車のドアは通ることができたのだ。だから席に腰を下ろし、列車は――どこに向かってだかはともかく、動きだした。しばらくすると検札係がやってきて、切符を検《あらた》め、一等料金と三等料金との差額を求めた。ムシュー・ペイエールは支払いを拒否した。鉄道会社はペイエールを訴えた。さあ、何が問題か分かるかい」

「問題は太りすぎていたこと」とホレスは言い、またくすくす笑いだす。

「お金が足りなかったんだわ」とモードは言う。「かわいそう」

「いいや、問題はそのどちらでもない。金は払えるだけ持っていたけれども、拒否したんだ。説明しよう。ペイエールの弁護人の主張はこうだ。ペイエールは乗車券の購入によって法的な履行要件を満たしており、もしも一等車以外の車両のドアがどれもペイエールには幅が狭すぎたなら、それは鉄道会社側の落ち度である。一方会社側は、太りすぎのペイエールが車両によってコンパートメントに入ることができないならば、入ることができるコンパートメントの乗車券を買うべきだと主張した。さあ、どう思う」

ホレスは断固たる態度をとる。「一等車に乗ったのなら、一等車の料金を払うべきだ。それが理屈だよ。大体そんなに菓子を食うべきじゃなかったんだ。太りすぎは鉄道会社の責任じゃない」

モードには弱い者の肩を持つ傾向があり、太ったフランス男は弱い者の範疇に入ると決まる。「太っているのはその人の責任じゃないわ」と始める。「もしかしたら何かの病気かもしれない。それともお母様が亡くなって、悲しさのあまり食べすぎたのかもしれない。それとも――理由はいくらでもあるでしょ。座っていた人を席から立たせて、三等のコンパートメントと交換させたわけでもないし」

「肥満の理由は法廷では明らかにされなかったんだ」

「ならば法律は間抜けだ」とホレスが言う。最近本で覚えた台詞だ。

「前にも同じことやったことあるのかしら」モードが訊く。

「うん、それはいいところに目をつけた」ジョージは言い、判事みたいに頷いている。「意図の問題に関わるからね。以前の経験から太りすぎで三等のコンパートメントには乗れないと知っていて、そうと知りながら乗車券を買ったのか、それともちゃんとドアを通れると嘘偽りなく信じて乗車券を買ったのかの問題だ」

「それで、どっちなんです」ホレスが焦れて訊く。

「分からないんだ。判例集に書いてないんだよ」

「じゃあ、答えは」

「そうだな、この法廷の答えは、陪審は意見の一致をみず、だね。それぞれの側に一人ずつついたから。とことん二人で争うしかない」

「モードと争うつもりはないよ」とホレスは言う。「女の子だからね。本当の答えはどうなんです」

「うん、リールの軽罪裁判所は鉄道会社を勝訴させた。ペイエールは会社への弁済を命じられたんだ」

「僕の勝ちだ！」ホレスが叫ぶ。「モードが間違ってた！」

「どちらも間違ってはいない」とジョージが応じる。「この訴訟はどっちに転んでも不思議じゃなかったんだ。そもそも、だからこそ争いごとが裁判所に持ち込まれるわけでね」

「でもやっぱり僕の勝ちだ」ホレスは言う。

ジョージは満足である。年若い陪審員の興味を引きつけることに成功し、その後は土曜の午後ごとに新しい事例、問題を二人に与えている。満席のコンパートメント内の乗客は、プラットフォームから乗り込もうとする他の乗客に対してドアを閉めたまま開けない権利を有するか。人の財布を座席上に見つけた場合と、硬貨を一枚クッションの下に見つけた場合とでは、法的な違いがあるか。最終列車に乗って帰宅するさい、自宅の最寄り駅で列車が停車し忘れ、そのため雨の中を八キロ歩いて引き返すことを余儀なくされた場合、どうなるか。

陪審員が関心を失いだしたのに気がつくと、興味深い事実や変わった事例を持ち出して楽しませる。例えば、ベルギーの犬の話をする。イングランドでは、犬は口輪をはめて車掌車に乗せなければいけないと規則で定められている。それに対してベルギーでは、犬でも乗車券さえあれば乗客の身分を獲得できる。ジョージは狩猟家が起こした訴訟を引く。レトリーバーを連れて列車に乗り、隣の席に座らせておいたところ、人間が優先であるとの理由から退《ど》かされたというものである。裁判所は――ホレスを喜ばせ、モードを不満がらせたことには――原告を勝訴させたのであり、この判決の下りたのちは、ベルギーの十人掛けコンパートメントに五人の人間が五匹の犬を連れて乗っていれば、そしてその五人と五匹の全員が乗車券を持っていれば、そのコンパートメントは法的には満席と見なされることとなったのである。

ホレスとモードはジョージに驚いている。教室でのジョージには、今までになかった権威がある。それだけでなく、陽気さといおうか、二人の知る限り冗談を言ったことのない兄が、その冗談を言う一歩手前まできている感じがある。ジョージのほうも、この陪審員たちは参考になると思っている。ホレスはたちどころにきっぱりとした——大抵は鉄道会社側を支持する——見解に至り、その立場を守って梃子《てこ》でも動かない。モードは結論を出すのにもっと時間をかけ、より適切な問いを発し、乗客の身に降りかかりうるどんな不便ひとつを聞いても気の毒がる。無論、弟と妹の意見は広汎《こうはん》な鉄道利用者のそれを反映するわけではないけれども、自分たちの権利についてほとんどまったく無知である点においては、典型であるとジョージは思う。

アーサー

アーサーは探偵小説を新式にした。旧式の思考緩慢な主人公、どうぞとばかりに目の前に並べられた、いかにも手がかりらしい手がかりを解読して喝采される、お馴染みの凡庸な主人公はお払い箱にした。その代わりに登場させた冷徹で計算に長《た》けた人物は、糸を巻いた玉に殺人事件の手がかりを見出し、ミルクの入った皿から揺るぎない確信を得た。

ホームズはアーサーに突然の名声と——そしてこちらはイングランド代表の主将になったとしても手に入らなかったはずの——金とをもたらした。アーサーは恥ずかしくない大きさの家をサウスノーウッドに買った。塀をめぐらした庭は奥行があり、テニスコートをつくれるだけの広さがあった。玄関広間には祖父の胸像を置き、本箱の上には北極海での獲物を飾った。常雇いとして定着した感のあるウッドのためには事務所を見つけた。ロティは住み込みの家庭教師をしていたポルトガルからすでに帰ってきていたし、ロティより派手やかなコニーは、それにもかかわらず、タイプライターを打たせれば極めて有能であることが判明しつつあった。タイプライターはすでにサウスシーで購入していたが、アーサー自身はついに使いこなすまでに至らなかった。得手であったのはトゥーイと一緒に漕ぐ二人乗り自転車のほうだった。これはトゥーイが第二子を妊娠すると、男の脚だけを動力とする三輪自転車に切り替えた。天気のよい午後にはトゥーイを乗せてサリーの丘陵に飛び出して、長駆五十キロを走破した。

成功者であること、すなわち顔を知られ、じろじろと見られることにも馴れた。新聞に取材されることに伴う種々の満足と当惑にも馴れた。

「あなたは満ち足りた、にこやかな、家庭的な男なんですって。ここに書いてありますわ」トゥーイは読んでいる雑誌に向かって微笑んでいる。「背は高く、肩幅は広く、その手は訪問者の手を力強く握って心からの歓迎を伝えながら痛みを与える」

「誰が書いてるんだ」

「『ストランド・マガジン』です」

「ああ、ハウ氏だったな、確か。天性のスポーツマンとは違うようだったな。プードルみたいな手をしていた。君のことは何て書いてある」

「私のことですか……あら、読めません」

「いいから読みなさい。知ってるだろう、君が顔を赤くするのを見るのが好きなんだ」

「私のことは……『素晴らしく魅力的な女性』ですって」

そして、期待どおり、トゥーイは顔を赤らめ、急いで話題を変える。「アーサー、ここに『ドイル博士は必ず最初に物語の結末を考え、その結末に向かって書き進める』とあるけれど、そんな話、してくださったことなかったわね」

「そうだったかな。当たり前すぎるからかもしれない。締めくくりが分かっていなくて、どうして出だしが分かる。ちょっと考えてみれば理の当然なんだ。ほかにどんなことが書いてある」

「こうも書いてあります。『着想はありとあらゆるときに湧く。散歩をしているとき、クリケットをしているとき、三輪自転車を漕いでいるとき、テニスをしているとき』そうでしたの、アーサー？　だからですの、テニスの最中にときどきぼんやりしているのは」

「ちょっと恰好をつけすぎたかもしれない」

「それに、ご覧になって。可愛いメアリがちょうどこの椅子に立っています」

アーサーも身を乗り出した。「僕の写真をもとにした版画だ。ほら、下に僕の名前を入れるのを忘れるなと言っておいたんだ」

アーサーは文筆の世界で有名人になっていた。ジェロームやバリーとは友人の付き合いだし、メレディスやウェルズとも会った。オスカー・ワイルドとは食事を共にして、ごく礼儀正しい、気持ちのよい人物であるという感想を持った。ひとつにはアーサーの『マイカー・クラーク』を読んでいて、褒めてくれたからである。ホームズを続けるのは二年がよいところ、長くても三年でこの探偵には死んでもらおうと今のアーサーは考えていた。その後は自分が最も力を発揮できると常々考えている歴史小説に専念するつもりである。

これまでの業績は誇りに思っていた。もしもパートリッジの予言を実現させ、クリケットでイングランド代表の主将になっていたとしても、今以上に胸を張ることができたかどうか分からない。また、これから先、イングランド代表の主将になる可能性がないことはきわめて明白だ。右打ちの打者としては捨てたものではないし、スローボールなら一部の打者を困惑させるだけの投球術も備えている。投打にバランスのとれた選手としてメリルボン・クリケット倶楽部で活躍するくらいは可能かもしれない。しかし今でも抱き続けている望みはもっとささやかで、それはウィズデンのクリケット年鑑に自分の名が記されることだった。

トゥーイが男児アレイン・キングズリーを産んだ。昔からアーサーの夢は家を家族でいっぱいにすることだった。しかし気の毒なアネットは異国ポルトガルで死に、相変わらず頑固なかあさまはあの男の土地の上にある田舎家を出ようとしない。それでもアーサーには妹たちがいて、子供たちがいて、妻がいる。そして弟イネスは程遠からぬウリッジにいて、軍隊生活に入る準備をしている。アーサーは一家の大黒柱であり、贈り物を与えること、金額未記入の小切手を与えることに喜びを感じる家長であった。そしてその役割を一年に一度、正式に演じもした――サンタクロースに扮したのである。

本来の順序はアーサーにも分かっていた。妻、子供たち、妹たちの順が正しい。結婚して何年になるだろう。七年、それとも八年か。トゥーイはおよそ妻に求められる条件をすべて満たした女性、掛け値なしに素晴らしく魅力的な女性である。『ストランド・マガジン』に書かれていたとおりだ。落ち着きがあり、最近は万事手際がよくなった。一男一女を産んでもくれた。アーサーの書いたものについては形容詞ひとつに至るまで全幅の信頼を置き、アーサーが何を企てても支持してくれる。アーサーがノルウェーを見てみたいと言い、二人はノルウェーに行った。アーサーは晩餐会を催すことを好み、トゥーイは夫の趣味に適った晩餐会を準備する。良いときも悪いときも、富めるときも貧しいときも愛することを誓ってトゥーイを妻として、今までのところ、悪いときもなければ貧しいときもなかった。

然《さ》は然りながら。アーサーが自分をごまかさずに言えば、今は以前とは違った。二人が出会ったとき、アーサーは若く、ぎこちなく、無名だった。トゥーイはアーサーを愛し、不平ひとつ言わなかった。今のアーサーは、若いことに変わりはないが、成功を収め、有名である。共にテーブルを囲むサヴィル倶楽部の才人たちを何時間でも引きつけておく話術もある。すっかり自信をつけ、また——結婚生活のお蔭もあって——考え方も堅実になった。アーサーの収めた成功は刻苦勉励の賜物であったが、成功に縁のない者たちは成功を物語の結末と思い込みがちだ。無論アーサーに自身の物語の結末を迎えるつもりはまだなかった。人生が騎士による探求の旅であるならば、すでにアーサーは美しいトゥーイを救い出し、ロンドンを征服し、黄金をもって報われた。けれども部族の長老という役割に甘んじる気持ちになれるのは何十年も先のことである。遍歴の騎士が妻と二人の子供が待つサウスノーウッドの家に帰って、いったい何をしたものだろう。

いや、これはさほど難しい問いではないのかもしれない。妻子を守り、志操堅固に身を処し、子供たちに人の道を教える。さらなる探求の旅に出かける日がめぐってこないとも限らない。もっとも、この次は乙女の救出を伴う旅にはなりえない。著述の方面でも、社交、旅行、政治の方面でも、やり甲斐のある仕事はいくらもあるだろう。心に勃然《ぼうぜん》と湧く力に導かれて、どんな方向に向かって歩きだすとも知れぬではないか。トゥーイには労りと慰めを必要なだけ与え続けよう。一瞬たりとも妻に不仕合わせな思いはさせぬ。

然は然りながら。

ジョージ

グリーンウェイとステントソンはよく一緒に出かけるが、ジョージは気にしない。昼休みに例のパブに行きたいとも思わない。聖フィリップ大聖堂《セント・フィリップス・プレイス》の広場の木陰に腰を下ろし、母の作ってくれたサンドイッチを食べるほうがよい。あの二人から不動産の譲渡手続に関して何か説明を求められたりするのは楽しいが、突然話が逸れ、二人だけでひそひそと馬や馬券屋、女性やダンスホールについてとめどなく喋られて困惑することが少なくない。また二人は目下、ベチュアナランドの話に夢中である。このアフリカにある英国の保護領から、ちょうど族長たちが公式にバーミンガムを訪問中なのである。

それに、たまにジョージも一緒に出かけると、二人は決まって質問攻めにしてからかうのである。

「ジョージ、君はどこの出だい」

「グレート・ワーリーだよ」

「いや、本当の意味でさ」

ジョージは考え込み、「司祭館かな」と答え、連中は笑う。

「女はいるのかい、ジョージ」

「何だって」

「質問中に何か理解できない法律用語がありましたかな」

「そうじゃなくてね、要らぬお世話だと思ってさ」

「お高くとまるなよ、ジョージ」

この話題に対するグリーンウェイとステントソンの執着ぶりは滑稽なほどである。

「それで美人なのか、ジョージ」

「マリー・ロイドに似てるかい」

ジョージが返事をしないでいると、二人は頭と頭をくっつけ、帽子を阿弥陀にし、ジョージに向かってロイドの歌を歌う。

「あたしの好きなあの人は　今日も来ている　あの天井桟敷《さじき》」

「さあ、ジョージ。その人の名前を教えろよ」

「さあ、ジョージ。その人の名前を教えろよ」

こんなことが数週間も続き、もう限界である。知りたいというのなら、教えてやろうではないか。「その人の名前はね、ドーラ・チャールズワースというんだ」ジョージは藪から棒に言う。

「ドーラ・チャールズワース?」二人は鸚鵡《おうむ》返しに言う。「ドーラ・チャールズワース……ドーラ・チャールズワース?」繰り返されるたび、嘘らしく聞こえてくる。

「ハリー・チャールズワースの妹、友人の妹なんだ」

これで二人も大人しくなるだろうと思ったのだが、どうやらかえって調子づかせたらしい。

「髪はどんな色なんだい」

「もうキスはしたのか、ジョージ」

「どこの出なんだ」

「いや、本当の意味でさ」

「バレンタインのカードは送るつもりかい」

この話題に飽きるということがないらしい。

「なあ、ジョージ。ドーラのことでどうしてもひとつ訊かなくちゃならないことがあるんだ。黒い子なのかい、ドーラは」

「イングランド人だよ、僕と同じ」

「君と同じ、だって？　君と同じイングランド人？」

「いつ紹介してくれるんだい」

「きっとベチュアナ人だ」

「私立探偵を送り込んで調査させようか。あの男はどうだい、何か所か離婚専門の事務所で使われてる彼奴《あいつ》。ホテルの部屋に乗り込んでって、夫とメイドが一緒のところを押さえてくる奴。そんなところ押さえられたくないよなあ、ジョージ」


自分のしたことは、というより話が勝手に出来上がっていくのを放っておいたのは、嘘をついたことにはならないとジョージは考えることにする。二人が思いたいように思わせておいただけで、嘘とは違う。幸い二人とも住まいがジョージと反対方向だから、毎夕ジョージを乗せた列車がバーミンガムのニュー・ストリート駅を離れるたび、きれいさっぱりこの話を忘れることができる。

二月十三日の朝、グリーンウェイとステントソンは興奮気味であるが、その理由はジョージにはついに分からない。二人はバレンタインのカードを投函してきたところなのである。宛名はスタフォードシア、グレート・ワーリー、ドーラ・チャールズワース嬢。この宛名は郵便配達夫にとって随分と不思議であるし、昔から妹の欲しかったハリー・チャールズワースにとってはさらに不思議である。

ジョージは汽車の中で膝に新聞を広げて座っている。書類鞄は頭上、二段になった網棚の奥行きのある上のほうに、山高帽は浅い下のほうに載せてある。下の棚には帽子や傘、杖、小さな包みなどを置くことになっている。ジョージは人が一生をかけて旅しなければならない道程について考える。例えば父の場合、泡立つ血液を運ぶ帝国の血管の一本の端、遥か彼方のボンベイに旅は始まった。そこで父は育てられ、キリスト教に改宗させられた。そこで父はグジャラート語の文法書を著し、それで得た金でイングランドに渡ってきた。父はカンタベリーの聖アウグスチヌス・コレッジで学び、マカーネス主教によって叙任され、リヴァプールで副司祭を務めたのちワーリーに自らの教区を得た。これはどう見ても大旅行である。それに対して僕自身の旅は、とジョージは思う。恐らくそんなに大規模なものにはなるまい。むしろ母の旅のほうに似るのではないか。母の場合、生まれたスコットランドから母の父が三十九年にわたってケトリーの教区司祭を務めたシュロップシアへ、そしてすぐ近くのスタフォードシアへと移ってきた。この地でジョージの父は、神のご加護によって生き長らえることができれば、やはり三十年、四十年、司祭を務めることになるかもしれない。結局バーミンガムが僕にとっての最終目的地だったということになるのだろうか。それとも寄港地のひとつに過ぎなかったということになるのだろうか。今のジョージには分からない。

ジョージは自分を村に住んで通勤する人間というより、将来のバーミンガム市民と見なすようになってきた。そしてこの新しい身分のしるしとして口ひげを蓄えることを思い立つ。想像していたよりもずっと時間がかかり、それをグリーンウェイとステントソンは面白がって、どうだい僕たちで金を出し合って育毛剤を一本買ってやろうかと何度も何度も訊く。ようやくひげが鼻の下全体を覆うと、今度はジョージのことを〈満州人〉と呼びはじめる。

この冗談にも飽きると、また別のものを考え出す。

「なあ、ステントソン。ジョージを見ていて僕が誰を思い出すか分かるかい」

「ヒントをくれなきゃあ」

「そうだな。ジョージはどこの学校に行ったっけ」

「ジョージ、君はどこの学校に行った」

「よく知ってるじゃないか、ステントソン」

「それでもさ、言ってくれよ、ジョージ」

ジョージは『土地譲渡に関する一八九七年法及びそれが不動産をめぐる遺言に与えた諸影響』から顔を上げて言う。「ルージリーだ」

「さあどうだい、ステントソン」

「ルージリーか。分かってきた気がするぞ。待てよ——ひょっとしてウィリアム・パーマーかい」

「ご名答！ 〈ルージリーの毒殺者〉ウィリアム・パーマーさ」

「パーマーはどこの学校に行ったんだ、ジョージ」

「君たち二人ともよく知ってるじゃないか」

「君の学校では全員が毒殺術の授業を受けるのかい。それとも頭のいい連中だけかな」

パーマーは妻と兄に多額の保険をかけたうえで殺し、それから借金のあった馬券屋も殺害した。犠牲者はほかにもいた可能性があったが、警察は妻と兄の遺体を掘り出す以上のことはしなかった。証拠はそれで十分だったのであり、〈ルージリーの毒殺者〉はスタフォードにおいて公開の死刑に処せられ、見物五万人を集めた。

「パーマーもジョージのような口ひげをしてたのか」

「ちょうどジョージのとそっくりだ」

「パーマーのことなんか君は何も知らないじゃないか、グリーンウェイ」

「知ってるさ。パーマーは君と同じ学校だった。優等卒業者一覧の碑に名を刻まれてたりするのかい。著名な卒業生一覧とかにさ」

ジョージは両手の親指を耳の穴に突っ込む恰好をする。

「いやね、ステントソン。〈毒殺者〉のすごいところはね、恐ろしく頭がいいってことなんだ。検察側は奴がどんな種類の毒薬を使ったのか、まったく特定できなかったんだからね」

「恐ろしく頭がいいねえ。君は東洋の男だったと思うかね、パーマーが」

「ベチュアナランドの出だったかもしれんぞ。名前からは分からないこともあるからな。そうじゃないか、ジョージ」

「で、聞いたことあるかい。あとからルージリーの町はダウニング街のパーマーストン卿に陳情団を送ったって話。自分たちの町の名前を変えたかったんだね、〈毒殺者〉のお蔭ですっかり名を汚されてしまったから。その願いを聞いたパーマーストン首相はちょっと考えてから答えたんだ――『パーマースタウンかな』」

一瞬、ステントソンも黙り込む。「分からんな」

「いやいや、『パーマーストン』じゃないよ、パーマーの町、『パーマーズ・タウン』だよ」

「そうか、そいつはよく出来てる、グリーンウェイ」

「我らが満州の友人でさえ笑っているからな。ひげで隠してはいるが」

今度ばかりはジョージの堪忍袋も緒が切れた。「グリーンウェイ、腕まくりしろ」

グリーンウェイはにやにや笑って言う。「どうするつもりだ。腕を捻《チャイニーズ・バーン》られるかな？」

「いいから、腕まくりしろ」

それからジョージも袖口をまくり上げ、その腕をグリーンウェイの腕に並べる。グリーンウェイはこの二週間、ウェールズのアベリストウィスで日を浴びて帰ってきたばかりで、二人の肌は同じ色である。グリーンウェイは恬《てん》としてジョージから何か一言あるのを待っている。しかしジョージはもう言いたいことは言ったと感じ、再びカフスボタンで袖口を留めはじめる。

「何だったんだ、今のは」とステントソンが訊く。
「きっとジョージは証明しようとしているのさ、僕も毒殺者だってね」

アーサー

二人はヨーロッパをめぐる旅にコニーを連れていった。コニーは逞しく、女性客中ただ一人、ノルウェーへの渡航で船酔いに倒れなかった。そんなふうに一人で平気な顔をしていることが、他の苦しむ女性たちを苛立たせた。コニーの頑健な美しさもまた他の女性たちを苛立たせたかもしれなかった——ジェロームがコニーを評して、北欧神話のブリュンヒルトを絵に描くならそのモデルが務まると言ったほどなのだ。一緒に旅をしていてアーサーは気づいたのだが、この妹は踊るときの軽やかなステップと、まるで軍艦の碇綱《いかりづな》のように背中に垂らした栗色の髪とでもって、最も芳しくない種類の男たちを惹きつけた。女たらしにトランプ詐欺師、よく舌の回る再婚を狙う男たち。中にはアーサーがステッキを振り上げねばならないかと思った手合いもいた。

帰国したコニーはようやくまともな男に目を留めたようだった。アーネスト・ウィリアム・ホーナング、二十六歳。背が高く、身なりよく、喘息持ちで、クリケットをやらせれば悪くない捕手であり、ときにスピンボール投手としても活躍した。礼儀正しく、ちょっとでも水を向けられるとお喋りが止まらなくなるのが玉に瑕《きず》か。およそロティもしくはコニーと親しくなった男に対しては、なかなか合格点を出さないであろうことをアーサーは自覚していた。しかし、いずれにせよ、妹に厳しく問い質《ただ》すのは家長たる自分の務めである。

「ホーナングか。何者だね、そのホーナングというのは。半分モンゴル人、半分スラブ人だな、名前からすると。十割イギリス人の男を見つけられなかったのか」

「生まれはイングランドのミドルズブラですわ、お兄様。お父上は事務弁護士をなさっています。学校はアッピンガムでした」

「どこか妙だね、その男は。なんとなく臭うんだ」

「三年間、オーストラリアに住んでいたことがあります。喘息のせいで。臭うとおっしゃるのはユーカリの木の匂いじゃないかしら」

アーサーは笑いを押し殺した。コニーは妹たちの中で最も勇敢に兄である自分に立ち向かってくる。可愛いと思うのはロティのほうだったが、兄に注意したり、不意討ちを食わせたりするのはコニーだった。この妹がウォラーと結婚しなくて本当によかった。そして同じことが、より強力な理由《ア・フォルティオリ》をもって、ロティについても言えた。

「それで仕事は何なんだ、そのミドルズブラの男の」

「作家ですわ、お兄様と同じ」

「聞いたことがないな」

「十二冊小説を書いてます」

「十二冊だって！　しかしまだ青二才じゃないか」少なくとも勤勉な青二才であるらしい。

「一冊お貸ししますわよ、そちら方面の力を評価なさりたいのなら。手元にあるのは『ふたつの空のもと』と『タルーンバのボス』です。多くのものはオーストラリアが舞台で、洗練された作品だと私は思います」

「まさか本気で言ってるんじゃないだろうね、コニー」

「でも、小説を書いて生計を立てるのが難しいことは分かっていて、ですからジャーナリストとしても働いているんです」

「ひとたびジャーナリストと呼ばれると一生ついて回る」とアーサーはつぶやき、その男を家族の客として招くことをコニーに許した。当面、男について不明の点はよいほうに解釈するとしよう、そのために男の小説は読まずにおこう。

　その年は春の到来が早く、四月の末にはテニスコートにラインが引かれた。書斎のアーサーにもラケットが球を弾き返す音、簡単な球を打ち損ねた女性の上げる耳慣れたやかましい叫び声が遠くから聞こえてくる。しばらくして外に出ていくと、裾の長い、たっぷりとしたスカートをはいたコニーと、かんかん帽をかぶり、白のフランネルのペグトップパンツをはいたウィリー・ホーナングが打ち合っている。ホーナングは簡単に相手に点を与えることはせず、しかし同時に全力で打ち込むことは遠慮している。それを見て取ったアーサーは合格点を与えた——男が女性を相手にプレーするときはああでなくてはいけない。

　トゥーイは傍らのデッキチェアに腰かけ、初夏の力ない日差しよりも、むしろ若い愛の熱気によって体を温められていた。二人がネットをはさんで笑いながら交わすお喋りと、テニスが終わったあとの二人の互いに対するはにかみとがトゥーイを楽しませているらしく、それゆえアーサーは最後にはうんと言おうと決意した。じつのところ、渋々承知する家長という役どころはなかなかに楽しかった。それに折々ホーナングは洒落たことを言ってみせるようになってきた。洒落が過ぎるかもしれないほどだが、それも若さゆえであろう。あの男の最初の冗談は何だっただろう。そうだった、こっちが新聞のスポーツ面を読んでいて、ある選手が八百メートルをわずか一分二〇秒で走ったらしいというニュースを話題にしたときだった。

「ホーナング君、この話、どう思う」

するとホーナングが間髪を容れず答えたのだ。「たぶん誤植メートル走でしょう」

その年の八月、アーサーは招かれてスイスまで講演に行った。キングズリーを出産したトゥーイはまだ本調子でなかったが、当然同行した。二人で訪れたライヘンバッハの滝は美しく、けれども恐ろしく、ホームズを葬るのに相応しい場所だった。この名探偵はシンドバッドにしがみついて離れなかった〈海の老人〉にも似て、作者にとって急速に荷厄介な存在となりつつあった。しかしアーサーはいよいよ、ホームズの宿敵の力を借りて、このお荷物を振り捨てようとしていた。

九月の末、アーサーはコニーと並んで教会の中央通路を進んでいた。あまりに軍隊的な歩調で歩きはじめたので、貸していた腕を妹に引っぱられた。いよいよ祭壇の前で花嫁を引き渡す象徴的な場面となり、もちろんアーサーも、今、自分は誇らしい気持ちになり、喜んでやるのが本当なのだと分かっていた。しかし、オレンジの花束、背中の叩き合い、乙女を仕留めた決め球は何かといった冗談、そんなものの溢れる真っただ中で、アーサーは自分を囲む家族が増えつづけるという夢が一歩後退したと感じていた。

その十日後、ダムフリースの癲狂院にいた父の死を知った。表向きの死因は癲癇だった。アーサーはもう何年も父を見舞っていなかったし、葬儀にも出なかった——家族の誰一人参列しなかった。チャールズ・ドイルはかあさまを失望させ、子供たちに金のない中で世間体を繕う生活を強いたのである。あの男は弱く、男らしくなく、酒との戦いに勝つことができなかった。戦い？　あの魔物に対して戦う姿勢さえ示さなかったではないか。ときにチャールズに同情的な意見も聞こえてきたが、芸術家気質を理由としての弁護はアーサーには納得できなかった。それはただの我儘、ただの言い訳だ。芸術家であることと、責任感の強い逞しい人間であることとは完全に両立可能である。

トゥーイが秋になってするようになった咳は執拗で、脇腹の痛みも伴っていた。心配するに及ばない症状であるとアーサーは判断したが、結局は地元の開業医ドルトンに来てもらった。医師だった自分が患者の夫に成り下がったのが妙だった。頭の上のほうで自分の運命が決せられようとしているのに、階下で待たされているのが妙だった。寝室のドアは長いこと閉ざされていたが、ようやくドルトンがその見慣れた顔を暗くして現れた。アーサー自身、幾度したことがあるか知れない顔だった。

「肺がひどく冒されています。どう見ても進行の速い肺病です。現在の病状と家族歴とを考え合わせますと……」ドルトン医師は言わずもがなのことは言わず、最後に一言だけ付け加えた。「別の医師にも診てもらったほうがよろしいでしょう」

別の医師なら誰でもよいのではなく、最高の医師でなくてはならない。次の土曜日、ブロンプトン肺結核等胸部疾病病院の顧問医師ダグラス・パウエルがサウスノーウッドまでやってきた。青白く、峻厳《しゅんげん》で、ひげをきれいに剃り、礼儀正しいパウエルは、まことに残念ですが、とドルトンの見立てに間違いはないと断言した。

「ドイルさんは確か医学を修められたのでしたな」

「不注意な自分を責めております」

「ご専門は肺疾患ではなかったのではありませんか」

「目のほうです」

「では、ご自分を責めてはいけません」

「いえ、なおさらのことです。私には目があるのに見えませんでした。憎むべき病原菌の存在に気づきませんでした。妻に向ける注意が足りなかったのです。自分のことにかまけていたのです……自分が成功することにばかり」

「しかし眼科医でいらっしゃったのですから」

「三年前、私はまさにこの病気に関するコッホの発見について――発見したと言われるものについて――取材しにベルリンに行ってきたのです。ステッド氏からの依頼で記事を書いたのです、『レビュー・オブ・レビューズ』誌に」

「そうでしたか」

「それなのに自分の妻が奔馬《ほんば》性結核に罹っているのが分からなかった。そのうえ、私に付き合わせていろいろなことをやらせてしまった。きっとあれで病気を悪くしたでしょう。天気などお構いなしに三輪自転車で出かけ、寒い国に旅行をし、戸外のスポーツにもついてきた……」

「しかし他方」とパウエルが遮り、その言葉に一瞬アーサーは希望を持った。「私見では病巣の周囲に繊維組織が形成されつつあると期待できる徴候があります。また、もう片方の肺が補おうとして幾分か拡大してもいます。しかし、私から申し上げられるのはそこまでです」

「認めるものか！」アーサーは囁《ささや》いた。本当は声を限りに叫びたかった。

パウエルは不愉快な顔をしなかった。ごくやんわりと、ごく丁重に、死を宣告することに慣れていて、宣告された患者や家族が示す様々な反応もよく知っていたのである。「もちろん、もしも病名が――」

「いいえ、すでにお話を伺ったところまでは認めます。しかし、まだ伺っていない点については認めません。あと数か月とおっしゃるのでしょう」

「ドイルさんは私と同じくらいよくご存じでしょう、そうしたことを予測するのはまるで不可能……」

「ええ、先生と同じくらいよく承知しています、私たち医師が患者とその近親者を絶望させぬためにどんな言葉を使うか。また、そんなふうにして希望を持たせようと努めているとき、医師の心の中に聞こえてくる言葉のこともよく承知しています。三か月といったところですか」

「ええ、私見ではそうです」

「ではもう一度言います。認めるものですか。死神がやってきたら、私は戦います。どこへ転地することを強いられようと、どんな出費を強いられようと、死神に妻は渡しません」

「よい結果となりますよう陰ながら祈っております」とパウエルは応じた。「私もいつでも参ります。しかしながら、申し上げておかねばならぬことが二つあります。申し上げる必要のないことかもしれませんが、これは医師としての義務ですので。ご立腹なさらずに聞いてくださるものと信じます」

命令を受ける軍人のように、アーサーは姿勢を正した。

「確かお子さんはいらっしゃいましたね」

「二人おります。息子と娘、一歳と四歳です」

「ご理解いただきたいのですが、今後はもう……」

「理解しております」

「申し上げておりますのは奥様の懐妊の能力の問題ではなく……」

「パウエル先生、私は馬鹿ではありません。また、獣でもありません」

「どうかご理解ください。こうしたことは誤解の余地がないようにせねばなりません。二点目は少々意外に思われるかもしれません。それはこの病気が患者さんに、つまり奥様に与える――与える可能性の高い――影響についてです」

「とおっしゃいますと」

「我々の経験からして、肺病は他の消耗性の病気と異なり、患者は一般にほとんど痛みを覚えません。歯痛や消化不良ほどの不便も感じぬまま病気が進行していくことも少なくないのです。しかし何より特徴的であるのはこの病気が患者の心理に及ぼす影響でして、患者は非常に楽天的になります」

「頭がはっきりしなくなる、譫妄状態になる、ということでしょうか」

「いいえ、文字どおり楽天的ということです。心穏やかで上機嫌とでも申しましょうか」

「それは処方なさる薬のためでしょうか」

「まったく違います。病気そのものの性質なのです。患者が自分の病気の深刻さをどれほど知っているかということとも無関係です」

「そうですか、それは大いに安心しました」

「ええ、最初のうちはそうかもしれません」

「それはどういうことでしょうか」

「つまり、重篤な病気に罹っているにもかかわらず、患者自身は苦しまず、嘆きもせず、いつまでも上機嫌である場合、苦しみ嘆くことは別の方がなさる羽目になる、ということです」

「先生、先生は私という人間をご存じでない」

「それはそうです。ですが、それでもなお、ドイルさんが必要な勇気に恵まれることを祈ります」

良いときも悪いときも。富めるときも貧しいときも。もうひとつあったのをアーサーは忘れていた――病めるときも健やかなるときも。

癲狂院からアーサーのもとへ父の画帳類が送られてきた。チャールズ・ドイルの晩年は惨めだった。人生最後の厳めしい住処《すみか》で誰からも見舞われずに身を横たえていたのである。しかし死ぬまで正気は失わなかった。それだけははっきりしていた。水彩画と線描画を描きつづけ、日記も書きつづけた。今になってアーサーは父が相当な画家であったということに気がついた。画家仲間からは見くびられていたけれども、エジンバラで遺作展を開く価値は十分にある——ロンドンで開いてもいいかもしれない。アーサーは二人の人間の対照的な運命に思いをめぐらさずにはいられなかった。息子はその身を名声に包まれた社交界の寵児であるのに対して、捨てられ顧みられなかった父はその身をときに拘束服に包まれるのみであった。アーサーに罪悪感はなかった——ただ、子として同情する気持ちが萌《きざ》した。そして父の日記中の一文は、どんな息子も読めば胸を締めつけられるだろう。「思うに」と父は書いていた。「私が頭がおかしいという烙印を押されたのは、スコットランドでは洒落が解されぬからにほかなるまい」

その年の十二月、ホームズはモリアーティの腕に抱かれたまま転落死した。せっかちな作者の手にかかり、二人とも真っ逆様に落ちていった。チャールズ・ドイルの死亡記事は載せなかったロンドンの新聞各紙が、架空の私立探偵の死に対する抗議と落胆の声で埋まった。しかし、ホームズのあまりの人気にその生みの親は決まりの悪い思いをし、閉口しはじめてさえいたのである。世の中が狂ったとアーサーは思った——父は土の中に入ったばかり、妻も死を宣告されたというのに、ロンドンのシティに勤める若い男たちはシャーロック・ホームズ氏の死を悼み帽子に喪章をつけているらしいのだ。

この不健康な年の末、もうひとつの出来事があった。父の死のひと月後、アーサーが心霊現象研究協会に入会を申し込んだのである。

ジョージ

事務弁護士最終試験においてジョージは第二級優等の成績を収め、バーミンガム法曹協会から銅メダルを授与された。ニューホール・ストリート五十四番地に事務所を開き、当面はサングスター、ヴィカリー&スペイト法律事務所の処理しきれない仕事を回してもらうことになっている。二十三歳のジョージに世界が違って見えてきた。

ジョージは司祭館で育った子供であったにもかかわらず、また物心ついてより聖マルコ教会で父親の説教に耳を傾けてきたにもかかわらず、しばしば聖書が理解できないと思う。必ずしも全部を、必ずしも常には、理解できない。いやそれどころか、大体を、大抵は、理解できているとさえ言いがたい。それは常に、例えば事実から信仰へ、例えば知識から理解へと、何らかの飛躍を求められるからで、これをする能力がジョージにはないことが判明している。そのため自分は偽物だという気がする。イングランド国教会の教義は、所与でありながらどんどん遠いものになりつつある。それが身近な真実であると感じられない。一日一日、一瞬一瞬、機能していると思えない。当然、そんなことは両親には話さない。

学校では、生きることについての別種の物語や説明が示された。科学はこう教えている、歴史はこう教えている、文学はこう教えている……。そうした科目の試験問題に答えることにジョージは熟達した。しかし、だからといって、そうした科目が本当に活き活きとジョージの頭の中で働いていたわけではなかった。しかし、法律というものを見出した今、ついに世界が意味をなし始めた。これまでは見えなかった諸関係――人間相互のそれ、事物相互のそれ、観念や原理相互のそれ――が次第にその姿を明らかにしつつある。

例えば、今汽車に乗っているジョージはブロクスウィッチとバーチルズの間にあり、窓越しにひとつの生け垣を眺めている。そのときジョージが見るのは同乗の他の客が見るであろうもの、すなわち巣を作った鳥にとっては住処であるところの、風に吹かれる絡み合った低木の連なりではなく、土地所有者二名の間の公式の境界線、すなわち契約ないしは長年の慣習により確定された線引き、つまり現に効力を持ち、あるときは友好を促進し、あるときは紛争を助長するものを見る。司祭館に戻ってメイドがごしごしと台所のテーブルを拭いているところを目にするとき、ジョージが見るのは下品で不器用でジョージの本の置き場所を間違えそうな若い女性ではなく、雇用契約と監督義務、この複雑にして微妙な結びつき、そしてその関係を定める、しかし両当事者はまったく不案内であるところの数世紀に及ぶ判例法の蓄積である。

法律は自信が持てて楽しいのである。もちろん膨大な条文解釈、つまり字句がじつに様々な意味を持ちうること、また実際に様々な意味で用いられることの説明が行われる。そして法律に関する注釈書の数の多さは聖書に関する注釈書にひけをとらない。しかし、最後にさらなる一歩を、例の飛躍を求められるということがない。最後には合意、従うべき決定、何が何を意味するかについての理解がある。そこには混沌から明晰への歩みがある。酒に酔った船乗りが駝鳥《だちょう》の卵に遺言を書き、船乗りは溺れ、卵は助かる。そのとき波に洗われた船乗りの言葉に筋の通る公正な意味を与えるのは法律である。

世の中の青年たちは生活を仕事と娯楽とに二分している。というよりも、後者を思いながら前者の時間を過ごしている。ジョージの場合、その両者を法律が与えてくれる。スポーツも、舟遊びも、芝居見物も、必要がないし、したいとも思わない。酒や美食にも、馬同士の駆け競べにも、興味がない。旅行に出かけたいという気も起こらない。ジョージには事務弁護士としての業務があり、そして娯楽としては鉄道法がある。日常的に汽車を利用する人が何万といるのに、その人々が鉄道会社に対してどのような権利を有するのか、有しないのかを教えてくれる便利なポケット版解説書が存在しないのは驚くべきことと言わねばならない。ジョージは〈ウィルソンの簡約法律叢書〉の版元であるメッサーズ・エッフィンガム・ウィルソン社に手紙を書き、見本の一章を読んだ出版社はジョージの企画を採用した。

　ジョージは勤勉、正直、倹約、慈善、家族愛といった徳目を教え込まれて育った。徳行はそれ自体が報酬である、とも教わった。さらに、長子としてホレスとモードに手本を示すことも期待されている。ジョージは両親が三人の子供を等しく愛しつつも、最も大きな期待をかけられているのは自分であると段々はっきり意識するようになった。モードは常に心配の種であり続けるだろう。ホレスはあらゆる面で至極まともな男であるが、勉強は得手ではなかった。家を出て、母方の縁者の力を借り、最下級の事務職として何とか公務員になることができた。

　それでも、今はマンチェスターの下宿に住み、時折海辺の保養地から陽気な葉書を寄越すホレスのことをふと羨ましく思うこともある。そしてまた、ドーラ・チャールズワースが実在したらよいのにと思うこともある。しかしジョージに女性の知り合いはいない。家に女性は来ないし、ジョージが女性とお近づきになる練習台となるような女友達はモードにもいない。グリーンウェイとステントソンはこの方面の経験を好んで自慢したものだが、ジョージは自慢話の真偽のほどについて疑念を抱いていたし、今や二人が自分にとって過去の人となったことを喜んでいる。聖フィリップ大聖堂《セント・フィリップス・プレース》の広場のいつものベンチに座ってサンドイッチを食べながら、前を通り過ぎていく若い女性たちに賛嘆の目を向ける。日によっては顔をひとつ覚え、夜、数十センチ離れたところで父が唸ったり鼻を鳴らしたりしているわきで思いを焦がす。ガラテヤ書第五章に列挙されている肉欲の罪のいろいろは知《ち》悉《しっ》している――姦通から始まり、姦淫、不潔、好色と続く。しかし、自分の静かな思慕が後二者のいずれかに相当するとは思わない。

いつの日か僕も結婚する。やがて懐中時計を持つだけでなく、下級事務弁護士を雇うようになるだろう。実務修習生も雇うかもしれない。その後に妻を得て、小さな子供たちができて、それから家だ。僕が不動産譲渡手続に関して有する技術を総動員して購入する家だ。早くもジョージの頭の中には、バーミンガムの他の事務所の上級事務弁護士たちと昼食をとりつつ、一八九三年の物品売買法を論じている自分の姿がある。皆、この法律がどのように解釈されることになるかについての要領のよい説明に敬意をもって耳を傾け、最後にジョージが勘定書に手を伸ばすと大きな声で「ジョージ、とんでもない」と制するのだ。今いる地点からその地点までどのようにして至るのか定かではない——妻が先でそれから家か、それとも家が先でそれから妻か。けれども頭の中では、いまだ明らかにされていない何らかの過程を経て、すべてが実現している。もちろん、妻にしろ、家にしろ、それを得るには自分がワーリーの村を出ることが前提になるだろう。この件についてジョージは父に何も尋ねない。そしてまた、いまだに父が毎晩寝室の鍵をかけるのはなぜなのか、その理由も尋ねない。

ホレスが家を出たとき、空いた部屋に移れるのではないかとジョージは期待した。メーソン・コレッジに入学したさい、父の書斎に設えてもらった小さな机ではもう不便になっていた。ジョージは自分のベッドと自分の机とが置かれたホレスの部屋を頭の中に思い描いた。自分一人だけの空間を思い描いた。しかしこの希望を母に申し入れたところ、優しく説得されてしまったのである。ちょうどモードの体が強くなってきましたからね、そろそろ一人で寝られるのではないかと思います。妹の折角の機会をあなたも潰したくはないでしょう。そう言われてジョージはもう手遅れだと悟った。父のいびきがひどくなり眠れない夜があることも、今更有利な証拠として提出するわけにいかなくなった。というわけで、相変わらず、手を伸ばせば父に触れるようなところで仕事をし、眠っている。とはいえ、机の横に小さな卓を与えられたので、置ききれない本はそこに置く。

バーミンガムから帰ってくると一時間ほど田舎道を散歩することが続けられており、今では欠かせぬ習慣となっている。日々の生活中、このささやかな一点においてのみ、ジョージはいかなる支配からも自由である。常に裏口に古い靴を置いておき、雨が降ろうが、雹《ひょう》が降ろうが、雪が降ろうが、この散歩に出かけていく。景色は一顧だにしない。興味を覚えないのである。その景色の中にあり、大きな図体をして大きな声で鳴く動物にも興味を覚えない。人間はといえば、村の学校でボストック先生に教わっていた頃の級友らしき人物を見かけることもあるが、自信を持てたためしがない。きっと農夫の子たちは今では大人の農夫となり、坑夫の子も坑夫となって坑道に入っていることだろう。ジョージは顎を横にしゃくってみせる挨拶らしき仕草を会う人ごとにする日もあれば、誰にも挨拶しない日もある。たとえ前日は同じ人に挨拶したことを覚えていても、しないのだ。

ある晩、この散歩に行くのがいつもより遅くなったのは、台所のテーブルの上に小包を認めたためである。その大きさと重さ、そしてロンドンの消印から、中身が何かたちどころに分かる。ジョージは喜びの瞬間を少しでも先に延ばしたい。まず紐の結び目を解き、紐を丁寧に指に巻く。蠟の引かれた茶色い包装紙を取り、また使うときのために皺を伸ばす。すでにモードはすっかり興奮し、母でさえ少々もどかしそうな顔をしている。ジョージは本を開いて扉を見る。次に目次を見る。定款《ていかん》とその法的効力。定期乗車券。列車の遅延等。手荷物。二輪車の運送。事故。その他諸点。日曜学校の教室を使わせてもらい、ホレスと一緒に三人で考えた諸種の事例が載っているのをモードに指し示す。ほら、これが太っちょのムシュー・ペイエールの話、こっちがベルギー人と犬の話。

これまでの人生で最も誇らしい日だとしみじみ思う。夕食の席では、ある程度の誇りは正当でありキリスト教精神に反しないと両親も許してくれているのが感じられる。ジョージは勉強して試験に合格し、自分の事務所を開き、そして今回は法律の一分野、それも多くの人の実際の役に立つ一分野に関する権威であることを証明してみせた。ジョージは目的地に向かいつつある——例の一生をかけてする旅が今、本当に始まった。

ジョージはビラを刷ってもらいにホーニマン商会を訪ねる。分野こそ違え専門家同士として、割り付け、活字の書体、印刷部数について店主ホーニマンと話し合う。一週間後、ジョージは自著の広告ビラ四百部を手にする。自惚《うぬぼ》れが強いと見られたくないので三百部は事務所に残し、百部を家に持ち帰る。注文票には、購入希望の方は郵便為替にて二シリング三ペンス——三ペンスは送料

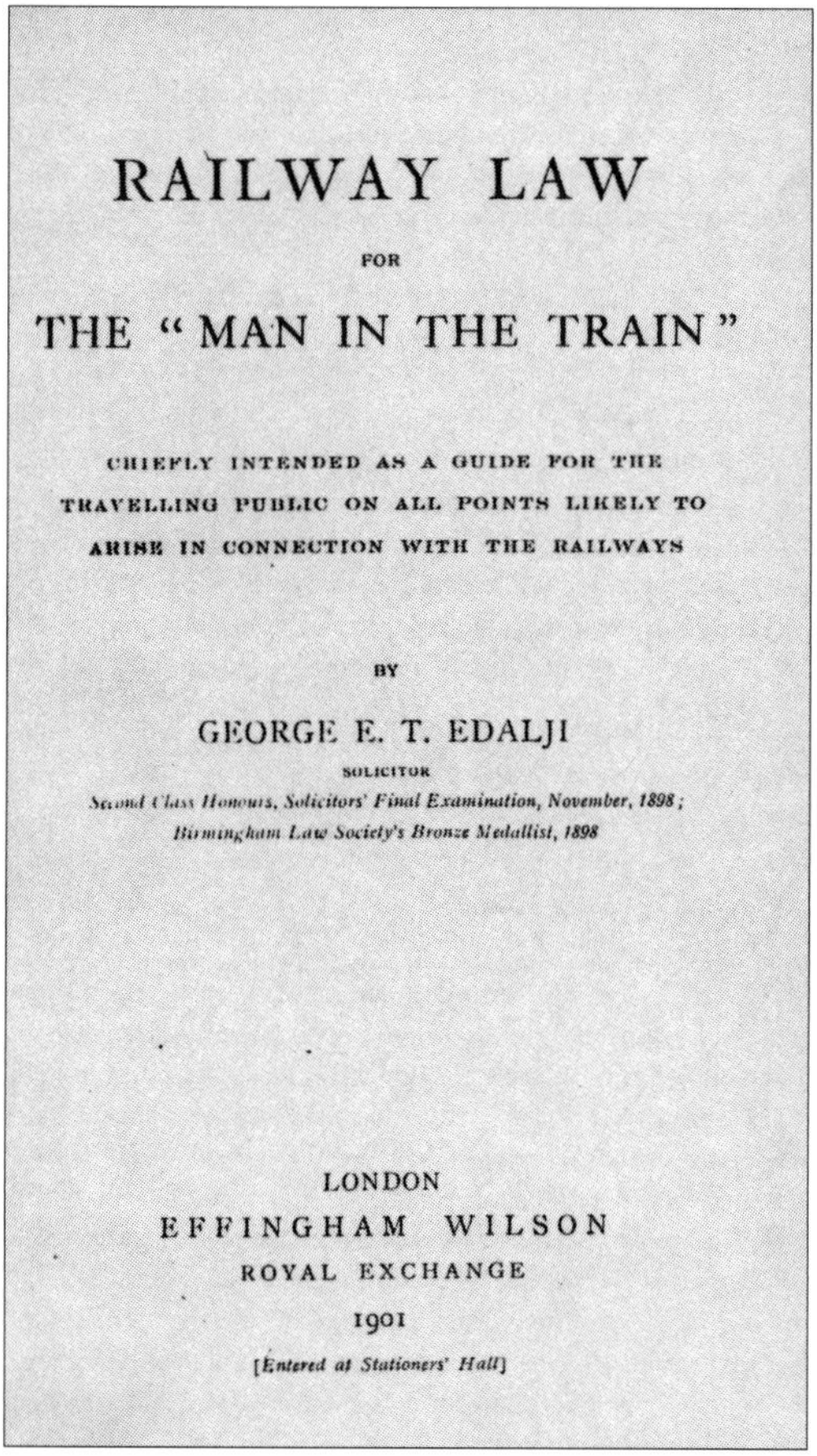

RAILWAY LAW

FOR

THE "MAN IN THE TRAIN"

CHIEFLY INTENDED AS A GUIDE FOR THE TRAVELLING PUBLIC ON ALL POINTS LIKELY TO ARISE IN CONNECTION WITH THE RAILWAYS

BY

GEORGE E. T. EDALJI

SOLICITOR

Second Class Honours, Solicitors' Final Examination, November, 1898;
Birmingham Law Society's Bronze Medallist, 1898

LONDON
EFFINGHAM WILSON
ROYAL EXCHANGE
1901
[*Entered at Stationers' Hall*]

『鉄道利用者のための法律――主として一般旅客に向けて鉄道関連で生起しうる諸問題を解説せる手引き』の扉

——をバーミンガム市ニューホール・ストリート五十四番地まで送られたし、とある。そのビラを少し両親に預け、「鉄道利用者」らしい風采の人々に渡してくださいよと言い含める。翌朝ジョージはグレート・ワーリー・アンド・チャーチブリッジ駅の駅長に三部渡し、残りを乗り合わせた人品卑しからぬ客たちに配る。

アーサー

二人は家具を倉庫に、子供たちをホーキンズ夫人に預けた。霧と湿気のロンドンから、空気が清浄で、ひんやりと乾燥したダヴォスに移り、トゥーイはクアハウス・ホテルのベッドに寝かされ毛布を何枚も掛けられた。パウエル医師の予言したとおりで、この病は患者に奇妙な楽観を生んだ。それが生来の穏やかな気質と結びつき、トゥーイはただ冷静でいるばかりか、逆に快活になったのである。この数週間のうちに、夫の伴侶たる妻から、夫に頼るだけの病人へと変ぜられてしまったことはあまりに明らかであった。けれどもそのような自分の有り様に気を揉みもしない。もしもアーサーが同じ立場に置かれたらそうしたであろうように猛り狂ったりしないことは言うまでもない。猛り狂うほうはアーサーが、黙って一人で二人分をした。それだけでなく、さらにどす黒い気持ちを押し隠してもいた。文句も言わずに妻のする咳の一つひとつが、妻の体にではなく、夫の体に痛みを走らせた。妻は少量の血を吐き、夫はぼたぼたと自責の涙を滴《したた》らせた。

アーサーの過失、アーサーの不注意がどこにあったにせよ、それはすでに起きてしまったことであり、採るべき行動の方針はひとつ、すなわち妻の肺臓を消耗せんとする憎むべき病原菌を猛烈に攻め立てることであった。そして存在を必要とされないとき、採るべき気散じの方法はひとつ、すなわち猛烈に運動することであった。ノルウェーで買ったスキーをアーサーはダヴォスに持参しており、その使用法についてブランガー兄弟から指導を受けた。生徒の技量がその野獣的決意に釣り合いだしたとき、兄弟は生徒をヤコブスホルン登山に連れていった。頂《いただき》に達したアーサーが振り返ると、はるか麓《ふもと》では町じゅうが敬意を表して、するすると旗を降ろしていた。同じ冬、やはりブランガー兄弟の案内で標高二千四百メートルのフルカ峠も越えた。三人は朝の四時に出発して昼前にはアローザに到着、かくしてアーサーはスキーを履いてアルプスの峠を越えた最初のイングランド人となる。アローザのホテルに着くと、トビアス・ブランガーが三人の名を宿帳に記した。アーサーの名前の横、職業の欄には「運動家《シュポルテスマン》」と書き込んだ。

アルプスの空気と最高の医師たち、金、そしてロティによる看病と、悪魔を組み伏せんとするアーサーの不屈の意志の賜《たまもの》で、トゥーイの病気は小康を得、やがて快方に向かいはじめた。春の末には体力も戻り、帰国してよいとの判断が下ったので、アーサーはアメリカでの講演旅行に出かけることができた。次の冬、二人は再びダヴォスに行った。あと三か月という当初の宣告はすでに覆され、患者の健康がそこまで危ういものではなくなったという点において医師たちの見解は一致していた。その次の冬を二人はカイロ郊外の砂漠にあるメナ・ハウス・ホテルで過ごした。背の低い白い建物で、背後にピラミッドが聳《そび》えている。ぱりぱりした空気にアーサーは苛立ち、しかしビリヤードとテニス、ゴルフに慰撫された。これからの人生を想像すると、毎年冬を異郷で送り、その期間が年々少しずつ長くなり、そしてある年……。いやいや、春より先、夏より先のことを考えるのはよそう。ホテルと汽船と汽車から成り立つこんなぎくしゃくした生活をしていても、書くことだけは何とかできる。そして書くことができないとき、アーサーは砂漠に出てゴルフボールをひっぱたいた。ボールがもう飛べませんと言うほど遠くに飛ばした。コース全体が事実上ひとつの巨大なバンカーであると言うほかなかった。どこに落ちてもボールは砂の中である。それはちょうどアーサーの人生が陥った状態そのものであるように思われた。

しかし、イングランドに戻ったアーサーは、アーサーと同様に小説家であり、トゥーイと同様に肺病患者であるグラント・アレンと鉢合わせした。そのアレンが請け合うには、転地療養の手段を取らずともこの病気の進行を抑えることは可能である、その証拠がアレン自身であるということだった。答えはアレンの住所にある——サリー州ハインドヘッド。それはポーツマス街道沿いの、偶然だがサウスシーとロンドンのほぼ中間に位置する村である。そして肝心なのは、その場所だけ独特の気候だということ。高いところにありながら風からは守られ、乾燥しており、樅《もみ》の木が多く、土壌は砂がち。「サリーの小さなスイス」と呼ばれている。

アーサーは即座に確信した。なにしろ行動することを身上とし、いつでも何か実行に移すべき緊急の計画を抱えている人間である。待つことを嫌悪し、異国暮らしの受動性を恐れていた。ハインドヘッドで解決である。土地を買い、家を設計せねばならぬ。アーサーは四エーカーの土地を見つけた。樹木の茂る奥まった場所で、小さな谷へと落ち込む傾斜地である。ジベット・ヒルの丘とデヴィルズ・パンチボウルの窪地は目と鼻の先、ハンクリー・ゴルフコースからも八キロほどの距離にある。頭の中に次々と考えが湧いてきた。ビリヤード室はなくてはならないし、それにテニスコートも、厩舎《きゅうしゃ》もいる。ロティの住める部屋はもちろんのこと、お義母さんの部屋もあったほうがよいかもしれない。それからウッディだ。こんどは長期の契約を結んでいるのだ。建物は堂々としていて、かつ温かみがなくてはならない——著名な作家の家であるけれども、家族の家であり、病人が暮らす家でもある。光溢れる家でなくてはならないし、トゥーイの部屋からの眺めがいちばんよくなくてはならない。ドアはすべて押すか引くかすれば開くものでなくてはならない。かつてアーサーは人類が伝統的なノブを回して無駄にした時間を計算しようとしたことがある。自家発電装置を設置することも問題なく可能であろうし、今やある程度の社会的地位を獲得したのであるから、ステンドグラスにドイル家の紋章を入れることもあながち不相応ではあるまい。

　アーサーは平面図の概略を描き、あとは建築家に託した。それもただの建築家ではなく、サウスシー時代のテレパシー仲間スタンリー・ボールに依頼した。今となると、かつての実験はちょうどよい予行演習だったように思われた。こんどの冬もトゥーイを連れてダヴォスに行くだろうから、ボールとは手紙で、そして必要があれば電報で、連絡を取り合うことになる。しかし、体は何百キロも離れていても、精神的共鳴の作用によって建築に関わる何かの図形が二人の脳のあいだを飛び移らないとも限らない。

　ステンドグラスの窓は玄関吹き抜けの二階の天井まで一杯の高さになる予定である。天辺ではイングランドの薔薇とスコットランドの薊《あざみ》が両脇からＡＣＤ（訳注　アーサー・コナン・ドイル）の装飾イニシャルを挟む。下には楯形紋章が三層をなして並ぶ。最上層はファウルクス・ラスのパーセル家、キルケニーのパック家、シュヴェルニーのマーン家。第二層はノーサンバーランドのパーシー家、オーモンドのバトラー家、ティンターンのコールクラフ家。そして目の高さにブルターニュのコナン家（上半分《パー・フェス・》は銀、下半分は赤で水平二分割した楯《アージェント・アンド・ギュールズ》に勢獅子。勢獅子は逆に上半《ライオン・ランパント》分が赤で下半分が銀《・カウンターチェンジド》)、デヴォンシアのホーキンズ家(トゥーイのために)、そして最後にドイル家の紋章――雄鹿の首三つにアルスター地方を表す「赤い手」。ドイル家の本当の銘文《モットー》は「強きは勝つ《フォルティテューディネ・ウィンキート》」であったが、このステンドグラスの楯形紋章の下に掲げたのはその変形「辛抱は勝つ《パティエンティア・ウィンキート》」であった。これこそ、世間一般に対する、そして憎むべき病原菌に対する、この家の宣言なのだ――辛抱をもって私は打ち勝つ、と。

　スタンリー・ボールと建築会社を迎えたものは辛抱とは程遠かった。近くのホテルに司令部を置いた施主が引っ切りなしに馬車でやってきてはせっついたのだ。しかし、ようやく建物らしい形がついてきた――納屋を思わせる横長の構造、赤煉瓦造りにタイル張り、深い切妻屋根の家が、谷あいを横切るように建つ。アーサーはできたばかりのテラスに立ち、少し前にローラーをかけられ、芝の種を撒かれた広い庭を検めるように眺めた。向こう側で土地は落ち込み、次第に幅を狭めて楔形《くさびがた》をなし、最後は森に吸い込まれている。この眺望には野生的で魔術的なところがあり、はじめて見たときからドイツの民話か何かを彷彿させると感じていた。シャクナゲを植えようとアーサーは思った。

　ステンドグラスが吊るし上げられ、窓にはめられた日、アーサーはトゥーイを伴い御披露目に臨んだ。ステンドグラスの前に立ったトゥーイの目はとりどりの色、様々な名前をたどり、やがてこの家の銘文のところにきてじっと留まった。

「かあさまも喜ぶ」とアーサーは言ったが、トゥーイが微笑む前に置いたほんのわずかな間《ま》から、何かまずいことがあったかなと気がついた。

「君の言うとおりだ」と、アーサーは間髪を容れず、まだ妻が一言も発していないのに言った。俺は何て頓痴気なんだ。自分の家の高名なご先祖への敬意のしるしを掲げながら、あろうことかほかならぬ母の家のことを忘れるとは。一瞬、アーサーは職人たちに命じて窓をまるごと取り外してやろうかとも思った。後日、罪の意識に苛まれながら考えた末、階段の曲がり角に、もうひとつ、小ぶりなステンドグラスを注文した。その中央の板に、失念していたウースタシアのフォーリー家の名とその紋章を入れるのである。

　斜面の上のほうに茂る雑木林にちなみ、家の名前は〈森の下《アンダーショー》〉と決めた。そう呼べば、この近代的な建築物も古き良きアングロ・サクソンの響きを帯びる。ここでなら、生《ライフ》はこれまでどおりに続くかもしれぬ。たとえ用心しながら控え目に、ではあったとしても。

生《ライフ》。この言葉を誰もがじつに気軽に口にする。アーサー自身もそうだ。「それでも人生《ライフ》は続く」という決まり文句に誰もが頷く。けれども、生《ライフ》とは何であるのか、そして生はなぜ存在するのか、そし今の生が唯一の生であるのか、それともこれは別室へと至る控えの間に過ぎないのか、などなどを問う者はじつに少ない。無頓着に「自分の人生《ライフ》」と呼ぶものを人々は当たり前の顔をして過ごしていく。「生《ライフ》」という言葉にも、その言葉が指すものにも、何の不思議もないというその風情にアーサーはしばしば戸惑った。

サウスシー時代の友人ドレイソン将軍は、ある交霊会で亡き兄から語りかけられたのち、心霊主義の信奉者となった。爾来《じらい》、死後も生が続くことは単なる仮説ではなく、証明可能な事実であると、この天文学者は主張した。当時、アーサーは礼を失することのないよう気を遣いながら異を唱えた。それでも、その年の「読むべき本」のリストには、心霊主義に関するものが七十四冊含まれていた。アーサーはそのすべてを読破し、感銘を受けた文や格言は書き留めた。ヘレンバッハからは次の文がある――「懐疑主義にも種類があり、馬鹿さ加減において田吾作の魯鈍《ろどん》さの上を行く懐疑主義もある」

トゥーイの病気が発現する前、これだけ揃えば男は人生に満足できるとされる条件すべてをアーサーは満たしていた。それでも、自分の今までの業績は詰まらぬ見かけ倒し、頼りない第一歩に過ぎないのではないかとか、もっとほかの事をするために自分は生まれてきたのではないかとか、そんな気持ちを払拭できなかった。が、その「ほかの事」とはいったい何なのか。世界の宗教の研究を再開してみたが、ちょうど子供用のスーツがもう体に合わないように、そのいずれも今のアーサーには合わなかった。合理主義者協会にも入会し、協会の活動は必要なものではあるが、本質的に破壊主義的なもの、従って、ものを産む力のないものであると思った。旧式な信仰の解体は人間が進歩するための前提ではあった。しかし、それら古い殿堂が取り壊された今、この荒廃した風景の中で人間はどこに避難所を求めればよいのか。人類が数千年にわたって〈魂〉と呼び習わしてきたものの歴史が今や終焉を迎えたなどと、軽々に断定することが誰にできるだろう。これからも人間は発達し続けるのであり、従って、人間の内にあるもの一切もまた発達せずにはいられない。それしきのこと、田吾作の懐疑主義者にだって分かりそうなものだ。

カイロ郊外に滞在中、トゥーイが砂漠の空気を胸の奥深く吸い込んでいる間、アーサーはエジプト文明の歴史の本を読み、ファラオの霊廟を訪れた。そうして得た結論は、古代エジプト人が芸術と科学を空前の水準にまで高めたことは議論の余地がないとしても、その論理的思考力は多くの点で軽蔑に値するというものだった。ことに、死に対する態度についてそれが言える。死体という、いわばかつて短期間魂を包んでいただけの着古しの外套を、何が何でも保存せねばならぬと考えるのは滑稽なばかりではない。それは物質主義の極致である。墳墓に供えられた例の食物の籠、つまり旅に出る魂に持たせる食料に至っては、あれほど洗練された人々がどうしてそんな女々しい考え方をしたのか理解に苦しむ。それは物質主義に支えられた信仰なのだから、二重に呪われている。そして後続のどの民族、文明も、聖職者に支配されたならば決まって、この同じ呪いにかけられたのである。

サウスシー時代のアーサーは、ドレイソン将軍の主張は論拠不十分であると感じたものだった。しかし、今や、非常に著名で間違いなく誠実な科学者たちが心霊現象は存在すると請け合っている。例えばウィリアム・クルックスやオリヴァー・ロッジ、アルフレッド・ラッセル・ウォレスである。このような名前が並んだということは、自然界を最もよく理解する人たち――偉大な物理学者や生物学者たち――が超自然界への道案内にもなってくれたということだ。

ウォレスを例にとろう。当代の進化論の共同発見者の一人。ダーウィンの脇に立ち、リンネ協会において自然選択の概念を共同で発表した男。ウォレスとダーウィンの手によって、我々は神のいない機械的な宇宙に送り届けられた、我々人間は、人間だけで、小暗い平原に置いていかれた、と臆病な者たち、想像力を欠く者たちは断じた。しかし、ウォレスその人の信ずるところに耳を傾けよ。この当代で最も偉大な一人の論によれば、自然選択によって説明されるのは人間の身体の発達のみであり、どこかの時点で進化の過程を補って超自然が介入し、発達途上の粗野な動物の内に精神の炎が挿入されたのだという。それでもまだ、科学が魂の敵であると言い張る者がいるのだろうか。

ジョージとアーサー

寒くて晴れた二月の夜だった。半月が昇り、満天に星が輝いていた。遠くにワーリー炭坑の巻上げやぐらが背景の空から微かに浮き上がって見えた。間近にはジョゼフ・ホームズの所有する農場があった。農場主の家と納屋、その他の付属する小屋の、どこにも明かりは灯っていなかった。人間たちは眠っており、鳥たちはまだ目覚めていなかった。

けれども、牧草地の奥の生垣の隙間から男が入ってきたとき、馬は目を覚ましていた。男は飼葉袋を腕に掛けて持っていた。自分の存在に馬が気づいたと知るや否や、男は立ち止まり、ごく静かに話し始めた。言葉そのものは訳の分からぬ出まかせだった。大事なのは、相手を落ち着かせる親しげな口調だった。数分後、男はゆっくりと前進し始めた。数歩近づいたとき、馬が首を振り、束の間、たてがみがぼやけた。これを見た男は再び立ち止まった。

それでも男は訳の分からぬ出まかせを言い続け、まっすぐ馬のほうを見続けた。氷点下の冷え込みが幾晩も続いていたから足元の地面はかちかちで、土に靴跡は残らなかった。男はゆっくり、一度に数十センチずつ前進した。馬が少しでも落ち着きを失う様子を見せると立ち止まった。自分の丈いっぱいに背を伸ばし、常に存在を明らかにしておいた。腕に掛けた飼葉袋は取るに足りない細部だった。大事なのは静かで執拗な声、着実な接近、真っ直ぐな視線、穏やかな制御だった。

このようにして男が牧草地を横切るのに二十分がかかった。今は馬の真正面、ほんの数メートル離れたところに立っている。依然として急な動きはせず、これまでどおり、囁くこと、見つめること、背筋を伸ばすこと、待つことを続けた。そしてついに、男が期待していたことが起こった。馬が、最初はしぶしぶと、けれどもやがて見間違えようもなく、頭を下げたのである。

それでもなお、男は急に手を伸ばしはしなかった。一分、二分と遣り過ごし、それから最後の数メートルを詰め、飼葉袋を馬の首にそっと掛けた。頭を下げたままにしている馬を男は囁き続けながら撫で始めた。たてがみを撫で、脇腹を撫で、背中を撫でた。ときには、温かな皮膚の上にただ手をじっとさせておいた。馬との接触が絶対に途切れないように気をつけた。

さらに撫で続け、囁き続け、男は飼葉袋を馬の首から滑らせて、馬の肩に引っ掛けた。撫で続け、囁き続け、男はコートの内側を手探りした。撫で続け、囁き続け、片腕は馬の背に掛けたまま、もう片手を下のほうへ、馬の腹へ伸ばした。

馬はびくりと身を震わせもしなかった。男のほうは、ようやく訳の分からぬ出まかせを言い止《や》んだ。そして新しい沈黙の中、落ち着いた足取りで、もとの生垣の隙間のほうへ歩いていった。

ジョージ

毎日、ジョージは朝一番の列車に乗ってバーミンガムに向かう。時刻表をすっかり覚えていて、それが嬉しい。ワーリー・アンド・チャーチブリッジ七時三十九分、ブロクスウィッチ七時四十八分、バーチルズ七時五十三分、ウォルソル七時五十八分、バーミンガム・ニュー・ストリート八時三十五分。新聞の後ろに隠れる必要はもう感じない。それどころか、自分が『鉄道利用者のための法律』（売上部数二百三十七部）の著者であると車内の乗客の幾人かは知っているのではないかと思うことがある。改札係や駅長に挨拶すると礼を返される。ジョージには立派な口ひげと書類鞄がある。質素ではあるが懐中時計には鎖があり、山高帽子だけでなく夏用の麦わら帽子も加わった。傘もある。この最後の持ち物はちょっと自慢で、晴雨計の予報を無視して持って出かけることも多い。

車中では新聞を読み、世間の出来事について自分なりの見解を持つよう心がける。先月はバーミンガムの新市庁舎において、植民地と特恵関税をめぐりチェンバレン氏が重要な演説を行った。ジョージの立場は——まだこの件に関して人から意見を求められたことはないけれども——慎重な支持である。また来月にはカンダハル伯ロバーツ卿がバーミンガム市から名誉市民権を贈られる運びであり、もしもこの授与に文句を付けるような人間がいるとしたら、それは分からず屋というものだ。

新聞にはもっと別の、全国的でない些細なニュースも出ている——ワーリー周辺でまた一頭の家畜が惨殺された。この種の行為には刑法のどの辺りが適用されるのか、しばしジョージは考える。窃盗法中に規定された他人の財産の損壊にあたるのだろうか。それとも、ひょっとして、牛なり馬なり当該動物の種それぞれに特別な法令があるのだろうか。自分がバーミンガムで働いていること、そしてそこに住むようになるのも時間の問題であることをジョージは嬉しく思う。そろそろ踏ん切りをつけなくてはいけない。父の愁い顔と母の落涙、そしてモードの、無言の、かえって胸に応える意気消沈に立ち向かうべきときがきている。毎朝、点々と家畜の散る牧草地から、整然とした郊外へと景色が変わっていくと、気分が高揚するのがはっきりと感じられる。もう十数年も前、農夫の子や農場で雇われている人たちこそ、神の愛する〈地のへりくだる者たち〉であり、あの人たちこそ地を嗣《つ》ぐことになるのだと、父から教わった。まあ、一部の者たちだけだ、とジョージは思う。それも僕のよく知る遺言検認の手続は踏まずに。

汽車には生徒たちが乗っていることが多い。大抵はウォルソルで下車し、そこの中学に行く。制服を着た生徒たちを見ていると、時折、その学校の鍵を盗んだだろうと責められた恐ろしい思い出が甦ってくる。しかし、それも何年も前の話であり、生徒たちのほとんどは失礼な態度など少しも見せない。ときどき同じ車両に乗り合わせる集団がいて、自然と耳に入ってくる名前を覚えてしまった――ペイジにハリソン、グレートレクス、スタンリー、フェリデイ、クウィベル。かれこれ三、四年になるので、この一団とは会えば頷き合うほどの間柄である。

大抵の日、ニューホール・ストリート五十四番地での時間は不動産の譲渡証書の作成に費やされる。この仕事を、ある優秀な法律の専門家が「思考の自在な働きや想像力とは無縁」と評したのを読んだことがある。そう蔑《さげす》まれても、ちっとも気にならない。ジョージに言わせれば、この種の仕事は精密で、責任重大で、必要である。幾度かは遺言書の作成にも携わり、最近では『鉄道利用者のための法律』を出した結果の依頼人もつき始めた。行方不明になった手荷物をめぐる事案、不合理なまでに延着した列車をめぐる事案。スノウ・ヒル駅において、鉄道職員がうっかり機関車の近くに油をこぼし、婦人客が足を滑らせて手首を捻挫したという事件もあった。人が乗り物に轢かれた事件もいくつか扱った。どうやら、バーミンガム市民が自転車や馬、自動車、市電、場合によっては列車に轢かれる可能性は、ジョージが到底予期しなかったほど高いものであるらしい。事によると、暴走する交通手段から人体が不意討ちを食らった場合に頼るべき人として、事務弁護士ジョージ・エイダルジは有名になるかもしれない。

ニュー・ストリートから家へ帰るのに使う列車は五時

二十五分発。帰りは滅多に生徒たちに会わない。その代わりにときどき、もっと柄が大きくて、もっと無骨で、ジョージが嫌悪の情をもって眺める種族がいる。時折、ジョージの方向へ、まったく不必要な感想を述べて寄越す——「お前の母さん漂白するとき晒し粉を忘れたな」とか、「今日は石炭掘りだったのか」とか。そんな言葉はほとんど無視するが、もしも若い乱暴者が甚だしく侮辱的な言辞を弄する場合、ジョージも余儀なく自らの身分を明かすことがある。身体的には勇ましいほうでないが、このような折、心は自分でも驚くほど落ち着いている。それはイングランドの法律を知っており、その法律の助けが当てになると知っているからだ。

バーミンガム・ニュー・ストリート五時二十五分、ウォルソル五時五十五分。この汽車はバーチルズに停まらないのだが、その理由をジョージはいまだ確認することができずにいる。次がブロクスウィッチで六時二分。ワーリー・アンド・チャーチブリッジは六時九分。六時十分には駅長のメリマン氏に目礼し、しばしばその瞬間、期限切れ定期乗車券の不法保持についてブルームズベリーの州裁判所において判事ベーコン閣下が下した一八九九年の判決を思い出す。それから傘を左手首に掛け、歩いて司祭館へ帰るのである。

キャンベル

二年前にスタフォードシア州警察に移って以来、幾度かアンソン警察本部長に会っていたキャンベル警部も、〈緑の館《グリーン・ホール》〉に呼ばれるのはこれが初めてであった。本部長の私邸は町を外れてソウ川を渡った先、川縁の牧草地に囲まれて建ち、二つの大邸宅〈スタフォード〉と〈シャグバラ〉の間にある中では最も大きな屋敷だろうという評判であった。リッチフィールド街道から入った砂利敷きの私道を歩いていくと、館の規模が次第に明らかになってくる。いったい〈シャグバラ〉はどれほど大きいのだろう、とキャンベルは考えていた。〈シャグバラ〉はアンソン警察本部長の兄の所有する館である。本部長自身は次男に過ぎなかったから、このささやかな白塗りの邸宅に甘んじるほかなかった——三階建てで、窓が七つから八つ並ぶだけの幅があり、威圧感のある玄関ポーチの屋根を四本の柱が支えている。右手にテラスと、一段低くなった薔薇園とがあり、その向こうに東屋《あずまや》とテニスコートがある。

以上のことをキャンベルは歩を緩めることなく見て取った。小間使いに通されると、身に付いた職業的習慣から、住人は堅気《かたぎ》か否か、その収入はどの程度かを推測したり、盗む価値のある品々――場合によっては盗まれてそこにあるのかもしれない品々――を記憶したり、とそんなことをしそうになるのを我慢した。しかし、無関心になるよう努めても、磨きたてられたマホガニーの家具、白い鏡板をはめた壁、豪華な帽子掛け、それから向かって右手には、手すりの小柱が奇妙に捩《よじ》れた階段と、つい目が行ってしまう。

招じ入れられたのは、玄関からすぐ左手の部屋だった。様子からして、アンソンの書斎であるらしい――暖炉の左右に背の高い革張りの椅子が置かれ、暖炉の上には死んだヘラジカの頭がぬっと突き出している。それともムースか。とにかく枝角を生やした頭だ。キャンベルは狩りをしないし、したいとも思わない。もともとバーミンガムの出で、二年前に転属を願い出たのも本意ではなく、都会にうんざりした妻が子供の頃のゆったりとした生活に戻りたいと切望したためであった。ほんの二十数キロの距離なのに、キャンベルには異国にでも流された気分であった。地元の紳士階級《ジェントリー》からは無視される。農夫たちは人付き合いをしない。炭坑夫や鉄工所の工員たちは、都会の貧民街の基準に照らしてさえ、荒っぽい手合いである。漠然と抱いていた理想化された田舎観のようなものは、たちどころに吹き飛んだ。しかもこの土地の人たちは、バーミンガムの人たちに輪を掛けた警察嫌いであるらしい。これまで数え切れないほど、自分は無用の存在なのだと感じさせられてきた。無論、犯罪が起ることはあるし、通報されることさえある。しかし、被害者にとっては被害者自身の正義の観念が優先するのだと、思い知らされるのが常である。いまだバーミンガムの臭いがぷんぷんする三つ揃いに山高帽の警部が差し出す正義などお呼びでない。

主人は勢いよく入ってきて、握手をすると客人に席を勧めた。アンソンは小柄で引き締まった体をした四十代半ばの男で、ダブルの背広を着込み、キャンベルが見たことのある中で最も手入れの行き届いた口ひげを蓄えていた。口ひげの左右の端は鼻の延長としか見えず、全体が鼻の下の三角地帯にぴたりと収まり、まるで正確に測定してからカタログで注文したかのようだ。ネクタイは〈スタフォード結び〉をかたどった金のピンで留めてある。これはすでに誰もが知っている事実――一八八八年より警察本部長を務め、一九〇〇年からは州副統監も兼務するジョージ・オーガスタス・アンソン閣下が骨の髄までスタフォードシア人であるという事実――の高らかな宣言であった。キャンベルは当世風な職業的警察官の一人であったから、なぜ州警察の長が州警察で唯一のアマチュアであるのか理解できなかった。もっとも、キャンベルの目には、社会の仕組みの相当な部分は恣意《しい》的なもの、当代の合理性にではなく旧来の先入観に基づくものと見えていた。それでも、アンソンは警官たちを守り立ててくれる人として知られ、配下の者たちから尊敬されていた。

「キャンベル君、なぜ来てもらったか、察しはついているだろう」

「家畜殺しかと」

「いかにも。もう何件になったかね」

次の台詞をキャンベルは予習してきたが、それでも手帳を取り出した。

「二月二日、ジョゼフ・ホームズ氏所有の高価な馬一頭。四月二日、トマス氏所有のコブ種の馬一頭が同一の手口で搔き切られました。五月四日、バンゲイ夫人の雌牛一頭が同様の目に遭いました。二週間後の五月十八日、バジャー氏のところで馬一頭が切り裂かれ、さらに同じ夜に羊が五頭。そして先週、六月六日に、ロッキャー氏所有の雌牛二頭がやられています」

「すべて夜かね」

「すべて夜です」

「何か共通する行動様式は認められるかね」

「凶行はすべてワーリーから半径五キロの範囲で起きています。そして……行動様式とは違うかもしれませんが、すべて月の第一週に行われました。五月十八日の犯行だけは別ですが」自分に注がれたアンソンの目を意識して、キャンベルは先を急いだ。「しかしながら、搔き切り方は犯行日と無関係に概ね一貫しております」

「一貫して胸の悪くなる話であることだけは、間違いない」

キャンベルは本部長の顔を見つめ、いったい詳細を知りたいのか、それとも知りたくないのかと忖度《そんたく》した。黙っているのは、遺憾ではあってもイエスなのだろう。

「動物たちは腹を下から搔き切られております。横方向に、大抵は一切りにしております。雌牛は……雌牛の場合は、乳房も切除されました。また損傷は……生殖器にも加えられました」

「信じ難い所業であるな、キャンベル君。そんな無意味な残虐行為を無防備な家畜に対して働くとは」

キャンベルは、座っている自分たちの頭の上にガラスの目玉をはめ込まれたヘラジカだかムースだかの切断された頭部があることを忘れることにした。「仰せのとおりです」

「では、我々が捜しているのはナイフを持ったどこかの異常者ということになるかね」

「恐らくナイフとは違います。後続の家畜殺しで――当初ホームズ氏の馬の事件は単発的なものという扱いでした――検視にあたった獣医師と話しましたが、いったいどんな道具を使ったのだろうと首を捻っていました。非常に鋭利な刃物に違いないのですが、他方で、表皮と筋肉の最上層を切開しているだけなのです」

「それでなぜ、ナイフでないということになるのかね」

「ナイフだったならば――例えば肉屋の使う包丁《ナイフ》だったならば――もっと深くに達したはずです。少なくとも、どこか一か所で。内臓をかっさばいたはずなのです。ところがどの馬も、牛も、切られてすぐには死んでいません。出血の結果死に至ったか、発見されたとき殺してやるよりほかない状態にあったかのいずれかでした」

「ナイフでないとなると?」

「よく切れる、しかし浅くしか切れないものです。剃刀のような。しかし、剃刀より力のある。革職人の使う道具かもしれません。あるいは農家で使う何らかの種類の器具か。とにかく動物の扱いに慣れた男と見てよいでしょう」

「男一人か、数人か。陋劣《ろうれつ》なる一個人か、陋劣なる個人の集まりか、それが陋劣なる犯罪に走った。以前にも、このような事件に遭遇したことはあるかね」

「ありません、バーミンガムでは」

「それはそうだな」アンソンは力なく微笑み、束の間黙り込んだ。キャンベルはスタフォードの厩舎にいる警察馬をゆっくりと思い浮かべた。馬たちの用心深さ、敏感さ。その温かさ、その匂い、その毛皮と呼びたくなるほど密生した体毛。ぴくりと耳を動かし、こちらに向かって首を下げてくるその様子。沸騰した薬缶を思わせる勢いで鼻から息を吐き出すその様子。あんな動物に危害を加えたいなどと、いったいどういう種類の人間が思うのか。

「バレット警視の記憶によると、数年前、借金を抱えた男が保険金目当てに自分の馬を殺した事件があったそうだ。しかし、今回のような連続家畜殺しは……到底この国のこととは思われん。無論アイルランドであれば、夜中、地主の牛の膝腱《しつけん》を切ってまわるなど、年中行事の一つと言ってよいわけだが、まあ、フィニアン団なら、何をしでかしても驚くにあたらんからな（訳注　当時アイルランドはイギリスの支配下にあった。フィニアン団はアイルランドの独立を目的とする秘密組織）」

「仰せのとおりです」

「早急に終息させる必要がある。残虐行為の続くせいでスタフォードシア全体の評判ががた落ちだ」

「仰せのとおり、新聞各紙が――」

「新聞など、私は屁とも思っておらんのだよ、キャンベル君。私が気にかけているのはスタフォードシアの名誉だ。野蛮人の巣窟だなどと見られたくないからな」

「ごもっともです」と言いながら警部は、最近の社説のいくつかに本部長も気づかなかったはずはないと思った。好意的なものは一つとしてなく、中には名指しで批判してくるものもあった。

「グレート・ワーリーとその周辺地域の過去数年の犯罪を調べてみてくれたまえ。どうもいくつか……奇妙な出来事があったようだ。そして当該地域を最も良く知る者たちと協同して事に当たってくれたまえ。一人、じつにしっかりした巡査部長がおる。名前を思い出せんのだが、大柄な、赤ら顔の男だ……」

「アプトンのことでしょうか」

「そう、アプトンだ。あれは地元の動きをよくつかんでいる」

「承知しました」

「そして巡査二十名を専従で配置する。パーソンズ巡査部長の指揮下に入らせよう」

「二十名ですか！」

「二十名だ。金に糸目はつけん。必要となれば自腹を切る。どの生垣の下にも、どの茂みの陰にも巡査を張り込ませ、何としてもこの男を捕まえたい」

　キャンベルは金のことを心配したのではなかった。ほんのちょっとした噂が電報より速く伝わる土地で、専従の巡査二十名の存在を隠しおおせるものか不安を覚えたのである。専従が二十人、それも大抵は土地に不案内な者たちだ。対する相手は地元の人間、家にこもって警察を嘲笑うことを選ぶかもしれないではないか。それにどのみち、どれだけの数の家畜を二十人の巡査が守れるだろう。四十、六十、八十頭くらいか。それで、この地域にどれだけの数の家畜がいるだろう。数百、いや数千頭だろう。

「ほかに何か質問はあるかね」

「ありません。ただ……仕事外の質問をしてよろしいでしょうか」

「言ってみたまえ」

「表の玄関ポーチですが、柱がありますね。あの柱に名称はあるのでしょうか。つまり、あのような様式にですが」

アンソンの顔に、これは世の現職警察官が発したことのある最も珍妙な質問だと言わんばかりの表情が浮かんだ。

「柱のかね？　皆目見当もつかん。そうしたことは妻のほうが強くてね」

その後の数日間、キャンベルはグレート・ワーリーとその隣接地域の過去の犯罪を調べた。概ね予想していたとおりだ。一定件数の窃盗はある——主として家畜だ。各種の暴力沙汰もある。浮浪罪と公然酩酊罪も散見される。自殺未遂が一件。農場の建物に誹謗中傷の文句を書いたかどで有罪判決を受けた女性が一人。放火が五件。ワーリーの司祭館に脅迫状数通と注文しない品物が届く。強制猥褻が一件と、公然猥褻が二件。キャンベルに見つけられる限りでは、過去十年に動物に対する傷害の例はない。

倍の二十年、この地域を警邏《けいら》してきたアプトン巡査部長の記憶にも先例はない。ですが、旦那の今のお尋ねで思い出しました、と巡査部長は話しはじめた。農場主の男がおりましてね、もう天国に行っちまいましたがね——もちろん、もう一か所のほうに行ったかもしれませんが——この男、飼っていた鵞鳥《がちょう》に対する愛情が度を超えているのではないかと、この意味お分かりですかね。そんな疑いをかけられておりました……。この井戸端会議的お喋りをキャンベルは遮った。そして即座にアプトンのことを古い時代の生き残りと見定めた。明らかに足を引きずっているとか、体が不自由だとか、愚鈍だとかでもない限り、かつての警察隊は誰彼無しに採用したものだ。この男に地元の噂や怨恨について教えてもらうのはいいが、嘘も平気でつきそうだ。

「じゃ、旦那、お分かりになったわけで」巡査部長はのどをぜいぜいいわせて絡んでくる。

「アプトン、何かこれといった話はあるのかね」

「そうじゃありませんがね、ですが蛇の道はヘビと言いますんでね。なに、旦那は最後にゃお挙げになりますよ。

なにしろ旦那はバーミンガムの警部でらっしゃる。そりゃもう間違いなしです。最後にゃお挙げになる」

アプトンは小狡く取り入るようでもあり、何やら差し出がましくもある。農場の作男にはこれとそっくりなのがいる。キャンベルにとってはバーミンガムの盗人たちのほうが安心して付き合えた。少なくとも、あの連中は真っ向から嘘をついてくる。

六月二十七日朝、警部は呼び出されてクウィントン炭坑に赴いた。夜のうちに炭坑会社の大切な馬のうちの二頭が切り裂かれたのである。一頭はすでに失血死し、もう一頭の、不必要な損傷まで加えられた雌馬のほうは、ちょうど殺してやるところだった。これまでと同じ――少なくともまったく同じ傷をつくる――刃物が用いられたことを獣医が確認した。

二日後、キャンベルのところにパーソンズ巡査部長が一通の手紙を持ってきた。「スタフォードシア、ヘンズフォード警察署、巡査部長殿」となっている。消印はウォルソルで、ウィリアム・グレートレクスという名の署名がある。

俺は顔も命知らずの顔、足も速いんで、あの一味がワーリーで組織されたとき誘われた。馬や畜生のことなら何でも知ってるし、うまい捕まえ方も知っている。三時十分前、尻込みしたらばらすと言われてやった。三時十分前、うずくまってる二頭を見つけ、二頭は目を覚ました。それで一頭ずつ腹の下を切ったんだが、血はたいして噴き出さなくて、一頭は逃げていき、もう一頭はその場に倒れた。さて、一味に誰々がいるか教えてやるが、証人に俺が必要になる。一人はシプトンという名のワーリーの者、それからリーと呼ばれている人夫がいて、この男は事情があってここしばらく土地を離れていた。それから弁護士のエイダルジ。さて、この連中を動かしてるのが誰かまだ教えてないわけだが、俺には手を出さないとそっちが約束するまでは教えない。俺たちがやるのは決まって新月の晩だというのは嘘だ。四月の十一日にエイダルジがやったのは満月の晩だった。俺はまだ食らい込んだことはないし、頭領以外は誰もないはずだ。だからきっと皆、軽くて済むだろう。

キャンベルは手紙を読み返した。「それで一頭ずつ腹の下を切ったんだが、血はたいして噴き出さなくて、一頭は逃げていき、もう一頭はその場に倒れた」随分とよく知っているように聞こえるが、殺された二頭の馬を調べることのできた人間はいくらでもいる。最近の二件以来、警察は警備の者を立てて、獣医師の検分の終わるまで野次馬を追い返さなければならないほどなのだ。しかし、「三時十分前」というのは……妙に正確だ。

「このグレートレクスという男の身元は知れているのかね」

「リトルワース農場のグレートレクス氏の息子かと思われます」

「これまでに警察と関わったことは？　ヘンズフォードのロビンソン巡査部長宛に出す理由はあるのかね」

「何もありません」

「月がどうのという話はどう思うかね」

ずんぐりとした体に黒い髪のパーソンズ巡査部長は、考えるときに唇を動かす癖があった。「そんなことを言っている者たちがいるんです。新月の晩の異教徒の儀式だとか何とか。私には分かりませんが。分かっているのは四月十一日に殺された家畜はいないということです。私の記憶が間違っていなければ、その日の前後一週間はなかったはずです」

「いや、君は間違っていない」アプトンのような人間よりも、パーソンズのほうがずっと警部の好みに合っていた。一世代あとの人間で、受けた訓練もよい。回転は速くないが、思慮深い。

調べてみると、ウィリアム・グレートレクスはまだ学校に通う十四歳の少年で、その筆跡も手紙のものとはまったく異なった。リーとかシプトンとかの名は聞いたことがないが、朝、同じ汽車に乗り合わせることのあるエイダルジは知っているという。ヘンズフォードの警察署には行ったことがなく、同署を預かる巡査部長の名も知らなかった。

パーソンズと専従の巡査五人でリトルワース農場とそれに付属する建物を捜索しても、尋常でなく鋭利なものや血痕の付着したもの、最近きれいに拭われたものは見つからなかった。農場をあとにしながら、キャンベルはジョージ・エイダルジのことを教えてくれとパーソンズに頼んだ。

「待ってください……インド人です。違ったかな。半分インド人ですね、正確には。小柄な男です。ちょっと妙な顔付きの。事務弁護士をしていて、親元で暮らしていて、毎日バーミンガムに通っています。村の生活にはあまり関わらないほうですね、申し上げる意味がお分かりいただければ」

「では、仲間と群れてうろつくようなことはない？」

「ほど遠いですね」

「友人関係は」

「活発じゃありません。あのうちは家族の結びつきが強いんです。妹はどこかいけないいんだと思います。病身なのか、頭が少し弱いのか、そんなことで。それから、ジョージは毎晩、田舎道を散歩するんだそうです。犬とか飼っているわけではないんですが。何年か前、一家に対する嫌がらせがありました」

「そのことは日誌で見た。何か理由はあったのかね」

「それは何とも……。司祭が聖職禄を得た当座は、ある種の……悪感情がありました。肌の黒い人間に説教壇に立たれて罪人呼ばわりされるのはご免だ、とかそんなことです。でも、もう大昔のことですからね。私自身は国教会じゃないんですが。私の見るところ、今はもっと寛大になってるでしょう」

「その男——息子のほうだが——君の目には馬を切り裂く人間のように見えるかね」

　パーソンズはしばらく返事をせずに唇を噛んでいた。

「警部、こんなふうに申し上げればよいでしょうか。この辺りに私くらい長く勤めておりますと、誰かが何かのように見えるということがなくなります。もっと言いますと、何のようにも見えなくなってきます。お分かりになりますか」

ジョージ

　郵便配達夫が封筒に押された公印「料金不足」をジョージに示す。手紙はウォルソルからで、ジョージの名前と勤務先の住所がきちんとした字で明瞭に書かれている。そこでこの宙に浮いた品を請け出してやることにする。未納分の倍額、二ペンスの負担である。中身を見てジョージは喜ぶ——『鉄道利用者のための法律』の注文書だ。けれども、小切手も郵便為替も同封されていない。差出人の注文は三百部、氏名欄には魔王《ベルゼブル》と記入されている。

　三日後、例の手紙がまた始まる。どれも似た種類の手紙である。中傷、冒瀆、狂気。手紙が届くのは勤務先の事務所で、それがジョージには不躾な侵入行為に感じられる。ここは自分が安全な場所、尊敬されている場所、生活に秩序のある場所だ。一通目は反射的に捨ててしまうが、二通目以降は一番下の引き出しに入れて証拠として取っておく。今の自分は以前迫害を受けたときの自信を欠いた若者ではない。今や財産を持つ、四年の経験を積んだ事務弁護士だ。その気になればこんなことは無視することも、適切に対処することも、難なくできる。それにバーミンガムの警察は、スタフォードシア州警察よりも有能かつ近代的であるに違いない。

ある日の夕刻、ちょうど六時十分を回ったとき、定期券をポケットに戻し、傘を前腕部に引っかけようとしていたジョージは一人の人物が歩調を合わせて横に並んだのに気づく。

「元気にしてるかな、お若い旦那」

アプトンである。何年も前のあのときより、さらに太り、さらに赤ら顔になっている。きっと、さらに馬鹿にもなっているのだろう。ジョージは歩調を緩めない。

「今晩は」と、きびきびと答える。

「楽しくやってるかな。よく眠れるかな」

以前であれば、動揺したかもしれない。あるいは立ち止まり、アプトンが本題に入るのを待ったかもしれない。しかし、今は違う。

「ま、夢遊病でないといいんだが」ジョージは黙って足を速め、そのためアプトン巡査部長は遅れずについてくるのにハアハア言っている。「ただな、この地区を専従で埋め尽くしたからな。本当に、埋め尽くしたからな。だから、べ、ん、ご、し、さんも、そうよ、夢遊病みたいに歩き回らないほうが身のためだ」ジョージは足を止めず、この中身の空っぽな、がなり立てるだけの愚か者に向かって蔑みの一瞥を投げる。「そうよ、べ、ん、ご、し、さん。忠告を無駄にしないでほしいね、お若い旦那。『言われていれば備えができる』と言うからな。もっとも、言われるのが遅すぎたら意味ないが」

ジョージはこの出来事を両親に話さない。もっと切迫した心配の種があった——午後の郵便で見覚えのある筆跡の手紙が届いていたのである。ジョージ宛で、「正義を愛する者」と署名されている。

君と知り合いではないが、汽車で何度か見かけたことはある。たとえ知り合いになったとしても、君のことはあまり好きにはなれないだろう。私は君のような人種を好かないからだ。しかし、どんな人間も公平な扱いを受けるべきであると思い、だからこうして君に手紙を書いている。なぜなら、皆が噂しているあの恐ろしい犯罪に君は何の関わりもないと考えているからだ。

君に違いないと皆が言ったのは、君のことを変な奴だ、畜生を殺すのが好きなんだ、と皆思っているからだ。それで警察は君を見張りはじめたが、何も出てこないものだから、今度はまた別の人間を見張っている……また馬が殺されたら、君の仕業だと警察は言うだろう。だから休暇旅行に出かけるといい。次の事件が起きたときに、ここにいないようにするのだ。前回同様、今月の終わりに起こると警察は言っている。その前にここを離れるのだ。

ジョージは冷静そのものである。「文書誹毀《ひき》。それも、第一印象《プライマ・フェイシー》では、犯罪的誹毀行為に該当する」

「また始まった」と母が言い、言いながら泣き出さんばかりなのがジョージには分かる。「また始まったよ。やめないつもりだよ、私たちが出ていくまで」

「シャーロット」と、シャプルジがきっぱり言う。「出ていくなどあり得ないぞ。私たちがこの司祭館を出ていくのは、コンプソン伯父のところで永遠の安息を得るときだ。そこに至る旅路で私たちが苦しむことが主の思し召しであるならば、私たちは主に異議を唱えるべきではない」

近頃のジョージは、折々、主に異議を唱えそうになっている自分に気づく。例えば、美徳の化身のような母、教区の貧しい人たち病める人たちを救っている母が、なぜこんなふうに苦しまなければならないのか。そしてもし、父の主張するように、主がすべての事象の原因であるならば、主はスタフォードシア州警察とその悪名高い無能ぶりの原因なのだ。でも、こんなことを言うわけにはいかない。最近は、仄めかすことさえ憚られるようなことが増えてきた。

世の中について両親より少しだけよく理解していることにも気づきはじめた。まだ二十七ではあるが、バーミンガムの事務弁護士として働く生活は、人間について、田舎の司祭には得難い種類の洞察を与えてくれる。だから、再び州警察本部長に訴えてみようという父の提案に、ジョージは首を横に振る。前回、アンソンは力になってくれなかった。相談を持ちかけるべき相手は、捜査責任者の警部である。

「では、その人に手紙を書く」とシャプルジが言う。

「いえ、お父さん。その手紙は私が書くべきでしょう。それから私一人で会いに行ってきます。もし二人で行けば、人を立てたように思われるかもしれません」

司祭はびっくりするが、嬉しく思う。このような男らしさを息子が見せはじめたことを好もしく感じ、息子のやりたいようにやらせることにする。

ジョージは手紙を書いて面談を求める。できれば場所は司祭館ではなく、警部のご都合のよろしい警察署にしていただければ有り難い、と希望する。これをキャンベルはいささか奇異に感じるが、ヘンズフォードを指定し、パーソンズ巡査部長に同席を求める。

「面談に応じてくださって有り難うございます。お時間を頂戴できて助かります。本日の用件は三点ありますが、まずはこれをお受け取りください」

キャンベルは四十がらみの男で、髪はショウガ色、頭部はラクダを彷彿させ、背中がやけに長い。立っていても背は高いが、座るとさらに高くなる。テーブル中央に手を伸ばし、贈物を確かめる——『鉄道利用者のための法律』が一部。ゆっくりとページをめくっていく。

「二百三十八部目になります」とジョージは言い、するとそれが意外なほど自慢げに響く。

「ご親切にどうも。ですが生憎、警察の規則で一般の方から贈物を受け取ることは禁じられております」キャンベルはテーブルの上を滑らせて本を押し戻す。

「いえ警部さん、賄賂なんかじゃありません」とジョージは明るく言う。「そうですね……寄贈と考えていただけませんか、警察の蔵書への」

「蔵書ですか。巡査部長、うちに蔵書なんかあったかな」

「ないかもしれませんが警部、どんな蔵書も一冊から始まります」

「そういうことでしたら、イダルジさん、有り難く頂戴することにいたしましょう」

からかわれているのかな、ジョージはちょっとそんな気がする。

「エイ、ダルジと発音します。イ、ダルジではなく」

「エイ、ダルジ」と警部は不器用に真似てみせて顔をしかめる。「差し支えなければ、お名前は呼ばないことにいたしましょう」

ジョージは一つ咳払いをすると、「本日の用件の第一はこれです」と、「正義を愛する者」からの手紙を取り出す。「ほかにも五通、勤務先宛のものがあります」

手紙をキャンベルは読み、巡査部長に回し、巡査部長から戻ってくるともう一度読む。いったいこれは弾劾の手紙なのか、支援の手紙なのか。後者を装った前者なのか。もしも弾劾であるならば、それを警察に持ってくるような人間がいるだろうか。もしも支援であるならば、すでに起訴された身でなければ、持ってくる理由があるだろうか。キャンベルは手紙そのものにと同じくらい、ジョージの動機に興味を引かれる。

「差出人に見当は？」

「書いてありません」

「それは見れば分かります。お尋ねしてもよろしいでしょうか、この人の忠告に従われるおつもりかどうか。『休暇旅行に出かけるといい』という」

「待ってください、警部さん。どうもすっかり取り違えてらっしゃるようです。この手紙が犯罪的誹毀行為に当たるとはお考えになりませんか」

「正直申し上げて、私には分かりません。何が法律の定めるところで、何がそうでないかを決めるのはあなたのような法律家の方たちです。警察の目で見れば、誰かがあなたに悪戯をしているということになります」

「悪戯ですって？　もし、この手紙が世間の目に触れることにでもなれば、この人が否定するふりをしている私への嫌疑が公になるわけですから、私は土地の作男や坑夫から危害を受ける恐れがある、そうお考えになりませんか」

「私には分かりません。私に申し上げられるのはただ、私がこちらに来て以来、当地区で匿名の手紙が原因となって暴行が起きたという例は記憶にないということです。君、どうかね、パーソンズ君」巡査部長は首を横に振る。

「ところで、中ほどにある『君のことを変な奴だ、と皆思っている』という文句についてはどう理解されますか」

「警部さんは、どう理解なさるんです」

「さあ、なにしろ、そういうことを言われた経験がないものですから」

「いいでしょう、警部さん。私の『理解』では、これはまず間違いなく、父がパールシー系である事実を指しています」

「ええ、そのことを指している可能性はあるでしょう」

キャンベルはショウガ色の頭をもう一度俯《うつむ》け、あたかもさらなる意味を読み取るべく手紙を睨んでいるような姿勢になる。じつは、この青年とその苦情についてどう考えたものか頭を悩ませているのである。真正直な相談者であるのか、それとも何かもっとややこしい話なのか。

「可能性？　可能性ですって？　ほかにどんな意味があり得るっていうんです」

「そうですね、あなたが周囲に溶け込まないといった意味かもしれません」

「それは、私がグレート・ワーリーのクリケットチームに入っていないということですか」

「入っていらっしゃらないんですか」

ジョージは憤りが込み上げてくるのを感じる。「それを言い出したら、私はパブに飲みにも行きません」

「いらっしゃらない」

「それを言うなら、煙草も吸いません」

「吸われないんですか。まあ、どんな意味だったのかは、手紙を書いた人に訊いてみるまで分かりませんね。書いた人が見つかれば、ですが。ほかにも何かあるとおっしゃいましたか」

ジョージの用件の第二は、アプトン巡査部長の取った態度、言った当てこすりについて苦情を申し入れることである。もっとも、当てこすりのほうは、警部が復唱すると、どういうわけか当てこすりでなくなってしまう。キャンベルの口から出た途端、州警察のあまり頭のよくない一員が幾分尊大で幾分神経質な相談者に向けて発した変哲もない言葉になってしまう。

今やジョージは狼狽気味である。本を渡せば感謝してもらえるもの、手紙を見せれば驚いてもらえるもの、苦境を訴えれば関心をもってもらえるものと思って出かけてきた。警部はそつがないものの、随分ゆっくりしている。警部の不自然なまでの丁重さが、ジョージには一種の無礼に感じられる。ともあれ、用件の第三へと進まねばならない。

「ひとつ提案があるんです。捜査にですね」ここでジョージは予定どおり、ちょっと間を置く。聞き手の注意を十分に引きつけるためである。「ブラッドハウンドはどうでしょう」

「なんとおっしゃいました？」

「ブラッドハウンドです。ご存じのことと思いますが、嗅覚の鋭い猟犬です。よく訓練されたブラッドハウンドを二頭手配することができれば、次の家畜殺しの現場から犯人のところへと、警部さんたちを真っ直ぐに導いてくれること間違いなしです。あの犬種には薄気味悪いほど正確な嗅覚追跡の能力がありますし、しかもこの地区には、犬を混乱させるために犯人が歩いて入れるような大きな河川がありません」

一般人から実践的な提案を聞かされることにスタフォードシア州警察は不慣れであるらしい。

「ブラッドハウンドですか」とキャンベルは鸚鵡返しに言う。「それを二頭ですか。なんだか三文小説に出てきそうな話ですな。『ホームズさん、それは巨大な猟犬《ハウンド》の足跡だったんです！』とか」するとパーソンズがくすくすと笑いだし、キャンベルもそれを咎めない。

　すっかりおかしなことになってしまった。ことにいけなかったのが最後の件で、これはジョージが一人で考え出し、父にも話さなかった案である。ジョージは肩を落とす。警察署を立ち去るとき、玄関口まで出てきた二人に背後から見送られる。巡査部長がよく通る声で言うのが聞こえる――「ブラッドハウンドは本の中だけにしておこうか」

　その言葉に付きまとわれるようにしてジョージは司祭館に帰り、両親に手短に面談の様子を伝える。そして、たとえ警察が自分の提案を受け入れなくとも、自分は警察を助けようと心に決め、『リッチフィールド・マーキュリー』を始め数紙に広告を出す。再び始まった手紙による嫌がらせについて説明し、刑事事件として有罪となった暁には謝礼二十五ポンドを進呈、と書く。何年も前のあのとき、父の出した広告が火に油を注ぐ結果にしかならなかったことが思い出される。だが、今回は、報奨金の提示が効果を生むのではないかと期待する。私は事務弁護士をしております、とも書いておく。

キャンベル

　五日後、警部は再び〈緑の館《グリーン・ホール》〉に呼ばれた。今回は遠慮なく家の中を見ているのが自分でも分かった。月齢表示を備えた長枠時計《グランドファーザー・クロック》、聖書の一場面を刻んだ銅版画《メゾチント》、色の褪せかかったトルコ絨毯、秋に備えて薪の詰め込まれた暖炉がある。書斎ではガラスの目玉のムースに前回ほどぎょっとせずに済み、革装で合本製本してある『ザ・フィールド』誌と『パンチ』誌にも気づいた。サイドボードの上にはガラスケースに収まった大きな魚の剝製と、デカンター三本の入った酒瓶台《タンタロス》が載っている。

　アンソン本部長は手で椅子を示してキャンベルを座らせ、しかし自身はそのまま立っていた。これが背の高い男と向かい合った小柄な男のよく使う手であることを警部はよく知っていた。もっとも、権威を保つための各種の術策について熟考している時間はなかった。今回は、なごやかな雰囲気ではない。

「例の男が今度は我々を愚弄しはじめた。あのグレートレクスからの書簡だ。今まで何通来ている」

「五通です」

「こいつはブリッジタウン署のロウリー氏宛で、昨日の夕方届いた」アンソンは眼鏡をかけると読みはじめた。

一筆啓上　ここにイニシャルを記す必要もない人物が水曜の晩、ウォルソル発の汽車に乗り、新しい鎌を持って帰るはず。鎌はコートで隠れた特別のポケットの中だから、貴殿か貴殿の仲間が彼奴のコートをちょっとめくることができれば見られるだろう。というのも、今朝、つけてくる人間の足音に気づいた彼奴が投げ捨てたものに比べ、今度のは三、四センチ長いからだ。五時過ぎか六時過ぎの汽車で来る。もし明日でなかったら、木曜には間違いなく帰ってくる。貴殿があの大勢の私服刑事を手元に残しておかなかったのは失敗だった。帰すのが早過ぎた。なにしろ、考えてもみろ。ほんの数日前に二人の刑事が張り込んでいた場所から目と鼻の先で彼奴はやったのだ。だがな、彼奴は鷹の目。耳も極めて聡い。足が速くて、しかも音を立てないのはキツネに似て、彼奴は四つん這いになって哀れな畜生に忍び寄り、ちょっと撫でてやってから、下から当てた鎌を素早く引く。すると何をされたのか畜生には見当もつかないうちに、はらわたが飛び出す。彼奴を現行犯でしょっぴくには刑事百人が要る。なぜなら、彼奴はじつに抜け目なく、この土地を隅から隅まで知っているからだ。それが誰なのか貴殿もご存じだし、私は証拠を握っている。だが、有罪にできた場合に百ポンドの謝礼が約束されない限り、もう何も教えてやらぬ。

アンソンはキャンベルの顔を見つめ、意見を求めている。「私の部下に何かが投げ捨てられるのを見た者はおりません。また、鎌に類する物も見つかっておりません。そのような殺し方をするのかもしれませんし、しないのかもしれませんが、はらわたが飛び出さないことは分かっております。ウォルソル発の汽車を見張りましょうか」

「この手紙が来たからといって、どこかの男が真夏に長い外套を着て姿を現すとは思えん。調べてくれと言うようなものではないか」

「おっしゃるとおりです。百ポンドを求めてきたのは、イダルジが報奨金を提示したことへの当てつけでしょうか」

「かもしれん。無礼極まりない話だ」アンソンは間を置き、また別の紙を机の上から取り上げると、「しかし、もう一通のほうは――ヘンズフォードのロビンソン巡査部長宛だが――もっとひどい。まあ、読んでみたまえ」と、キャンベルに渡してきた。


十一月にはワーリーが楽しいことになる。いよいよ彼奴らが小さな娘たちに取りかかる。次の三月までに、ちょうど今までの馬みたいに、娘っ子二十人をやるつもり。彼奴らが畜生を切り裂いているところを捕まえられると思うなよ。彼奴らは音も立てず、何時間でもじっと身を潜め、あんたの手下がいなくなるのを待つ。……エイダルジ氏、つまりぶち込まれているという噂だったあの人物が、日曜の晩にバーミンガムに出かけ、郊外のノースフィールドのほうで頭領に会う予定だ。刑事がうじゃうじゃいるところでの実行方法について話し合う。どうやら牛を何頭か、夜ではなくて昼間にやるつもりらしい。……近いうちに、もっとこっち寄りで畜生を殺すつもりらしい。そして、クロス・キーズ農場とウェストキャノック農場が最初の二つの標的であることを俺は知っている。……あんたのような威張り腐った悪党が、俺の邪魔立てをしたり、俺の仲間を付け回したりしたら、あんたの父親の銃であんたのかぼちゃ頭をぶち抜くからな。


「こいつはひどい。ひどすぎる。これは外には出さないほうがいいでしょう。村という村が恐慌状態に陥ります。娘を二十人……皆、もう家畜のことで十分心配させられているんですから」

「キャンベル君、君は子供はいるかね」

「おります。息子が一人と、小さな娘も」

「そうか。この手紙で唯一いいことは、ロビンソン巡査部長を撃ち殺すと脅している点だ」

「それがいいことなのでしょうか」

「まあ、巡査部長本人にとってはよくないかもしれん。しかし、これは例の男の勇み足だ。警察官を殺害するという脅迫だからな。こいつを起訴状に書けば、終身の懲役刑にできる」

　手紙を書いた人間を見つけられたらの話だが、とキャンベルは思った。「ノースフィールド、ヘンズフォード、ウォルソル――我々を四方八方に走らせようとしています」

「違いない。警部、差し支えなければ、私に整理させてくれ。そして私の考え方に納得できない点があったら、教えてほしい」

「承知しました」

「さて、君は有能な警察官だ――いやいや、ここはまだ、納得するとかしないとかのところではない」アンソンは手持ちの笑みの中で最も微《かす》かなそれを浮かべた。「君は非常に有能な警察官だ。しかし、この捜査は始まってからすでに三か月半が経っている。途中の三週間は専従の二十名を君の指揮下に置きもした。いまだに告訴された者はおらず、逮捕された者もおらず、それどころか真剣に呼び止めて調べられた者さえおらん。そして家畜殺しは続いた。ここまではいいかね」

「結構です」

「地元民の協力も、君は大都会バーミンガムでの経験に照らして不満らしいが、いつもよりはいい。今回は、州警察を助けようという関心が普段より広まっている。だが、今までに我々が得た最も有力な情報は、匿名の告発文に教えられた情報だ。例えば、この謎めいた『頭領』だ。バーミンガムの向こう側という、何とも不便なところに住んでいるらしい。これを我々は本気にすべきだろうか。そうは思えん。何キロも離れた『頭領』とやらに、何の利益があるというのだ。会ったこともない人たちの所有する家畜を切り裂くことに。無論、ノースフィールドに足を運びもしないというのは捜査の鉄則に反するが」

「結構です」

「つまり、我々が捜している人間たちは地元にいる。それは常に我々が前提としてきたことだ。無論、一人の人間かもしれんが、私は複数人という考えに傾いている。三、四人といったところか。そのほうが辻褄が合う。手紙を書く者が一人、いろいろな町に手紙を出しに行く使い走りが一人、動物の扱いに巧みな者が一人、そして皆を指揮する司令塔が一人。一味だな、つまり。一味の面々は警察を嫌っている。いや、我々を惑わす工夫をして楽しんでいる。面々は自慢屋だ。

一味がいろいろな名前を出すのは、我々を混乱させるためだ。これは言うまでもない。だが、そうであるにしても、ある一つの名前が繰り返し出てくる。イダルジだ。頭領に会いにいくイダルジ、ぶち込まれているという噂だったイダルジ……弁護士イダルジは一味の者であるに違いない。私は最初から臭いと睨んでいたが、今までは自分一人の胸に納めておいたのだ。君には過去の記録を調べるよう命じた。以前にも、主として父親に対してだったが、手紙による嫌がらせがあった。悪戯、虚報、軽微な窃盗があった。我々は奴を捕まえる一歩手前まで行った。だが結局、誰の仕業かは分かっているのだと私から司祭に厳重に警告するにとどめ、すると程なく悪戯はやんだ。『以上、証明終わり』と言ってよいわけだが、残念ながら有罪とするには不十分だった。だがまあ、自白はさせられなかったにしても、私は事件を終息させたわけだ。やんで七年、八年になるだろうか。

それがまた始まった。場所も同じだ。そしてイダルジの名が繰り返し出てくる。あの最初のグレートレクス書簡には三人の名前が挙がっているが、そのうち若者自身が知っているのはイダルジだけだ。つまり、イダルジはグレートレクスを知っているわけだ。そして八年前にも同じことをした――告発文に自分の名前を入れている。ただ、今回は奴も大人になり、クロウタドリを獲ってその首を捻るくらいでは満足できない。今回は、文字どおり、大きな獲物を狙ってきた。牛や馬だ。そして奴自身は貧弱な体格なものだから、その大仕事をするのを手伝ってくれる仲間を募った。そして今度はさらに危険な賭けに出て、娘二十人を手に掛けると脅してきた。娘二十人だぞ、キャンベル君」

「まったく、恐るべきことです。一つ、二つ、伺ってもよろしいでしょうか」

「よろしい」

「まず第一に、なぜ奴は告発文に自分の名を載せるのでしょう」

「我々の目を欺くためだ。本件に無関係と我々に分かっている人たちの名前を挙げ、その中にわざと自分の名を入れておく」

「すると奴は、自分を捕まえた者に謝礼を出すと言ったことになりますが」

「そうしておけば、謝礼を自分以外の人間から請求されることがなくて安心だからな」アンソンはくすりと笑ったが、この冗談はキャンベルには通じなかったようだ。

「無論、これもまた警察に対する挑発の一つだな。州警察の右往左往する様を見ろ、だから犯罪を解決するため、貧しい堅気の一市民が自腹を切らねばならないのだ、というわけだ。考えてみると、あの広告は警察に対する文書誹毀と解することも……」

「しかし、お尋ねしますが、なぜバーミンガムの事務弁護士が地元の乱暴者を組織してまで動物を殺傷する必要があるのでしょう」

「あの男には会ったのだろう、キャンベル君。どんな人間に見えたかね」

警部は心の中で印象を整理した。「知的で、神経質。最初は、こっちを喜ばせようと一生懸命でした。でも、機嫌が悪くなるのも早い。我々にある提案をしてきたのですが、我々は乗り気になれなかったのです。捜査にブラッドハウンドを使ってみては、と言うんです」

「ブラッドハウンド？　土地の猟犬と言ったのではないかね」

「いいえ、ブラッドハウンドと言いました。奇妙なのは、あの男の声を聞いていると――教育のある人間の声、弁護士の声なんです。ある時点でふと思ったんですが、目をつぶったら、イングランド人と勘違いします」

「ところが目を開けていれば、近衛師団の一員と見間違う心配はまずないと」

「そのように言うこともできるかと思います」

「なるほど。どうやら――目を開けているにせよ、閉じるにせよ――君の得た印象は、自分のことを人より上だと思っている人間ということになるかな。どう言ったものか、自分は高いカーストに属していると考えているとでも言えばいいか」

「かもしれません。しかし、なぜそんな人間が馬を切り裂こうだなんて思うのでしょう。例えば多額の金銭を横領することによって、自分は人より頭が良いのだ、上なんだと証明するというなら分かりますが」

「ひょっとすると、そんなことも企んでおるのかもしれんぞ。有り体に言えばな、キャンベル君、私は『なぜ』にはさして興味を覚えんのだ。大事なのは『どのようにして』『いつ』『何を』だからな」

「ごもっともです。しかし、あの男を逮捕せよとおっしゃるのでしたら、あの男の動機について何らかの手がかりを得ておくことは無駄ではありません」

この種の問いをアンソンは嫌った。最近の捜査ではこの手の問いが発せられすぎる、と思っていた。犯人の心の中に分け入りたいという気持ちが強い。だが、警察の仕事はそいつを見つけ出し、逮捕し、起訴し、数年の間追っ払っておくことだ。その件数が多ければ多いほどよろしい。銃を発砲したり、人の家の窓を割ったりするときの悪党の心理の探究は関心の埒外。そんなことを警察本部長が言おうとした矢先、待ちかねたキャンベルが口を開いた。

「まあ、動機が金目当てという線はないでしょう。自分自身の財産を破壊して保険金詐取を目論むというのとは違いますから」

「近所の家の干草の山に火を付ける者は、金が目当てでするのではない。悪意からするのだ。空に燃え上がる炎と人々の顔に浮かぶ恐怖を見るのが嬉しくてするのだ。イダルジの場合、どこか深いところで動物を憎んでいるのかもしれん。この点はきっと調べてくれたまえ。あるいはまた、もし事件がいつ起こるかについて何らかの法則性があるのなら、もし大抵は月の初めに起こるのなら、犠牲の儀式が絡んでいるのかもしれん。もしかすると、我々が捜している謎めいた刃物はインド起源の儀式用ナイフかもしれんぞ。ククリ刀とか何とかいう。イダルジの父親はパールシーだと聞いている。彼らは火を信仰するのではないかね」

　確かに、専門的な手法は今まで何の成果も上げていなかった。かといって、このような粗っぽい憶測をもってそれに代える気にはキャンベルはなれなかった。それに、もしパールシーが火を信仰するのなら、犯人は放火に走るはずではないか。

「ところで、私はあの弁護士を逮捕せよとは言っておらん」

「そうでしたか」

「そうだ。私が君に言っているのは――命じているのは――持てる力をあの男に集中せよということだ。日中は司祭館を気取《けど》られぬように見張れ。駅までは尾行させろ。バーミンガムには人を一人置け――謎めいた『頭領』と昼食を共にする場合に備えてだ。そして日没後はあの家を完全に監視するのだ。あの男が裏口から出て唾を吐けば専従警官の誰かに当たる、それくらい徹底的にやれ。あの男は動く。必ず、動く」

ジョージ

　ジョージは普段どおりの生活を続けようと努める――何といっても、それは「自由の身に生まれたイングランド人」としての権利である。しかし、常に監視の目を感じ、夜になると黒い人影が司祭館の敷地に侵入し、モードや、場合によっては母にも、内緒にしておかねばならぬことのあるとき、それは難しい。祈りの言葉は父によっていつにも増して力をこめて発せられ、女たちによってい つにも増して不安げに繰り返される。ジョージ自身は主のご加護をますます信じられなくなる。一日のうちで自分の身が安全だと思えるのは、父が寝室のドアに施錠したときのみである。

カーテンを開け、窓をばっと開け放ち、そこにいると分かっている見張りたちに皮肉な言葉を投げつけてやりたくなることがある。何て馬鹿げた税金の無駄遣いだ、とジョージは思う。自分でも驚いたことに、癇癪《かんしゃく》持ちになってきた。さらに驚いたことに、それが大人になった証拠のような気さえする。ある晩のこと、いつものように田舎道をてくてく歩いていると、少し距離を置いて専従警官がついてくる。突然にジョージは回れ右をして、つけてきた人間に話しかける。ツイードの上下を着た狐顔で、安いパブにでもいたほうが似合いそうだ。

「道を教えて差し上げましょうか」辛うじて礼節を保って尋ねる。

「ご心配には及びません。どうも」

「この辺りの方じゃありませんね」

「お尋ねのようですからお答えしましょう。ウォルソルの者です」

「これはウォルソルへの道じゃありませんよ。こんな時間になぜ、グレート・ワーリーの田舎道を歩いてらっしゃるのです」

「まったく同じことをあなたにお尋ねすることもできますな」

じつに生意気な奴だ、とジョージは思う。「あなたはキャンベル警部の指示で私のことをつけている。それは明々白々だ。私が阿呆だとでも思っているのですか。唯一興味深いのは、常時姿を見せておくようにとキャンベル警部から命じられたのか、その場合、あなたの行為は往来妨害罪に該当する可能性があるということ、あるいは姿を隠せと指示されたのか、その場合、あなたはまったく無能な専従警官だということ、それだけです」

狐顔は静かににやりと笑う。「それは警部と私との間の秘密だろうとは思われないのですか」

「いいですか、あなた。私の思うのはこういうことですよ」今や怒りは心頭に発していた。「あなたやあなたのお仲間は、多大な税金の無駄遣いです。あなたたちは何週間もこの村を這いずり回り、何の成果も、まったく何の成果も上げられなかった」

再び巡査は静かににやりとして、「穏やかに、まずは穏やかに」と言う。

その夜の食事の折、モードをアベリストウィスの海に日帰りで連れていってくれないかと司祭からジョージに提案がある。その口調は命令の口調だが、ジョージはきっぱりと断る——仕事が山ほどあり、休みを取りたいとは思いません。頑として首を縦に振らずにいると、やがてモードも嘆願に加わったので不承不承折れる。火曜日、二人は夜明けから夜遅くまで家を離れる。太陽は照り輝き、グレート・ウェスタン鉄道を汽車で二百キロの旅も快適で、無事到着。兄と妹はいつにない自由の感覚を味わう。海岸通り《マリーン・テラス》を歩き、ユニヴァーシティ・コレッジの建物を見上げ、桟橋（入場料二ペンス）の先端までぶらぶらと行ってみる。それは柔らかな風の吹く美しい八月の日で、二人の意見は完璧に一致する。湾一周の遊覧船に乗るのはやめておこう。浜辺にしゃがみ込み、石を拾って遊ぶ人たちに加わるのもやめておきましょう。代わりに海岸遊歩道の北の端からケーブルカーに乗り、コンスティテューション・ヒルの上の懸崖庭園《クリフ・ガーデンズ》まで登ることにする。ケーブルカーが昇るとき、また帰りに降りるとき、眼下に街が、そしてカーディガン湾が、見事に広がる。この行楽地で二人と言葉を交わす人は誰も彼もが礼儀正しい。昼食ならベル・ヴュー・ホテルがよろしいでしょう、もしも酒類を一切供さない場所がよろしいのならウォータールー・ホテルですと教えてくれた制服の警官も例外ではない。ロースト・チキンとアップル・パイを食べながら、二人はホレスや大叔母のストーナム叔母さんのこと、ほかのテーブルの客たちのことなど無難な話題を選んでお喋りする。昼食後はアベリストウィス城まで登っていく。これは物品売買法違反だぞ、とジョージは上機嫌に言う。城といったって、崩れた塔や建物の一部が残っているだけじゃないか。通りがかりの人が指差して、ほらあそこ、コンスティテューション・ヒルのすぐ左にスノードンの頂が。モードは大喜びするけれども、ジョージにはちっとも分からない。そのうちに、とモードは約束する。お兄様に双眼鏡を買ってあげる。帰りの汽車の中でモードが尋ねる。ねえ、アベリストウィスのケーブルカーにも、鉄道と同じ法律が適用されるの？　そしてモードはジョージにせがむ。ほら、昔、日曜学校の教室でしたみたいに、また難問を出してちょうだい、と。妹のことを愛しているし、今日の妹はほとんど幸せそうに見えるから、ジョージは一生懸命に問題を出す。しかし、心はよそにある。

翌日、ニューホール・ストリートに一枚の葉書が配達される。それは悪意剝き出しの下劣なもので、ジョージがキャノックの女性と道ならぬ関係にあると責めている――「一筆啓上。貴殿のような地位にある人が〇〇〇の妹と毎晩逢瀬を重ねることを適切な振る舞いとお考えか。その女性が近々、社会主義者フランク・スミスと結婚する予定であるにもかかわらず」言うまでもなく、女性のほうも、その結婚相手のほうも、ジョージの聞いたこともない名前である。消印を確かめると、ウルヴァハンプトン、午後十二時三十分、一九〇三年八月四日。この不愉快極まりない中傷文は、ちょうどジョージとモードがベル・ヴュー・ホテルで昼食のテーブルについていたときに作られていたことになる。

葉書を読んだジョージは、マンチェスターの租税事務所で呑気な公務員となっているホレスのことを思い出して羨ましくなる。あれは掠り傷一つ受けず、すいすいと人生を渡っていくようだ。あれはその日、その日を生きていく。将来の望みといっても、せいぜい出世の階段をゆっくりと昇ることくらい。幸福の源泉は女性との交際で、そのことについていささか明け透けに仄めかす。何にもまして、ホレスはグレート・ワーリーを脱出した。

第一子であること、そしていろいろな期待をかけられていることを、ジョージはかつてなかったほどに不運と感じる。弟よりも高い知能と弟よりも小さな自信を与えられたことも不運である。ホレスには自分自身を疑う理由がいくらでもあるが、疑わない。ジョージは学業優秀で専門職の資格も得ているのに、内気が治らない。机を挟んで人と対し、法律を説明しているときのジョージは明快だし、力強くさえある。けれども雑談とか無駄話とかをする能力が欠けている。人をくつろがせる術を知らない。一部の人たちから妙な顔付きの男と思われていることはジョージ自身知っている。

一九〇三年八月十七日月曜、ジョージは普段どおり、七時三十九分発のニュー・ストリート行きに乗る。普段どおり、帰りは五時二十五分発に乗り、六時半少し前に司祭館に着く。しばらく仕事をしてからコートを着て、歩いて靴屋のジョン・ハンズさんのところへ行く。九時三十分ちょっと前に司祭館に戻り、夕食をとり、父と一緒に寝る部屋に引っ込む。司祭館のドアに鍵がかけられ、さらにスライド錠もかけられる。寝室のドアにも鍵がかけられ、ジョージはこの数週間そうであったのと同じように、途切れ途切れに眠る。翌朝は六時に目を覚まし、寝室のドアは六時四十分に解錠され、ジョージは七時三十九分発ニュー・ストリート行きに乗るため駅に向かう。

これが人生で最後の普段どおりの二十四時間であったことを、ジョージはまだ知らずにいる。

キャンベル

十七日深夜は大雨が降り、風も吹いて嵐のようになった。しかしそれも夜明けには止み、グレート・ワーリー炭坑の早番の坑夫たちが家を出る頃には、空気に夏の雨上がり特有のすがすがしさがあった。ヘンリー・ギャレットという名の坑夫見習いの少年が、仕事に向かう途中の牧草地を歩いていると、炭坑で使っているポニーの一頭が苦しんでいる。近づいてみれば立っているのがようやっとで、ぽたぽたと血を滴らせている。

少年の叫びを聞きつけた何人かの坑夫がぐしゃぐしゃと牧草地に靴をめり込ませながらやってきて、ポニーの腹部に長々とつけられた切り傷と、その下の、引っ掻き回され、赤いものの点々と散った泥とを検めた。一時間後、キャンベルは早くも六人の専従と共に到着しており、この獣医のルイス氏を呼びに使いの者が送られていた。この区域の巡回担当者は誰だったとキャンベルが訊く。クーパー巡査が返事をして、十一時頃にこの牧草地を通りましたがポニーに異常はない様子でしたと言う。もっとも、月明かりもない真っ暗な夜のことであり、また巡査はポニーの近くまでは行かなかった。

六か月で八件目の事件であり、殺傷された十六頭目の家畜だった。束の間、キャンベルは目の前のポニーのこと、またどんなに気性の荒い坑夫もこうした動物にしばしば示す愛情のことを考えた。束の間、アンソン本部長と、本部長が気にかけているというスタフォードシアの名誉のことも考えた。しかし、じくじくと血を滲ませる切り傷を見、よろめくポニーを見守るキャンベルの頭の大部分を占めていたのは、本部長に見せられたあの手紙のことだった。「十一月にはワーリーが楽しいことになる」という文句を思い出す。それから、「次の三月までに、ちょうど今までの馬みたいに、娘っ子二十人をやるつもり」というところも。そしてあの言葉……「小さな娘たち」。

アンソンの言ったとおり、キャンベルは有能な警察官だった。よく本分を尽くし、思慮分別もある。この種の人間が犯罪を犯しやすいといった先入観もない。性急に理論を構築する癖も、直感を過信する癖もない。それでも――凶行の現場となった牧草地はちょうど炭坑とワーリーの間に位置していた。牧草地から村に向かって直線を引くと、最初に行き当たる家が司祭館だった。行け、と本部長ばかりでなく、常識的論理もまた命じていた。

「ここにいる者で昨夜司祭館を見張っていた者はいるか」

ジャッド巡査が名乗り出て、とんでもない天気で雨が目に入って仕方なかったとくどくど言った。これはつまり、夜の半分は木の下で雨宿りしていたということかもしれない。警察官が人間的欠点を免れているなどとキャンベルは思っていなかった。しかし、いずれにしても、ジャッドは訪ねてくる人も、出ていく人も見ていない。家の明かりは、いつもそうであるように、十時半に消されたという。とは申しましても、警部、なにしろひどく荒れた夜でしたから……。

キャンベルは時刻を確かめた――七時十五分。駅でイダルジを足止めするため、本人と面識のあるマーキューを遣《や》り、クーパーとジャッドには獣医を待つよう、また野次馬たちを近づけぬよう指示すると、警部はパーソンズと残りの専従を従え、最短の経路で司祭館に向かった。二か所で生垣をかき分けて突破し、鉄道は地下通路を使って越えたが、苦もなく十五分かからずに到着した。八時より大分前、家の四隅に巡査を一人ずつ配置し終わると、キャンベルとパーソンズは強くノッカーを打ち鳴らした。娘っ子二十人だけではない。誰だかの銃でロビンソンの頭を撃ち抜くと脅してきてもいるのだ。

メイドに案内され二人の警察官が台所に入ると、ちょうど司祭の妻と娘が朝食を終えるところだった。パーソンズの目には、母親は怯えた様子に、混血の娘は病身に見えた。

「息子さんのジョージにお話があるのですが」

司祭の妻は痩せていて、きゃしゃな体つきである。髪はほとんど白くなっている。はっきりとしたスコットランド訛りで物静かに話す。「息子はもう勤めに向かいました。七時三十九分発に乗るんです。バーミンガムの事務弁護士なんです」

「そのことは承知しております、奥様。では、息子さんの衣類をお見せくださるようお願いしなければなりません。息子さんの衣類全部です。一つ残らず」

「モード、お父様を呼んできてちょうだい」

ほんのちょっと首をよじる仕草によって、娘についていくべきかとパーソンズが尋ねてきたが、それには及ばないとキャンベルは制した。一分ほどすると司祭が現れた。背の低い、がっちりとした、あまり肌の色の濃くない男で、息子に見られる妙なところがまったくない。髪は白くなっているが、ヒンズー的美男であるとキャンベルは思った。

警部は改めて要請を伝える。

「いったい何を調べていらっしゃるのか、また捜索令状をお持ちなのか、伺わなくてはなりません」

「炭坑のポニーが……」女性たちを前にしてキャンベルはちょっと口ごもった。「……近くの牧草地で発見されまして……危害を加えた者がいるのです」

「それをしたのが息子のジョージではないかと疑っていらっしゃる、ということですか」

母親が娘の体に腕を回した。

「こう申し上げましょう。もし、ご子息を捜査の対象から外すことができれば、大助かりなのです」使い古された嘘だな、とキャンベルは思った。それをまた口にしているのが恥ずかしいような気がする。

「でも捜索令状はお持ちでない？」

「今は携えておりません」

「結構です。シャーロット、ジョージの服をご覧に入れなさい」

「有り難うございます。それと、お宅とその周囲を巡査たちに調べさせることもお許しいただけるものと考えてよろしいですか」

「息子を捜査の対象から外す役に立つのでしたら、構いません」

ここまでは順調だ、とキャンベルは思った。これがバーミンガムの貧民街だったら、父親は火かき棒を手に襲いかかってくる、母親は泣き叫ぶ、娘は目玉をえぐり出してやると爪を立ててくる、となるところだ。もっとも、ある意味ではそのほうが簡単だ。ほとんど罪を認めているようなものだから。

どんなナイフ、剃刀も見逃すな、農具や園芸用具にも犯行に使われた可能性のあるものがないか注意しろと部下に指示すると、キャンベルはパーソンズと一緒に二階に上がった。ジョージの衣類が、頼んでおいたようにシャツや下着も含め、ベッドの上に並べられている。見たところ汚れはなく、触ってみても乾いている。

「息子さんの衣類はこれですべてですか」

母親は少し考えてから答えた。「はい」と言ってから、さらに数秒間があった。「あの子が今着ているものは別ですが」

そりゃそうだ、とパーソンズは思った。裸で出勤するとは思っていないさ。なんて奇妙なことを言うんだろう。

「息子さんのナイフを拝見できますか」と、何気なく尋ねる。

「息子のナイフ？」母親は不思議そうに警察官の顔を見つめた。「食事のときに使うナイフのことですか」

「いいえ、息子さんのナイフですよ。若い男なら皆一本持っている」

「私の息子は事務弁護士です」司祭の語気がいささか鋭くなった。「職場は事務所です。暇つぶしに木の枝を削ったりはしないのです」

「ご子息が事務弁護士だというお話、いったい何度伺ったでしょう。そのことはよく承知しております。若い男なら皆ナイフを一本持っているという事実も、同様によく承知しておるのです」

何やら囁き合っていたかと思うと娘が部屋を出ていき、短くてずんぐりしたものを持ってきた。まるで挑むようにそれを手渡して、「木の皮を剝ぐときにお兄さんの使う皮剝ぎ器」と言う。

この道具では、ついさっき目の当たりにしたような損傷を与えることはおよそ不可能であるとキャンベルは一目で見て取った。それにもかかわらず、相当な関心を持ったという顔で皮剝ぎ器を持って窓辺に行くと、日の光の中でためつすがめつした。

「警部、こんなものがありました」一人の巡査が差し出すのは四本の剃刀の入った箱である。一本は濡れているように見える。もう一本は背に赤い染みがついている。

「それは私の剃刀です」と、司祭が即座に言う。

「一本は濡れています」

「そうでしょう。ほんの一時間ほど前にひげを剃りましたから」

「それでご子息は――ひげは何で剃るんです」

しばし間がある。「このうちの一本です」

「ああ、ではこれは厳密にはあなただけの剃刀ではないのですね」

「いやいや、これは昔から私の剃刀セットです。所有してもう二十年以上にもなりますが、息子がひげを剃る年頃になったとき、一本を息子が使うことを許したのです」

「今でもそうなさっている」

「そうです」

「大人扱いして自分用の剃刀を与えないのですか」

「息子に自分用の剃刀は必要ありません」

「さてと、どうして自分用の剃刀を持たせてもらえないのか……」この言葉をキャンベルは半ば問いのように発し、誰かが反応してくるのを待ってみた。駄目なようだ。この家族はどこか少し変わっている。どこが変わっていると、はっきり言うことはできない。非協力的に振る舞っているわけでもない。でもやはり、単純明快とは言いかねる家族だ。

「昨日の夜、外出されましたか、ご子息は」

「ええ」

「どれぐらいの間でしたか」

「うろ覚えなのですが、一時間か、もう少しでしょうか。どうだろう、シャーロット」

さっきもそうだったが、簡単な問いに答えるのに途方もない時間をかけて考える人らしい。「一時間半、一時間と四十五分」ようやく囁くような答えが返ってきた。

あの牧草地に行って帰ってきても、たっぷりお釣りがくるだけの時間だ。キャンベルはすでにそれを証明している。「そしてそれは何時くらいのことでしたか」

「八時から九時半の間くらいです」と、パーソンズの問いは妻のほうに向けられていたのにもかかわらず、司祭が答えた。「靴屋に行ったのです」

「もっと遅い時刻のことを伺っていたつもりですが」

「それよりあとは出ていません」

「しかし、先程、ご子息が夜中に外出されたか伺ったとき、外出したとおっしゃいましたが」

「警部さん、それは違います。警部さんは、昨日の夜、外出したかとお尋ねになった。夜中に、とはおっしゃいませんでした」

キャンベルは頷いた。この司祭、なかなか頭がよい。

「ところで、息子さんの靴を拝見できますか」

「靴ですか」

「ええ、外出したときに履いた靴です。それから、外出したときはどのズボンを穿いていたんでしょう」

ズボンは濡れていないが、キャンベルがもう一度よく見ると、裾に黒い泥がついている。出てきた靴も、泥がこびりついていて、まだ湿っている。

「警部、こんなものもありました。湿っているように思うんですが」と、靴を持ってきた巡査部長が言って紺サージのコートを手渡してきた。

「これ、どこにあった」警部はコートを撫でてみる。「確かに湿っている」

「裏口のドアの横に吊るしてありました。靴の置いてあったすぐ上です」

「私にも触らせてください」と司祭が言い、袖の上に手を滑らせた。「乾いてます」

「湿ってます」とキャンベルは繰り返し、そして思う。それにだ、私は警察官なんだぞ。「それで、これは誰の服なんです」

「ジョージのです」

「ジョージのですって？　私はご子息の衣類を全部見せてくださいとお願いしたんですよ。一つ残らず」

「お見せしました」——今度は母親が答えた。「ここにあるのが、息子の衣類と私が思っているもののすべてです。それは家の中用の古着で、あの子が着ることはありません」

「着ることはない？」

「ありません」

「ほかの方はどなたか着るのですか」

「いいえ」

「なんとも不思議な話ですねえ。着る人のないコートが便利そうに裏口のドアの横に吊るしてある。最初からやり直しましょう。これは息子さんのコートですね。これを息子さんが最後に着たのはいつですか」

両親は顔を見合わせ、しばらくしてから母親が口を開いた。「分かりません。そんな着古しを着て外出するはずはありませんし、それをあの子が家の中で着る理由もないんです。庭仕事をするのに着たかもしれませんが」

「ちょっと見せてください」とキャンベルは言い、コートを窓のほうにかざした。「ほら、ここに一本毛がついている。それから……ここにも。それから……ほら、もう一本。パーソンズ君、どうだろう」

巡査部長も確かめて頷いた。

「警部さん、私にも見せてください」司祭も許されてコートを検めた。「これは毛じゃありませんよ。どこにも毛はついていません」

そこに母親と娘も加わって、慈善バザーの会場みたいに紺サージの布を引っ張り合う。キャンベルは皆を手で追い払い、コートをテーブルの上に広げた。「ここです」と言い、一番分かりやすい毛を指し示す。

「それは粗紡糸《ロウヴィング》だわ」と娘が言う。「毛じゃないわ。ロウヴィングよ」

「ロウヴィングって何です？」

「糸です。撚りの緩い糸。誰だって分かります、少しでも針仕事をしたことがある人なら誰でも」

針仕事は生まれてこの方一度もしたことのないキャンベルだが、若い女性の声に内心の動揺を感じ取る力はある。

「それに巡査部長、この染みを見てくれ」右の袖に二つ別の汚れがあった。一つは白っぽく、一つは黒っぽい。キャンベルもパーソンズも黙っていたが、二人の考えていることは同じだった。白っぽいほうはポニーの唾液、黒っぽいほうはポニーの血液。

「さっきも申し上げましたけれど、それは家の中用のぼろです。それであの子が外出することはありません。靴屋さんのところまでなんか行きません」

「では、なぜ湿っているんです」

「湿ってません」

娘はまた一つ、兄にとって助けとなる説明を思いつく。

「もしかすると、裏口の横に掛けてあったから湿って感じるだけかもしれません」

これには取り合わず、キャンベルはコートに靴、ズボン、そのほか前の晩に着用していたと認められる衣類をまとめ、剃刀セットも持った。一家には警察から許可が下りるまでジョージと連絡をとらないよう指示したうえ、巡査を一人、司祭館の前に立たせ、残りの者たちには敷地を徹底的に調べるよう命じた。そうしてキャンベルがパーソンズと共に牧草地へ戻ると、すでに検分を終えていたルイス氏がポニーを殺処分とする許可を求めてきた。獣医師報告書は翌日にはキャンベルの手元に届けるという。警部はルイス氏に死んだポニーの皮膚を少し切り取ってもらい、クーパー巡査にジョージの衣類と共にその切片をキャノックのバター博士のもとへ届けてもらうことにした。

ワーリー駅に行くと、マーキューからの報告で、ここで待つようにという要請はイダルジによってあっさり拒否されたと分かった。そこでキャンベルとパーソンズは乗れる一番早い汽車——九時五十三分発——に乗ってバーミンガムに向かった。

「変わった一家だな」ちょうど汽車がブロクスウィッチとウォルソルの間で運河を渡っているとき、警部が言った。

「非常に変わっています」と言って、巡査部長はしばらく下唇を噛んでいた。「こう言ってはなんですが、警部、基本的に正直な人たちだと思うんです」

「それはよく分かる。職業的犯罪者はあれを手本にするといいんだ」

「あれって何でしょう、警部」

「必要以上に嘘をつかないことさ」

「そりゃ無理ってもんでしょう」パーソンズはくっくっと笑った。「でも、ある意味じゃ、あの人たちは気の毒です。ああいう一家に起こってしまったのは。こんな言い方はいけないかもしれませんが、なにしろ毛色の違う一家ですから」

「いや、それは言えている」

十一時をわずかに回った頃、二人の警察官はニューホール・ストリート五十四番地に到着した。そこは二室からなる小さな事務所で、事務弁護士の部屋に入るドアは女性秘書によって守られている。事務弁護士は机の向こうにじっと座っていた。気分が悪そうに見えた。

向かい合った男が何か突然の動きを見せることを警戒してキャンベルが言った。「ここで身体検査をするつもりはありませんが、ピストルは預からせていただきましょう」

ジョージ・エイダルジはぽかんとして警部の顔を見た。「ピストルなど持ってませんが」

「では、それは何なんです」警部は目の前の机に載っている長くて光沢のある物体を指し示した。

事務弁護士は極度の疲労感を声に滲ませて言った。「これは警部、鉄道の車両のドアの鍵です」

「冗談ですよ、冗談」と応じながらキャンベルは考えていた——鍵か。あの何年も前のときはウォルソル中学の鍵、そして今回もここに一つ。この男はどこかすごく変わっている。

「文鎮にしているんです」と弁護士は説明した。「思い出していただけるのではないかと思いますが、私は鉄道の法律の専門家なものですから」

キャンベルは頷いた。そして逮捕時の警告を与えたうえ、エイダルジを逮捕した。ニュートン・ストリートの留置場に向かう辻馬車の中で、エイダルジは二人の警察官に向かい、「驚きはしません。こんなことになるのではないかと、前から思ってました」と言った。

キャンベルに目配せされ、パーソンズはこの言葉をその場で書き留めた。

ジョージ

ニュートン・ストリートに着くと、ジョージは金と時計、小型のポケット・ナイフを取り上げられた。自分で首を絞めようとされては困るからとハンカチまで取られそうになったが、その目的のためには小さすぎると抗議すると、ハンカチは持っていてよろしいということになった。

明るくて清潔な留置室に一時間ほど入れられてから、十二時四十分ニュー・ストリート発のキャノック行きに乗せられた。一時八分ウォルソル発、とジョージは思った。バーチルズ一時十二分、ブロクスウィッチ一時十六分、ワーリー・アンド・チャーチブリッジ一時二十四分、キャノック一時二十九分。移動中に手錠はかけないとキャンベルとパーソンズから言われたのは有り難かった。それでも、列車がワーリー駅に入ると、頭を低くして片手を頬に当てた。メリマン氏や赤帽に巡査部長の制服を見つけられて噂を流されたくなかった。

キャノックに着くと、小型馬車に乗せられ警察署まで揺られていった。警察署では身長を測られ、住所氏名などが書き留められた。衣服は血痕が付着していないか検査された。警官の一人にカフスを取り外すよう求められ、そのうえで袖口を調べられる。「昨夜、牧草地に行ったときこのシャツを着てましたか。変えたでしょう。血がついていない」と警官は言った。

ジョージは答えなかった。答える意味がないと思った。もしもこの問いに対して「着てませんでした」と応じたら、警官は「では、昨夜牧草地にいたことは認めるのですね。着ていったのはどのシャツです」と返してくるだろう。ここまで自分は全面的に協力してきた。これからは必要性のある、そして誘導尋問になっていない問いに対してだけ、それも必要なだけを答えよう。

今度は採光の悪い、そして通風はさらに悪く、公衆便所のような臭いのする小部屋に入れられた。手を洗う水さえなかった。時計を取られていたが、たぶん二時半くらいだろうと見当をつけた。二週間前、とジョージは思った。ほんの二週間前、モードと僕はベル・ヴューでロースト・チキンとアップル・パイを食べ終えて、海岸通り《マリーン・テラス》の道を城跡に向かって歩いていた。城跡で僕は物品売買法違反だと軽口を叩き、通りがかりの人がスノードンの山を一生懸命教えてくれた。今、自分は警察の留置室の低いベッドに腰を掛け、できるだけ浅い呼吸をして、次はどうなるのかと待っている……。二時間ほどしてそこを出されたジョージは、取調室へと連れていかれた。そこにはキャンベルとパーソンズが待ち受けていた。

「ではイダルジさん、私たちが今ここにいる理由はお分かりですね」

「あなた方がここにいる理由は分かっています。それから、エイダルジです。イ、ダル、ジ、ではなく」

キャンベルはこれを無視した。そして思った――これからはあんたのことは好きなように呼ばせてもらうよ、弁護士さん。「そして、ご理解していらっしゃいますね、あなたがどのような法的権利をお持ちなのか」

「ええ、そう思います。警察の手続に関する規則を理解していますし、証拠に関する法的規制についても、被疑者の黙秘権についても、理解しています。誤認逮捕や冤罪による投獄だった場合に請求しうる補償についても、さらに申し上げれば名誉毀損に関する法律についても、理解しています。また、どれだけの期間内にあなた方が私を起訴しなければならないか、その後どれだけの期間内に私を出廷させなければならないかも知っています」

何か反抗的な態度をとってくるものとキャンベルは予想していた。もっとも、制圧するのに巡査部長一人と巡査数人を必要とすることも少なくない、通常の種類のそれを考えていたわけではなかったが。

「そう伺って、私たちもやりやすいですよ。私たちが何か間違ったことをすれば、きっと教えてくださるんでしょう。で、今ここにいる理由は分かっていらっしゃると」

「私が今ここにいるのは、あなた方に逮捕されたからです」

「イダルジさん、私に生意気な態度をとっても無駄ですよ。これまで、あなたよりずっと厄介なのを相手にしてきたんですから。さて、あなたが今ここにいる理由を説明してください」

「警部さん、たぶん、ちんぴら犯罪者をはめてやろうというとき利用されているのでしょうが、その種の漠然とした発言に対して私は答えるつもりはありません。また、裁判所が『証拠漁り』と認定し、非とするであろうような尋問を始められた場合も、応答するつもりはありません。ですが、関連性のある具体的な質問であれば、どんなことをお尋ねくださっても、私にできる限り正直にお答えします」

「それはどうもご親切に。では、頭領《キャプテン》について聞かせてもらいましょう」

「キャプテンって、何のキャプテンです」

「それを訊いているんです」

「私にキャプテンと呼ばれる知り合いはいません。アンソン本部長《キャプテン》のことをおっしゃっているのなら別ですが」

「私に小賢しい口を利くんじゃない、ジョージ。君がノースフィールドの頭領《キャプテン》を訪ねていることは分かってるんだ」

「私の認識している限りでは、私は一度だってノースフィールドには行ったことがありません。何月何日と何月何日に私はノースフィールドを訪ねたことになっているんですか」

「では、『グレート・ワーリーの一味』について聞かせてもらいましょうか」

「『グレート・ワーリーの一味』ですって？　今日は警部さんのほうが三文小説みたいじゃないですか。そんな一味の名前、人が口にするのを聞いたこともありません」

「シプトンにはいつ会いました」

「私にシプトンという知り合いはいません」

「人夫《ポーター》のリーにはいつ会いました」

「ポーターですって？　駅の赤帽《ポーター》のことでしょうか」

「赤帽ということにしておきましょう。もしそのことを話してもらえるようでしたら」

「リーという名の赤帽を知っているわけではありません。ただ、分かりませんが、名前も知らずに赤帽に挨拶をして、そんな赤帽の中にリーという人がいた可能性はあります。ワーリー・アンド・チャーチブリッジ駅の赤帽はジェーンズという名です」

「ウィリアム・グレートレクスにはいつ会いました」

「私にウィリアム・グレートレクスという知り合いは……グレートレクスですか？　汽車で一緒になる男の子の？　ウォルソル中学に通っている？　あの子が今度のこととどう関係するんです」

「それを訊いてるんですよ」

沈黙。

「それでシプトンとリーは『グレート・ワーリーの一味』に加わっているわけですか」

「警部さん、その質問に対する私の答えは、私のこれまでの答えの中に完全に含意されています。私の知性を見くびらないでください」

「知性はあなたにとって大事ですね？　違いますか、イダルジさん」

　沈黙。

「あなたにとって、人より頭のいいことは大事なことだ。違いますか」

　沈黙。

「そしてその頭のよさを証明してみせることも」

　沈黙。

「あなたが頭領《キャプテン》ですか」

　沈黙。

「あなたの昨日の動きを正確に教えてください」

「昨日ですね。いつもどおり出勤しました。そして、お弁当のサンドイッチを聖フィリップ大聖堂《セント・フィリップス・プレース》の広場で食べた時間以外はずっと事務所にいました。帰宅もいつもどおり、六時半頃です。少しばかり仕事を処理してから……」

「仕事といいますと」

「事務所から持ち帰った法務関係の仕事、小さな不動産物件の譲渡証書の作成です」

「それから」

「それから家を出て、靴屋のハンズさんのところまで歩いていきました」

「なぜ」

「靴を作ってもらっているんです」

「ハンズも仲間なのか」

　沈黙。

「それで」

「それで、靴合わせをしてもらいながらハンズさんと喋りました。そのあと、しばらくあちこち歩いて、それで夕食になる九時半の少し前に戻りました」

「どこを歩きました」

「あちこちです、田舎道をあちこち。毎日歩くんです。どこなんて意識しません」

「それで炭坑のほうへ歩いていきましたか」

「いいえ、行かなかったと思います」

「それはないだろう、ジョージ。少しは筋を通してくれよ。君はいろんな方向に歩いたけれど、どの方向かは覚えていないと言った。ワーリーからのいろんな方向の一つに炭坑に向かう方向がある。どうしてそっち方向には歩かなかったことになる」

「ちょっと待ってください」ジョージは手の先を額に押し当てた。「ええ、思い出しました。最初、チャーチブリッジへの道を歩いて、途中で右に曲がってウォトリング・ストリート・ロードのほうに向かい、ウォーク・ミルまで行って、あとはその道をグリーンの農場まで行きました」

どこを歩いているのか気に留めない人間にしては見事なものだとキャンベルは思った。「それでグリーンの農場では誰に会いました」

「誰にも会いません。中に入らなかったんです。あそこの人とは知り合いでないんです」

「それで散歩の間に誰に会いました」

「ハンズさんです」

「いや、ハンズさんに会ったのは散歩の前でしょう」

「それはどうでしょう。でも、警部さんは専従警官の一人に私をつけさせていたのではありませんか。私の動きを逐一知りたければ、その人に尋ねれば済む話でしょう」

「もちろん訊きますとも。訊く相手はその警官だけではありませんがね。それからあなたは夕食を摂った。それからあなたはまた出かけましたか」

「いいえ、夕食を終えたあと、私は床に就きました」

「それからしばらくして、あなたは起き上がり、出かけましたか」

「いいえ。私がいつ出かけたかは、もう申し上げました」

「何を身に着けてました」

「身に着けていたものですか。靴、ズボン、上着、コート」

「どんなコートです」

「紺サージのです」

「あなたが靴を脱ぐ台所ドアの横に掛けてあるやつですか」

ジョージは眉根を寄せた。「いいえ、あれは家の中用のぼろです。私が着たのは、いつも玄関のコート掛けに掛けておくやつです」

「それではなぜ、裏口に掛かっていたコートが湿っていたんです」

「分かりません。あのコートにはもう何週間も、ひょっとしたら何か月も、触ってません」

「あなたは昨夜あのコートを着た。私たちには証明できる」

「では、このことは法廷で決着をつけることになります」

「昨夜あなたが着ていた服に動物の毛がついていまし

た」

「あり得ません」

「お母様が嘘つきだと言うのですか」

沈黙。

「昨夜あなたが着ていた服を見せてくださいとお母様にお願いしたんです。お母様は見せてくださった。その服の中に動物の毛がついたものがあった。これをどう説明します」

「それは警部さん、なにしろ田舎暮らしですから、何の因果か」

「何の因果かといっても、あなたは牛の乳搾りもしなければ、馬に蹄鉄を打つこともしないでしょう。違いますか」

「それは言うまでもないことです。もしかすると、牛を飼っている農場の柵に寄りかかったのかもしれません」

「昨日の夜中に雨が降り、今朝あなたの靴は濡れていた」

沈黙。

「イダルジさん、今のは質問です」

「いいえ、警部さん。今のは偏向した見解の表明です。あなたは私の靴を調べた。靴が濡れていたとしても、意外には思いません。この季節、田舎道はぬかっているし、昨日の夜中は雨が降ったから」

「しかし、牧草地はもっとぬかっていた」

沈黙。

「では、午後九時三十分から日の出までの間、司祭館を出なかったというのですね」

「日の出よりあとまでです。私が家を出るのは七時二十分ですから」

「でも、あなたにそれを証明する手立ては何もない」

「ないどころか。父と私は同じ部屋で寝るんです。毎晩、父はドアに鍵をかけます」

警部は絶句した。パーソンズに目をやるが、まだ今の言葉を書き留めているところだ。これまで苦し紛れのアリバイはいくらも聞いてきたが、それにしても……。「失礼、いまおっしゃったこと、繰り返してもらえますか」

「父と私は同じ部屋で寝るんです。毎晩、父はドアに鍵をかけます」

「いつからそういう……方式なんでしょう」

「私が十のときからです」

「今、おいくつです」

「二十七です」

「なるほど」と言いながら、ちっともなるほどと思えない。「それでお父様は……ドアに鍵をかけたあと……どこに鍵を置かれるか、あなたは知っていますか」

「どこにも置きません。鍵穴に差しっぱなしです」

「では、あなたが部屋を出ようと思えばいつでも出られるわけですね」

「部屋を出る必要がありません」

「手洗いは」

「ベッドの下に尿瓶が置いてあります。でも使うことはありません」

「まったくない」

「まったくありません」

「いいでしょう。鍵は常に鍵穴にある。だから、あなたは鍵を探し回る必要はない」

「父は眠りの非常に浅い人で、しかも現在、腰痛を患っています。それで、すぐに目を覚ますのですが、部屋の鍵は回すと、ぎいっと非常に大きな音を立てます」

キャンベルは面と向かって吹き出さずにいるのがやっとだった。こいつ、俺たちをなめているのか。

「こう言ってはなんですが、じつに都合のいい話のように聞こえますね。鍵穴に油を差すことは考えませんでしたか」

沈黙。

「剃刀は何本持ってますか」

「剃刀を何本？　私は一本も持っていません」

「しかし、ひげは剃るんだと思いますが」

「父のを一本借りて剃ります」

「なぜ一人前に自分の剃刀を持たせてもらえないんですか」

沈黙。

「イダルジさんはいくつです」

「その質問には今日、すでに三回答えています。書き留めたメモをご覧になってはいかがでしょう」

「剃刀を持たされず、眠りの浅い父親の手で毎晩施錠される寝室で寝る二十七歳の男。ご自分が極めて珍しい存在であることは分かっていますか」

沈黙。

「極めて珍しいですよ。それに……動物《アニマルズ》について聞かせてください」

「それは質問ではありません、証拠漁《フィッシング》りです」ジョージは自分の返答のちぐはぐさに気づき、微笑まずにいられなかった。

「それはどうも失礼」警部は次第に腹が立ってきた。ここまでは手加減してきた。なに、この自惚れ弁護士を叱られた生徒のようにめそめそさせるのは造作もないことだ。「じゃあ、今度は質問です。動物のことは、どう思います。好きですか、動物は」

「動物のことをどう思うか、動物が好きか、ですか。いいえ、一般的に言って、好きではありません」

「やっぱりな」

「いいえ、警部さん、ちょっと説明させてください」ジョージはキャンベルの態度が硬化したのを感じ、これまでの応答のルールを緩めるのが得策だと思った。「まだ四つのとき、牛を見に連れていかれました。その牛が粗相して、それが私のほとんど最初の記憶なんです」

「牛が粗相するところがですか」

「ええ、その日以来、私は動物を信用できなくなったんだと思います」

「信用できない」

「ええ、いったい何をするかですね。動物は油断なりません」

「なるほど。そして、それがあなたの最初の記憶だと言うんですね」

「ええ」

「そしてそれ以来、あなたは動物を信用できなくなった。動物すべてを」

「いいえ、うちで飼っている猫は別です。それから、ストーナム叔母さんのところの犬も別ですね。とても可愛いと思います」

「なるほど。でも大きな動物は駄目。牛とか」

「そうです」

「馬はどうでしょう」

「ええ、馬も油断なりません」

「羊は」

「羊は頭が悪いだけです」

「クロウタドリは」と、パーソンズ巡査部長が初めて口を開いた。

「鳥は動物とは違います」

「猿は」

「スタフォードシアに猿はいません」

「それに間違いはないでしょうか」

ジョージは怒りが込み上げるのを感じる。わざと黙り込み、それからこう応じる。「失礼ながら、警部さん。

巡査部長がまるで的外れな戦術に出ています」

「いや、今のは戦術なんかじゃなかったのだと思いますよ、イダルジさん。パーソンズ巡査部長はヘンズフォードのロビンソン巡査部長の親しい友人でしてね。ロビンソン巡査部長の頭を撃ち抜くと脅している輩《やから》がいるんですよ」

沈黙。

「その輩はまた、あなたの村の娘二十人を切り裂くとも脅しているんです」

沈黙。

「どうも、どちらの話を聞いてもこの人は驚かないようだ、パーソンズ君。きっと、どちらの話もさほど意外でないに違いない」

沈黙。ジョージは思った――この男には何も与えてはいけなかったのだ。単刀直入な質問に対する単刀直入な答え以外は、何を言ってもこの男に何かを与えることになる。だから、言ってはいけない。

警部は目の前に開いた帳面を見た。「逮捕されたとき、あなたはこう言いましたね――『驚きはしません。こんなことになるのではないかと、前から思ってました』と。あれはどういう意味ですか」

「言葉どおりですが」

「そうですか。では、あなたの言葉を私がどういう意味と理解したか、あなたの言葉をこの巡査部長がどういう意味と理解したか、いわゆる「クラパムの乗り合い馬車上の人」、つまり一般人ならどういう意味と理解するか、教えましょう。『とうとうつかまった。つかまってむしろほっとした』という意味です」

沈黙。

「で、あなたはなぜ、今ここにいると思いますか」

沈黙。

「ひょっとして、父君がヒンズー教徒だからだと思っていますか」

「父はパールシーですが」

「あなたの靴に泥がついている」

沈黙。

「あなたの剃刀に血がついている」

沈黙。

「あなたのコートに馬の毛がついている」

沈黙。

「いずれも、父君がヒンズーだかパールシーだかホッテントットだかであることと何の関係もないと思いますが」

沈黙。

「さてと、巡査部長、どうやら言葉が出てこなくなったらしい。きっとキャノックの治安判事の前に出るときのためにとっておいてるんだろう」

ジョージは先程の部屋に連れ戻された。一皿の冷えた食べ物が待っていたが、手を付けなかった。二十分ごとに覗き窓の蓋が滑る音がして、一時間毎に——というのはジョージの見当だが——ドアが解錠されて巡査が中を視認した。

二回目にドアを開けたとき、巡査はいかにも与えられた台本どおりという感じで言った。「なあ、イダルジさん、こんなところに入れられて気の毒だが、いったいどうやって、あれだけの監視の目をかすめたんだい。いったい何時頃、馬をあんな目に遭わせたんだい」

以前この巡査に会ったことはなかったので、同情を表明されても心に響かず、何の返事も口から出てこなかった。

一時間後、巡査は言った。「忠告させてもらうとね、正直言ってだね、洗いざらい喋っちまうのが一番さ。なぜって、あんたが喋らなくても、いずれ誰かが喋るんだから」

四回目に回ってきたとき、ジョージはこの定期的な視認が夜の間も続くのか尋ねた。

「命令は命令だからな」

「あなたの受けている命令は、私を眠らせるなというのですか」

「とんでもない。命令は、あんたを死なせるなというんです。あんたが妙なことをしでかすと、こっちのクビが飛ぶ」それではいくら抗議したところで一時間毎の安眠妨害を避けることはできそうにないとジョージは観念した。巡査は続けた。「もちろん、あんたが収容してもらえれば、あんた自身も含めて、関係者の誰にとっても楽になるんだが」

「収容してもらう？　どこにです」

巡査は重心を乗せる足を何度か入れ替えた。

「『癲狂院《プレース・オブ・セーフティ》』にだね」

「ああ、そういうことですか」突然、また癇癪を起こしそうになる。「私は頭がヘンなんです、そう言えって言うんですね」かつて父に咎められたことをはっきり意識して、ジョージはわざとこの言い方をした。

「そのほうが家族皆が楽になることが多いもんでね。考えてもご覧なさいよ、これからご両親がどんな目に遭うことになるか。ご両親、ちょっとお年が行ってると聞いてるし」

部屋のドアが閉まった。ジョージはベッドに身を横たえたものの、疲労と怒りのあまり眠れなかった。心は司祭館へ飛んだ。玄関ドアのノッカーの鳴る音が聞こえた。家が警官だらけなのが見える。父と母とモードがいる。ニューホール・ストリートの事務所は施錠され、人気もない。秘書は追って沙汰あるまで自宅待機。翌朝、弟のホレスが新聞を開く。バーミンガムの事務弁護士仲間たちが電話で知らせ合っている。

しかし、疲労と怒りと不安の底に、もう一つの感情の潜んでいることをジョージは発見した――それは安堵である。ついに事ここに至ったのであれば、かえってそれでよかった。悪戯を仕掛けてくる者、人を苦しめて喜ぶ者、匿名で下劣な手紙を書いて寄越す者に対し、これまでほとんどなす術がなかった。へまばかりしている警察についても、できるのは実際的な提案をすることくらいだったのに、それを警察は歯牙にもかけなかった。しかし、その迫害と無能のお蔭で、自分は「安全な場所《プレース・オブ・セーフティ》」にたどり着いた。すなわち、自分にとって第二の家庭とも言える、イングランドの法のもとにたどり着いた。今いる場所をジョージは知っていた。仕事で法廷に足を運ぶことは少ないものの、そこも自分の縄張りの一部として知っていた。様々な事件を傍聴してきたから、一般人が恐慌を来して喉がからからになり、法の荘厳さの前で証言もろくにできないのも見た。最初は真鍮のボタンを光らせて自信満々だった警察官が、格別腕利きでもない弁護人によって化けの皮を剝がされて、中から頭の悪い嘘つきが姿を現すのも見た。そして、法を生業とする者すべてを結ぶ、目に見えない強靭な紐帯の存在に気づいた。いや、ただ気づいたというのではない。手で触ることのできそうなものとして、それを肌に感じたのだ。判事、治安判事、法廷弁護士、事務弁護士、書記、廷吏《ていり》――ここはこれらの人々の王国なのだ。ここでこれらの人々はある共通語を用いて話をするのだが、その言葉はしばしば他の人々の理解を超えそうになる。

もちろん、この事件は判事や法廷弁護士の手を煩わせるところまで行かないだろう。警察は何の証拠を握っているわけでもなく、こちらにはこれ以上ないというくらい明瞭な現場不在証明がある。犯行の時刻、息子は施錠された寝室でぐっすり眠っていましたとイングランド国教会の司祭が聖書に手を置いて証言するのだ。それを聞けば治安判事たちは顔を見合わせて一度頷き、協議のために退廷することもしないだろう。キャンベル警部のほうが厳しい譴責《けんせき》を受ける羽目になり、それで一件落着。もちろん、しかるべき事務弁護士を立てる必要はある。ジョージはリッチフィールド・ミーク氏こそ適任であろうと考えていた。そうすれば、訴訟は棄却され、訴訟費用は償還され、身柄の拘束は解かれ、名に傷もつかず、警察は世間の批判にさらされる。

いけない、いけない。ふわふわした考え方をし始めている。それに先へ飛びすぎている。これでは何も知らない一般人みたいではないか。事務弁護士らしい考え方を貫かなければいけない。先を読まなくてはいけない——警察はどんな申し立てをするか、依頼した弁護士は何を知っておくことが必要になるか、法廷は何を証拠として許容するか。絶対の確信をもって答えられなければいけない——犯罪に関わる行動をしていたとされる全期間について、自分がどこにいたか、自分が何をしたか、誰が何と自分に言ったか。

この至極簡単で議論の余地のない出来事を合理的疑いの余地なく立証する準備として、ジョージは過去二日間を順序立てて思い返した。いずれ必要になるかもしれない証人も挙げてみた——事務所の秘書、靴屋のハンズさん、駅長のメリマンさん。僕が何かをしているところを見た人は誰でも。例えば、マーキュー。僕が七時三十九分のバーミンガム行きに乗ったという事実をもしもメリマンさんが証言できないという場合、誰を呼べばいいかは分かっている。プラットフォームに立っていたらジョウゼフ・マーキューが近づいてきて、キャンベル警部が話があるそうだから乗る汽車を遅らせてはどうかと言ってきた。マーキューは以前に巡査をしていたが、今はパブの主人だ。今回、専従として雇われた可能性は十分あるが、本人はそうとは言わなかった。キャンベル警部が何の用ですと訊くと、それは知らないとマーキューは言った。さて、どうしたものか、そしてこのやりとりを周りの乗客たちはどう思っているだろう、そんなことを考えていたら、マーキューが威圧的な口調になり、こんなふうなことを——いや、「ふう」ではないぞ。その一語一語をはっきりと思い出した。マーキューはこう言ったのだ。「いいじゃないですか、イダルジさん。一日くらい休んだって」そう言われて思ったのだった。「じつはですね、ちょうど二週間前の今日、休みをとったんです。

妹とアベリストウィスに行きましてね。でも、休みをとるとらないなら自分で決めます。父の意見ならともかく、スタフォードシア州警察の意見を聞くつもりはないですね。この数週の警察の態度は丁重とは形容し難いものでしたから」そこで、ニューホール・ストリートの事務所に先延ばしできない仕事がありますからと説明し、七時三十九分の汽車が入ってくると、マーキューをプラットフォームに残して乗り込んだのだった。

ほかのやりとりも、どんな些細なものも含め、同様に細心の注意を払って思い返した。そしてついに眠りに落ちた——というか、覗き窓の滑る音と巡査の闖入《ちんにゅう》をそれまでほど意識しない状態になった。朝になるとバケツ一杯の水と、色斑《いろむら》のある石鹸、手拭い代わりのぼろ切れが運ばれてきて、司祭館から朝食を持ってきてくれた父との面会が許された。依頼人に宛て、進行中の案件の処理が少々遅れる事情を説明する簡単な手紙二通を書くことも許された。

一時間ほどすると、治安判事裁判所までジョージを連れていく巡査が二人やってきた。出かける準備のできるまで、巡査たちはジョージには構わず、どうやら家畜殺しよりずっと関心のあるらしい事件についてジョージの頭越しに喋っていた。ロンドンの女性外科医が不思議な失踪をしたという。

「なんでも百八十センチになんなんとする大女だそうだ」

「なら、わけなく見つかる」

「ところがどっこい」

警察署からの百五十メートルほどを巡査二人に引き立てられて歩いていった。忙しく行き交う人々は主として好奇の気持ちを抱くらしかった。途中で老女が一人、支離滅裂なことを喚いていたが、これは引っ張っていかれた。裁判所ではジョージのことをリッチフィールド・ミーク氏が待っていた。昔風の事務弁護士で、細身で白髪。礼儀正しいことと、同時にまた頑固であることで知られている。ジョージと違い、この件が即決で棄却されるとは考えていなかった。

治安判事たちが現れた——J・ウィリアムソン氏、J・T・ハットン氏、R・S・ウィリアムソン大佐の三人である。ジョージ・アーネスト・トンプソン・イダルジは、八月十七日、グレート・ワーリー炭坑会社所有の馬一頭を違法かつ故意に傷つけたかどで起訴された。これに対し無罪の申し立てがなされると、キャンベル警部が呼ばれ警察側の証言をするよう求められた。召集を受け、午前七時頃に炭坑近くの牧草地に到着、そこにはポニーが一頭、苦痛にあえいでおり、あとでこれを射殺せねばなりませんでした、と警部は話した。牧草地から被告の自宅に赴き、袖口に血痕、袖のほかの部分に白っぽい唾液のついた跡があり、袖と胸に毛の付着したコートを発見しました。唾液が染みをつくったチョッキもありました。コートのポケットに入っていたSEの字の縫い取りのあるハンカチには、隅に茶色っぽい汚れが認められ、これは血痕である可能性があります。その後、パーソンズ巡査部長と共にバーミンガムにある被告の職場に赴き、被告を逮捕、尋問のためキャノックに連行しました。衣服について説明したところ、被告はそれが前夜着用していたものであることを否定しましたが、この点について母親が相違ないと述べた旨を知らされると事実を認めました。それから衣服に付着した毛について尋ねられると、被告は最初は毛などついていないと主張しましたが、その後、柵に寄りかかった際についたのかもしれないと述べました。

ジョージはミーク氏のほうを見た——これは昨日午後に警部とした会話の要旨とは到底言い難い。しかし、ミーク氏はちっとも依頼人と目を合わせようとせず、代わりに立ち上がるとキャンベルにいくつかの質問をした。そのいずれもがジョージには当たり障りのないもの、いやひょっとすると却って友好的なものにさえ思われるのだった。

そののちミーク氏は「聖職に携わっておられる」と紹介してシャプルジ・エイダルジ師を呼んだ。ジョージの注視する前で父親は正確に、しかしいささか長い間をとりつつ、司祭館における就寝から起床までの手順のあらましを述べた。寝室のドアは必ず自分が施錠すること。自分の眠り鍵は回しづらく、耳障りな音を立てること。自分の眠りは非常に浅く、ことにこの数か月は腰痛に悩まされており、鍵が回されたならば間違いなく目を覚ましたはずであること。いずれにしろ、朝の五時過ぎまで眠れなかったこと。

短い白い顎ひげを蓄えた太《ふと》り肉《じし》のバレット警視は、せり出した下腹に帽子を当てて立ち、警察本部長の指示により保釈には反対いたしますと裁判官に上申した。治安判事たちは手短な協議ののち、被告の再勾留を認める、と申し渡した。次回の出廷は来週月曜、そのとき保釈についての双方の主張を審理する。その間は被告の身柄をスタフォード監獄に移すものとする――それで終わりだった。明日、たぶん午後になるけれども会いにいくからとミーク氏はジョージに約束した。ジョージはバーミンガムの新聞を持ってきてくださいと頼んだ。同僚たちがどんなふうに聞かされているか知っておきたいのです。『ガゼット』がいいですが、『ポスト』でも構いません、と。

　スタフォード監獄に到着したジョージは、信仰する宗教は何か、また読み書きはできるかを尋ねられた。脱衣して全裸になるよう指示され、屈辱的な姿勢もとらされた。そののち典獄シング大尉のもとに連れていかれ、監房が空くまで病棟での収監となる旨を典獄から告げられた。再勾留中の被告が浴する恩典についての説明もあった。自分の服を着ること、運動すること、手紙を書くこと、新聞雑誌をとることが許される。依頼した事務弁護士と二人きりで話すこともできるが、ガラス扉を隔てて看守が監視する。他のすべての面会も監視される。

　逮捕時に着ていたのは薄手の夏物上下であり、被り物は麦わら帽子だけだった。そこで着替えを取りに人をやる許可を求めたところ、それは規則に反するという回答だった。着用していた衣服を取り上げられないことは、再勾留中の被告に与えられた恩典である。しかしそれが、監房に好みの衣類を揃える権利を意味すると解されてはならない。

「グレート・ワーリー連続家畜殺し」――翌日の午後に新聞を読んだ。「教区司祭の息子、出廷す」「今般の逮捕がキャノック・チェイス地区全域に引き起こした騒ぎの大きさは、被告の居住していたグレート・ワーリーの司祭館へ至る道、またキャノック治安判事裁判所並びに警察署へ至る道に昨日繰り出した人の群れを見れば明らかである」ジョージは人だかりのした司祭館を想像して気がかりになった。「警察は許可を得て、令状なしで家宅捜索を行った。現時点で確認のとれる範囲では、捜索の結果得られたのは、血痕のついた衣服多数、剃刀数本、靴一足。このうち靴は、過日の家畜殺傷の現場付近の牧草地で発見されたもの」

「牧草地で発見」と、ジョージはミーク氏に向かって声に出して読んだ。「牧草地で発見だって？　僕の靴を牧草地に置きにいったやつがいるんでしょうか。血痕のついた衣服多数。多数？」

　驚いたことにミークは落ち着き払っている。警察に訊くつもりはないというのである。靴が一足、牧草地で発見されたことになっているのに。バーミンガムの『デイリー・ガゼット』紙に申し入れましょうとも言い出さない。血痕のついた衣服の数量について訂正記事を出させるべきなのに。

「ひとつご忠告申し上げてよろしいでしょうか、エイダルジさん」

「もちろんです」

「ご想像がつくかと存じますが、今までにも、エイダルジさんと同様の立場に置かれた依頼者の方は少なくありませんでした。記事をどうしても読むとおっしゃいます。ご自分の事件の新聞記事をどうしても読むとおっしゃいます。そして大抵の方が、読めばいささか頭に血が上ることも珍しくありません。そうなった方には、すぐ横の欄をお読みになるようお勧めするのを常としております。どうも効果のあることが少なくないようでして」

「すぐ横の欄ですか?」ジョージは視線を五センチ左に移した。「女医失踪」が見出しだった。すぐ下には「ヒックマン嬢の手がかり無し」とある。

「声に出して読んでください」とミーク氏が言う。

「『王立施療病院の女性外科医ソフィー・フランシス・ヒックマン嬢の失踪に関しては未だ何らの手がかりも見つからず……』」


ジョージは記事を一本丸ごと、最初から最後まで読まされた。ミークはじっと耳を傾け、溜息をついたり首を振ったり、ときどきは息を吸い込んでみせたりした。

「ですが、ミーク先生」と読み終えたジョージは言った。「この記事のほんの一部でも、どうして真実であると私に分かるでしょう。私のことをこんなふうに書くくらいです」

「まさにそこが申し上げたかったわけでして」

「それにしても……」磁石に引きつけられるようにジョージの目は自分の記事に戻っていった。「それにしても、『その名からも察せられるように被告は東方系である』これでは中国人みたいに聞こえるじゃないですか」

「エイダルジさん、お約束します。もし、あなたのことを中国人であると書くようなことがあれば、そのときは主筆に一言申し入れましょう」

次の月曜、ジョージはスタフォードからキャノックに連れ戻された。裁判所までの道では前回よりも人々が騒がしいようだった。馬車と並んで走る男たちが跳び上がって覗き込む。中にはドアを叩く者、ステッキを頭上で振り回す者もいる。ジョージは身の危険を感じるが、護送の巡査たちはこれで当たり前という顔をしている。

今回はアンソン警察本部長も出廷した。ジョージは小綺麗な身なりの偉そうな人物から物凄い形相で睨まれていることに気がついた。治安判事たちは、事件の重大さに鑑み、三名の保証人を立てること、その銘々が保釈金を納付することを求めると宣した。そんなに多くの保証人は見つけられそうにありませんとジョージの父が答えたので、判事たちは翌週の月曜にペンクリッジで審議を続けることを決めて閉廷した。

ペンクリッジの法廷で判事たちは保釈の条件をさらに具体的に示した。求められた保釈金は以下のとおりであった――ジョージから二百ポンド、ジョージの父と母からそれぞれ百ポンド、さらに第三者から百ポンド。しかし、これでは四者が保釈金を積むことになる。キャノックで申し渡された三者からの保釈金と話が違う。とんだ茶番だと思い、ジョージはミーク氏を待たず、自ら立ち上がった。

「保釈は望みません」と判事たちに向かって言った。「何人かの方から申し出は受けましたが、保釈されないことを選びます」

陪審審理付託決定手続は次の木曜、つまり九月三日に、キャノックの法廷で行われることに決まった。火曜、ミーク氏が悪い知らせをもって面会にきた。

「向こうはもう一つ別の件でも訴えてきますぞ。ヘンズフォードのロビンソン巡査部長を撃ち殺すと脅迫した罪です」

「牧草地で僕の靴の横に銃でも見つけたんでしょうか」信じられないという顔をしてジョージは言った。「撃ち殺すですって？　ロビンソン巡査部長を撃ち殺す？　生まれてこの方、僕は銃というものに触ったことがないんですよ。それに僕の知る限り、ロビンソン巡査部長という人を見たこともありません。ミーク先生、あの人たちは頭がおかしいのでしょうか。何が何だか意味が分からない」

「意味ですか」と、ミーク氏は激昂した依頼人の言葉がまるで落ち着いた普通の発言であるかのように応じた。「これが意味するところはですな、治安判事たちが本件を正式審理に付託することは必定だということです。どんなに証拠が弱くても、起訴が取り下げられることはまずなくなったと見てよいでしょう」

面会のあと、ジョージは病棟の自分のベッドに腰を下ろしていた。信じ難いという気持ちが病巣のように胸の中で疼いている。どうして僕にこんな仕打ちができるのか。どうしてあんなふうに考えられるのか。どうしてあんなことを信じる気になれるのか。しかし、怒りを覚えることに不慣れなジョージは、この怒りを誰に向ければよいのか分からなかった。キャンベルか、パーソンズか、アンソンか、警察側の事務弁護士か、治安判事たちか。よし、差し当たり治安判事たちでいいだろう。本件を正式審理に付託することは間違いないとミーク先生は言っていた――あの連中、それっぽっちの知能もないのか。奴らは指人形か自動人形なのか。しかし、考えてみれば、そもそも治安判事なんて法曹のうちに入るか怪しいものだ。大抵は束の間ちっぽけな権威に身を包んだ自惚れ屋に過ぎないのだ。

湧き出る蔑みの言葉にジョージはぞくぞくし、しかしすぐに、そんな興奮を覚えた自分を恥じた。これだから怒りは罪なのだ。怒りは嘘をつかせる。キャノックの治安判事たちは、どこの治安判事たちと比べても、たぶん優れてもいなければ劣ってもいない。こちらが正当な異議を申し立てられるようなことを、あの判事たちが一言でも発したという記憶もない。判事たちのことを考えれば考えるほど、再び法律家としての自分が優勢を占めてきた。信じ難いという心持ちは弱まって単なる明確な落胆の念に変わり、それは最後には実際的な諦念に落ち着いた。この事件が上級審へ付託されるほうがよいのは明らかだ。然るべき正義と然るべき懲戒が行われるためには、もっと厳粛な場と法廷弁護士が必要なのだ。キャノックの治安判事裁判所は全然相応しい舞台ではない。広さからして、司祭館の日曜学校の教室と変わらない。まともな被告席すらない。被告は法廷の真ん中の椅子に座ることを余儀なくされる。

九月三日の午前も、まさにそこに座らされた。四方八方から注視されるのを感じ、この場所にいると学級の優等生みたいに見えるだろうか、それとも劣等生みたいだろうかと思った。キャンベル警部の証言が延々と続いたが、ほとんど前に話したことと変わらなかった。警察側の最初の新しい証言を行ったのはクーパー巡査で、傷つけられたポニーが発見されて数時間のうちに被告の靴の一足を借り出した経緯、またその踵が独特なすり減り方をしていた事実を述べた。巡査はこの靴をポニーが発見された牧草地に残っていた足跡と、さらには司祭館の近くにかかった歩行者用の木橋付近で見つかった跡とも比較した。エイダルジ氏の靴の踵を濡れた土にめり込ませて引き抜いたところ、靴の跡が一致したという。

次のパーソンズ巡査部長は、家畜を殺傷して回る一味を追うために配置された専従巡査二十名を指揮する立場にあったことを認めた。その上で、エイダルジの寝室を捜索したところ、四本の剃刀の入った箱が出てきたこと、そのうち一本には湿った茶色い汚れがついており、刃に毛が一、二本付着していたこと、このことを巡査部長がエイダルジの父に指摘すると、父は刃を親指で拭きはじめたことを述べた。

「それは嘘です！」司祭が立ち上がって声を張り上げた。

「横から口を出してはいかん」治安判事たちが反応するより先に、キャンベル警部が言った。

パーソンズ巡査部長は証言を続け、被告がバーミンガムのニュートン・ストリートの留置場に入れられる、まさにその時の様子について述べた。エイダルジは巡査部長のほうを振りむき、「ロクストン氏の仕業ですね。こっちがやられる前に、あっと言わせてやります」と言ったというのである。

翌朝、バーミンガムの『デイリー・ガゼット』はジョージのことをこう伝えた――

年齢は二十八歳、見た目は年齢よりも若い。着用の白黒のチェックの背広上下は縮んでおり、大きな黒い目と突き出した口、小さく丸い顎を備えた浅黒い顔に、典型的な事務弁護士を見出すことは難しい。その表情は沈着を保つ点において基本的に東洋的であり、警察側から尋常ならざる事の顛末が明かされつつあるときも、微かな笑み以外には何らの感情も表に出すことがない。年老いたヒンズーの父と白髪のイングランド人の母も法廷に現れ、哀れな関心をもって審理に聞き入った。

「僕は二十八ですが、見た目は年齢より若い」とジョージはミーク氏に向かって言った。「ひょっとするとそれは僕が本当は二十七だからでしょう。母はイングランド人じゃない。スコットランド人です。父もヒンズーではありません」

「新聞は読まないほうがよろしいと申し上げたはずです」

「でも父はヒンズーじゃない」

「『ガゼット』にとっては大差ないのです」

「でも、もし僕がミーク先生のことをウェールズ人だと言ったらどうです」

「あなたが誤りを犯しているとは主張しませんな。私の母にはウェールズ人の血が入っておりますから」

「では、アイルランド人と言ったら」

ミーク氏は微笑みを返してきた。気分を害したふうもなく、顔付きが少々アイルランド人的になりさえしたかもしれない。

「では、フランス人と言ったら」

「さて、それは行き過ぎというものです。そう言われたら怒りますな」

「そして僕は沈着なんだそうです」ジョージは再び『ガゼット』に目を落として続けた。「沈着というのはよい性質じゃないんですか？　沈着というのは典型的な事務弁護士なら備えているべき性質じゃないんでしょうか。なのに僕は典型的な事務弁護士ではないという。僕は典型的な東洋人らしい。それがどういう意味か分かりませんが。僕がどんな性質の人間だろうが、僕は典型的になってしまう。そうなんじゃありませんか？　もしも僕が興奮しやすい人間だったら、それでもやっぱり僕は典型的な東洋人なんだ。違いますか？」

「沈着なら結構です、エイダルジさん。それに新聞はあなたのことを少なくとも『不可解』とは評さなかった。『したたか』とも言わなかった」

「『したたか』なら、どんな意味になります」

「悪魔のように卑劣で狡猾だということになりましょう。私たちとしては悪魔は避けたいところです。鬼畜も願い下げです。沈着であれば被告側として受け入れられます」

ジョージは自分の依頼した事務弁護士ににっこりと微笑んだ。「ミーク先生、申し訳ありませんでした。先生の的確なご判断に感謝します。どうやら、今後さらにそのご判断を必要とすることになりそうです」

付託決定手続の二日目、ウォルソル中学の生徒である十四歳のウィリアム・グレートレクスが証人として出廷した。少年の署名の入った数多くの手紙が読み上げられた。少年はそれらを書きもしなかったし、その存在を知りもしなかった。さらに二通については投函時に自分がマン島にいたことも証明できると述べた。また、毎朝決まってヘンズフォードから、通っている学校のあるウォルソルまで汽車に乗ること、通例同じ汽車に乗る生徒は、有名な炭坑夫組合代表の息子であるウェストウッド・スタンリー、ヘンズフォードの教区司祭の息子であるクウィベル、あとはペイジにハリソン、フェリデイであることを証言した。これら少年の名はすべて、今し方読み上げられた手紙の中に挙がっていた。

イダルジさんの顔はもう三、四年知っていますとグレートレクスは述べた。「よくウォルソルまで、私たち生徒と一緒のコンパートメントになることがありました。何十回もあったと思います」ここで、最後に被告と一緒のコンパートメントになったのはいつだったかが質された。「ブルーイットさんの馬の二頭が殺された翌朝でした。六月の三十日だったと思います。汽車が横を通ったとき、牧草地に馬が倒れているのが見えましたから」これに対し、その朝、エイダルジ氏が証人に向かって何か言ったかが問われた。「はい。殺された馬はブルーイットさんのものかと私に訊きました。それから窓の外を見ていました」これを受け、家畜殺傷についてそれ以前に被告と言葉を交わしたことがあったかが尋ねられた。「いいえ、一度もありませんでした」が返事であった。

長年の経験を積んだ筆跡鑑定家でいらっしゃいますねと尋ねられたトマス・ヘンリー・ガリンは、相違ありませんと答え、法廷で読み上げられた手紙についての報告をした。それによると、書き手は筆跡を隠そうとしているものの、ごく顕著な癖がいくつか見つかり、それらとまったく同一の癖が、比較のために鑑定家に渡されていたエイダルジ氏の手紙に見つかったとのことであった。

エイダルジの服に付いた汚れを調べた警察医のバター博士は、検査を重ねた結果、哺乳動物の血液の痕跡が認められたこと、コートとチョッキには二十九本の短い茶色い毛が見出されたことを証言した。また、これらの毛を、エイダルジ氏が逮捕された前日の晩に傷つけられた炭坑のポニーの体毛と比較したところ、顕微鏡をとおして見ると両者は類似しているとも述べた。

事件当夜、グレート・ワーリーのコピス・レーン付近で若い婦人を伴っていたグリプトン氏は、九時くらいにエイダルジ氏を見かけ、すれ違ったと証言した。すれ違った場所については、必ずしも自信を持てないと述べた。「では」と警察側の事務弁護士が尋ねた。「証人が被告を見かけた場所に最も近いパブの名前を教えてください」

「『旧警察署亭』です」とグリプトン氏は陽気に答えた。

この返事に沸き起こった笑いを警察は厳しく制した。

まず私がグリプトンさんと婚約しているということをお断りしておきますがと前置きしたビドル嬢も、エイダルジ氏を認めていた。ほかに数名の証人もエイダルジ氏を見ていた。

続いて犯行の詳細が明らかにされた。炭坑会社のポニーに加えられた傷は全長三十八センチと説明された。

被告の父、グレート・ワーリーの「ヒンズーの」教区司祭も証言した。

被告は述べた――「本件について私はまったく身に覚えがなく、従って私の防御権を留保するものです」

九月四日金曜、ジョージ・エイダルジは二つの訴因に関しスタフォード四季裁判所における審理に付託された。翌朝、ジョージはバーミンガムの『デイリー・ガゼット』を読んだ。


エイダルジは元気潑剌の様子で法廷中央に据えられた椅子に座し、きびきびと被告側事務弁護士と言葉を交わしていた。流石に法律家として十全な訓練を受けた者らしく、それぞれの証言の価値を鋭く見極めているらしかった。しかしながら、大方の時間は腕を組み、脚を組んだ姿勢のまま、沈着なる関心をもって証人たちを眺めていたために、持ち上がった靴の片方が、どうぞご覧くださいとばかり、奇妙なすり減り方をした踵を見せていた。これこそ、被告に不利に働く状況証拠の連鎖中、最も強力な鎖の環の一つなのである。


ジョージは相変わらず沈着と見られていることを喜び、四季裁判所での審理の前に靴を変えることは可能だろうかと考えた。

別紙において、ウィリアム・グレートレクスのことが「その顔も日焼けして正直そうな、所作振る舞いも気持ちのよい、いかにも健康そうなイングランドの少年」と評されていることもジョージの目に留まった。

リッチフィールド・ミーク氏は、最終的には無罪放免となることに自信を示していた。

女性外科医ソフィー・フランシス・ヒックマン嬢の行方は、依然として知れなかった。

ジョージ

陪審審理付託決定手続から四季裁判所での審理までの六週間をジョージはスタフォード監獄の病棟で過ごした。それを不満には思わなかった。保釈を拒んだのは正しい決断だっただろう。こんな嫌疑をかけられていては仕事はとても続けられなかったし、無論家族には会いたいもののこうして自分が保護されていることが皆にとって一番良いことなのだと考えた。司祭館に野次馬が押し寄せたという報道には不安を覚えたし、キャノックの裁判所まで乗せられた馬車のドアを拳で激しく叩かれたことも覚えている。あんな血の気の多い連中にグレート・ワーリーの田舎道で見つかったら、何をされるか分かったものではない。

しかし、ジョージが監獄に留まることを選ぶ理由はもう一つあった。これで自分がどこにいるのかを世間中が知る。一日中、どの瞬間も監視され、従ってどの瞬間も説明がつく。だから、今一度家畜殺傷が起きれば、この一連の事件全体が自分と無関係であることが明らかになる。そして第一の訴因について公判を維持できないと判断したならば、第二の訴因——会ったこともない男を殺害すると脅したという馬鹿馬鹿しい主張——もまた引っ込めざるを得ないだろう。家畜がまた一頭傷つけられることを法曹の端くれである自分がこうして期待しているというのは奇妙である。しかし、今一度犯罪の起きることこそが、自由の身となるための最短の道であるように思われた。

とはいえ、よしんば本件が審理に付されたとしても、結果は火を見るよりも明らかだ。ジョージは落ち着きと楽観的態度の両方を取り戻していた。ミーク氏の前でも、両親の前でも、芝居を演じる必要がなかった。今から新聞の見出しが目に浮かぶようである。「グレート・ワーリーの男性、疑い晴れる」「地元事務弁護士に対する恥知らずな起訴」「警察側の証言に証拠能力なしの判断下る」さらには「警察本部長辞任」もあるかもしれない。

新聞がどんなふうに自分のことを書こうが気にすることはないと、すでにミーク氏の説明で概ね納得していた。九月二十一日、グリーン氏所有の農場で馬が一頭切り裂かれ、その内臓を引きずり出されているのが発見され、その気持ちはますます強くなった。ジョージは小躍りしたいのを我慢するような心持ちでこの知らせを受け止めた。早くも錠に差し込まれた鍵が回るのが聞こえ、早朝の空気の匂いと、両腕で抱きしめた母のおしろいの匂いがした。

「これで私の潔白が証明されますね、ミーク先生」

「どうですかな、エイダルジさん。そこまでは行けんでしょう」

「でも私はこうして監獄にいるんですから……」

「その事実によって証明されるのは、裁判所の目から見ればですな、あなたは確かに監獄におり、従ってあなたはグリーン氏の馬の損壊について完全に潔白であるに違いない、ということだけです」

「違います。証明されるのは、これらが炭坑のポニーの前からその後にまでつながった一連の事件だったということです。その一連の事件が私と何の関係もなかったことがこれで明らかになったのです」

「エイダルジさん、それは私にはいいい分かっております」ミーク氏は拳の上に顎を載せた。

「が？」

「が、こうした場合、常々私が有益であると考えておりますのは、この状況で検察側が何と言いそうか想像することなのです」

「で、いったいどんなことが言えるというのです」

「そうですな、八月十七日の晩、私の記憶によりますと、被告が靴屋をあとにして散歩したおり、グリーン氏の農場まで行ってますな」

「ええ、行きました」

「グリーン氏は被告の隣人ですな」

「そのとおりです」

「ならば、現在の状況下にある被告にとってこれ以上好都合なことがあるでしょうか。これまでのどの事件よりも司祭館に近いところで馬が損壊されるという以上に」

リッチフィールド・ミークは掛けた謎をジョージが解くのを待った。

「それはこういうことでしょうか。犯してもいない罪のことで自分自身が糾弾される匿名の手紙を自分で書いて、わざと逮捕されておく。その後に誰かを教唆してもう一度犯罪を行わせる。そうすることで自分の無罪を証明する、という」

「煎じ詰めればそんなところです、エイダルジさん」

「そんな馬鹿な話ってないでしょう。それにグリーンとは面識もないんですよ」

「私が申し上げているのは、検察側がそういう見方を選ぶかもしれないということです。その気になれば、ですな」

「そしてきっとその気になるんでしょう。でも、警察は少なくとも犯人捜しはしなければなりませんよね？　今回の件は検察側の主張に疑いを投げかけるものだと、新聞もかなりおおっぴらに仄めかしています。もし犯人が見つかって、犯人が一連の事件について犯行を認めた場合、そのときは私は自由の身になれるでしょうか」

「もしもそうなればですな、そのときは、ええ、私もエイダルジさんと同じ考えです」

「なるほど」

「それから、新しい展開がありましてね。ダービーという名にお心当たりはありますかな？　キャプテン・ダービーという名に」

「ダービーですか、ダービー。いいえ、ありません。キャンベル警部からキャプテンと呼ばれている人物について尋ねられたことはあります。もしかするとその人のことかもしれません。なぜです」

「また手紙が送りつけられたのです。相手構わずのようでしてね。一通などは内務大臣に届いたとか。どの手紙にも『グレート・ワーリーの一味、頭領《キャプテン》ダービー』と署名があり、家畜の殺傷は今後も続くと書いてあるそうです」ミーク氏はジョージの目の表情を見て取った。「ですがエイダルジさん、これが意味するのは、それらの手紙を書いたのがほぼ確実にあなたではないということを検察が認めざるを得ないということであり、それ以上ではありませんぞ」

「今朝のミーク先生は、断固として私を喜ばせないおつもりらしい」

「それは私の意図するところではありません。しかし、本件は審理に付されるものと覚悟していただきたいのです。そのことを念頭に置き、ヴェイチェル氏に弁護を引き受けてもらいました」

「素晴らしい朗報ですね、それは」

「ヴェイチェル氏であれば、よもや私たちの期待を裏切ることはありますまい。補佐につくのはゴーディ氏です」

「検察側は？」

「生憎、ディスターナル氏です。それとハリソン氏」

「ディスターナルは私たちにとって不都合ですか」

「正直に申し上げて、別の人のほうが有り難かったですな」

「ミーク先生、今度は私が先生を元気づける番です。どんなに有能な法廷弁護士も藁なしに煉瓦を作ることはできません」

百戦錬磨のリッチフィールド・ミークはにっこりとジョージに向かって微笑んだ。「エイダルジさん、私は長年の法廷生活の間に、じつに様々な材料から煉瓦が作られるのを見てきました。存在するとすら思えない材料のこともあった。藁がなくてもディスターナル氏はちっとも苦にせんでしょう」

この迫りくる脅威にもかかわらず、スタフォード監獄における残りの数週をジョージは心穏やかに過ごした。周りからは敬意をもって遇され、日々の生活には秩序があった。新聞と郵便を受け取り、公判に向けてミーク氏と準備をし、グリーン事件の進展を待った。本も許された。父が聖書を、母が一巻本のシェイクスピアと一巻本のテニソンを届けてくれていた。ジョージはシェイクスピアとテニソンを読み、それから看守の回してくれた三文小説をいくつか、退屈しのぎに読んだ。ぼろぼろになった廉価版の『バスカビル家の犬』も同じ看守が貸してくれた。素晴らしい本だとジョージは思った。

朝に新聞を開くときの不安が減った。一時的に自分の名前が紙面から消えていたためである。少し気楽になったジョージは、ロンドンで新しい組閣人事が行われたことや、エルガー博士の新作のオラトリオがバーミンガムの音楽祭で演奏されたこと、バッファロー・ビルがイングランド各地を巡業していることなどを興味深く読んだ。

公判の始まる一週間前、ジョージはヴェイチェル氏と面会した。この肥満した陽気な法廷弁護士は、中部地《ミッドランド》区の巡回裁判で二十年に及ぶ弁護士歴がある。

「ヴェイチェル先生は私の主張をどうご覧になりますか」

「上々と見ておりますよ、イダルジさん。申し分ありません。つまり、検察は怪しからんと思っとります。まず一顧だに値せん起訴内容ですな。無論、そんなことは口にしません。私はイダルジさんの主張のうちでも強力と思われる点に専ら注力する所存です」

「それはどのような点であるとお考えなのでしょう」

「こんなふうに申し上げましょうか、イダルジさん」法廷弁護士は喜色満面と言ってもよいくらいの微笑み方をした。「まず、あなたがこの罪を犯したという証拠がない。あなたがこの罪を犯す動機もない。そしてあなたがこの罪を犯す機会もなかった。判事と陪審員に聞いてもらうときはも少し趣向を凝らしますが、私の主張の要諦は以上に尽きます」

「少々残念ですな」とミーク氏が言葉を挟んだ。「B法廷に当たってしまったのは」その口調に、束の間高揚していたジョージの心がしぼんだ。

「それがなぜ残念なんです」

「A法廷はハザトン卿が司ります。この人は少なくとも法曹としての訓練を受けている」

「法律を知らぬ人に私は裁かれるというのですか」

　ここでヴェイチェル氏が割り込んだ。「ミーク先生、イダルジさんを心配させることはありません。私はこれまでにどちらの法廷にも立ちました。B法廷は誰です」

「サー・レジナルド・ハーディー」

　ヴェイチェル氏は眉ひとつ動かさなかった。「何の問題もありません。見方によっては、高等法院に栄進したいなどという野心を持つやかまし屋に裁かれないのはついている。ちょっぴり自由にやらせてもらえますから。訴訟手続の知識をひけらかされ、しょっちゅう待ったをかけられるのは堪らない。総合的に考えれば、弁護側に有利に働くでしょう」

　ジョージはミーク氏が同意しないことに気づいたが、ヴェイチェル氏にはすっかり感心してしまった。この法廷弁護士の言葉が一から十まで本心かどうかはさておいても。

「両先生、ひとつお願いがございます」ミーク氏とヴェイチェル氏は瞬時目と目を見合わせた。「私の名前のことですが、エイダルジです。エイダルジ。ミーク先生は概ね正しく発音されていますが、ヴェイチェル先生にはこの件についてもっと早く申し上げるべきでした。どうも警察は、いくら私が訂正を申し入れてもわざわざ無視するようです。そこで提案させていただきたいのですが、公判の冒頭で私の名前の正しい発音をヴェイチェル先生から告知していただけないでしょうか。イダルジではなくエイダルジであると、法廷に告げていただくのです」

　法廷弁護士は事務弁護士にひとつ頷いてみせ、それを受けてミーク氏が返答した。

「どう申し上げたらよいでしょう、ジョージ。もちろん、あなたの名前だし、もちろん、ヴェイチェル先生も私も正しく発音するよう努めましょう。こうして私たちがあなたと一緒にいるときはですな。しかし、法廷では……法廷では……その理由を問われれば、郷に入れば郷に従え、ということになりますかな。そんな告知をしたらサー・レジナルド・ハーディーに最初から睨まれてしまうし、警察が発音を直してくれるとも思われない。そしてディスターナル氏について言えば、そんな混乱を見て、しめしめとほくそ笑むのではないですかな」

　ジョージは二人をじっと見た。「どうもおっしゃることが呑み込めないのですが」

「私の申し上げているのはですな、ジョージ。被告の名を決める権限が裁判所にあることを認めるべきだということです。そんな決まりはどこにも書かれておりませんが、実際はまあそんなふうになっております。あなたは発音の間違いとおっしゃるが、私に言わせれば名前をイングランド風に近づけたということになる」

ジョージはひとつ息を呑んだ。「そして東洋風を薄めた？」

「そう、東洋風を薄めたということになりますな、ジョージ」

「ならば、すべての場合に間違えて発音してくださるよう、両先生にお願いいたします。その名前に私が慣れることができるようにですね」

公判は十月二十日に開始されることが決まっていた。十九日、ロンドンはリッチモンド公園内のシドマスの森付近で遊んでいた四人の少年が腐敗の進行した死体を発見し、それが王立施療病院の女性医師ソフィー・フランシス・ヒックマン嬢の遺体であることが判明した。ヒックマン嬢はジョージと同じ二十代後半だった。それに、とジョージは考えた。この人とは紙面で隣り合った仲なのだ。

一九〇三年十月二十日朝、ジョージはスタフォード監獄からシャイア・ホールへと押送された。まず地下に連れていかれ、被告が通例入れられる収容室を見せられた。特別の計らいで、ジョージは樅材のテーブルと暖炉のある、天井の低い広い部屋を使わせてもらえる。ここで、ダブズ巡査の監視のもと、ミーク氏と接見することもできるという。ジョージは二十分の間、テーブルに向かって座っていたが、このダブズという、顎紐状にひげを蓄え、陰気な雰囲気をたたえた筋肉質の警官は断固として目を合わせなかった。それから合図があり、ジョージは連れられて曲りくねった薄暗い通路を進み、間遠にしかないガス灯をいくつか通り過ぎると一つのドアにぶつかった。ドアを開けると狭い階段の下に出る。ダブズに軽く押され、明かりとざわめきに向かって昇りはじめる。昇りきると目の前にB法廷が広がり、するとざわめきは静寂に変わった。こうして視線を意識して被告人席に立ったジョージは、さながら気の進まぬまま奈落から舞台中央へとせり上げられた役者であった。

ほどなくして、次席判事サー・レジナルド・ハーディー及び陪席する二人の治安判事、アンソン警察本部長、手続に則って宣誓したイングランドの陪審員たち、報道機関の代表者たち、一般公衆の代表者たち、ジョージの家族のうちの三名の前で起訴状が読み上げられた。ジョージ・アーネスト・トンプソン・イダルジは、八月十七日ないし十八日に、グレート・ワーリー炭坑会社所有の馬を傷つけた罪、また七月十一日ないしその前後に、ヘンズフォードのロビンソン巡査部長に宛てて手紙を送り、殺害すると脅迫した罪で起訴された。

ディスターナル氏は背が高くて身なりがよく、所作のきびきびとした人物だった。短い冒頭陳述のあと、ディスターナル氏はキャンベル警部を喚問した。そして例の話がまた一から始まった――切り裂かれたポニーの発見、司祭館の家宅捜索、血痕のついた衣服、コートについていた毛、匿名の手紙、被告の逮捕とその後の供述。これがでっちあげに過ぎないことをジョージは知っている。こんなものは断片と偶然と仮説の寄せ集めに過ぎない。無論、自分が潔白であることも知っている。それでも、かつらとガウンという正装に威儀を正した法曹によって繰り返されると、今までになくもっともらしく聞こえるのだった。

キャンベルの証言はこれで終わったとジョージが思ったそのとき、ディスターナル氏が最初の奇襲を仕掛けてきた。

「キャンベル警部、証言を終えられる前にひとつ。目下、世間で大きな不安の種となっている件について、警部であれば私たちにご教示くださることが可能でしょう。九月二十一日、グリーン氏なる人物の農場において、馬が一頭、損壊された状態で発見されたそうですね」

「おっしゃるとおりです」

「グリーン氏の農場はグレート・ワーリーの司祭館にごく近いとか」

「ごく近いです」

「そして警察は、この凶行についてすでに捜査を行いましたか」

「はい、行いました。緊急性の高い重大事件として」

「そして、事件は解明されましたか」

「はい、解明されました」

ここでディスターナル氏は間を取ったが、そんな手の込んだ細工は不要だった。ぽかんと口を開けた子供のように、法廷中が先を聞きたがっていた。

「では、この法廷の皆さんに、捜査の結果をお教え願えますか」

「犯罪の行われた農場の所有者の息子であるジョン・ハリー・グリーン、これは義勇騎兵団の騎兵で年齢十九歳ですが、この男が自分自身の馬に対して凶行に及んだことを認め、その旨の供述書に署名しております」

「その男が全面的かつ単独の責任を認めたと」

「認めました」

「そして今回の凶行とそれ以前に起きた同一地区の複数の事件とが関連している可能性について、警部はその男に問い質しましたか」

「はい、徹底的に問い質しました」

「そしてその男は何と言いましたか」

「これは単発的な事件であるとのことです」

「そして警察は、グリーン氏の農場における凶行が、近隣で起きたどの凶行ともまったく何の関係もないことを捜査によって確認しましたか」

「確認しました」

「全然何の関連性もないと」

「全然何の関連性もありません」

「そしてジョン・ハリー・グリーンは今日、この法廷に来ていますか」

「はい、来ています」

混み合った法廷の皆がそうしたように、ジョージも辺りを見回した。自分自身の馬を損壊したことを認めながら、そうするに至った理由については警察に十分説明していないらしい十九歳の騎兵はいったいどこにいるのだ。が、そのとき、そろそろ昼食を摂らなくてはとサー・レジナルド・ハーディーは判断した。

ミーク氏は、まずヴェイチェル氏と話さなくてはならなかった。それを済ませてから、休廷中ジョージが待機させられている部屋にやってきた。ミーク氏は打ち沈んだ様子である。

「ディスターナルについては注意が必要だと先生からも聞いていました。何かしてくると予想もしていました。それに、午後には私たちのほうもグリーンの息子にぶつかってみることができるわけですし」

ジョージの事務弁護士は厳しい表情で首を振った。「その線はありませんな」

「なぜです」

「奴は相手方の証人ですからな。相手方が召喚しなければ、こちらは反対尋問できません。それに何も知らぬまま奴を召喚するという危険も冒せない。奴が何を言うか分からんのですから。致命傷を負うことになるやもしれん。でも相手方は自分たちが誰に対しても隠し立てしていないという印象を与えるために奴を法廷に連れてきた。じつに巧みだ。いかにもディスターナルらしい。私も考えておくべきでしたが、奴の自白のことは知らなかった。まずいことになりました」

ジョージは自分の事務弁護士を元気づけるのは当然の義務であると思った。「先生、お焦りになるお気持ちは分かります。けれども、実害があるでしょうか。グリーンの息子が言ったのは――そして警察が言ったのは――他のどの凶行とも無関係だということです」

「まさにそこなのです。問題は相手側が何を言っているかではない。問題は人の目にどう映るかです。どこの人間に馬の、それも自分の馬の、腸を引きずり出す必要があるのです、これといった理由もなしに。その答えは、同種の罪で嫌疑のかかっている近所の友人を助けるためです」

「でも、グリーンの息子は私の友人ではありません。顔を見ても分からないのではないかと思っているくらいです」

「分かっておりますとも。そのことは、相当の危険を冒してあなたに証人台に立っていただくとき、ヴェイチェル先生に答える形で話していただきます。けれども、なされてもいない申し立てを否定しているという印象をどうしても与えてしまう。じつに巧みだ。午後はヴェイチェル先生が警部を攻める番ですが、楽観はできますまい」

「ミーク先生、ひとつ気づいてしまったのですが、キャンベル警部は証言の中で、発見した私の衣服、というのは私が何週間も着ていなかったコートのことですが、それが濡れていたと言いました。『濡れていた』と二度言いました。キャノックでは、あの人は『湿っていた』としか言わなかったのに」

ミーク氏は優しく微笑んだ。「エイダルジさんと仕事をするのは楽しいですな。我々はその種のことに気づいても、普通依頼人には話さないものなのです。依頼人を気落ちさせてはいけませんので。この手の修正を警察はほかにも施してくるに違いありません」

ヴェイチェル氏はその日の午後、証人席での振る舞い方を心得ている警部から、ほとんど役に立つ証言を引き出せなかった。ヘンズフォードの警察署での最初の対面では、いささか血の巡りが悪く、どことなく不躾という印象をジョージはキャンベルから受けた。それがニューホール・ストリートとキャノックでは注意深さを増し、敵意を露《あら》わにしてきたが、それでも常に理路整然というほどではなかった。ところが今、その態度は落ち着いて重々しく、またその上背と制服とが、権威ばかりでなく論理をも発散しているように思われる。自分をめぐる物語が自分の周りで微妙に変化し始めているとすれば、その登場人物たちの幾人かもまた、変化し始めているのだと、ジョージはそんなことを考えた。

クーパー巡査のほうがヴェイチェル氏も与《くみ》し易かった。治安判事裁判所のときと同じく、クーパーはジョージの靴の踵と泥の中に残っていた靴跡とを合わせたときのことを述べた。

「クーパー巡査」とヴェイチェル氏は始めた。「お尋ねいたしますが、あなたにそうせよと指示を出したのはどなたでしたか」

「今一つはっきりしないのですが、警部だったと思います。でも、パーソンズ巡査部長だったかもしれません」

「そして正確にはどこを捜すよう言われたのですか」

「牧草地と司祭館の間で犯人がとったと考えられる経路上であれば、どこでもです」

「犯人は司祭館から来た、そして司祭館に帰ったという仮定に立って、ですか」

「はい、そうです」

「どこでも、ですか」

「どこでも、です」ほんの二十歳かそこいらだろう、とクーパーを見ながらジョージは思った。耳を赤くしたぎこちない青年が、一生懸命、上司たちの自信に満ちた態度を真似しようと努めている。

「そして、あなたの言うところの犯人が、最短の経路をとったという仮定に立たれたわけですか」

「はい、その仮定に立ったと思います。犯人というものは、犯行現場を立ち去る際、普通そうするものですから」

「なるほど。ということはクーパー巡査、最短の経路から外れた場所はどこも捜さなかったわけですか」

「はい、捜しませんでした」

「そしてどれくらいの時間をかけて捜しましたか」

「一時間か、一時間ちょっとだったと思います」

「そして捜したのは何時頃でしたか」

「大体九時三十分くらいから捜しはじめたと思います」

「そしてポニーの発見はおおよそ六時三十分くらいでしたね」

「おっしゃるとおりです」

「三時間前です。それだけの時間が経過するうちには、その経路のどこかを歩いた可能性のある人はいくらでもいる。炭坑に向かう坑夫たち、凶行の知らせを耳にして集まった野次馬たち。それを言ったら、警察の人たちだってそうです」

「その可能性はあります」

「そしてクーパー巡査、誰があなたと行動を共にしましたか」

「私一人でした」

「なるほど。そしてあなたは、あなたの意見によれば、あなたが手に持っていた靴と一致する踵の跡をいくつか見つけた」

「おっしゃるとおりです」

「それからあなたは戻り、発見を報告した」

「おっしゃるとおりです」

「そしてどうなりました」

「何をおっしゃっているのか、ちょっと」

クーパーの口調に微かな変化を感じ取り、ジョージは喜んだ。クーパーは自分がどこかへ誘導されつつあることは分かっていても、まだその行き先を推し量れずにいる様子なのだ。

「私が申し上げているのはですね、クーパー巡査。発見なさったことをあなたが報告したあとはどうなったのかということです」

「私は司祭館の敷地の捜索に当たるよう言われました」

「なるほど。しかし、クーパー巡査。どこかの時点であなたは戻り、あなたが発見した靴跡をもっと上の人に見せましたね」

「おっしゃるとおりです」

「そしてそれはいつ頃でしたでしょう」

「午後の半ばでした」

「午後の半ば。午後の半ばとは、三時、四時くらいのことでしょうか」

「その頃です」

「なるほど」と、ヴェイチェル氏は眉根を寄せ、ジョージの見るところではいささか芝居がかったふうに考え込んだ。「六時間後になりますか、言い換えれば」

「おっしゃるとおりです」

「その間、その区域は警備され、立ち入りを禁じられていましたか。つまり、さらに踏み荒らされることのないようにです」

「それは必ずしも……」

「必ずしも何ですか。はっきりとおっしゃってください、クーパー巡査」

「立ち入りを禁じられてはいませんでした」

「さて、このような場合、通例採用される方式は、石膏を用いて問題の轍跡の型をとることであると理解しております。今回、それが行われたか否か、お答えいただけますか」

「いいえ、行われませんでした」

「もう一つの方法はそのような跡を写真に撮ることであると理解しておりますが、それは行われましたか」

「いいえ」

「もう一つの方法は草地の当該の部分を掘り起こし、それを科学的に分析させることであると理解しておりますが、それは行われましたか」

「いいえ、地面が柔らかすぎました」

「クーパーさん、あなたはいつ、巡査となられましたか」

「一年と三か月前です」

「一年と三か月ですか。どうも有り難うございました」

ジョージは喝采したいような心持ちになり、前にもしたようにヴェイチェル氏のほうを見やったが、やはり目を合わせることはできなかった。それが法廷における作法なのか、それともヴェイチェル氏が次の証人のことを考えているだけのことなのか。

午後の残りはうまくいったように思われた。匿名の手紙のうち数点が読み上げられ、ジョージはまさかこんなものを自分が書いたなどと正気の人間なら思うはずがないと自信を持った。例えば、ジョージがキャンベルに手渡した「正義を愛する者」からの一通――「ジョージ・エイダルジ君。君と知り合いではないが、汽車で何度か見かけたことはある。たとえ知り合いになったとしても、君のことはあまり好きにはなれないだろう。私は君のような人種を好かないからだ」こんなものをどうして僕が書けただろう。しかし次のは、書いたのはお前だと言われることがさらに不可解なものだった。いわゆる「ワーリーの一味」の行動を描写した手紙が読み上げられたのだが、それがまるで安手の小説の一節みたいなのだ。「全員が恐ろしい秘密の誓いを立て、各人が頭領《キャプテン》の言葉を復唱する――『万が一私が裏切ったときは私をなぐり殺してください』と」こういう表現を事務弁護士は使わないということくらい陪審員たちにも分かるだろう。

雑貨商のホドソン氏は、ブリッジタウンのハンズ氏の店に向かう途中のジョージを見かけたこと、そのときジョージが家の中用の古い上っ張りを着ていたことを証言した。ところが、ジョージと三十分ほど一緒にいたハンズ氏のほうは、件《くだん》のコートをジョージは着ていなかったと主張した。他の二人の証人は、ジョージを見かけはしたが、衣服までは思い出せないと述べた。

「相手側は主張を変えてきた気がしますな」と、この日閉廷したあとでミーク氏は言った。「何か企んでいる気配がします」

「何かとは、どんなことでしょう」とジョージは尋ねた。

「キャノックでの相手側の主張は、あなたが夕食前の散歩中に牧草地へ行ったというものでした。だからこそ、あなたが外を歩いているのを見た証人をあんなに大勢呼んだのです。覚えていらっしゃいますかな、あの逢引きしていた男女の証人？　今回あの二人は召喚されておりません。同じ扱いになった証人はほかにもおります。加えて、付託決定手続では、十七日という日付しか示されておりませんでした。今回の起訴状は、十七日または十八日と言っております。つまり、二股を掛けてきたわけですな。どうも深夜の線に重心を移してきている気配がある。相手側は私たちの知らない何かを握っているのかもしれません」

「ミーク先生、向こうがどの線でこようが、その線を選んだのがどんな理由からだろうが、どうでもいいことです。夕食前でくるのなら、牧草地の近くと言えるようなところで私を見た証人は一人もいません。深夜でくるのなら、父の証言を覆さなければならない」

ミーク氏は依頼人の言葉には答えず、考え考え喋り続けた。「無論、向こうはどちらか一方に絞る必要はない。陪審員たちにいくつかの可能性を示すだけでよい。しかし今回は靴跡のことを強調してきた。そして靴跡は、深夜の線を選んだときにはじめて意味を持つ。雨が降ったのは深夜でしたからな。それに家の中用の上っ張りが『湿っていた』から『濡れていた』に変わったとすると、これまた私の推測を裏書きしておりますな」

「かえって好都合じゃありませんか」とジョージは言った。「今日の午後、ヴェイチェル先生の反対尋問でクーパー巡査はぼろぼろになりました。そしてもし、あくまでもこの線で押してくるつもりなら、ディスターナル氏はイングランド国教会の司祭が真実を偽っていると主張せねばなりません」

「エイダルジさん、失礼ながら、そう単純明快にお考えにならんほうが……」

「しかし、実際、単純明快でしょう」

「お父上は強い方だとお思いになりますか。精神的に、ということです」

「私の知っている人間の中で最も強い人です。なぜ、そのようなことを」

「強くなくてはやっていけなくなるからです」

「いざとなるとヒンズーがどんなに強いか、先生も驚かれるでしょう」

「お母上はどうですかな。それから妹さんは」


第二日の午前は、元巡査で今はパブの主人であるジョウゼフ・マーキューの証言から始まった。キャンベル警部の命を受けグレート・ワーリー・アンド・チャーチブリッジ駅に赴き、乗る列車を遅らせてほしいと被告に要請したところ断られたとマーキューは述べた。

「被告から説明はあったのでしょうか」とディスターナル氏は質問した。「いったいどのような重要な用向きがあって、警部からの緊急の要請を無視するのかについて」

「いいえ、ありませんでした」

「あなたは重ねて要請しましたか」

「しました。たまの一日くらい休んでもいいではないかと言いました。しかし、聞き入れてもらえませんでした」

「なるほど。それでマーキューさん、そのとき何かありましたか」

「はい。プラットフォームにいた男が近づいてきて、昨夜また馬が切り裂かれたそうですねと話しかけてきました」

「そしてその男がそう言ったとき、あなたはどこを見ていましたか」

「被告の顔を真正面から見ていました」

「では、そのときの被告の反応を法廷の皆さんに説明していただけますか」

「はい。被告は微笑みました」

「被告は微笑んだ。また馬が切り裂かれたという知らせを聞き、被告は微笑んだ。その点に間違いはありませんか、マーキューさん」

「ええ、ありません。絶対に間違いありません。被告は微笑みました」

ジョージは思った——でも、それは嘘だ。嘘だと僕には分かっている。嘘だとヴェイチェル先生が証明してくれるに違いない。

ヴェイチェル氏はこの供述を正面から攻め立てるほど愚かではなかったから、マーキューとジョージのところに近づいてきたという男の正体の一点に集中して砲火を浴びせた。その男はどこから現れたのか。どんな男だったのか。いったい、どこへ消えてしまったのか（言わんとするところは、なぜこの法廷に出てこないのか）。ヴェイチェル氏は時に仄めかし、時に考え込んでみせることにより、そして最後には直截《ちょくさい》な言葉を用いることにより、少なからぬ驚きを禁じ得ない旨を表明することに成功した。すなわち、パブの主人にして元巡査という、当該地域に知り合いの多いことではまずその右に出る者のないはずの証人が、その想像力に富んだ偏向した主張を補強してくれるかもしれぬ、好都合にして謎めいた人物を特定できないとは妙な話ではあるまいか、と。しかし、これがマーキューに対して弁護側にできた精一杯であった。

続いてディスターナル氏はパーソンズ巡査部長を呼び、逮捕を覚悟していたという被告の言葉、また被告がバーミンガムの留置場で言ったという、先手を打ってロクストン氏にあっと言わせてやるという発言を披露させた。問題のロクストン氏がいったい何者なのかは誰も説明しようとしなかった。これもまたワーリーの一味の一人なのか。これもジョージが撃ち殺すと脅している警察官なのか。ロクストンという名が宙に浮いたままとなり、陪審員たちそれぞれの想像に任された。メレディスという顔も名前もジョージには思い出せない巡査も現れて、保釈のことでジョージが言った当たり障りのない言葉を紹介すると、それが有罪の証拠であるかのように聞こえるのだった。次にウィリアム・グレートレクス、例の「所作振る舞いも気持ちのよい、いかにも健康そうなイングランドの少年」が、この日も、汽車の窓から外を見ていたジョージがブルーイット氏の馬の死骸に不可解な関心を示したと証言した。

獣医のルイス氏は現場到着の炭坑のポニーの状態について、すなわち血を滴らせていた様子、傷の長さと性質、痛ましくも不可避であった殺処分について供述した。傷害が加えられた時刻についてどのような結論を導くことができるかとディスターナル氏から問われると、自分がポニーの検分に当たった時点で、傷を負わされてから六時間は経過していなかったというのが専門家としての見解であると言明した。言い換えれば、十八日午前二時三十分以降ということになる。

これはこの日初めての朗報であるとジョージには思われた。靴屋を訪れた際にどの服を着ていたかについての論争はこれでまったく意味を失った。検察はとりうる路線のうちの一方を自ら封鎖して、一本道に乗ってくれたのだ。

しかし、たとえそうであるにしても、ディスターナル氏は涼しい顔をしていた。本件について当初存在した曖昧な点が警察検察の骨折りのお蔭で解消し、誠に有り難いと言わんばかりの態度である。もう我々は、この十二時間のうちのどこかの時点で……などと主張せずに済むのです。今や我々は、午前二時三十分にごく近い時刻に……と主張することができるのです、と。しかもディスターナル氏の手にかかると、どういうわけか、こうして精度の高まったことが取りも直さず、被告席に着いている被告が起訴状記載の理由で現場にいたに違いないという自信を比例的に深めることになるらしく思えてくる。

その日の最後の時間はトマス・ヘンリー・ガリンに充てられた。他人を装ったり名を隠したりして書かれた文字の筆者特定に十九年のご経験を有する筆跡鑑定家でいらっしゃいますねと尋ねられ、ガリンは相違ありませんと答え、頻繁に内務省から鑑定を委託されてきたこと、また最近に筆跡鑑定家として出廷したのはミート農場殺人事件の証人としてであったことを言い添えた。ジョージは筆跡鑑定家が一般にどんな風貌をしているものなのか知らなかった。干からびて学者的で、かりかりと紙に引っかかるペンのような声でもしているのではないか。目の前のガリン氏は、赤ら顔で、羊肉形頬《マトン・チョップ》ひげを生やし、ワーリーの肉屋グリーンシル氏の弟でも通りそうだった。

そんな顔付きにもかかわらず、ガリン氏はその後の法廷を乗っ取った感があった。ジョージの手書き文字が数例、引き伸ばされた写真で示され、匿名の手紙も数例、引き伸ばされた写真で示される。手紙についての説明があり、その原本が陪審員席へ回される。永遠に続くのかとジョージが思うほど時間をかけて陪審員たちは手紙を検め、それを頻りに中断しては被告の顔をまじまじと見る。文字の輪形部の巻き方や鉤《かぎ》状部の曲げ方、横棒の交差のさせ方に認められる筆跡の個性をガリン氏が木の棒を使って指し示す。そして、どういうわけか、説明は推測に移り、推測は理論的蓋然性に転じ、理論的蓋然性は絶対的確信に置き換わった。最終的には、被告自身の署名のある明らかに被告の手になる手紙と同様、これら匿名の手紙もまた被告の手になるものだというのが、鑑定の専門家として検討を重ねた結果の見解であった。

「これらの手紙すべてですか」とディスターナル氏は、すでに修道院の写字室に変じた感のある法廷をさっと撫でるように手を動かした。

「いいえ、すべてではありません」

「被告によって書かれたのではないものも含まれている、というご見解でいらっしゃる」

「そのとおりです」

「何通ですか」

「一通です」

　ガリン氏はジョージが書いたとは思われないただ一通の手紙を指し示した。一つ例外を作ることにより、他のすべての手紙についてのガリン氏の主張がもっともらしくなることにジョージは気づいた。それは慎重さを装った狡猾さだった。

　これを受けたヴェイチェル氏は、個人的見解と科学的証明との違い、何かを思うことと何かを知っていることとの違いについて縷々《るる》説明した。しかし、ガリン氏は鉄壁の証人だった。これまで何度も同じ立場に置かれてきたのである。あなたのやり方は厳密さの点において水晶占いや読心術や霊媒術と変わらないという趣旨のことを言った被告弁護人はヴェイチェル氏が最初ではなかった。

　閉廷後、ミーク氏はジョージを励まし、二日目は被告側にとって一番つらい日になることが多いのですと言った。ですが、こちら側の証人を出す三日目は一番いい日になるものです、とも。そうなればよいがとジョージは思った。ゆっくりとではあるが取り返しのつかない形で、自分の物語が自分から奪われつつあるという感覚を拭えなかった。弁護側の主張が提示されるときには手遅れになっているのではないかと不安だった。人々は——そして特に陪審員たちは——こう反応するのではないだろうか。いや、いや、何が起きたのか、私たちはもう聞かされている。今更、なぜ考えを変えなくてはいけないのだ。そんなふうに思うのではないだろうか。

　翌朝、ジョージは自分の事件を客観的に捉えるため、ミーク先生専売特許の方法を忠実に実践した。「深夜の殺人。バーミンガム、運河道の悲劇。二人の船頭逮捕さる」しかし、この手も今日はいつもの効果がなかった。目を移すと同じ紙面に「ティプトンで痴情の果ての悲劇」とある。ある可哀相な男が悪い女を愛したばかりに、結局は運河に身投げする羽目になったという。だが、記事の本文に関心は湧かず、目は二つの見出しにばかり戻っていった。運河道での卑劣な殺人も「悲劇」で、惨めな自殺もまた「悲劇」であることが癪に障るのだった。それに引き比べて自分の事件は最初からずっと、「残虐行為」と呼ばれている。

次に「女医の死」を見つけ、安堵にも似た心持ちがした。その腐敗しつつある遺体は未だ秘密を明かさずにいるらしい。ヒックマン嬢に関する記事を欠かさず読むことをジョージはほとんど社交上の義務と感じていた。付託決定手続が始まった頃以来、ヒックマン嬢は不運を共にする友だった。『ポスト』によれば、昨日、リッチモンド公園内のシドマスの森付近で医療用メスの一種であるランセットが発見されたという。女医の遺体が運ばれる最中に、その衣服からこぼれ落ちたのだろうというのが同紙の推測である。これがどれだけ信じるに足りるだろうかとジョージは考えた。行方不明だった女性外科医の遺体を発見し、それを運ぶ最中にポケットから物が落ちて気づきもしないだろうか。自分が検死陪審員だったとして、この話を信じるかどうか分からなかった。

『ポスト』紙は続けて、ランセットは故人の所有物であり、動脈を切断することにより自身を失血死に至らしめるのに用いられたかもしれないとの仮説を示している。言い換えれば自殺ということであり、また一つ「悲劇」が増える。なるほど、それも可能な説明の一つではある、とジョージは思った。もっとも、もしワーリーの司祭館がスタフォードシア州ではなくてサリー州にあったなら、警察はもっと説得力のある説を立てることだろう。すなわち、司祭の息子が鍵の掛かったドアをこじ開けて外に出て、生まれて初めて目にするランセットを入手し、その気の毒な女性のあとを森までつけ、およそ動機らしきものを欠いたまま同人を殺害したという説である。

そんな強烈な皮肉を思いついてジョージは元気を取り戻した。また、突拍子もない空想の中でヒックマン嬢事件に登場した自分を思い描いたことで、初めての面会でヴェイチェル氏が大丈夫と請け合ってくれたその言葉を思い出しもした。私がどう弁護するかですか、イダルジさん？ それは、あなたがこの罪を犯したという証拠もなければ、犯す動機も機会もなかったというだけのことです。もちろん判事と陪審員に聞いてもらうときは趣向を凝らしますが、私の主張の要諦は以上に尽きます。

けれどもこの日、まずはバター博士の証言に対処しなければならなかった。ガリン氏はジョージの目には専門家を装ったペテン師と映ったが、バター博士は違う。この警察医は白髪の紳士で落ち着きがあり、慎重で、試験管と顕微鏡の世界の住人であり、特定的、具体的なことしか論じない。ディスターナル氏に対して剃刀や上着、チョッキ、靴、ズボン、家の中用の上っ張りを調べる際に踏んだ手順について述べ、様々な衣服に見出される様々な染みの説明をしたうえで、どの染みが哺乳動物の血液に分類できるかを明らかにした。また、コートの袖と左胸から拾うことのできた毛の数を数えたところ、計二十九本あり、そのすべてが短くて赤色だったという。そしてそれらの毛を、炭坑のポニーの死体から切り取った皮膚から採取した体毛と比較した。後者もまた短くて赤色をしており、顕微鏡で観察した結果、両者は「長さ、色、構造の点において類似している」と判定したということである。

バター博士に対するヴェイチェル氏の戦法は、博士の能力と知識に十分な敬意を払うこと、そのうえで、その能力と知識を被告の利益となるように用いることだった。ヴェイチェル氏はコートについたいくつかの白っぽい染み、つまり傷つけられたポニーの唾液や吹いた泡であると警察が結論づけた染みに注意を喚起し、博士の科学的な分析の結果、この点について確認できましたかと質問した。

「いいえ」

「博士のご覧になるところ、これらの染みの成分は何でしょう」

「澱粉です」

「そして、博士のご経験に照らして、この種の残滓はどのようにして衣服に付着するに至ると考えられるでしょう」

「私の見るところ、朝食に摂った牛乳に浸したパンの残滓でしょう。まず間違いありません」

するとこのとき、その存在をジョージが忘れかけていた種類のざわめきが起こった——笑い声である。牛乳に浸したパンと聞いて、法廷に笑いが起こったのだ。その笑い声がジョージには音声となった正気のように感じられた。傍聴席が笑いさざめき続ける中、ジョージは陪審員席を見やった。陪審員の一人、二人は微笑んでいるが、大抵は真面目な顔付きのままだ。それでもこれは心強い兆候だとジョージは判断した。

次にヴェイチェル氏は被告のコートの袖についた血痕に話を移した。

「これらは哺乳動物の血液の染みだとおっしゃった」

「はい」

「その点について、バター博士、疑問の余地はありませんか」

「皆無です」

「なるほど。さて、バター博士、馬は哺乳動物ですね」

「そのとおり」

「そして豚も、羊も、犬も、牛もそうですね」

「いかにも」

「さらに言うなら、脊椎動物であって、鳥類や魚類や爬虫類や両生類でないものはすべて哺乳類に分類して構いませんね」

「そうです」

「博士も私も哺乳動物、陪審員諸氏もまたそうですね」

「いかにも」

「ということは、バター博士、血液は哺乳動物のものだとおっしゃるとき、それはその血液が叙上の種のいずれのものでもあり得るとおっしゃっているに過ぎませんね」

「おっしゃるとおりです」

「被告のコートについた小さな血痕が馬ないしポニーのものであることをお示しになっている、あるいはお示しになることが可能であると、主張なさるおつもりはまったくございませんね」

「ええ、そのような主張をすることは可能でありません」

「そして、検査によって血痕の古さを知ることは可能でしょうか。例えば、この血痕は今日ついたものだ、こちらは昨日だ、これは一週間前、これは数か月前というように言えるでしょうか」

「もし、まだ濡れていれば――」

「博士が検査なさったとき、ジョージ・イダルジのコートについた血痕のいずれかがまだ濡れていましたか」

「いいえ」

「いずれももう乾いていた」

「はい」

「ということは、博士ご自身の検査に基づくならば、血痕がコートに付着してから経過したのは数日だったかもしれないし、数週間だったかもしれない。数か月という可能性さえ考えられるでしょうか」

「いかにも、そのとおりです」

「そして血痕が生きている動物の血からついたのか、それとも死んだ動物からだったのか、見分けることは可能でしょうか」

「見分けられません」

「それとも肉屋で買う肉の塊からだったのか」

「それも見分けられません」

「ということは、バター博士、ある男が馬を切り裂いている際に付着した血痕と、同じ男がその数か月前に、そうですね、サンデーローストの肉を切り分けているとき――あるいはそのサンデーローストを食しているときでもいいかもしれません――、そういうときについてしまった血痕とを、検査によって判別することはできないわけですね」

「同意せざるを得ません」

「そしてイダルジ氏のコートの袖にいくつの血痕が発見されたのか、念のため、法廷の皆さんにもう一度お知らせ願えますか」

「二つです」

「そして、確か、それぞれが三ペンス硬貨程度の大きさであるとおっしゃいました」

「申しました」

「バター博士、殺処分にしてやるしかなくなるほど馬を激しく切り裂いて大量に出血させるとしてです、そのようなことをしながら、衣服に飛び散る血の量が食事の作法の悪い人と同程度ということがあり得るとお考えですか」

「憶測で物を申したくありません」

「もちろん、バター博士、無理にお答えいただく必要はありません。もちろん、無理にとは申しません」

以上のやりとりに気分を高揚させたヴェイチェル氏は、弁護側の主張を開始するにあたって短い冒頭陳述を行い、続いてジョージ・アーネスト・トンプソン・イダルジを呼んだ。

「被告はきびきびとした足取りで被告席を離れ、至極平静に混雑した法廷と向かい合った」これが翌日の『ザ・バーミンガム・デイリー・ポスト』に載った描写であり、以後ジョージはこの一文を思い出しては誇らしく思うことになる。たとえどんな嘘をつかれようと、たとえデマ中傷を流されようと、先祖を侮辱されようと、警察や他の証人によって故意に事実を歪曲されようと、自分は自分を告訴する者たちと至極平静に向かい合うつもりだし、実際そうすることができたのだ。

ヴェイチェル氏がまず依頼人にさせたのは、十七日の晩の行動について順を追って正確に述べることだった。事件発生の時間帯に関するルイス氏の証言が持つ力を考えれば、これがまったく不要であることを二人とも承知していた。だが、ヴェイチェル氏としては、ひとつにはジョージの声の質に、もうひとつにはジョージの証言の信頼度の高さに、陪審員たちを馴染ませておきたかった。裁判において被告が証言することを許されるようになったのはほんの六年前のことであり、依頼人を証言台に立たせることはいまだに新しくて危険な手法と見なされていたのである。

というわけで、靴屋のハンズ氏を訪ねたことが再び語られ、その晩の散歩の道筋も陪審員たちを前にして確認された——もっとも、先だってミーク氏から与えられた示唆を踏まえ、ジョージはグリーンの農場まで行ったことには触れなかった。続けて家族で摂った夕食、寝支度、寝室のドアの施錠、起床、朝食について述べ、それから家を出て駅に向かいましたと言った。

「さて、その駅でですが、ジョウゼフ・マーキュー氏と言葉を交わしたことは覚えていますか」

「はい、よく覚えています。いつもの汽車、というのは七時三十九分の汽車ですが、それを待ってプラットフォームに立っていたとき話しかけられました」

「何と言われたか覚えていますか」

「はい。キャンベル警部から伝言があると言われました。乗る汽車を遅らせて、警部が話をしにこられる時間まで駅で待つようにというのです。しかし、マーキューさんの口調のほうがよく記憶に残っています」

「どんな口調だったか説明していただけますか」

「何というか、とても失礼でした。まるで私に命令しているような、可能な限りぞんざいに命令を伝えているというか。警部が私にいったい何の御用でしょうと尋ねたのですが、マーキューさんはそれは知らない、知っていたとしても教えないがねと言いました」

「マーキュー氏は専従警官という身分を明かしましたか」

「いいえ」

「それであなたは職場に向かうのをやめる理由はないと思ったのですね」

「そのとおりです。事務所には急ぐ仕事がありましたし、マーキューさんにもそう言いました。するとマーキューさんの態度が変わりました。取り入るような口調になって、たまには一日くらい休んでもいいじゃないですかと言ってきたのです」

「それに対してはどう応じられましたか」

「事務弁護士がどういう仕事をしているか、またその職にある者がどのような責任を負っているか、ちっともお分かりでないと思いました。パブの主人が一日休みをとって、ビールを注ぐのを誰か別の人に任せるのとはわけが違うのですから」

「もちろん、違いますね。そしてその時点で、男が一人、あなた方に近づいてきて、近辺でまた馬が一頭切り裂かれたと話しましたか」

「男というのは誰でしょう？」

「私が申し上げているのはマーキュー氏の証言のことです。男が一人、あなた方お二人に近づいてきて、馬が一頭切り裂かれたことを知らせたとマーキュー氏は証言しました」

「それはまったく事実に反しています。誰も私たちに近づいてきませんでした」

「それからあなたは汽車に乗ったのですね」

「乗っていけない理由は一つも示されませんでしたから」

「では、馬が損傷を加えられたという知らせにあなたが微笑んだ可能性はないのですね」

「そんな可能性はまったくありません。誰も近づいてこなかったのですから。それに私はそういうことで微笑んだりしません。唯一微笑んだ可能性があるのは、私に休めばいいとマーキューさんが提案したときです。いかにも村でのらくら者で通っているマーキューさんらしい提案だと思ったものですから」

「なるほど。さて、同日午前のもう少しあとの時刻、キャンベル警部とパーソンズ巡査部長があなたの事務所にやってきて、あなたを逮捕したときのことに話を移します。留置場に向かう途中、あなたが『驚きはしません。こんなことになるのではないかと、前から思ってました』と言ったというのが警察の主張です。あなたはこの言葉を口にされましたか」

「はい、しました」

「どういう意味でこの言葉を口にされたのか説明していただけますか」

「承知しました。まず、しばらくの間、私を悪し様《あざま》に言う噂がいろいろと流されました。匿名の手紙も何通か届き、それは警察に見せてあります。警察が私の動きを監視し、司祭館を見張っていることは明らかでしたし、ある警察官が私に向かって述べた言葉から、警察が私に対して敵意を抱いていることも分かりました。そして、一週間か二週間前には、私が逮捕されたという噂まで流れていました。警察はどうしても何か私に非があることを証明してみせるつもりのようでしたから、ええ、私は驚きはしませんでした」

次にヴェイチェル氏はジョージが言ったとされるロクストン氏なる謎の人物についての言葉のことを尋ねた。これに対しジョージは、自分はその言葉を口にしていないし、ロクストンという名前の人と知り合いだったこともないと答えた。

「続いて、やはりあなたが言ったとされるまた別の言葉について伺います。あなたはキャノックの治安判事裁判所において保釈を受けることも可能であったのに、それを断りました。その理由をこの法廷の皆さんにお話し願えますか」

「承知しました。保釈の条件が極端に厳しく、私にとってばかりでなく私の家族にとっても負担となるものだったからです。加えて、その頃私は監獄の病棟に入れられており、快適に生活させてもらっていましたから、公判が始まるまでそこに留まることに不満はありませんでした」

「なるほど。警察のメレディス巡査の証言によりますと、身柄を勾留されていたあなたは巡査に向かって『僕は保釈は受けませんよ。これでまた馬が切り裂かれたら、その犯人は僕じゃない』と言ったそうですが、確かにそう言いましたか」

「はい」

「どういう意味でその言葉を口にしたのでしょう」

「言葉以上の意味はありません。動物に対する傷害は私が逮捕される何週間、何か月も前から起こっていましたが、それらの事件に私は何の関係もありませんでした。ですから、事件は起こり続けるだろうと予想したのです。そして、もし起こり続ければ、事の真相が明らかになります」

「よろしいでしょうか、イダルジさん。あなたが保釈を断った裏には邪《よこしま》な理由があったのではないかという考えが示されています。恐らく今後も同様の考えが示されることでしょう。すなわち、その存在が絶えず言及され、その実その存在がまったく証明されていない『グレート・ワーリーの一味』が、あなたを窮地から救う段取りをつけていたという仮説です。わざとまた一頭の家畜を傷つけることにより、あなたの潔白を明らかにするわけです」

「お返事として申し上げられるのは、もしも私にそれくらい巧妙な計画を考えつくだけの頭があったのなら、そ

「イダルジさん。イダルジさんは宣誓証言の中で、ご自分の衣服に見つかった動物の毛は、牛の放牧場の柵に寄りかかった際に付着したものだとおっしゃいました」

「そのようにして付いた可能性もあると申し上げたのです」

「しかしながら、バター博士はイダルジさんの衣服から二十九本の毛を拾いました。次に博士はそれらの毛を顕微鏡で観察し、長さ、色、構造の点において、ポニーの死体から切り取った皮膚の体毛と同一であると判定しました」

「同一とはおっしゃいませんでした。類似しているとおっしゃいました」

「そうでしたか？」ディスターナル氏は一瞬狼狽し、手元の書類を確かめる振りをした。「おっしゃるとおりですな。『長さ、色、構造の点において類似している』とありますな。この類似性をイダルジさんはどう説明なさいます」

「私には説明できません。動物の毛の専門家ではありませんから。私にできるのは、そのような毛がどうして私の衣服の上に現れたのかについて仮説を立てることだけです」

これを事前に警官に漏らしたりしないだけの頭もあっただろうということだけです」

「ごもっともです、イダルジさん。ごもっとも」

反対尋問に立ったディスターナル氏は、ジョージの予想どおり辛辣で無遠慮だった。すでにジョージが説明し終えている多くのことを改めて説明するよう求めるのだが、その目的は「信じられない」という芝居がかった表情をして見せることのみにあった。被告は極度に狡猾陰険でありながら、自身の有罪を証明するような証言ばかりしている。そう示すべくディスターナル氏の戦略は組み立てられていた。この点を指摘することはヴェイチェル氏に任せるよりないとジョージは思った。自分は相手の挑発に乗ってはならないのだ。ゆっくりと時間をかけて答えなければいけない。沈着でいなければいけない。

当然、ディスターナル氏はジョージが十七日の晩にグリーン氏の農場まで行っていることを持ち出して、なぜ被告は証言する際、この事実を忘れてしまったのでしょうと不思議がって見せた。尋問がジョージの衣服に付いていた動物の毛に及ぶのも避けられない流れだったが、そのときにも、この検察側法廷弁護士は仮借のなさを示した。

「長さ、色、構造ですよ、イダルジさん。自分のコートに付いていた毛は放牧場の牛のものだった、そう信じろと、イダルジさんは本気でこの法廷の皆さんにおっしゃるのですか。それらの毛が、十七日の夜、ご自宅からほんの一マイルのところで切り裂かれたポニーの毛とそっくりの長さ、色、構造をしているのにですよ」

これに対する答えをジョージは持ち合わせなかった。

ヴェイチェル氏は再び警察獣医のルイス氏を証人席に呼んだ。ルイス氏は前の供述を繰り返し、私の見解では、ポニーに傷害が加えられたのが午前二時三十分より前ということは考えられませんと言った。続いて、傷を負わせるのにどのような道具が使用されたと思われるかを尋ねられ、これに対しては、湾曲した刃物で、刃の両面が共に凹面になっているものと答えた。傷が家庭用の剃刀で負わされた可能性の有無を尋ねられると、あの傷が剃刀で負わされた可能性はないと思いますと言った。

ヴェイチェル氏によって次に呼ばれた「聖職に携わっておられる」シャプルジ・エイダルジも前の証言を繰り返し、ドアの施錠、鍵の音、腰痛のこと、目覚める時刻など、就寝から起床までの手順を話した。ジョージは生まれて初めて、父も体つきが老人になってきたと思った。声にも以前ほど説得力がなく、絶対に間違いありませんと父が言っても、引っくり返すことも不可能ではなさそうに聞こえた。

グレート・ワーリーの教区司祭を反対尋問すべくディスターナル氏が立ち上がり、ジョージは不安になった。検察側法廷弁護士は全身から慇懃さを発散させ、長くはかかりませんからと証人を安心させた。しかし、この約束は結局大嘘となった。ジョージのアリバイを構成するどんなに小さな要素をも取り上げ、それを陪審員たちの目の前に突き出して見せるディスターナル氏の様子は、その重みと価値とをまるで初めて量ろうとしているかのようだった。

「夜は寝室のドアに鍵をかけるのですね」

すでに答えてあることをまた尋ねられ、ジョージの父は驚いた顔をした。やや不自然に感じられるほどの間があってから返事が発せられた。「ええ、かけます」

「そして朝になると鍵をお開けになる」

再び不自然な間ができる。「ええ、開けます」

「そして鍵はどこに置かれます」

「鍵は鍵穴に差したままです」

「鍵は隠さない」

まるで礼儀をわきまえない生徒でも見るように、司祭はディスターナル氏の顔を見た。「いったいなぜ、隠さなければならんのです」

「隠すことはなさらないんですね？　隠されたことはないんですね？」

ジョージの父は困惑しきった表情になった。「なぜそんなことをお尋ねになるのか理解に苦しみます」

「私はただ、鍵は常に鍵穴に差さっているということをはっきりさせたいだけです」

「しかし、それは私がすでに申し上げたことです」

「常に完全に見えているのですね？　隠されていたことはないのですね？」

「ですから、それはすでに申し上げたことです」

ジョージの父がキャノックで証言したとき、質問は単純明快であり、まるで証言席が説教壇に見えた。ほかでもない神の存在について、司祭は証言しているかのようだった。だが、こうしてディスターナル氏の尋問に晒されると、司祭も、司祭と共にある世界も、不可謬性を失い始めたように感じられる。

「鍵は鍵穴で回すとぎいっと軋るというお話でしたが」

「はい」

「それは最近の変化ですか」

「何が最近の変化かとお尋ねなのでしょう」

「鍵がぎいっと軋ることです」検察側法廷弁護士の態度は、まるで老人を支えて階段を上らせてやっているみたいだった。「ずっと軋っていたのですか」

「記憶にある限りずっとそうでした」

ディスターナル氏は司祭に微笑んだ。その微笑み方がジョージは気に入らなかった。「そして、その間ずっと――ご記憶にある限りずっと――鍵穴に油を差そうと、どなたも思わなかったのですか」

「思いませんでした」

「先生に伺いたいことがありまして、これはどうでもよいことのように聞こえるかもしれませんが、それでも是非お答えいただきたいのです。なぜ、どなたも鍵穴に油を差さなかったのでしょう」

「大きな問題だとは感じなかったのでしょう」

「油がないからではありませんね」

司祭はよく考えずに苛立ちを表に出してしまった。「うちにどれだけ油が置いてあるかは、妻に訊いていただいたほうがよいでしょう」

「そうさせていただくかもしれません。それで先生、その軋る音ですが、どんな音なのでしょう」

「ですから、ぎいっと軋る音です」

「それは大きく軋る音ですか、小さく軋る音ですか。ほかの音にたとえるとして、そうですね、ネズミがキィと鳴く程度でしょうか。それとも、納屋の扉がギギギと軋むくらいでしょうか」

　些末主義の巣窟に足を踏み入れてしまったか——シャプルジ・エイダルジはそんな顔をした。「大きく軋る音だと申し上げるべきでしょう」

「ではなおのこと驚きではないでしょうか、鍵穴に油が差されなかったことが。しかし、それはさておくとして、鍵は大きく軋る音を立てます、晩に一度、朝に一度。それで、ほかのときはどうでしょう」

「おっしゃることが、どうもよく分かりません」

「私が申し上げているのは、先生やご子息が夜中に寝室を出ていくときのことです」

「しかし、二人とも出ることがありませんから」

「お二人もお出になることがない……。現在のような形で就寝なさるようになって、すでに十六年から十七年が経つと伺っております。その間に、お二方とも、ただの一度も夜中に寝室をお出にならなかった、そうおっしゃるのですか」

「そうです」

「それは確かでしょうか」

　また長い間があき、十数年の夜を司祭は一つ一つ確かめているのかと思うほどだった。「このうえなく確かです」

「先生は一晩一晩のことを覚えていらっしゃいますか」

「質問の意味が分かりかねますが」

「先生、質問の意味を理解していただきたいとは申しておりません。質問にお答えいただくことだけをお願いしております。先生は一晩一晩のことを覚えていらっしゃいますか」

　司祭はぐるりと法廷を見回した。この低能な問答から誰かが救ってくれるはずだと言わんばかりだった。「ほかの人たち同様、覚えてはいません」

「おっしゃるとおりです。先生はご自分の眠りが浅いと証言なさった」

「ええ、非常に浅いです。すぐ目を覚まします」

「そして先生は、もし鍵が鍵穴で回されたなら、それで目を覚ますはずだともおっしゃった」

「そうです」

「その陳述に矛盾のあることにお気づきになりませんか」

「気づきません」ジョージには父が狼狽し始めているのが分かった。父は自分が何かを言い、それに異を立てられることに慣れていない。それがどんなに慇懃な言葉遣いであっても。今の父は苛立ちやすい老人にしか見えず、状況に冷静に対処しているとは言い難い。

「それではご説明させていただきます。十七年の間、寝室から出ていった者はいなかった。すなわち――先生のお言葉によれば――先生が眠っていらっしゃるときに鍵を回した者はいなかった。ならば、いったいなぜ断言なさることができるのです。もしも鍵が回されたなら、それで目を覚ますはずであると」

「それは詭弁です。つまり、紛う方なき事実として、ほんの小さな音がしても私は目を覚ますのです」しかし、それは権威ある人の声というよりも、焦れている人の声に聞こえた。

「鍵が回る音で目を覚まされたことは、これまでなかったのですね」

「ありません」

「ならば、その音がすれば目を覚ますはずであると、誓って言うことはできないのではありませんか」

「たった今申し上げたことを繰り返すほかありません。ほんの小さな音がしても私は目を覚ますのです」

「ですが、鍵が回る音で目を覚まされたことがこれまでなかったのでしたら、鍵は回されたのだけれども目が覚めなかっただけという可能性も大いにあるのではないでしょうか」

「申し上げているとおり、そんなことはあったためしがないのです」

父のことをジョージは孝心に富む息子として案じて見守っていたが、それと同時に、事務弁護士という職業人として、また不安な心持ちの被告としても観察していた。受け答えの出来は芳しくなかった。ディスターナル氏はいろいろと方向を変えて揺さぶってくる。

「イダルジさんは証言の中で、五時に目が覚め、六時三十分にご子息と一緒に起床なさるまで眠れなかったとおっしゃいました」

「私の申し上げたことを疑っていらっしゃるのですか」

この反応にディスターナル氏は喜色を浮かべはしなかった。しかし、心中ほくそ笑んでいるだろうことがジョージには分かった。

「いいえ、私はただ、すでに証言された内容に間違いがないか、ご確認いただこうとしているだけです」

「そういうことでしたら、ええ、間違いありません」

「ひょっとすると、五時と六時半の間にまた眠ってしまわれて、また目が覚めたのではありませんか」

「そうではないと申し上げました」

「目を覚ます夢をご覧になることはありますか」

「おっしゃることが、よく分かりませんが」

「眠っているときに夢をご覧になりますか」

「ええ、ときどき」

「では、自分が目を覚ますという夢をときどきご覧になりますか」

「さあ、どうでしょう。思い出せません」

「ですが、自分が目を覚ますという夢を、世の中の人がときどき見ることは、お認めになるでしょうか」

「そういうことは考えたことがありません。ほかの人たちがどんな夢を見ようと、私には関わりのないことでしょう」

「ですが、ほかの人たちがそういう夢を見るという私の言葉は、信じていただけますか」

悪魔にそそのかされていながら、その誘惑の性質が今一つ理解できない荒野の隠者。今の司祭はそんな顔をしていた。「そうおっしゃるのでしたら」ディスターナル氏のやり方にはジョージも同様に戸惑いを覚えていた。しかし、やがて、検察側法廷弁護士の意図がはっきりしてきた。

「では、五時から六時三十分までの間は目を覚ましていらしたと、合理的な疑いを容れない程度にまで確信していらっしゃるのですね」

「はい」

「そして、十一時から五時までの間は眠っていらしたと、これについても同様に確信していらっしゃるのですね」

「はい」

「その間にお目覚めになったご記憶はないのですね」

言ったことをまた疑われているのか、ジョージの父はそんな顔をした。

「ありません」

ディスターナル氏は頷いた。「では、眠っていらしたわけですね、例えば、一時三十分には。例えば――」と、何の意味もない思い付きのようにして言う。「――二時三十分にも。例えば、三時三十分にも。なるほど。有り難うございました。さて、また別の件に話を移しますが……」

という具合に延々と続き、法廷の人々の目にジョージの父は、確かに尊敬すべき聖職者ではあるけれども、不確かなところの多いご老体と映じるようになっていった。この人の奇妙な防犯対策など、つい先程証人席で自信たっぷりに振る舞った頭の良い息子なら、簡単にその裏をかいたかもしれないぞ、というふうに。さらに悪いと、もしかすると息子が家畜殺しに関与したのかもしれないと思った父親が、心配のあまり公判の進行につれて証言を微調整していて、そこに綻びが生じつつあるのかもしれない、というふうに。

次に現れたのはジョージの母だった。たった今、夫がその不可謬性を喪失するところを初めて目の当たりにしただけに、そわそわと落ち着かない。ヴェイチェル氏の問いに答えながら証言を終えると、一種無意味な丁重さを示すディスターナル氏の問いが始まり、最初からやり直しになった。証人の答えにディスターナル氏は格別強い関心を持たないように見えた。先程までの情け容赦ない訴追者ではなくなり、あたかも新しく越してきた隣人が表敬訪問してお茶を振る舞われているといった風情であった。

「昔からお母様ご自慢のご子息でいらしたのでしょうね」

「ええ、ええ、それはもう」

「昔から頭のよいお子さん、頭のよい青年でいらした」

「ええ、ええ、それはもう」

ご子息と共に現在のような状況に置かれたお母様のご心痛、いかばかりかとお察し申し上げます、とでも言わんばかりにディスターナル氏は心配を装った。

ディスターナル氏の言葉は答えを求める質問ではなかったが、ジョージの母は反射的に質問と受け止め、息子を褒めだした。「小さい頃から勉強熱心な子でした。学校では沢山の賞をいただきましてね。バーミンガムのメーソン・コレッジで勉強しまして、法曹協会からメダルもいただきました。鉄道法について息子が書いた本は、いろいろな新聞や法律雑誌でそれはもう好評でした。あのウィルソン社の〈簡約法律叢書〉の一冊として刊行されているんです」

息子自慢の言葉をほとばしらせる母親をディスターナル氏は励ました。ほかに何かおっしゃりたいことはありませんかと尋ねたのである。

「ございます」エイダルジ夫人は被告席の息子のほうを

見やった。「あれは小さい頃から優しくて、親にも孝行な子です。そして昔から、どんな生き物にも優しい子でした。あの子が生き物を傷つけたり、害したりするなんてことは考えられないんです。たとえ、あの晩、家を出なかったということがはっきり言えなくてもです」

どうも有り難うございましたと礼を述べるディスターナル氏の様子は、ひょっとしてこの人もエイダルジ夫人の息子の一人なのではないかと思わせるものだった。つまり、年老いて頭の白くなった母の闇雲な善良さ、無邪気さに目くじらを立てたりしない息子である。

次はモードが呼ばれ、ジョージの衣服がどのような状態であったかについて供述した。声が上ずることもなく、証言は明快だった。それでも、ディスターナル氏が一人頷きながら立ち上がると、ジョージは体が石のように硬くなるのを感じた。

「ミス・イダルジの証言は、ごく些細な点に至るまで、ご両親の証言と寸分たがわず同じですな」

モードは冷静にディスターナル氏の顔を見返し、これがいったい質問なのか、それとも何か恐ろしい攻撃が始まる前触れなのか見極めようとした。するとディスターナル氏は一つ溜息をついて再び腰を下ろしてしまった。

一日が終わり、シャイア・ホールの樅材のテーブルに着いたジョージは、困憊し、意気阻喪していた。「ミーク先生、両親は証人として良い出来でなかったように思います」

「それは少々言い過ぎでしょう、エイダルジさん。最良の人々が必ずしも最良の証人とは限らないというだけのことです。良心的な人、正直な人ほど、質問の一語一語にこだわり、謙虚なだけに自分を疑い始めます。するとディスターナル氏のような弁護士にもてあそばれやすくなる。今日のようなことはちっとも珍しくありません。どう申し上げたらよいか……。これは、信じる信じないの問題です。私たちが何を信じるか、それを私たちはなぜ信じるのか。純粋に法律的な観点からすると、最良の証人とは、陪審員たちが最もよく信じる証人のことです」

「良い出来でなかったどころか、まずかった」父が証言すれば自分への嫌疑はすぐにも晴れる、そうジョージは公判の最初から期待していた、というより確信していた。父の高潔な人格の前に、検察側弁護士の攻撃は岩にぶつかる波のように砕け散るに違いない。根も葉もないデマを広めて叱責された不良教区民のように、ディスターナル氏はすごすごと引き上げることになる、と。しかし相手からの攻撃はなかった。というより、ジョージが予想していた形ではこなかった。そして父は期待に応えてくれなかった。宣誓証言をすれば反論不能であるはずのオリュンポスの神として立ち現れることに失敗した。それどころか、杓子定規で、怒りっぽくて、時に頭が混乱する人として記憶された。法廷でジョージは人々にこう教えてやりたかった。子供だった頃の私がごく軽微な罪を犯したと仮定しましょう。父は私を警察署に引き立ててゆき、見せしめに罰してほしいと求めたに違いありません。大きな義務を背負う者の犯した罪はその分重くなる、そう父は考える人です、と。けれども、現実には、反対の印象が出来上がってしまった。被告の両親は親馬鹿で、手もなく子供にだまされてしまうだろう、と。「本当に、まずかった」と、ジョージは暗い顔で繰り返した。

「ご両親は真実を語られた」と、ミーク氏は応じた。「まさか真実を語らないことを期待するわけにはいきませんし、ご両親流の語り方以外の語り方を期待することもできなかった。そこは陪審員たちも分かってくれると信頼しましょう。明日については自信ありとヴェイチェル先生がおっしゃっています。私たちも自信を持ちましょう」

そして翌朝、これが最後だと思いながらスタフォード監獄からシャイア・ホールまで押送され、自分の物語が最終的な形で、そして現実から大きく乖離した形で、披露されるのに立ち会う準備をするジョージには、すでに元気が戻っていた。今日は十月二十三日金曜日だ。明日には僕は司祭館に帰っているだろう。日曜には、聖マルコ教会の船を引っくり返したような天井の下で再び礼拝をすることになる。そして月曜には、七時三十九分発が再び僕を連れていってくれるのだ、ニューホール・ストリートへ。僕の机、僕の仕事、僕の書物へ。自由を取り戻したお祝いに、ホールズベリー卿編集の『イングランド法』の定期購読を始めるとしよう。

狭い階段を昇って被告席に出ると、法廷は前三日よりさらに混み合っている様子だった。人々の興奮が肌に伝わってきて、それはジョージに不安を覚えさせるほどだった。正義を待ち望む厳粛な気持ちとは感じられず、むしろ芝居の幕開け前の卑俗な期待感に近かった。ヴェイチェル氏が視線をよこし、微笑みかけてきた。大っぴらにこんな態度を見せたのは初めてのことだ。微笑み返すべきかジョージは迷い、少し首を傾げるだけにした。陪審員たちのほうに目をやると、十二人の善良にして誠実なるスタフォードシアの男たちが並んでいる。ジョージの目にも、人品卑しからぬ人たちと最初から映っていた。今日はアンソン警察本部長とキャンベル警部も来ている。ジョージを告発した二人組だ。もっとも、真の告発者とは違う。真の告発者はキャノック・チェイスをうろつきながら、してやったりとほくそ笑んでいるのだろうか。今この瞬間にも、ルイス氏の見解によれば全体が湾曲し、刃の両面が共に凹面になっているという刃物を研いでいるのかもしれない。

サー・レジナルド・ハーディーに促され、ヴェイチェル氏が最終弁論を始めた。陪審員の皆さん、本件の持つ扇情的な側面、つまり新聞の見出しや世間が起こした集団ヒステリー、根拠のない噂や申し立ては忘れ、単純な事実についてだけお考えください。八月十七日から十八日にかけての夜、数日来スタフォードシア州警察によって厳しく監視されていた司祭館から、ジョージ・イダルジが抜け出したことを示す証拠は皆無です。ジョージ・イダルジと起訴状記載の公訴事実とを結びつける証拠も、皆無です。発見された微細な血痕はどんな動物の血液でもあり得ますし、その上、炭坑のポニーに加えられた傷害は乱暴なものだったのですから、まるで辻褄が合いません。被告の衣服に発見されたとされる動物の毛については、証言が真っ向から対立しており、さらに、たとえ毛が付着していたにしても、付着に至る経緯について複数の説明が可能です。そしてジョージ・イダルジを非難する匿名の手紙がありました。検察側はそれらの手紙が被告本人によって書かれたものだと主張したわけですが、論理から言っても、犯罪者心理を考えても、首肯し難い馬鹿げた説であると言わざるを得ません。ガリン氏の証言について申し上げるなら、それは一つの意見以上のものではなく、陪審員の皆さんはそれに囚われない権利をお持ちですし、それにとどまらず、囚われないことが期待されます。

続いてヴェイチェル氏は、依頼人に向けられた様々な仄めかしに反論していった。被告が保釈を断ったのは、至極もっともな、いや、賞讃に値すると申し上げてもよい考えに基づいた判断であります。年老いて弱った両親の負担を軽くしたいと思う孝心からであります。そしてまた、怪しげなジョン・ハリー・グリーンの件も検討せねばなりません。検察は連想によってジョージ・イダルジの印象を傷つけようとしました。しかしながら、被告とグリーン氏の間には何らの関係も証明されておりません。そのグリーン氏が証人席に立たなかったことは多くを物語っております。ほかの点においてと同様、この点においても、検察側の主張は断片の寄せ集めに過ぎません。暗示と仄めかしと当てこすりを並べるばかりで、それらは相互に結びつきませんでした。「いったい何が残ったでしょう」と被告弁護人は力強く締めくくりに入った。「この法廷で四日を費やして、いったい何が残ったでしょう。残ったのは、ぼろぼろと崩れ、木っ端微塵に打ち砕かれた警察の理論の残骸ばかりではありませんか」

　ヴェイチェル氏が再び席に着くのをジョージは嬉しく見守った。明快で説得力があった。一部の弁護士が好む、情に訴えてごまかす手法はとらなかった。それていて玄人技が駆使されていた。それというのも、ところどころでヴェイチェル氏が、やや自由な言い回しや推論を用いていることにジョージは気づいた。これがもしA法廷で、裁判長がハザトン卿だったなら、許されなかった可能性のある性質のものである。

　ディスターナル氏は慌てなかった。ヴェイチェル氏の最後の言葉の効果が霧消するのを待つかのように、じっと立っていた。そして徐《おもむろ》に、敵方から断片の寄せ集めと呼ばれたものを一つ一つ拾い始めると、それらを辛抱強く再び縫い合わせ、いわば一枚の外套を作ってジョージの肩に羽織らせた。陪審員たちに向かい、まず被告の振る舞いを思い出していただき、それが身の潔白な人間の振る舞いであるか否かお考えいただきたい、と求めたのである。駅でキャンベル警部を待つのを断ったこと、微笑んだこと。逮捕されても驚かなかったこと。ブルーイットの殺された馬について尋ねたこと。ロクストンなる謎の人物に対する脅し。保釈を拒否したこと、またグレート・ワーリーの一味が再び事件を起こして自分を窮地から救ってくれるという自信に満ちた予言のこと。これが身の潔白な人間の振る舞いでしょうか、と陪審員たちの頭の中に鎖の環を一つずつ繋ぎ直しながら、ディスターナル氏は問いかけた。

　血痕。筆跡。それから衣服について再説。被告の服は濡れていました。家の中用の上っ張りと靴はことにそうでした。そう警察が供述し、相違ないと宣誓したのです。被告の家の中用の上っ張りを確かめた警察官は一人残らず、それが濡れていたと証言しています。もしそうならば、そしてもし警察官の全員が間違っているのでなければ——そして全員が間違っているはずも、可能性もないでしょう——、ならば考えられる説明は一つしかありません。ジョージ・イダルジは、検察側が主張したように、こっそりと司祭館を抜け出し、八月十七日から十八日にかけての夜に吹きすさんでいた嵐の中へ出ていったのです。

しかし、たとえそうであるにしても、答えを見つけねばならない問いが一つ存在することをディスターナル氏も認めた。すなわち被告が、単独犯としてであれ、共犯としてであれ、本件犯罪に深く関与していたことを示す圧倒的な証拠があるにしても、いったい動機は何だったのか。これは陪審員たちが提起して当然の問題である。そして、その答えを導き出すのに、ディスターナル氏は一役買って出る。

「陪審員の皆さんが、この法廷のほかの方たちがこの数日なさってきたのと同様、『しかし被告の動機は何なのだ。一見したところ立派な若者が、なぜまた、このような凶行に及んだのだ』と思案なさるとします。合理的観察者の頭には様々な説明が浮かぶかもしれません。被告が特定の人物に対する怨恨、悪意から行動していた可能性は？　可能性はあっても高くはないでしょう。なにしろ、グレート・ワーリー連続家畜殺し及びそれに伴った匿名の手紙による一連の中傷に巻き込まれた被害者はあまりにも多い。それでは狂気から事に及んだか？　その手口の言語に絶する残忍さを目の当たりにするとき、そう判断したくもなります。しかしながら、これもまた十分な説明にはなりません。と申しますのも、犯行はあまりにも入念に計画され、あまりにも巧みに実行されており、とても正気でない者によって遂行されたとは思われないからです。違うのです。愚考するに、私たちが見出すべき動機は、病んだ脳のうちにあるのではなく、普通の男女の脳とは異なる造りの脳のうちにあるのです。その動機は経済的利得でも、個人に対する復讐でもありません。それは悪名を馳せたいという欲望、いや、匿名に隠れて自惚れていたいという欲望、事あるごとに警察の裏をかいてやりたいという欲望、世間を嘲弄したいという欲望、自分のほうが上であることを証明したいという欲望なのです。陪審員の皆さん、私は被告の有罪を確信しておりますし、皆さんもじきにそれを確信されるでしょう。皆さん同様、私もまた、公判中の様々な時点で、しかしなぜだ、なぜなのだと思案して参りました。そしてこれが、その問いに対する私の答えです。この問いが指差しているのは、その脳の片隅にある悪魔的狡猾さに導かれ、これら凶悪な家畜殺しを行った人物に相違ありません」

ディスターナル氏の言葉に集中しようとうつむき加減で聞いていたジョージは、これで弁論が締めくくられたことに気がついた。顔を上げると、芝居がかった様子の検察側法廷弁護士が向こうからじっと見つめている。まるで、ついに真実の光に照らされた被告の正体を、今初めて見るとでもいうように。かくしてディスターナル氏によって許可を与えられた陪審員たちもまた、憚《はばか》ることなくジョージをじろじろと見ていた。サー・レジナルド・ハーディーもまた、そうだった。ジョージの家族を例外として、全法廷がそうだった。もしかすると、被告席の後ろに立っているダブズ巡査ともう一人の巡査は、今、ジョージの背広の上着に目を凝らし、血痕を探しているのかもしれない。

一時十五分前、裁判長が陪審員たちに対し事件要点の説示を始め、連続家畜殺しを「スタフォードシアの州史に残る汚点」と呼んだ。ジョージも耳を傾けていたが、自分が悪魔的狡猾さを発現しているか否か、十二人の善良にして誠実なる男たちによって判断されるのだという

ことが頭を離れなかった。これについて自分になす術はなく、なるべく沈着な表情を保つことしかできない。自分の運命が定まる直前の時間を沈着な顔で通そう。沈着であれ、とジョージは自分に言い聞かせた。沈着であれ。

二時、サー・レジナルドは陪審員たちを別室での協議に向かわせ、ジョージは地下に連れていかれた。前三日と同様にダブズ巡査が見張りに立ち、ジョージがおよそ逃亡を企てるタイプでないことを知っているのでいささか決まりが悪そうなのもいつもどおりである。ジョージは巡査から敬意をもって遇され、手荒く扱われたことは一度もない。もう自分の言葉が誤解される恐れもないのだと思い、ジョージは巡査に話しかけた。

「お巡りさん、これまでのご経験からすると、陪審の人たちが結論を出すのに時間がかかるというのは、いい兆候でしょうか。悪い兆候でしょうか」

ダブズはしばらく考えてから答えた。「私の経験からしますと、いい兆候でも、悪い兆候でも、どちらでも、あり得ると思います。本当にそのとき次第です」

「なるほど」とジョージは言った。普段「なるほど」と言わないジョージは、これは二人の法廷弁護士の口癖が移ったに違いないと思った。「それでは、ご経験からす

ると、陪審の人たちが速やかに結論を出した場合はどうでしょう」

「そうですね、それもやはり、いい兆候でも悪い兆候でもあり得ます。本当に状況次第ですから」

構わないと思ってジョージは微笑んだ。ダブズにせよ、ほかの誰にせよ、この微笑みを好きなように解釈すればいい。もしも陪審員たちが早々と別室を出てきたら、それは――この事件が重大であることと十二人の全員一致が必要であることとを考えると――自分にとってよい兆候であるとジョージには思われた。そして協議に時間がかかることもまた、悪いことではないはずだ。なぜなら、この事件について考えれば考えるほど、その本質的要素が表面に浮かび上がり、ディスターナル氏による猛烈な攪乱戦術の実質が見えてくるはずだから。

わずか四十分後に呼び出しがかかり、これにはジョージばかりかダブズ巡査も驚いた顔をした。二人は最後にもう一度、一緒に小暗い廊下を歩き、階段を被告席まで昇っていった。三時十五分前、書記官から陪審長に向かって、ジョージが長いこと聞き慣れている言葉が発せられた。

「陪審員の紳士諸君、全員一致の評決に達しましたか」

「はい、達しました」

「被告ジョージ・アーネスト・トンプソン・イダルジは、グレート・ワーリー炭坑会社所有の馬一頭を傷つけた罪について、有罪ですか、無罪ですか」

「有罪です」

あ、間違えましたよ、とジョージは思い、陪審長の顔を見た。学校の教師といった風貌の白髪の男で、軽いスタフォードシア訛りがある。今、言い間違えましたよ。本当は、無罪ですとおっしゃるつもりだったんでしょう。それが問いに対する正しい答えですから。そんな文句が一瞬のうちに脳裏をよぎり、そのあとでジョージは、陪審長がまだ立ったままでいること、また口を開こうとしていることに気が付いた。そう、そうに決まっている。これから間違いを訂正するところなのだ。

「この評決に達した陪審員一同は、同時に減刑の提案をいたします」

「減刑の事由は?」と、サー・レジナルド・ハーディーは陪審長の顔をじっと見つめて尋ねた。

「被告の地位です」

「被告の社会的地位ですか」

「はい」

裁判長と二人の陪席判事は宣告刑を決めるために別室に退いた。ジョージは家族の顔をまともに見ることができなかった。母は顔にハンカチを押し当てている。父はぼんやりと前方を睨んでいる。ジョージを驚かせたのは、声を上げて泣くに違いないと思っていた妹の態度であった。モードは全身を兄のほうに向け、兄をじっと見上げていた。厳粛な、愛情のこもった面持ちで。この表情さえ記憶に留めることができれば、どんなに酷いことも、もしかしたら耐えられるかもしれない、そうジョージは思った。

しかし、それ以上考える間もなく、裁判長からの言い渡しが始まった。刑の決定にほんの数分しかかからなかったのだ。

「陪審による被告ジョージ・イダルジに対する評決は適正な評決である。また陪審からは、被告が有する地位に鑑みて減刑すべしとの提案を受けた。我々は与えるべき刑罰を決めねばならない。我々は被告の社会的地位を、また、いかなる種類の刑罰にせよ、それが被告にとって持つ意味を斟酌せねばならない。しかし他方、スタフォードシア州が、またグレート・ワーリー地区が置かれた状況及び、今回の事態のために当該地域が耐え忍ばねばならなかった不名誉のことも考慮せねばならない。被告に七年の懲役刑を科す」

ざわめきにならないざわめきが法廷に広がった。太くて低い、しかし何かを表現しているわけでもない音だった。ジョージは思った――嘘だ、七年だなんて。僕は七年も持たない。あのモードの表情も、そんなに長くは僕を支えてくれない。ヴェイチェル先生が説明してくれないと。抗議して言ってくれないと。

立ち上がったのはヴェイチェル氏ではなく、ディスターナル氏のほうだった。有罪判決を勝ち取った今は、寛大さを示そうということらしい。ロビンソン巡査部長を脅迫する手紙を送った件については訴追を打ち切ります、と宣言した。

「被告を退廷させてください」すると腕にダブズ巡査の手がかかり、最後にもう一度家族と目を見交わす暇もなく、また、正義が行われることを微塵も疑っていなかった法廷、真実を照らすはずだった光の溢れる法廷を、最後にもう一度見回す暇もなく、ジョージはガス灯の明滅する薄暗い地下へと、いわば舞台上から奈落へと、落とされた。有罪を宣告された被告には、監獄までの馬車を待つ間、収容室に入っていただかねばなりませんと、ダブズが遠慮がちに説明した。入れられた部屋でジョージは、心をまだ法廷に残したまま、じっと座っていた。そしてこの四日間の出来事をゆっくりと思い返していた——証人による証言、反対尋問での応答、法律上の駆引き。自分の側の事務弁護士は勤勉だったし、法廷弁護士も有能だったし、何の文句もない。検察側は、ディスターナル氏が巧みに、好戦的に、論陣を張ってきた。だが、それは最初から予想されたことだった。そして、そう。ミーク先生の言ったとおりだった。あの男には藁なしで煉瓦を作る腕がある。

そこまでで、職業人として冷静に分析するジョージの力も尽きた。途方もない疲労と、しかし同時に過度の興奮とを、ジョージは感じていた。順序立っていた思考がペースを崩し、よろめいたり、つんのめったり、情緒の重みに引きずられたりするようになった。ほんの一時間前まで、僕のことを有罪と決めつけていたのは、ごく一部の人たちだった。そのほとんどは警察の人間で、あとは道を行く馬車のドアを叩くような種類の、愚かで無知な人々くらいだったのにと、急にしみじみ感じられた。ところが今では——と思うと恥ずかしさが波となって全身を襲ってきた——今では、ほとんどの人が僕を有罪と思うだろう。新聞を読む人たちも、バーミンガムの事務弁護士仲間も、朝の汽車で乗り合わせ、僕が『鉄道利用者のための法律』の広告ビラを配ったあの人たちも、そう思うだろう。次にジョージは、そう思うだろう人の一人一人を頭に思い浮かべ始めた。例えば、駅長のメリマンさんや小学校のボストック先生、肉屋のグリーンシルさんなどである。これから先は、グリーンシルさんの名前を聞くたび、ガリンを思い出すことになるだろう。僕が平気で神を冒瀆したり、汚い言葉を吐いたりする人間であると判定したあの筆跡鑑定家を。そしてガリンだけでなくなるのだ。メリマンさんも、ボストック先生も、グリーンシルさんも、僕が動物の腹を切り裂いたばかりでなく、瀆神《とくしん》と悪態の罪も犯したと信じてしまう。司祭館のメイドも、それに教区委員も、信じてしまう。友だちでもないのに友だちだということにしたハリー・チャールズワースも、信じてしまう。ハリーの妹のドーラも、もしも実在していたら、僕に嫌悪感を催していたことだろう。

ジョージはこれらすべての人たちにじっと見られているところを想像した——するとそこに靴屋のハンズさん

が加わった。新しい靴を作るための靴合わせを、慣れた手つきのハンズさんにしてもらってから、僕は平然と家に帰り、夕食を摂り、就寝したふりをしておいて、こっそりと家を出て、牧草地を突っ切り、ポニーを切り裂いた。ハンズさんはきっとそう思うのだろう。そんなふうに目撃した気になって非難するすべての人を想像すると、どっと悲しみが押し寄せてきた。自分が可哀相で、こんなことが自分の人生に起こったのが無念で、このままずっとこの地下の薄暗がりに留まることを許されたいと思った。しかし、この程度の惨めさにわが身を繋ぎ留める間もなく、ジョージはさらに押し流されていった。それというのも、当然のことながら、これらワーリーの人々は、そうした非難の目でジョージを見ることができないのだ──少なくとも何年かの間は。そうなのだ、人々に見られるのは両親なのだ。説教壇に立つ父、教区を回る母なのだ。買い物をするモード、マンチェスターから帰省するホレスが見られるのだ。もっとも、兄が破滅した今、帰省などするかどうか。誰も彼もが見るだろう。そして指を差して言うだろう、あの人たちの息子が、お兄さんが、「ワーリー連続家畜殺し」の犯人さ。そんなふうに長期にわたって世間から辱めを受ける羽目に、僕は僕の大事な家族を陥らせた……。その家族はジョージが家族に対して感じる罪の意識を倍加するばかりだ。

家族は僕の潔白を知っている？　そう自問したジョージは絶望によってさらなる深みへと吸い込まれていった。家族は僕の潔白を知っているけれど、だからといって、この四日間に見聞きしたことを頭の中で思い返さずにいられるだろうか。僕についての家族の確信が揺らぎだしたら？　僕の潔白を知っていると家族が言ったとき、それは本当にはどういう意味だっただろう。家族が僕の潔白を知るためには、眠っている僕を徹夜して見張ったか、さもなければ、頭のおかしなどこかの作男が凶悪な道具をポケットに忍ばせて到着するまで、炭坑会社の牧草地で番をしていたかでなければならない。そのようにして初めて、本当の意味で知ることができる。だから、家族がしたのは信じることだ。心から信じること。そして時間が経つうちに、ディスターナル氏の言葉なり、バター博士の主張なり、心の中で長年抱かれていた僕に対する疑念なりが、僕に対する信頼を覆し始めたら？

そしてこれもまた、家族に僕がしてしまうことの一つなのだ。僕は家族を自問自省という憂鬱な旅に送り出してしまうことになる。今日の時点ではこうだ――私たちはジョージを知っているし、ジョージの潔白を知っている。でも三か月後にはひょっとすると――私たちはジョージを知っていると思うし、ジョージの潔白を信じている。そして一年後には――私たちはジョージを知らなかったことに気づいたけれど、それでもまだ、ジョージは潔白だと思っている。こんなふうに坂道を転げ落ちていったからといって、責めることができるだろうか。

判決を受けたのは僕一人ではない。僕の家族もまた判決を受けたのだ。僕が有罪だというのなら、僕の両親も偽証したに違いないと結論する人もいるだろう。となると、司祭が善悪の区別を説くとき、会衆は司祭のことを偽善者と思うのか、それとも騙されやすいお人好しと思うのか。恵まれない人々を訪ねる母は、同情なら遠い監獄にいる罪人の息子さんに取っておいたほうがいいでしょうにと言われやしないだろうか。これもまた、僕がしてしまったことの一つなのだ。僕は僕の両親に有罪の判決を下してしまった……。この推測想像の責め苦、この無慈悲な道徳の渦巻きに終わりはないのだろうか。ジョージは自分がさらに深く吸い込まれていくのを待った。流され、溺れるのを待った。しかしそのとき、再びモードのことを思った。鉄格子の内側で固い腰掛けに座り、同じ暗がりのどこかでダブズ巡査が一人吹く単調な口笛を聞きながら、ジョージはモードのことを思った。モードは僕の希望の源だ。僕が落ちていくのをモードが救ってくれる。僕はモードを信じている。僕はモードの心が揺らがないことを知っている。法廷でモードが僕に向けた表情を見れば分かる。あれは解釈の余地のない表情、時によっても悪意によっても蝕まれ得ない表情だった。あれは愛と信頼と確信の表情だった。

法廷を出たところで群れていた人々がようやく散ると、ジョージはスタフォード監獄へ連れ戻された。そして自分の住む世界がここでも、然るべく修正されていることを知った。逮捕されて以来監獄にいたのだから、当然自分のことを囚われ人と見るようにはなっていた。しかし実際に寝起きしていたのは、病棟の一番良い部屋だった。毎朝新聞を受け取り、家族に食べ物を差し入れてもらい、仕事上の手紙を書くことを許されていた。深く考えもせず、今の状況は一時的、付随的なもの、束の間煉獄にいるようなものだと決めてかかっていた。

しかし今や、ジョージは本当の囚人になった。その証に、自前の衣服を奪われた。それ自体は皮肉な結果だった。それというのも、この数週間、自分の着ている場違いな夏物上下と用無しの麦わら帽子をジョージは後悔し、呪っていたからである。この上下のせいで自分は法廷でいささか不真面目に見え、それも訴訟の結果に響いただろうか。それは分からなかった。いずれにせよ、上下と帽子は奪われ、代わりにずっしり重く、フェルトのようにざらざらした獄衣を与えられた。上着は肩が落ち、ズボンは膝が出て裾が余ったが、ジョージは気にしなかった。チョッキ、兵隊の被る戦闘帽、やけに頑丈そうな靴も支給された。

「最初はちょっと驚くだろうが」と、夏物上下を丸めて結わえながら看守が言った。「大抵の者が慣れる、あんたみたいな人もね。気を悪くせんでほしいが」

ジョージは頷いた。看守がそれまでの八週間とまったく同じ口調で、そしてまったく同じ程度の丁寧さで、話しかけてくることに気づいて有り難く思った。これは意外だった。ジョージはなんとなく、罪を犯していない男が今や公的に有罪のレッテルを貼られて監獄に戻れば、唾を吐きかけられ、面罵されるものと思っていた。けれども、この恐ろしい変化は、たぶんジョージの頭の中だけで起こったものなのだ。看守たちの態度が変わらなかったのも、単純な、がっかりするような理由からだったのだろう。皆、ジョージのことを端から有罪と思っていたのであり、陪審員の評決はその推定に御墨付きを与えたに過ぎなかったのだろう。

翌朝、特別に、ジョージのもとに新聞が届けられた。最後にもう一度、自分の人生が見出しになったところを見られるようにとの計らいであった。ジョージの物語はもはや乖離した二つのバージョンではなく、今や法的な事実として固められ、ジョージの人格はもはやジョージ自身が作るものではなく、他人が描くものとなっていた。

懲役七年

ワーリー連続家畜殺しに判決

被告は顔色一つ変えず

ぼんやりと、しかしいつもの習慣で、ジョージは同じページのほかの記事に目を通した。女性医師ヒックマン嬢の物語もどうやら結末を迎え、沈黙と謎の闇に沈んでいったらしい。バッファロー・ビルのワイルド・ウェスト・ショーは、社交の季節にロンドンで興行、その後に地方を回り、計二百九十四日に及んだという。それもスタフォードシア州バートン・オン・トレントでの催しをもって終了し、アメリカに引き上げたと書いてある。そして『ガゼット』紙が、ワーリーの「連続家畜殺し」に判決が下ったのと同じくらい重要であると判断したニュースがすぐ隣に載っている。

ヨークシアの鉄道で衝突事故
二列車がトンネル内で大破
一人死亡、二十三人負傷
バーミンガムの男性が九死に一生

さらに十二日間ジョージはスタフォードに留め置かれ、その間ジョージの両親は毎日面会することを許された。これはジョージにとって、荷馬車に押し込まれ、王国で最も辺鄙な土地へ連れていかれるより苦痛であった。この引き延ばされた告別の間じゅう、三人ともが、まるでジョージの目下の苦境が事務手続き上の誤りか何かで、然るべき役人に訴えればたちどころに救済されるかのように振る舞った。支援の手紙を何通も受け取っていた司祭は、世間を巻き込んでの運動を起こすと早くも息巻いていた。その熱意はヒステリーと紙一重であり、罪の意識に根差したものであるようにジョージには思われた。自分の置かれた状況が一時的なものであるとは感じられなかったし、父の計画を聞かされてもちっとも慰めにならなかった。その計画は他の何物にも増して、宗教的信念の表現であるように思われた。

十二日後、ジョージはイングランド南部のルイスに移され、着いた先でビスケット色をした目の粗い麻の獄衣を新たに支給された。幅の広い縦縞が二本、前身頃にも後ろ身頃にも通り、官有物につける太い矢じり印もべたべたと印刷されている。サイズの合わないニッカーボッカーと黒の長靴下、靴も与えられた。獄吏の一人が、おまえは「星印《スター・マン》」だから刑期の最初三か月は「別でいく」、それが三か月より長くなることはあっても、短くなることはないと説明した。「別でいく」というのは独房に入ることで、「星印《スター・マン》」は皆、そこから始めるらしかった。ジョージは最初勘違いして、自分が「星印《スター・マン》」と呼ばれるのは自分の事件が世間の耳目を集めたからだろうと思った。特に凶悪な罪を犯した者は普通の囚人たちから隔離されるのかもしれない。馬を惨殺した男などは囚人たちの鬱憤晴らしの対象になりかねないから……。しかし、そうではなかった。「星印《スター・マン》」は単に「初犯」の意で用いられる言葉だった。入るのが二度目になれば「中間」、頻繁に出入りするようになれば「常連」「玄人」と呼ばれるという。出たら戻ってくるつもりはありません、とジョージは言った。

その後、典獄のところに連れて行かれた。この軍人上がりの年輩者が、目の前の書類にある名前をじっと見て、どう発音するのかと礼儀正しく尋ねてきたからジョージは驚いた。

「エイ、ダルジと読みます」

「エイ……ダル……ジ」と典獄は真似てから、「まあ、ここにおる限り、大抵はただの番号として扱われるわけだが」と言った。

「はい」

「イングランド国教会と書いてあるが」

「はい、父が司祭です」

「ほう。母君は……」尋ねたいことをどう尋ねればよいのか分からないふうだった。

「母はスコットランドの人間です」

「そうか」

「父は生まれはパールシーです」

「それで分かった。私も一八八〇年代にボンベイにおった。立派な都市だ。ボンベイはよく知っておろうな、エイ、ダル、ジ」

「じつはイングランドを出たことがないのです。ウェールズに行ったことはありますが」

「ウェールズか」と典獄は考え込むふうだった。「そっちは先を越された。事務弁護士とあるな」

「はい」

「目下、事務弁護士は払底しておってな」

「どういうことでしょうか」

「事務弁護士がな、目下払底しておる。普通は一人や二人はおるものなのだ。確か、七、八人もおった年もあった。だが、最後の事務弁護士を数か月前に送り出してしまったものでな。まあ、その男がおったところで、喋る機会もさしてなかっただろうが。じきに分かるだろうがな、エイ、ダル、ジさん。ここの規則は厳しいぞ。そして例外なく守らせる」

「はい」

「それでも、ここには二人、株式仲買人がおる。銀行家も一人おる。人によく言うのだが、社会の本当の縮図を見たければルイス監獄に来るのが一番だ」これは典獄の得意の台詞だった。いつもどおりここで言葉を切り、相手の心に沁みるのを待つ。「まあ、貴族は一人もおらんがね、勘違いしてもらっては困るので言っておくが。それに――」と、ジョージの書類にちらと目をやった。「イングランド国教会の聖職者も今はおらん。ときどき入ってくるがな、猥褻行為とかその類のことで」

「はい」

「さて、いったい君が何をやったのかとか、なぜやったのかとか、あるいはやったのかやらなかったのかとか、私は尋ねるつもりはない。あるいはまた、君が内務大臣宛に嘆願書を送るとして、それとネズミがマングースに立ち向かうのとを比べたら、どちらのほうが勝算があるかというようなことも尋ねるつもりはない。なぜなら、私の経験では、そんなことはすべて、時間の無駄だからだ。君は今、監獄にいる。刑に服し、規則を守りたまえ。そうすれば、これ以上面倒なことにはならん」

「法律家ですから、規則には慣れています」

　これをジョージは他意なく言ったが、それが横柄な物言いであるかのように典獄はさっと顔を上げた。しかし結局、「それはそうだ」とだけ言って済ませた。

　規則は本当にたくさんあった。ジョージの見るところ、獄吏たちはまともな人たちだけれども、繁文縟礼《はんぶんじょくれい》によってがんじがらめに縛られていた。囚人同士が口をきいてはいけない。礼拝堂では脚を組んでも、腕を組んでもいけない。入浴は二週間に一度。囚人の身体検査や持ち物検査は、必要が生じればいつでも行ってよい。

　二日目、ジョージの房に看守が入ってくるとベッドの敷物《ラグ》は見つかったかと訊く。

　訊くまでもないことを訊くものだとジョージは思った。多色織りの、ほどほどの重さのベッド用の敷物が置いてあることは至極明瞭であり、これが看守の目に入らないはずがなかった。

「ええ、見つかりました。どうも有り難うございます」

「どうも有り難うございますとは、何のつもりだ」と看守は少なからず気色ばんで詰め寄った。

　ジョージは警察で受けた尋問を思い出した。自分の口調が生意気に聞こえたのだろうか。「その、見つかりました」

「見つけたら焼かねばならん」

　これでジョージは何が何だか分からなくなった。こんな規則は前もって説明されていなかった。今度は返事の仕方、特に口調に気をつける。

「本当に申し訳ありません。ここに来てまだ間がないものですから。なぜベッドの敷物《ラグ》を焼くなどとおっしゃるのです。敷物はあるほうが快適ですし、もっと寒くなれば必需品となるのではないでしょうか」

看守はジョージの顔を見つめ、それからゆっくりと笑いだした。あんまり大笑いするものだから、大丈夫かと看守仲間が入口から顔を覗かせた。

「ベッドの敷物《ベッド・ラグ》じゃない、二四七番。トコジラミ《ベッド・バグ》と言ったんだ」

ジョージはうっすらとだけ微笑み返した。囚人が微笑むことを監獄の規則が許しているか自信がなかった。事前に許可を得なければいけないのかもしれない。ともあれ、この話は監獄で伝説となり、その後何か月もジョージについて回った。あのヒンズー、大事に育てられすぎてトコジラミも知らないってよ。

トコジラミこそいなかったが、難儀の種はいろいろとあった。ちゃんとした便所がなく、最も人の目を憚るときに人の目に晒されてしまうこと。石鹸が粗悪品であること。ひげ剃り、散髪はすべて戸外で行うべしという馬鹿げた規則もあった。その結果、ジョージを含め多くの囚人が風邪を引くことになった。

変更された生活のリズムにジョージはすぐに慣れた。五時四十五分、起床。六時十五分、ドア解錠、汚物収集、寝具風干し。六時三十分、道具類配付のうえ、労役。七時三十分、朝食。八時十五分、寝具を畳む。八時三十五分、礼拝堂へ。九時五分、戻る。九時二十分、戸外で運動。十時三十分、戻る。典獄による構内巡回及び事務連絡等。十二時、昼食。一時三十分、弁当箱回収の後、労役。五時三十分、夕食の後、道具類回収され翌日まで房外に。八時、就寝。

ここでの生活はこれまで知っていた生活よりつらく、寒く、孤独だった。しかし、日々に与えられた右のような厳しい規律がジョージには支えとなった。これまでも常に、ジョージは厳密な日程に従って生きてきた。また、学校時代には多くの勉強を、事務弁護士となってからは多くの仕事を自らに課してきた。これまでの生活に休暇はごくわずかだった――モードを連れてアベリストウィスに出かけたあの一日は例外中の例外である。これまでに経験した贅沢となれば、知的な、あるいは精神的な贅沢以外は皆無に等しかった。

「星印《スター・マン》にとって一番つらいのは」と、週に一度回ってくる礼拝堂付司祭は初めて来たときに言った。「ビールが飲めないことです。まあ、それは中間も常連も同じことですが」

「幸い、私は酒を飲みません」

「次につらいのは煙草です」

「その点でも、私は心配ありません」

「三つ目が新聞です」

ジョージは頷いた。「それは確かに、読めないことがもう応えています。毎日三紙読む習慣だったものですから」

「どうにかして差し上げられるとよいのですが……」と、司祭は言った。「規則では……」

「もらえるのではとときどき期待するより、まったく無しでやっていくほうがいいかもしれません」

「ほかの人たちにもあなたの態度を見習ってもらいたいものです。私は一本の煙草、一杯の酒が手に入らないばかりに気が変になってしまう男たちを見てきました。中には女性がいないのが耐えられない人もいます。自分の服が恋しくなる人もいますし、自分で好きだと思ってもいなかったものが恋しくなる人もいます。夏の晩の裏庭の匂いとかですね。皆さん、何かが無性に恋しくなる」

「私も平気だと言っているわけではありません」とジョージは返した。「新聞の件に関しては実際的に考えることができるというだけです。ほかの面では皆と同じです、きっと」

「それであなたにとって一番恋しいものは何です」

「私ですか」とジョージは答えた。「私が恋しいのは私の生活です」

どうやら礼拝堂付司祭は、聖職者の息子であるジョージが、心の安らぎと慰めを主として礼拝から得るものと思い込んでいるらしかった。ジョージは敢えて誤解を解こうとしなかったし、大抵の囚人よりは礼拝式に出ることを厭わなかった。しかし、ジョージがひざまずき、歌い、祈るとき、その心持ちは屎尿を廊下に出したり、寝具を畳んだり、労役に服したりするときと変わらない。礼拝もまた、何とか一日を終えるのを助けてくれる日課の一つであった。囚人のほとんどは労役小屋に行き、そこで敷物や籠を作る。しかし最初の三か月を別でいく星印《スター・マン》は、自分の房で働かねばならない。ジョージは板を一枚と太い紬糸《つむぎいと》の束をいくつか渡され、板を型に使って糸を編む方法を教わった。苦労しながらゆっくりと、長方形をした厚手の編物を一定の大きさに作り、六つ出来上がると持って行かれた。持って行かれたら次の六つに取り掛かり、それを繰り返す。

二週間後、この形はいったい何に使うものなんでしょうとジョージは看守に尋ねた。

「え？　お前、知ってるはずだがな、二四七番。お前なら知ってるさ」

こんな代物をどこで見かけたことがあっただろうとジョージは懸命に考えた。どうしても分からないことがはっきりすると、看守は完成した長方形を二つ拾い上げ、ぴったりと重ね合わせた。それからその重ね合わせた二枚をジョージの顎の下に持ってきた。これでも反応を引き出せないと見ると、その二枚を今度は自分自身の顎の下に持ってきて、くちゃくちゃと音を立てながら口を動かし始めた。

この身振りにジョージは面食らった。「私にはちょっと」

「何言ってんだい。分かるって」と、看守はくちゃくちゃ物を噛む音をさらに大きくしていった。

「分かりません」

「飼葉袋じゃないか、二四七番。馬の首に掛ける飼葉袋。性に合うだろ、あんた馬をよく知ってる人らしいから」

ジョージは体中から一気に力が抜けていく気がした。じゃあ、知っていたんだ。皆、知っていたんだ。皆で喋って笑っていたんだ。「これを作っているのは私だけですか」

看守はにやりとした。「あんまり自分が特別だと思うなよ、二四七番。あんたがやってるのは編むところだ。あんたとあと六人がそれをやってる。ほかに縫い合わせるのをやっている連中がいる。馬の首に掛ける綱を作っているのもいる。そいつをつないで完成させるのもいる。で、出荷できるように梱包するのもいる」

そうなのだ、自分は特別ではないのだ。それがジョージにとって慰めだった。自分は多くの囚人のうちの一人に過ぎなくて、皆と同じように働いている。犯したとされる罪も、ほかの多くの者たちの罪と比べて殊更にぎょっとするようなものでもない。模範囚となるのも不良囚となるのも本人次第だが、既決囚という基本的な身分だけはいかんともし難い点でも同じ。事務弁護士であることさえ、典獄の指摘したように、ここでは異例のことではない。こういう状況であれば、自分は可能な限り普通であるように努めよう、そうジョージは心に決めた。

独房生活が三か月から六か月に延長されると告げられたとき、ジョージは不平を言わず、理由を尋ねることもしなかった。じつを言えば、これを新聞や書物が「独房監禁の恐怖」などと呼ぶのは誇張も甚だしいと思ってい た。妙な手合いとの付き合いが多くなるくらいなら、付き合いは少ないほうがいい。ジョージは今も看守や礼拝堂付司祭、巡回中の典獄と言葉を交わすことを許されている。ただし、まず相手から話し掛けられるのを待たねばならない。礼拝堂においても、皆と一緒に聖歌を歌い、祈りの言葉を唱和することで声を出すことはできる。それに運動の時間も、通例、話すことが許可される。もっとも、並んで歩いている男との間に共通の話題を見つけることは必ずしも容易ではなかった。

そのうえ、ルイスには立派な図書室があった。週に二度、図書室長が訪ねてきて、ジョージの読み終えた本を引き上げ、代わりの本を棚に置いていった。毎週、教育的な性質の書物を一冊と「図書室本」を一冊、借りることがジョージには許されている。「図書室本」は、大衆小説からギリシア・ローマの古典文学まで何でも可という取り決めである。ジョージは英文学の代表作すべてと主要な国の歴史を読むことを自らに課した。房内に聖書を置くことは当然許可されていたものの、毎日午後に四時間も板と糸と格闘したあとで心から読みたいと思うのは、格調高い聖典の言葉ではなく、サー・ウォルター・スコットの次の一章であると、日々その思いを強くした。時折、外の世界から安全に守られて独り房内で小説を読んでいて、ベッドの敷物の明るい彩りが目の端に入ったときなど、ジョージはある種の秩序を感じ、その感覚はじわじわと満足感に接近するようにさえ思われた。

ジョージは自分に下った評決に対し世間から抗議の声が上がったことを父の手紙で知った。ヴーレ氏は雑誌『真実《トゥルース》』でジョージの事件を取り上げたというし、元バハマの首席裁判官で、現在ロンドンはテンプルのパンプ・コート事務所所属のR・D・イェルヴァトン氏の肝煎りで、嘆願書も提出される運びになったという。目下署名が集められており、すでにバーミンガム、ダドリー、ウルヴァハンプトンの多くの事務弁護士が支援を表明している。署名の中にグリーンウェイとステントソンの名があることを知ってジョージは胸が熱くなった——昔からいい奴らだった、あの二人は。目撃者たちへの聴き取りが行われ、ジョージの人となりについての証言が学校の先生や仕事仲間、家族から集められていた。さらに、イェルヴァトン氏のもとには当代きっての刑事弁護士サー・ジョージ・ルイスが手紙を寄越し、仔細に検討した結果ジョージに対する有罪判決には致命的な瑕疵《かし》がある旨の意見を述べていた。

　ジョージの代理となる正式の弁護人が選任されたことは明らかだった。なぜなら、自分の事件に関して通例であれば許されないほど多くの情報を受け取ることをジョージは許されているからだ。証言の一部も読んだ。マッチ・ウェンロックのザ・コテッジに住む母方の叔父ストーナムからの手紙を紫のカーボン紙で写したものもあった。「今回の忌わしい出来事が人の口に上るようになるまでは、甥は実際に会っても、その噂を耳にしても、いつも感じがよかったですし、人からも決まって感じがいい、しかも頭がいいと言われていました」傍線が何やら胸に応えた。自分が褒められていることが、ではない。褒められているのは恥ずかしいだけだった。そうではなくて、傍線が引かれているということが応えるのだ。先にもまたあった。「私が初めてエイダルジ氏に会ったのは氏が聖職に就いて五年が経った頃でしたが、他の聖職者にも大変評判のよい人でした。当時、私共夫婦はもちろん、私共の友人たちも、パールシーは非常に長い伝統を持つ、非常に教養高い民族であると感じました。そして多くの美質に恵まれた民族です」さらにもう一か所、追伸にもある。「私の父も母も、この結婚に心から賛成しておりましたし、両親は妹を大変可愛がっておりました」

　一人の息子として、また一人の囚人として、これらの言葉にジョージは涙ぐまずにいられなかった。しかし、一人の法律家としては、最終的に本件を見直すよう指示されるのが内務省の誰になるにせよ、その役人に対しこれらの言葉がどれほどの効果を発揮するか疑わしいと思った。ジョージは甚だしく楽観的な気分であるのと同時に完全に諦めの境地であった。心のどこかでは、この房に留まり続けたい、飼葉袋を編んでサー・ウォルター・スコットの著作を読み、凍て付くような中庭で髪を切られては風邪を引き、トコジラミ《ベッド・バグ》を知らなかったという例の笑い話を繰り返し聞かされたいと欲していた。そう欲するのは、ジョージにはこれが自分の運命であるらしいことが分かっており、己の運命を受け入れる一番良い方法はそれを欲することだからである。心の別の部分では、明日にも自由の身となりたい、母と妹を抱き締めたい、自分に酷く不当な仕打ちをしたことを社会に認めてもらいたい、そう欲していたけれども、こちらについては手綱を締めておかねばならなかった。結局、つらい思いをさせられるだけかもしれないからである。

だからジョージは、一万人の署名が集まったこと、その冒頭には英国弁護士協会会長に始まって、サー・ジョージ・ルイス、医学界の大権威であるインド帝国二等勲爵士サー・ジョージ・バーチウッドなどが名を連ねていることを知ったときも、沈着さを失うまいと努めた。何百人もの事務弁護士が署名し、それもバーミンガム近辺に限られなかった。勅選《ちょくせん》弁護士たち、(スタフォードシア州選出の議員も含む)国会議員たち、政治的傾向を異にする様々な市民たちからも署名があった。のちにクーパー巡査がジョージの靴跡を発見した辺りの地面を、坑夫や野次馬が踏み荒らしているのを見たという宣誓陳述書も目撃者から集まった。イェルヴァトン氏はまた、検察側がその意見を求めたにもかかわらず裁判では証人として召喚しなかった獣医師エドワード・シーウェル氏からも有利な陳述を得ていた。嘆願書、誓約書類、証言類、この三つを合わせて「請願」として、これを内務省に宛てて発送することになった。

二月には二つのことが起こった。この月の十三日、また家畜が一頭、以前の連続家畜殺しのときとまったく同じ仕方で腹を切られたと『キャノック・アドヴァタイザー』紙が報じた。その二週間後、イェルヴァトン氏は「請願」を内務大臣エイカーズ＝ダグラス氏に提出した。ジョージは思い切り期待することを自分に許した。三月にはさらに二つのことが起こった――嘆願は却下され、六か月の独房生活終了後に身柄をイングランド南西部のポートランド島に移される旨告げられたのである。

移監の理由は聞かされなかったし、ジョージも尋ねなかった。もうつべこべ言わずに刑期を務め上げろ、そう言われているのだろうとジョージは理解した。心の一部では結局そうなるだろうとずっと思っていたから、心の一部は――決して大きな一部ではなかったが――この知らせにも平然としていることができた。自分は法律の世界を去って規則の世界の住人となったのであり、この二つは大差ないかもしれないとジョージは自分に言い聞かせた。むしろ規則には解釈の余地がないぶん、監獄のほうが単純な世界である。もっとも、ジョージにはそうでも、これまでずっと法の埒外で生活してきた者たちは、この新しい世界に面食らうに違いない。

ポートランドの監房には感心しなかった。鉄の海鼠《なまこ》板で出来ていて、ジョージの目には犬小屋に似て見えた。換気も悪く、ドアの下部に開けた穴だけが通気口だった。囚人が鳴らすことのできる鈴はなく、看守に用のあるときはドアの下に帽子を置く決まりである。点呼をとるのも同じやり方だった。「帽子、下へ！」の声が掛かったら、帽子を通気口に置く。そんな点呼が日に四度あったが、帽子を数えるのは生身の体を数えるよりどうしても不正確になったから、面倒な手続きがやり直しになることも一再ではなかった。

ジョージは新しい番号D四六二をもらった。Dの字は新世紀と共に始まったので、一九〇〇年がAだった。この方式に従って、ジョージが有罪判決を受けた年を表している。ジョージが有罪の宣告を受けた一九〇三年はDとなる。この番号と囚人の刑期を記した札を、上着と、それから帽子にも付ける。ここではルイスに比べれば名前もよく使われたが、それでも札の番号で識別されることが多かった。だからジョージはD四六二―七であった。

例によって典獄との面接があった。ここの典獄は無礼なところこそ微塵もなかったが、開口一番の言葉からするとルイスの典獄に比べ人を励ます態度に乏しいようだった。「逃げようとしても無駄だということを知っておいてもらいたい。いまだかつてポートランドから逃げおおせた者はおらん。刑期短縮の可能性を失い、独房監禁の憂き目を見るだけだ」

「逃げる気がないという点において、おそらく私の右に出る者はこの監獄中に一人もいないと思います」

「そういうことを言った者はこれまでにもおった。これまでにはじつにいろいろなことを言った者がおる」

典獄はジョージの書類に目を落とした。「宗教。イングランド国教会とあるな」

「はい、父が――」

「変えることはできんぞ」

この言葉をジョージは理解することができなかった。

「宗教を変えたいという気持ちはありませんが」

「結構。まあ、いずれにしろ変えることはできん。礼拝堂付司祭を丸め込むことができるなどと思わんことだ。時間の無駄だからな。刑に服し、看守に従いたまえ」

「そのようにしたいと常々考えております」

「ならば、大抵の者たちよりも賢いのか、愚かなのか、いずれかだ」この不可解な言葉を吐くと、この男を連れて行けと典獄は手で払う仕草をした。

今度の房はルイスでの房に比べて狭く、粗末だった。もっとも、陸軍にいたことのある看守は、これでも兵舎よりはましだと請け合った。それが本当のことなのか、それともどうせ確かめることはできないからと慰めのつもりで言ったことなのか、ジョージには知る由もなかった。監獄生活が始まって以来初めて、指紋を採られた。労役に就く能力の有無を医師に判定される瞬間がジョージには怖かった。ポートランドに送られた者たちはつるはしを渡され、石切り場の石を割ることを命じられることを誰もが知っていた。鉄の足枷《かせ》をはめられる可能性もある。しかし、ジョージの心配は誤解に基づくものだったことが判明した。石切り場で働かされる囚人は全体のうちのほんの一部だったし、星印《スター・マン》はそこに送られないのである。おまけに、ジョージは目が悪かったので、軽作業にしか向かないと判断された。医師はまた、この囚人には階段の昇降も安全でないと考え、一階にある第一監房にジョージを入れた。

　ジョージは房内で作業をさせられた。ココナッツの実の皮からベッドの詰め物にするコイア繊維を、また動物の皮から枕の詰め物にする毛を採る仕事だった。コイアはまず板の上で梳《す》き、糸のように細くして拾わなければいけなかった。そのようにして初めて、最高に柔らかいベッドを作るのに適したコイアとなる、と聞かされた。この説の真偽のほどは不明であった。ジョージは工程の次の段階を見たことがなかったし、ジョージ自身の使う敷蒲団にそのように丁寧にほぐされたコイアは入っているはずがなかったからである。

　ポートランドでの第一週も半ばになった頃、礼拝堂付司祭が訪ねてきた。その陽気な態度を見ていると、自分たちがグレート・ワーリーの教会の聖具室にいるような気がしてくる。とてもドアの下部に換気孔を開けた犬小屋にいるとは思えない。

「慣れてきましたか」司祭は明るく尋ねた。

「典獄は私の頭には脱走のことしかないと思っているらしいんです」

「ええ、ええ。あの人は皆にああ言うんです。ときどき脱走事件のあるのがあの人は嬉しいんじゃないでしょうか、ここだけの話ですけど。黒旗を揚げ、大砲をぶっ放し、衛兵は全員庭に集合。しかも、勝つのは必ずあの人で、それがまた堪らない。この島から逃げられる者はいません。兵隊たちが見つけなくても、市民が見つけます。脱走囚を突き出せば五ポンドの報奨金がもらえるので、見逃してやる気になれないんです。捕まったあとは懲罰房に入れられて、刑期を短縮してもらう可能性もなくなって。割に合いません」

「典獄がもう一つ私に言ったのは、宗教を変えることは許されないということでした」

「確かにそのとおりです」

「しかし、なぜ、私が宗教を変えたいと思うんです」

「ああ、あなた、星印《スター・マン》でしたね。まだ事情をご存じでない。つまりですね、ポートランドにはプロテスタントとカトリックしかいないんです。大体六対一くらいですけどね、比率は。でもユダヤ教は一人もいません。もしもあなたがユダヤ教だったら、パークハーストに送られることになります」

「でも私はユダヤ教じゃありません」ジョージはいささか執拗に言い張った。

「ええ、分かってますよ。でも、もしもあなたが前持ち――常連――で、同じ入るならポートランドよりパークハーストのほうが楽だと思ったとします。今年釈放されるときはイングランド国教会の熱烈な信者かもしれませんが、次に警察に捕まるまでに自分はユダヤ教徒だと決めるかもしれない。そうすればあなたはパークハーストに送られることになります。でも規則がありましてね、刑期の途中で宗教を変えることはできないんです。そうしておかないと、囚人たちがくるくる変えてきますからね、暇つぶしに」

「パークハーストのラビは怪しげな連中を迎えてるんですね、きっと」

司祭はくすくす笑った。「妙ちきりんな話ですよ。犯罪者としての人生が人をユダヤ教に改宗せしめるとは」

パークハーストに送られるのはユダヤ教徒ばかりでないことにジョージは気づいた。傷病者や、少々頭がおかしいと見られた者もパークハーストに送られた。ポートランドで宗教は変えられなくても、身体か精神に変調をきたせば移監される可能性はあった。噂によれば、囚人の中にはどうにかして移してもらおうと、故意につるはしを自分の足に振り下ろす者や、犬のように遠吠えをしたり、自分の髪を鷲摑みにしてごっそり引き抜いてみせたりして、いかれたふりをする者などもいるらしかった。そうした者たちは大抵が懲罰房行きとなり、苦労の末に手にしたのは数日分のパンと水だけという結果になるという。

「ポートランドは大変健康によい環境にあります」とジョージは両親に書き送った。「海の風が強くて気持ちが引き締まりますし、病気もあまりありません」これではまるでアベリストウィスから出す葉書みたいだ。けれども嘘ではなかったし、両親にとって少しでも慰めになることを何としても見つけたかった。

　ジョージはじきに窮屈な房にも慣れ、ポートランドのほうがルイスよりもいいところだという結論に至った。概して手続きが簡略だったし、ひげ剃りと散髪は戸外で行えという馬鹿げた規則もない。囚人同士の会話に関する規則も緩めである。食事もましだった。一日の主たる食事である昼食は日替わりであること、スープにも二種類あることをジョージは両親に報告することができた。パンは全粒粉だった――「パン屋の白いパンより美味しいです」と手紙に書いたが、これは検閲をかいくぐるためでも、官憲に取り入るためでもなく、本心の表明だった。緑の野菜やレタスも出た。ココアは上等なもので、しかし紅茶は安物だった。それでも、紅茶が欲しくなければポリッジやグルーエルといった粥類をもらうこともできた。だからジョージには、多くの者が粗悪な紅茶に執着して栄養価の高いものを選ばないのが意外だった。

　肌着は暖かいものを沢山もらっていますと両親に知らせることができた。それからセーターや脚絆《きゃはん》、手袋も。図書室はルイスよりさらに充実していて、貸出条件も寛大だった。毎週、「図書室本」二冊に加えて教育的な性質の本を四冊借りることができる。雑誌も主要なものはすべて、合本にして置いてあった。もっとも、書物も定期刊行物も、望ましくない部分は当局によって削除されている。ジョージが現代イギリス美術史の本を借りたら、サー・ローレンス・アルマタデマの絵画の図版は一つ残らず獄吏の剃刀によってきれいに切り取られている。この本の扉にも、図書室から貸し出されるどの本にも記されている注意書きがあった――「ページを折らぬこと」。この監獄にもひょうきん者がいるらしく、その下にこう書き込みがあった――「また、ページを切り取らぬこと」。

　衛生面はルイスに比べて悪いということもないが、似たようなものだった。歯ブラシが欲しければ典獄に申し出なければならず、典獄は何やら人知れぬ気紛れな方式に従って諾否を答えているらしかった。

　ある朝のこと、金属の研磨剤が必要になったジョージは、ひょっとしてバス砥石《バース・ブリック》を入手することは可能でしょうかと看守に尋ねた。

「バス砥石《バース・ブリック》だと、Ｄ四六二番！」と看守は眉を帽子のほうまで跳び上がらせて言った。「バス砥石《バース・ブリック》だと！　集団生活が成り立たん――次はバス菓子パン《バース・バン》が欲しいと言い出すんだろう」

　これでその話は終わりだった。

ジョージは毎日コイアと毛を採る作業をした。さほど熱心にではなかったが指示に従い運動もした。図書室からは貸出冊数の上限いっぱいまで本を借りた。ブリキのナイフと木のスプーンだけでものを食べること、そして監獄の牛肉や羊肉を前にするとしばしばそのナイフが役に立たないという事実には、すでにルイスにおいて慣れっこになっていた。もうフォークを使いたいとも思わなくなっていて、それは新聞をもう読みたいと思わなくなったのと似ていた。じつは、毎日の新聞のないことをジョージは肯定的に捉えていた。外の世界から日々突っつかれることがないぶん、時の経過に容易に順応できる。今のジョージの生活に起きる出来事は、監獄の壁の内側で起こるのである。ある朝のこと、囚人の一人、強盗で八年の刑に服しているC一八三番が、首尾よく屋根に登り、その高みから世間に向かい、我は神の子なりと宣言した。礼拝堂付司祭は、私が梯子を登っていきましょう、この宣言の神学的意味合いについて議論してきますと申し出たが、典獄はこれもまたパークハーストへ移してもらいたい一心からの芝居に違いないと片付けた。結局、C一八三番は兵糧攻め《ひょうろうぜ》にあって降りてきて、懲罰房へと送られた。そして自分は給仕の息子であって、大工の息子ではないと認めるに及んだ。

ジョージがポートランドに来て数か月が経った頃、脱走事件が起きた。二人の囚人、C二〇二番とB一七八番が、自分たちの房に鉄梃棒《かなてこぼう》を隠しておくことに成功し、天井を破り、一本の縄を用いて庭に達し、塀をよじ登ったのである。次に「帽子、下へ！」の号令がかかったとき、帽子が二つ足りないから騒ぎになった。まず帽子の数え直しが行われ、続いて生身の体が数えられた。黒旗が揚がり、大砲がぶっ放され、囚人たちは当分の間各監房に閉じ込められる。監獄全体の興奮を味わうことも、どちらの結果になるかの賭けに加わることもできなくなったが、ジョージは閉じ込められても苦痛ではなかった。

発覚するまでに二時間が経過していたが、常連の考えによれば、二人の脱走囚は日没までは身を潜め、暗くなってから島からの脱出に取りかかるだろうということだった。だが、監獄の敷地に犬たちが放たれると、B一七八番はたちどころに発見された。作業小屋に隠れ、屋根から飛び降りたときに折った足首をさすりながら悪態をついていた。C二〇二番は見つけるのにもう少し手間取った。チェジル・ビーチの高みという高みに歩哨が立ち、脱走囚が泳いで逃げることにした場合に備えて船も出て、ウェイマス街道は兵士が封鎖した。石切り場は隅から隅まで調べられ、野中に点在する建物も捜査された。しかし、兵士も獄吏もC二〇二番を見つけられなかった。C二〇二番をぐるぐる巻きにして連れてきたのはパブの主人だった。地下室に降りていくとこの男がいたので、ビールを運んできた荷車引きの手も借りて取り押さえたという。パブの主人はどうしても監獄まで行って直接獄吏に引き渡し、脱走囚捕獲の報奨である額面五ポンドの約束手形を受け取るのだと言ってきかなかったらしい。

囚人たちの活気は失望に変わり、しばらくは監房の検査が頻繁になった。これはここでの生活においてルイスのときよりも煩わしい面の一つだった。ジョージの場合、検査はまったく無意味であったから、なおのこと煩わしかった。最初に「ボタン外せ」の命令が下る。それから獄吏が囚人の体を上から下まで手で触り、衣服の中に何も隠していないことを確かめる。囚人は体じゅうを触られ、ポケットの中も調べられ、さらにはハンカチまで広げられる。これは囚人にとって恥ずかしく、ジョージが思うに獄吏にとっても不愉快であるに違いなかった。多くの囚人の服は作業のために汚れ、油じみていたからである。獄吏の中には非常に丹念に検査する者もいたが、その一方で、囚人が金槌と鑿《のみ》を身に着けていても気づかないような者もいた。

それから「引っ剝がし」というのがあり、これは監房内を端から順に荒らしていくことを意味するらしかった。棚から本を払いのける。ベッドから蒲団を剝ぎとる。ほかにも物が隠せそうなところはしらみつぶしに検めるのだが、ジョージには思いつきもしないような場所ばかりである。しかし、断然疎ましかったのは「空風呂」と呼ばれる検身だった。浴場に連れていかれ、簀子《すのこ》の上に立たされる。衣類はシャツを残してすべて脱ぐ。脱いだ一点、一点を獄吏が仔細に調べる。それから屈辱的な恰好をさせられる——脚を上げろ、前に屈め、口を開け、舌を突き出せ。空風呂は全囚人を順に検めることもあったし、一部の囚人だけ出鱈目に選ばれることもあった。ジョージ自身の計算では、ジョージがこの侮辱的な扱いを受ける頻度は少なくとも他の囚人たちと同じ、もしかするとそれ以上だった。脱走する気は毛頭ありませんというジョージの宣言が、油断を誘う作戦と解されたのかもしれなかった。

このようにして月日が流れ、やがて一年が経ち、二年目もだいぶ過ぎた。半年に一度、両親が遠路はるばるスタフォードシアから訪ねてきて、看守に監視されながらジョージと一時間を共にすることを許された。この面会はジョージにとって拷問であった。両親を愛していなかったというのではない。両親の苦しみを見るに忍びなかったのである。父は近頃体が縮んだようだし、母は息子が投じられている獄舎の内部を見回す勇気もない。ジョージは二人を相手にしてどんな調子で話せばよいのか分からなかった。陽気に振る舞えば、空元気と思われるだろう。陰気な顔をすれば、両親もさらに陰気になるだろう。結局、明るくも暗くもない態度、相手に親切にはするが自分の気持ちは出さない、まるで切符売り場の駅員のような態度を取ることになった。

当初このような面会には神経が持つまいと思われていたモードが、ある年、母親の代わりにやってきた。ほとんど喋らせてもらえずに座っているだけだったが、ジョージがそちらを見やると、そこには必ず、スタフォードの法廷で記憶に刻まれた、あの揺らぐことのない真剣な眼差しがあった。それはまるで兄に力を与えようとしているかのようだった。まるで自分の精神から兄の精神へ、言葉や身振りという手段を介することなしに、何かを伝えようとしているかのようだった。モードは虚弱な子であると決めつけてきた自分は——いや家族全員が——間違っていたのだろうか。二人が帰ったあとで、そうジョージは自問することになる。

グレート・ワーリーの司祭は何も気づかぬ様子だった。疲れを知らぬイェルヴァトン氏が、今般の——ジョージの知らぬ間に起こったらしい——政権交代を好機と見て、抗議運動を再開する予定だと、息子に話すのに夢中なのだ。『真実《トゥルース》』誌上に新たに一連の記事を載せることがヴーレ氏によって計画されている。他方、司祭自身も、この事件に関する小冊子を出すつもりである。それは勇気づけられますという顔をジョージはしてみせたが、心の内では父の熱狂を愚かなことだと考えていた。署名の数は増えるかもしれないが、こちら側の主張の本質は変わりようがなく、ならば官僚たちの反応も変わるはずがないではないか。法律家には、それが分かるのだった。

ジョージはまた、内務省が国じゅうの監獄から続々と届く嘆願書にてんてこ舞いしていることも知っていた。毎年四千件の請願が提出され、さらに千件が、囚人の代理人により監獄以外のところからも送られてくる。けれども、内務省には事件を再審理する能力も権限もなかった。証人に面接することも、双方の弁護士の意見を聴取することもできない。できるのは書類を審査し、然るべく国王に助言することだけだ。その結果当然、恩赦は滅多にない。もしも控訴することのできる裁判所でも存在し、不当な判決をひっくり返すのに積極的な役割を果たせるのであれば、話は違ってくるのかもしれない。しかし、現状では、無実無実とひたすら唱え続け、そこに祈りの力を加えれば、いずれ息子は釈放されると司祭のように信じるのは、ジョージには世間知らずとしか思われなかった。

この事実を認めるのは悲しかったが、父が面会にくることは何の助けにもならないと感じた。父がくれば生活の秩序と平穏が乱されたが、秩序と平穏なしに自分が刑期を勤め上げられるとは思えなかった。囚人の中には、来たるべき釈放の日まであと何日と、指折り数えて待つ者もいたけれど、ジョージに監獄生活を全うすることができるとすれば、この生活が自分の送ったことのある唯一の生活、およそ自分の送り得る唯一の生活であると思い込むことが必要だった。そう思い込もうとする努力を、両親の面会や、父のイェルヴァトン氏への楽観的信頼は無にしてしまうのだ。もしもモード一人で面会にくることが許されたなら、両親が不安と羞恥で満たしてしまうジョージの心に、力を満たしてくれるかもしれなかった。しかし、それが許されないだろうことをジョージは知っていた。

体を上から下まで触られる検身と、空風呂で脱衣する検身とが繰り返された。こんなに存在するとは知りもしなかったほどの分量の歴史書をジョージは読んだ。小説は著名な作家は読み切ったので、今は比較的無名な作家を読み進めている。雑誌も『コーンヒル・マガジン』と『ストランド・マガジン』を創刊号から全巻読破して、そろそろ図書室の蔵書を読み尽くしてしまうことが心配になり始めていた。

ある朝、ジョージは司祭室へ連れていかれ、正面からと横顔の写真を撮られ、これからひげをはやすようにとの指示を受けた。三か月後にもう一度写真を撮るから、ということだった。このような記録をとっておく目的は、言われなくても察しがついた。将来、警察が再びジョージを捜さねばならなくなった場合の備えである。

ひげを顔全体に伸ばすのは嫌だった。母なる自然がそれを許してくださって以来、ジョージは口ひげを蓄えていたが、それを剃り落とすようルイスで命じられたのだった。ちくちくするものが日々、頬から顎にかけて広がっていくのは気持ちいいものではなく、剃刀の感触が恋しかった。また、ひげを伸ばした自分の顔も気に入らなかった。何やら犯罪者らしい風貌になってしまう。あいつ、いい隠れ場所を見つけたじゃないか、などと看守たちが話していた。ジョージはコイアを採り続け、オリヴァー・ゴールドスミスを読み続けた。刑期はまだ四年が残っていた。

　それから急に目まぐるしい展開となった。正面からと横顔の写真を撮りに連れていかれ、撮り終わるとひげを剃ってもらってこいと床屋へ送られる。ここがマンチェスターのストレインジウェイズ監獄でなくてよかったね、と床屋に言われた。ストレインジウェイズだとひげ剃りは十八ペンスの代金をとられるらしい。監房に戻ると、わずかな身の回り品をまとめるよう命じられ、これから移監すると言い渡される。駅まで馬車で送られ、護送者付きで汽車に乗せられる。ジョージは窓外の畑や牧草地に目を向ける気になれなかった。畑や牧草地の存在自体が、そしてそこにいる馬や牛の一頭一頭が、自分のことを嘲笑《あざわら》っているように思われたのである。日常的なものが手に入らなくなって気が変になる人間がいるという話が、ジョージにはよく理解できた。

　列車がロンドンに到着すると、辻馬車に乗せられペントンヴィル監獄へ向かった。ペントンヴィルに着くと、目下出獄の手続き中であると知らされ、一日を独房に閉じ込められて過ごした。振り返ると、三年間の監獄生活の中で、これがいちばん惨めな一日だった。本当は喜ぶべきであることは分かっていた。けれどもジョージは、逮捕されたときと同じくらい、釈放と言われて当惑していた。刑事が二人やってきて、ジョージに書類を手渡した。スコットランド・ヤードに出頭し、そこでさらなる指示を受けるようにとの命令であった。

　一九〇六年十月十九日午前十時三十分、ジョージ・エイダルジは、同日に釈放されたユダヤ人と辻馬車に相乗りして、ペントンヴィルをあとにした。同乗者が本物のユダヤ人であるのか、それとも獄中だけでのユダヤ人であるのか、ジョージは尋ねなかった。御者は同乗者をユダヤ人刑余者援助協会で降ろし、ジョージをイングランド国教会救世軍《チャーチ・アーミー》の援助協会まで乗せていった。この種の援助協会に加入した囚人たちは、釈放に際しての給付金を倍額もらえる決まりである。ジョージは二ポンド九シリング十ペンス渡された。それから援助協会の職員に連れられてスコットランド・ヤードに出向き、そこで仮出獄の条件についての説明を受けた。居住予定地の所番地を申告すること。毎月一度スコットランド・ヤードに出頭すること。ロンドンを離れる計画を立てた場合は、あらかじめスコットランド・ヤードに通知すること。

出獄するジョージ・エイダルジのスナップ写真を得ようと、ある新聞社はカメラマンをペントンヴィルに派遣した。ところが派遣された男が誤って、ジョージより半時間先に釈放された囚人を撮影したものだから、新聞に別人の写真が掲載されることになった。

スコットランド・ヤードからジョージは馬車に乗り、両親との面会の場に向かった。

自由の身になったのだ。

アーサー

そしてジーンに出会うことになる。

三十八歳の誕生日まであと数か月。この年、アーサーはシドニー・パジェットに肖像画を描かせている。背が半円形をした革張りの椅子に姿勢正しく座り、フロックコートの前を半ば開けて懐中時計の鎖を覗かせた。左手に手帳、右手に銀の繰出鉛筆《プロペリング・ペンシル》。髪は両こめかみの上が後退し始めているが、この喪失を補って余りあるのが見事な口ひげである。ろうで固められたそれは爪楊枝のように細く左右に伸び、耳たぶの線よりも外に出ている。このロひげのお蔭で、軍法会議の検察官を思わせる堂々たる風格である。そしてその権威を裏書きするのが、肖像画の上の隅に描き込まれた四分割された楯形紋章なのだ。

女性に関するアーサーの経験が、紳士のそれであって卑劣漢のそれでないことは、本人が真っ先に認めるところである。若い頃には騒々しい戯れがあった――トビウオが登場する逸話まである。エルモア・ウェルドンもいた。こんなことを言って紳士の道に外れなければ、この女性は体重が七十キロあった。そしてトゥーイがいる。トゥーイは時の経つうちにアーサーにとって気の合う妹のような存在となり、そして突然、病身の妹になってしまった。もちろんアーサーには本物の妹たちもいる。売春についての統計もクラブで読んでいる。男たちだけで食後のポートワインを飲みながらする種類の話も、その話は結構とアーサーはときに遮ることがあるものの、耳に入ってくる。例えば、裏通りのレストランの個室が舞台となるような話である。これまでに診てきた婦人科の症例、立ち会ったお産、ポーツマスの船乗りやその他の身持ちの悪い男たちが罹る病気のこともある。性行為についてアーサーが有する知識は多様である。ただし、それはむしろ性行為がもたらす不幸な結果のほうに多く関わり、その喜びに満ちた前段階と行為そのものについてはやや手薄である。

その支配に服従してよいとアーサーが思える女性は〈かあさま〉だけだ。かあさまと同性の他の者たちに対しては、アーサーは相手次第で兄になったり、父親代わりになったり、亭主関白な夫になったり、処方箋を書く医師になったり、金額未記入の小切手を切るサンタクロースになったりした。男女両性の分離と区別は、社会が長い時間をかけて発達させた知恵なのであり、これにアーサーは完全に満足している。女性に参政権を与えるという考えには断固として反対である。男が仕事から帰ってきたとき、暖炉の前で政治家と向かい合いたいとは思わない。女性のことをよく知らぬぶん、男は女性を理想化できる。それがアーサーの考える、あるべき姿なのだ。

だからこそ、ジーンはアーサーにとって衝撃的だ。若い男が常々若い女性を見ているような目では、アーサーは久しく若い女性を見ていない。女性、ことに若い女性は、まだ形が出来ていないものだという気持ちがアーサーにはある。柔軟で、可塑性《かそ》があり、結婚する男からの影響によって形づくられるのを待っている。若い女性は自分を隠す。じっと待ち構え、作法に則った立ち居振舞いを社交の場で誇示することに専念する（しかしそれが媚態となってはならない）。やがて男が関心を示すときがきて、さらに大きな関心、ついには特別な関心を表明するときがきて、その頃には二人は二人だけで歩くようになっているし、家族同士もすでに会っている。そしていよいよ、男から女性に対して結婚の申し込みがなされ、ときに女性は最後にもう一度自分を隠し、相手に返事を待たせるかもしれない。男女の関係は進化した結果こんなふうになっており、そして生物の進化と同様、社会の進化にも法則と必然性がある。こんなふうになっているちゃんとした理由がなかったら、こんなふうになっていないはずである。

ロンドンに住むスコットランド出身の名士の屋敷で開かれた午後のお茶の会という、アーサーが普段避けている種類の集まりでジーンに紹介され、これは目の覚めるような若い美人だとその場で思う。これから何が始まるか、長い経験からアーサーには予想がつく。目の覚めるような若い美人は決まって訊いてくるものなのだ。シャーロック・ホームズの次のお話はいつ書かれるおつもりですか？　シャーロック・ホームズは本当にライヘンバッハの滝で死んでしまいましたの？　ひょっとしてあの名探偵も結婚するほうがよろしいんじゃないかしら？　そもそもどんなふうにしてシャーロック・ホームズを思い付かれましたの？　そんなときアーサーは外套を五枚着込んだ男の疲労感をもって一つ一つ答えることもあるし、力ない微笑みを何とか浮かべ、「お嬢さんのご質問で思い出すことができました。私があの男を滝壺に落とすという英断を下した、そもそもの理由をですね」と返すこともある。

　しかしジーンは、そんなことは一つも尋ねてこない。アーサー・コナン・ドイルの名を聞いても、はっとして頬を染めもしないし、私も愛読者ですとおずおずと告白しもしない。ジーンはアーサーに向かい、ナンセン博士による北極探検の写真展はもうご覧になりましたかと尋ねてくる。

「いえ、まだです。しかし先月、博士がアルバート・ホールで開かれた王立地理学会で講演され、皇太子から勲章を授かったとき、私も会場におりました」

「私もおりました」と、これは予想外の答えである。

　アーサーはジーンに話しだす。数年前、ナンセンの書いたグリーンランドをスキーで横断した話を読んで触発され、それでスキーを一対入手したこと。ブランガー兄弟と共にダヴォスから出発して高山をスキーで越え、着いたホテルの宿帳にトビアス・ブランガーが「運動家《シュポルテスマン》」と記入してくれたこと。続けてアーサーは、スキーの話をしたときによくおまけとして付け足す小話を披露し始める。雪に覆われた切り立った斜面のてっぺんでスキーを失い、スキーなしで下りることを余儀なくされた。ツイード製のニッカーボッカーの尻を擦りすぎて……これはアーサーの手持ちの話の中でも最高に面白いものの一つなのだ。でも、今回はこういう相手だから、その日はズボンの尻を壁に向けて立っていないと安心できなかったという結末は修正するとしよう……。ところがジーンはすでに関心を失った様子である。面食らったアーサーは言葉を切った。

「私、スキーができるようになりたいんです」

　これもまた予想外の発言である。

「私、平衡感覚はとてもいいんです。三歳のときから馬に乗っていますから」

アーサーはニッカーボッカーを破いた話を最後までさせてもらえなかったのが少々癪である。なにしろ、ハリス・ツイードの丈夫さを請け合った仕立て屋の物真似まで入るのだ。そこでアーサーは、女性がスキーを覚えるのは——女性というのは上流社会の女性のことです、スイスの百姓女はまた別ですと注釈を付けて——まず無理です、大変な体力が必要ですし、スキーには危険が伴いますから、ときっぱり言い渡す。

「あら、私、力は相当にあるんですよ」という返事である。「それに、ドイルさんは大柄でいらっしゃるから、私のほうが転びにくいんじゃないかと思います。重心が低いほうが有利でしょう。それに私のほうがずっと軽いですから、たとえ転んだとしても大きな怪我はしないはずです」

もしも「私のほうが軽い」と言っていたら、失礼なとアーサーも気を悪くしたかもしれない。けれども「私のほうがずっと軽い」と言うものだから、アーサーはげらげら笑いだし、そのうちにスキーをお教えしましょうと約束する。

「お約束、守っていただきますわよ」とジーンは返す。

随分と変わった出会いだった、と後日アーサーは一人で思い返す。アーサーの作家としての名声を認めようとせず、話題は自分のほうから設定し、皆が喜ぶアーサーの小話を遮り、人によっては淑女らしからぬと評するかもしれない方面への意欲を示し、しかもアーサーの図体の大きさを笑ったのだ——本当には笑っていなくても、笑ったのも同然だ。けれども、あの女性はそのすべてを軽やかに、真剣に、魅力的にやってのけた。こちらの気分を害してやろうという意図はなかったにしても、アーサーはあのとき腹を立てなかった自分を褒めてやりたい。もう長いこと縁のなかった感情にアーサーは今浸っている。うまく女性と戯れることのできたときの満足感である。そしてアーサーはジーンのことを忘れてしまう。

六週間後、通りがかった午後の音楽会にふと入ってみると、燕尾服に白蝶ネクタイという出で立ちの大真面目な小男の伴奏で、ジーンがベートーベン編曲のスコットランド民謡を歌っている。この声は素晴らしい、そして伴奏のピアニストは気取った自惚れ屋であると、アーサーは思う。じっと観察しているのをジーンに気づかれないように、後ろのほうに引っ込んで聴く。独唱会が終わると二人は人前で対面するが、ジーンの振る舞い方があまりにも礼儀正しいものだから、いったいアーサーのことを覚えているのかどうか判断するのが難しい。

いったん二人は別れ、しかし数分後、どこかのお粗末なチェロ弾きがぎこぎこやっているのが遠くから聞こえてくる場所で、二人は再び、今回は二人だけで、対面する。ジーンは途端に言う。「少なくとも九か月は待たされそうですわね」

「待つって、何をです」

「スキーを教えていただくのをですわ。もう雪の降る可能性なんてありませんもの」

こう言われてアーサーは、厚かましいとも、色目を使われているとも思わない。そう思うべきであると分かってはいるのだが。

「ハイド・パークでなさるおつもりなのですか」とアーサーは訊く。「それとも、セント・ジェームズ公園でしょうか。もしかすると、ハムステッド・ヒースの丘でしょうか」

「構いませんことよ、ドイルさんのご希望の場所で。スコットランドでも、ノルウェーでも、スイスでも」

どうやら二人は、アーサーの気づかぬ間に、どこかのフランス窓を通り抜け、テラスを横切ったらしい。そして今、とうに降雪の希望を駆逐した、まさにその太陽の下に二人は立っている。アーサーは好天をこんなに恨めしく思ったことがない。

緑にも、明るい褐色にも見えるジーンの目をアーサーは上から覗き込む。「お嬢さんは私と戯れの恋をなさろうとしていますか」

ジーンは真っ直ぐアーサーの目を見返す。「私がお話ししているのはスキーのことです」しかし、これは表面上の言葉という感じだ。

「こんなことを申し上げるのは、もしもそういうおつもりなら、気を付けていただきたいからです。私があなたを愛してしまわないように」

自分が何を言ったのか、アーサー自身分かっていて、分かっていない。半ばは掛け値なしの本気だし、半ばはいったい何に取り憑かれたのか想像もつかない。

「あら、もうそうなってしまってます。私のこと、愛してらっしゃる。そして私もあなたのことを。それは疑いようのないこと。これっぽっちも疑いようのないことですわ」

かくしてそれは口にされ、しばらくの間、そのほかの言葉は必要がなく、発せられることもない。問題はこの女性とどのようにしてまた会うか、どこで、いつ会うかであり、それを邪魔が入る前に決めてしまわねばならない。しかし、色男でも女たらしでもないアーサーは、現在自分が到達している段階より先の段階に進むために言わなければならぬことを、どう言ったらよいのか分からない。もっとも、その先の段階というのが何であるのかもまた、じつはよく分からない。というのも、現在到達している段階が、これはこれなりに最終段階であるとも思われるからだ。今、アーサーの頭の中にふつふつと湧き起こってくるものといえば、困難と禁止と、二人が二度と会うべきでないいくつもの理由である。よしんば会うにしても、例えば何十年も経ってから、それも偶然に会うというのがよいだろう。二人とも銀髪の老人となり、人の家の芝生の上、陽の降り注ぐ中での忘れ難い時について冗談が言えるようになった頃がよいだろう。今の二人が人目につく場所で会うことは、ジーンの評判にかかわるし、アーサーは有名すぎるし、不可能である。かといって、人目につかぬ場所で会うこともまた不可能である。ジーンの評判にかかわるし……アーサーの生活を構成する様々な要素に影響する。今ここに立っているのは、もう四十歳も遠くない、生活は安定し世間に名を知られた男である。それが、再び十代の少年に戻ってしまった。まるでシェイクスピアで最も美しい愛の文句を覚え、それを暗誦しなければならないのに、口はからから、頭の中は空っぽという気分である。そしてまた、ツイードのニッカーボッカーの尻が破れてしまい、背を向けていられる壁を今直ぐ見つけなければならないという気分でもある。

けれども、ジーンの問いと自分の答えをアーサーがほとんど意識しないうちに、どのようにしてか、それは取り決められた。そしてそれは逢い引きではないのである。密通の始まりではないのである。それは単に二人が次に会う機会に過ぎない。ところが待つことを強いられた五日間、アーサーは仕事が手に付かず、考えることもままならない。ある日、ゴルフを二ラウンド回ったときでさえ、ボールに向かってアドレスしてから、振り下ろしてきたクラブの打球面をボールに接触させるまでの数秒のうちに、ジーンの顔が目に浮かび、この日のゲームはフックとスライスの連続で、野生動物たちを危険な目に遭わせることになる。ボールをバンカーから真っ直ぐ次のバンカーへと飛ばしながら、アーサーは突然、メナ・ハウス・ホテルでのゴルフのこと、そしてあのとき、自分が常にひとつの巨大なバンカーの中にいるように感じたことを思い出す。あのときの感覚は今の状況についても当たっているのか、いや今まで以上に当たっていて、砂は今までになく深く、ボールはすっかり埋まって見えないほどなのか、それとも自分はどういうわけか常にフェアウェイ上にいられるのか、アーサーには判断がつきかねる。

これは逢い引きではないのだ。たとえ、アーサーが辻馬車から降りるのが通りの角であっても。これは逢い引きではないのだ。たとえ、年齢も身分も不明な女性がドアを開け、そのまま姿を消しても。これは逢い引きではないのだ。たとえ、ようやく二人が二人きり、光沢のある浮織錦《ブロカテル》張りのソファに座っていても。これは逢い引きではないのだ。なぜなら、そうではないとアーサーが自分自身に言って聞かせるから。

アーサーはジーンの手を取ってジーンの顔を見る。ジーンの眼差しは臆病でもなければ大胆でもない。率直で、ぐらつくことのない眼差しである。ジーンは微笑まない。どちらかが口を開かねばならぬことはアーサーにも分かっているが、言葉を巧みに操る普段の才能はどこかに消えてしまったらしい。だが、それでも構うものか。すると、ジーンのほうが半微笑を浮かべ、「雪が待ち遠しいですわ」と言う。

「あなたと初めて会った記念日には、必ずスノードロップの花をお贈りしましょう」

「三月十五日でした」とジーンが言う。

「知っております。その日付は私の心臓に刻み込まれておりますから。もしも私の胸を切り開く者がいたならば、その者はその日付を読むことができるでしょう」

また沈黙が訪れる。アーサーはそこに、ソファに浅く腰を掛け、ジーンの言葉とジーンの顔に、そして三月十五日という日付とスノードロップの心象に、精神を集中したいと希《ねが》う。しかし、それらすべてが、自分は生まれてこの方最大の勃起を起こしているという意識によって駆逐される。それは純真な騎士の、品ある膨らみとは違う。それは脈打つ避けがたい存在、野卑なもの、裏通りから持ってきたようなもの、アーサーがその口から発したことはないが、今その頭の中を一杯にしている勃起という言葉にいかにも似つかわしいものである。ほかにアーサーの頭にあるのは、穿いてきたズボンがゆったりとした仕立てでよかったということだけだ。窮屈なのを改善しようと姿勢を少し変え、その際、意図的ではないのだが数センチほどジーンに近づくことになる。清らかな顔、真っ白な肌、この人は天使だ、とアーサーは思う。しかし、この動きをジーンはキスをするつもりのアーサーの予備行動と解し、そこで自分の顔をアーサーの顔のほうへと信頼して向ける。アーサーは紳士として女性の気持ちを蔑《ないがし》ろにするわけにいかず、男としてこの女性にキスするのを我慢することができない。色男でも女たらしでもない、堂々たる体軀をした、名誉を重んじる中年になりかけの男が、ソファの上で不器用に上体を傾け、愛と騎士道以外のことは考えまいと努める中、女性の唇が男の口ひげに接近し、その下にある口を慣れぬ様子で探してくる。この部屋に到着した瞬間からずっと握っている手を、今は握り潰しそうなほど握り締めたまま、アーサーは大量で激烈な漏出がズボンの中で起こったことに気づく。そのときアーサーが発した呻き声は、たぶんジーン・レッキー嬢によって誤解されたに違いなく、そして誤解されたのは、左右の肩甲骨の真ん中を投槍《アセガイ》で貫かれたかのように、アーサーが突然のけ反って体を離した動作も同様である。

ある場面がアーサーの脳裏に浮かぶ——何十年も前に見た場面である。夜のストーニーハースト校で、共同の寝室から寝室へと一人のイエズス会士が静かに見回っていく。少年たちの間で獣欲がむきだしになることを防ぐためである。あれは効果があった。今の自分に必要なのは、そして予見しうる限り今後ずっと必要なのは、自分を監視してくれる心の中のイエズス会士である。あの部屋で起きたことは二度と起きてはならぬ。医師としては、あのように意志薄弱となる瞬間のあることは不可解でないと言うこともできよう。しかし、イングランドの紳士としては、恥ずべきことであり、心穏やかでいられない。いったい誰のことをいちばん裏切ったことになるのか。ジーンか、トゥーイか、自分自身か。その三人それぞれを、ある程度ずつ裏切ったことは間違いない。そしてこんなことは二度とあってはならぬ。

アーサーが道を踏み外したのは、一つには不意を衝かれたせいもある。もう一つには、夢と現実の違いということもある。騎士道物語の中の騎士は、例えば領主の奥方など、自分の手が届かない人を愛して、その人の名において勇敢な働きをする。騎士の武勇と騎士の純潔は表裏一体である。けれども、ジーンは手の届かない存在というわけではない。そしてアーサーは、どこの馬の骨ともわからぬ伊達男でもなければ、未婚の騎士でもない。アーサーは妻帯者であり、この三年、医師の命により禁欲を強いられている。体重は九十五キロ、いや百キロあり、健康で、元気旺盛である。そして昨日、下着の中に放出した。

しかし、この板挟み的状況の全容がひとたび明らかになると、たとえそれが目を覆いたくなるようなものであれ、アーサーは対処できるようになる。その頭脳は、かつてそれが病をめぐる現実的諸問題に取り組んだのと同じように、愛をめぐる現実的諸問題に取り組み始める。まず、問題は――問題だって！　それは胸を疼かせ、胸を押し潰す、喜びと苦しみのこと！――こう明確化することができる。自分がジーンを愛さずにいることは不可能である。ジーンが自分を愛さずにいることもまた然り。自分がトゥーイと離婚することも不可能である。トゥーイは子供たちの母親であり、トゥーイに対して自分は今も愛情と敬意とを抱いている。それに病人を見捨てるのは卑劣漢のすることだ。最後にもう一つ、ジーンを妾にして囲うことも不可能である。関係する三者共にそれぞれの名誉があるからだ。トゥーイの名誉が当事者不在のところで論じられ、そのことをトゥーイ自身が知らなくても変わりはない。そんなことを考えるのも、これは必須の条件であるからだ。トゥーイの知るところとなってはならぬ。

次にジーンと会ったとき、アーサーは主導権をとる。そうする義務があるのだ。自分は男であり、年長者だ。ジーンは若い女性であり、衝動的なところがあるかもしれないが、この人の評判に傷がつくことがあってはならない。最初、もう会わないと言われると思ったか、ジーンは心配顔になる。しかし、この人は二人が付き合っていく上での条件を確認しているだけだと分かると、ジーンの肩から力が抜け、それどころかときどき耳も傾けていない様子である。我々は慎重の上にも慎重を期さなくてはならんのです、そうアーサーに言われて、また心配顔になる。

「でもキスすることは許されていますでしょう？」と、まるで喜んで目隠しされて、目隠しされている間に署名した契約書の条件を後から確かめるような口ぶりである。

その声の調子はアーサーの心をとろかし、アーサーの頭脳をぼやかす。交わした契約の確認として、二人はキスをする。ジーンはどちらかというと鳥の攻撃のように、目を開いたまま、アーサーのことを唇でつつくのを好む。

アーサーのほうは、目を閉じて、唇を長く粘着させているのが好きだ。アーサーは自分がまた人とキスしている、それもジーンとまたキスしていることが信じられない。そしてトゥーイとのキスとどこがどう違うのか、考えまいとしてもつい考えてしまう。けれども、しばらくして、再び異変が起こり始めて身を離す。

今後も会おう。今後も、限られた時間を二人だけで過ごそう。キスは許されるが、我を失ってはいけない。我々は極度に危険な状況に置かれている……。しかし、また、ジーンは聞いているような、いないような様子である。

「私、もう家を出てもよい年ですから」と、ジーンが言う。「ほかの女の人たちと一緒にフラットを借りられますわ。そしたら、ご自由に会いにいらっしゃれる」

この人はトゥーイとは本当に違う。直截で、遠慮がなく、囚われない。男である自分のことを、この人は最初から対等の人間として扱ってきた。そして、もちろん、二人の愛に関して言えば、この人は自分と対等である。しかし、自分は二人の関係に対して、そしてこの人に対して、責任がある。この人の正直さがこの人の不名誉を招かぬよう、自分が気をつけてやらねばならない。

その後の数週間、ひょっとしてこの人は妾にしてもらいたがっているのではないか、そんな考えがときに頭を掠めることさえある。そのキスの熱烈さ。こちらが体を引いたときの落胆ぶり。体を押し付けてくるその様子。そのときこちらの体を何が貫いているか、ちゃんと知っているらしいという印象も受ける。けれども、自分はそんなことを考えてはならぬ。この人はそんな女性ではない。猫をかぶったりしないのは、自分のことをこの人が完全に信頼しているしるしなのだ。たぶん、自分が無節操な男だったとしても、この人は自分を信頼してしまう。しかし、自分は節操のある男だ。

だが、二人の関係をめぐる実際的な問題を解決するだけでは不十分である。アーサーは道徳的観点からの是認も得なくては気が済まない。ロンドンのセント・パンクラス駅から、心をぶるぶると戦慄させたアーサーがリーズ行きの列車に乗る。今でも、かあさまがアーサーの最終的な審判者である。書いたものも活字になる前にかあさまが一語一語読む。それと同じ役割を、かあさまは息子の情緒生活についても果たす。目下アーサーが提案している行動方針が正しいものであると承認できるのは、かあさまだけなのである。

リーズでカーンフォース行きに乗り、クラパムでイングルトン行きに乗り換える。駅では、車体が枝編み細工の軽二輪馬車を御してきたかあさまが待っている。赤いコートに、数年前から好んで被っている白い綿の縁なし帽という出で立ちである。のろのろとした馬車に揺られての三キロほどが、アーサーには果てしない道のりに感じられる。かあさまは馬車を引くポニーの言いなりなのだ。このムーイと名づけられたポニーには変わった癖がいろいろあり、例えば蒸気機関の前を通ることを拒絶する。これはすなわち道路工事の現場を避けねばならぬことを意味するし、そのほかにも、この怠慢なポニーの気紛れの一つひとつに付き合わされる。しかし、ようやく二人はメーソンギル・コテージの中に入った。直ちにアーサーはかあさまに何もかも打ち明ける。少なくとも、大事なことは何もかも。この天から恵まれた気高い愛をどうすればよいのか、かあさまがアーサーに助言するのに必要なことは何もかも。自分の人生に不意に訪れた奇跡と不自由について何もかも。自分自身の気持ちについて、自分の名誉を重んじる心と罪悪感について、何もかも。ジーンについて、その愛らしく直截な性質とその鋭敏な知性、その美徳について、何もかも。そう、何もかも。ほとんど、何もかも。

アーサーの話は後戻りしたり、最初から語り直しになったり、様々な細部に入り込んでいったりする。ジーンの先祖はスコットランド系であり、どんな素人系図学者をも魅了せずにおかない家系であることをアーサーは強調する。系図は十三世紀のマリス・ド・レギーまで遡ることができ、別の系統の先祖にはスコットランドの義賊ロブ・ロイがいること。ロンドン郊外のブラックヒースに裕福な両親と暮らすジーンの現在の境遇のこと。レッキー家は信仰心に篤《あつ》い立派な家で、財産は紅茶を商って築いたこと。ジーンは二十一歳であること。そのメゾソプラノの美声はドレスデン仕込みであり、仕上げの教育を受けに近々フィレンツェに行くこと。アーサー自身の目ではまだ確かめていないけれども、非常に巧みな馬術家であるらしいこと。すぐに人の気持ちになれること、表裏のない強い心の持ち主であること。そして話が容姿に及ぶと、アーサーはすっかり舞い上がる。そのすらりとした肢体、小さな手足、濃い金髪、緑にも明るい褐色にも見える瞳、面長で、肌理の細かい白い肌。

「お前の話を聞いてると、写真を見ているようだよ、アーサー」

「写真があればいいんですが。一枚欲しいと言ったら、写真写りが悪いからと言われましてね。カメラに向かって微笑むのが嫌なんだそうです。歯のことを気にしてるもんですから。正直に話すんですよ。大きすぎると思ってるらしい。もちろん、そんなんじゃないんです。天使みたいな人なんですから」

　息子の話すのを聞きながら、かあさまは人生の描く奇妙な相似にいやでも気づかされる。自分は何十年もの間、世間が親切にも病人と見なすことにしてくれた男の妻だった。夫がいれば、その夫を家まで連れてきた御者から金を払ってくれと言われる。そうでなければ、夫は癲癇患者であることにされて、どこかの施設に収容されていた。不在がちな無能力者であった夫の代わりに、自分はブライアン・ウォラーの存在に慰めを見出した。当時、不機嫌で喧嘩腰だった息子は生意気にも非難の目を向けてきた。ときには口も利かず、母親の貞節を疑いさえするようだった。そして今、お気に入りの息子、最愛の息子が気づく番となったのだ。華燭の典を挙げれば、あとの人生は波静かというわけではないと。そのあとにこそ波瀾は起こるのだ、と言う人だっているかもしれない。

　かあさまは耳を傾け、かあさまは理解し、かあさまは許す。お前のしたことは間違っていない。お前は名誉を守った。私もレッキーさんに会ってみたい。

　そして二人は会い、かあさまは承認を与える。ちょうど、かつてサウスシーの時代に、トゥーイに会って承認を与えたように。これは息子を甘やかして無定見に是認するのではない。かあさまの見るところ、素直で感じのよいトゥーイは、野心的ではあっても先の見えていなかった若い医師にはもってこいの妻だった。あの頃のアーサーは、患者を供給してくれるような階層の人々に受け入れられる必要があったから。でも、もしもアーサーが今結婚するとしたら、ジーンのような人を必要とするだろう。ジーンにはジーン自身の才能がある。その明晰で率直な性格は、ときにかあさまに、この人は少しだけ私に似ていると思わせる。そういえば、親しくなった女性のことを息子が愛称で呼ばないのはこれが初めてだ、とかあさまは心の中で思う。

〈森の下《アンダーショー》〉の玄関ホールのテーブルには、燭台型をしたガウワー＝ベル式拡声電話機が置いてある。固有の電話番号――ハインドヘッド二三七番――を持っており、アーサーの名前と名声のお蔭で、他の多くの電話機のように一回線を隣家と共有しているのではない。それでも、アーサーはこれを使ってジーンに電話をすることはない。使用人たちが出払い、子供たちは学校で、トゥーイは休んでいて、ウッドも散歩に出ているようなときを見計らい、声を潜め、階段に背を向けて玄関ホールに立つ自分をアーサーは想像できない。ステンドグラスに並ぶ先祖の名前と楯形紋章の下に立つのである。そんなことをしている自分を思い浮かべることはできない。それをすれば密通を認めるようなものではないか。その姿勢でいるところを誰かに見られるかもしれないというよりも、自分に対して認めるようなものだ。電話は姦通者が選ぶ手段である。

　だからアーサーは手紙や書き付け、電報で連絡する。アーサーは言葉で連絡し、贈物で連絡する。数か月後、ジーンは説明せざるを得なくなる。借りているフラットの空間には限りがあること、また、フラットを一緒に借りているのは信頼できる友人たちだけれども、配達の少年の鳴らすベルの音が恥ずかしくなってきたこと。沢山の贈物が殿方から——さらに疑いが濃厚となるのはそれがある特定の殿御《とのご》から——届く女性は妾に違いない、少なくとも妾になりかねない女性だろうと思われること。こうジーンに指摘され、自分は馬鹿だったとアーサーは自責の念に駆られる。

「それに」と、ジーンは言う。「私、証の品は必要ありません。あなたに愛されていること、これっぽっちも疑ってませんもの」

　二人が出会ってちょうど一年になる記念日、アーサーは一本のスノードロップを贈る。宝飾品、衣服、鉢植えの植物、高価なチョコレート、その他女性が男性から贈られるどんなものをどんなに沢山もらうより、この一本の花のほうが嬉しいとジーンは言う。欲しいものはあまりないし、あってもそれは小遣いで十分に間に合います。逆に、贈物をもらわないという事実は、私たち二人の関係が世の中の月並みな男女の間柄とは違うこと示す手立てになってくれます、と言う。

　しかし、指輪の問題がある。アーサーはどんなに目立たないものでもよいから、ジーンの指に何か嵌めさせたい。どの指でも構わない。二人が同じ場所にいるときに、こちらに秘密の合図を送ってくれるものが欲しいのだ。ジーンはこの案に賛成しない。男性が指輪を贈る女性に三種類ある——妻、妾、婚約者。自分はそのどれでもないから、そういうものを嵌めるつもりはない。自分は妾になる気はないし、アーサーに妻はすでにいる。自分は婚約者でもないいし、それになり得ない。婚約者になるということは、すなわち「あの人の奥様が亡くなるのを待っています」と言うことにほかならないから。そんな了解を成立させた男女もいることは知っているけれど、自分たちの関係をそんなふうにする気はない。私たち二人の愛は別種の愛です、その愛に過去はなく、思案の対象となる未来もなく、あるのはただ現在だけなのです、とジーンは言う。これに対してアーサーは、あなたは私の霊的な妻ですから、と言う。そのとおりです、とジーンは同意して、でも霊的な妻は物質でできた指輪を嵌めませんと切り返す。

当然、この一件を解決するのはかあさまである。ジーンをイングルトンに招き、アーサーは翌日に一人でくるようにと提案する。ジーンが到着した晩、かあさまに一案が閃く。自分の左手の小指から小さな指輪を抜き取り、それをするりとジーンの同じ指に嵌める。それはカボションカットした淡い色のサファイアをあしらった指輪で、かつてかあさまの大叔母が嵌めていたものである。

ジーンは指輪をじっと見て、手をくるりと回したかと思うと素早く指輪を抜き取ってしまう。「こちらのおうちの財産をいただくわけには参りません」

「大叔母はそれが私の肌の色に合うと言って私にくれました。確かにその頃は合いましたけどね、今は駄目。あなたの手にあったほうがよく映ります。それにあなたのこと、うちの家族と思ってますから。初めてお目にかかった日からそう思ってますから」

かあさまに対してジーンは断りきれない。それができる人は少ないのだ。翌日到着したアーサーは指輪にわざと気づかぬふりをし続け、ついにその存在を教えられる。教えられてもなお心中の喜びを隠し、ちょっと小さいんじゃないかなと批評して、女性二人から失笑を買う。これでジーンはアーサーの指輪ではなく、ドイル家の指輪を嵌めることになり、それは結局同じことだ。いや、かえってよかったかもしれぬ。それが食器類の所狭しと並ぶ食卓のテーブルクロスやピアノの鍵盤の上、劇場の座席の肘掛けや馬を駆る手綱の上に光るところをアーサーは想像する。それをアーサーは、ジーンと自分とを結びつけている何かの象徴と考える。霊的な妻と自分とを結びつけている何かの。

紳士がつくことを許されている嘘に二種類ある。女性を守るための嘘と、戦うことが正当である戦いに突入するための嘘である。アーサーがトゥーイにつく嘘は、想像していたよりもはるかに多い。当初は何となく、冒険に趣味、スポーツに旅行と自分は忙しい毎日を送っているから、妻に嘘をつかねばならぬ必要も生じないだろう、びっしり書き込まれた予定表のどこかにジーンは紛れてしまうだろう、そう高を括っていた。けれども、ジーンはアーサーの心から消えることがないものだから、アーサーの頭からも、アーサーの良心からも、やはり消えることがない。だから、会うたび、計画を立てるたび、手紙一本、書き付け一枚送るたび、ジーンのことを思うたび、それらの行為の周りに、何らかの種類の嘘で垣根をめぐらすことになる。大抵それは何かを言わずにおくという消極的な嘘であるが、ときには余儀なく積極的な嘘もつく。いずれにせよ、すべて嘘であることに変わりはない。そしてトゥーイは疑うことを知らない。トゥーイはすべてを受け入れる。これまでもずっと、アーサーの突然の予定変更、アーサーの思いつき、行くか留まるかについてのアーサーの決定を受け入れてきた。アーサーはこれっぽっちも疑われないことを知っているだけに、神経をすり減らされる思いがする。姦夫がどのようにして自分の良心と折り合いをつけるのか、想像もつかない。必要な嘘をつきとおすためだけでも、よほど道徳心が未発達でなければならないだろう。

しかし、実際的困難、倫理的懊悩、性的欲求不満のほかに、さらに暗く、さらに正視しがたい事柄がある。アーサーの人生の転機には死の影が差すのが常だったが、今回も例外でない。この不意に現れた驚くべき愛は、トゥーイが死んで初めて、完遂することができるし、公言することができる。いずれトゥーイは死ぬ。そのことをアーサーは知っているし、ジーンも知っている。肺病は獲物を取り逃がさない。けれども、断固悪魔と戦ってやるとアーサーが決意した結果、目下休戦状態となっている。トゥーイの病状は安定しており、ダヴォスの空気の洗浄力に頼る必要さえなくなった。今のトゥーイは与えられているものに感謝しながら、そして肺病患者独特の静かな楽観主義を漂わせながら、ハインドヘッドで満ち足りて生活している。アーサーに妻の死を願うことはできない。さりとて、ジーンがいつまでも現在の厄介な立場に置かれ続けることを願うこともできない。もしも既存の宗教のいずれかを信仰していたなら、一切を神の手に委ねたに違いないけれども、生憎アーサーにはそれもできない。今後もトゥーイには最高の医療を受けさせ、家族一丸となってトゥーイを支えてやらねばならぬ。しかし、それは取りも直さず、ジーンの苦しみを可能な限り引き延ばすことである。何か行動を起こせば、アーサーは人でなしだ。トゥーイに話せば、やはり人でなし。ジーンと手を切っても、人でなし。ジーンを妾にするのも、人でなし。何もしなければ、なけなしの名誉に空しくしがみついているだけの、受け身で偽善的な人でなしだ。

けれども、ゆっくりと、そして目立たぬ形で、二人の関係は認知されていく。ジーンはロティに紹介される。アーサーはジーンの両親に紹介され、クリスマスにはジーンの両親から真珠とダイヤモンドのネクタイピンを贈られる。ジーンはさらにトゥーイの母、ホーキンズ夫人にまで紹介され、ホーキンズ夫人も二人の関係を承諾する。コニーとホーナングは、最近はウェストケンジントンで息子オスカー・アーサーを中心とした家庭生活にかかりっきりだが、この二人にも知らせておく。アーサーはトゥーイの耳には入れぬこと、トゥーイに苦痛を与えぬこと、トゥーイに恥をかかせぬことを皆に保証する。

一方に志を高く持った宣言があり、他方に日々の現実がある。家族から承諾を得たにもかかわらず、アーサーもジーンもそれぞれ、気がふさぎがちである。ジーンは偏頭痛も起こしやすくなった。二人ともそれぞれ、相手を厄介な状況に引きずり込んだことを疚《やま》しく思っている。徳行と同様、名誉もそれ自体が報酬であり、見返りを求めるべきでないのかもしれぬ。しかし、ときに名誉だけでは足りない気がする。少なくとも、名誉を守ることによってもたらされる絶望が、名誉を守ることによってもたらされるどんな歓喜にも劣らず強烈であり得ることだけは確かだ。アーサーは自分に対してルナンの著作集を処方する。大量のゴルフとクリケットに加え、難解な書物によって男は安定を得、その心身は正しく保たれるのだ。

しかしこれらの頼みの綱も、効果には限りがある。相手方投手たちの投げる球を前後左右自在にかっ飛ばし、投げては鋭いワンバウンドで打者たちの脇腹を襲う。ドライバーを握ってゴルフボールを地の果てまで引っぱたく。それでも、いつまでも想念を寄せつけずにおくことはできない。常に同じ考え、同じ不愉快な矛盾が甦ってくる。行動することを封じられた行動的な男。愛することを禁じられた愛する男女。一つの死を恐れる気持ちと、恥じつつもそれを招き寄せたくなる気持ち。

アーサーの今期のクリケットは好調である。打者として上げた得点、投手として倒したウィケットの数は、かあさまを喜ばせるべく大得意で伝えられる。かあさまのほうは相変わらず、いろいろと意見を聞かせてくれる。ドレフュス事件について。ヴァチカンの法衣をまとった威張り屋や分からず屋たちについて。あの絶望的な新聞『デイリー・メイル』のフランスに対する嫌らしい態度について。ある日、アーサーはローズ競技場でメリルボン・クリケット倶楽部の選手として出場する。観戦に招いたジーンがA席のどこに座っているかもちゃんと分かって打席に立つ。この頃のアーサーは投手たちの手の内を知り尽くしている。アーサーのバットは無敵であり、手応えすら感じていないのではないかと疑われるほど軽々とボールをフィールド各所へ運んでいく。一、二度は直接観客席に打ち込むが、そのときも、砲弾よろしくジーンの側《そば》に落とす危険のないことを打つより前に確認する余裕がある。アーサーは愛する貴婦人の名において馬上槍試合に臨む騎士なのである。手袋なりリボンなり、寵愛の印の品を頂戴して、帽子に付けて出たかった。

イニングの合間にアーサーはジーンを見つけにくる。賞讃の言葉は要らない——ジーンの目が誇らしそうに輝いているから。細長い板を並べたベンチに座りっぱなしだったジーンが少し歩きたいと言う。敷地の中、観客席の裏を二人でぶらぶら歩く。熱い空気に乗ってビールの匂いがする。のんびりとした匿名の群集の只中で、二人はどんなに親切なお目付け役に見守られての食事の席よりも二人きりになれた気がする。二人は初対面のような口の利き方をする。本当は寵愛の印を帽子に付けて出たかったとアーサーは言う。ジーンは腕をアーサーの腕に通し、二人はしみじみと幸せを感じながら黙って歩き続ける。

「おや、ウィリーとコニーだ」

ウィリーとコニーであることに間違いはなく、やはり腕を組んでこちらに向かってくる。小さなオスカーは乳母に任せ、ケンジントンの家に置いてきたものと見える。アーサーは今日の打棒爆発をますます誇らしく思う。しかし、次の瞬間、何か変だと気づく。ウィリーとコニーは歩調を緩めないし、コニーは観客席の裏側が目の離せないほど興味深いものになったとでもいうように横を向き始めている。ウィリーのほうは少なくともこちらの存在を無視するつもりはないらしい。しかし、すれ違いざま、義理の兄に対して、そしてジーンに対して、そして二人の組んだ腕に対して、片方の眉を吊り上げてみせる。

イニングが変わったあとのアーサーが投げる球は普段より速く、普段より荒れている。ウィケットは一つしか倒せない。その一つとて、アーサーの失投に欲張った打者が大振りしてくれたお蔭である。投手後方の外野深く、境界線《バウンダリー》近くの守備についたときは、何度も振り返ってジーンの姿を探すのだが、どうも場所を変えたらしい。ウィリーとコニーの姿も見当たらない。アーサーの返球も、捕手を慌てさせることがいつもより多い。捕手は右へ左へと大忙しだ。

試合終了後、ジーンの帰ったことが明らかになる。アーサーは憤怒に体が震えんばかりである。このまま辻馬車でジーンのフラットに乗りつけて、ジーンを表に引っぱり出して、腕を自分の腕に通させて、バッキンガム宮殿の前からウェストミンスター寺院の前へ、さらに国会議事堂の前へと連れて歩きたい。このクリケットのユニフォームのままで。そして叫んでやるのだ――「私はアーサー・コナン・ドイルだ。私はこの女性、ジーン・レッキーを愛している。愛していることを誇りに思う！」その場面をアーサーは思い描き、思い描くのをやめてから、自分はおかしくなってきたと思う。


やがて憤怒と狂乱は収まり、静かで硬い怒りが残る。アーサーはシャワーを浴びて着替えをし、その間ずっと心の中でウィリー・ホーナングを罵り続ける。よくもあの近眼の喘息持ちが、よくもあのスピンボール投手としてたまに出るだけの男が、眉を吊り上げるなどできたものだ。この私に向かって。あのジーンに向かって。たかがジャーナリストのホーナングごときが。オーストラリアの奥地について益体《やくたい》もない話を書く二流作家めが。まるで無名だったくせに。やっと芽が出たのは、ホームズとワトソンという仕掛けを盗んだからではないか――もちろん許可は与えたが。ホームズとワトソンを裏返して、二人の犯罪者にしたんじゃないか。それを許してやったのはこの私だ。奴の主人公《ヒーロー》とやらに名前を付けてやったのだってこの私だ。私の本の『ラッフルズ・ホーの奇蹟』から、ラッフルズという名前をくれてやった。奴の『二人で泥棒を――ラッフルズとバニー』だって、私に捧げることを許してやった。「A・C・Dに、このへつらいの物語を」と。

奴に奴一番の本を書かせてやっただけじゃない。奴に妻を与えたのもこの私だ。それも手ずから与えたのだ。祭壇の前までコニーを連れていき、そこで奴に引き渡してやった。新生活を始めるための小遣いまでやった。まあ、小遣いをやったのはコニーにだが、ウィリー・ホーナングもそういう援助を受けることが男の名誉にかかわるとは言わなかった。自分がどしどし働きますから、ちゃんと若い妻を養いますから、とは言わなかった。そんなこと、これっぽっちも言いやしない。それでいて、道徳家ぶって眉を吊り上げる権利が自分にあると思っている。

辻馬車に乗ったアーサーはローズ競技場から真っ直ぐウェストケンジントンへ向かう。ピット街九番地へ。馬車がハロウ・ロードを渡る頃には怒りも収まりかけている。頭の中にジーンの話しかけてくる声がする。「すべて私のせいですから。腕をあなたの腕に通したのは私ですから」そう自分を責める本物のジーンの声がどんな調子になるかも、これできっとジーンがまた、酷い偏頭痛に悩まされるだろうことも、アーサーはよく知っている。とにかく大事なのは――とアーサーは自分に言い聞かせる――ジーンの苦痛を最小限にしてやることだ。アーサーの本能も、男としての意識も、ホーナング家のドアを蹴破れ、奴を表に引きずり出せ、奴の頭をクリケットバットで滅多打ちにしろと、躊躇《ちゅうちょ》なく命じている。けれども馬車が止まったときには、アーサーは自分がどう振る舞わねばならないか分かっている。

すっかり冷静さを取り戻した状態でウィリー・ホーナングに招じ入れられたアーサーは、「ちょっとコンスタンスに用があってね」と言う。ホーナングにも最低限の分別はあり、居丈高な態度に出たり、自分も同席すると言い張ったりはしない。アーサーは階段を上がってコニーの居間に行く。そして今まではそうする必要がなかったからしたことのないような直截な物言いで説明する。トゥーイの病気が意味するところについて。不意に始まったジーンへの愛、紛う方なき愛について。その愛はどこまでも純粋に精神的なものであり続けること。そうでありながら、自分の生活の久しく空っぽだった大きな一部が今や満たされていること。二人ともが間欠的に悩まされる精神の緊張と憂鬱について。いかにも仲睦まじくぴったりと寄り添った姿をコニーに見られてしまったのは、二人がつい警戒心を緩めていたからに過ぎないこと。そして人前で互いへの愛情を示せないことがどんなにつらいかということ。にっこり微笑むのも、声を立てて笑うのも、常に慎重に、常に控え目にしなければならないこと。同席する人の一人ひとりを試さねばならないこと。

自分にとって全世界と同じくらい大切な自分の家族がこの苦境を理解し、自分を支えてくれなかったら、とても生きてはいけないと思うこと。

明日もローズ競技場の試合に出るアーサーはコニーに向かい、明日も来てほしい、明日はジーンにきちんと引き合わせたいから、と頼む。というより懇願する。そうする以外に道はない。今日起きたことはもう考えてはならぬ。さっぱりと水に流さなくてはならぬ。そうしないと、わだかまりを残す。いいね、コニー。明日も来て、ジーンと昼食を共にしてくれるね？　ジーンを知ってほしいから。

コニーは承知する。ウィリーはアーサーを送り出しながら言う。「アーサー、あなたが女性と交際すること、その女性が誰であれ、私は無条件で支持する覚悟です」

辻馬車に乗り込んだアーサーは、これで最悪の事態は回避できたと思う。体は困憊し、頭が少々ふわふわする。もちろん、コニーの言ったことは当てにしてよい。うちの家族は皆当てにできる。そして、ウィリー・ホーナングのことをあんなふうに考えてしまった少し前の自分をいささか恥ずかしく思う。昔から性質の悪い癇癪持ちだったが、ちっとも治らない。これは自分が半分はアイルランド人だからだ。もう半分のスコットランド人はこいつを抑え込むのにいつも大童《おおわらわ》だ。

いやいや、ウィリーはいい奴だ。無条件で支持してくれると言っていた。ウィリーは頭が切れるし、なかなかいい捕手だ。ゴルフは嫌いかもしれないが、そんなとんでもない偏見を持つ理由というのが、これまで聞いた中で最高の言い訳だった――「じっと動かないボールを打つなんてスポーツマン精神に反すると思いましてね」あれはよかった。「誤植メートル走」もよかった。それから、アーサーが広めて回ったのは、世界初の私立探偵に対するウィリーによる評価である――「いかに粗末《ハンブル》でも我が家《ホーム》にまさる所《プレース》なし。同様に、ホームズにまさる警察《ポリース》なし。もちょっと謙虚《ハンブル》でもよいとは思いますがね」ホームズにまさるポリースなしときた！　この冗談を思い出し、アーサーは馬車の中で身をのけ反らす。

翌朝、ローズ競技場に出かける準備をしているところに電報が届く。差出人はコンスタンス・ホーナング。本日の昼食のお約束果たせません。歯痛のため歯医者に参ります、とある。

アーサーはジーンに書き付けを送る。競技場には家族のことで緊急の用事ができたと――今回ばかりは嘘でも何でもない——欠場の連絡をし、辻馬車に乗ってピットト街へ向かう。二人も自分が来るのを予期しているはずだ。自分が策謀をめぐらせたり、駆け引きのために沈黙したりする男でないことは二人も知っている。相手の目を真っ直ぐ見て、本当のことを話し、結果を甘受する——これがドイル家の信条だ。もちろん、女性は別のルールに従うことが許されている。というか、女性は自分たち用に別のルールを勝手に編み出したようだ。それにしても、緊急の歯科治療など言い訳としても感心しない。いかにも見え透いていて癪に障る。ひょっとするとそれをコニーも分かっているのかもしれない。あからさまな非難の印として意図されたものなのかもしれない。あのときそっぽを向いてみせたのと同じように。これは褒めてやってよいのだが、コニーは兄に似て、どっちつかずの態度をとるということがない。

癇癪は禁物であることはアーサーも分かっている。大事なのは、まずジーンのこと。それから、家族がばらばらにならないことだ。いったい、コニーがホーナングの気持ちを変えさせたのか、それともその逆なのか。「あなたが女性と交際すること、その女性が誰であれ、私は無条件で支持する覚悟です」あの言葉に曖昧なところはなかった。しかし、兄の置かれた状況を理解したようだったコニーの態度にも曖昧なところはなかった。アーサーは前もってあれこれと理由を探してみる。あのコニーが、信じられないほど短時日のうちに、体面を気にする既婚婦人に化けたということか。姉妹の中でアーサーの一番のお気に入りがロティであることを前々から快く思っていなかったということか。ホーナングのほうを考えれば、恐らくは義兄の名声を妬《ねた》んでいることだろう。それとも『ラッフルズ』が当たって慢心したか。こんなふうに突然アーサーから距離をとり、アーサーに反抗してくるとは、何かあるに違いない。なに、じきに分かる。

「コニーは二階で休んでいまして」と、ドアを開けながらホーナングは言う。これではっきりした。では、男同士一対一ということか。これは、むしろ望むところである。

義弟のことを〝リトル〟・ウィリー・ホーナングなどと呼んでいるが、背丈はアーサーと同じだけある。そのことをアーサーはときどき忘れてしまう。それに自宅のホーナングは、頭に血が上ったときのアーサーが思い描くホーナングとは違う。また、サウスノーウッドのテニスコートを駆けずり回り、テーブルでは気に入られたい一心から気の利いた文句を連発した、あの調子のいいご機嫌取りのウィリーとも違う。表に面した居間で、ホーナングは革張りの肘掛け椅子をアーサーに勧め、アーサーが腰を下ろしても自分はそのまま立っている。そして話しだすと、部屋の中を跳ねるように歩き回る。言うまでもなく緊張のなせる業だが、検察側弁護士が目に見えない陪審員たちに向かって気勢を示しているといった風情である。

「こんどの件はちょっとやっかいですよ、アーサー。コニーにおっしゃったこと、昨夜コニーが話してくれましてね、二人で話し合ったんです」

「それで君たち二人の気持ちが変わった。それとも君がコニーの気持ちを変えさせたか、あるいはその逆か。昨日、君は無条件で支持すると言ってくれた」

「自分が口にした言葉は覚えています。それから、私がコニーの気持ちを変えさせたとか、コニーが私の気持ちを変えさせたとか、そういう問題じゃありません。二人で話し合い、二人の意見が一致したんです」

「それは大変結構だ」

「アーサー、こんなふうに申し上げればいいでしょうか。昨日の私たちは、私たちの心で、あなたと話しました。あなたのことを、コニーがどんなに愛しているか、昔からどんなに愛しているか、ご存じのはずです。あなたを敬愛してやまない私の気持ちもご存じのはずです。アーサー・コナン・ドイルは私の義理の兄なんです、そう言えることを私はどんなに誇らしく思っていることか。だから私たちは昨日、ローズ競技場に出かけたんです。誇らしい気持であなたのことを見るため、あなたのことを応援するために」

「しかし今後は、もうそうしないと君たちは決めたわけだ」

「でも、今日の私たちは、私たちの頭で考え、頭で話しています」

「それで、君たちの二つの頭は、君たちに向かって何と言ってるのかね」何とか怒りを抑えて皮肉を言うだけにする。これがアーサーにできる精一杯だ。アーサーはどっしりと椅子に座り、目の前でウィリーが手足を操り、言葉を操り、踊るように歩き回るのを眺める。

「私たちの頭は――私たちの二つの頭は――、私たちの目に映ること、私たちの良心が命じることを、私たちに伝えるのです。あなたの振る舞いは……名誉に傷をつけるものです」

「だれの名誉かね」

「ご家族の。奥様の。あなたの……あなたのお相手の。そして、あなた自身の名誉です」

「ついでに、メリルボン・クリケット倶楽部の名誉も加えてはどうかね。それから私の読者の名誉に、ガメジズ百貨店の店員たちの名誉もあるぞ」

「アーサー、あなた自身に見えないのなら、見えるようにほかの人間が指し示して差し上げるほかありません」

「その役目を随分楽しんでるようじゃないか。義理の弟が一人できただけだと思っていたら、どうやら我が一族は良心を一つ得たらしい。要るとも思っていなかったが。君は僧衣でも身にまとったほうがいいんじゃないか」

「これくらいのこと、僧衣をまとわなくたって分かります。にやにや笑いを浮かべて妻ではない女性と腕を組み、ローズ競技場の周りを歩いたりすれば、妻である女性の名誉を傷つけること、またその振る舞いのせいで家族全体が評判を落とすということくらい」

「トゥーイには絶対に苦痛を与えないし、恥もかかせない。それが私の第一原理であり、今後もそれは変わらない」

「昨日、私たちのほかに、誰があなた方を目にしたでしょう。そしてその人たちはいったいどんな結論を下したでしょう」

「それで君たちはどんな結論を下したんだ。君とコンスタンスは」

「あなたは甚だしく無謀であるという結論です。あなたは腕を組んだ女性の評判にかかわることをしているという結論、あなたは奥様の名誉、そして家族の名誉に傷をつけているという結論です」

「新入りが急に私の家族に詳しくなったようだ」

「私の目のほうが澄んでいるのかもしれません」

「君の忠誠心が足りないのかもしれんぞ、ホーナング。私もこれが面倒な事態でないと言うつもりはない。いや、面倒この上ない。それは否定できん。ときに耐え難いものがある。昨日コニーに話したことをここで繰り返す必要もなかろう。私は精一杯のことをしているつもりだ。私たち二人とも、つまりジーンも私も、精一杯やっている。私たちの……私たちの親交は、かあさまからも、ジーンの両親からも、トゥーイの母からも、私の弟や妹からも、受け入れてもらって、いや、賛成してもらっている。昨日まではその中に君たちも入っていた。家族の誰に対してであれ、私が忠誠の義務を怠ったことがこれまで一度でもあっただろうか。そして家族に向かって、私から願い事をしたことがこれまで一度でもあっただろうか」

「それでもし、昨日のことを奥様が耳になさったら」

「妻の耳には入らない。いや、入らせない」

「アーサー、噂というものがあるのを忘れないでください。メイドや召使いたちのお喋りがある。匿名の手紙を書いて寄越す者たちもいる。新聞屋は記事の中で謎を掛けます」

「そのときは訴える。それより何より、そいつを張り倒す」

「それでは無謀な振る舞いを重ねるだけです。それに匿名の手紙は張り倒せない」

「ホーナング、この会話は無益だ。どうやら君は、名誉について私より高い意識を持っているつもりらしい。家長の席が空いたときには、君を候補として検討するとしよう」

「誰が番人の番をするのか《クウィス・クストディエト》、と言います。家長が間違いを犯したとき、誰が教えるのでしょう」

「ホーナング、これで最後にしよう。本件について明快に述べておく。私は名誉を重んじる男だ。私の名、一族の名は、私にとって何ものより重い。ジーン・レッキーも名誉をこの上なく重んじる女性、この上なく貞淑な女性だ。私たちの関係は純粋に精神的なものであり、今後もずっとそうであり続ける。私はトゥーイの夫であり、敬意をもってトゥーイを遇する。それは私たち夫婦のいずれか一方が棺に納まるまで変わらない」

　議論を締めくくって最終的な結論を述べることに慣れているアーサーは、今もそれをしたつもりなのだが、ホーナングは打席に立った打者のようにまだもぞもぞ体を動かしている。

「どうも私には」とホーナングが言葉を返す。「関係が精神的か否かを重視なさりすぎている気がするのです。それで話が大きく違ってくるとは私には思えません。いったいどう違うんです」

　アーサーは立ち上がる。「どう違うだと？」と声を荒らげる。妹が休んでいようが構うものか。小さなオスカー・アーサーが昼寝の最中だろうが、使用人がドアに耳をつけていようが、構うものか。「そこが一番の違いじゃないか！　そこが無罪か有罪かの境目だろう、そうじゃないかね」

「アーサー、私の考えは違います。自分の思うことと、世間の思うこととは同じじゃありません。自分の信じていることと世間の信じていることも、自分の知っていることと世間の知っていることも、同じではない。名誉とは、心の中でいい気分でいられるかどうかだけの問題ではない。名誉とは、外に向かってどう振る舞うかの問題でもある」

「名誉の何たるかについて講釈される筋合いはない」アーサーは吠える。「冗談じゃない。怪しからん。よりによって、盗人を主人公にした話を書くような男が」

掛け釘から帽子を取り、潰さんばかりの勢いで頭に押しはめる。もう問答無用だ、とアーサーは心に決める。世間は味方か敵か、その二色だ。はっきりしてよかったかもしれん。あの取り澄ました検察側弁護士殿がどう立ち回るのか、よく分かった。

このように非難されたにもかかわらず――その非難が見当違いであることを証明するためだったかもしれないが――、アーサーは極めて慎重にジーンを〈森の下《アンダーショー》〉の社交生活に引き入れる。ロンドンで感じのいい一家と知り合ってね、レッキーさんといって屋敷はサセックスのクロウバラにある。ご子息のマルコム・レッキーがまた気持ちのいい男でね、妹さんがいて名前を……はて、何といったかな。このようにして、ジーンの名前が〈森の下《アンダーショー》〉の来客名簿に記され始める。常に兄マルコムの、あるいは父か母の名前の横に記される。「そういえば、マルコム・レッキーが自動車で遊びにくるようなことを言ってたな。妹も一緒だそうだ」というような言葉を口から発するとき、まったく心が波立たないと言えば嘘になる。それでも、頭が変にならないためには、こういう言葉を発しないわけにいかないのだ。そしてそのような折、すなわち大がかりな昼食会や「テニスの午後」を催したとき、アーサーは自分の挙動が不自然でないか常に一抹の不安を覚える。自分はトゥーイに気を遣いすぎただろうか。そのことにトゥーイも気づいただろうか。ジーンの相手をするとき、しゃちこばって馬鹿丁寧になっていたか。ひょっとして、ジーンの気分を害してしまったか。しかし、これはアーサー一人で抱えるしかない悩みである。トゥーイが何かおかしいと思っている様子は全然ない。そしてジーンのほうは、有り難いことに、ゆったり、品よく振る舞っており、これなら間違いは起こりようがないと安心できる。アーサーと二人きりになろうともしないし、アーサーの手に艶文を握らせもしない。

確かに時折、これ見よがしに馴れ馴れしくしてくるなと思うことはある。しかし、あとでよく考えると、装っている程度にしか二人が親しくなかったら、きっとこんなだろうというところをジーンは狙って振る舞っていると分かる。あなたの御主人にちょっかいを出すつもりはありません、そうはっきり示す一番の方法は、妻である女性の目の前で、その主人と戯れてみせることかもしれない。そうだとすれば、これは随分と高等な戦術である。

そして年に二度、二人は一緒にメーソンギルへ逃れることができる。往路も復路も汽車は別にして、たまたま同じ週末に招かれた相客という恰好である。アーサーは母のコテージに泊まり、ジーンはパー・バンク農場のデニー夫妻のところを宿にする。土曜には二人ともメーソンギル館で夕食を摂る。ウォラーの家の食卓を主宰するのは、かあさまである。これまでずっとそうだったし、たぶんこれから先もずっとそうだろう。

もっとも、かあさまがここに越してきたときに比べると状況は——あの頃も単純だったわけではないけれど——ややこしくなっている。というのも、意外なことにウォラーが結婚するに至ったのである。スコットランドはセント・アンドルーズの牧師の娘、エイダ・アンダソン嬢は、住み込みの家庭教師としてソーントンの司祭館にやってきて、そして村の噂話によるならば、やってくるなりメーソンギル館の主人に目を付けて、首尾よく妻の座に着いた。ところがだ、と村の噂話はここから教訓的になる。この新妻にもメーソンギル館の主人を変えることはできなかった。なんとなれば、新郎は結婚したからといってすでに確立した生活様式を変えるつもりはなかったからだ。具体的に言うならば、新郎はそれまでどおりの頻度でかあさまを訪ね、かあさまと差し向かいで食事をし、かあさまのコテージの裏口には新郎だけが鳴らすことを許される特別な鈴が設置されていたのである。ウォラー夫妻に子供は生まれない。

ウォラー夫人はメーソンギル・コテージに足を踏み入れないし、かあさまがメーソンギル館に来て夕食を摂る折にはその席にも現れない。ウォラーがあの女性に食卓を主宰させたいと望むのなら、そうさせておけばよい。けれども、食卓におけるあの女性の権威を、この家の女主人が認めるわけにはいかない。夫人は飼っているシャム猫たちと、これは閲兵場かはたまた菜園かと思わせる几帳面さで設計されたバラ園とに次第次第にかまけていく。ほんの短時間アーサーと会ったときの夫人は、はにかんだふうにも、またよそよそしくも見えた。あなたがエジンバラの出身で、私がセント・アンドルーズの出身だからといって、親しくなる理由にはなりません、暗に夫人の態度はそう言っていた。

　というわけで、ウォラーとかあさま、アーサー、ジーンの四人で晩の食卓を囲む。料理の皿が運び込まれては下げられていき、蠟燭の灯にグラスが輝き、話題は種々の本のこと。そして皆、ウォラーが今も独身であるかのように振る舞う。ぼんやりとした猫の姿がときどきアーサーの目に入る。壁際を歩き、ウォラーの靴を大きく避けて通る。そっと陰に隠れている妻を思い出させるみたいに、しなやかな体でゆっくりと暗がりを行く。どの結婚にもそれぞれ忌わしい秘密があるものなのか。結婚というものの核心には、ごまかしのない何かが存在するのではなかったのか。

　けれども、ウォラーのことは我慢せねばならないと、アーサーはずっと前に受け入れていた。それに二六時中ジーンと一緒にいるわけにはいかないから、ウォラーとゴルフをすることに否《いな》やはない。背の低い学者風の体つきにしては、メーソンギル館の主人はなかなかの腕前だ。無論距離はでないが、乱れない。その点では、とんでもない方向にかっ飛ばしてしまう癖のなかなか抜けないアーサーより数等上であると認めねばならない。ゴルフ以外では、ウォラーの所有する森で鳥打ちが十分楽しめる。鷓鴣《しゃこ》に雷鳥《らいちょう》、深山烏《みやまがらす》。二人の男はフェレットを使った狩りにも一緒に出かける。五シリングを払うと、肉屋の小僧が自分のところで飼っている三匹のフェレットを連れてきて、その三匹を午前中いっぱい、ウォラーが満足するまで働かせる。うさぎパイ何皿分もの具を、巣穴から追い出させては仕留めるのである。

　しかし、こうした付き合いを律儀にこなすことにより初めて獲得できる数時間がある。つまり、ジーンと二人きりで過ごす数時間のことである。二人はかあさまの軽二輪馬車を借りて近くの村まで出かける。あるいはイングルトンの北に広がる丘陵と、そこに突然姿を現す谷を探検する。この土地を繰り返し訪ねるアーサーは、いつも複雑な心境にならざるを得ない。これは誘拐だ、これは背信だという疚しい気持ちが常に残る。だが、ガイド役を務めることは苦にならないし、雑念を追い払ってくれる。トウィス川渓谷にペッカの滝、ドウ川峡谷にビーズリーの滝へとジーンを案内する。見ていると、下まで二十メートルもあるイチィ峡谷に架かった橋をジーンは怖がりもしない。イングルバラ山も二人で一緒に登り、アーサーは若くて健康な女性を伴うことは男にとって何と素晴らしいことかと思わずにいられない。別に比較しているわけでもなく、誰かを非難しているわけでもない。ただ、しょっちゅう立ち止まったり休憩したりしないで済むのが有り難い。あれは煩わしいものだ。頂に着くとアーサーは考古学者を気取り、ブリガンテス族の砦の跡を教える。そのあとは地誌学者となって、二人で西のほうを見はるかす。あれがモーカム湾、あれがセント・ジョージ海峡、あれがマン島。北西彼方に目を移せば、湖水地方の山々とカンブリアの山並みがそっと連なっている。

　しかし、気詰まりや気不味さは避けられない。二人は自宅から遠く離れているかもしれないが、だからといって慎みのない振る舞いはできない。ここまで来てもアーサーは有名人であるし、かあさまにも地元の社交界における立場がある。だから、ある種の率直な表現に走りがちになるジーンに対して、ときに目で諭すことが必要になる。アーサーも普段よりは気楽にその熱情を明確な言葉にすることができるものの、さりとて必ずしも恋する人間らしい心持ち、すなわち創造されたばかりの人間もかくやという心持ちでいられるわけではない。ある日、二人は馬車でソーントンの村を通り抜ける。ジーンの腕がアーサーの腕に重ねられ、日は天高くあり、これから二人きりの午後が始まる。そのときジーンが言う。

「まあ、素敵な教会。アーサー、止めてちょうだい。中に入ってみましょ」

　アーサーは一瞬聞こえなかったふりをしてから、いささか強張った口調で返事をする。「そんなに素敵でもない。建てられたときのままなのは塔だけでね。大部分は三十年しか経っていないんだ。どこもかしこも、見た目をごまかした建て直しさ」

　ジーンは観光ガイドであるアーサーのぶっきらぼうな判定に大人しく従い、それ以上見たいとは言い張らない。気紛れなムーイの背にアーサーは手綱をぴしりと当て、馬車は先へ進む。今はジーンに告げるべきときとは思われない。あの教会が建て直されてまだ十五年しか経っていなかった年、自分があの教会の通路を新郎として歩いたこと。腕の、今ジーンの手が載っているところには、トゥーイの手が載っていた。

　今回は〈森の下《アンダーショー》〉に罪の意識なしには帰れない。

父親としてのアーサーは、普段は子供たちの世話を母親に任せておき、時折計画やら贈物やらを携えて急襲するという流儀である。アーサーの思うに、父親とは、兄の責任を少しだけ重くしたような存在なのだ。子供を守り、子供を食べさせ、子供に手本を示す。あとは、子供に分を弁えさせること。つまり、子供は子供であり、子供とは未完成の大人、もっと言えば欠陥のある大人だということを理解させることが必要だ。けれどもアーサーは気前のよい大人でもある。子供時代の自分に与えられなかったものを子供たちに与えずにおくことが必要であるとも、それが道徳見地からためになるとも思わない。ノーウッドでもそうだったが、ハインドヘッドにもテニスコートがある。家の裏にはライフル射撃場もあり、キングズリーとメアリはここで射撃の腕を磨くように奨励されている。庭に敷設されたモノレールは、五千坪弱の土地の起伏をなぞりながら上へ下へと滑走する。動力は電気で、ジャイロスコープで平衡を保つ。モノレールこそ未来の乗り物だと友人のウェルズは断言し、アーサーも同意見である。

アーサーはROC自動二輪車を購入する。乗ってみるとこれが甚だ反抗的な機械で、トゥーイは近寄ってはいけませんと子供たちに言う。次にチェーン駆動式四輪車である十二馬力のウーズレーを購入、こちらは拍手喝采を浴び、以後門柱はしばしば痛い目に遭う。この自動車という新しい機械によって、今まで使っていた馬車は無用の長物となった。もっとも、この明白な事実をアーサーに指摘され、かあさまは憤慨する。だって、ただの機械なんかに家の紋章はつけられないでしょう、と言うのである。それも、あんな年がら年中故障するお恥ずかしい機械になんか。

キングズリーとメアリは、その友だちのほとんどが享受できないような自由を与えられる。夏には裸足になり、〈森の下〉《アンダーショー》から半径八キロ以内ならどこをほっつき歩いてもよい。ただし、食事時には家に戻り、清潔できちんとした服装で着席しなければならない。二人の子供がハリネズミをペットにしても、アーサーは何の反対もしない。日曜には、礼拝よりも新鮮な空気のほうが魂のためになると宣言し、どちらかの子供をキャディーに徴用することが多い。徴用されるとハンクリー・ゴルフコースまで背の高い軽装二輪馬車に揺られ、重いゴルフバッグを担いでコース上を右へ左へと歩かされ、最後はクラブハウスで熱々のバタートーストというご褒美がもらえる。

この父親は子供たちにいろいろと教えたがる。もっとも、それは子供たちが知る必要のあること、知りたがっていることとは限らない。そしてそれを大変高いところから行う。子供の横に膝をついたときでさえ、高い。自立とスポーツと乗馬を奨励する。キングズリーには世界史上の有名な戦いについての書物を与え、軍隊が不意を衝かれることの危険を説く。

　アーサーの強みは問題を解決する能力の高さであるが、自分の子供のことは解決できない。キングズリーときたら、家にモノレールのある子供など近隣にも学校にもいないのに、頭にくるような丁寧な口調でもって、もう少し速いといいのだけれどとか、客車がもうちょっと広いといいかもとか漏らすのだ。一方、メアリは、女性らしい淑やかさとは両立し難い仕方で木登りをする。二人とも、いかなる意味においても悪い子供ではない。アーサーの判断する限りでは、二人ともよい子供である。ただ、二人が行儀よく、きちんとしているときでさえ、こんなはずではなかったとアーサーをして思わせるのは、二人の仮借のなさである。二人は常に期待しているみたいなのだ。いったい何を期待しているのかは分からないし、子供たち自身にも分かっていないのではないかとアーサーは思う。二人はアーサーが与えることのできない何かを期待しているようなのだ。

　トゥーイがもっと厳しく躾けるべきだったのだ、アーサーは心密かにそう思う。しかしそんなふうに責めるわけにはいかない。ごくやんわりとなら、いざ知らず。かくして子供たちは、アーサーの迷走気味の権威主義とトゥーイの慈愛に満ちた許容主義に挟まれて成長する。

〈森の下《アンダーショー》〉に腰を落ち着けているとき、アーサーは仕事がしたい。仕事の手を休めたときは、ゴルフやクリケットをしたり、ウディと一緒にビリヤード台で静かに二百点超えを楽しんだりしたい。家族には安楽と安心と金銭を与えている。見返りにアーサーは平安を求める。

　しかし、平安は得られない。心の内からはなおのこと得られない。しばらくジーンに会える見込みのないときは、ジーンが好んですることを自らもすることによって、ジーンを近くに感じようとする。ジーンは乗馬に熱心だから、アーサーも〈森の下《アンダーショー》〉の厩舎を建て増して一頭用だったのを六頭入るようにする。キツネ狩りにも参加し始める。ジーンは音楽を善くするから、アーサーもバンジョーを教わることにする。そんなことを言い出しても、トゥーイはいつもどおり寛大に受け入れてくれる。これでアーサーはボンバルドン・テューバが吹けるだけでなく、バンジョーも弾けるようになった。もっとも、どちらにしても、クラシック音楽の教育を受けたメゾソプラノの歌声に合わせやすいことで有名な楽器ではない。ときどきアーサーとジーンは、会えない間、同じ本を読む約束をすることがある。スティーヴンソンの小説やスコットの詩。メレディスの小説も読んだ。お互いに相手が今同じページ、同じ文、同じ句、同じ語、同じ音節を読んでいると想像するのを楽しむのだ。

トゥーイが好んで読むのは『キリストに倣《なら》いて』である。トゥーイには信仰があり、子供たちがいて、自分なりの慰めがあり、自分なりの静かな時の過ごし方がある。罪悪感に苛まれているアーサーは、常にこの上ない思いやりと優しさをもってトゥーイに接する。ときにトゥーイの聖女のごとき楽観が奇怪至極な独善と紙一重となり、アーサーも自分の中にかっと怒りが高まるのを覚えることがある。しかしそんな場合でさえ、その怒りを妻にぶちまけるわけにいかないことは分かっている。自分でも恥ずかしいと思うのだが、その怒りは子供たち、使用人たち、キャディーたち、鉄道員たち、頭の悪い新聞記者たちにぶちまけることになる。トゥーイに対する義務感も、ジーンに対する愛も、微塵も揺るがない。しかし、生活の他の部分において、アーサーは以前より厳しく、以前より怒りっぽくなる。ステンドグラスからは「辛抱は勝つ《パティエンティア・ウィンキート》」と忠告される。けれどもアーサーは、自分の体が硬い殻か何かに覆われ始めた気がしている。持って生まれた表情も変わりだし、睨むような検察官の目付きになりつつある。非難がましく人のことを見透かすのだ。それというのも、自分を見透かすことにすっかり慣れてしまったからである。

アーサーは自分のことを図形的に捉え、自分は三角形の中心に位置していると思うようになる。三つの頂点はアーサーにとって重要な三人の女性であり、三つの辺は義務という名の鉄格子である。当然、アーサーは上の頂点にジーンを置き、トゥーイとかあさまを底辺の二頂点に置いている。しかし、ときどき、自分の周りの三角形が回転するように感じられ、そんなときは頭がくらくらする。

愚痴めいた言葉も、非難めいた言葉も、ジーンの口から漏れることはない。他の人を愛するなんて今の私にはできませんし、それはこれから先も同じです、とジーンは言う。あなたを待つことは試練ではなくて喜びです。

私の幸せに何の欠けるところもありません。二人で一緒に過ごせる時間こそ、私の人生の中心となる真実です、と。

「ねえ、僕の愛する人」とアーサーは言う。「この世界が始まって以来、僕たちの愛の物語に勝る愛の物語が一つだってあったと思うかい」

　ジーンは自分の目に涙が溢れるのを感じる。それと同時に、少々呆れもする。「でもね、愛するアーサー、スポーツの競技会とは違うんですから」

　この批判はもっともであるとアーサーも認める。「それはそうだが、いったい何人の人間が僕たちみたいに自分たちの愛を試されただろう。僕たちのようなのは、ちょっと他に類がないんじゃないかと思う」

「愛し合う男女は誰も、自分たちの愛は特別だと思うんじゃなくて」

「よくある勘違いだ。しかし、僕たちの場合――」

「アーサー！」愛に自慢は相応しくないとジーンは考えている。自慢は下品だとさえ感じるほうである。

「それはそうだが」とアーサーも食い下がる。「それはそうだが、僕はときどき、いや僕はよく、僕たちを見守っている守護神がいると感じるんだ」

「それは私も同じ」とジーンも同意する。

　アーサーは守護神の存在が空想に過ぎないとも、陳腐な思い込みだとも思わない。実在の可能性が十分にあると考えている。

　それでもやはり、二人の愛を見守ってくれる地上的な存在をアーサーは必要とする。証拠を示す相手が要るからだ。アーサーはジーンからの恋文をかあさまに転送し始める。始めるにあたって許可も求めないし、これが信義に悖《もと》るとも思わない。二人の互いに対する気持ちが今も変わらず新鮮であること、二人が試練を受けた甲斐のあったことを知ってもらう必要がある。手紙は読後破棄してくださいとかあさまに頼み、破棄の方法まで提案する。焼却してくださっても結構ですが、もしできれば、細かく千切ってメーソンギル・コテージの花壇に撒いてください、と。

　花と言えば、毎年必ず、三月十五日になるとジーンは愛するアーサーから一本のスノードロップとカードを受け取る。ジーンには一年に一度、白い花。妻には年がら年中、方便《ホワイト・ライ》という名の嘘。

　そしてその間もずっと、アーサーの名声は高まり続ける。今やアーサーは会員制クラブに出入りする社交家、食事に招かれることの多い名士、一言でいえば有名人である。文学と医学以外の諸分野についての発言も重んじられるようになり、自由統一党の候補者としてエジンバラ・セントラル区から総選挙にも出馬する。落選に終わったが、敗北感よりも政治というのは分からないものだという思いのほうが強く残る。何事につけアーサーの見解に耳が傾けられ、アーサーの賛同が求められるようになる。アーサーは人気者である。そして、かあさまとイギリスの読書界からの一致した要望にアーサーが渋々応えると、その人気はいやが上にも高まる。死んだはずのシャーロック・ホームズを復活させ、巨大な犬の足跡を調べに行かせたのである。

南ア戦争が勃発すると、アーサーは軍医として従軍することを志願する。かあさまは必死に翻意を促す。あんなに体の大きい息子にボーア人の銃弾が当たらないわけがないと思うのだ。おまけに、この戦争は大義名分を欠いた金の争奪戦に過ぎないと見ている。アーサーの考え方は違う。出征するのは自分の義務だ。自分は若い男たち、特に若いスポーツマンたちに、非常に大きな影響力を持つと目されている。自分より大きな影響力があるのはイングランド中でもキプリングくらいだろう。それに、これは嘘の一つや二つ方便としてついても構わないだけの価値がある戦争だと思っている。今、この国は正当な戦いに突入しようとしているのだ、と。

アーサーはテムズ川の河港ティルブリー発のオリエンタル号に乗る。この遠征中、身の回りの世話をしてくれるのは〈森の下〉《アンダーショー》の執事クリーヴである。ジーンは船室がいっぱいになるほどの花を送ってよこしたが、別れの挨拶には来ないという。人で溢れ、元気な声がわんわんと響く軍用輸送船での別れには、とても耐えられそうにないというのである。汽笛が鳴り、見送り客は下船するときが来た。行ってらっしゃいとかあさまは言い、口元をきゅっと結ぶ。

「ジーンが来てくれてたらなあ」とアーサーは、スーツを着込んだ図体の大きな子供みたいに言う。

「きっと人込みに隠れているのよ」と、かあさまは答える。「どこかからこっそり見てるんだわ。気持ちが抑えきれなくなるのが怖いって言ってたから」

そう言ってかあさまは船から降りていく。無性に腹は立っても手も足も出ないアーサーは手すりへと突進する。ジーンのところまで導いてくれるのではないかと期待するように、かあさまの白い帽子をじっと目で追う。歩み板が外され、舫《もや》い綱が解かれる。オリエンタル号は岸を離れ、汽笛が響き渡り、涙で何も、誰も見えなくなったアーサーは、花と花の香りの充満した船室に戻って横になる。例の三角形、あの鉄格子で囲われた三角形が頭の中でくるくると回転し、最後にトゥーイを天辺にして止まる。これまでアーサーがとってきたすべての行動についてそうだったように、今回の行動についても即座に、しかも心から、賛成してくれたトゥーイ。手紙を頂戴ね、時間があるときだけでいいから、と言い、あとは四の五の言わなかったトゥーイ。愛しいトゥーイ。

往航の間に気分はゆっくりと高揚し、それと同時にアーサーは自分がなぜ来たのか、より十全に理解し始める。義務を果たし模範を示すためも、もちろん、ある。しかしまた、手前勝手な理由もあるようだ。何不自由のない軟弱な男に成り下がった自分は、魂を清めなければならなかったのだ。あまりにも長いこと安全に暮らし、筋肉の落ちた自分には、危険が必要だったのだ。あまりにも長いこと女性に囲まれ、あまりにも混乱させられてきた自分は、男の世界に焦がれたのだ。給炭のためオリエンタル号がカーボベルデのドックに入るが早いか、ミドルセックス義勇騎兵団の面々は、港から一番近くの地均しされた土地でクリケットの試合を開催する。電信局職員を相手とするこの試合をアーサーは観戦し、喜びを覚える。楽しみ事にも、仕事にも、ルールがある。ルールがあり、命令が下され、従われ、明確な目的がある。これを求めて自分は来たのだ。

ブルームフォンテーンに来ると、傷病兵収容のテントがクリケット場に並んでいる。主病棟は観客席のところである。アーサーは多くの死を目の当たりにする。もっとも、ボーア人の銃弾に倒れる兵士よりも、腸チフスで命を落とす兵士のほうが多い。五日間の休暇を取り、フェト川を渡りプレトリア方面へと北進する陸軍に同行。帰路、ブランドフォート付近において、アーサー一行は毛むくじゃらの馬に跨ったバスト人に呼び止められる。二時間ほど行ったところに負傷したイギリス人兵士が倒れていると言うので、フロリン銀貨一枚でその男を道案内に雇う。延々と左右にトウモロコシ畑を見て馬を進め、それから開けた草原《ヴェルト》を行く。負傷したイギリス人兵士というのは、死んだオーストラリア人兵士であった。短身で、筋肉質で、黄色い蠟のような顔をしている。ニューサウスウェールズ騎馬歩兵連隊、四一〇番。しかし、今は下馬し、馬も銃も見当たらない。腹部の傷からの失血による死である。懐中時計を目の前に置いて身を横たえている。針の動きに自分の命の流れ出ていく様を見る思いだったろう。時計は午前一時で止まっている。兵士の横には空の水筒が立っており、その天辺に赤い象牙のチェスの駒が器用に載せてある。チェスの駒——恐らく兵士の慰みだったわけではなく、ボーア人の農家から略奪したものであろうが——その残りは兵士の背嚢《はいのう》にあった。遺品が集められる。弾帯、尖筆型万年筆《ステログラフ》、絹のハンカチ、折り畳みナイフ、ウォーターベリー社製の腕時計、あとは擦り切れた財布に二ポンド六シリング六ペンス。べとべとする死体をアーサーの馬の背に掛け、蠅の群れに伴われ、最寄りの電信柱まで三キロ運ぶ。そこでニュー・サウスウェールズ騎馬歩兵連隊、四一〇番を下ろして埋葬する。

アーサーは南アフリカでありとあらゆる種類の死を見たが、記憶にずっと残ることになるのはこの死である。野外で正々堂々と戦い、大義のために死ぬ——これ以上の死があり得るとは思えない。

帰国後、この戦争についてものした愛国的な著作が社会の最上層部から是認される。ちょうどヴィクトリア女王崩御ののち、新国王の戴冠式の前という端境期である。アーサーは新王エドワード七世との晩餐会に招かれ、新王の隣に座らされる。コナン・ドイル博士にお受けになるお気持ちがあれば、という条件付きで、戴冠式に合わせて発表される叙勲者名簿で騎士《ナイト》爵位を授かることも可能と告げられる。

しかし、アーサーはその気持ちになれない。ナイト爵位など田舎の市長の勲章ではないか。大物はそんな子供だましを受け取らないものだ。あんなもの、ローズやキプリングやチェンバレンが受けるなど想像もできない。無論、自分がそうした人々と同格だと思っているわけではない。だからといって、自分の水準をそうした人々より低くする必要もない。アルフレッド・オースティンやホール・ケインのような連中なら、ナイト爵位に飛びつくだろう——飛びつく機会に恵まれれば、の話だが。

かあさまは信じられないし、かんかんである。いったいこれまでのことは何のためだったと言うの、これのためでなかったとしたら。あのエジンバラの台所で厚紙の楯形紋章を説明させられた男の子。プランタジネット朝の昔に遡るまでご先祖を一代ずつ教え込まれた男の子。今では馬車馬の馬具に家の紋章を入れ、玄関にご先祖を称えるステンドグラスを嵌めている大人の男。子供の頃に騎士道の掟を教えられ、それを大人になって実践している あの子。その体に流れる武人の血、パーシー家にパック家、ドイル家にコナン家の血に命じられ、南アフリカに赴いたあの子。その子がこの王国の騎士になれるというのに、断るだなんて。それこそ、あの子が全人生をかけて向かってきた目的の達成であるというのに。

かあさまから毎日のように手紙が届く。そこに示される論の一つひとつにアーサーは反論する。この件についてはもうよしましょう、ときっぱり書く。手紙が途絶える。マフェケングの町でボーア人によって包囲されていたイギリス軍が、二百十七日ののちに解放されたときもかくやあらん、と安堵する。そして、かあさまが〈森の下《アンダーショー》〉に現れる。この白い帽子を被った小柄な女家長、決して声高になることがなく、そのためになおさら権威のあるこの人が、なぜやってきたのか、家中の者たちが知っている。

かあさまはアーサーを焦らす。袖を引っ張って散歩に誘ったりはしない。書斎のドアをノックしたりもしない。二日の間、息子を構わずにおく。焦らすことが息子の神経にどう作用するか知っているのである。とうとう出発の朝が来て、あろうことかウースタシアのフォーリー家だけ忘れられたガラスの楯形紋章を通して射し込んでくる光の中、かあさまは玄関に立ち、問いを一つ発する。

「考えてみたことはないの。ナイトに任じられるのをお断りなどしたら、国王陛下を侮辱することになるって」

「どうでも、駄目なんです。主義の問題ですから」

「そう」と、かあさまはアーサーを見上げて言う。この灰色の目で見られるとアーサーは年齢も名声も忘れてしまう。「国王陛下を侮辱することで自分の主義を示したいとまで言うのなら、どうでも駄目なんでしょう、きっと」

というわけで、一週間鳴らされる戴冠式の鐘がまだ響き渡っているうちに、アーサーはバッキンガム宮殿でビロードの紐がめぐらされた囲いの中へと皆と一緒に誘導される。式のあと、気づくと横にオリヴァー・ロッジ教授——今やサー・オリヴァー——がいる。この二人なら、電磁放射についてでも、あるいはエーテルに対する物質の相対運動についてでも、あるいはまた二人ともが感服している新国王についてでも話すことができる。だが実際にこのエドワード朝の新任騎士二人が選んだ話題は、テレパシーに念動《テレキネシス》、そして霊媒の信頼性についてである。サー・オリヴァーは、「物理的《フィジカル》」と「心霊的《サイキカル》」は、二語の綴りの類似性が示唆するとおり、ごく近い関係にあると確信している。道理で、物理協会の会長職を最近辞したこの物理学者は、今では心霊協会の会長である。

二人はパイパー夫人とユーサピア・パラディーノのどちらが霊媒として優秀か、またフローレンス・クックは腕のいいペテン師というだけではないのかどうか、議論する。ロッジはケンブリッジで開かれた集まりに参加したときの模様を説明する。そのときは十九回に及ぶ交霊会が行われたが、普段より厳しい条件下で技量を試されたパラディーノが、霊媒の体から生じるという心霊体《エクトプラズム》を放出するところをこの目で見た。ギターが宙を漂いながら勝手に音楽を奏でるのも見た。さらに、これもまた目の前で、黄水仙をいっぱい挿した瓶が部屋の端のテーブルからふわふわ飛んできて、支える物は何も見えないのに、参会者一人一人の鼻の下で順に止まっていった、と言う。

「サー・オリヴァー、議論を面白くするためにわざと反対の立場をとりましょうか。これまで何人かの手品師が、パラディーノの離れ業を再現してみせましょうと申し出て、実際それに成功した場合もあると申し上げたら、先生はどうお答えになります」

「パラディーノがときに詐術を用いている可能性は確かにあります、とお答えします。例えば、交霊会の参加者が大いに期待しているのに、霊たちはちっとも口を利いてくれないという場合があります。そんなときはつい、いんちきをしたくもなるでしょう。しかし、だからといって、あの女性の体を通り抜けていく霊たちが真正のものでないということにはなりません」ここで間を置いてからサー・オリヴァーは言う。「ドイルさん、馬鹿にする人たちが何と言うか、ご存じですか。あの人たちは言うんですよ、『原形質《プロトプラズム》の研究から心霊体《エクトプラズム》の研究へ』って。だから、私は答えてやるんです。『じゃあ、思い出してください。当時は原形質なんて信じられないと言う人がどんなに多かったかを』と」

アーサーはくすくす笑う。「それで、先生の現在のご見解を伺えますか」

「私の見解ですか。私はもう二十年近くも研究と実験を続けてきました。無論、今後の課題も多々あります。それでも、これまでの成果に基づくなら、精神が肉体の物理的崩壊を超えて生き続けるということには、可能性があるにとどまらず、相当の蓋然《がいぜん》性があると私は結論します」

「大いに勇気づけられます」

「さして遠くない将来、我々は証明できるかも知れませんよ」と、ロッジは悪戯っぽく目を輝かせる。「一見したところ明らかと思われた死を免れることができるのは、何もシャーロック・ホームズ氏に限らない、ということをですね」

アーサーは礼儀正しく微笑みを浮かべる。あの探偵、どこまでも私に付きまとう。このぶんだと天国まで付いてきそうだ。もっとも、ようやく実体あるものとしてその姿が明らかにされつつある新しい領域において、天国に相当するものが何であるのかは別問題だが。

アーサーの生活には無為ということがない。デッキチェアに身を横たえ、帽子で顔をすっぽり覆い、ルピナスの周りで蜂がぶんぶんやっているのを聞いて夏の午後を過ごす、などということは金輪際しない男である。万が一、長患いでもしたならば、トゥーイが病人として優等生であるのと正反対に、目も当てられないことになるだろう。アーサーの場合、常に活動していないと我慢ならないのは、道徳の問題というより——小人は閑居しても忙しくしていても不善をなすものだという考えなので——性分の問題である。アーサーの生活には精神的活動を猛然とやる時期があり、続いて身体的活動を猛然とやる時期が来る。合間に社交生活と家族生活を組み込むのだが、どちらも迅速に行う。眠るのでさえ、仕事をやめて休むというより、まるで仕事の一部のようにこなす。

そういう具合なので、疲労が溜まったときに打つ手を知らない。二週間ほどイタリアの湖畔でのんびり過ごして回復を待つ、などという芸当は到底できない。それどころか、数日庭いじりをして過ごすことさえできないのだ。できないものだから憂鬱と倦怠の気分に陥って、そのことをトゥーイとジーンには隠そうとする。そんな気分のことを打ち明ける相手はかあさましかいない。

ジーンと会うための口実としてではなく、自分だけで訪ねたいと言って寄越したので、かあさまは息子がいつになく悩んでいるのではないかと察しをつける。アーサーはセント・パンクラス駅十時四十分発のリーズ行きに乗る。食堂車で、ふと気づくと、最近よく考えるようになった父のことをまた考えている。若い頃は厳しく批判しすぎたと今は認めている。年を取ったせいか、名声を得たせいか、アーサーは寛大になった。それとも、自分も神経衰弱の一歩手前にあると感じることがあり、神経衰弱の一歩手前こそ人間の常態で、人によって一歩手前で踏みとどまれるのは、ただ運がよいからか、育てられ方がちょっと違ったからなのではないか、そう思うこともあるからか。この体にかあさまの血が入っていなかったら、自分も父チャールズ・ドイルの二の舞を演じる可能性があるのかもしれない。いや、とっくに演じていたところかもしれない。そして、今頃になってようやく気づいたことがある。死なれる前も、死なれたあとも、かあさまは夫のことを批判したことがない。皆が悪く言ってたからね、言う必要もなかったさ、と言う人もいるだろう。それはそうだが、いつも自分の意見をはっきり言うあのかあさまが、あんなに恥ずかしい思い、つらい思いをさせられた男のことを、悪し様に言うのを誰も一度も耳にしたことがないのである。

アーサーはまだ明るいうちにイングルトンに到着する。夕暮れ時、二人はブライアン・ウォラー所有の森の中を登っていき、ところどころに野生のポニーの見える荒地に出る。大柄で姿勢のよい、ツイードのスーツを着た息子が下を向き、しっかりとした足取りの母親の、赤いコートと飾りのない白い帽子に話しかける。母親のほうはときどき、焚き木にする枝を拾う。かあさまのこの癖がアーサーには苛立たしい。かあさまに必要なだけ、この僕が最高の薪を買ってあげるのに。

「ほら」とアーサーが言う。「ここに道があって、向こうにイングルバラの山があります。そしてイングルバラに登ればモーカム湾まで見えることが分かっている。それから川もある。川筋は辿ることができて、川はいつも同じ方向に流れている」

この当たり前すぎる地理の解説はいったい何なのか、かあさまは首を捻る。いつものアーサーらしくない。

「そして、もしも道を見失い、この高原《ウォルズ》で迷うようなことになったら、方位磁石と地図を使えばよい。どちらも、簡単に手に入れることができますからね。そしてたとえ夜になっても、星がある」

「そのとおりね、アーサー」

「いえ、分かり切った、言うに値しないことです」

「じゃあ、あなたが言いたいと思ってることを言ってちょうだい」

「僕はかあさまに育ててもらいました」とアーサーは始める。「僕ほど母親を敬愛した息子は他にいなかった。こんなことを言うのは自分を褒めているのではありません。ただ、事実を述べているのです。かあさまは僕という人間を作ってくれた。僕に自分は何者かという意識を植え付けてくれた。自尊心と、今僕が持っている道義心とを与えてくれた。そして今でも、僕ほど母親を敬愛している息子は他にいません。

僕は姉妹に囲まれて育ちました。アネット……アネットは可哀相でした。神よ、姉アネットの霊を憩わしめたまえ。ロティにコニー、アイダ、ドードー。僕は姉妹皆をそれぞれに愛していました。姉妹のことなら知り抜いています。若い頃には女性と付き合いがなかったわけでもありません。多くの男がするような品性に悖る真似はしませんでしたが、無知でもなければ堅物でもなかった。

そうでありながら……そうでありながら、僕は女性たちが——よその女性たちのことですが——遠い異国に似ていると思うようになりました。もっとも、遠い異国に行っても——例えばアフリカの草原《ヴェルト》に立っても——僕は方角を見失ったことなんか一度もない。何を言ってるのか、分かってもらえないかもしれませんが」

アーサーは口をつぐむ。返事が欲しいのだ。「アーサー、そんなに遠く離れてなんかいませんよ、私たちは。むしろ、うっかり訪ねるのを忘れていたお隣の国に譬えたほうが近いんじゃないかしら。そして実際訪ねてみれば、そこはずっと進んだ国なのか、ずっと遅れた国なのか、いったいどちらなのかよく分からない。ええ、ええ、一部の男の人たちがどんなふうに考えているのかは知ってますよ。でも、どちらでもあるのかもしれないし、どちらでもないのかもしれない。だから言ってちょうだい。言いたいと思っていること」

「ジーンが気を塞いでましてね。もっとも、そんな言い方が正しいのかどうか、体のほうにも出て、偏頭痛を起こしてます。でも、どちらかといえば一種の気鬱症でしょう。まるで自分が何か酷いことをしてしまったみたいな態度をとったり、口の利き方をしたりする。そんなときこそ愛おしくて堪らないんですが」アーサーはヨークシアの空気を胸深く吸い込もうとして、しかしそれはどちらかというと大きな溜息のように聞こえる。「それで今度は僕自身が暗澹《あんたん》たる気分に落ち込んでいって、でもそんなふうになった自分が嫌で嫌で仕方ないんです」

「そんなとき、きっとジーンもちょうど同じように、あなたのこと、愛おしく思うんでしょう」

「ジーンには言いません。気づいているかもしれませんが。そういうのは僕のやり方じゃありませんから」

「そうでしょうね、それは」

「ときどき思うんです。僕は気が変になると」これをアーサーは落ち着いて、しかしぶっきらぼうに、ちょうど気象通報の担当者のような口ぶりで言う。何歩か歩いたところで、下からかあさまが手を伸ばしてきて、腕をアーサーの腕に通す。かあさまが普段しないことなのでアーサーはびっくりする。

「気が変になるのでなければ、心臓発作で死ぬと。貨物船の蒸気釜が破裂して、乗組員もろとも水底へ沈んでいくみたいに」

かあさまは返事をしない。息子の譬えに難癖をつける必要はもちろん、胸の痛みをお医者様に診てもらったかと尋ねる必要もない。

「落ち込んでいる最中は、何もかもが疑わしくなるんです。トゥーイを愛したことがあったかも疑わしい。子供たちを愛しているかも疑わしい。自分の文学的才能も疑わしい。ジーンが僕を愛しているかも疑わしい」

今度は確かに答えを求めている。「あなたがジーンを愛しているということは、疑わしくならないのね」

「それだけはありません。絶対、ありません。だからますますいけないんです。それも疑わしくなるんだったら、本当に何もかもが疑わしくなって、僕は喜んで苦悩の淵に沈んでいけるんです。でも、こいつだけはしっかりとそこにあって、僕のことを鷲掴みにしている」

「ジーンは確かにあなたのことを愛してますよ、アーサー。私はこれっぱかりも疑いません。私はあの人のことを知ってるし、あなたの送って寄越すあの人の手紙を読んでますからね」

「僕もそう思います。そう信じています。でも、どうしたら知ることができるでしょう、ジーンが僕を愛してくれているって。最悪の気分に襲われているときは、この問いが僕の心を引き裂くんです。自分はそう思う、そう信じている。でも、そうと知ることなど、いったいできるのか。僕にそれが証明できたなら、二人のどちらかがそれを証明できたなら、どんなに嬉しいでしょう」

二人は門の前で立ち止まり、木立や茂みの点在する斜面を見下ろす。その先にメーソンギル館の屋根と煙突が見える。

「でも、あなたは自分がジーンを愛していることについては疑わないのでしょ。そしてジーンのほうも、あなたを愛していることについて疑ってない」

「ええ、でもそれでは一方的です。それでは知ることになりません。証明になっていない」

「女性は自分の愛を証明するため、昔から繰り返し行われてきた方法を採ることが多いものですよ」

アーサーは矢のような視線を下に、かあさまに、向ける。しかし、かあさまは決然として前を見つめているばかりである。しかし、かあさまは決然として前を見つめているばかりである。アーサーに見えるのは縁なし帽の曲線と、かあさまの鼻の先だけだ。

「しかし、それも証明とは違います。それは証拠を手に入れようと必死になっているだけのことです。たとえ僕がジーンを妾にしたところで、僕たちが愛し合っていることの証明にはならない」

「それはそうね」

「ひょっとすると逆の証明になってしまうかもしれない。つまり、僕たちの愛が弱まっているということの。ときに感じるんですが、名誉と不名誉はほとんど隣り合わせですね。かつての僕が想像していたみたいに離れてなんかいない」

「名誉への道が楽な道だと教えた覚えはありませんよ。もしもそうだったら何の価値がありますか。それから、証明するというのはそもそも不可能なのかもしれない。私たちにできるのは精々、思うことと信じることくらいで、私たちが本当に知ることができるのは、あの世に行ってからなのかもしれない」

「普通、何かを証明するためには行動することが求められます。僕たちの置かれた状況が特殊で忌々しいのは、証明するために行動しないことが求められる点なんです。僕たちの愛は世間から離れた、隔てられた、世間に知られない愛です。世間からすれば見えもしない実体のないものです。でも僕には、僕たちにとっては、ちゃんと見えるし、ちゃんと実体がある。真空の中に存在しているわけではなくても、空気の質の異なるところに存在している。その空気が普通より軽いのか、重いのか、どちらなのか僕には分からない。そして、どこか時間の埒外に存在している。これはもう最初からそんなふうでした。僕たちはすぐに分かりました。僕たちにはこの類稀な愛があり、この愛は僕を——僕たちを——どこまでも支えてくれる、と」

「だけれども？」

「だけれども……。この考えはちょっと口にするのが怖いんです。最低の気分のときに頭に浮かんでくるんですが。こう考えてるんです……ふと気づくとこう考えてる——もし僕たちの愛が僕の考えているようなものでなかったとしたら？ 時間の埒外に存在なんかしていなかったとしたら？　この愛について僕が信じてきた何もかもが間違ってたとしたら？　どんな意味でも特別な愛などではなかったとしたら？　特別だとしても、精々、世間に告知していないこと、そして……精神的なものであり続けていること、この二つの点においてだけだったとしたら？　そしてもし……そしてもしトゥーイが死んで、ジーンと僕が自由になって、僕たちの愛もようやく告知し、教会の承認を得、世間に披露することができるようになり、そしてもし、その時点で気づいたとしたらどうだろう。つまり、僕が知らなかっただけで、じつは時は静かにその仕事をし続けていたのであり、その仕事とは、むしばみ、腐食し、土台を削り取ることだったのだ、と気づいたら。もしそのとき僕が気づいたとしたら――僕たちが気づいたとしたら――どうだろう。つまり、僕はもう僕自身がかつて思っていたようにはジーンを愛していない。あるいは、ジーンはもうジーン自身がかつて思っていたようには僕を愛していない、と気づいたら。そのとき、いったいどうすればよいのだろう。いったいどうすれば」

　賢明にも、かあさまは答えない。

　アーサーは何でもかあさまに打ち明ける。心の最も奥底の不安も、最も高揚した喜びも、その中間に位置する物質世界の困難と喜びの一切合財も。それなのに話題にできないのが、関心を深めつつある心霊主義《スピリチュアリズム》のことである。もっとも、アーサー自身は心霊論《スピリティズム》と呼ぶのを好むけれども。エジンバラのカトリック地区をあとにしてきたかあさまは、とにかく通い続けた結果としてイングランド国教会の会員となった。すでにかあさまの子供のうち三人が聖オズワルド教会で結婚している――アーサー本人とアイダとドードーである。かあさまは心霊の世界を本能的に嫌う。それはかあさまにとって無秩序と無意味の象徴なのだ。なにしろ、社会からその社会にとっての真実を明示してもらって初めて、人々は自分たちの人生を何らかの意味で理解できると考えている。さらに、その社会にとっての宗教的真実は、カトリックであれ、イングランド国教会であれ、既成の宗教組織によって明らかにされるべきだと思っている。それに息子には家族のことも考えてもらわなくては。あの子は今やこの王国の騎士だ。国王と昼食や晩餐を共にしたこともあるのだ。今や名士なのだ。かあさまは息子が以前した自慢をそっくりそのまま息子に返す。若くて健康なイングランドのスポーツマンたちへの影響力という点じゃ、あなたの右に出るのはキプリングさんしかいないんでしょ？　そのあなたが交霊会だの何だのに関わっていると知れたらどうなります。次は貴族に列せられるかもしれないというのに、ふいになりますよ。

アーサーはバッキンガム宮殿でのサー・オリヴァー・ロッジとの会話について話して聞かせようとして無駄に終わる。ねえ、かあさまだって、ロッジ先生がまったく常識的な、科学者としても尊敬されている人物だということは認めるでしょう？　それが証拠にロッジ先生はつい最近、バーミンガム大学の初代学長に任じられたんですよ……。でも、かあさまは何も認めようとしない。この方面の話となると、息子の言いなりになるのを頑として拒むのだ。

トゥーイを相手にこの話題を持ち出すのも躊躇《ためら》われる。妻の生活の尋常ならざる平穏さをかき乱してはいけないと思うのだ。妻は信仰の問題に関して疑うことを知らない人だ。死んだら自分は天国というところに行き、そこがどんなところか正確には説明できないけれど、今は想像もつかない状態でその天国に留まって、するとやがてアーサーもやってきて、そのうちに子供たちもやってきて、そうすれば家族揃って暮らすことができる。あのサウスシー時代がより良い形で再現される、そう妻は信じている。そうした妻の信念を少しでも動揺させる権利など自分にはないとアーサーは思う。

襟留め用のボタン一つ、打ったセミコロン一つに至るまで、ジーンとは何についてでも話し合いたい。そのジーンに話せないのはもっとつらい。話してみたことはあるのだが、心霊の世界に関することは何も信用しない。怖がっているのかもしれない。そのうえ、愛情深い性質のジーンらしくないと感じられる仕方で嫌悪感を表明してくる。

あるとき、遠慮がちに、熱意は意識して隠し、ある交霊会での経験を話し始める。話し始めた途端、アーサーは気づく。この上なく鋭い非難の色がジーンの美しい顔に浮かんでいる。

「どうしたんだい、僕の愛する人」

「だってアーサー」とジーンは言う。「ほんとに下品な人たちでしょう」

「下品って誰が」

「そういう人たちがよ。お祭りにお店を出して、トランプやお茶っ葉で人の運勢を占うジプシーと変わらないじゃない。ああいう人たちって、ほんとに……下品」

このような上流気取りをアーサーは受け入れ難く思う。それを自分の愛する人に見出せばなおさらである。アーサーは言いたい。立派な下層中産階級《ロワー・ミドルクラス》の人々こそ、昔も今もこの国の精神の貴族なのだ。清教徒《ピューリタン》のことを思い出しさえすれば分かるじゃないか。あの人たちの良さを、言うまでもないけれど、多くの人が理解できなかった。アーサーは言いたい。ガリラヤ湖の周りでは、きっと我らの主イエス・キリストのことをいささか下品だと思う人が多かったはずだ。大抵の霊媒と同様、十二使徒は正規の教育を受けていなかった。もちろん、アーサーは何も言わない。突然苛立ったのを恥じ、話題を変える。

そういうわけで、アーサーは鉄格子の三角形の外に出ていくより仕方ない。しかし、ロティのところへは向かわない。どんな意味でもロティから疎まれる危険は冒したくないし、トゥーイの看病の手伝いをしてもらっているからなおのことそう思う。そこでコニーのところへ行く。軍艦の碇綱《いかりづな》みたいな髪を背中に垂らし、大陸ヨーロッパ中で男の心を弄んだのがついこないだのことのように思われるコニー。ケンジントンに住む一児の母親という役割にあまりにもしっかりと嵌《はま》ったコニー。それから、あの日、ローズ競技場で生意気にもアーサーに反旗を翻したコニー。いったいコニーがホーナングの気持ちを変えさせたのか、それともその逆だったのか、という あの疑問は解けないままだ。しかし、どちらだったにせよ、あのことがあってアーサーはコニーを見直した。

ホーナングのいないある日の午後、アーサーはコニーを訪ねる。二階にあるコニーの小さな居間で、つまりあの日、ジーンのことで長い話を聞いてもらったのと同じ部屋でお茶が出る。自分の妹がもう三十より四十に近いのだと気づき不思議の感に打たれる。でも、その年齢が今の妹には似合っている。今は昔ほどには着飾らないし、大柄で健康で明るい女だ。三人でノルウェーに行ったとき、この妹のことをジェロームがブリュンヒルトに譬えたのは的外れではなかった。歳月の経過と共にコニーはますます頑健になり、あたかもそうなることでホーナングの病弱を帳消しにしようと努めているみたいだ。

「コニー」とアーサーは優しく話しだす。「コニーは考えたりすることがあるかね、人間は死んだあとどうなるのだろうなんて」

妹が鋭く見返してくる。かあさまのことで悪い知らせなの？　かあさま、よくないの？　と目が言っている。

「これは一般的な質問なんだがね」と、妹の不安を感じ取ったアーサーは付け加える。

「考えない」とコニーは答える。「考えるにしても滅多にない。他の人が死ぬことを心配はしても、自分のことは心配しない。昔、考えたこともあったけど、母親になると変わるわね。私は教会の教えを信じてる。私の教会、私たちの教会のね。お兄様とかあさまが離れていってしまった教会の。他のことを信じている暇はないの」

「死は恐ろしいと思うかい」

コニーは少し考える。ウィリーが死ぬのは恐ろしい。夫の喘息が酷いことは結婚するときから知っていて、体は先々ずっと弱いだろうと分かっていたから。でも、それは夫がいなくなること、夫と一緒にいられなくなることが恐ろしいのだ。「考えればぞっとするけど」と答え始める。「私は取り越し苦労はしないの。その時はその時よ。ねえ、お兄様、本当に何か嫌な話があるわけじゃないのね、このあとに」

アーサーは軽く首を振る。「つまり、君の立場をひとことで言えば、成り行き任せということになるかね」

「そうね。なぜ?」

「ねえ、コニー、永遠なるものに対する君の態度はなんともイングランド人的だね」

「変なことおっしゃるのね」

コニーはにこにこしていて、この話題を避けようとするふうではない。それでも、どう始めたものかアーサーにもよく分からない。

「僕がまだストーニーハーストにいた頃、パートリッジという友達がいたんだ。僕の少し年下でね。いい外野手だった。こいつが神学論争を吹っかけてきては僕のことを煙に巻くんだよ。教会の教義の中でもいちばん非論理的なのを探してきて、これが正しいことを証明してみろって言ってね」

「じゃあ、無神論者だったの、その人?」

「とんでもない。あれほど熱心なカトリックだったことは僕なんか一度もない。あの男は教会の説く真理に反対の論陣を張ることによって、真理が真理であることを僕に納得させようとしたんだ。結果的にその作戦は裏目に出たがね」

「パートリッジさんは今どうなさってるの」

アーサーは微笑む。「雑誌『パンチ』の副イラストレーターとして風刺漫画に腕を振るってるんだから、分からないものだ」

アーサーは間を置き、思い直した。やはり単刀直入に行こう。いつもそれでやっているのだし。

「コニー、多くの人、いやほとんどの人が、死を恐れている。その点で君と違う。しかし、そういう人たちも、やはりイングランド人らしい態度をとっている点では君と同じだ。成り行き任せで、その時はその時。しかし、それで恐怖が減じるだろうか。知らぬままでいたら恐怖は増してしまうのではないか。それに、死んだあとどうなるかを知らなくて、生きている意味はあるだろうか。終わりがどうなるかを知らずに、始まりの意味を理解することなどできるだろうか」

この話はどこへ向かっているのだろうとコニーは訝った。この大柄で気前のいい、騒々しい兄をコニーは愛している。スコットランド人らしい実際的な性格なのだが、何かの拍子に突然燃え上がるようなところのある兄だと思っている。

「さっきも言いましたけど、私は私の教会の教えを信じます」とコニーは返す。「他の教えを信じるという可能性はないの。無神論は別かもしれないけど、それはただ空っぽなだけだから、言いようもないくらい気の滅入る話だわ。行きつく先は社会主義でしょ」

「心霊論《スピリティズム》のことはどう思う」

兄が心霊関係に手を染めてもう何年にもなることはコニーも知っている。兄のいないところで話題になったり、仄めかされたりしているからだ。

「そうね、私は信用しないわ、お兄様」

「なぜかね」妹まで上流を気取っていたなどと判明しなければよいが、と思う。

「あれはペテンだと思うから」

「それはそうだ」とアーサーが答えるので妹は驚く。「多くの場合はそうだ。本物の預言者一人につき、偽物が何十人もいることに決まっている。イエス・キリストの場合もそうだった。ペテンがあり、目眩ましがあり、れっきとした犯罪行為まである。じつに胡乱《うろん》な男どもがいて、引っ掻き回している。女にもいるな、残念ながら」

「じゃあ、思ったとおりだわ」

「そして、そこがちっともうまく説明されてない。ときどき思うんだが、この世界には心霊体験はありながら物の書けない連中と、物は書けるんだが心霊体験のない連中、この二種類の人種しかいないんじゃあるまいか」

コニーは答えない。この発言の論理的帰結が気に入らないからだ。論理的帰結はテーブルを挟んだ向こう側に座って、出されたお茶に手も付けずにいる。

「しかし僕はさっき、『多くの場合は』、ペテンだと言ったね、コニー。つまり、多くの場合だけが、ペテンなんだ。例えば金鉱に行ったとして、そこにはぎっしり金が詰まっているだろうか。そんなことはない。多くは、いやほとんどは卑金属で、それも岩に含まれている。金は探して初めて見つかるものだ」

「私、譬えは疑ってかかるの、お兄様」

「それは僕も同様だ。だからこそ宗教を信用しないんだ。あれはこの世で最大の譬えだからね。宗教は僕にはもう用なしだ。僕は知識という透明な白い光だけを相手にする」

これにはコニーも当惑顔である。

「心霊研究とは詰まるところ」と、アーサーは説明する。「ペテンや詐術を排除し暴露することなんだ。つまり、科学的に実証できることだけを残す。あり得ないことを排除してしまえば、残ったものは、たとえそれがどんなにありそうになく思えても、真実であるに違いない。心霊論というのは、目をつぶってどこかに飛び込んでくれと言ってるのでもないし、取り越し苦労をせよと言ってるのでもないんだ」

「じゃあ、神智《しんち》学みたいなものかしら」そろそろコニーは知識の限界である。

「神智学とは違う。神智学は結局のところ新手の宗教だからね。さっきも言ったが、宗教は僕にはもう用なしなんだよ」

「天国と地獄も？」

「かあさまから言われたの、覚えてるだろう。『肌にじかに着けるものはフランネルになさい。それから、神による永遠の断罪などという話を信じてはいけません』って」

「じゃあ、誰もが天国に行くの？　罪びとも義人も一緒に？　それじゃ何の励みも——」

アーサーは手で妹を制止する。まるで学校時代に戻り、〈トリー〉について論争しているみたいな気分だ。

「逝ったあと、人間の霊は必ずしも安らかでいられるとは限らない」

「なら、神様とイエス様は？　お兄様はもう信じないの」

「無論、信じるさ。ただし、教会が、これが自分たちの神だ、これが自分たちのイエスだと言っている神やイエスではない。なにしろ何世紀にもわたって精神的にも知的にも堕落したままの教会、そして信者たちに理性を働かすことを停止せよと求めるような教会だからね」

　コニーは自分の位置を見失ったような気がして、私はここで腹を立てるべきなのかしらと考える。「じゃあ、どういうイエス様をお兄様は信じるの」

「聖書に実際に書いてあることだけを見るならば、つまり、既成の諸教会に都合のいいように聖書に加えられた変更や誤った解釈を無視するならば、イエスが高度な能力を備えた霊能者あるいは霊媒であったことは至極明らかだ。十二使徒という側近グループだって、とりわけペテロ、ヤコブ、ヨハネがそうだが、心霊術者としての能力ゆえに選ばれた者たちだ。聖書で語られる様々な〈奇跡〉だって単に、いや単にではないな、完全に、イエスの霊力の表れだからね」

「ラザロの復活も？　五千人のパンも？」

「心霊治療のできる霊媒もいて、体壁を透視することができるのだそうだ。それから、時空を超えて物体を移動《アポール》させることのできる霊媒もいるらしい。それに、信徒たちの上に神からの聖霊が降り、すると信徒たちが皆、様々な国の言葉で話し始めたという聖霊降臨《ペンテコステ》。あれが交霊会でなくて何だというのだ。これまで読んだ文献の中でも、あれは交霊会の最も正確な記述だと思う」

「じゃあ、お兄様は教会設立以前の、初期キリスト教徒になったというわけね」

「ジャンヌ・ダルクについては、言わずもがなだ。あれは明らかに優れた霊媒だからね」

「ジャンヌ・ダルクも」

　アーサーは妹に馬鹿にされているのではないかという気がし始める。まあ、この妹らしいことではある。それにそのほうが、こちらとしてはかえって説明がしやすいというものだ。

「こんなふうに考えてごらん、コニー。今、百人の霊媒が活動しているとする。そのうちの九十九人がペテンだとする。ということは、一人は本物だ。そうなるね？　そして、もし一人が本物で、その霊媒を介して起こった心霊現象が正真正銘の心霊現象だったなら、我々の主張の正しいことが証明されたことになる。我々は一度だけ証明すればよくて、それをもって時と場所を超えて証明されたことになる」

「何が証明されるのかしら」兄が急に「我々」と言いだしたのでコニーは困惑する。

「人間が死んでも霊魂は生きるということがさ。事例を一つ確認できれば、全人類に通用する証明になる。二十年前のメルボルンでね、こんなことが起こったんだ。当時の記録もよく残っている。二人の若い兄弟が舟に乗って湾に出た。舵を取ったのは年季の入った船乗りだった。気象条件も良かったのだが、哀れ、二人が戻ることはなかった。兄弟の父親が心霊主義者だったので、何の知らせもないまま二日が経ったとき、有名な感応者《センシティヴ》――というのはつまり霊媒のことだが――を呼び、息子たちの行方を追ってほしいと依頼した。兄弟の身の回りの品を渡された感応者は、サイコメトリーによって二人の動きについて報告することができた。感知することのできた最後の場面では、二人の乗った船は難局に直面し、混乱状態にあった。どうやら二人の落命は避けられなさそうだった。

変な目をして見ているね、コニー。君の考えていることはお見通しさ。何も霊能者でなくたってそのくらいのことは分かると思ってるね。まあ、最後まで聞きたまえ。二日後、同じ感応者に来てもらってまた交霊会を開いてね、すると、二人の若者は心霊術を知識としては教えられていたから、すぐに応えてきた。お母さんご免なさい、お母さんは海に出るなと言ったのにと謝ってから、舟の転覆と自分たちの溺死の顛末を説明する。こうなるんだよとお父さんが説いていたとおりの、光と幸せに満ちた状態に僕たちは今置かれていますとも報告する。その上、一緒に果敢無《はかな》くなった水夫まで連れてきて、挨拶させる。

交信の最後のほうで兄が話すことには、弟は片腕を魚に食いちぎられたという。霊媒が鮫だったかと尋ねると、これまでに見たどの鮫とも違っていたという返事だ。さて、以上の話はすべてその時点で書き留められ、話の一部は新聞各紙でも報じられている。謹聴してほしいのはこの先さ。数週間後、深海に住む珍しい種類の大型の鮫が五十キロほど離れたところで捕獲された。捕まえた漁師もこんなのは見たことがないと言い、メルボルン沖の水域では馴染みのない種類だった。そして、そいつの腹を開いてみると、人の腕の骨が出てきたんだ。ほかにも時計と硬貨数枚、その他の品が出てきて、それらは死んだ若者の持ち物だった」アーサーはここで間を置いた。「さあ、コニー。この話をどう思う」

コニーは少し考える。コニーが思うのは、兄は宗教と兄自身の一件落着癖とを混同しているということだ。兄は何か問題――死――を見つけると、その解決方法を探さずにおれない性分なのだ。また、兄の心霊主義は、どこがどう繋がっているかコニーにも判然としないけれども、兄が騎士道とロマンスを愛し、遠い過去に黄金時代が存在したと信じていることと繋がっているとも思う。でも、今は反論の根拠を狭く限定する。

「私がどう思うかというとね、お兄様。今のは素晴らしいお話だし、皆知ってるように、お話をさせたらお兄様は素晴らしい語り手だということ。それから、もう一つ思うのは、私は二十年前のメルボルンにいなかったし、それはお兄様も同じだということね」

反駁《はんばく》されてもアーサーは気を悪くしない。「コニーは大した合理主義者だ。そして合理主義者であることは心霊主義者になるための第一歩だ」

「お兄様に私を改宗させられるかしら」コニーには、今聞かされた話が、聖書にある鯨に呑まれたヨナの話の改訂版みたいに感じられる。改訂版のほうが、犠牲者が気の毒な目に遭うけれど。でも、この手の話を拠り所にして何かを信じるのなら、やはり宗教的信仰ということになるのではないか。その点、ヨナの話を初めて聞いた人々と選ぶところがない。それでも聖書のほうは一つの譬えを示しているに過ぎない。ところが兄は譬えが嫌いなものだから、譬え話を見つけると、それを文字どおりに解そうとする。例えば、「麦と毒麦」の譬え話が単に園芸についての助言であるかのように考えてしまう。

「コニー、君の知っている、君の愛している人が死ぬことになったらどうだろう。そして死んだあとで、その人が君に連絡してきたら。君に話しかけてきたら。何か君しか知らないようなこと、詐術を弄しても探り出すことのできないような、思いもかけない個人的な事柄について話してきたら」

「お兄様、それもその時になったら考えます」

「ああコニー、イングランド人的コニー。成り行き任せ。何が起こるか、起こるまで待ってましょう、か。僕は違う。僕は自分から動く」

「お兄様はいつもそうだった」

「我々は笑いものにされる。これは大義のための戦いだが、正々堂々の戦いにはならないだろう。自分の兄が笑いものにされるのを覚悟しておくことだ。だが、忘れずにいてほしい。事例一つ確認できればよい。一つ確認できれば、すべてが証明される。合理的な疑いを差し挟む余地なく証明される。科学的な反論を差し挟む余地なく証明されるのだ。どうだいコニー、考えてみてごらん」

「お兄様、お茶がすっかり冷めてしまったわ」

こんなふうにして、徐々に月日が積み重なっていく。トゥーイが病気になってから十年、アーサーがジーンに出会ってから六年になる。トゥーイが病気になってから十一年、アーサーがジーンに出会ってから七年。トゥーイが病気になってから十二年、アーサーがジーンに出会ってから八年。トゥーイは相変わらず快活で、相変わらず何の痛みも覚えない。相変わらず、自分を包囲する善意の結託に気づかぬままであるとアーサーは確信している。ジーンは相変わらずフラットに住み、発声を練習し、キツネ狩りに参加し、お目付け役付きで〈森の下《アンダーショー》〉を訪問し、お目付け役抜きでメーソンギルを訪問する。この現状で私は十分です、これ以上のことを望む気持ちはありませんから、という年来の主張を曲げず、安心して出産できる年が一年、また一年と過ぎていくのに任せている。かあさまは相変わらずアーサーの土台石であり、アーサーの聴罪司祭であり、アーサーの自信の源である。何も動かない。ひょっとするとこのままずっと何も動かず、そしてある日、アーサーは過労に心臓を襲われて、破裂し、絶命するだけのことなのかもしれない。どこにも出口がない。それがこの状況の忌々しいところだ。いや、もっと正確に言うならば、おいでおいでと手招きする出口のどれにも〈苦悩〉と書いてある。『ラスカーのチェス・マガジン』に「ツークツワンク」と呼ばれる局面についての説明があった。指し手がどの駒をどの方向のどの升目に動かしても、すでに危うい形勢をさらに悪くしてしまうような局面のことだという。アーサーの人生はまさにそんな感じである。

他方、サー・アーサーの人生、すなわち世間の目に映るアーサーの人生は、上々の状態にある。王国の騎士にして、国王の友人。帝国の闘士にして、サリー州の副統監。世の中で常に引っ張り凧の人気者である。ある年、ボディービルダーのサンドウ氏の企画した筋肉美コンテストがアルバート・ホールで開かれた折、審査員を務めるよう依頼される。サー・アーサーと彫刻家のローズの二人が採点し、サンドウ氏本人が審査委員長である。八十人の出場者が十人ずつの組に分かれ、超満員の会場に向かって鍛えた筋肉を披露する。豹皮パンツ着用のはち切れんばかりの八十人が二十四人にまで絞り込まれ、それがさらに十二人に減らされ、六人に減らされ、そして最終候補三人が決まる。残った三人はいずれも素晴らしい肉体の持ち主だが、一人はやや背が低く、もう一人はややぎこちない。そこで選手権は、高価な金の彫像と共に、北部ランカシアから来たマレーという男に与えられる。引き続き、審査員を含む特に選ばれた面々はシャンパン付きの遅い夕食会で慰労される。終了後に深夜の通りに出たサー・アーサーは、マレーが逞しい腕で彫像を小脇に抱え、前を歩いているのに気づく。サー・アーサーは追いつき、改めて祝辞を述べ、この選手権者が本当に素朴な田夫《でんぷ》であることを見て取ると、今晩はどちらにお泊まりですかと尋ねる。マレーはブラックバーンに帰る切符があるだけで、金は一銭もなく、従って朝に汽車が出るまで、人のいない街を歩いて過ごすつもりだと打ち明ける。そこでアーサーは男をモーリーズ・ホテルに連れていき、面倒を見てやってくれと宿の者たちに言い付ける。翌朝訪ねてみると、ベッドに身を起こしたマレーが畏敬の念に打たれたメイドやボーイたちに囲まれてにこにこしている。横の枕の上で賞品が光っている。これこそ絵に描いたような幸福な結末だが、アーサーの心に残るのはこの光景ではない。残るのは、自分の前を一人で歩いている男の姿である。大きな賞を獲って喝采を浴びた男。金の彫像を小脇に抱えながら、懐中無一文の男。夜明けまでガス灯に照らされた通りを独りぼっちで歩き回るつもりでいる男。

それからもう一つ、コナン・ドイルの人生があり、こちらもまた頗《すこぶ》る好調である。アーサーはプロ意識が非常に強く、また常に非常に精力的だから、たとえ行き詰まって書けなくなっても一日か二日すれば解消する。これにしようという話を見つけ、調べ物をして計画を立て、あとは一気に書き上げる。作家の責任ということについても至極明快な考えを持っている。第一に、文章が明晰でなくてはならぬ。第二に、面白くなくてはならぬ。第三に、巧みでなければならぬ。アーサーは自身の才能を知っており、また、結局のところ読者は神様だということも知っている。だからこそ、シャーロック・ホームズ氏が息を吹き返すことを許したのだ。日本の柔道の秘技と、切り立った岩壁をよじ登る術とを心得ていたお蔭で、ライヘンバッハの滝から生還したということにしておいた。ほんの半ダースほど新しい短篇を書いてくれれば五千ドル——それもアメリカ国内のみの版権の対価として——出しますからとアメリカ人たちがせがむのなら、コナン・ドイル博士も諦めて降参し、手枷足枷となるのは覚悟の上で当分の間あの私立探偵と付き合うよりほかないだろう。それに、名探偵のお蔭で他の見返りも得た。

エジンバラ大学から名誉文学博士号を贈られたのである。アーサーはキプリングのような大物では全然ないかもしれないが、行列に加わって自分の生まれた街を歩くとき、大学の式服のガウンがしっくりときた。サリー州副統監の風変わりな衣裳を身に纏ったときより按排《あんばい》がよいと認めざるを得なかった。

さらに四つ目の人生があり、それを生きているときはアーサーでもなければ、サー・アーサーでも、コナン・ドイル博士でもない。富も地位も世間体も、肉体という殻も無関係なら、名前すら無関係な人生。すなわち、霊の世界を生きることだ。自分は何か別のことのために生まれてきたのだという意識が年を追うごとに強くなる。これは容易《たやす》いことではない。今後、容易くなることもないだろう。既成の宗教のどれかに入信するのとはわけが違う。これは新しくて、危険で、極めて重要である。もしヒンズー教徒になるのなら、それは社会から奇矯な行為と見られこそすれ、精神が錯乱したとは思われまい。しかし、心を開いて心霊論の世界に入っていこうと覚悟したならば、新聞雑誌が世間を惑わすために使う冗談やら浅薄な逆説やらに耐える覚悟もせねばならぬ。けれども、嘲笑家や冷笑家、三文文士など物の数ではない。こちらにはクルックスにマイヤーズにロッジにアルフレッド・ラッセル・ウォレスと、錚々たる面々がついている。つまり、科学が先導しているのであり、そうした場合の例に漏れず、やがて嘲笑者たちは鼻をへし折られるだろう。昔、電波などと聞いて誰が信じただろう。X線などと聞いて誰が信じただろう。アルゴンだのヘリウムだのネオンだのキセノンだのと聞いて誰が信じただろう。これらは皆、近年に発見されたものだ。現実の表層の直下、事物の薄皮のすぐ下に存在する不可視なもの、触知不能なものが、最近次々と可視化され、触知可能にされつつある。この世界とそこに住む、ろくに物の見えない人々は、今ようやく目が開き始めたところだ。

例えば、クルックスだ。クルックスは何と言っているか。「信じ難いが真実だ」と言っている。物理と化学の分野における業績が正確で信頼できると至る所で賞讃されている人である。タリウムを発見し、また多年を費やして希ガスや希土類の属性について研究した人である。心霊という同様に捕捉し難い世界、鈍い頭や狭隘《きょうあい》な精神には到達し難いこの新しい領域について判定を下してもらうのに、これ以上に適任な人がいるだろうか。その人が言うのだ。信じ難いが真実だ、と。

そしてトゥーイが死ぬ。トゥーイが病気になってから十三年、アーサーがジーンに出会ってから九年が経った、一九〇六年のことである。この年の春、トゥーイはときどき軽い譫妄状態に陥るようになる。直ちにサー・ダグラス・パウエルが診察に駆けつける。以前より顔は青白く、頭髪は薄くなっているが、相変わらず丁重この上ない死の宣告者である。今回は再び小康を得る望みはなく、アーサーは随分前から予告されていた結末をいよいよ覚悟せねばならぬという診断である。不眠不休の看病が始まる。〈森の下《アンダーショー》〉をガタガタ走っていたモノレールが止められ、ライフル射撃場は立入り禁止となり、テニスのネットは来シーズンまで外される。病人が痛みを覚えぬまま、また心安らかなまま、部屋の花は春のそれから初夏のそれに変わっていく。徐々に譫妄状態の続く時間が長くなっていく。結核結節が脳にもできた。左半身と顔半分に部分麻痺が起こる。『キリストに倣いて』が開かれることなく置かれている。アーサーは付きっきりである。

トゥーイは最後までアーサーのことが分かる。気づくと「まあ、まあ。有り難う、あなた」と言い、ベッドの上で身を起こしてもらうと「これでよし」と呟く。六月が七月になる頃、死の近いことが見た目にもはっきりする。当日、アーサーは枕元に座る。メアリとキングズリーは母の麻痺した顔に半ばまごつき、居心地悪そうに、怖々と見守る。三人は黙って待つ。午前三時、トゥーイはアーサーの手を握ったまま死ぬ。トゥーイは四十九歳、アーサーは四十七歳である。死んだあとも、アーサーは長いこと妻の部屋にいる。亡骸《なきがら》の脇に立ち、自分は最善を尽くしたと自分に言い聞かせる。ベッドの上に安置されているこの抜け殻が、今も存在するトゥーイのすべてでないことも分かっている。この白くて蠟のようなものは妻が捨てていったものに過ぎない。

それに続く日々、アーサーは近親を失った者に特有な熱に浮かされたような高揚感と共に、心の片隅では、義務を果たしたという充足感を覚える。トゥーイは隣村グレイショットで、レイディ・ドイルとして大理石の十字架の下に埋められる。やんごとなき方々からも、市井の人々からも悔やみ状が届く。国王からも、メイドからも。作家仲間からも、遠方の読者からも。ロンドンのクラブからも、帝国の辺境からも。アーサーは人々の示す弔意に最初は胸を打たれ、光栄に思う。しかし、悔やみ状が届き続けると、次第次第に動揺する。いったいこのような真心に値する何を自分はしただろう。その真心が何を前提としているかを思うと身が縮む。

このような真情の発露を見ると、自分が偽善者に思えてくる。トゥーイほど優しい伴侶に恵まれた男は他にないだろう。クラレンス遊歩道《エスプラネイド》で戦争の記念物を一つひとつトゥーイに説明したことを思い出す。海軍糧食工場で船上食の乾麺麭を口にくわえたトゥーイが目に浮かぶ。メアリを身ごもってお腹の大きかったトゥーイと台所のテーブルの周りで踊ったワルツ。即決で連れていった凍てつくウィーン。ダヴォスでトゥーイをくるんでやった毛布。トゥーイが身を横たえていたエジプトのホテルのベランダ。トゥーイに手を振ってゴルフに出かけ、砂原越しに近くのピラミッドまで届けとボールを叩いた。トゥーイの微笑み、トゥーイの善良さを思い出す。しかし、同時に思い出されるのは、胸に手を置いて、自分はトゥーイを愛していると誓えなくなってもう何年にもなるということだ。ジーンが現れてからというだけでなく、その前からすでにそうだった。本当には愛していなかったということを考えれば、自分はトゥーイを精一杯に愛したと言える。

直後の数週を子供たちと過ごすべきことは分かっている。連れ合いを失った親はそうするものだ。キングズリーが十三で、メアリが十七。二人の年齢に今更ながら驚く。アーサーの一部はジーンに出会ったあの年のあの日で凍結されている。あの日、アーサーの心は完全に生き返り、そして生き返ったまま停止状態に置かれたのである。自分の子供たちが間もなく大人になるという考えにアーサーは自分を慣らさねばならない。

子供が大人になりかけている証拠が必要ならば、ほどなくメアリがそれを示すことになる。葬儀から数日後の午後にお茶を飲んでいるとき、はっとするほど大人びた声でメアリが言う。「お父様。お母様は亡くなる前に、お父様が再婚するって言ってましたけど」

アーサーは食べていたケーキに喉を詰まらせそうになる。頬が紅潮し、胸が締めつけられるのを感じる。これが半ば予期していた心臓発作か。「え、そんなことを?」トゥーイはそんなこと、自分に向かってはおくびにも出さなかった。

「ええ、でも少し違ったかも。お母様が言ったのは……」とメアリは言葉を切り、父親は頭の中が不協和音でわんわんし、腹の中が騒ぎだす。「……お母様が言ったのは、お父様が再婚することになっても驚いてはいけないって。お母様はお父様にそうしてほしいと思っているからって」

アーサーはどう考えればよいのか分からない。自分に対して何か罠が仕掛けられたのか、それとも罠など存在しないのか。結局、トゥーイは感づいたのか。そして娘に明かしたのか。一般的な話だったのか、個別具体的な話だったのか。この九年間というもの、あまりにも多くの疑念を抱えて生きてきた。これ以上耐えられるか自信がない。

「それでお母さんは……」アーサーは冗談めかして言おうとして、そんな口調は相応しくないことに気づく。とは言うものの、相応しい口調などありはしない。「それでお母さんは、誰か具体的な候補を考えていたのかな？」

「お父様！」メアリはそんな考えに、また父親の口調に、憤慨したらしい。

話題は無難な方面へ移っていく。けれども、その後数日、このやりとりはアーサーの念頭を去らない。トゥーイの墓に花を持っていくときも。気もそぞろに、がらんとした妻の部屋に立ち尽くすときも。書斎の机を避け、届き続ける悔やみ状、真心のこもった手紙をとても読めないと思うときも。アーサーはこの九年間、ジーンの存在が知れぬようトゥーイを守ってきた。この九年間、トゥーイが一瞬たりとも不幸な思いをしないよう努めてきた。しかし、この二つの望みは両立しない――最初から両立していなかった――のかもしれない。アーサー自身認めるにやぶさかでないが、女性というのはアーサーの得意分野ではない。女性は自分が愛されているとき分かるものなのか？　アーサーはそう思うし、そう信じるし、そうであると知っている。なぜなら、それこそが、あの陽の降り注ぐ庭でジーンが感知したことだからだ。それもアーサー自身が気づかないうちに。そうであるならば、女性は自分がもはや愛されていないときも分かるものなのか。そして女性は、こちらが誰か別の女性を愛しているときも分かるものなのか。九年前、アーサーはトゥーイを守るべく、周囲の人たち皆を巻き込んで、手の込んだ筋書きを作った。しかし、結局のところ、あれは自分自身とジーンを守るための計略に過ぎなかったのかもしれない。まったくの手前勝手だったのかもしれなくて、それが欺瞞であることをトゥーイは見抜いていたのかもしれない。トゥーイはずっと知っていたのかもしれない。

再婚の可能性について母親から聞かされたとき、メアリはその趣旨を完全には汲めなかった様子だが、今のアーサーには伝わってくる。ひょっとするとトゥーイは端から知っていて、夫のする浅ましい事実の並べ替えを病床から眺め、夫のつく卑しい小さな嘘の一つひとつを理解して微笑み、階下で夫が不義密通の道具である電話を忙しく使っているところを想像していたのかもしれない。もう夫にとって十全な意味で妻たりえない自分が不甲斐なくて、抗議したくてもできなかったのだろう。そしてもし——ここでアーサーの疑念はさらに暗いものになる——もし妻がジーンの重要性を端から知っていて、ずっと気を揉み続けていたのだとしたら。もし、〈森の下《アンダーショー》〉を訪ねてくるジーンのことをアーサーの妾だと思い込んでいて、だのに歓迎せねばならぬ立場に置かれていたのだとしたら。

力強くて非妥協的なアーサーの精神は、このことについてさらに考え続ける。最初思った以上に多くの問題がメアリとの会話から派生する。トゥーイの死によって人を騙す必要がなくなるわけではない、ということにアーサーは気づく。自分がこれまで九年もの間、ジーンを愛していたことをメアリが知ってはならないからだ。キングズリーも知ってはならぬ。母親が裏切られたと知ると、男の子は女の子よりさらにひどく動顛《どうてん》すると聞く。

アーサーは想像する。適切な時期を見計らい、台詞の練習をして、それから咳払いを一つして、口調は……どんな口調にすればよいのか。まるでこれから言うことが、自分でも信じられないという口調がよいか。

「ねえ、メアリ。お母さんが死ぬ前に何と言ったか覚えてるね。そのうちにお父さんが再婚する可能性があるという、あの話。それなんだがね、これにはお父さん自身随分驚いているんだが、どうもお母さんの言ったとおりになりそうなんだ」

こんな言葉を自分は言うことになるのだろうか。そうだとして、いつ？　今年中？　まさか、それはない。でも来年、再来年は。妻を亡くして悲しみに暮れる男は、どれくらい間を置けばまた人を愛することを許されるのか。この件について世間がどう思うかは知っている。でも子供たちはどう思うのだろう——ことに自分の子供たちは。

そしてアーサーはメアリからの質問を想像する。その人って誰なの、お父様。あら、レッキーさんなの。レッキーさんに初めてお目にかかったのって、私がすごく小さかった頃だったわよね。それから、しょっちゅういろんなところで一緒になって。そのうちに〈森の下《アンダーショー》〉に見えるようになって。てっきり、もうご結婚なさってるものと思ってた。まだお独りだったなんて、お父様ついてるわね。今、おいくつ？　三十一？　じゃあ、売れ残りだったってことになるのかしら。意外ね、男の人たちが結婚したいと思わなかったなんて。それで、お父様はいつ、レッキーさんのことが好きだって思ったの」

メアリはもう子供ではない。自分の父親だって当然嘘をつくとまでは思っていなくとも、こちらの話に少しでもちぐはぐな点があれば気づくだろう。うっかり尻尾を出してしまったらどうする？　嘘の上手い人間、つまり自身の情緒生活——結婚生活を含めて——を「ばれずに何をしおおせるか」の原理で律し、あっちで虚実をない交ぜにし、こっちで真っ赤な嘘をつくというような輩をアーサーは軽蔑する。昔から子供たちに向かって正直であることの大切さを口を極めて説いてきた。その本人が、今回はとんでもない偽善者にならなくてはならない。にっこり微笑み、嬉しくも気恥ずかしいという顔をして、驚いているふりをして、ジーン・レッキーを愛するに至った経緯について虚偽のロマンスを捏造し、その嘘っぱちを自分の子供たちに聞かせなくてはならないのだ。そしてその嘘を死ぬまでつきとおさなければならない。それに周りの人たちに頼んで口裏を合わせてもらう必要もある。

ジーンのほうはと言えば、まったく当然のことながら葬儀には来なかった。悔やみ状を寄越し、一週間くらいしてからマルコムの運転する車でクロウバラからやってきた。これはなかなか厄介な対面となった。二人が到着したとき、ジーンをその兄の前で抱擁することは憚られ、アーサーは咄嗟にジーンの手にキスをする。これが場違いな所作で——ほとんどおどけている感じさえして——、お蔭でぎこちない雰囲気が出来上がって、それが最後まで抜けなかった。ジーンの立ち居振る舞いは完璧で、それはアーサーも最初から心配していなかった。他方、アーサー自身は甚だ困惑した。気を利かせたマルコムが、ちょっとお庭を拝見と言って出ていくと、アーサーは弱り果て、思わずきょろきょろと辺りを見回した。しかし、誰が指示を出してくれるというのだろう。まさか、愛用していたティー・セットの奥に鎮座しているトゥーイではあるまい。何と言っていいのか分からないものだから、不調法をごまかすため、またジーンの顔を見ても喜べないことを隠すため、悲しみに沈んだふりをする。ありもしない園芸趣味を発揮してくれたマルコムが戻ってきて、ほっとする。ほどなく二人は辞去し、アーサーは惨めな気分を味わった。

これまで長いこと、アーサーは例の三角形の内部で、焦れながらも安全に生きてきた。その三角形が壊れた今、新しい幾何学的配置がアーサーを怯えさせる。悲しみからくる精神の高揚が去り、今度は無気力が襲ってくる。まるで遠い昔に赤の他人が設計した屋敷であるかのように、アーサーは〈森の下《アンダーショー》〉の敷地を彷徨《さまよ》い歩く。厩舎まで行っても、馬に鞍をつけさせる気にはなれない。毎日トゥーイの墓に参り、困憊《こんぱい》して帰ってくる。トゥーイが自分を慰め、安心させてくれるところを想像する——真実がどこにあるにせよ、私はずっとあなたのことを愛してきましたし、今はあなたのことを許します、と言って。しかし、それを死んだ妻に要求するのは、手前勝手な自《うぬ》惚《ぼ》れ屋のすることに思われる。書斎の椅子に長時間座ったまま、作家として成功したスポーツマンによって獲得された空しく輝くトロフィーの数々を煙草を吸いながら眺める。トゥーイの死という事実を前にして、これらの安ぴかが無意味なものに見える。

手紙の処理はすべてウッドに任せる。この秘書はとうに、主人の署名や献辞、主人らしい言い回しやさらには意見まで、再現できるようになっていた。しばらくはこの男にサー・アーサー・コナン・ドイルになってもらおう。今、その名前の所有者は、自分でいたいと思わないのだ。ウッド君は何でも開封してよろしい。そのまま捨てるも、返事を書くも、ウッド君が決めてくれ。

活力が湧かず、食欲もない。もっとも、こんなときに腹が減ったら猥褻というものだろう。横になっても眠れない。これといった症状はなく、ただ全身が極度に弱っている。古くからの友人で、南アフリカ出征時に診てもらって以来かかりつけの、チャールズ・ギブズの診察を受ける。悪いと言えばどこも悪いし、悪くないと言えばどこも悪くない、つまり神経だ、というのがギブズの見立てである。

やがて、神経だけで済まなくなり、腸をやられる。打つ手はあまりなくても、その原因だけはギブズも特定できる。ブルームフォンテーンでか草原《ヴェルト》でか、何かの病原菌がアーサーの体に入り込んだに違いない。病原菌は体内に留まり続け、体がいちばん弱くなったときに暴れようと待ち構えていたのだろう。ギブズは睡眠薬を処方する。しかし、患者の体内を巡っているもう一つのやはりしぶとい病原菌、罪悪感という病原菌については、手の施しようがない。

トゥーイは長患いだったので、その死に対してはどうにか心構えができるだろう、ずっとアーサーはそう思っていた。死なれて悲しみや罪悪感を味わうにしても、それらの感情はもっと輪郭のはっきりとした、もっと明確に限定されたものになるだろうと思っていた。だが実際に経験するそれらは天候に似ている。名を持たぬ正体不明の風に吹かれるままに刻々と姿を変える雲に似ている。

自らを奮い立たせねばならぬと分かってはいても、できる気がしない。結局のところ、それは自らを奮い立たせて再び嘘をつくことを意味するからだ。第一に、トゥーイを一途に愛した結婚生活だったという以前からの嘘を永続させ、それを歴史的事実とするための嘘。次には、妻を亡くして悲嘆に暮れる男の心にジーンが思いがけぬ慰めを与えてくれたという新しい嘘を構築し、伝え広めるための嘘。この新しい嘘のことを思うと胸が悪くなる。少なくとも無気力には真実がある。疲労困憊し、腸を病み、部屋から部屋へとのろのろ移動しているぶんには、少なくとも誰のことも欺いてはいない。いや、欺いているのかもしれない。アーサーの不調の原因を誰もがもっぱら傷心に求めているのだから。

自分は偽善者だ、自分は偽物だ。ある意味で、前々からアーサーは自分は偽物だと感じており、有名になればなるほど、自分がますます偽物になっていく気がしていた。アーサーは当代の偉人などと称揚され、積極的に世間と関わっているものの、アーサーの心は今の時代に馴染まない。今の時代の普通の男なら、ジーンを妾にすることに何の躊躇いも覚えなかったはずである。今時の男たちは皆そうしているし、アーサーの観察するところ、事情は社会の最上層部でも変わりない。しかし、アーサーの道徳生活はむしろ十四世紀に置かれたほうがぴったりする種類のものなのだ。では、アーサーの霊的生活は？　コニーの判定によれば、アーサーは初期キリスト教徒であった。アーサー自身は自分を未来に位置づけたいと思っている。二十一世紀だろうか、それとも二十二世紀か。すべては目下眠りこけている人類がいつになったら目を覚まし、目を使えるようになるかにかかっている。

すでに坂道を転げ落ち始めていたアーサーの思考は、さらに下へ転げていく。九年間不可能事を欲し続けた

――欲していると認めぬよう努め続けた――末に、今や自由になった。ジーンと結婚しようと思えば、明日の朝にでも結婚できる。難癖を付けるのは村の道学者たちくらいだろう。だが、不可能事を欲するから、欲することが尊くなる。不可能事が可能事になった今、自分はどれほど欲しているだろう。それすら今のアーサーには分からない。まるで心臓の筋肉があまりにも長く無理を強いられた結果、劣化したゴムになってしまったようだ。

以前、食後のポートワインを飲みながら、こんな話を聞いたことがあった。ある既婚者が長年にわたって妾を囲っていた。妾は素性のよい人で、男の妻となるのに何の不足もなかったし、そのことはかねてより予期され、約束されていたことでもあった。いよいよ本妻が死に、男は予想どおり数週のうちに再婚した。が、相手は妾ではなかった。葬式の数日後に出会った身分の低い若い女性と結婚した。話を聞いたとき、アーサーにはこの男が二重の卑劣漢に思われた。妻に対して卑劣、妾に対しても卑劣であると。

しかし、そうしたことも十分に起こり得ると、今のアーサーにはよく分かる。トゥーイが死んでからの決して平坦でなかった数か月、社交らしい社交はなかったし、その間に紹介された人々から得た印象はごく薄かった。それでも――そしてアーサーが異性をよく理解しているとは言い難いことを考慮に入れても――幾人かの女性はアーサーにちょっかいを出してきた。いや、「ちょっかい」は言葉が過ぎる。でも、確かに、女性たちはアーサーのことを違う目で見ていた。妻を亡くしたばかりの、この有名な作家、王国の騎士のことを。今のアーサーには容易に想像がつく。劣化したゴムは突然破れるかもしれない。若い女性の純真さや、それどころか男たらしの香水臭い微笑みでさえもが、長年の密やかな愛情に対して一時的に鈍感になった心を突然刺し貫くかもしれない。アーサーには二重の卑劣漢の行動が理解できる。理解できるだけでなく、その利点まで分かる。そんな稲妻に打たれたがごとき激情に身を任せてしまえば、少なくとも嘘をつく必要だけはなくなる。長く密かに愛してきた人を引っぱり出してきて、最近知り合った人だなどと紹介しなくて済む。自分の子供たちに死ぬまで嘘をつきとおす必要もない。新しい妻に関しては、こう言うことになるだろう。ええ、どんな印象を持たれたかは分かってます。そりゃ、かけがえのない人の代わりは務まりません。でも、あれは、私の心にちょっとした元気と慰めを与えてくれたんです、と。赦しを乞うてもすぐには得られないかもしれないが、少なくとも状況はこちらのほうがすっきりしている。

アーサーは再びジーンと会う。一度は他の人たちと一緒に、一度は二人きりで。どちらのときも、二人の間のぎこちなさは消えないままだ。アーサーは自分の心臓が再び脈打ち始めるのを待っているところ、いや、再び脈打ち始めよと自分の心臓に命じているところである。が、心臓は頑として言うことを聞かない。アーサーは自分の思考を強引に誘導すること、有無を言わさず思考を方向づけることに慣れているものだから、情愛が同じようにはならないことに驚きを禁じ得ない。ジーンを見ればいつもどおりに愛らしく、ただその愛らしさがいつもの反応を引き起こさない。どうやらアーサーの心臓は、ある種の不能に陥ったらしい。

心の痛みは体を動かすことによって和らげるのが、これまでのアーサーの流儀だった。しかし、今は馬に乗りたくもないし、スパーリングをしたくもない。クリケットの球を打ちたくもなければ、テニスもゴルフもしたくない。ひょっとすると、もしもこの瞬間、雪に覆われたアルプス高地の谷に連れていかれたなら、氷のような風が、アーサーの魂を包む悪気を吹き飛ばしてくれるのかもしれない。しかし、それもあり得なさそうだ。かつての自分、すなわちノルウェー製のスキーをダヴォスに持参して、フルカ峠をブランガー兄弟と越えた運動家《シュポルテスマン》は、とうに出立し、とうに視界から消えて山の向こう側に行ってしまったように、アーサー自身が感じているからだ。

ようやく精神が下降線を辿ることをやめ、心からも腸からも熱っぽさがとれてくると、アーサーは頭の中に一か所何もない場所を作ろうと努める。物事を単純に考えるための小さな空間を確保するのだ。自分が何をしたいのかが分からないなら、自分が何をすべきかをはっきりさせなければならぬ。欲求が錯綜したときこそ、義務をしっかり把握することだ。トゥーイのときにもそうしたし、今度はジーンについてもそうせねばならぬ。自分は絶望と希望を胸に、ジーンのことを九年の間愛してきた。そのような感情が簡単に消えてなくなるはずがない。だから、その気持ちが戻ってくるのを待たねばならぬ。それまでは、グリンペンの大底なし沼に呑み込まれぬよう気をつけて進むことになる。緑の藻に覆われた池や、汚い泥沼が至る所に待ち構えており、これに引きずり込まれたら、二度と這い上がれない。歩むべき道筋を決めるにあたっては、今までに身に付けた知識を総動員せねばならぬ。大底なし沼には、生い茂る葦《あし》だとか、道標として打ち込まれた棒切れだとか、隠された目印があり、それらを知る者をしっかりとした土の上へと導いてくれた。人間が道徳の道に迷ったときも同じことだ。進むべき道は〈名誉〉が指し示す方角にある。これまで自分はいかに振る舞うべきか、名誉に教えられてきた。今度も、どちらへ向かうべきか名誉が教えてくれるに違いない。かつて名誉は自分にトゥーイと添い遂げよと命じ、今はジーンと添い遂げよと命じている。先は遠く、再び自分が真の幸福を得られるか否かは見通せない。しかし、自分にとって、名誉のないところに幸福はないということ、それだけは分かっている。

　子供たちは寄宿学校である。家の中は音一つしない。風に葉をむしられて木々が裸になる。十一月が終わり、十二月が始まる。皆から言われていたとおり、少し気分が落ち着いてくる。ある朝、アーサーはふらりとウッドの秘書室に入っていき、自分宛の手紙を見る。アーサーには平均して日に六十通の手紙が届く。過去数か月の間に、ウッドは余儀なく一つの方式を確立していた。直ちに片付けられるものは、すべて自分で返事を書いてしまう。サー・アーサーの意見なり判断なりを要するものは、大きな木製の箱に入れておく。一週間の終わりまでに、主人が何らかの指示を出せる心身の状態にならなかった場合は、ウッドが自分にできる精一杯の仕方で片付ける。

　今日は、木箱の手紙のいちばん上に小包が載っている。気の乗らない顔でアーサーは小包の中身を滑り出させる。『審判《ジ・アンパイア》』という新聞からの切り抜きが綴じ合わせてあり、そこに添え状が付いている。聞いたこともない名前の新聞だ。ひょっとして、クリケット関係の新聞だろうか？　いや、違う。新聞の紙がピンク色であることから、これがゴシップ新聞だと分かる。アーサーは手紙の署名に目をやる。そこには見たこともない名前が記されている。ジョージ・エイダルジ、と。

第三部　始まりのある終わり

アーサーとジョージ

シャーロック・ホームズが最初の事件を解決して以来、世界中から依頼や要請が届き続けている。人や物が謎めいた状況で消え失せたとき、警察が普段以上にまごついたとき、裁判に誤りがあったとき、そんなときにはホームズとその生みの親に助けを求めるのが人類の本能であるかのようだ。ベーカー街二二一B宛の手紙は、今では郵便局が機械的に宛先人不明のスタンプを押して送り返す。サー・アーサー気付ホームズ宛の手紙も同様に処理される。この数年、アルフレッド・ウッドがしばしば目の当たりにしてきたように、ウッドの主人は、自分の創作した人物の実在を読者が微塵も疑わぬことに誇りを覚えるのと同時に、そう信じ込んだ読者が必然的結果としてとる行動に対しては苛立ちを示すのだった。

さらに、サー・アーサー・コナン・ドイルその人に宛てられた嘆願もある。こんなに複雑な架空の犯罪を考え出すだけの知性と狡猾さを持ち合わせた人物なら、実際の犯罪を解決する能力もあるに違いないという推定のもとに書かれている。サー・アーサーは感銘を受けたり心を動かされたりすれば返事を書くこともあるが、常に断りの手紙だ。残念ながら私は探偵ではありません、とアーサーは説明する。十四世紀イングランドの射手や、ナポレオン・ボナパルト麾下《きか》の颯爽たる騎兵将校でないのと同じことです。

そういうわけでウッドは、何も期待せずに、エイダルジから届いた一件書類を置いておいた。けれども、今回のサー・アーサーは一時間もせずに秘書室に戻ってきた。何やら息巻きながら、ドアを破らんばかりの勢いである。

「火を見るよりも明らかだ。この男が有罪だとしたら、そこにある君のタイプライターだって有罪だよ。こんな話があるか、ウッディー！　笑止千万だ。密室の逆さ——どうやって中に入ったかじゃなく、どうやって外に出たのか。滅茶苦茶じゃないか」

こんなに憤った主人を見るのは数か月ぶりである。「返事を書きましょうか」

「返事だと？　それ以上のことをするさ。騒ぎを起こすぞ。奴らの目を覚まさせてやる。無実の人間をこんな目に遭わせたことを後悔させてやる」

「奴ら」が誰のことで、「こんな目」とはどんな目なのか、ウッドにはまだよく分からない。今回の嘆願者の手紙を見て気づいたのは奇妙な姓ぐらいで、それ以外には、サー・アーサーが独力で覆すことを期待して送られてくる誤審だという数多の事件と特段変わったところはなさそうだった。しかしウッドにとって、現段階ではこの事件の黒白はどうでもいい。主人が、ここ数か月間苦しめられていた無気力と気鬱から、この一時間のうちに抜け出したらしいことに安堵するばかりだ。

添え状の中で、ジョージは今の自分が置かれている変則的な状況について説明している。ジョージを仮釈放にするという決定は、前内務大臣であるエイカーズ＝ダグラス氏によって下され、現内務大臣であるハーバート・グラッドストン氏によって履行された。しかしいずれの大臣も仮釈放の理由について正式な説明をしていない。ジョージの有罪判決は取り消されたわけではなく、投獄に対する謝罪もない。きっと魚心あれば水心の昼食会でどこかの官僚からよろしくと片目をつぶられたのだろう。ある新聞は内務省がエイダルジの有罪について何の疑いも持たないけれども、当該犯罪に対する刑は三年が妥当と思われたので仮釈放したのだという話を臆面もなく世間に流した。サー・レジナルド・ハーディーは七年という判決を下した際、スタフォードシアの名誉を守ろうと少々張り切り過ぎたのだ。そして内務大臣は、この勇み足を修正してやっているに過ぎない、と。

その結果、ジョージは精神面では絶望的な、実際面でも宙ぶらりんな状態に置かれている。自分は有罪だと思われているのか、無罪だと思われているのか？ これは有罪判決に対する謝罪なのか、判決の再確認なのか？ 有罪判決が取り消されない限り、そして取り消されるまでは、ジョージの弁護士名簿への再登録はあり得ない。ことによると内務省が期待しているのは、ジョージがその安堵の気持ちを表すに沈黙をもってし、その感謝の念を表すに密やかな転職、望むらくは植民地での就職をもってしてくれることなのかもしれない。しかしジョージは、何とかどこかで事務弁護士の仕事に戻りたいと願い、その希望だけを頼みとして獄中生活を耐え抜いたのだ。そしてジョージの支援者たちも、ここまで来てあきらめるつもりはない。イェルヴァトン氏の友人の一人が自分の事務所の事務員としてジョージを一時的に雇ってくれているが、これは何の解決にもならない。解決は内務省からもたらされるしかないのである。

ジョージ・エイダルジとの面会場所、チャリングクロスのグランドホテルにアーサーは遅刻して到着する。銀行での用事に手間取ったのだ。今、アーサーは足早にロビーに入り、辺りを見回す。待たせた相手を見つけるのは難しくない。唯一の茶色い顔は三、四メートル離れたところに腰を下ろし、横顔を見せている。アーサーは近づいて詫びようとして、その瞬間に足が勝手に止まる。断りもせずに観察するのは紳士の道に外れるかもしれない。しかし、だてにジョゼフ・ベル医師の外来係をやっていたわけではない。

　そこで事前に観察してみると——これから会う男は小柄でやせていて、東洋系、髪は左側で分け、短く刈ってある。着ている服は、いかにも地方の事務弁護士らしく、仕立てのよい、地味なものだ。これらはすべて争う余地のない事実だが、あなたはワニス塗り職人、あなたは左利きの靴直しと、まったくの初見で看破するのには遠く及ばない。それでもアーサーは観察を続け、ベル博士に師事したエジンバラ時代へではなく、自分自身の開業医時代へと引き戻される。エイダルジはロビーにいるほかの多くの男たちと同様、新聞と袖付安楽椅子《ウィング・チェア》で体の前後を固めていた。しかしその座り方は幾分ほかの人たちと違う。新聞を異様に近い位置に、しかも心持ち斜めにして持ち、頭を紙面に対してある一定の角度に保っている。かつてサウスシーとデヴォンシア・プレースで開業していたドイル医師は自信をもって診断を下す。近視、それもかなり強度のものである疑いがある。ひょっとすると乱視の気味もあるかもしれない。

「イダルジさん」

　新聞は慌てて下ろされるのではなく、注意深く畳まれる。青年が椅子から跳び上がり、救い主となるかもしれない人の首っ玉にかじりつくこともない。その逆で、青年は注意深く立ち上がり、サー・アーサーと目を合わせ、右手を差し出す。この青年がホームズのことをべらべら喋りだす恐れはない。それどころか、礼儀正しく、控え目に、相手の出方を待っている。

　二人は人のいない談話室を見つけて移り、これでサー・アーサーはこの新しい知人にさらによく目を凝らすことができる。幅の広い顔、厚めの唇、あごの真ん中にくっきりしたくぼみ。ひげはきれいに剃られている。ルイスとポートランドで三年間服役したにしては、しかもそれ以前は大抵の囚人より安楽な生活を送っていたに違いない割には、外見に試練の跡がほとんどない。黒い髪に白いものが混じってはいるが、それはむしろ、思慮深く教養ある人という風情をこの青年に与えている。一見したところ現役の事務弁護士である。しかし、そうではないのだ。

「ご自分の近視の正確な度数をご存じですか。六から七ジオプトリーといったところでしょうか。もちろん、勘に過ぎませんが」

この最初の問いにジョージは虚を衝かれる。胸ポケットから眼鏡を取り出し、相手に渡す。アーサーは眼鏡を調べ、次にその眼鏡に屈折異常を矯正してもらわねばならない目そのものに注意を向ける。目は飛び出し気味で、そのためこの元事務弁護士は虚空を睨んでいるように見えなくもない。サー・アーサーは元眼科医としての見識をもって目の前の青年を評価する。しかし同時に、世人がしばしば視覚異常を道徳的性格と結びつけ、誤った推論をしがちなこともよく承知している。

「さあ、見当もつきません」とジョージは答える。「眼鏡を作ったのはごく最近のことでして、細かいことは尋ねませんでした。かけ忘れてしまうこともあるんです」

「子供の頃はお持ちでなかったのですか」

「ええ、そうなんです。目はずっと悪かったのですが、バーミンガムの眼科医に診てもらったところ、子供に眼鏡を処方するのは賢明でないと言われたんです。あとになってからは――その、仕事が忙しくなってしまって。でも出てきてからは、生憎あまり忙しくないものですから」

「お手紙にも書いてらっしゃいましたね。そこで、イダルジさん――」

「あの、エイダルジなんです、細かいことを申しますが」

ジョージは反射的に言う。

「失礼しました」

「慣れています。でも、自分の名前ですから……あのですね、パールシーの名前はすべて第一音節を強く発音するんです」

サー・アーサーは頷く。「では、エイダルジさん。マンチェスター・スクエアの眼科専門医ケネス・スコット先生の検査を受けていただきたい」

「サー・アーサーがそうおっしゃるなら。でも――」

「もちろん費用は私が持ちます」

「サー・アーサー、そんなことはでき――」

「できますしね、してもらいますよ」サー・アーサーは静かに言い、そのとき初めてジョージは相手のスコットランド訛りに気づく。「あなたは私を探偵として雇うのではありませんよ、エイダルジさん。私はあなたに力をお貸ししたいのです。そして我々があなたの恩赦のみならず、不当な投獄に対する多額の補償金も勝ち取った暁には、スコット先生の請求書をあなたのところに送らせていただくかもしれません。でもやっぱり送らないかもしれない」

「サー・アーサー、お手紙を差し上げたときには、そんなことはこれっぽっちも――」

「分かっています。私も、お手紙を受け取ったときからそう考えていたわけではありません。でも、今はこういうふうになりました」

「お金は重要でありません。私は名誉を取り戻したいのです。事務弁護士として再登録したい。それだけが私の望みです。再び開業を許されること、平穏で有益な人生を送ることが願いです。普通の生活をすることがですね」

「存じております。しかし私の意見は違います。お金は非常に重要です。あなたの人生の三年間の埋め合わせとしてだけではありません。象徴的な意味合いもある。イギリス人はお金に敬意を払います。あなたが恩赦を得たら、世間はあなたが潔白であると知るでしょう。しかし、加えてお金ももらえれば、世間はあなたが完全に潔白であると知るのです。大変な違いです。お金は、証明でもあるのです。そもそもあなたが監獄に入れられたままだったのが、偏《ひとえ》に内務省の腐敗と怠慢のせいだったということの」

ジョージはこの主張を咀嚼しながら自分に向かってゆっくりと頷く。サー・アーサーは感銘を受ける。この青年には冷静で慎重な思考力が備わっているようだ。スコットランド人の母親から受け継いだのか、それとも聖職者である父親からか。あるいは両方がうまく混ざった結果なのか。

「お尋ねしてもよろしいでしょうか、サー・アーサーがキリスト教徒でいらっしゃるかどうか」

今度はアーサーが不意を衝かれる番だ。聖職者の息子である相手の気分を害さぬよう、問い返す。「なぜそれをお尋ねになるのですか」

「ご存じのように、私は司祭館で育ちました。両親を愛し、尊敬していますし、当然のことながら、幼い頃には両親と同じ信仰を持っていました。それ以外の選択肢はあり得ませんでした。私自身が聖職につく可能性はまったくなかったと思いますが、聖書の教えを、真実で名誉ある生活を送るための最良の導きとして受け入れていました」ジョージは反応を見ようとサー・アーサーに視線を向ける。穏やかな眼差しと首肯によって先を促される。「今でも私は聖書の教えが最良の導きであると考えています。同時に私は、社会全体が協調して、真実で名誉ある生活を送るための最良の導きはイングランドの法律であると考えています。しかしそこで私の……私の試練が始まりました。最初、これは法の執行に不手際があった不運な例だという見方をしていました。警察は過ちを犯した、しかし治安判事がそれを正すだろう。治安判事は過ちを犯した、しかし四季裁判所がそれを正すだろう。四季裁判所は過ちを犯した、しかし内務省がそれを正すだろう。私は今でも、内務省が正してくれることを願っています。このような事態に至ったことは、大変不快なことですし、控え目な言い方をしても大変な不便を被っていますが、法の手続きを踏んでいけば最終的には正義がもたらされるでしょう。私はそう信じていましたし、今でもそう信じています。

しかしながら、事態は私が初めに認識していた以上に複雑でした。私は法の中で生きてきました――つまり、法が私の導きであり、キリスト教のほうはその背後にある道徳的な支えでした。しかし、父にとっては――」とジョージは言いよどむが、何と言えばいいのか分からないからではなく、これからの発言の感情的な重みのためではないかとアーサーには思われた。「父はもっぱら、キリスト教の中で生きています。当然のことです。ですから、父にとっては、私の試練はその見地から理解できるものでなければなりません。父からすれば、私の受難には宗教的に正当な理由があります――そうでなくてはならないのです。父は、私が信仰を強め、他の人々の手本となることが神の目的であると考えています。私にとっては口にするのが気恥ずかしい言葉ですが、父の頭の中では私は殉教者なのです。

父はもう年を取って体が弱ってきています。父に反駁《はんばく》したいとは思いません。ルイスでもポートランドでも、当然のことながら礼拝に出席していました。今でも毎週日曜には教会へ行きます。しかし私は、投獄されたことで自分の信仰が強まったとは言えませんし、それに――」ここでジョージは用心深い微苦笑を浮かべた。「父だって、聖マルコ教会と近隣の教会の会衆がこの三年間に増えたとは言えないでしょう」

サー・アーサーはこの自己紹介の奇妙な堅苦しさについて考える――まるで練習してきたかのようだ。練習しすぎた感さえある。いや、それは手厳しすぎる。三年間も監獄にいたら、自分の人生――しっちゃかめっちゃかに取り散らかって、ろくに理解してもらえない人生を、証人陳述書みたいなものに変換するくらいしか、やることなどないではないか。

「お父上なら、殉教者は自らの運命を選ぶわけではないし、自らが置かれた状況を理解しない可能性さえあるとおっしゃるのではないでしょうか」

「そうかもしれません。しかし、じつは今、控え目な申し上げ方をしました。投獄されたことで、私の信仰は強まらなかった、と。本当はそれどころか、信仰が打ち砕かれたと感じています。私の受難は、私にとっても、他者に対する何らかの手本としても、まったく無意味でした。しかし、サー・アーサーが私に会ってくださると告げたときの父の反応は、それもすべて世界における神の明らかな目的の一部なのだというものでした。ですから、サー・アーサーがキリスト教徒でいらっしゃるかお尋ねしたのです」

「私がキリスト教徒であろうとなかろうと、お父上の考えは揺るがないでしょう。神はキリスト教徒だろうが異教徒だろうが、きっと手近な道具は何でも使いますから」

「おっしゃるとおりです。しかし私に対して気を遣ってくださる必要はないのです」

「そのつもりはありませんし、じきに私が言葉を濁す人間でないことにお気づきになると思いますよ、エイダルジさん。私としては、あなたがルイスとポートランドで服役され、お仕事と社会的立場をなくされたことが、どうして神の目的にかなうのか分かりかねます」

「ご理解いただきたいのですが、父は、この新世紀には今までより平和的な人種の融合が進むと信じています――それが神の目的であり、私に与えられた役割は使者のようなものであると。あるいは犠牲《いけにえ》か、その両方か」

「お父上を批判するつもりは毛頭ありませんが」と、アーサーは注意深く言う。「もしそれが神の思し召しなら、あなたが事務弁護士として輝かしい成功を収めるようにして、そういう形で人々に対する人種融合の手本となるよう取り計らったほうが、その目的にかなうのではないかという気がします」

「お考えは私の考えと同じです」とジョージは答える。

アーサーはこの答えを気に入る。他の者なら、「賛成です」と言っただろう。しかしジョージの口調に自惚れたふうはなかった。すでに考えていたことがアーサーの言葉によって裏付けられた、というだけの意味なのだ。

「しかしながら、この新世紀が人類の精神性の飛躍的発展をもたらす可能性が高いと見る点において、私はお父上に賛成です。実際、第三の千年期が始まるまでには、既成の諸教会は衰退し、別々の教会の存在が世界にもたらしてきた戦争や不和もまた、なくなっているだろうと私は信じております」それは父が考えていることとはまったく違うとジョージは抗議しかけるが、勢いに乗ったサー・アーサーは止まらない。「人類は今や、精神世界を支配する法則についての真理を詳《つまび》らかにする直前の段階にあるのです。何世紀にもわたって物質世界を支配する法則についての真理を詳らかにしてきたのと同じです。これらの真理が受け入れられるようになった暁には、我々の生き方——そして死に方——全般が、根本から見直されねばならないでしょう。我々の信じるものは減るのではなく、増えるのです。我々は生の過程をより深く理解するようになります。死とは、目の前で閉じてしまう扉ではなく、開かれたままの扉であることに気づくでしょう。そして、その新たな千年期が始まる頃には、我々はしばしば惨めであった人類の歴史においてかつてなかったほど、幸福と共感を覚える力を増すことになると信じております」サー・アーサーは不意に言葉を切る。街頭演説台にのった弁士と化していたことに気づいたのだ。「陳謝します。私の趣味なもので。いや、私にとってそれ以上に重要な問題です。でも、ちょうどお尋ねくださったものですから」

「謝ってくださる必要はありません」

「いや、あります。私のせいで話が本題からすっかりそれてしまった。話を戻しましょう。あなたから見て犯人ではないかと思われる人物がいないか伺ってもよろしいですか」

「どの件のでしょう」

「すべての件です。嫌がらせ、偽手紙、切り裂き——それも炭坑のポニーだけでなく、ほかの切り裂きも含めて」

「率直に申しますと、サー・アーサー、この三年間、私も支援者の皆さんも、ほかの誰かの有罪より私の潔白を証明することに意を用いてきました」

「ごもっともです。しかし必然的に関わってくることです。誰か疑わしいと思われる人物はいませんか」

「いいえ、誰も。すべては匿名で行われました。そして、動物を切り裂くことに快楽を覚えそうな人物など思い当たりません」

「グレート・ワーリーにはあなたに敵意を持つ人物がいましたか」

「そうなのでしょう。しかし正体は分かりません。敵であれ味方であれ、あそこに知り合いはほとんどいませんでした。私たちは村とは付き合いがなかったものですから」

「なぜでしょう」

「最近になってやっと、理由が分かってきました。当時は、子供だった頃は、それが普通だと思っていました。真相は、両親にお金はほんの少ししかなく、そのなけなしのお金を教育費に充てていたのです。私はほかの男の子の家に遊びに行きたいとは思いませんでした。幸せな子供時代だったと思います」

「なるほど」だが、それだけが理由だったとは思えない。「しかし、これは私の推測ですが、お父上のご出身を考えますと――」

「サー・アーサー、ひとつはっきりさせておきたいことがあります。私は、人種的偏見は私の事件とは何の関係もないと考えております」

「そう伺って驚いたと申し上げざるを得ません」

「父は、もし私が、例えばアンソン警察本部長の息子であったならば、このような苦しみを味わうことはなかったと信じております。それはもちろんそのとおりです。しかし、私に言わせれば、人種的偏見を持ち出すと方向性を見誤ることになります。信じられないとおっしゃるのでしたら、ワーリーに行って村人たちにお聞きになってください。もし仮に、何らかの偏見が存在するとしても、それは村のほんの一部に限られています。たまに侮辱を受けることはありましたが、誰しも何らかの形でそういう目に遭うものではないでしょうか」

「殉教者の役をやらされたくないというお気持ちは分かりますが――」

「いえ、そういうことではないのです、サー・アーサー」ジョージは言葉を切り、一瞬どぎまぎした顔をする。「ところで、こうお呼びするのでよろしいでしょうか」

「それで構いませんよ。あるいはドイルのほうがよければそれでも」

「サー・アーサーとお呼びしたいと思います。ご想像のとおり、そのことに関しては私も随分考えました。私はイングランド人として育てられました。学校へ通い、法律を勉強し、実務修習をして、事務弁護士になりました。私の進路を邪魔しようとする人がいたでしょうか？　いいえ、その逆です。学校の先生方からは励まされ、サングスター、ヴィカリー&スペイト法律事務所の正弁護士の先生たちからは目を掛けられ、いよいよ事務弁護士資格を取ったときには、父の教会の会衆の皆さんからお褒めの言葉をいただきました。ニューホール・ストリートでも、私の出自を理由に私の助言を拒んだ依頼人はいませんでした」

「そうでしょう、しかし――」

「続けさせてください。申し上げたとおり、たまに侮辱を受けることはありました。からかわれたり、冗談の種にされたこともあります。自分を違う目で見る人が存在することに気づかないほど、私はおめでたくはありません。しかし、サー・アーサー、私は弁護士です。誰かが人種的偏見から私に害をなそうとしたという証拠がどこにあるでしょう。アプトン巡査部長は私を怖がらせようとしましたが、他の少年たちに対しても同じようなことをしていたに違いありません。アンソン警察本部長が会ったこともない私を毛嫌いしたことは明らかです。しかし、そんなことより警察について私が懸念するのはその能力の欠如です。例えば、一帯に専従の巡査たちを配備したにもかかわらず、警察は切り裂かれた動物をただの一頭も発見できませんでした。これらの事件は常に農夫や仕事に向かう人々によって警察に通報されたのです。警察は一味とやらの存在を証明することもできないくせに、その影に怯えている、そう結論づけたのは私だけではないでしょう。

　ですから、私の試練は人種的偏見によって引き起こされたのだとおっしゃるのなら、私は証拠を示してくださいとお願いせざるを得ません。ディスターナル氏がそのような話題に少しでも触れたという記憶は私にはありません。サー・レジナルド・ハーディーについても同様です。陪審員が私を有罪と判断したのは肌の色のためでしょうか。そんな考えは安易すぎます。そして、獄中にあった三年間、獄吏からも他の囚人からも公平な扱いを受けたという事実を付け加えることもできるでしょう」

「ひとつ提案させていただけるなら」とサー・アーサーは応じる。「時には法律家的でない考え方をなさってみるべきではないでしょうか。ある事象について証拠が提示され得ないということは、その事象が存在しないということと同義ではありません」

「異議ありません」

「それでは、ご家族に対する嫌がらせが始まったとき、標的にされたのは無作為の選択だと思われましたか——そして、今は、どうお思いでしょう」

「おそらく違うでしょう。でも、ほかにも標的にされた人たちはいました」

「それは手紙の部分だけです。あなた方のようにひどい目にあった人はいなかった」

「そのとおりです。しかし、そのことから犯人の目的と動機を推論するのは根拠薄弱です。もしかしたら、時として非常に厳格な態度をとる父が、りんごを盗んだとか神を冒瀆する言葉を使ったとかいう理由で農家の少年を叱りつけたのかもしれません」

「そんなことがきっかけだったとお考えなのですか」

「分かりません。ですが、恐縮ながら、法律家的な考え方をやめるつもりはありません。私は法律家なのです。そして法律家である以上、私は証拠を求めます」

「ほかの人にはあなたに見えないものが見えるかもしれませんよ」

「きっとそうでしょう。しかし、何が有益かという問題でもあるのです。生きていく上での全体的な方針として、自分と関わりを持つ人々が、自分を密かに嫌っていると想定するのは私にとって有益ではありません。そして、現在の状況について言えば、内務省が私の事件の根底に人種的偏見が存在することを認めさえすれば、恩赦と先程言及された補償金が手に入るはずだなどと夢想してみても、無益なことです。それともサー・アーサーは、グラッドストン氏その人も人種的偏見に目を曇らされているとお考えですか」

「それについては何ひとつ……証拠がありません。じつのところ、そんなことはないだろうと思います」

「それでは、この話はここまでにさせてください」

「分かりました」アーサーはこの断固とした態度に——もっと言えば頑固さに——感銘を受ける。「ご両親にお目にかかりたいと考えております。妹さんにも。しかし目立たないようにです。私は常に物事に直《じか》にぶつかっていく性質《たち》ですが、戦術や、さらにははったりだって必要な場合がある。ライオネル・エーメリーがよく言うように、犀《さい》と戦うときに鼻に角を結びつけたくはないですからね」ジョージはこの譬えにまごつくが、アーサーは気づかない。「もし私があなたやご家族の誰かと一緒にワーリーをうろうろしているのを見られたら、それが我々の目的を達するのに役立つとは思えません。村に手づる、つまり誰か知り合いが必要です。適当な人物を思いつきますか」

「ハリー・チャールズワース」とジョージは反射的に答える。ストーナム大叔母やグリーンウェイとステントソンを前にしているかのように。「学校で席が隣だったものですから、友達だということにしていました。勉強ができる者同士です。父には農家の子たちと友達になろうとしないと言って叱られましたが、率直に言ってほとんど接点がありませんでした。ハリー・チャールズワースは父親の跡を継いで酪農場を経営しています。信頼できる人間だという評判です」

「村とはほとんど関わりを持たなかったんですね」

「それはお互い様です。じつを申しますと、サー・アーサー、私は事務弁護士の資格がとれたらバーミンガムに住もうとずっと考えていました。ワーリーは――ここだけの話ですが――遅れていて、退屈に感じられたのです。初めは、そのことを両親に言い出す勇気がなくて司祭館に住み続けていました。村のことは必要なとき以外は無視してです。靴の修理とか、そういったとき以外は。そのうちに、がんじがらめと言うと少し違いますが、家族の中にあまりにもしっかり組み込まれてしまい、家を離れようと考えることすらどんどん難しくなっていきました。妹のモードと結びつきが強いということもあります。これが私の状況でした……そして、ご存じのもろもろが私の身に降りかかったのです。監獄から釈放されてからは、当然のことながらスタフォードシアに戻ることはできませんでした。それで今はロンドンです。メクレンバラ・スクエアのミス・グッド方に下宿しています。釈放後の数週間は母が来てくれていました。でも父は家に母が必要です。母は手が離せるときに私の様子を見にやってきます。私の人生は、ご覧のとおり、一時停止状態です」

「私の人生は――」一瞬ジョージは間を置く。

アーサーは再び、ジョージが物事を言葉で表現する際の慎重さと正確さに感心する。対象が大事であれ小事であれ、感情であれ事実であれ、それは変わらない。相手は第一級の証人だ。他の者に見えているものが見えなくても、それはジョージの落ち度ではない。

「イダルジさん――」

「ジョージとお呼びください」サー・アーサーの発音は、

いつの間にかイダルジに戻っている。この新たな支援者に恥ずかしい思いをさせることは避けなければならない。

「あなたと私は、ジョージ、君と私は、我々は……名誉イングランド人なのですよ」

ジョージはこの言葉に面食らう。ジョージから見るとサー・アーサーはまさに文句なしのイングランド人である。その名前、振る舞い、名声、この立派なロンドンのホテルで完全にくつろいでいるその態度、自分を待たせたことさえも。もしもサー・アーサーのことが本物のイングランド人に見えていなかったら、そもそもジョージは手紙を書かなかっただろう。しかし相手自身の分類に異議を唱えるのは失礼なことに思われる。

その代わりに、ジョージは自分自身の身分について思いをめぐらす。何が足りなくて自分は完全なイングランド人ではないのだろうか。自分は生まれも、国籍も、受けた教育からしても、宗教的にも、職業的にも、イングランド人だ。サー・アーサーが言っているのは、自分が自由を奪われ、弁護士名簿から名前を抹消されたときに、イングランド人名簿からも名前を抹消されたということなのだろうか。そうだとしても、自分にほかの国はない。二世代前に戻ることはできない。インドへ戻るなど無理な話だ。なにしろ、行ったこともなければ、行きたいとも思わない。

「サー・アーサー、私の……私の厄介事が始まったとき、父は時折私を書斎に呼び、著名なパールシーの偉業について教えました。この人物はこうして実業家として成功を収めた、この人物はこうして国会議員になった、という具合です。あるときは、私はスポーツにまったく興味がないのですが、ボンベイからやってきてイングランドツアーをしたパールシーのクリケットチームの話を聞かされました。インドからこの国を訪れた初めてのチームだったようです」

「確か一八八六年。三十試合ほどして、勝ったのは一試合のみではなかったかな。いや、失礼。暇なときにはウィズデン年鑑を研究しているもので。記憶では、そのチームは数年後に再びやってきて、もっとよい成績を収めたはずですよ」

「このとおり、サー・アーサーのほうが私よりよくご存じです。そして私は、自分でないもののふりをすることはできません。父は私をイングランド人として育てました。いくら困難が起こったからといって、それまで重きを置いてこなかった事柄を持ち出して慰めようとしても無理というものです」

「お父上のご出身は……」

「ボンベイです。じつは、宣教師たちの導きによって改宗したのです。宣教師たちはスコットランドの人でした。母もそうです」

「私にはお父上のことが分かります」と、サー・アーサーは言う。これは今まで一度も耳にしたことのない言葉だ、とジョージは気づく。「ある人間の人種に関わる真実と、信仰に関わる真実が同じ谷間にあるとは限らない。より偉大なる真実を見つけるために、雪をかぶった冬山の高い尾根を越えていく必要のある場合がある」

ジョージはこの発言が宣誓供述書の一部であるかのように反芻《はんすう》する。「しかしそのような場合、その人の心は引き裂かれ、同胞から切り離されることになるのでしょうか」

「いや――そのような場合、その人の義務は、同胞に尾根の向こうの谷の存在を教えてあげることです。振り返って出発地の村を見下ろすと、人々が旗を下げてからまた上げて敬意を表するのが見える。なぜなら皆は尾根まで登ること自体が勝利なのだろうと思うからだ。しかしそうではない。だから登った者はスキーのストックを上げて見せ、指し示すのです。あの下のほうに、あの下のほうに真実がある、あの隣の谷底に。私に続け、尾根を越えよ、と」

ジョージは自分の事件の証拠をじっくり見直す作業をするものだと思ってグランドホテルへ来た。だが、ここまでの会話は何度か予期せぬ方向へ展開してきた。今のジョージはいささか途方に暮れている。アーサーは新しい若い友人の気落ちを感じ取り、責任を感じる。力づけるつもりだったのだが。しかし、考えるのはもういい。今や行動を起こすべき時だ。そして、怒るべき時だ。

「ジョージ、今まで君を支援してきた人たちは――イェルヴァトン氏たちは――立派な仕事をしてきた。徹底的に勤勉で、徹底的に行儀正しかった。もしイギリスという国家が合理的な組織であったなら、君はすでにニューホール・ストリートの自分の机に戻っていたことだろう。しかし、これは前提が間違っている。そこで私の計画は、イェルヴァトン氏の仕事を繰り返して、同様の筋の通った疑義を表明し、同様の筋の通った要求をすることではない。私は違うことをするつもりだ。私は物凄い騒ぎを起こす。イングランド人は――本物のイングランド人は――騒ぎが嫌いだ。騒ぎは無作法だと思っていて、対応に困るのだ。しかし穏やかな理屈が効かなかったなら、私は騒々しい理屈を突きつけてやる。裏階段ではなく正面玄関を使う。派手にぶちかますぞ。何本もの木を揺さぶって、どんな腐った果物が落ちてくるか見てやろうじゃないか、ジョージ」

サー・アーサーは暇《いとま》を告げるべく立ち上がる。すると、小柄な事務弁護士を見下ろす恰好になる。しかし会話においてそういう真似はしなかった。これほどの有名人がまくし立てるだけでなく傾聴することができ、力強いだけでなく優しくもなれることにジョージは驚く。が、今のサー・アーサーの宣言にもかかわらず、基本的なことを確認しておく必要性を覚える。

「サー・アーサー、伺ってもよろしいでしょうか……簡単に申しますと……サー・アーサーは私が潔白だとお思いになりますか」

アーサーは澄んだ眼差しでじっと見下ろす。「ジョージ、私は君の新聞記事を読んだし、こうして君にも会った。従って私の答えは、否、私は君が潔白だと思うのではない。否、私は君が潔白だと信じるのでもない。私は君が潔白だと知っているのだ」そしてアーサーは、ジョージがまったく知らない数々のスポーツで硬くなった、大きな逞しい右手を差し出す。

アーサー

関連書類の内容を頭に入れたウッドは、すぐさま先発の偵察として送り込まれた。一帯を調査し、地元民の気質を見きわめ、パブで適度に飲み、ハリー・チャールズワースに接触するのがその任務である。しかし聞き込みをしてはならないし、司祭館にも近寄らないこととする。アーサーはまだ作戦を決めていなかったが、いわば公然と旗を揚げ、自分とウッディーがジョージ・エイダルジの無実を証明しに来たぞと宣言すれば、情報源を確実に遮断してしまうことは分かりきっている。それは、地元のほかの誰かの罪を証明しに来たと言うのに等しいからだ。真実を偽っている連中を警戒させたくはない。

アーサーは〈森の下〉《アンダーショー》の書斎で調べ物に精を出し、以下の諸事実を明らかにした。グレート・ワーリー教区には堅牢な造りの住宅と農家が複数存在すること。土壌は軽ローム質で、下層は粘土と砂礫《されき》であること。主要作物は小麦、大麦、かぶ、飼料用甜菜《てんさい》であること。北西に四百メートルほどの距離にある駅は、ロンドン・アンド・

ノースウェスタン鉄道のウォルソルーキャノックールージリー線上にあること。教区の司祭職は司祭館への居住権を含めて正味年収二百六十五ポンドであり、一八七六年以来、カンタベリーの聖アウグスチヌス・コレッジ卒業のシャプルジ・エイダルジ師が就いていること。近くのランディウッドにある労働者会館は席数二百五十、講演や音楽会を開催し、日刊、週刊の新聞を多数常備すること。一八八二年創立の公立小学校はサミュエル・ジョン・メーソンが校長を務めていること。郵便局を営んでいるのはウィリアム・ヘンリー・ブルックスで、食料品、衣料品、金物も扱っていること。駅長はアルバート・アーネスト・メリマンで、どうやらその職を父親のサミュエル・メリマンから引き継いだらしいこと。村でビールを売る店は三軒、それぞれの店主はヘンリー・バジャー、アン・コーベット夫人、トーマス・イエイツであること。肉屋はバーナード・グリーンシル。グレート・ワーリー炭坑会社の経営者はウィリアム・ブラウェル、事務長はジョン・ボウルト。ウィリアム・ウィンが配管、内装、ガス工事、雑貨販売をしていること。総じてごく平均的という印象である。じつに整然としており、じつにイングランド的。

誘惑を退け、自動車では行かないことにした。十二馬力、チェーン駆動、重量一トンのウーズレーでスタフォードシアの田舎道に登場したら、いやでも人目を引く。残念ではある。ほんの二年前に自動車を受け取りに行ったのがバーミンガムだったから。あれは気楽な旅だった。ひさしのついたヨット帽をかぶっていったことを思い出す。当時ヨット帽は自動車運転者のしるしとして流行し始めていた。その事実はバーミンガムの住民にはあまり認識されていなかったようで、ウーズレーの販売員を待ってニュー・ストリート駅のプラットフォームを行きつ戻りつしていたら、横柄な若い女に話しかけられ、ウォルソルまで列車がどう走っているのか説明を求められた。

自動車を厩舎に残し、ヘイズルミアからウォータールー線に乗った。ロンドンで寄り道してジーンに会うつもりだった。自由の身のやもめになってからまだ四度目の訪問である。ジーンには手紙を書いて午後に行くと伝えてあった。結びにはありったけの優しさをこめた言葉を選んだ。しかし、列車がヘイズルミア駅を出るとき、アーサーは何を措《お》いても愛車ウーズレーに乗っていられたらと願っている自分に気づいた。ヨット帽を耳まですっぽりかぶり、目にはゴーグルをぴったりと装着し、イングランドの真ん中をスタフォードシア目指して猛然と走れるのだったら。これは自分でも理解できない心の動きで、罪悪感と苛立ちの両方を感じた。自分はジーンを愛している、いずれジーンと結婚して第二のドイル夫人にすると分かっていた。それなのに、こうでありたいと思うほどにはジーンに会うことを心待ちにできなかった。人間が機械と同じぐらい単純であってくれればいいのに。

アーサーは呻き声に近いものを発しそうになり、一等車のほかの乗客に配慮して押し殺した。これもまた一例だ――人間はこういう生き方を強いられる。呻き声を抑え、愛情について嘘をつき、法律上の妻を欺き、それがすべて名誉のため。ここに忌々しい矛盾がある。立派に振る舞うためには、心ない振る舞いをしなければならない。さっさとジーンをウーズレーに乗せてスタフォードシアへ連れて行き、ホテルの宿帳に夫婦として記帳し、眉を顰める輩に対しては特務曹長的な睨みをきかせてなぜいけないのか？　なぜならそんなことはできないから、なぜならそれではうまくいかないから、なぜなら単純に見えて、じつはそうではないから、なぜなら、なぜなら……列車がウォーキングのはずれを通る頃、アーサーは再び、あの草原にいたオーストラリアの兵士を、静かな羨望の念をもって思った。ニュー・サウスウェールズ騎馬歩兵連隊、四一〇番。水筒の上にチェスの赤いポーンの駒を立たせて身動きもせず横たわっていた。正々堂々の戦い、野外、大義。あれにまさる死に方はない。人生はあんなふうであるべきだ。

アーサーはジーンの部屋へ行く。ジーンは青い絹の服を着ている。二人は心をこめて抱擁する。その動きを押しとどめるものはないが、さりとて欲求のほうもないことをアーサーは実感する。再会によっても気持ちは掻き立てられない。二人は腰を下ろす。お茶が用意されている。ご家族は元気かなとアーサーが尋ねる。バーミンガムへは何のご用とジーンが訊く。

一時間後、話はまだキャノックでの付託決定手続までしか進んでいないが、ジーンはアーサーの手を取って言う。

「嬉しいですわ、アーサー。またこんなにお元気におなりになって」

「君もだね、僕の愛する人」とアーサーは答え、話を続ける。ジーンの期待どおり、アーサーの話は精彩に富み、緊張感に溢れている。愛する男性がここ数か月の屈託を振り払いつつあることが、ジーンを感動させ、安堵させもする。それにもかかわらず、アーサーが話を終え、目的の説明を済ませ、時計を見て列車の時刻表を再確認した頃には、ジーンの失望が表面に昇ってくる。

「アーサー、私もご一緒したかったですわ」

「これは驚いた」とアーサーは答え、その目はやっとジーンをしっかり捉えたように思われる。「列車に乗っていたとき、君を車の助手席に乗せて、夫婦になりすましてスタフォードシアへ乗りつけることを想像していたんだ」

アーサーはこの偶然に頭を振る。緊密に繋がった二つの心の間に存在する思考伝達の能力によって説明可能かもしれない。それからアーサーは立ち上がり、帽子とコートを手に取って出発する。

ジーンはアーサーの態度に傷つきはしない――傷つくにはアーサーへの愛があまりにも心深く染み込んでいる。しかしぬるくなったティーポットに手を載せていると、ジーンは自分の立場、そして自分の将来の立場について、現実的に考える必要のあることを実感する。この数年は大変だった。そう、ひどく大変だった。取り決めや妥協や隠し事ばかりだった。トゥーイの死がすべてを変えてくれるだなんて、なぜ思い込んだのかしら。遠くで楽団がイングランドの曲を演奏する中、友人たちに祝福してもらいながら、さんさんと降り注ぐ日差しのもと抱擁することがすぐにもできるようになるだなんて。そんな急な変化はあり得ない。そして、二人が少し余分に享受するようになった自由は、危険を減らすどころか増すことになるかもしれない。

ジーンはトゥーイに対する自分の見方が変わったことに気づく。もはや、その名誉が何としても守られねばならぬ神聖なライバルではない。控え目な女主人、死ぬのにひどく時間のかかる素朴で優しく愛情深い妻であり母である人ではなくなった。アーサーがかつて言ったことには、トゥーイの美点は、アーサーが何を提案しようがいつでもそれに賛成することだった。すぐに荷造りしてオーストリアへ出かけようと言えば、返事はイエス。新しい家を買うぞと言えば、返事はイエス。二、三日ロンドンに行ってくると言おうが、数か月南アフリカへ行ってくると言おうが、返事はイエス。それがトゥーイの気質だった。アーサーに全幅の信頼を寄せ、アーサー自身についても、自分についても、正しい判断をしてくれると信じていた。

ジーンもアーサーを信頼している。アーサーが名誉を重んずる人だと分かっている。もうひとつ分かっているのは――これもまたアーサーを愛し尊敬する理由なのだが――アーサーが常に活動している人だということだ。新作を書くにせよ、何らかの大義を擁護するにせよ、世界中を駆け回るにせよ、最新の関心事にのめり込むにせよ、常に行動している。郊外住宅と室内履きと庭仕事の道具の手入れを夢みる男、門扉から身を乗り出して新聞配達が外国のニュースを届けてくれるのを待つような男には決してならないだろう。

そこで、決意と呼ぶにはまだ早いもの――用心の意識と呼んだほうがよいくらいのものがジーンの心の中に形成され始める。一八九七年三月十五日以来、自分はアーサーを待ち続けてきた。二、三か月もすれば、出会ってちょうど十年になる。十年間、十本の大切なスノードロップ。地球上の他の誰と結婚して安心するよりも、アーサーを待っているほうがいい。でも、これまでずっと結婚を待っていたのだから、家で夫の帰りを待つ妻にはならないつもりだ。自分たちがもう結婚していて、すぐにも出発だとアーサーが宣言するところを想像してみる――行き先はストーク・ポージスでもトンブクトゥでも構わない。巨悪を正しにいくのだと。そして、「私たちのチケットの手配、ウッディーに頼みますわ」と答える自分を思い浮かべる。私たちのチケット、と静かに言うのだ。私はアーサーの傍《そば》にいる。共に旅をし、アーサーが講演をするときには最前列で見守る。行く手の道をならし、ホテルや汽車や船でちゃんとしたサービスが受けられるよう気を配る。馬に乗るときは轡《くつわ》を並べる。もしかすると少し先を行かせていただくかも――手綱捌きは私のほうが上だから。アーサーがゴルフを続けるならゴルフも習うかもしれない。クラブハウスの入口まで夫を追いかけていくような口喧《やかま》しい妻になるつもりはないが、いつでも夫の傍にいて、そこが――死が二人を分かつまで――自分の居場所なのだということを言葉と行動で示し続けるだろう。そういう連れ合いになるつもりだ。

一方、アーサーはバーミンガム行きの列車に乗り、過去に探偵役をした唯一の経験を思い出していた。ドーセットシアはチャーマスの幽霊屋敷の調査に協力するよう、心霊現象研究協会に依頼されたときのことである。スコット博士と、その種の調査の専門家であるポドモア氏なる人物と共に現地へ向かった。三人はいかさまを暴くための通常の手続きをすべて踏んだ。ドアと窓には閂《かんぬき》をかけ、階段には梳毛糸《そもうし》を渡しておいた。それから、家の持ち主と共に二夜連続で寝ずの番をした。初日の夜にはアーサーは何度もパイプを詰めなおし、眠気の発作と戦った。しかし二日目の真夜中、ちょうど希望を失いかけた頃、四人がびくっとし――そして一瞬恐れおののいたことには――すぐ近くで、家具を棒のようなもので激しく打つ音がした。音は台所から聞こえてくるように思われたが、駆けつけてみると台所には何もおらず、すべてのものが定位置にあった。どこかに秘密の場所があるのではないかと、皆で地下室から屋根裏まで家捜しをしたが、何も見つからなかった。ドアには錠がおりたまま、窓は閂がかかったままで、糸も切れていなかった。

ポドモアは、これが幽霊の仕業だという説に対して驚くほど否定的だった。家主の協力者が羽目板の裏側に隠れていたのではないかと疑っていた。当時、アーサーはこの見解に同意した。しかしながら、数年後にこの家が全焼した。そして――さらに意味深長なことには――十歳に満たない子供の骸骨が庭から掘り出された。アーサーの見方は、これで一変した。若い命が暴力的に奪われると、行き場を失った生命力が放出されることが多い。そのような場合には、超自然現象が四方八方から我々に襲いかかる。それは自在に姿を変えて現れ、我々が物質と呼ぶものの限界を思い知らせる。アーサーにとって、これは反駁不可能な説明であるように思われた。しかしポドモアは、報告書を遡及《そきゅう》的に修正することを拒んだ。あの男の態度は一貫して、心霊現象の真正さを認証する任務を帯びた専門家というよりむしろ、何でも疑ってかかる度し難い唯物主義者のようだった。そうだとしても、クルックスやマイヤーズやロッジやアルフレッド・ラッセル・ウォレスがいるのだから、ポドモアのような輩のことなど気にする必要はない。アーサーは頭の中で例の文句を唱えた。信じ難いが真実だ、と。初めて耳にしたときには、節操のない逆説のように聞こえた。それが今では、揺るぎない確信となりつつあった。

アーサーがウッドと落ち合う場所は、テンプル街のインペリアル・ファミリー・ホテルにしてあった。ここなら、常宿のグランドホテルよりは正体を知られる可能性が低い。『ガゼット』紙や『ポスト』紙の社交欄に、「シャーロック・ホームズ氏、バーミンガムでの用件は？」といった面白半分の見出しが躍ることは極力避けねばならない。

二人のグレート・ワーリーへの最初の出撃は翌日夕方の予定だった。十二月の夕闇を隠れ蓑に、なるべく隠密裡に司祭館へ向かい、用件が済み次第バーミンガムに戻るのだ。アーサーはこの遠征のために、芝居用の貸衣装屋へ行ってつけひげを装着したがったが、ウッドは不賛成だった。つけひげは人の注意をそらすどころかかえって引いてしまうと考えたのだ。実際、貸衣装屋に行ったりすれば、地元紙に余計なことを書かれるのは必至である。襟を立ててマフラーを巻き、列車の中は新聞で顔を隠すだけで、誰にも気づかれずにワーリーまで行けるだろう。その後は、明かりのまばらな小道を司祭館までぶらぶら歩くだけだ。その風情はいかにも——

「いかにも何に見えればいいだろう?」アーサーが尋ねた。

「何かのふりをする必要がありますか」主人がなぜこれほど偽装にこだわるのか、ウッドには理解できなかった。まずは変装したがり、今度は意図を偽ろうとしている。ウッドに言わせれば、他人、とりわけ詮索好きな輩に対し、干渉無用、と言ってやることは、イングランド人の不可譲の権利である。

「無論ある。我々自身のために必要だ。我々は……うーむ……そうだ、イングランド国教会財務委員会の使いの者で、聖マルコ教会の建物の維持について司祭から報告があったのに応じてやってきたことにしよう」

「聖マルコ教会は比較的新しくて、しっかりした建築ですがね」とウッドは答えた。それから主人の視線に気づいた。「まあ、どうしてもとおっしゃるのなら、サー・アーサー」

翌日の夕方、ニュー・ストリート駅で二人は、ワーリー・アンド・チャーチブリッジ駅に着いたときに駅舎からなるべく離れた位置で降車できる車両を選んだ。この作戦により、同じ駅で降りる乗客の不躾な視線から逃れる予定だった。しかし結局のところ、他に降りる者はなく、その結果として、教会関係者になりすました二人は駅長から余分にじろじろ見られることとなった。マフラーを口ひげのところまで引っ張りあげて防御を固めながら、アーサーはほとんどはしゃいだ気分だった。そっちは誰だか分からんだろうが、こっちには分かっているぞ、と思った。サミュエル・メリマンの息子のアルバート・アーネスト・メリマンだろう。痛快、痛快!

ウッドの案内で暗くなった小道を辿った。途中でパブを遠望したが、営業していることを示す唯一のしるしは正面の階段にだらしなく寝転んだ男で、これが無心に帽子を嚙んでいた。八、九分後、心配の種であるガス灯にはたまに出くわすだけで済み、二人は高い駒形切妻屋根のかかった聖マルコ教会のもっさりした姿に行き当たった。ウッドは主人を教会の南側の壁に沿って導いた。壁のすぐ近くを通ったので、赤紫色の筋の入った灰色がかった石であることもアーサーには見て取れた。ポーチを過ぎると、教会の西の端からさらに三十メートルほど奥まったところに二つの建物があるのが見えた。右手には濃い色の煉瓦で建てられた教室があり、淡い色の煉瓦で描かれた菱形模様がぼんやりと浮かんでいる。左手にはもっとどっしりとした司祭館。ほどなく、アーサーは十五年前にウォルソル中学の鍵が置かれた、玄関の幅広い階段を見下ろしていた。ノッカーを持ち上げ、落とす力加減を考えながら、キャンベル警部が専従警察官の一団を引き連れて怒濤のように到着したときのこと、そしてその来訪がこの静かな家にもたらした混乱に思いを馳せた。

司祭とその妻と娘は二人を待ち受けていた。サー・アーサーはジョージの素朴な礼儀正しさと控えめな態度の因《よ》って来たるところをすぐに看取した。一家はアーサーの訪問を喜んでいたが、それを大仰に表しはしなかった。客人の名声を意識してはいたが、それに恐懼《きょうく》してはいなかった。アーサーは自分の著書を一冊も読んだことがないと確信の持てる三人の人物を目の前にして、久方ぶりの解放感を味わった。

司祭は肌の色が息子より薄く、てっぺんが平らな頭は生え際が後退しつつあり、ブルドッグを思わせる力強さがあった。口元はジョージとそっくりだが、息子よりハンサムで西洋的に見える、とアーサーは思った。

二冊の分厚い紙挟みが取り出された。アーサーは行き当たりばったりに中身を一つ抜き出した。一枚の紙を折り畳んだ手紙で、四ページにわたってびっしりと書かれている。

「親愛なるシャプルジよ」とアーサーは読んだ。「我らが司祭!!! グレート・ワーリーの恥!!!の迫害を再検討する予定であることを、多大なる喜びと共にここに告知する」筆跡はきちんとしているというより有能さを感じさせる、とアーサーは思う。「……お前の三重に呪われた家から百六十キロと離れていない、とある癲狂院……何か強硬な意見を表明しようものなら、お前は強制的に排除されるであろう」ここまでは綴りの間違いもない。「近々、お前とシャーロットの名において、この上なく忌わしい葉書を二倍の枚数送るであろう」シャーロットはおそらく司祭の妻の名だろう。「お前とブルックスに復讐を……」この名は下調べで見た覚えがある。「……奴の名前で『魁新報』に手紙を書き、奴は妻の借金の責任は取らないと伝えた……これらの人物がお前を逮捕させることは明らかであるから、精神異常法によってお前を拘束するまでもないであろうと繰り返しておく」最後に、茶化した別れの挨拶が傾斜をつけた四行に記されている。

祝降誕祭・謹賀新年
　永遠にお前の
　　僕《しもべ》なるサタン
　　　神サタンより

「悪意に満ちている」

「どの手紙です」

「サタンからのです」

「ああ」と司祭は言った。「まめに手紙を寄越しましたよ」

　アーサーはさらに数通を検分した。これまでは、匿名の手紙の話を聞いたり、その抜粋を新聞で読んだりしても、幼稚な悪ふざけとしか思えなかった。しかし、実物を手にして、それが宛てられた人たちを目の前にすると、まったく違ってくるのが分かる。先程の一通目は、司祭の妻をクリスチャンネームで呼ぶという不作法を働く、汚らわしいものだった。変質者の手によるものかもしれない。変質者とは言っても、きちんとした字を書く教育を受け、自身の歪んだ憎しみや狂気じみた計画を明快に表現する能力のある人間。エイダルジ一家が夜は各室のドアに錠をおろすようになったのも不思議ではない。

「祝降誕祭《メリー・クリスマス》」アーサーはいまだに半ば信じ難いという気持ちで声に出して読んだ。「それで、この不愉快千万な妄言を吐いたのが誰か、見当はつきませんか」

「見当ですか？　つきません」

「暇をやったメイドは」

「あの娘はよそへ行きました。随分前のことです」

「その娘の家族は」

「家族はちゃんとした人たちです。サー・アーサー、ご想像がつくかと思いますが、この件については当初から私共も随分と考えてきました。しかし、疑うべき人はいないのです。ゴシップや噂に耳を傾けることはしません。耳を傾けて、何の助けになるでしょう。ゴシップと噂のせいで息子は投獄されました。息子が受けた仕打ちを他の誰かが受けることを、私は断じて望みません」

「犯人以外は」

「おっしゃるとおりです」

「それでこのブルックスですが。食料品と金物の店をやっている人ですね」

「そうです。しばらくの間、ブルックスのところにも悪意の手紙が送りつけられました。ですが、私共より冷静な対応でした。あるいは何もしなかったというべきでしょうか。とにかく、警察に行こうとはしませんでした。鉄道で、ブルックスの息子と別の少年が関わった事件があったのです——詳細はもう思い出せませんが。ブルックスは私共と協力態勢をとろうとしませんでした。じつのところ、この辺りでは警察は信用がないのです。地元住民の中で、警察を信頼する気持ちが最も強かったのが私共一家だったのは皮肉なことです」

「警察本部長については別でしょう」

「警察本部長の態度は……非協力的でした」

「エイダルジさん」——アーサーは特に気をつけて発音した——「私はその理由を探り出すつもりです。この事件のそもそもの発端に遡ろうと思います。教えていただきたいのですが、ここに赴任されてから、直接的な嫌がらせ以外にも敵意を向けられたご経験はおありですか」

司祭は尋ねるように妻の顔を見た。「選挙のことがあります」と妻は答えた。

「ああ、それがあったな。私は一再ならず、教室を政治的な集会に貸してきました。自由党が会場を確保するのに苦労していましたから。私自身、自由党員なのです……それで保守派の教区民の一部から苦情が出ました」

「苦情以上のことがあったのでは」

「聖マルコ教会へ来るのをやめた者が一、二名いたのは確かです」

「でも会場を貸し続けた」

「そのとおりです。しかし大袈裟に受け取らないで下さい。私が受けたのは抗議です。強い言葉ではあっても礼儀を弁えたものでした。脅しではありません」

サー・アーサーは司祭が几帳面であること、また自己憐憫に浸らぬことに感じ入った。これは先日ジョージに認めたのと同じ特質だ。「アンソン本部長は関わりましたか」

「アンソンですか？　いえ、そこまでいかない地元の話です。アンソンが関わってくるのはもっとあとのことです。ご覧いただこうと思い、あの男の手紙も入れておきました」

　それからアーサーは、一九〇三年の八月から十月にかけての出来事を三人に確認し、整合性を欠く部分、見逃された細部、証言の食い違いがないか神経を尖らせた。

「今になってみれば、キャンベル警部と配下の者たちが捜索令状を携えてくるまでは家に入れず、捜索の際には事務弁護士が立ち会うよう手配できればよかったですね」

「しかしそれは、疚しいところのある者の振る舞いです。私共に隠すべきことはありませんでした。ジョージは潔白だと分かっていましたから。警察が速やかに捜索を行えば、早いうちに捜査の軌道修正ができるはずでした。ともかく、キャンベル警部と配下の者たちの行動は適切でした」

　終始適切だったわけではない、とアーサーは思った。事件にはまだ理解できない点がある。この家宅捜索に関わることだ。

「サー・アーサー」呼びかけたのはエイダルジ夫人だった。ほっそりとした体付きで、髪は白く、静かな声をしている。「二点申し上げてよろしいでしょうか。一つ目は、この辺りでまたスコットランド訛りを聞くことができて大変嬉しく存じます。エジンバラのご出身でいらっしゃいますか」

「そのとおりです、奥様」

「二つ目は息子のことです。ジョージに会われましたね」

「息子さんには感銘を受けました。ルイスとポートランドで三年間を過ごされて、精神的にも肉体的にもあのようにしっかりしておられるのは並大抵のことではありません。息子さんはご家族の誇りですね」

　エイダルジ夫人はこの讃辞にちらと微笑んだ。「ジョージが何よりも望んでおりますのは、事務弁護士の仕事に復帰することです。ずっとそれだけが望みだったのです。あの子にとっては監獄にいたときより今のほうがよくないかもしれません。服役中は状況がはっきりしていました。今は宙ぶらりんな状態です。事務弁護士会は、あの子の汚名が雪がれるまでは、再登録を認めることができないのです」

　年配のスコットランド人女性の優しい声による訴えほど、アーサーのやる気を掻き立てるものはなかった。

「ご安心ください、奥様。私は物凄い騒ぎを起こすつもりです。引っ掻き回しますからね。私が一仕事終える頃には、枕を高くして眠れない人間が出てきます」

しかし、これはエイダルジ夫人が求めている約束ではないようだった。「きっとそうなることと思いますし、有り難く思っております、サー・アーサー。私が申し上げたいことは少し違うのです。ジョージは、先程おっしゃってくださったように、逆境に耐える力のある子供――というより若者――です。正直に申しますと、あの子の強さには私共も驚きました。もっと弱い子だと思っていたのです。あの子は不当な判決を覆す覚悟です。でも望みはそれだけです。世間の注目を望んではおりません。何かの大義のために戦いたいわけではありません。誰かの代弁者ではないのです。仕事に戻り、普通の生活を送ることを願っているのです」

「結婚もしたがっています」この瞬間まで黙っていた娘が口を挟んだ。

「モード！」司祭はたしなめるというより驚いていた。

「どうしてあれがそんなことを……いつからだ。シャーロット、何か聞いていたか」

「お父様、慌てないでください。お兄様は、一般的に、結婚したがっているということですわ」

「一般的に、結婚する」司祭は繰り返し、著名な客に目を向けた。「そんなことが可能だと思われますか、サー・アーサー」

「私自身は」アーサーは笑いを含んだ声で答えた。「個別的に結婚したことしかありませんな。そういう制度だと理解しておりますし、そういう制度を支持します」

「そういうことでしたら」――ここで司祭は初めて微笑んだ――「ジョージには一般的に結婚することを禁じなければなりません」

インペリアル・ファミリー・ホテルに戻ったアーサーと秘書は遅い夕食を摂り、食後、人のいない喫煙室に入った。アーサーはパイプに火を点け、ウッドが紙巻きの安煙草に着火するのを見ていた。

「立派な一家だ」サー・アーサーは言った。「謙虚で印象的だ」

「まったくです」

エイダルジ夫人の言葉を思い出したアーサーは、不意に不安を感じた。自分たちの介入が新たな嫌がらせの引き金になったらどうする？　結局のところ、サタン――いや、神サタン――は野放しのままで、ペンを磨き、刃の湾曲した凶器を研いでいるのだ。神サタンとは……。

制度化された宗教が不可逆の堕落へと突き進むとき、その歪みは何とおぞましいことか。その体系全体を速やかに一掃するに限る。

「ウッディー、差し支えなければ、君の反応を聞かせてもらえないか」アーサーは返事を待たず、秘書のほうも返事を期待されているとは思わなかった。「この件に関して、現段階で私に理解できない点が三つある。これから埋めていかねばならない空白だ。第一点は、なぜアンソンはジョージ・エイダルジに反感を持ったのか。アンソンが司祭に書いた手紙を見ただろう。まだ学校に通っている少年に懲役刑を科すと脅していた」

「そうでした」

「アンソンは地位のある男だ。調べたところでは、二代目リッチフィールド伯の次男で、英国砲兵隊にいたことがある。一八八八年からは警察本部長を務めている。そんな男がなぜあんな手紙を書く必要があるのか」

ウッドは咳払いをしただけだった。

「どうだろう」

「サー・アーサー、私に捜査員は務まりません。以前おっしゃっていたのを覚えているのですが、捜査ではあり得ないことを排除していかなければならない。そうして残ったものが、たとえいかにありそうにないことであっても、真実に違いないということでした」

「残念ながら私の言葉ではないが、内容は支持しよう」

「だから私に捜査員は務まらないと思うんです。誰かに何か訊かれたら、当たり前の答えを探すだけの人間ですから」

「それで、アンソン本部長とジョージ・エイダルジの件について、君が当たり前と思う答えは何だろう」

「アンソンは有色人種を嫌っている、というものです」

「そりゃ本当に当たり前だ、アルフレッド。当たり前すぎて、答えであり得ない。欠点は多々あるにしても、アンソンはイングランドの紳士で警察本部長だ」

「私に捜査員は務まらないと申し上げたとおりです」

「そんなに簡単に希望を捨てないでおこう。二つ目の空白について君のお手並み拝見だ。つまりだ、初期のメイドとの一件を除けば、エイダルジ一家への嫌がらせは二度に分かれて起こっている。最初は一八九二年から一八九六年の年明けにかけて。集中的な攻撃が激しさを増し、突然やんだ。続く七年間は何も起こらなかった。それが再開し、最初の馬が切り裂かれたのが一九〇三年二月。何ゆえの中断なのか、それが分からない。なぜ中断した？　ウッド捜査員、君の見解は」

秘書にとってこのゲームはあまり楽しくなかった。これは必ず自分が負けるようにできているゲームではないか。「おそらく、張本人がそこにいなかったんでしょう」

「どこに」

「ワーリーにです」

「ならどこにいた」

「よそへ行ってたのです」

「どこへ」

「分かりません、サー・アーサー。監獄に入っていたのかもしれないし、バーミンガムに行っていたのかもしれない。船に乗り組んでいたのかもしれません」

「どうだろうか。やはり当たり前すぎる。地元の人たちは気づいたはずだ。噂になっただろう」

「エイダルジ一家は噂に耳を貸さないと言ってました」

「うーむ。ハリー・チャールズワースは耳を貸すか、尋ねてみよう。さて、私が理解できない三点目は、服に付いていた毛の一件だ。この点について当たり前すぎることを除外できれば――」

「光栄の極みです、サー・アーサー」

「ああ、ウッディー、後生だから臍《へそ》を曲げないでくれ。君みたいな役に立つ男に臍を曲げられては困る」

ウッドは以前からワトソン博士に同情を禁じ得なかったことを思い出した。「何が問題なんです」

「問題はこうだ。警察は司祭館でジョージの服を調べ、毛が付いていると言った。司祭と奥さんとお嬢さんも服を調べて、毛は付いていないと言った。警察医のバター博士は――私の経験から言うと警察医というのは非常に几帳面な連中だ――切り裂かれたポニーの毛に『長さ、色、構造の点において類似している』二十九本の毛を発見したと証言した。つまり、明らかな不一致がある。エイダルジ一家がジョージを守るために偽証したのか。陪審員はそう考えたものと思われる。ジョージの弁明は、牛の放牧場の柵に寄りかかったかもしれないというものだった。陪審員がこれを信じなかったのは無理もない。実際に起きたことを述べたというより、狼狽《うろた》えてつい言ったことのように聞こえるからな。それに事実だとしても、家族が偽証したことになるのは変わらない。毛がジョージの服に付いていたなら、家族はそれを目にしたはずだろう」

ウッドは時間をかけてこの問題を考えた。サー・アーサーに雇われてからというもの、新しい役目が次々と降ってきた。秘書、口述筆記者、署名偽造者、自動車運転助手、ゴルフのパートナー、ビリヤードの相手。今は反応を試される装置であり、当たり前の答えの提供者でもある。さらに、馬鹿にされる覚悟も必要だ。えい、どうとでもなれ。「エイダルジ一家がジョージのコートを調べたときに毛が付いていなかったとしたら……」

「うん……」

「もしそうなら、毛はあとから付いたことになります」

「何のあとだ」

「コートが司祭館を出てからです」

「バター博士が付けたというのかね」

「いいえ。どうでしょう。でも当たり前の答えをお探しなら、毛はあとから付いたというのが答えです。どのようにしてかは分かりません。でもそうだとすれば、警察だけが嘘をついているということになります。あるいは警察の一部の人間がですね」

「あり得ないことではないな。うん、アルフレッド、君が間違ってるとは限らん。それだけは言っておこう」

ワトソン博士だったら誇りに思ったかもしれない褒め言葉だ、とウッドは思った。

翌日、二人は今回はさほど人目を憚らずにワーリーへ戻り、搾乳場にハリー・チャールズワースを訪ねた。牛の群れの落とし物の間をぐちゃりぐちゃりと踏みながら、母屋の背面に建て増しされた小さな事務所へ向かった。事務所にはぐらぐらする椅子が三脚、小さな机、泥だらけのラフィア椰子製のマットがあり、壁に掛かった先月のカレンダーは傾《かし》いでいた。ハリーは開けっぴろげな顔をした金髪の若者で、このような形で仕事に邪魔が入ったのを歓迎している様子だった。

「ジョージのことでいらしたんですね」

アーサーは不興げにウッドを見たが、ウッドは違いますよと首を振った。

「どうして分かりました」

「昨夜司祭館へいらしたでしょう」

「そうですか？」

「とにかく、二人のよそ者が日没後に司祭館へ行くのが目撃されました。一人は長身の紳士で、口ひげを隠すためにマフラーを顔に巻きつけ、もう一人は背が低めで山高帽をかぶっていました」

「おやおや」アーサーは言った。やはり芝居用の貸衣装屋に行くべきだったかもしれない。

「そして今、同じ二人の紳士方が、昨日ほどあからさまに身をやつしていないにしても、僕を訪ねてらして、内密の用件だが追い追い説明するとおっしゃる」ハリー・チャールズワースは大いに楽しんでいた。昔のことも喜んで思い出した。

「そう、僕たちは小さい頃同じ学校に通ってました。ジョージはいつも凄く大人しかった。先生に叱られるようなことはなくて、僕たち他の生徒とは違ってました。勉強もできて。僕よりできましたが、僕だってあの頃はできたんです。今じゃ分からないでしょうけどね。日がな一日牛の尻ばかり睨んでると、脳味噌が磨り減っちまうんですよ」

話が下品な自伝へと逸れたのをアーサーは無視した。

「しかしジョージに敵はいましたか。嫌われていたということはあるでしょうか――例えば肌の色のせいで」

ハリーは少しの間この点について考えた。「僕の記憶ではそういうことはないですね。でも、男の子ってどんなかご存じでしょう――好き嫌いの基準が大人と違いますから。月代わりみたいに変わりますし。ジョージが嫌われてたとしたら、勉強ができたからというほうが大きいです。あるいは、父親が司祭で、男の子がやらかすような種類のことにいい顔をしなかったせいか。それか近視のせいか。黒板が見えるように、先生はジョージを最前列に座らせました。それがひいきに見えたかもしれません。肌の色より、ジョージを嫌う理由として有力です」

ワーリー連続家畜殺しに対するハリーの見解は単純明快だった。ジョージに対する検察側の申し立ては馬鹿げている。警察は馬鹿だ。そして馬鹿さ加減で言えば、謎めいた頭領に指揮された正体不明の一味が夜な夜な飛び回っているなどという考えが、その最たるものだ。

「ハリー、我々は義勇騎兵のグリーンに話を聞く必要がある。この辺りの人間で馬を切り裂いたことを認めたのは奴だけだ」

「長旅になりますが」

「どこにいるんです」

「南アフリカです。ああ、ご存じなかったですね。ハリー・グリーンは裁判の終わったほんの二、三週間後に南アフリカ行きの切符を手に入れたんです。それも片道切符を」

「興味深いね。金を出したのは誰だと思う」

「さあ、ハリー・グリーン本人じゃないことは確かです。奴を安全な場所にやりたかった誰かでしょうね」

「警察とか」

「かもしれません。奴が発つころは警察も嫌気がさしていたと思いますがね。グリーンは自白を撤回したんです。切り裂きなんてやってない、警察に自白を強要されたんだって」

「それは本当かね。これをどう思う、ウッディー」

ウッドは律儀に当たり前のことを述べる。「そうですね、グリーンは最初のときか、二度目のときか、どちらかで嘘をついたことになります。あるいは」と、少し茶目っ気を出して付け足した。「両方嘘だったかもしれません」

「グリーン氏が息子の南アフリカの連絡先を知ってるか聞き出せるかな、ハリー」

「やってみましょう」

「それからもうひとつ。ジョージが犯人でないとしたら誰の仕業なのか、ワーリーで噂はあったかね」

「噂はいつでもあります。雨と同じく金がかかりません。僕に言えるのは、動物の扱いを心得た人間でないと無理だってことです。ただ馬や牛や羊に寄ってって、いい子だから腹を切り裂く間じっとしといで、と言ったって何とかなるものじゃありません。ジョージ・エイダルジがうちの搾乳場に来て、牛の乳搾りに挑戦するのを見てみたいもんです……」ハリーはしばしこの思いつきに興じた。「乳搾り用の腰掛けを牛の下に置きもしないうちに、蹴り殺されるか糞の中に転がるか、どっちかでしょう」

アーサーは身を乗り出した。「ハリー、昔同級生だった友人の汚名を雪ぐのに力を貸してもらえないだろうか」

ハリー・チャールズワースは相手が声を潜め、おだてるような口調になったことに気づいたが、簡単には乗らなかった。「昔も今も友達ってわけじゃありませんし……」それから顔を輝かせた。「当然、搾乳場の仕事は休むことになりますね……」

アーサーは当初、ハリー・チャールズワースをもっと義侠心に富む人物と見込んでいたが、落胆しないことにした。雇用関係と料金体系について合意すると、ハリーは新たな私立探偵助手として、ジョージが三年半前のあの八月の土砂降りの夜に辿ったとされる道筋を案内した。司祭館の裏手から出発して草地を横切り、柵を乗り越え、生垣を無理矢理通り抜け、地下道を使って線路を渡り、もうひとつ柵を越え、もうひとつ草地を横切り、イバラのまつわりつく生垣を突破して、さらに放牧地を横切って、炭坑の土地の縁に出た。ざっと見積もって一・二キロの距離だ。

ウッドは懐中時計を取り出した。「十八分三十秒」

「我々は健脚だ」まだコートについたイバラを抜いたり、靴から泥をぬぐったりしながらアーサーが言った。「しかも昼間で、雨は降っておらず、我々の視力は非常によい」

搾乳場に戻り、報酬を渡してから、アーサーは近隣の犯罪傾向について尋ねた。何の変哲もないという印象だ。家畜の盗難、公然酩酊、干草への放火。家畜の殺傷以外の暴力的な事件についても尋ねた。ジョージの判決が下った頃に何か事件があったのをハリーはぼんやりと覚えていた。母親と幼い娘が襲われたのだ。犯人はナイフを持った二人組の男だった。ちょっとした騒ぎになったが、裁判にはならなかった。ええ、承知しました、その件、調べておきましょう、とハリーは請け合った。

三人は握手を交わし、ハリーの案内で金物屋へ向かった。店は食料品と生地も扱っており、郵便局も兼ねていた。

ウィリアム・ブルックスは丸々と太った小柄な男で、もしゃもしゃの白い頬ひげと禿げ頭で差し引き零だ。年季の入った緑色の前掛けをしている。大歓迎というふうではないが、さりとて露骨に胡散臭げな顔もしない。奥の部屋に通されかかったサー・アーサーは秘書をつつき、欲しい欲しいと思っていたんですよ、靴の泥落としが、と言った。提示された選択肢を熱心に吟味し、買い物が済んで包装も完了すると、サー・アーサーは訪問の残りの部分は思い付きのおまけであるかのように振る舞った。

倉庫に入っていったブルックスは相当の間、独り言を呟きながら引き出しの中を引っ掻き回していた。サー・アーサーは作業を捗《はかど》らせるために金盥《かなだらい》とモップ二、三本を買わねばならないかと考えたほどだった。しかしついに、金物屋はしわくちゃな手紙を麻紐で縛った小さな束を見つけ出した。アーサーは手紙に使われた紙を見てすぐに分かった。司祭館宛の手紙にも同じ安物の帳面の紙が使われていた。

ブルックスは大昔の恐喝未遂のことをできる限り思い出した。息子のフレデリックともう一人の少年がウォルソル駅でどこぞの老婦人に唾を吐きかけたとかで、息子を訴えられたくなかったら郵便局に金を送れと指示されたのだった。

「それで何もしなかったのですか」

「もちろんです。手紙をご覧なさいよ。この筆跡をご覧なさい。ただの悪ふざけです」

「払おうとはまったく思わなかった」

「ええ」

「警察に行こうとは思いましたか」

ブルックスは蔑むように頬を膨らませた。「一秒たりとも思わなかったですね。○・一秒もね。無視したらやみましたよ。司祭さんのほうは大騒ぎでね。文句言って回って、警察本部長に手紙書いて、それでどうなりました？　悪くなっただけじゃないですか。司祭さんにとっても、あの息子にとっても。あんなことになったのが司祭さんのせいだって言ってるんじゃないですよ。ただ、あの人にはこういう村が理解できないっていうだけです。あの人はちょっと……四角四面って言ったらいいんですかねえ」

アーサーは何の感想も述べなかった。「では、恐喝してきた人間が息子さんともう一人の少年を標的にした理由についてはどう思います」

ブルックスは再び頬を膨らませた。「何しろもう何年も前のことですからねえ。十年？　もっとかもしれない。うちの坊主にお聞きになったらいいですよ。今じゃもう大人ですがね」

「覚えていますか、もう一人の少年が誰だったか」

「覚えとく必要もなかったからねえ」

「息子さんはまだ地元に住んでいますか」

「フレッドですか？　いや、よそに行って長いですよ。今はバーミンガムです。運河の仕事をね。店を継ぐ気はないもんで」金物屋は口をつぐみ、それから突然激しい口調で言い足した。「糞坊主が」

「ひょっとして息子さんの連絡先をお持ちじゃありませんか」

「あったかなあ。ひょっとしてその泥落としのほかに、何かお入り用のものはないですか」

バーミンガムへ戻る汽車の中、アーサーは上機嫌だった。ウッドの脇に置いてある、茶色の油紙でくるんで紐をかけた三つの包みにときどき目をやっては、世界の現状に何の不満もないという笑みを浮かべる。

「今日一日の成果をどう思うかね、アルフレッド」

どう思うか？　当たり前の答えは何だろう。そもそも、本当の答えは何だろう。「正直に申し上げれば、たいした進展はなかったと思います」

「いや、そんなにひどくない。たいした進展でなかったにしても、複数の方向に進んだ。実際、靴の泥落としは必要だったし」

「本当ですか。〈森の下〉《アンダーショー》にあると思いましたが」

「けちをつけるなよ、ウッディー。家に泥落としはいくつあっても多すぎることはない。あとになれば、これはエイダルジの泥落としとして記憶され、靴の泥を落とすたび今日の冒険を思い出すようになる」

「そういうことにしておきましょう」

アーサーはウッドを構うのをやめ、窓外を流れてゆく野原や生垣を見つめた。この列車に乗ったジョージ・エイダルジを思い描いてみる。メーソン・コレッジへ、その後はサングスター、ヴィカリー&スペイト法律事務所へ、さらにニューホール・ストリートの自分の事務所へ向かうジョージ。グレート・ワーリーの村にいるジョージ・エイダルジも想像してみた。田舎道を歩き、靴屋へ行き、ブルックスの店で買い物をするジョージ。若い事務弁護士は、言葉遣いも身なりもきちんとしているけれど、ハインドヘッドの村を歩かせても奇異な印象を与えただろう。スタフォードシアの片田舎ではなおさらに違いない。頭脳明晰で芯が強く、じつに天晴れな若者だ。だが一見しただけでは、それも学のない農夫や、頭の足りない村の警官、偏狭なイングランドの陪審員、四季裁判所の疑り深い裁判長の目から見たのでは、茶色い肌と特異な目付きしか印象に残らないかもしれない。エイダルジは奇異に見える。そして、奇異な出来事が起こり始めたら、無知蒙昧《もうまい》な村の浅薄な理屈では、犯人は当然、奇異な外見の人間ということになる。

そして、ひとたび道理——真の道理——を捨てた者たちには、道理から遠く離れるほど都合がよい。人の美徳が欠点にすり替わる。自制は秘密主義と映り、知性は狡猾さとなる。かくして、極度な近視で貧相な体格の品行方正な法律家は真夜中に牧草地を徘徊する変質者となり、二十人の専従警官の監視を掻い潜り、切り裂かれた動物の血潮の海を踏み渡ることになる。あまりにも滅茶苦茶なために筋が通って聞こえるくらいだ。そしてアーサーの見るところ、すべては、グランドホテルのロビーで直ちに看取した特異な目の欠陥のせいなのだ。そこにこそ、ジョージ・エイダルジの無実を確信する根拠もあれば、ジョージ・エイダルジが濡れ衣を着せられねばならなかった理由もある。

バーミンガムに着いたアーサーたちは、運河のそばのフレデリック・ブルックスの下宿を探し当てた。ブルックスはロンドンの匂いのする二紳士を値踏みして、また、背の低いほうの紳士が見覚えのある包装紙の包みを三つ小脇に抱えているのに気づき、自分の情報は半クラウン（訳注 旧通貨制度で半クラウンは二シリング六ペンス）で買ってもらいましょうと宣言した。地元民のやり口に慣れてきたサー・アーサーは、答えの利用価値に応じて一シリング三ペンスから最高で二シリング六ペンスまでのスライド制を提案した。ブルックスは同意した。

フレッド・ウィンという名前でしたね、一緒にいたのは、とブルックスは話す。ええ、ワーリーで配管とガス工事をしている男の親戚です。甥だったか、またいとこだったか。ウィンは二駅先に住んでいて、一緒にウォルソルの学校に通ってたんです。いえ、もう連絡は取ってません。もう何年も前のあの事件、例の手紙で唾を吐いたと言われた件についてブルックスは、当時ウィンも自分も、犯人は汽車の窓を割って自分たちに罪をなすりつけようとした少年に違いないと思っていた、と言う。こっちもあいつが犯人だとやり返し、鉄道会社の人が三人全員と面接して、ウィンの父親とブルックスの父親からも話を聞いた。しかしどっちの話が本当か判断がつかず、結局全員に警告を与えただけだった。それで終わりになりました、とブルックスは言う。もうひとりの子はスペックという名前でしたね。どこかワーリーの近くに住んでました。いえ、もう何年も見かけません。

アーサーはこのすべてを銀の繰出鉛筆《プロペリング・ペンシル》で書き留めた。情報の値打ちは二シリング三ペンスと判断された。フレデリック・ブルックスに異議はなかった。

インペリアル・ファミリー・ホテルに戻ったアーサーはジーンからの短信を渡された。

最愛のアーサーへ

あなたの大いなる探索の進み具合を伺いたくてお便りします。証拠を集め、容疑者と面接するあなたのおそばにいられたらいいのに。あなたのなさることすべてが、私にとっては自分自身の生活と同様に大切です。あなたがいらっしゃらなくて寂しいけれど、若いお友達のためにあなたが成し遂げようとなさっていることについて考えると、喜びを覚えます。発見なさったことすべて、なるべく早くお聞かせください。

あなたを愛し敬うジーンより

アーサーは面食らった。この率直さは愛の手紙にそぐわないものに思われた。愛の手紙ではないのかもしれない。いや、無論、愛の手紙だ。しかし、どこか違う。そう、ジーンが違うのだ——ジーン以前に知っていた誰とも違う。十年経っても、ジーンには驚かされる。アーサーはジーンを誇りに思い、驚かされ続けることを誇りに思った。

　後刻、アーサーが最後にもう一度その手紙を読み返していた頃、アルフレッド・ウッドは上階にある小さめの寝室で、横になったまま眠らずにいた。暗い中、化粧台の上に、あの抜け目のない金物屋に売りつけられた三つの包みがかろうじて見えた。ブルックスは取っておいた匿名の手紙を貸し出す際に、「保証金」までサー・アーサーからせしめていた。ウッドはその時も、後からも、敢えて何も言わなかったが、汽車の中で主人から拗《す》ねていると非難されたのはおそらくそのせいだろう。

　今日、自分の役どころは探偵助手だった。サー・アーサーのパートナーで、友人に近かった。夕食後、ホテルの玉突き台では、競争心が二人を対等にした。明日になれば、普段の秘書兼口述筆記者の立場に逆戻りし、その辺の女性速記タイピストと同じように主人の言葉を書き取ることになる。こんなふうに様々な機能と気構えを要求されるのが嫌ではなかった。ウッドは主人に心酔しており、必要とあらばどんな職務にでも勤勉に、かつ手際よく取り組んだ。サー・アーサーが当たり前のことを述べるよう求めるなら、それをする。もし当たり前のことを口にしないよう求めるなら、黙っている。

　ウッドはまた、当たり前のことに気づかないことも期待される。従って、ロビーでフロント係が手紙を持って駆け寄ってきたとき、それを受け取るサー・アーサーの手が震えたことに気づかなかったし、十代の少年のように手紙をポケットに突っ込んだことにも気づかなかった。さらには、主人が夕食前に部屋へ行きたくてうずうずしていることにも気づかなかったし、その後、食事中ずっと上機嫌だったことにも気づかなかった。観察はしても気づかないことは職業上重要な能力で、ここ数年その有用性は増していた。

　レッキー嬢に順応するにはしばらく時間がかかるかもしれない、とウッドは思った。これから一年もしないうちにレッキーという姓でなくなるだろうが……。二人目のコナン・ドイル夫人に対しても、自分は一人目の夫人に対したのと同様に骨身を惜しまず仕えるつもりだ。だがすぐに同じぐらい心を込めてというのは無理だ。ジーン・レッキーにどの程度好意を持てるか、自分でもよく分からなかった。それが重要でないことは分かっている。教員が校長の妻に好意を持つ必要はない。どうせ意見を述べるよう求められることはないだろう。だからどうでもいいのだ。しかし、ジーン・レッキーが〈森の下〉《アンダーショー》を訪れるようになってからの八、九年の間、ウッドはしばしば、あの人には少し作ったところがあるのではないかと思うことがあった。あるときジーンは、サー・アーサーの日常の運営にウッドが重要な役割を果たしていることに気づき、ことさらに愛想よく接してくるようになった。それは愛想のよさを超えていた。ウッドの腕に手を置いてみたり、サー・アーサーを真似てウッディーと呼んでみたりさえした。そんな気安い態度を取ってもらうのはまだ早いとウッドは思った。ドイル夫人でさえ――ウッドも一度として「トゥーイ」と思ったことはない――そんな呼び方はしなかった。レッキー嬢は、自分は自然体であり、時として溢れそうになる本能的な温かさを苦労して押しとどめているのだと印象づけようとする。しかし、ウッドの目にはそれは一種の媚態と映った。サー・アーサーがそんなふうに思っていないことだけは確かで、これには全財産を賭けてもいい。主人は、ゴルフというゲームは思わせぶりな女だというのを持論にしているが、ウッドに言わせれば、スポーツは大方の女よりよほど裏がない。

　これもまたどうでもいいことだ。サー・アーサーが欲しいものを手に入れ、ジーン・レッキーも欲しいものを手に入れ、二人が一緒になって幸せなら、至極結構ではないか。しかし、それを傍観するアルフレッド・ウッドは、自分自身は結婚しそうになったことすらなくて、それでやっぱりよかったと思った。衛生面を除けば、結婚に利点があるとは思えない。実のある女性と結婚して、相手に飽きてしまう。不実な女性と結婚して、いいように転がされていることに気づかない。男に与えられた選択肢はその二つなのではないか。

　お前には塞ぎの虫がいるとサー・アーサーに言われることがある。ウッドが思うに、自分は不機嫌になるというよりも黙り込むことがあり、例の当たり前の考えに浸るのだ。例えばドイル夫人について――幸せだったサウスシー時代、忙しかったロンドン時代、そして晩年の長く悲しい歳月。未来のコナン・ドイル夫人について、また未来の夫人がサー・アーサーと世帯全体に及ぼすかもしれない影響について、考える。キングズリーとメアリについて、また二人が継母を持つことに対して、というよりむしろこの特定の継母に対してどのように反応するかについて、考える。キングズリーは大丈夫だろう。少年はすでに父親の朗らかな男らしさを持っている。だがメアリのことは少し心配だった。少女は不器用で、思いを引きずる性質《たち》なのだ。

　今夜はここまでにしておこう。最後にひとつだけ――朝になったら泥落としと他の包みをうっかり忘れていくかもしれないな、と考えた。

〈森の下《アンダーショー》〉でアーサーは書斎にこもり、パイプに煙草を詰めて戦略を練り始めた。二段構えの攻撃が必要なのは明らかだった。第一段階で、ジョージ・エイダルジの無実を決定的に証明する。紛らわしい証拠によって誤った有罪判決を受けたというだけでなく、完全に、百パーセント潔白であることを明らかにする。第二段階で真犯人を特定し、内務省に誤りを認めさせ、新たな起訴に持ち込む。

　仕事に取り掛かりながら、アーサーは勝手知ったる領分に戻ってきたと感じていた。本を書き始めるのに似ているのだ。物語はあるが全体が出来ているわけではなく、登場人物も大体揃っているが全員ではなく、因果関係もある程度分かっているが全部ではない。出だしも分かっているし、結末も分かっている。同時に頭に入れておかねばならない事柄が数多くある。中には動いているものもあれば、静止しているものもある。逃げ去っていくものもあれば、精神力の限りをぶつけても動かせないものもある。そう、こういったことには慣れている。そこで、小説の場合と同様、アーサーは鍵となる事柄を一覧表にして、それぞれに簡潔な説明をつけた。

一、裁判

イェルヴァトン。一件書類を使い（要許可）、積み上げ、研ぎ澄ますこと。要注意――弁護士。ヴェイチェル？　否――弁護側の主張の繰り返しは避ける。公式記録入手できず残念。（記録閲覧を求めて運動？）信頼に足る新聞報道はあるか？（『審判《ジ・アンパイア》』以外）。

毛／バター博士。たぶんWが正しい!!　前ではない（エイダルジ一家が偽証となる）ゆえに後。過失か故意か？　誰が？　いつ？　どうやって？　バターか⁇　会ってみること。また、見つかった毛に解釈の余地／曖昧さはないか？　それともポニーに間違いないのか？
手紙。紙／素材、綴り、文体、内容、心理を調査。ガリン、不正の可能性。ベック事件。ましな鑑定人を提案。（得策か否か？）誰にするか？　ドレフュス事件の担当者？　また、書き手は一人か複数か？　また、書き手＝切り裂き犯？　書き手×切り裂き犯？　繋がり／重なり？
視力。スコットの検査結果。十分か？　他の専門家？　母親の証言。暗さ／夜はGEの視力にどう影響？
グリーン。脅したのは誰か？　金を出したのは誰か？　所在突き止め話を聞くこと。
アンソン。会って話すこと。偏見？　証拠隠匿？　警官への影響。キャンベルにも会うこと。警察の記録を閲覧請求？

　有名人の強みは自分の名前で扉が開くことだ、とアーサーは一人頷いた。こちらが必要とするのが鱗翅《りんし》類学者であろうと、長弓の歴史の専門家であろうと、警察医であろうと、警察本部長であろうと、面会を求めれば大抵にこやかに迎えられる。主としてホームズのお蔭だ——もっとも、素直にホームズ有り難うと言う気にはなかなかなれない。この私立探偵を考え出したとき、この人物がどんな扉も開ける鍵になるとは知る由もなかった。
　アーサーは再びパイプに火を点け、表の第二部に取り掛かった。

二、犯人
手紙。前項参照。
動物。屠畜業者？　肉屋？　農夫？　よその事件と比較。方法は典型的か珍しいか？　専門家——誰？　噂／疑惑（ハリー・C）。
凶器。剃刀ではない（裁判）、ならば何？　バター？　ルイス？　「刃の両面が共に凹面になっている」。ナイフ？　農作業の道具？　目的は？　改造された道具？
空白期間。九六—〇三年の七年間沈黙。なぜか？？　意図的／偶然／外的要因？　いなかったのは誰か？　知っていそうなのは誰か？
ウォルソル。鍵。学校。グレートレクス。他の少年たち。窓／唾吐き。ブルックス。ウィン。スペック。繋がっているか？　繋がっていないか？　正常か？　GEの関与／GEとの繋がりがあるか（聞いてみる）。校長？

先行／後続。他の切り裂き事件。ファリントン。

　現段階ではこんなところか。アーサーはパイプをふかして一覧表のあちこちに視線を走らせ、どの項目が強く、どの項目が弱いかを考えた。例えばファリントン。ファリントンはワーリー炭坑で働いていた荒くれ者の坑夫で、〇四年の春――ちょうどジョージがルイスからポートランドに移される頃――馬一頭、羊二頭、子羊一頭を切り裂いたかどで有罪判決を受けた。もちろん警察は、この男が、粗野で字も読めない、パブに入り浸っているような人物であるにもかかわらず、名うての悪党エイダルジの仲間であると主張した。一目で同類と分かるからな、とアーサーは心の中で皮肉った。ファリントンは何かの手がかりになるだろうか。単なる模倣犯か。

　業突く張りのブルックスと正体不明のスペックから何か出てくるかもしれない。スペックとは奇妙な名だ――今のところこの名から連想されるのは南アフリカだけだが。向こうでは、随分とスペックを食べた。要するに植民地版のベーコンだが、イギリスのベーコンと異なり、原料となる動物の種類は限定されなかった――実際、河馬肉のスペックも食べたことがある。あれはどこでだったろう？　ブルームフォンテーンだったか、北への進軍中だったか。

　考えが彷徨いだしていた。そしてアーサーの経験では、思考を集中する唯一の方法は、まず頭の中をすっきりさせることだった。ホームズだったらバイオリンを弾いたかもしれないし、あるいは、今ではその生みの親自身ホームズに与えたことを恥じている習慣に耽《ふけ》ったかもしれない。アーサーはコカイン注射器には用がない。こういうときに信頼を寄せるのはヒッコリー材の柄のゴルフクラブ一式だった。

　理論上、ゴルフは自分に打ってつけのスポーツだとアーサーは考えていた。ゴルフでは目と頭と体の連繫が求められる。作家に転身し、いまだに往時の体力を保っている元眼科医にぴったりだ。少なくとも理論上は。実践すると、ゴルフは誘いをかけてくるくせにいつも肝心のところで身をかわす。アーサーは世界各地でこの悪女にてこずらされてきた。

　ハンクリーのクラブハウスまで運転していく途中、アーサーはメナ・ハウス・ホテルの前にあった原始的なゴルフ場のことを思い出した。ティーショットをスライスすると、その落ちる先がバンカーならぬ古代ラムセス王あるいはトトメス王の墓の中ということもあった。ある午後のこと、力には溢れるが迷走気味のアーサーのプレーを見物していた人が、エジプトでは墳墓発掘に特別な税金がかかると理解していますがね、という手厳しい論評を加えたものだった。しかしそのラウンドでさえ、珍妙さという点では、ヴァーモントにあるキプリングの屋敷で行われたゲームに及ばなかった。それは感謝祭の頃のことで、すでに雪が地面を分厚く覆っており、ボールは打った途端に見えなくなった。幸いなことに、仲間の一人が——誰の手柄なのか今でも論争の種なのだが——ボールを赤く塗ることを思いついた。しかし、珍妙さはそれにとどまらなかった。というのは、少しでもクラブがボールにまともに当たると、打球は凍って硬くなった雪の表面を猛然と走ったからだ。ある時点で、アーサーとラドヤードは下り斜面でドライバーショットを放った。派手に塗られたボールに止まる理由はひとつもなく、二つともたっぷり三キロ滑走してコネティカット川にはまった。三キロ。アーサーとラドヤードは頑としてそう信じている。懐疑的なクラブハウスもあるようだが、知るものか。

　思わせぶりな女はその日は優しく、十八番フェアウェイまで来たとき、まだ八十を切る可能性が残っていた。九番アイアンのピッチショットでパットの距離まで持っていければ……次のショットを思い描いているうちに、このコースでプレーするのも、もうそう何度もあることではないのだと不意に気づいた。〈森の下《アンダーショー》〉を去らねばならぬという単純な理由ゆえだ。〈森の下《アンダーショー》〉を去る？　不可能だ、と機械的に答える自分がいた。そのとおりなのだが、それでも避けられないことだ。あの家はトゥーイのために建てたもので、トゥーイがその最初の、そして唯一の女主人なのだ。ジーンを花嫁としてあの家に連れ帰ることなど、どうしてできよう。名誉の観念に悖るだけでなく、明らかに猥褻だ。トゥーイが持ち前の聖人のような心で再婚の可能性を口にしたからといって、二番目の妻をあの家に連れ帰り、あの屋根の下でトゥーイと暮らしていた間、一夜の例外もなく二人に禁じられていた歓び、その歓びを新しい妻と享受することが許されるわけではない。

　無論そんなことは論外だ。それにしても、このことを殊更に指摘せず、アーサー自身が自分なりの道筋で結論に達するように仕向けるとは、ジーンは何と如才なく、賢いことか。まったく非凡な女性だ。さらに、ジーンがエイダルジ事件を気にかけていることにもアーサーは心を打たれた。二人を比較するのは紳士らしくない振る舞いだが、トゥーイだったら、アーサーの使命を支持はしても、その成否に気分を左右されることはなかっただろう。それはジーンも同じかもしれない。それでもジーンの関心は状況を変えた。ジーンが関心を持ってくれたことで、ジョージのために、正義のために、さらに高い次元では祖国の名誉のために、成功せねばとアーサーは決意した。それだけでなく、愛しい人のために成功せねばと決意した。成功はジーンに捧げるトロフィーとなるだろう。

　気持ちの昂ったアーサーの第一パットはホールを五メートル近く行き過ぎ、第二パットは二メートル手前に止まり、そこからのパットでまたしくじった。七十九のはずが八十二だ。まったく、女性をゴルフコースに立ち入らせてはならない。フェアウェイとグリーンだけでなく、プレーヤーの頭の中からも締め出しておかないと、まさに今起きたような混乱が生じるのだ。ジーンはゴルフを始めようかしらと言い出したことがあり、その時には自分もそれなりの熱意をもって応えた。しかし明らかにやめたほうがよい。市民社会の調和のために女性の立ち入りが禁じられるべき場所は投票所のみではないのだ。

〈森の下《アンダーショー》〉に戻ると、午後の便でマンチェスター・スクエアのケネス・スコット氏からの手紙が届いていた。

「思ったとおりだ！」アーサーは秘書室の扉を蹴り開けながら叫んでいた。「思ったとおり！」

　ウッドは目の前に置かれた紙を見た。こう書かれていた。

右眼　球面度数　八・七五
　　　乱視度数　一・七五　軸　九十度
左眼　球面度数　八・二五

「目の調節機能をアトロピンで麻痺させるようスコットに指示したんだ。結果が患者の意志に左右されないようにね。ジョージが目が見えないふりをしていると言いがかりをつける人間が出てきたときのための用心さ。まさに期待したとおりの結果だよ。磐石《ばんじゃく》だ！　議論の余地なし！」

「お尋ねしてもいいですか」その日はワトソン役にすんなり入ることのできたウッドが言う。「これはつまり、どういう意味なんです」

「つまり、つまりだね……私が眼科医として診察した中で、ここまで度の強い乱視性の近視を矯正した覚えがないんだ。スコットもこう書いて奇越した」アーサーは手紙を鷲掴みにした。「強度の近視者の例に漏れず、エイダルジ氏が十数センチ以上の距離にある物をはっきり見ることは常に難しく、薄暗がりでは、完全に知り尽くした場所でもなければ、自由に歩き回るのは不可能と言ってよいでしょう」

「これを言い換えれば、アルフレッド、これを言い換えるなら、陪審員の皆さん、エイダルジ氏は決まり文句で言うところの『コウモリのように目が不自由』なのです。もちろんコウモリは、我らが友とは違い、暗い夜に牧草地への道を見つけられますが——。次の手が決まったぞ。挑戦状を叩きつけてやる。この処方箋どおりの眼鏡を作らせて、警察の立場を擁護する人間がいたら夜にそれをかけさせる。一時間以内で司祭館から牧草地まで行って帰ってくるのは不可能だと請け合おう。私の名誉を賭ける。なぜ疑わしそうな顔をしているのかね、陪審員殿」

「拝聴していただけですよ、サー・アーサー」

「いや、君は疑わしそうな顔をしていた。疑心は見れば分かる。さあ、当たり前のことを訊きたまえ」

ウッドは溜息をついた。「私はただ、ジョージの視力が三年間の服役中に低下した可能性はないかと考えていたのです」

「やっぱり！　それを考えてるんじゃないかと思ったんだ。その可能性はまったくない。ジョージの視力の悪さは目の構造に由来する恒常的なものだ。これは御墨付きももらっている。従って、一九〇三年にも今と同じ程度に悪かったのだ。しかも当時は眼鏡さえ持っていなかった。ほかに質問は？」

「ありません、サー・アーサー」ある感想が喉まで出かかったが、言わずにおくのが無難と呑み込んだ。主人が眼科を開業していた期間を通して、これほど度の強い乱視性近視に出くわしたことがなかったというのは事実かもしれない。しかし他方、私はデヴォンシア・プレースでいちばん待合室の空いている眼科医でした、記録的患者不足のお蔭で本を書く時間ができたというわけです、とサー・アーサーが晩餐の席を沸かせるのをウッドは何度も聞いていた。

「三千要求しようと思う」

「何を三千です」

「ポンドだよ、君、ポンドだ。ベック事件を参考にして弾き出した額だ」

ウッドの表情が疑問符になっている。

「ベック事件だよ、もちろん覚えてるだろう。え、本当に覚えてない」サー・アーサーは大仰に情けないという顔をして首を振った。「アドルフ・ベック。私の記憶ではノルウェー出身だ。複数の女性を騙した咎《かど》で有罪になった。ジョン・スミスという名――信じられるかい――の前科者と同一人物とされた。スミスは過去に同様の犯罪で服役していた。ベックは懲役七年の刑となった。五年ほど前に仮釈放。その三年後、再逮捕され、再び有罪となった。疑念を抱いた判事は刑の執行を延期した。そうこうするうちに、誰あらん、本家本元の詐欺師スミス氏が現れた。あの事件について私が特に思い出す点がある。どうしてベックとスミスが同一人物でないと分かったのか。一方は割礼を受けており、もうひとりは受けていなかった。そんな小さなことに正義が左右されることもある。

おっと。君はかえって分からなくなったという顔をしているね。無理もない。要点がね、二つある。その一、ベックは多数の女性証人による人物誤認に基づいて有罪となった。十人か十一人もいた。それは置いておこう。だが有罪の根拠となった強力な証言がもうひとつあって、それは偽造や匿名の筆跡の専門家によるものだった。お馴染み我らがトマス・ガリンさ。ベック調査委員会に出頭して、自分の証言が二度にわたって無実の人間を有罪にしたことを認めざるを得なかった。そしてこの無能の告白のほんの一年前に、ガリンは青筋を立ててジョージ・エイダルジに不利な証言をしていたんだ。あの男を証人台から締め出し、過去に奴がかかわった事件はすべて再調査すべきだというのが私の意見だ。

ともあれ、二点目だ。調査委員会の報告を受けてベックは赦免され、大蔵省から五千ポンドが支払われた。五年間に対して五千ポンドだ。どういう計算か分かるだろう。私は三千ポンドを要求するつもりだ」

運動は前進しつつあった。バター博士に手紙を書き、面会を求めよう。ウォルソル中学の校長にはスペックという少年について問い合わせる。アンソン本部長にはジョージの事件の警察記録の閲覧を求める。ジョージには過去にウォルソルで争いごとに巻き込まれたことがあるかを訊いてみる。ベック事件の報告書を調べてガリンがどの程度の辱めを受けたかを確認し、ガリンの件全般について新たな、そして最終的な調査を行うよう正式に内務大臣に要求する。

　これから二、三日は匿名の手紙に集中して取り組み、単なる筆跡学を脱して心理学へ踏み入り、書き手の人物像を絞り込み、その正体を少しでも明らかにする心組みだ。そのあとで一件書類をリンジー・ジョンソン博士に送り、ジョージの筆跡と比較して鑑定してもらう。ジョンソンはヨーロッパにおける第一人者で、ドレフュス事件でもラボリ弁護士に召喚された。そうさ、とアーサーは思った。この運動を終える頃には、エイダルジ事件をフランスのドレフュス事件と同じぐらいの大騒動にしてやるぞ。

　アーサーは手紙の束に拡大鏡、帳面、繰出鉛筆《プロペリング・ペンシル》を揃えて机に向かった。ひとつ深呼吸をすると、ゆっくりと、注意深く、あたかも悪霊が出てくるのを待ち構えるかのように、司祭の包みのリボンとブルックスの包みの麻紐を解いた。司祭から預かった手紙には鉛筆で日付が書き込まれ、受け取った順に番号が振ってある。金物屋のほうの手紙は順不同のようだった。

　毒々しい憎悪に嫌らしい馴れ馴れしさ、自慢たらたら、狂気すれすれ、大言壮語に瑣末主義のごった煮であるそれらの手紙をアーサーは通して読んだ。「我は神なり我は全能の神なり俺は馬鹿者だ嘘吐きだ中傷者だ密告屋だ郵便配達をふうふう言わせてやる」笑止千万だが、笑止千万が積み重なって悪魔的な残酷さを生み、その圧力によって被害者たちの精神を参らせたかもしれない。読み進むにつれて怒りと厭わしさも和らいできて、アーサーは手紙の表現を頭に沁み込ませることに努めた。「汚いチクリ屋め、十二か月の懲役刑を食らうがいい……俺はこれ以上ない切れ者だ……図体ばかりでかいごろつきめお前を追いつめたぞ汚い下種野郎めサルめ……俺はお偉いさんに顔が利く俺が命知らずの顔といってもお前よりはまし……水曜の夜にあの卵をくすねたのは誰だお前かお前の亭主だろうが俺が縛り首になることはないだろう……」

　アーサーは手紙を読んでは読み返し、整理しては整理し直し、分析し、比較し、注釈をつけた。ゆっくりと、印象は推測に、推測は仮説に固まっていった。まず第一に、切り裂き犯の一味が存在したかどうかはともかく、手紙の書き手が集団で存在したのは確かなことに思われた。三人いると想像される。青年二人に少年一人。青年二人は時に見分けがつかなかったが、違いはあるとアーサーは判断した。一人は単に悪意の塊である。もう一人は宗教的熱狂を噴出させることがあり、それはヒステリックな敬虔さとなったり、常軌を逸した冒瀆となったり、振幅が大きかった。これが、サタン、神、そしてその二つを合体させて神サタンと署名している人物だ。少年はと言えば、並外れた口汚さで、十二歳から十六歳の間だろうとアーサーは考えた。青年二人は自分たちの筆跡偽造能力も自慢していた。「我々にお前の餓鬼の筆跡が真似できないと思ってるのか?」と一人が一八九二年に司祭に宛てて書いている。そしてその言葉を証明するために、まるまる一ページを使い、エイダルジ一家全員とブルックス一家、他の近隣に住む人々の署名をそれらしく丹念に書き連ねている。

手紙の大部分には同じ紙が使われ、似たような封筒で届いていた。一人の書き手が書き始め、途中で別の書き手に変わることもあった。神サタンの熱弁に続いて、同じページのうちに少年の荒っぽい殴り書きと無作法な絵――あらゆる意味で無作法――が登場することもあった。このことは、三人全員が同じ屋根の下で暮らしていることを強く示唆している。その屋根はどこにあるのか。何通かの手紙がワーリーの被害者宅に直接届けられたことから、二、三キロ以内の近距離にあると考えるのが妥当であろう。

次に、このような三名の書き手を住まわせるのはどのような類の屋根だろう。異なる年齢の若い男性を収容する何らかの施設か。私塾か何かか。アーサーは教育機関の名鑑を調べたが、可能性のありそうな距離には何も見つからなかった。犯人が同じ会社の事務員とか、同じ店の店員ということはあるだろうか。この件について考えれば考えるほど、三人は家族で兄弟だという結論が有力に思われた。手紙の中に極端に長いものがあることも、仕事に就かず時間を持て余した人間ばかりの世帯という説を後押しした。

もっと細かい情報が必要だ。ウォルソル中学はその名前がじつに頻繁に出てくるが、どの程度重要な役どころなのか。それから、この手紙はどうだろう。この狂信者がミルトンを下敷きにしていることは明らかだ。『失楽園』第一巻、サタンの墜落と地獄の燃える湖への言及があり、それが書き手自身の最終目的地であると宣言している。アーサーの計画どおりになれば、確かにそうなる。従って、校長への質問がひとつ増える。「貴校において過去に『失楽園』が教えられていたことはあるでしょうか。あった場合はそれがいつのことで、どのぐらいの数の生徒が学んだのかお教えください。特に感銘を受けた様子の生徒がいたかご記憶でしょうか」これは藁をも摑む行為なのか、それとも手を尽くしていると考えるべきなのか。何とも言い難い。

アーサーは手紙を古いほうから順に読み、逆に新しいほうから読み、出鱈目な順番で読み、トランプのように切り混ぜた。するとあることが目に留まり、五分後には秘書室の扉をバタンと大きく開けていた。

「でかしたぞ、アルフレッド。ずばり君の言ったとおりだった」

「そうでしたか」

アーサーは一通の手紙をウッドの机の上に突き出した。「ここを見てくれ。ここと、ここもだ」秘書はアーサーが突き立てる指を追ったが、分からないままだった。

「私、何を言いました」

「ここだよ、君。『少年は海へ送られねばならぬ』、それからここ、『波がお前を飲み込む』。これはグレートレクス名義の手紙の一通目なんだ。分からないのか？　ここにもある。『奴らは俺を縛り首にはしないで海へ送るだろう』」

ウッドの顔には、当たり前のことが今日は見えませんと書いてある。

「空白期間さ、ウッディー、空白期間。あの七年間。なぜ間があいたのか、と私は尋ねた。なぜだろう、と。そして君は答えた、なぜなら犯人がいなかったから。どこへ行ったのかと私は訊き、船に乗り組んでいたかもしれないと君は答えた。そしてこれは、七年の空白のあとの最初の匿名の手紙なんだ。再度確認してみるが、君の全給料を賭けてもいい。それより前の嫌がらせの手紙には、海は一度も出てこなかったはずだ」

「それはまあ」とウッドは言い、微かに得意さを滲ませた。「一つのあり得る説明だとは思いましたから」

「そして、ほんの少しでも疑念があるというなら、駄目押しがある」――もっとも、閃きを褒められたばかりの秘書に疑いを差し挟む気配は今のところない――「それは最後の悪戯の発信地さ」

「思い出させていただく必要があるようです、サー・アーサー」

「一八九五年十二月、覚えてるかい？　司祭館の家財道具一式を競売に付すという広告がブラックプールの新聞に出た」

「それが？」

「おおい、頼むよ。ブラックプールさ。ブラックプールと言えば？　リヴァプール最寄りの行楽地じゃないか。そこから奴は船に乗ったのさ、リヴァプールからね。火を見るより明らかさ」

　アルフレッド・ウッドはその午後ずっと仕事に追われた。ウォルソル中学の校長にはミルトンが教えられていたか尋ねる手紙を書き、ハリー・チャールズワースには、一八九六年から一九〇三年の間に船に乗り組んでいた地元の人間がいたらその足取りを辿るよう、またスペックという名の少年または男を探すよう指示する手紙、さらにリンジー・ジョンソン博士には、同封する一件書類中の手紙と、前もって送ってあるジョージ・エイダルジの書いた手紙とを至急比較されたしと依頼する手紙を書いた。一方、アーサーはかあさまとジーンに手紙を書き、調査の進捗状況を報告した。

　翌朝の郵便の中に、見慣れた封筒の手紙があった。消印はキャノックだった。

　謹啓　言っとくが、俺たちはサツの手先で、馬を殺したのも手紙を書いたのもエイダルジだって知っている。他の人間になすりつけようとしても無駄なことだ。やったのはエイダルジで、それは証明されるに決まってる。あれは変な奴だし……

便箋をめくって読み進めていたアーサーは噴き出した。

……あのオールディスの豚野郎が校長のころ、ウォルソルに教育なんてなかった。理事たちに苦情の手紙が送られて、奴は首になったのさ。ざまあみろ。

　ウォルソル中学の校長宛に前任者が辞めたときの状況を問い合わせる追加の依頼状が送られ、それからこの最新の証拠はリンジー・ジョンソン博士に転送された。

〈森の下〉《アンダーショー》はひっそりしていた。子供たちは二人とも不在だった。キングズリーはイートンで初めての学期を過ごしている。メアリはゴダルミンのプライアーズ・フィールド校だ。鬱陶しい天気が続いた。食事は赤々と燃える暖炉のそばで独りで摂った。晩にはウッディーとビリヤードをした。すでに五十歳の誕生日が地平線上に見えていた――地平線がほんの二年の距離にあるとは思えないが。今でもクリケットの試合には出ていて、後衛の守備位置を越える美しい打球を放つことも時折あり、相手チームの主将は讃辞を述べてくれる。しかし、打席に立ち、無礼な投手が腕をぐるぐる振り回しながら走り込んでくるのを眺め、脛当《すねあ》てにずしんと衝撃を感じ、ピッチの向こうにいる審判を睨みつけると、二十メートル先から、「残念です、サー・アーサー」といういかにも気の毒そうな判定の聞こえてくることが、あまりにも多くなった。そしてその判定に抗議する声も上がらない。

栄光の日々は終わったことを認めるべき時が来たのだ。あるシーズンにはケンブリッジシアとの試合で、七つアウトをとって許したのは六十一点という成績を残し、次のシーズンにはW・G・グレースをアウトにした。確かに、五人目の投手としてアーサーに番が回ってきて、バッット側スタンプを狙って投げるという素人臭い戦術でアウトをとったとき、偉大なるグレースはすでに百点をあげていた。それでも、記録はこうだ。「W・G・グレース　捕球者W・ストアラー、投手A・I・コナン・ドイルでアウト、得点百十点」アーサーはこれを祝って十九連からなる擬似英雄詩を物したが、この詩も、詩が記録した偉業も、アーサーの名をウィズデン年鑑に載せるには至らなかった。パートリッジがかつて予言してくれたイングランド代表の主将はどこへ行ったのか。昨年の夏、ローズ競技場で俳優チームと対戦した作家チームの主将のほうが自分には似つかわしい。あの六月の一日、アーサーは第一打者ウッドハウスの相方として試合開始とともにフィールドに出た。ウッドハウスは滑稽なことにウィケットを倒され零点に終わった。アーサー自身も二点にとどまり、ホーナングには打席に入るチャンスさえ回ってこなかった。だが、ホレス・ブリークリーは五十四点をあげた。よい作家ほどクリケットは下手なのかもしれない。

ゴルフでも同じで、夢と現実の差は年々広がっていた。だがビリヤードは……ビリヤードというのは自然と衰えがくる競技ではない。五十代、六十代になっても、人によっては七十代になっても、目に見えて腕が落ちることもなくプレーし続けられる。体力が大事なのではない。肝心なのは経験と駆け引きだ。キス・キャノンにリコシェ・キャノン、ポストマンズ・ノック、トップクッションに沿ったナーサリー・キャノン——何というゲームだ。もう少し練習してプロからの助言も得たら、イングランド・アマチュア選手権に出てみてもいいのではないか。もちろんロング・ジェニーは改善する必要がある。毎回自分にこう言い聞かせよう。手玉をボークに置くとき、的玉に二分の一の厚みで接触させさえすればトップポケットに転がり込んでくれる位置を見定めること。そのうえで、できるだけポケット方向への回転を与えるように撞《つ》くこと。ウッドはロング・ジェニーには苦労しない。いつも本人に言ってやっているように、ダブル・ボークに関してはまだまだだが。

五十歳が近づいている。のろのろとではあるが、人生の後半が始まろうとしている。トゥーイを失ってジーンを見つけた。かつて手ほどきを受けた科学的物質主義を捨て、彼方へと通じる大いなる扉をほんの少し開く方法を見つけた。茶化し屋は好んで言う。イングランド人は霊的本能を欠いているものだから、永遠の感覚を味わうためにクリケットを発明したのだ、と。ろくに物の見えない観察者たちは考える。ビリヤードとはひたすら同じショットを繰り返すことなのだ、と。どちらもたわごとだ。イングランド人が感情を露《あら》わにする種族でないのは確かだけれど――イタリア人とは違う――、他の種族と比べて霊的資質に劣っているということはない。そして、人間の魂に二つと同じものがないように、ビリヤードのショットにも二つと同じものはない。

アーサーはグレイショットのトゥーイの墓を訪れた。花を手向け、涙を流し、帰ろうと背を向けたとき、次に来るのはいつだろうと考えている自分に気づいた。来週だろうか、それとも二週間後？　そしてその次は？　そしてそのまた次は？　ある時点で花はなくなり、来訪は間遠になるだろう。自分はジーンと共に新しい生活を始めるのだ。クロウバラの、ジーンの実家の近くに移ることになるだろうか。そうなれば……墓参りには不便になる。トゥーイのことを思うだけで十分だと自分に言い聞かせることになるだろう。ジーンは――神がお許しになるなら――俺の子を産んでくれるだろう。そうなったら誰がトゥーイの墓に詣でるのか。アーサーはこの考えを追い払おうと首を振った。将来の罪悪感を先取りしても詮ないことだ。道義を守って行動し、結果については個々に対応するほかない。

それでも、〈森の下《アンダーショー》〉に――空っぽになったトゥーイの家に――戻ると、アーサーはふらふらとトゥーイの寝室に入った。その部屋の模様替えや改装の指示は一切出していなかった――どうしてそんなことができよう。だからそこには、トゥーイの死の床となったベッドがあった。午前三時に、すみれの香りの漂う中で、か細い手を俺の大きくて不器用な手の中に残して逝ったのだ。疲れ、怯えたメアリとキングズリーは行儀よく座っていた。トゥーイは息を引き取る直前に身を起こし、キングズリーの面倒を見るのよとメアリに言ったっけ……。溜息をつきながらアーサーは窓辺まで行った。十年前、眺めがいちばんいいからという理由で、この部屋をトゥーイのために選んだ。眼下に庭と私有地の谷が見え、谷は徐々に狭まって森の中に吸い込まれていく。トゥーイの寝室、病室、死の部屋――自分は常にこの部屋を能《あた》う限り居心地よく苦痛のないものにしようと努めてきた。

そう自分に言い聞かせてきた――自分にも人にも始終そう言ってきた結果、それが事実だと信じるようになった。俺はずっと自分を欺いてきたのか？　なぜならこの部屋こそ、死ぬ数週間前にトゥーイが娘に向かい、お父さんは再婚するでしょうと告げた部屋なのだ。メアリからそのやりとりについて報告を受けたとき、自分は意に介さないふうを装った。今にして思えば愚かな判断だった。トゥーイを賞讃し、地ならしをする機会とすべきだった。なのにそうせず、動揺しておどけた態度をとり、「お母さんは具体的な候補を挙げてたかい」といったようなことを尋ねた。それに対してメアリは「お父様！」と言った。その言葉に非難が込められていたことは疑いようがない。

アーサーは寝室の窓から外を見続け、放置されたテニスコートの向こうの谷に目をやった。かつては、なんだかドイツの民話に出てきそうな谷じゃないかと思うこともあった。今は現実のままにサリーの一部にしか見えない。メアリに向かってもう一度再婚の話題を持ち出すことなどとてもできない。しかし確かなことがひとつある。もしトゥーイが知っていたのなら、俺は打ちのめされる。もしトゥーイが知っていたとして、しかもメアリまで知っているとしたら、二重に打ちのめされる。もしトゥーイが知っていたのなら、ホーナングが正しかったことになる。もしトゥーイが知っていたのなら、かあさまは間違っていたことになる。もしトゥーイが知っていたのなら、俺はコニーに対して最低の偽善者だったことになり、不届きにもホーキンズ老夫人を操っていたことになる。メーソンギル館を見下ろす丘の上で、名誉と不名誉は紙一重だとかあさまに言った。かあさまは、だからこそ名誉は大事なのですと答えた。じつは今までずっと不名誉にまみれていたのに、自分だけを騙していたとしたら？　世間からはありきたりの姦通者と思われているとしたら？　そして本当は姦通者でないものの、姦通者だったら？

のと同じことだったとしたら？　ホーナングの言ったとおりで、じつは有罪と潔白に違いがなかったとしたら？

アーサーはどしんとベッドに腰を落とし、ヨークシャーへの不義の旅のことを考えた。潔白を主張できるよう、自分とジーンが別々の列車で到着し、別々の列車で帰るようにした。イングルトンはハインドヘッドから四百キロ以上離れている。あそこなら二人は安全だった。しかし自分は安全と名誉を混同していた。この年月の間に誰の目にも明らかになっていたに違いない。イングランドの村なんて噂話の渦だ。いかにジーンにお目付け役がついていようと、いかに自分とジーンが一つ屋根の下での滞在を避けていることが明らかであろうと、村の教会で挙式したかの有名なアーサー・コナン・ドイルが、妻以外の女性を伴って丘から谷へと闊歩しているのだ。

それからウォラーのことがある。今までずっと、能天気な独り善がりに陥って、ウォラーがこの件をどう解しているか考えてもみなかった。かあさまが自分の方針を是認してくれたというだけで十分だったのだ。ウォラーがどう思おうと構わなかった。そしてウォラーは、人当たりのよい寛大な男なので、露骨なことは言わなかった。どんな説明を差し出されても、それをまるごと信じているように振る舞った。レッキー一家はドイル一家と古い付き合いで、かあさまは前からレッキー家の娘を可愛がっていたというような話をである。ウォラーは常識的な礼儀に従って口を利き、常識的な分別に従って口をつぐんだ。ジーン・レッキーはきりっとした美人だななどと言って、アーサーがゴルフのスイングに集中するのを妨げたりしなかった。だがウォラーは一目で嘘っぱちを見抜いたに違いない。ひょっとすると——そんなことは断じてあってほしくないが——自分のいないところでウォラーはかあさまとその話をしたかもしれない。いや、そんな考えには耐えられない。しかし、いずれにしてもウォラーは見抜いただろう。知っていただろう。そして——アーサーは今これに気づいて歯ぎしりした——そんな俺を見て深い満足感を味わったことだろう。一緒に鳥打ちや、フェレットを使ったうさぎ狩りに出かけたとき、まだウォラーはオーストリアから帰ってきたばかりの、まだ大学に入る前の少年を思い出していたことだろう。ウォラーのことを水入らずの家庭への侵入者と見なし、独活《うど》の大木的に無知なくせに激しい想像と激しい羞恥ではちきれそうになって立っていた少年を。それから歳月が流れ、アーサーはジーンと二人きりで秘密の時間を過ごすためにメーソンギルへ来るようになったというわけだ。そして今、ウォラーは一言も発することなく――無論そのお蔭でさらに見下された感じが強くなり、ますますいけない――ウォラーは道徳的復讐を果たすことができる。君は非難の目で私を睨んでくれたね？　人生を理解しているつもりだったのか？　お母さんの名誉を疑ったのか？　それが今はここへやって来て、お母さんと私と村全体を逢引きの煙幕に使うというのかい？　君はお母さんの馬車を使い、愛人を隣に乗せて聖オズワルド教会の前を走っていく。村人たちが気づかないとでも思うのか？　結婚式で付添人をした私が健忘症だとでも思ってるのか？　自分自身に対して――人様に対してもだが――自分の振る舞いが名誉あるものだと言えるのか？

いや、やめなければ。アーサーはこの螺旋の道をすでに何度も辿ったことがあり、それが下へ下へと誘っていくことも、その行き着く先も知り尽くしていた。倦怠、絶望、自己蔑視。だめだ、分かっている事実から離れてはいけない。かあさまは俺の方針を承認した。ホーナング以外は誰もが承認した。ウォラーは何も言わなかった。トゥーイは俺が再婚しても驚いてはいけないとメアリに言っただけだ――愛情と思いやりに溢れた妻であり母である人の言葉だ。トゥーイはそれ以上何も言わなかったのだから、それ以上は何も知らなかったのだ。メアリは何も知らない。アーサーが自身を責め苛んだところで、生きている者のためにも死んだ者のためにもならない。それでも人生は続く、だ。トゥーイはそれを知っていて、それに腹を立てたりしなかった。それでも人生は続く。

バター博士はロンドンで会うことに同意してくれたものの、博士以外からの返信はいささか期待外れだった。ジョージはウォルソルでいかなる種類の厄介事にも巻き込まれたことはなかった。ウォルソル中学のミッチェル校長は、過去二十年間スペックという名の生徒が在籍していたことはないと知らせてきた。さらに、前校長のオールディス氏は十六年間を立派に勤め上げ、糾弾されたとか馘首《かくしゅ》されたとかの可能性はまったくないとのことだった。内務大臣のハーバート・グラッドストン氏は、サー・アーサーに丁重な挨拶を述べ、だらだらと数段落にわたって空世辞を連ねた後、すでに慎重な再調査を済ませたエイダルジ事件についてさらに再調査を重ねることは残念ながら致しかねますと書いてきた。最後の手紙はスタフォードシア州警察の便箋に書かれたものだった。書き出しはこうだった。「拝啓、小職は現実の事件に関するシャーロック・ホームズ氏のご意見を拝聴することに多大な関心を寄せる者であります……」しかしおどけた調子は協力的な姿勢のしるしではなかった。アンソン本部長はいかなる形でもサー・アーサーに力を貸す気はなかった。どれほどの著名人であろうと民間人に警察記録を預けた前例はなく、同様に民間人が本部長指揮下の州警察官に取材することを許可した前例もない。実際、サー・アーサーの意図は明らかにスタフォードシア州警察の信用を失墜させることにあるようだから、警察本部長として、敵に協力することが戦略的あるいは戦術的に得策であるとは到底考えられない、云々。

アーサーにとっては、元砲兵隊将校の好戦的な率直さの方が政治家のおべんちゃらよりもましだった。アンソンを説き伏せて味方につけることは可能かもしれない。だがアンソンの軍事的な比喩に影響されたアーサーは、敵軍に対して礼儀正しく一発一発——向こうの専門家に対してこちらも専門家を立てて——撃ち返していくよりも、集中砲火を浴びせて敵陣を木っ端微塵に吹っ飛ばすべきではないかという気がしてきた。そう、それがいい。向こうに筆跡の専門家が一人いるなら、こちらは複数の専門家を立てよう。リンゼー・ジョンソン博士だけでなく、ゴーバート氏とダグラス・ブラックバーン氏も。そしてマンチェスター・スクエアのケネス・スコット氏を疑う者がいる場合に備えて、ジョージをさらに数名の眼科医のもとへ送ろう。イェルヴァトンは消耗戦を好み、それは満足できる成果を上げたものの、最後には膠着状態に陥ってしまった。今度はアーサーが一気に全軍を投入し、全戦線において突撃を開始するのだ。

バター博士ともチャリングクロスのグランドホテルで会った。今回は遅刻せずにノーサンバーランド・アヴェニューからホテルに入っていった。警察医を観察するために密かに足を止めることもしなかった。いずれにせよ、この人物の性格は、その証言から事前に推測することが可能だった。証言は正確かつ慎重で、根も葉もない憶測や無意味な推論に流れるようなことはなかった。裁判では観察結果に裏打ちされた供述しかしなかった。これは被告側にとって、血痕に関しては有利に、毛に関しては不利に働いた。ジョージに監獄行きを宣告する根拠となったのは、ペテン師ガリンの証言以上にバター博士の証言だった。

「お時間を頂いて感謝します、バター先生」二人はアーサーがほんの二週間前にジョージ・エイダルジの第一印象を得たのと同じ談話室にいた。

医師は微笑んだ。顔立ちの整った、白髪混じりの紳士で、アーサーより十歳ほど年上だった。「どういたしまして。名著を書いてくださったことに対してお礼申し上げる機会を頂けて嬉しいですよ。つまり」――アーサーの気のせいでなければ、ここでごくわずかな間があったように思われた――「『白衣の騎士団』を書いてくださったことに対してですな」

アーサーは微笑んで返事に代えた。警察医と話をすると常に勉強になり、また楽しくもあった。

「バター先生、ここはひとつ、お互い遠慮なくものを言うということにさせていただけないかと思いまして。と申しますのは、私は先生の証言に深い敬意を抱いておりますが、お尋ねしたいこともいろいろとあり、また私の推論もご披露して、先生にご検討いただこうと思います。お話しくださることは一切他言いたしませんし、一言でも引用する際には、必ず事前に承認していただくか、訂正していただくか、完全に撤回されるかをお選びいただけるようにいたします。そういうことでお認めいただけますか」

バター博士は同意し、アーサーは手始めに、博士の証言のうち議論の余地が最も少ないもの、少なくとも被告側には反駁できないものを話題にした。剃刀のこと、靴のこと、様々な種類の染みのこと。

「先生は、ジョージ・エイダルジに対する起訴事実に鑑みて、服に付いていた血液の量が少ないことに驚かれましたか」

「いいえ。と申しますか、今のは、ご質問が大きすぎる。もしイダルジが、はい、私はポニーを切り裂きました、これがそのとき使った道具で、これがそのとき着ていた服で、私が単独でやりました、と言ったとしたら、その場合は私も意見を申し上げることができる。そしてそのような状況だったとすれば、私は、はい、とても驚きました、いや、仰天しました、と答えざるを得ません」

「しかし?」

「しかし私の証言は、いつものことですが、私が何を見出したかについての証言でした。この服にこれだけの量の哺乳類の血液が付着していた、といった類ですな。それが私の証言でした。たとえその血液がどのようにして、いつ付いたのか分からなくても、それ以上発言することはできんのです」

「証人台では無論そうでしょう。しかしここだけの話だとして……」

「ここだけの話でしたら、ある男が馬を切り裂いた場合は大量の出血があり、血がどこに飛び散るか統御することはできんでしょうな。特にその行為が闇夜に行われた場合」

「では私と同意見でいらっしゃいますか。被告に犯行は不可能だったと」

「いいえ、サー・アーサー、同意見ではありません。同意見とは程遠い。私たち二人の立場には大きな隔たりがありますぞ。例えば、馬を切り裂く意図をもって出かける人物は、屠畜業者がするように、前掛けみたいなものを着けようと考えるでしょう。当然の用心です。しかし数滴が前掛け以外のところに飛んで、気づかないままになるかもしれない」

「法廷では前掛けについての証言はひとつもありませんでした」

「それが問題ではありません。私はサー・アーサーのご説明と別の説明をお示ししているだけです。もうひとつの可能性は、別の人物がその場にいたというものです。示唆されていたように一味が存在したならば、被告は切り裂きを自分では行わず、横で見ていて、その際に数滴の血液が服についたのかもしれない」

「それに関しても、証拠は挙がっておりません」

「しかし、一味の存在が強く疑われたのではありませんでしたか」

「意図的な言及はありました。しかし証拠は皆無です」

「自分の馬を切り裂いたもう一人の男はどうです」

「グリーンですね。しかしグリーンでさえ、一味がいたとは言いませんでした」

「サー・アーサー、お説は理解できますし、それを裏付ける証拠を求めるお気持ちも分かります。私が申し上げたいのは、法廷で持ち出されていようといまいと、他の可能性もあるということだけです」

「おっしゃるとおりです」アーサーはこれ以上この線で押すのはやめることにした。「話題を変えて、毛の話をしてもよろしいでしょうか。証言では、服から二十九本の毛が見つかり、顕微鏡で調べると――私の記憶が正しければ――炭坑のポニーから切り取られた皮膚のものと『長さ、色、構造の点において類似している』とおっしゃいましたね」

「そのとおりです」

「『類似している』でした。『まったく同じ』とはおっしゃいませんでした」

「言いませんでした」

「まったく同じではなかったからですか」

「いいえ、それを言うのは観察というよりも結論だからです。しかし、長さ、色、構造の点において類似していると言うのは、素人の言葉で言えば、まったく同じということです」

「いささかの疑念もお持ちでありませんか」

「サー・アーサー、証人台で私は常に慎重を期します。ここだけの話でしたら、そして今回お話しするに当たってご提案くださった条件の下でしたら、服に付いていた毛と、私が顕微鏡で調べた皮膚の切片とは、同じ動物のものであったことを保証いたします」

「そしてまったく同じ部位のものですか」

「おっしゃる意味が分かりかねます」

「同じ獣の毛というだけでなく、その獣の同じ部位、つまり腹の毛ですか」

「はい、そのとおりです」

「さて、一頭の馬やポニーの異なる部位の毛は、長さや、ことによると太さや構造も、まちまちなのではないでしょうか。例えば、尻尾の毛とたてがみの毛では違うものでしょう」

「それもおっしゃるとおりです」

「しかし先生がお調べになった二十九本の毛はまったく同じで、ポニーのまったく同じ部位の毛だったのですね」

「いかにも」

「一緒に想像してみていただけますか、バター先生。これも厳密にこの場限りのことで、一切他言いたしません。想像してみましょう――ご不快かもしれませんが――先生か私が馬のはらわたを抜くために外出するとします」

「訂正してもよろしければ、ポニーははらわたを抜かれてはいませんでした」

「違いましたか」

「証言によると、ポニーは切り裂かれて出血しており、射殺するほかありませんでした。しかし、はらわたは傷口から引きずり出されていたわけではありません。襲われ方が異なればそうなっていたかもしれませんが」

「有り難うございます。では我々がポニーを切り裂こうとしていると想像なさってください。ポニーに近づき、落ち着かせる必要があります。鼻面を撫でたり、話しかけたり、脇腹をさすったりするかもしれません。それから、切り裂く間どのように馬を固定するか想像なさってください。腹を裂くとしたら、ポニーの脇腹に体を付け、背に腕を回したりして、どんな器具か分かりませんが、とにかく器具を持った手を下のほうへ伸ばす間、ポニーをその場に固定するわけです」

「私には分かりません。そんな身の毛のよだつ場面に居合わせたことがありませんから」

「しかし、そんなふうにするだろうということに異論はありませんね？　私も馬を飼っていますが、どんなに機嫌のよいときでも神経質な動物です」

「我々は現場にいたわけではありません。馬もサー・アーサーの飼っていらっしゃる馬ではありませんでした。炭坑のポニーだったのです。炭坑のポニーが従順なのはよく知られた事実ではありませんか。鉱夫たちに扱われるのに慣れているのではないでしょうか。近づいてくる人間を信用してしまうのではありませんか」

「おっしゃるとおり、我々は現場にいませんでした。しかし、少しだけ私にお付き合いください。私が申し上げたような仕方で犯行が行われたと想像してみてください」

「いいでしょう。しかし、無論、まったく別な仕方で行われた可能性はあります。例えば、その場に二人以上の人間がいたとすれば」

「それは認めます、バター先生。その代わりに先生には、もし犯行が大体私が申し上げたふうに行われたとすると、犯人の服に付いたわずかな毛がすべて同じ部位の毛、すなわち腹の毛ばかりであるというのは考えられないことであるとお認めいただきたいのです。そもそも腹というのは、動物を落ち着かせたいときに触る場所ではありません。しかも、同じ毛が服の様々な場所から見つかりました——コートの袖からも左胸からも。少なくとも、ポニーの別の部位の毛も多少は見つかるはずだと思いたくなるではないですか」

「そうかもしれません。事がおっしゃるとおりの仕方で起こったのならばですな。しかし先ほどと同じく、サー・アーサーは可能な説明のうちの二つしかお示しになっておられない——検察当局のものと、ご自身のものと。その二つの間には様々な可能性がある。例えば、服にはもっと長い毛も付いていたのを、犯人が気づいて取り除いたのかもしれない。そういうことがあってもおかしくはない。あるいは、長い毛は風で飛ばされたのかもしれない。あるいは、やはり一味がいたのかもしれない……」


アーサーはそこで、ウッドの提案した「当たり前の」答えのほうへと慎重に話を進めた。

「お仕事はキャノックでなさっているのでしたね」

「そうです」

「皮膚を切り取ったのは先生ではないわけですね」

「違います。ポニーを診たルイス氏です」

「そしてキャノックの先生のもとへ届けられた」

「ええ」

「服も届けられた」

「そうです」

「前ですか、あとですか」

「どういう意味です」

「服が皮膚の前に届いたのですか、それとも皮膚が服の前でしたか」

「ああ、そういうことですか。いえ、一緒に届きました」

「同時にですか」

「ええ」

「同じ警察官が持ってきたのですか」

「そうです」

「同じ包みに入っていましたか」

「ええ」

「その警察官は誰でしたか」

「さあ、ちっとも分からない。大勢と会いますから。それに最近は皆若く見えるものですから、皆同じに見える」

「警察官が何と言ったか覚えてらっしゃいますか」

「サー・アーサー、もう三年以上も前のことですよ。その時の言葉を私が覚えているべき理由があるでしょうか。キャンベル警部からの包みだと言っただけじゃないかと思います。中身が何かも言ったかもしれませんね。検査してほしい証拠品だとも言ったかもしれませんが、それは言うまでもないことです」

「そして証拠品がお手元にあった間、皮膚と服とは別々に保管するよう細心の注意が払われていたでしょうね。法廷弁護士の真似をするつもりもないのですが」

「言わせていただければ、法廷弁護士そこのけでおられる。そして当然ながら、お話の目指す先は見えておりますな。しかし、私の検査室で汚染の起こる可能性はありませんでした。保証いたします」

「いえ、バター先生。そのようなことを示唆するつもりは毛頭ありませんでした。私の目指すところは別にあったのです。先生が受け取られた包みがどんなふうであったか、ご説明いただけますか」

「サー・アーサー、どこを目指しておられるのか、私には手に取るように分かりますよ。この二十年間、法廷弁護士の反対尋問を受けてきて、このような攻め方に気づかないということはあり得ませんし、警察の手続きについて説明を求められることにも慣れております。皮膚と服が一緒くたに丸められ、無能な警察官の手によって古いズック袋か何かに突っ込まれていたと言ってくれやしないかと期待しておられたのでしょう。その場合、サー・アーサーは警察のみならず私の職業倫理まで疑われていたことになる」

今や鋼鉄のごとき冷やかさが、バター博士の丁重さの上に膜を作っていた。これは敵に回したくない証人だ。

「決してそんなことはありません」アーサーはなだめるように言った。

「たった今、それをなさいましたよ、サー・アーサー。汚染の可能性を私が無視したかもしれないと暗におっしゃった。しかし、証拠品は別々に包装して封がしてあり、どんなに激しく振ったとしても一方の包みからもう片方へ毛が移る可能性はありませんでした」

「その可能性を排除してくださったことに感謝いたします、バター先生」かくして、選択肢は二つに絞られた。すなわち、証拠品が別々に包装されるより前の時点での警察の不手際か、あるいは包装する際の警察の悪意か。よし、バター博士はもう十分に追及した。ただ……「もう一つ伺ってもよろしいですか。これは純粋に事実関係の確認です」

「無論です。腹を立てたことをお許しください」

「無理もありません。先生もおっしゃったとおり、私はまるで法廷弁護士のような態度をとってしまいました」

「というより、こういうことなのです。私はスタフォードシア州警察と二十年以上仕事をしてきました。二十年間、出廷して、誤りと分かっている前提に基づいた陰険な質問に答えねばならぬ立場でした。二十年間、陪審の無知が利用されるのを見てきました。二十年間、厳密な科学的分析に基づく証拠を、私にできる限り疑う余地のない明確な形で提出しているにもかかわらず、ペテン師とは言わぬまでも単なる意見を述べている人間のように扱われ、その意見も、そこいらの御仁の意見と同程度の価値しかないものとみなされる経験をしてきました。そこいらの御仁は顕微鏡を持っていませんし、持っていたところで焦点を合わせる能力がないのにです。私は観察の結果を――私の知る事実を――述べているのに、それはお前が勝手に思っていることに過ぎないだろうと、尊大な態度で言われるのです」

「心底ご同情申し上げます」

「どうですかな。ともあれ、ご質問をどうぞ」

「先生が警察からの包みを受け取られたのは何時だったでしょう」

「時刻ですか。九時頃でした」

アーサーは配達の迅速さに驚いた。ポニーが発見されたのが六時二十分頃、ジョージが七時三十九分の列車に乗るために家を出た時刻にキャンベルはまだ現場におり、キャンベルがパーソンズとその指揮下にあった専従たちと共に司祭館に到着したのが八時少し前だった。それから家宅捜索をして、エイダルジ家の人々と問答をして……。

「恐縮ですがバター先生、またぞろ法廷弁護士になるつもりはないのですが、それより遅かったのではありませんか」

「遅かった? それはありません。何時に荷物が届いたのか、はっきり覚えています。苦情を言ってやったものですから。警察はその日のうちに私に包みを引き渡すことにこだわりました。それで、九時までしかいられないと言ってやったのです。荷物が届いたとき、時計を出して見ていました。九時でした」

「完全に私の勘違いでした。午前九時という意味でおっしゃったものと思ったのです」

今度は警察医のほうが驚きの表情を浮かべる番だった。

「サー・アーサー、私の経験では、警察は有能で勤勉です。誠実でもあります。しかし奇跡を起こすことはできません」

サー・アーサーは同意し、二人の男は友好的に別れた。しかし、あとになって、アーサーは正反対のことを考えている自分に気づいた。つまり、警察は奇跡を起こせるのだ、と。念力一つで、二十九本の馬の毛を封をした一つの包みから別の包みへと移すことができるのだ。報告書を書いて心霊現象研究協会へ送ってやるべきかもしれない。

そう、警察を物体移動《アポール》を行う霊媒に喩えられそうだ。物体を見えなくして、それをまた呼び出す力を持つとされる霊媒。交霊会のテーブルに古代の貨幣の雨を降らせたり、小さなアッシリアの書字板や半貴石を出したりする。交霊術のこの部門に対しては、アーサーはいまだに強い疑いを抱いていた。実際、素人に毛が生えた程度の探偵でも、古代の貨幣の出所を辿って、近くに住む古銭収集家に行きつくことができるものだ。蛇や亀や生きた鳥を扱う手合いに至っては、交霊術というより、サーカスや手品師の小屋のほうが本来の居場所だとアーサーは考えている。あるいはスタフォードシア州警察か。

考えが脱線気味だ。だが、これは気分が高揚しているからだ。十二時間——そこに答えがある。警察はバターー博士に届けるまで、証拠品を十二時間保管していた。証拠品はどこにあったのか。誰の管理下にあったのか。どのように扱われたのか。不用意な汚染があったのか、それともジョージ・エイダルジを罪に陥れようとする明確な意図に基づく行為があったのか。まず、真相は明らかになるまい。今わの際の告白でもない限りは——それにアーサーは、今わの際の告白は信用ならぬと常々思っていた。

リンジー・ジョンソン博士の報告が〈森の下《アンダーショー》〉に届くと、アーサーの気分はさらに高揚した。報告は帳面二冊を埋め尽くす博士による詳細な筆跡学的分析によって裏付けられていた。ヨーロッパの第一人者が、手元に届けられた手紙のどれひとつとして、それが悪意に満ちた策士の手になるものであろうと、狂信者の手になるものであろうと、堕落した少年の手になるものであろうと、ジョージ・エイダルジの書いた真正の文書類と有意の一致を示すものはないと判断したのだ。いくつかの例において見かけが似通っている部分はある。しかしそれも、他人の筆跡の偽造を目論んだことを認める捏造者の手紙であるとすれば、当然予想される範囲にとどまっている。捏造者はところどころでは、それなりの精度の模写に成功するものであろう。その一方で、ジョージが——文字どおり——手を下していないことを露呈する証拠も必ずあった。

アーサーの一覧表の第一部は、今や半分以上に「済み」のしるしがついていた。イェルヴァトン、毛、手紙、視力。それからグリーン——ここはまだやるべきことがある——そしてアンソン。警察本部長とは直接対決だ。「現実の事件に関するシャーロック・ホームズ氏のご意見を拝聴することに多大な関心を寄せる者であります……」というのがアンソンの厭味な返事だった。そういうことなら、その言葉を真に受けてやろう。これまでの調査結果を書き連ねてアンソンに送り、意見を求めるのだ。

下書きを始めようと机に向かったとき、トゥーイの死後初めて、物事が然るべき状態にあると感じられた。気鬱と罪悪感と無気力を経て、課題を与えられ行動へ駆り立てられ、今やアーサーは本来の持ち場にいた。ペンを手に机に向かい、人々の物の見方を変えさせる物語を語りたくてうずうずしている。一方ロンドンには自分を待っている——これ以上長く待たせてはいけない——恋人がいる。今後は、自分の書くものの最初の読者となり、自分の生活の最初の目撃証人となってくれる人だ。アーサーは体にエネルギーの満ち溢れるのを感じた。材料は頭にぎっしり詰まっている。目的は明快だ。出だしには列車やホテルやタクシーの中で練ってきた文を据えた。劇的でもあり、かつ宣言的でもある。

初対面のジョージ・エイダルジ氏を一目見ただけで私は、氏がその責めを負わされたところの罪を犯した蓋然性の極度に低いことを確信すると同時に、氏が嫌疑を受けるに至った理由の少なくとも一端を推察した。

出だしを書くと、物語は巨大な鎖のようにアーサーの中からするすると繰り出され、連なる環《わ》の一つ一つが可能な限り強固に鍛え上げられた。その分量は二日間で一万五千語にのぼった。眼科医や筆跡鑑定家から追加の報告が来れば、さらに付け加えることがあるかもしれない。本件におけるアンソンの責任についての自分の見解にも軽く触れた。会いもしないうちから強く出ては、相手から有益な情報を引き出すことは望めない。書き終わった報告書をウッドがタイプして、一部が書留で警察本部長へ送られた。

二日後、スタフォードの〈緑の館《グリーン・ホール》〉から返事が届いた。アンソン本部長夫妻との晩餐への招待状で、翌週ならどの日でも結構です、もちろん夜はそのままお泊まりくださいとある。報告書への言及は一言もなく、ふざけた追伸があるだけだった。「シャーロック・ホームズ氏をお連れくださることにご遠慮は無用です。ホームズ氏にお目にかかれれば荊妻《けいさい》は喜ぶことでしょう。ホームズ氏にも部屋を用意する必要のある場合はご連絡ください」

サー・アーサーは手紙を秘書に見せた。「敵は手ぐすね引いて待ってるらしい」

ウッドは同意のしるしに頷き、追伸については何も言わずにおいた。

「ウッディー、ホームズとして来る気はないだろうな」

「お望みとあらばお供しますが、サー・アーサー、変装についていて私がどう思ってるかはご存じでしょう」すでにワトソン役をやらされているので、お次はホームズ役というほど自分の演技力に幅はないという気持ちもウッドにはあった。「私はビリヤードの練習でもしていたほうがお役に立てるかもしれません」

「もっともだ、アルフレッド。留守を頼む。ダブル・ボークの練習を怠るなよ。私はアンソンがどれほどのものか確かめてくる」

アーサーがスタフォードシアへの旅を計画している一方で、ジーンはさらに先のことを考えている。待つ恋人から待たない妻への移行に取り組むべき時が来た。今は一月。トゥーイは前年の七月に亡くなった。当然、一年が経たないうちはアーサーは再婚できない。まだ日取りについて話し合っていないけれど、秋の結婚ならあり得ないことではない。一年と三か月——それだけ間があけば眉を吊り上げる人もまずいないだろう。感傷的な女性なら春の婚礼がいいと言うだろうが、ジーンの考えでは秋は再婚に相応しい。式を挙げたら、大陸へ新婚旅行。もちろんイタリア、それから、そう、ずっと憧れていたコンスタンティノープル。

婚礼といえば花嫁の付添いだけど、それはもうずっと前から決まっている。その役には、レズリー・ローズとリリー・ローダー＝シモンズを選んである。でも婚礼といえば教会でもあり、教会といえば宗教だ。かあさまはアーサーをカトリック教徒として育てたけれど、その後二人ともカトリックの信仰を捨ててしまった。かあさまはイングランド国教会に、アーサーは日曜のゴルフに宗旨替えしたのだ。アーサーはミドルネームのイグネーシャスを隠しているほどだ。だとすると、生まれてからずっとカトリックとして生きてきたジーンが、カトリックとして結婚できる可能性はほとんどないだろう。このことは両親を、とりわけ母を悲しませるだろうけれど、それが払うべき代償ならば、支払うまでだ。

さらなる代償も求められるだろうか。もしも万事においてアーサーの側《がわ》につくつもりなら、これまで逃げてきたことにも向き合わねばならない。アーサーが今までに数度、心霊現象に興味があってねと話しだしたとき、ジーンはそっぽを向いた。内心、その世界の低俗さと愚かしさに身震いした。トランス状態に入ったと見せかける愚かしい老人たちや、目を背けたくなるようなかつらをつけて水晶玉を覗き込む老婆たち、暗闇の中で手を取り合って互いを跳び上がらせる人たちにはぞっとする。それに、心霊術は宗教とは何の関係もない。宗教は道徳を意味するけれど。そしてこの……わけの分からない出鱈目が、愛するアーサーを惹きつけているなんて、腹立たしいし、信じ難い。なぜアーサーのような誰にも負けない論理的思考力を備えた人が、あんな手合いと関われるのかしら。

親友のリリー・ローダー＝シモンズが心霊術に夢中なのは確かだが、ジーンはこれを一時の気紛れと見ている。リリーは、交霊会には上品な方々が大勢いらっしゃるのよと請け合うが、ジーンはなるべく話題にしないようにしている。もしかしたら、嫌悪感を克服する手立てとして、まずはリリーと、このことについて徹底的に話すべきなのかもしれない。いいえ、それは意気地なしのすることだわ。何と言っても結婚する相手はアーサーで、リリーではないのだから。

そこで、北へ向かう途中に立ち寄ったアーサーにジーンは椅子を勧めると、調査の進捗状況に大人しく耳を傾け、それからこう言い、アーサーを見た目にはっきり分かるほど驚かせる。「その若い方に是非お目にかかりたいわ」

「会ってくれるかい。じつにまともな男でね。ひどい中傷を受けたもんだよ。きっと光栄に思って喜ぶ」

「パールシーだとおっしゃったわね」

「いや、正確には父親が――」

「パールシーは何を信じているんですの、アーサー。ヒンズー教徒なのかしら」

「いや、ゾロアスター教徒さ」アーサーはこのような質問を楽しむ。思うに、女性についての根本的な謎は、女性に向かって物事を説明させてもらえる間は、何とか封じ込め、食い止めておける。アーサーは落ち着いて、自信をもって、パールシーの歴史的起源、外見の特徴、かぶりもの、女性に対する進歩的な態度、家の一階で子供を出産する伝統について述べていく。清めの儀式は牛の尿による沐浴を含むので飛ばすが、パールシーの生活における星占いの中心的な役割について縷々説明し、沈黙の塔でハゲワシに遺体をついばませる葬制へと話を進めようとしていたときに、ジーンが手を挙げて制止する。やり方を間違ったと悟ったのだ。ゾロアスター教の歴史をいくら聞かされても、ジーンの望んでいたさりげない移行に繋がりそうにない。しかも、不誠実なことをしているようで、自分らしくない気がする。

「ねえ、アーサー」ジーンは話を遮る。「お話ししたいことがありますの」

　アーサーは驚いた顔をして、少し警戒しているように見える。ジーンの率直さを常に高く評価してきたとは言え、女性が話があると言いだしたとき、その話が男の慰めや利益になることは滅多にないという不信感は残っている。

「教えていただきたいんですの、あなたの関わっていらっしゃる……心霊論《スピリティズム》と言いますの、それとも心霊主義《スピリチュアリズム》でしょうか」

「私の好みは心霊論《スピリティズム》のほうなんだが、最近は使われなくなってきたようだ。けれど、君はこの話題そのものが嫌いなんだと思っていた」アーサーの言葉は本心より控え目である。ジーンは心霊論《スピリティズム》そのものを——そして、より強い根拠《ア・フォルティオリ》に基づいて、その信奉者たちのことを——恐れ、軽蔑しているというのが本当だろう。

「アーサー、何であろうとあなたが興味をお持ちになっていることを嫌うなんて、私にはできません」ジーンの本心は言葉より控え目である。何であろうとアーサーが興味を持っていることを嫌うなんて自分にはできないと思いたい、というのが本当なのだ。

　そこでアーサーは心霊論《スピリティズム》との関わりについて、のちに〈森の下《アンダーショー》〉を設計することになった建築家との思考伝達の実験から、バッキンガム宮殿でのサー・オリヴァー・ロッジとの会話に至るまでを説明し始める。機会あるごとに、心霊研究はその起源も手続きも科学的であることを強調する。ごく注意深く話を進め、これは真っ当な研究であって危険なものではないという印象を与えるべく鋭意努力する。アーサーの言葉と口調が協働し、ジーンは少し安心し始める。

「アーサー、確かにテーブル傾転《ターニング》現象については少しリリーからも聞いたことがあるのですけれど、私はずっと教会の教えに反することだという気がしていたんです。異端ではありませんの」

「教会制度にそぐわないことは間違いない。なにしろ、中間業者が用無しになってしまうからね」

「アーサー！　聖職者をそんなふうに言ってはいけませんわ」

「しかし、歴史的に見れば、常にそういう存在だったのだ。中間業者、仲介者。初めは真実を伝える者だったが、どんどん真実の管理者となり、真実を曇らせたり、政治的に立ち回ったりするようになった。カタリ派の方向性は正しかった。階層構造をなす聖職者たちに邪魔されることなく、神と直接繋がろうとしたのだ。当然のことながらローマによって抹殺されたがね」

「では、あなたのそういう――信仰と言っていいのかしら――のために、あなたは私の教会と敵対なさるのかしら」その結果、すべての教会員と、そしてその中にいる、ある特定の教会員と、というのがジーンの言いたいことだ。

「君、そんなことはない。それに私は、君が教会に行くのをやめさせようなどとはしない。しかし我々はすべての宗教を超越する方向へ進んでいるのだ。やがて――長い歴史の中でいえば間もなくと言ってもいい――宗教は過去の遺物となるだろう。こんなふうに考えてみてほしい。宗教は人間の思想の中で唯一進歩しない分野なのだろうか。そんな奇妙なことがあるだろうか。我々は二千年前に打ち立てられた規範を参照せよと永遠に言われ続けるのか。人間の脳が進化するにつれて、より広い視野を持たざるを得ないということが皆には分からないのだろうか。半人前の脳が作り出す神はあくまでも半人前でね、我々の脳はまだその半人前にさえなっていない可能性だってあるのだよ」


ジーンは黙っている。二千年前に打ち立てられた規範を従うべき真の規範であると考えているのだ。そして脳は発達してありとあらゆる種類の科学的進歩をもたらすかもしれないけれど、魂は神性の火花であり、まったく独立の、不変のもので、進化の影響を受けないものである、と。

「私が筋肉美コンテストの審査員をしたときのことを覚えているかい、アルバート・ホールで。マレーという名の男だったよ、優勝したのは。私はその男のあとについて外に出たんだ。金の像を小脇に抱えた、イギリスで最も逞しい男だ。しかしそんな男も霧に包まれれば見えなくなった……」

いかん、比喩を使うのは間違いだ。比喩は制度化された宗教が使うもの、比喩はごまかしだ。

「我々のやっているのは単純なことでね、ジーン。偉大な諸宗教の本質、すなわち霊の命を取り出して、それをもっと見えやすく、従ってもっと理解しやすくしようとしている」

これが誘惑者の言葉に聞こえたジーンは、きびきびとした口調で尋ねる。「交霊会やテーブル傾転現象によってですか」

「不案内な人には奇妙に見えるだろう。潔く認めよう。同様に、君の教会の儀式は、この国を訪れるゾロアスター教徒の目に奇妙に映るだろう。皿にキリストの肉が載り、杯にキリストの血が入っている――何を出鱈目なことをと思うかもしれない。宗教は――すべての宗教は儀式と専制に陥ってしまった。おいでなさい、我々の教会で祈り、我々の指示に従えば、いつの日にか来世で報われるかもしれません、と我々は言わない。そんなのはカーペット売りの駆け引きみたいじゃないか。むしろ我々は、今、この世にあるうちに、ある種の心霊現象が現実に起こることを示し、それによって死は肉体の滅びに過ぎぬことを証明するのだ」

「では、肉体の復活をお信じにならないの」

「我々が地中に埋められて腐り、その後いつか、再び完全な姿に戻されることをかい。信じないね。肉体は単なる入れ物、我々が脱ぎ捨てる殻に過ぎない。確かに、魂が死後しばらく闇の中を彷徨う場合もあるが、それはただその魂が彼方へ移行する準備ができていないからに過ぎない。その過程を理解している真の心霊主義者は、苦しむことなくやすやすと移行する。そして自らがあとにした世界との交信も、より早くできるようになるのだ」

「目の当たりになさったことがあるの」

「ああ、あるとも。そして理解を深めることにより、もっと頻繁に確認したいと思っている」

ジーンは背筋が寒くなった。「霊媒になったりはなさらないでしょうね、いとしいアーサー」愛する夫がトランス状態に入り、呼び売りよろしく妙ちきりんな声で喋る老いぼれになった図が目に浮かぶ。そして新しいドイル夫人が、あの人が霊媒の奥様よと囁かれる図も。

「いやいや、私にそんな力はない。本物の霊媒は滅多にいないものでね。大抵は素朴で慎ましい生活をしている人たちだ。例えばイエス・キリストのように」

ジーンはこの喩えを無視する。「そして道徳はどうなりますの、アーサー」

「道徳は変わらない。真の道徳はね――それは個人の良心と神への愛に由来するものだ」

「あなたのこと言ってるんじゃないんです、アーサー。私の言いたいことはお分かりでしょ。人々は――一般の人々は、どう振る舞うべきか教えてくれる教会がなくなったら、獣のような卑しさと利己主義に逆戻りしてしまう」

「そうはならないと思うね。心霊主義者、真の心霊主義者は徳の高い人々だ。挙げようと思えば、複数の名前を挙げることができる。そして霊的真実に肉薄しているぶんだけ、心霊主義者の徳はより高くなる。君の言う一般の人々が心霊の世界の証を目の当たりにし、心霊界がいかなる時もどれほど我々の近くにあるかを実感したならば、獣性と利己主義は魅力を失うはずだ。真実が目に見えるようになれば、道徳はおのずとついてくる」

「アーサー、お話の進み方が私には速すぎます」じつを言えば頭痛の気配を感じている。悪くすると、偏頭痛かもしれない。

「そうだね。時間は死ぬまでたっぷりある。そのあとも、未来永劫一緒なのだからね」

ジーンは微笑む。私とアーサーが一緒にいる未来永劫の間、トゥーイはどうなるのかしらと考える。でも、もちろん、真実を語っているのが結局ジーンの教会であろうと、それとも未来の夫にこんなにも感銘を与えている生まれの卑しい霊媒たちであろうと、同じ問題が生じるわけだ。

アーサーのほうは頭はちっとも痛くない。人生は再び動き出した。最初はエイダルジ事件が飛び込んできて、今度はジーンが突然、真に重要な隠されたものに興味を示している。間もなく元気は完全に回復するだろう。玄関を出たところで、アーサーは「待つ恋人」を抱き締め、トゥーイの死後初めて、自分の体が近々花婿になる男に相応しい反応を示していることに気づく。

アンソン

〈白獅子亭《ホワイト・ライオン・ホテル》〉の隣の古い商店の前まで来ると、アーサーは辻馬車の御者に下ろしてくれと言った。〈白獅子亭〉は〈緑の館《グリーン・ホール》〉の門の真向かいにある。徒歩で到着しようというのは、直観的な作戦だった。一泊用の鞄を手に、革靴が砂利を踏む音を抑えるようにしながら、リッチフィールド街道から緩やかな上りになっている敷地内の道を辿る。傾いた午後の弱い日差しが斜めに当たる家が目前にはっきりと姿を現すと、アーサーは木陰で立ち止まった。人体に対して有効だったジョゼフ・ベル博士の手法が、建築から秘密を探り出すのにも有効である可能性は十分あるではないか。分かったのは——おそらく一八二〇年代の建築。外壁は白の化粧漆喰、正面はギリシア風ファサード。縦溝のないイオニア式の円柱二組に支えられたがっしりした柱廊玄関、その両側に窓が三つずつ。三階建て――しかしアーサーの探る目に三階部分は何やら怪しく見えた。やはりそうだ、窓が七つ並んでいるが、その後ろには一つの部屋もない。もし違ったら、ウッドにハンデを四十やったっていい。家をより高く、威圧的に見せるための建築上のからくりだ。無論、このごまかしが現在の居住者の仕業と決まったわけではない。家の右奥に目を凝らすと、一段低くなった薔薇園、テニスコート、接ぎ木したシデの若木が両脇に一本ずつ植わった東屋《あずまや》が見える。

これは全体としてどんな物語を語っているのか。カネ、血統、趣味のよさ、歴史、権力の物語。一門の名を揚げたのは十八世紀の世界周航者アンソンで、家産の土台を築いたのもこの人物だった――スペインのガレオン船を拿捕《だほ》して捕獲懸賞金を得たのである。その甥は一八〇六年に子爵に叙せられた。続いて一八三一年に伯爵に昇進。これが次男の邸宅で、長男は〈シャグバラ〉を所有しているのだから、アンソン家の人々は相続した財産の増やし方を心得ていたということになる。

二階の窓から一メートルほど離れたところから、アンソン本部長は小声で妻に呼びかけた。

「ブランシュ、名探偵のお出ましだ。巨大な猟犬の足跡がありはしないかと車回しを調べている」夫のこんな軽口をアンソン夫人は滅多に聞かなかった。「いいか、探偵殿が到着したら、ご著書についてくだらないお喋りをするんじゃないぞ」

「私が、くだらないお喋りですって？」夫人は大袈裟に腹を立ててみせた。

「探偵殿は国中でお喋りに付き合わされているんだ。愛読者たちから嫌というほど聞かされている。我々は歓待はするが、ご機嫌取りはしない」

アンソン夫人は長い結婚生活から、この発言が自分の振る舞いを心配してのものではなく、神経が立っているしるしだと見て取った。「澄まし仕立てのスープに白身魚のオーブン焼き、それと羊のカツレツにするよう言い付けましたわ」

「付け合わせは」

「もちろん、芽キャベツとじゃがいものコロッケですわ。お聞きになるまでもないでしょう。そのあとは、セモリナ・スフレに〈卵とアンチョビー〉《スコッチ・ウッドコック》よ」

「申し分ない」

「朝食は、ベーコンと豚頭肉のゼリー寄せがよろしいかしら、それとも焼きニシンとビーフロールかしら」

「この天候なら――あとのほうだろうな。それからブランシュ、覚えておいてくれ、食事の間は事件の話はなしだ」

「私には造作ないことですわ、ジョージ」

ともあれ、ドイルは作法に忠実な客であるところを示し、いそいそと部屋に案内され、また、日のあるうちに邸内をご案内いたしましょうと誘われると、同様にいそいそと、間に合うように部屋から降りてきた。同じく屋敷を所有する者として、ソウ川がたびたび氾濫して牧草地が冠水することに懸念を表明し、続いて東屋に半ば隠れた奇妙な塚について質問した。あれは昔の氷室《ひむろ》で、今では冷凍保存に取って代わられて用無しなのですとアンソンは説明した。ワインの貯蔵庫に転用できないか思案中です、と。それから二人はテニスコートの芝が冬をしのいでいる様子を観察し、イングランドの気候ゆえのシーズンの短さを二人して嘆いた。アンソンはドイルの賞讃と評価を受け入れた。それらはすべて、アンソンが〈緑の館《グリーン・ホール》〉の所有者であるという前提に立つものだった。実際は借りているだけだが、名探偵殿にそんなことを話す必要がどこにあるだろう。

「あのシデの若木は接ぎ木でしょう」

「君の目をごまかすことはできないようだな、ドイル」

そう答えて、警察本部長は微笑んだ。ほんの軽く、のちに控えている応酬に触れた恰好である。

「私も庭木に熱を上げた時期があったものですから」

晩餐では、アンソン夫妻が食卓の両端に座を占め、客には中央の窓から休眠中の薔薇園を見渡す席が与えられた。ドイルはアンソン夫人の質問に丁寧に応対し、ときに丁寧すぎると夫人は思った。

「スタフォードシアはよくご存じでいらっしゃるの、サー・アーサー？」

「よく、とは申せません。ですが、父方の家には縁のある土地です。ドイル家の元祖は、スタフォードシアのドイル家から分家を興したのです。ご承知かと存じますが、サー・フランシス・ヘイスティングズ・ドイルをはじめ、優れた人物を輩出したドイル家です。私共の元祖はアイルランド侵攻に参加して、アイルランドのウェックスフォード県に土地を賜りました」

その必要もなさそうだったが、アンソン夫人は微笑んで先を促した。「ではお母様のお家は」

「ああ、それがなかなか興味深いのです。母は歴史に凝っておりまして、サー・アーサー・ヴィカーズ――アルスター紋章官で、親戚でもあります――の助けを借り、五世紀にわたって家系を辿ることに成功しました。母の、そして私共の誇りは、この世に生を享《う》けた偉大な人物が多く我が家系に宿ったことです。私の祖母の伯父はサー・デニス・パックでした。ワーテルローでスコットランド旅団を率いた人物です」

「そうなんですの」アンソン夫人は階級の意義を、そしてまた階級に伴う義務の重要性を固く信じていた。しかし、紳士の証は品性と物腰であって、系図ではない。

「しかしながら、一族の真のロマンは、十七世紀半ばのリチャード・パック師とメアリー・パーシーの結婚にまで遡ります。メアリはノーサンバーランドのパーシー家のアイルランド分家の継承者です。その瞬間から、私共は三つの別々な姻戚関係によってプランタジネット王家と繋がりました。それゆえ、この体には高貴な源に発する異国の血も流れているのです。心ばえもまた高貴な血であってくれと祈るばかりです」

「祈るばかりですわねえ」とアンソン夫人は鸚鵡《おうむ》返しに言った。自身は、グロスターはブレントリーのG・ミラー氏の娘であり、遠い祖先のことを知りたいという気持ちは持ち合わせなかった。調査員に金を払って家系図を作成させれば、どこかの名門との姻戚関係が判明するに決まっていると思うのだ。総じて家系調査員などというものは、父方の祖先は豚飼い、母方の祖先は行商人という証明書に請求書を付けて送ってきたりはしないものだ。

「もっとも」とサー・アーサーは続けた。「キャサリン・パックが――サー・デニスの姪です――エジンバラで未亡人となったころには、家運は傾いておりました。実際、キャサリンは下宿人を置かざるを得ませんでした。それで、下宿人だった私の父が母と出会ったのです」

「素敵ですわ」アンソン夫人が合いの手を入れた。「とても素敵。そして今、サー・アーサーがご家運をぐんぐん盛り返していらっしゃるところですのね」

「子供の頃、母が貧しい生活を余儀なくされていることが大いに苦痛でした。そんな生活をするように生まれついた人ではないと感じていましたから。そしてその記憶は、今の私を駆り立て続けているものの一部です」

「素敵ですわ」アンソン夫人は繰り返したが、今度はさほど気持ちがこもっていない。高貴な血筋、苦難の時代、回復された家運。図書館の小説に出てきたら、そんな話も信じるにやぶさかでないのだが、実話として差し出されると、嘘臭い、感傷的な話と感じずにはいられない。今のドイル家の勢いはどのくらい続くかしら、と夫人は考えた。泡銭はなんとやらと言うじゃない。一代で身上《しんしょう》を築き上げると、それを二代目が享受して、三代目が潰す、とも。

確かに先祖自慢がいささか過ぎるにしても、サー・アーサーは食卓での務めは律儀に果たす。出された料理は、一言の感想も述べないものの、旺盛な食欲で平らげた。客が食事を褒めるのは下品と考えているのか、それとも単に味蕾《みらい》がないのか、アンソン夫人は計りかねた。同様に食卓で話題にのぼらなかったのは、エイダルジ事件に刑事司法の現状、サー・ヘンリー・キャンベル＝バナマン政権、シャーロック・ホームズの偉業だった。それでも三人は、舵取りのいない三名の漕ぎ手さながら、何とか舟を進めていった。サー・アーサーが片側で力強く水をかくと、アンソン夫妻は反対側でそれに負けないだけオールを動かし、どうにか進路を真っ直ぐに保つという具合だった。

〈卵とアンチョビー《スコッチ・ウッドコック》〉も瞬く間に片付き、ブランシュ・アンソンは食卓の向こう側で男たちがそわそわしているのを感じた。カーテンの引かれた書斎で暖炉の火を掻き立て、葉巻に火を点け、ブランデーグラスを手に、可能な限り洗練されたやり方で、相手の身からがぶりと肉を噛みちぎる機会を求めてうずうずしている。食卓の香気にかぶさるように、原始的で野蛮な臭いが漂っている。夫人は立ち上がり、二人の闘士に挨拶をして退出した。

紳士たちはアンソン本部長の書斎に移った。暖炉の火は燃えさかっていた。真鍮のバケツに入った新しい石炭の輝き、合本製本された雑誌の磨き込まれた革背表紙、三本の瓶を収めてきらめく酒瓶台《タンタロス》、ガラスケースの中の魚の剝製のラッカーの塗られた腹を、ドイルの目は捉えた。すべてが光っていた。あの外国の鹿の角でさえ――北欧のエルクの一種だろうとドイルは推測した――メイドは忘れていない。

ドイルは差し出された箱から葉巻を抜き、指の間で転がした。アンソンがペンナイフと葉巻用マッチの箱を渡して寄越す。

「私はシガーカッターを使うなどもってのほかという考えでね」アンソンは言い放った。「ナイフをうまく使うに限る」

ドイルは頷くと前屈みになってナイフを操り、切り取った端をひょいと暖炉に投げ入れた。

「科学の進歩は今や、電気シガーライターの発明をもたらしたそうじゃないか」

「そうであるにしても、ハインドヘッドにはまだ伝わってこない」とドイルは答えた。地方に対して大きな顔をしにきた都会という役回りは願い下げだ。でも、主人が自分の書斎で優位を示さなければ気が済まないことも分かった。まあ、そういうことならば、協力してやろう。

「このエルクは、カナダ南部のものかな」と聞いてやる。

「スウェーデンだ」警察本部長は少し早すぎるほど素早く返答した。「君の探偵ならそんな間違いはせんぞ」

ああ、そっちからいく気かね。ドイルはアンソンが葉巻に火を点けるのを見守った。マッチの炎でタイピンの〈スタフォード結び〉が束の間輝いた。

「ブランシュが君の読者でね」と、本部長はこれで片付いたとでもいうように、小さく頷いた。「ブラッドン夫人も妻のお気に入りでね」

ドイルは突然痛みを感じた。痛風の文学版だ。アンソンがこう続けると、さらにずきずき痛んだ。「私自身はスタンリー・ワイマンのほうが好みだがね」

「結構だね」とドイルは答えた。「結構だ」それはつまり、君がワイマンを好んだとしても、私としては結構だという意味だ。

「なあ、ドイル――ざっくばらんに話しても、気を悪くしたりしないだろうね――私はいわゆる文学通ではないかもしれんが、警察本部長という立場上、必然的に君の読者の大多数よりも専門的な視点から物を読む。君の物語に登場する警官が捜査能力に欠けるのは、君の創作の筋書きにとって必要なことで、それは私にもよく分かる。頓馬に囲まれていなかったら、君の科学的な探偵はどうして異彩を放つことができるだろう」

反論する価値もなかった。「頓馬」という言葉は当たらない。レストレードにも、グレッグソンにも、ホプキンズにも……。全然、違う。

「いや、君がそうする理由はよく分かるんだ、ドイル。しかし、現実の世界では……」

この時点でドイルは聞くのを実質的にやめた。何より、「現実の世界」という言葉に引っかかった。何が現実で何がそうでないかについて、世間の人々の理解は何と安直であることか。半ば盲目の若い事務弁護士がポートランドでの懲役刑に処せられた世界……ホームズがまたもやレストレードとその同僚たちの手に余る難事件を解決する世界……そして向こう側の世界、トゥーイがするりと通り抜けた、閉じられた扉の向こうの世界。このうちの一つの世界しか信じない者もいれば、二つを信じる者もいるが、三つすべてを信じる者はわずかである。なぜ人は、進歩とはより少数のものを信じることだと考えるのだろう。より多くのものを信じること、この宇宙の、より大きな部分に対して自分を開くことが進歩だとは考えずに。

「……というわけで、君、私は内務省から命令でもない限り、部下の警部たちにコカイン注射を支給したり、巡査部長や巡査たちにヴァイオリンを与えたりしないのだよ」

ドイルは一本とられたというように頷いてみせた。だが、芝居や作法はこれでもう十分だ。

「事件の話に入ろう。私の分析は読んだだろう」

「読ませてもらったよ、君の……話を」とアンソンは答えた。「憂うべき事件と言わねばならん。間違いに間違いが重なった。ずっと早いうちに、芽のうちに摘むことができたものを」

アンソンの率直さにドイルは驚いた。「君がそう言うのを聞いて私も嬉しく思う。どの間違いのことを考えているのだろう」

「あの家族のだ。それがすべての間違いのもとだからな。夫人の家族の犯した間違いだ。何で、そんなことを思いついたのか。いったい何で、そんな考えを起こしたのか。まったくなあ、ドイル。姪がパールシーの男と結婚すると言い張る——何を言っても考えを変えようとしない——で、どうするか。男に聖職禄を与える……ここスタフォードシアに、グレート・ワーリーに。そんなことならいっそ、フィニアン団員をスタフォードシア州警察本部長に任命してしまったほうがましだった」

「君に同意したいと思う」とドイルは答えた。「現司祭を聖職に推挙した伯父殿は、イングランド国教会の分け隔てのなさを行動をもって示そうとしたに違いない。司祭は、私見では、親しみの持てる、しかも献身的な人物で、誠心誠意教区のために尽くしている。だが、あのように粗野で乱暴な教区に有色人種の司祭が置かれれば、憂慮すべき事態を惹起することは必至だった。これは、決して繰り返されるべきでない実験だ」

アンソンは向かいの客人を急に湧いてきた敬意の念をもって眺めた——「粗野で乱暴」という嘲りを差し引いても。思っていたよりも考え方が近い。サー・アーサーがごりごりの急進派である可能性は低いと、なぜもっと早く思い至らなかったのか。

「そして、あの教区に三人の混血児が生まれてくれば」

「ジョージ、ホレス、モードだ」

「三人の混血児さ」アンソンは繰り返した。

「ジョージ、ホレス、モードだ」ドイルも繰り返した。

「ジョージ、ホレス、モード・イ、ダル、ジ」

「私の分析は読んだね」

「読ませてもらったよ、君の……分析を」――今回は「分析」で妥協することにしたらしい――「そして敬意を表したいと思う、サー・アーサー。君の粘り強さと情熱に対してね。君の素人臭い憶測については他言しないと約束しよう。言い触らしたりすれば君の評判に傷がつく」

「その判断は私に任せてもらいたい」

「好きなようにしたまえ。先日ブランシュが読んで聞かせてくれた記事があってね。数年前に『ストランド・マガジン』が君に取材したもので、君の方法論が明かされている。いい加減なことを書かれたということはないだろうね」

「そういう記憶はないな。だが、鵜の目鷹の目で粗探しする習慣はないものでね」

「物語を書くときは、まず結末が頭に浮かぶのが常だと君は語っていた」

「終わりのある始まり。まず目的地を知らなければ、どの道を行けばよいか分からないからね」

「それ、それ。そして君の……分析によると、初めてイダルジ青年に会ったとき――ホテルのロビーでだったと思うが――しばらく相手を観察して、まだ言葉を交わしてもいないうちに、その無実を確信したそうだね」

「そのとおりだ。理由は明確に述べた」

「理由を明確に『感じた』、と言うべきじゃないかね。君が書いたことはすべて、その感じたことを出発点にしている。君が哀れな若者の無実を確信した途端、すべての辻褄が合った」

「君の場合は、あの若者の有罪を確信した途端、すべての辻褄が合った」

「私の結論はホテルのロビーで閃いた直感などではなく、数年にわたる警察の観察と報告の総合に基づくものだった」

「君は最初から少年を標的にしていた。懲役刑にしてやると脅す手紙を書いた」

「私は少年と父親の双方に、少年が明らかに踏み出した犯罪者への道をそのまま辿り続けた場合、どういうことになるかを警告しようとしたのだ。警察の任務は懲罰を与えることだけではなく、予防的なものでもあるという私の見解は間違っていないと思う」

ドイルはこの特に自分に向けて準備されたと思われる台詞に頷いた。「君は忘れているようだが、私はジョージに会うより前に、『審判《ジ・アンパイア》』に本人が寄せた優れた記事を読んでいる」

「我が国の監獄に拘禁されている人間で、自分は無実である旨の説得力に富む説を持たない奴にお目にかかったことがない」

「君の見解では、ジョージ・エイダルジは自分で自分を糾弾する手紙を送ったのか」

「他にもじつに様々な手紙を書いたがな。そうだ」

「君の見解では、ジョージは獣を切り刻んだ一味の首謀者なのか」

「そうでないと言えるか。一味というのは新聞が使った言葉だ。ほかにも関わった者がいるのは間違いない。その中であの事務弁護士がいちばん頭が切れたのも間違いない」

「君の見解では、イングランド国教会の司祭である父親が、息子のアリバイを作るために偽証したのか」

「ドイル、差し支えなければ個人的な質問をさせてくれ。君には息子がいるか」

「うん、十四になる」

「もし息子が困ったことになったら、君は息子を助けようとするだろう」

「ああ。だが、もし息子が罪を犯したのなら、私は偽証はしない」

「だが、そこまではしなくても、やはり息子を助け、守ろうとするだろう」

「うん、するね」

「ならばきっと、君は小説家なんだから、それ以上のことをする人間もいることを想像できるだろう」

「イングランド国教会の司祭が聖書に手を置いて宣誓しながら、故意に偽証の罪を犯すとは想像できない」

「じゃあ、代わりにこんな想像をしてみてくれ。パールシーの父親が、自分のことを庇護し督励してはくれたが自分の国ではない国への忠誠よりも、自分のパールシーの家族への忠誠を優先するのを想像するんだ。その父親は息子の将来を守りたいんだ、ドイル。息子の一生がかかっているんだ」

「そして君の見解では、母親と妹も偽証したのか」

「ドイル、君は、『君の見解では』と言い続けているが、君の言うところの『君の見解』は私だけの見解ではなく、スタフォードシア州警察、検察弁護団、正式な宣誓をしたイングランドの陪審員たち、それに四季裁判所の判事たちの見解でもあるのだ。私は公判に毎回出廷したのでね、一つ請け合えることがある。君にとっては苦痛だろうが、避けて通れない事実だ。陪審団はイダルジ一家の証言を信じなかった。少なくとも、父親と妹の証言は信用性がないとされた。母親の証言は重要性が低かったということかもしれん。これは軽々になされることではない。イングランドの陪審団がテーブルを囲み、評決について討議するのは厳粛な作業だ。証言を吟味し、人格を精査する。漫然と座って、天の教えを待っているわけじゃない……交霊会の連中とは違うんだ」

ドイルは鋭い一瞥を投げた。これは口から出任せの言葉なのか、それともこちらを揺さぶるための計算ずくの試みなのか。なに、これしきのことで動揺などするものか。

「アンソン、私たちはそこらの肉屋の息子の話をしているわけじゃない。二十代後半の事務弁護士で、すでに鉄道法についての本の著者として知られている、知的職業に従事するイングランド人の話をしているんだ」

「ならば、なおさら罪は重い。刑事法廷がお迎えするのが犯罪者階級だけだと思っているのなら、君は私が思っていたより世間知らずだ。君も知っているはずだが、ときには作家だって被告席に着く。そしてあの判決は、法の遵守を宣誓して法曹となった者が、公然と法を踏みにじるという事件の重大性を反映したものだった」

「懲役七年。ワイルドでさえ二年だったぞ（訳注　オスカー・ワイルドは同性愛の罪で一八九五年から約二年間獄に繋がれた）」

「だからこそ、判決を下すのは君や私ではなく法廷の役割なのだ。私もイダルジにはあれより軽い刑は与えなかっただろう。ワイルドには間違いなくもっと重い刑を与えただろうがね。奴は完全に黒で、偽証までしていた」

「ワイルドと夕食を共にしたことがある」ドイルは言った。敵愾心がソウ川の霧のように立ち昇り始め、少し引けと本能が言っていた。「八九年のことだったと思う。私にとっては黄金の夕べだった。一人で喋り散らす目立ちたがり屋を予想していたが、実際には完璧な立ち居振る舞いの紳士だった。参会者は四人で、ワイルドは他の三人のはるか頭上に聳《そび》えていたが、決してそれを感じさせなかった。会話を独占する人間は、いかに頭が切れようと、真の紳士たり得ない。ワイルドはやりとりのある会話ができて、我々が何を言っても、興味をそそられているように見せる術を身につけていた。私の『マイカー・クラーク』さえ読んでいた。

友人の幸運がときに我々のうちに呼び起こす奇妙な不満について話したのを覚えている。ワイルドがリビア砂漠の悪魔の話をしてくれてね。聞いたことあるかね？　ない？　悪魔がね、自らの帝国を巡回して監督していると、数匹の小鬼が聖なる隠者を悩ませているところに出くわした。お決まりの誘惑や挑発を仕掛けているのだが、聖者はさして苦労もせずそれを退けていた。『そんなやり方では駄目だ』と師匠は言った。『やって見せてやろう。よく見ておけ』そして悪魔は聖なる隠者に背後から近づき、甘ったるい声を出して耳元で囁いた。『たった今、ご同輩がアレクサンドリアの総主教に任命されましたぞ』すると見る見る、隠者の顔が怒りと妬みに歪んだ。『こいつがいちばん効くんだ』と悪魔は言った」

アンソンもドイルと一緒に声を立てて笑ったが、心からの笑いではなかった。都会の男色者の薄っぺらなシニシズムは趣味に合わない。「にもかかわらず」と、アンソンは言った。「悪魔にとっては、そのワイルドもいいカモだったわけだ」

「付け加えておくべきは」と、ドイルは続けた。「ワイルドの会話に下卑た思考は一片たりとも認められなかったし、当時私は、ワイルドとそのような性癖とを結びつけることができなかったということだ」

「つまり、プロの紳士ということか」

ドイルは嘲りを無視した。「数年後、ロンドンの街中でワイルドに再会したのだが、すっかり頭がおかしくなっているようだった。自作の芝居を見に行ったかと聞くから、残念ながらまだだと答えると、『そりゃ行かなくっちゃ』と大真面目な顔で言うんだ。『素晴らしいんだ！　天才的なんだよ！』と、以前の紳士的態度とは、天と地ほどもかけ離れていた。あの男を破滅させた奇怪な変化は生理学的なもので、それは刑事法廷よりも病院においてこそ考察されるべきだと私は思ったし、今でもそう考えている」

「君の自由主義にかかっちゃ、監獄が空っぽになる」アンソンはにこりともせずに言った。

「それは勘違いだ。私は選挙運動という不快極まりない営みに二度関わりはしたが、特定の政党の党員ではない。私は自分が名誉イングランド人であることを誇りに思う者だ」

この言葉は——アンソンには独り善がりに聞こえた——二人の間を葉巻の煙のように漂った。アンソンは話を前に進めるときだと判断した。

「君がご立派にも弁護を引き受けたあの若者は、サー・アーサー——言っておくがね、君の思っているとおりの人物ではないのだ。裁判では出なかったことがいろいろとある……」

「それは恐らく、証拠に関する規則に触れるからという至極もっともな理由のためだろう。あるいは根拠薄弱な主張に過ぎず、出せば弁護団によって論破されるようなものだったか」

「ここだけの話だが、ドイル、噂があったのだ……」

「噂は常にあるものだよ」

「賭博で借金をこしらえたという噂、顧客の金を使い込んだという噂だ。お友達に聞いてみるといい。事件前の数か月間、何か深刻な問題を抱えていなかったか」

「そんなことをする気はさらさらない」

アンソンはゆっくりと立ち上がって机に歩み寄り、一つの引き出しから鍵を出して別の引き出しを開け、紙挟みを取り出した。

「お見せするが、他言は無用だ。サー・ベンジャミン・ストーンに宛てられている。同種のものがほかにも多数書かれたに違いない」

手紙の日付は一九〇二年十二月二十九日だった。左上部にジョージ・エイダルジの事務所の住所と電報用の宛名略号が印刷されている。右上部には「グレート・ワーリー、ウォルソル」とある。ジョージの筆跡であることは、あのペテン師ガリンの証言を待つまでもなく明らかだった。

拝啓　友人の保証人として多額の金（二百二十ポンド近く）を支払う必要が生じたことを主たる原因として、小生は比較的余裕のある境遇から、紛う方なき窮乏生活へと零落いたしました。小生は経済を立て直すべく三軒の貸金業者より借財いたしました。しかし法外な利子のゆえに状況はかえって悪化し、業者のうち二軒が、現在小生に対して破産の申し立てをしておりますところ、小生が百十五ポンドを遅滞なく調達することができれば、申し立てを取り下げる用意があるとのことです。小生には助けを求められるような友人はおらず、破産となれば身の破滅であり、長期にわたり事務弁護士業務の停止を強いられ、その間に顧客をすべて失うことになります。そこで、最後の手段として、面識もない方々にお願いをいたしておる次第です。

友人たちに融通してもらえるのが三十ポンド、小生の手持ちが二十一ポンドほどでありますから、何がしかでもご助力いただければ大変有り難く存じます。額の多寡にかかわらず、すべて小生の大きな負債を弁済する助けとなります。

ご面倒をお掛けすることをお詫び申し上げ、可能な範囲でのご助力を賜りますよう平にお願いいたします。

敬具
G・E・エイダルジ

アンソンは手紙を読むドイルを見守った。書かれたのが最初の切り裂きの五週間前であることを指摘してやる必要はないだろう。ボールは今、相手方のコートにある。ドイルは手紙にざっと目を通すと、数か所を読み返した。そしてやがて、口を開いた。

「当然調査したんだろうね」

「無論、してないさ。警察の管轄ではないからな。公道で物乞いをすれば犯罪だが、知的職業階級に属する者同士の間での物乞いは我々の関知するところではない」

「賭博での借金や顧客の金の使い込みについては一切触れられていないが」

「それを出しては、サー・ベンジャミン・ストーンの心は動かせまい。行間を読んだ」

「それはお断りする。友人への寛容さゆえに窮地に陥った、名誉ある若者の必死の訴えのように私には読める。パールシーは慈善の心で知られている」

「ほう、ではイダルジは突然パールシーになったわけだ」

「何が言いたい」

「そのときそのときの都合次第で、奴を知的職業階級のイングランド人にしたり、パールシーにしたりはできんよ。名誉ある若者が、こんな多額の債務の保証人となって、貸金業者三軒の手に自らを委ねるなど、分別ある行動と言えるだろうか。こんなことをする事務弁護士を君は何人知ってるかね。行間を読めよ、ドイル。お友達に聞いてみろ」

「このことを本人に聞くつもりはない。それに、結局は破産しなかった」

「そのとおり。母親が援助したのではないかと私は睨んでいる」

「あるいは、エイダルジが保証人となって友人に示したのと同じ信頼を、今度はエイダルジに対して示した人々がバーミンガムにいたか」

世間知らずな上に頑固な奴だとアンソンは思った。「君の……理想主義的傾向には脱帽するよ、サー・アーサー。見上げたものだ。だが、それを私が非現実的と考えることは許してほしい。君の運動についても同様だ。君が擁護する男はすでに監獄から釈放されている。今や自由の身だ。世論を刺激して何の意味がある。内務省に事件を再検討させたいのか。内務省はすでに何度となく見直してきた。委員会を立ち上げさせたいのか。その委員会が君の望む結論を出すなどと、何を根拠に思い込んでいるんだ」

「我々は委員会を立ち上げさせる。我々は復権を勝ち取る。補償も勝ち取る。加うるに、ジョージ・エイダルジがその身代わりとなって苦しんだ真犯人を突き止める」

「ああ、そっちもか」アンソンは今や本格的に苛立ち始めていた。楽しい夕べになってよいはずだった。お互い五十間近の世慣れた男が二人。片や伯爵の子息、片や王国の騎士であり、偶然、共にそれぞれの州の副統監を務めている。二人を隔てる要素より、共通点のほうがはるかに多い……にもかかわらず、空気は険悪になりつつある。

「ドイル、差し支えなければ二点指摘させてくれ。明らかに君は、嫌がらせは何年も前からずっと続いてきたと想像している――手紙、悪戯、家畜の切り裂き、さらなる脅し、というように。君はさらに、警察がそのすべてを君の友人の責めに帰していると考えている。それに対し、君自身はそのすべてを、正体が割れているかはともかく、同一の複数犯の仕業と見ている。どちらの見方にしても、根拠のない推理ではないか。我々はイダルジを二件の容疑で告発しただけだし、二件目は結局取り下げた。イダルジは多くの件について無罪だろう。こういった連続犯罪がただ一人の人間の手によるものであることは稀だ。イダルジは首謀者かもしれんし、ただの手下かもしれん。匿名の手紙の効果を知って、自分でもやってみようという気になったのかもしれん。悪戯の効果を知って、やる側に回ろうと思ったのかもしれん。家畜を切り裂く一味の噂を聞いて、参加しようと思ったのかもしれん。

二点目はこうだ。恐らく有罪である者が無罪を宣告されたり、逆に恐らく無罪である者が有罪を宣告されるのを私はこれまで随分と見てきた。そんなに驚いた顔をしないでくれ。誤起訴、誤判の例なら私だって知っている。しかし、そうした場合も、冤罪事件の被害者がその支援者たちの願うように真っ白であることは滅多にない。例えば、一つの可能性を指摘してみよう。君はホテルのロビーで初めてジョージ・イダルジに会った。君は約束の時間に遅れたそうだね。君はそのときの相手の姿勢を見て、その無実を結論した。だが、ちょっと考えてみてほしいのだ。ジョージ・イダルジは君より前に来ていた。君が来るのは分かっていた。君に観察されることが分かっていたんだ。観察されるための姿勢をとっていたんじゃないか」

これにドイルは答えず、黙って顎を突き出し葉巻を吸った。アンソンは思った。何て頑固な奴だ、スコットランド人だかアイルランド人だか名誉何人だか知らんが。

「君はイダルジに完全に白であってほしいんだろう。単なる無罪でなく、文字どおりに潔白であることを望んでいるんだろう。私の経験ではな、ドイル、文字どおりに潔白な人間などおらん。無罪という判決は下るかもしれんが、それは清廉潔白ということとは違う。文字どおり清くて白い人間など、まずおらんよ」

「イエス・キリストはどうなんだ」

勘弁してくれ、とアンソンは思った。それに、俺はピラトとは違う。「まあ、純粋に法的な見地に立てば」と、アンソンは晩餐後に相応しい穏やかな口調で言った。「あの処刑は主御自ら招かれたものだという議論が可能だな」

今度はドイルのほうが、話が脱線してきたと感じる番だった。

「では聞かせてくれ。君の考えでは、本当は何が起きたんだ」

アンソンは声を立てて、いささか露骨に笑った。「それは探偵小説の問いの立て方じゃないだろうか。君の読者が乞い求め、君がじつに巧みに与えているものだな。『本当は何が起きたのか教えてください』ってね。

ドイル、大抵の犯罪は――じつのところ、ほとんどすべての犯罪は――目撃されないものなのだ。盗っ人は家が無人になるのを待つ。人殺しは相手が一人になるのを待つ。馬を切り裂く者は夜陰を待つ。目撃者がいるとしたら、それは多くの場合共犯者で、つまり犯罪者だ。捕まえた犯罪者は嘘をつく。必ず、つく。共犯者二人を引き離すと、別々の嘘をつく。片方を刑事免責と引き換えに国側の証人にならせると、そいつはまた別の種類の嘘をつく。たとえスタフォードシア州警察が総力を挙げ、ただ一つの事件の捜査に当たったとしても、君の言うところの『本当に起きたこと』はついに知り得ないだろう。私は哲学的な主張をしているわけじゃない。実際の話をしているんだ。我々が知るのは、我々がどのつまり知り得るのは——有罪判決に持ち込むのに十分な事実に過ぎない。現実世界について講釈を垂れて相済まんが」

シャーロック・ホームズを生み出したことで、自分は死ぬまで罰せられ続けるのだろうかとドイルは思った。訂正され、忠告され、講釈され、見下され——いったいいつになったら終わるのだろう。だが、今は先に進まねばならない。どんなに挑発されても、癇癪を起こしてはならない。

「しかし、アンソン、それらすべてをいったん脇に置いてだ、そしてこの話し合いが、互いに自分の立場をこれっぽっちも変えずに終わる可能性を認めた上でだ——どうやらそう認めざるを得ないようだから——、私はこう尋ねたい。君は信じてるね、品行方正な若い事務弁護士が、それまで暴力的な傾向をまったく見せていなかったにもかかわらず、突然ある夜外出して、この上なく邪悪かつ暴力的な仕方で炭坑のポニーを襲ったと。これだけ聞きたいのだ。なぜ、そんなことをした」

アンソンは内心で鼻を鳴らした。動機。犯罪者心理。また始まった。アンソンは立ち上がり、二つのグラスを再び満たした。

「想像力で稼いでいるのは君のほうじゃないか、ドイル」

「そうでありながら、私はエイダルジの無実を信じている。そして君のように想像力を逞しくすることができずにいる。君は今証言台に立っているわけではない。我々は、この素晴らしい州の真ん中にある立派な屋敷で、上質なブランデーと、こう言っては何だが、さらに質のよい葉巻を楽しんでいるイングランドの紳士二人だ。君が何を言おうと、この部屋の外には出さないと約束する。これだけ聞かせてくれ。なぜだと君は考えているのだ」

「いいだろう。分かっている事実から始めよう。メイドだったエリザベス・フォスターの件、すべての始まりだと君が主張している出来事だ。当然我々はこの件を調べたが、起訴に持ち込むには証拠がまるで足りなかった」

ぽかんとしてドイルは警察本部長の顔を見つめた。「何を言っている。起訴されたじゃないか。メイドは有罪を認めた」

「あれは司祭による〈私人訴追〉でね。それに、メイドは弁護士たちに苛められて罪を認めたんだ。ああいうことをしては、教区民から慕われない」

「では、そのときも警察は一家を助けなかったのか」

「ドイル、我々は証拠があるときに起訴するんだ。ちょうど、事務弁護士さんご本人が暴行の被害者になったとき、我々が起訴したように。ははーん、弁護士さん、このことは君に話さなかったね」

「あの若者に人の同情を引く気はないのでね」

「それは結構だが」と、アンソンは紙挟みから書類を一枚取り出した。「一九〇〇年十一月。ワーリーの若者二名による暴行。ランディウッドで生垣の中に押し倒される。一方の若者には傘も壊された。二人とも罪を認め、罰金を科され、訴訟費用の支払いを命じられている。キャノックの治安判事裁判所でね。あの裁判所には前にも行ったことがあったって、君は知ってたかね」

「それを拝見できるかな」

「生憎、警察の記録なので」

「では、せめて有罪の宣告を受けた者たちの名前を教えてくれ」アンソンが躊躇うのを見ると、ドイルはこう付け加えた。「いつだって猟犬《ブラッドハウンド》顔負けの調査員を送り込めるが」

ドイルの驚いたことに、アンソンはふざけたように犬の鳴き声を真似てみせた。「で、君もそのブラッドハウンドの一人というわけか。まあいいだろう、ウォーカーにグラッドウィンという名だ」アンソンは、それらの名にドイルが聞き覚えのないことを見て取った。「いずれにせよ、似たようなことはほかにもあったと考えてよかろう。この以前にせよ、以後にせよ、乱暴されたことはきっとあったろう。このときほど、ひどくはなかったかもしれんが。言葉で侮辱されたこともあったに違いない。スタフォードシアの若者は聖人君子ばかりではないからな」

「意外に思うかもしれんが、あのような不運に見舞われた根っこに人種的偏見があるという見方をジョージ・エイダルジは断固として否定するんだ」

「好都合じゃないか。ならば、そいつは脇に置いておけば済む」

「だが、無論」と、アーサーは付け加えた。「エイダルジの分析に私が同意しているわけじゃない」

「それはまあ、君の自由だな」アンソンはしれっとして言った。

「で、その暴行事件がどう関係する」

「それはだな、ドイル。始まりを理解せずして、終わりを理解することはできんじゃないか」アンソンはこの会話が楽しくなってきた。自分の繰り出すパンチが、一発、また一発と、決まっていく。「ジョージ・イダルジには、ワーリーの土地を憎む十分な理由があったということになる。いや、十分な理由があると思い込んだのだな」

「それで復讐のために家畜を殺した、か。いったい何の関連がある」

「君は都会の人らしいな、ドイル。牛一頭、馬一頭、羊一頭、豚一匹――それはただの家畜《ライヴストック》じゃない。それは生計《ライヴリフッド》そのものなのだ。つまり、財産を標的にした犯罪だな、これは」

「いったい関係を証明できるのかね、ランディウッドでジョージに乱暴を働いた二人のうちのどちらかと、のちに殺傷された家畜のうちのいずれかとの間に」

「いや、できん。しかし、犯罪者に論理的行動を期待しちゃいかん」

「知能の高い犯罪者でもか」

「かえって非論理的に動くね、私の経験では。いずれにせよ、両親から猫可愛がりされ、弟はとっとと出ていったのに、まだ両親の家にへばりついている若者がいる。この土地に恨みを持ち、こんな土地は自分の住む場所ではないと思っている若者だ。その若者がとんでもない額の借金を抱え込む。金貸したちからは破産裁判所に申し立てるぞと脅される。職業人としての破滅が目前に迫る。若者がこれまで努力して手に入れたもの、これから手に入れるはずのものが、泡と消えようとしている……」

「だから」

「だから……ご友人のワイルド氏と同様、気が触れたのかもしれん」

「ワイルドは成功しすぎて堕落したと私は見ている。ウェストエンドの劇場で毎晩拍手喝采を浴びるのと、鉄道法に関する専門書が専門家受けするのとでは、それらが人に及ぼす効果の点において到底同日の談ではない」

「さっき君は、ワイルドの変化は病理学的なものだったと言った。イダルジも同様だったかもしれんではないか。あの事務弁護士さんは数か月の間、思案に暮れていたようだ。その負担はかなりのものだったろう。耐え難いものだったかもしれん。君自身、あの男の無心の手紙を『必死の訴え』と形容したではないか。何らかの病理学的変化が生じる可能性はある。あの男の血に流れている邪悪なものへの傾きが、否応なしに発現する可能性はある」

「あの若者の血の半分はスコットランド人の血だ」

「いかにも」

「そして残り半分はパールシーだ。インドの諸宗派の中でも最も高い教育を受け、最も商業的に成功している人々だ」

「それは微塵も疑わんよ。連中が〈ボンベイのユダヤ人〉と呼ばれるのは、理由あってのことだ。同様に微塵も疑わんのは、血が混じり合っていることがこの悲劇の一因であるということだ」

「私も、スコットランド人の血とアイルランド人の血が混じり合っている」と、ドイルは言った。「だからといって私は家畜を切り裂くかね」

「君は私の言いたいことを言ってくれた。どこのイングランド人が――どこのスコットランド人が――スコットランド人の血が半分であれ――馬や牛、羊を刃《やいば》に掛けるかね」

「坑夫のファリントンを忘れているようだな。ちょうどジョージが獄中にあったとき、まさにそれをやったじゃないか。だが、私はこう問い返したい。どこのインド人が牛を刃に掛けるかね。インドでは牛は神聖な動物じゃないか」

「いかにも。しかし、血が混じり合うとき、そのとき面倒が始まる。折り合いのつけようのない分裂が生じる。なぜ、時と所を問わず、人間社会は常に混血児を忌み嫌うのか。なぜなら、混血児の魂は文明への欲求と野蛮への牽引力とによって引き裂かれるからだ」

「それで、野蛮のほうはスコットランド人の血の責任かね、それともパールシーの血の責任かね」

「馬鹿を言うな、ドイル。君自身、血を、人種を、信じてるじゃないか。食事のときの話では、ご母堂は五世紀も遡ることのできるご家系がご自慢だった。聞き誤っていたら相済まんが、この世に生を享けた偉大な人物が多く君の家系に宿ったという話ではなかったのか」

「いや、そのとおりだ。いったい君の言わんとしているのは、ジョージはそのご先祖が五世紀前のペルシアだかどこだか、当時在所としていた土地で馬の腹を掻き切っていたから、だからそれと同じことをしたということかね」

「過去の野蛮な儀式が関わっているのかどうか、見当もつかん。そうなのかもしれんし、あるいはイダルジ自身、何が自分をあのような行動に駆り立てたか分かっていない可能性も十分にある。何世紀も昔の衝動が、慨嘆すべき突然の異人種間婚姻によって呼び覚まされたというわけだ」

「そんなことが起こったと本気で思ってるのか」

「まあ、大体は、そんなことがな」

「ならば、ホレスはどうなんだ」

「ホレス」

「ホレス・エイダルジさ、同じ血の混ざり具合で生まれてきた。今では英国政府の立派なお役人になっている。税務調査官だ。ホレスも一味に加わっていたと言うんじゃあるまいね」

「そんなことは言わん」

「なぜだ。兄と同じだけの資格がある」

「またぞろ馬鹿なことを言う。そもそも、ホレス・イダルジはマンチェスターにいるんだぞ。それにだ、私は血が混じり合うと一つの傾向性が生まれ、ある種の極端な状況下で野蛮へ回帰しやすくなるのではないかと考えているだけだ。言うまでもなく、多くの混血が至極真っ当に生きている」

「ところが、何かきっかけがあると……」

「ちょうど満月が一部のジプシーやアイルランド人を錯乱させることがあるようにだな」

「私にそういう効果が現れたことはないが」

「生まれの卑しいアイルランド人の話だ、ドイル君。悪く取らんでくれ」

「では、ジョージとホレスの違いは何だ。君の考えでは、なぜ、一方は野蛮に走り、他方は走らなかったのだ――ないしは、まだ走っていないのだ」

「君に兄弟はいるかね、ドイル」

「ああ、弟がいる。イネスといってね、軍人だ」

「なぜ、弟さんは探偵小説を書かないのだ」

「君の理論だ、君が説明したまえ」

「なぜなら環境が、たとえ兄弟でも、違うからだ」

「重ねて尋ねる。なぜ、ホレスはしない」

「証拠は我々の目の前に示されていたんだがな、ドイル。すべて法廷に出されていた、それもあの家族によって。君が見過ごしていたとは意外だ」

ドイルは、向かいの〈白獅子亭《ホワイト・ライオン・ホテル》〉に部屋を取らなかったのは失敗だったと思った。今晩、床に就く前に家具の一つや二つ蹴飛ばさずにはおれんかもしれぬ。

「このように関係者以外にとって不可解かつ不快極まりない事件というものは、私の経験によると、当然の理由から法廷で論じられない事柄が鍵となっていることが多い。つまり、通例は喫煙室でしか話題にされないような事柄だな。しかし、さっきオスカー・ワイルド氏の話を聞かせてくれたことでも分かるわけだが、君だって世の中の酸いも甘いも嚙み分けた人じゃないか。医師になる訓練も受けたと記憶する。それに、南ア戦争のときには、我が国陸軍と行動を共にしたのだろう」

「すべて、そのとおりだ」いったい、この男、話をどこへ持っていくつもりだ。

「君の友人のイダルジ氏は三十歳、独身だ」

「その年齢の男で独身はいくらでもいる」

「そして生涯独身のままである公算が大きい」

「ことに前科がつくと難しい」

「いや、ドイル、前科は問題じゃない。ポートランドの匂いに惹きつけられる下賤な女は必ずいるもんだ。障害は、ほかにある。障害は、君の依頼人がぎょろ目の混血だということだ。あれの貰い手を見つけるのは難しいぞ、少なくともスタフォードシアでは」

「何が言いたい」

しかし、アンソンは、遠回しな話の運び方を楽しむふうでさえあった。

「四季裁判所でも指摘があったように、被告には友人がおらん」

「かの有名な『ワーリーの一味』の一員だったはずではないか」

この切り返しをアンソンは無視した。「男同士の付き合いもなければ、付き合いと言えば異性とのそれもない。女と腕を組んで歩く姿を目撃されたことがない。メイドとすらだ」

「そこまで徹底的に付けさせていたとは知らなかった」

「スポーツや運動の趣味もない。君は気づいていたかね。男らしくて素晴らしいイングランドのスポーツ、クリケットにサッカー、ゴルフ、テニス、ボクシング、あの男にはそれらすべてが無縁のものだ。アーチェリーも」警察本部長はそう付け加え、さらに思い出して言い足した。「器械体操も」

「八ジオプトリーの近視の男にボクシング・リングに上がれと言うのかね。上がらなければ監獄送りか」

「ああ、視力の問題か。それこそ、すべての問いに対する答えだからな」アンソンは募るドイルの苛立ちを感じ取り、もう少し刺激してやろうと思った。「そうさ、本ばかり読んでいる、一人ぼっちの、可哀そうな、出目の青年だ」

「だから、何だ」

「君は眼科医になる訓練を受けたのだったな」

「短期間だがデヴォンシア・プレースに診察室を持っていた」

「それで眼球突出症の患者も多く診たかね」

「多くとは言えん。正直に言えば、ほとんど患者は来なかった。患者に見放されたものだから、診察室にいる時間を創作に費やすことができたのだ。だから、皮肉にも、患者のいなかったことが結果的には幸いしたということになる」

その得意そうな口調からこれは十八番なのだなと察せられたが、アンソンは構わず話を先に進めた。「それで、眼球突出は、どんな疾患と結びつくかね」

「眼球突出は、ときに百日咳の結果として起こる。そして、無論、絞殺に伴う現象でもある」

「眼球突出は、通例、不健康なまでに強い性欲と結びついている」

「愚にも付かぬことを」

「たぶん、サー・アーサー、君がデヴォンシア・プレースで診た患者たちは、ちょっとお上品すぎたのだろう」

「お話にならん」伝承や迷信の次元にまで落ちてしまったのか、この議論。これが警察本部長の言うことか。

「もちろん、これは法廷で開陳できるような所見ではない。しかし、ある種の犯罪者たちを扱っている者たちの間では通説なのだ」

「愚にも付かぬことに変わりはない」

「そう思いたいのなら、そう思っていたまえ。続けて我々は、司祭一家の奇妙な寝室の割り当てについても考える必要がある」

「司祭と同室で施錠して寝ていたことこそ、あの青年の潔白の揺るがぬ証拠だ」

「お互いがお互いの立場をこれっぽっちも変えぬまま、この話し合いが終わるだろうことはすでに合意済みだ。しかし、そうであるにしてもだ、あの奇妙な寝室の割り当てについて考えてみようじゃないか。男の子が幾つのときにだったか——十だったか——妹が病気になる。そのときから、母親と娘が同じ部屋で寝て、他方、父親と長男も別の一室を共同の寝室にする。運のいいホレスだけが自分の部屋をもらう」

「まさか君――まさか君は、あの部屋で何か忌わしいことが行われていたと言うんじゃあるまいな」いったいアンソンは話をどこへ持っていこうとしてるんだ。気でも触れたか。

「いいや、ドイル。その反対でね。私は、あの部屋では何も起こらなかったと確信してる。睡眠と祈り以外は、何も。何も、起こらなかった。〈犬は吠えなかった〉というわけだ、お株を奪うつもりはないが」

「何も起こらなかったなら……」

「さっきも言ったとおり、証拠は目の前にある。一人の少年が、十歳のときから、施錠された部屋で父親と一緒に寝ている。思春期もずっとそのまま、やがて大人になっても、毎晩、毎晩、毎晩。弟は独立して家を出ていく――弟が出ていって何か変わるだろうか。空いた弟の部屋をもらうだろうか。そうはならない。この尋常ならざる寝室の使い方は、それまでどおり続く。気味の悪い風貌の孤独な少年は、気味の悪い風貌の孤独な大人の男になる。この男は異性と一緒にいるところを目撃されたことがない。けれども、この男にも、当たり前の衝動や欲望はあると考えて差し支えあるまい。そしてもし、君は懐疑的であるようだが、眼球突出についての経験的知見を信ずるならば、あの男は普通よりも強い衝動や欲望の虜であったわけだ。ドイル、我々は男だから、この方面のことは分かっている。大人になりかけから、なりたてにかけての時期の男が直面する危険を我々はよく知っている。通例、道は二つだ。肉欲に溺れて道徳的にも身体的にも衰弱していき、悪くすれば犯罪行為に至りかねない道か、それとも下劣な衝動を方向転換させて男らしいスポーツ活動へ進む健康な道か。イダルジの場合、前者の道を辿ることからは幸い環境によって守られ、後者の方法によって気分の転換を図ることは自ら選ばなかった。確かに、あの男がボクシングをやって上達したとは思わんが、ほかに例えば器械体操もある。運動によって己の身体を鍛錬するだけでもよかったし、新しくアメリカから到来したボディービルディングの科学もある」

「君は、あの晩の事件に……何か性的な目的、ないしは性衝動の発現があったとでも言うのか」

「直接的な形では、なかっただろう。が、あの晩に何が起こったと私が考えているか、またそうなったのはなぜだと私が考えているか、お尋ねだった。差し当たり、あの若者について君が主張することの多くを認めることにしよう。あれは学業に優れていたし、両親を大切にする息子だった。父親の教会で礼拝し、酒も煙草もやらなかった。仕事に励む男だった。けれども、その代わりに君にも認めてもらいたい、あの男に別の一面のある可能性は小さくないと。むしろ、あって当然ではないか。なにしろ、特異な掛け合わせで生まれてきて、人付き合いがなく家にばかりいて、人並み外れた衝動に突き動かされていたのだ。昼日中は勤勉な社会の一員だが、夜になると、時折、何か野蛮なもの、あの男の暗い魂の奥底に潜む何か、たぶんあの男自身理解していない何かの誘惑に屈してしまう」

「それはまったくの憶測に過ぎん」とドイルは言ったが、その声の調子がなんとなし違ってきた——なんとなし静かに、自信なさげになってきた——とアンソンには思われた。

「ご希望だったから、憶測を披露しているんだ。君も認めてくれるね、君より私のほうが犯罪行為や犯罪目的の事例を数多く見てきたということは。それらに基づいて私は憶測している。君はイダルジが専門職階級に属しているという事実を強調した。君は言外に問うたね、専門職階級の人間が罪を犯すなどということは少ないのではないか、と。じつは君が聞いたら耳を疑うくらい多いのだ、というのが私からの答えだった。けれども、サー・アーサー、その問いを私は次のように変えて君に問いたいと思うのだ。幸福な結婚生活を送り、その幸福のうちに性的欲求の安定的な充足も含まれている男が、暴力的で倒錯した罪を犯すなどということは少ないのではないか。我々は〈切り裂きジャック〉が幸福な結婚生活を送っている男だろうなどと思うだろうか。

そんなことは思わない。私はこの考えをさらに一歩進めたい。私見によれば、ごく普通の健康な男が性的欲求を充足できない状態に継続的に置かれた場合、それがどんな理由からであれ、どんな状況下であれ、その男の気質が変容し始める可能性がある——あくまでも可能性だ、それ以上のことは言わん。それこそがイダルジに起こったことなのだと私は睨んでいる。あの男は、鉄格子で囲われた恐ろしい檻の中に入れられた気分だったのだ。いったいいつになったら、自分は脱出できるだろう。いったいいつになったら、自分の性的欲求は何らかの種類の充足を得られるだろう……。思うに、ドイル、性的欲求不満の期間が長引いて、来る年も来る年も同じ状態が続くと、男の心が腐り始める恐れがある。最後には奇妙な神々を崇拝しだし、奇妙な儀式を行いだすようなことになりかねんのだ」

著名な客人は言葉を返さなかった。そればかりか、ドイルの顔はすっかり赤紫色になっている。ブランデーが回ったのか、それともこの男、世慣れた態度を取ってはいても性的な話題が苦手なのか。それとも――そしてこれが最も有力だが――相手方の展開する筋の通った主張に圧倒されたのか。いずれにせよ、ドイルはじっと灰皿を見据えたまま、まだ十分に吸えるだけの長さの残った上質な葉巻の火を揉み消した。アンソンは黙って待ったが、客人は返事をしたくないのか、できないのか、その視線を暖炉の火へ移しただけだった。どうやら、これまでらしい。そろそろ、主人として客人に伝えるべきことを伝えておこう。

「ドイル、きっと今晩はよく眠れるだろう。だが、一つ断っておくと、この〈緑の館《グリーン・ホール》〉には幽霊が出ると言う者もいる」

「そうかね」と、言葉が返ってきた。しかし、ドイルの心がここにないことはアンソンにも分かった。

「噂では〈首なし騎士〉が出ることになっている。それに、馬車の車輪が車回しの砂利を踏む音がするのに、馬車は見えないともいう。それから、不思議な鐘の音が聞こえるというのに、鐘はどこからも見つからない。無論、どれもこれも痴《し》れ言に過ぎん」アンソンは紛れもない幸福感を自覚していた。「だが、君なら幽霊やらゾンビやら騒霊《ポルターガイスト》やらを寄せつけんのじゃないだろうか」

「私は死者の霊を煩わしいとは思わない」と、ドイルは抑揚のない疲れた声で言った。「むしろ歓迎するほうだ」

「朝食は八時でよろしいかな」

尻尾を巻いたように見えるドイルが退出すると、警察本部長は葉巻の吸い殻をばらばらと暖炉の火の上に落とし、一瞬炎が燃え上がるのを見つめた。寝室に上がると、ベッドでまだ眠らずにいるブランシュがブラッドン夫人を再読している。次の間の化粧室に入った夫は上着をひょいと干し物掛けの上に投げ、妻のほうに向かって叫んだ。「困惑のシャーロック・ホームズ！　スコットランド・ヤードが謎を解く！」

「そんな大声出さないでちょうだい、ジョージ」

組紐で縁取られたナイトガウンを着たアンソン本部長が、大にやにやを顔に浮かべ、抜き足差し足で寝室に入ってきた。「名探偵殿が中腰で鍵穴に耳を当ててたって構わんね。今夜は現実世界について一つ二つ教えてやったわい」

こんなに浮ついた夫を滅多に見たことのなかったブランシュ・アンソンは、酒瓶台《タンタロス》の鍵は今週いっぱい没収しましょうと心に決めた。

アーサー

背中で〈緑の館《グリーン・ホール》〉の玄関ドアが閉まった瞬間から、アーサーの怒りは高まり続けた。ハインドヘッドへ帰る汽車の旅が始まっても、最初のうちは怒りが鎮まるどころではない。ロンドン・アンド・ノースウェスタン鉄道のウォルソル―キャノック―ルージリー線に乗ることは、ひっきりなしに挑発されることを意味するからだ。ジョージが有罪判決を受けた地であるスタフォードで乗車して、途中、ジョージが通学したルージリー、ロビンソン巡査部長の頭を撃ち抜くと脅迫したことにされたヘンズフォード、阿呆治安判事共が正式審理への付託を決定したキャノック、すべての始まりであるワーリー・アンド・チャーチブリッジといった町や村の駅に停まり、ひょっとするとブルーイット所有かもしれない家畜が草を食む牧草地を窓外に眺め、きっと陰謀の源はここにあるに違いないと目しているウォルソルを経由して、ジョージ逮捕の地であるバーミンガムに到着したのである。この線の駅の一つ一つが主張をしていて、それはアンソンが表明した主張と同じだった――「この辺りの土地と人々と正義とは、私と私の同類の所有物なのだ」。

こんなに機嫌の悪いアーサーをジーンは見たことがない。ちょうど午後の半ばだから、アーサーはティーカップをがちゃがちゃ言わせながら報告する。

「そのうえ、彼奴が何と言ったと思う。彼奴は言いやがった、私の……私の素人臭い憶測が世間に知れれば、私の評判に傷がつくと。あんなに偉そうな口を利かれたのは、サウスシーの貧乏医者時代、自分は生死の瀬戸際にあると言い張る金持ちの患者に、いいえ、あなたは健康そのものですと言って聞かせたとき以来だ」

「それで、あなたどうなさったの。サウスシーのとき」

「どうしたかって？　病気どころかぴんぴんしてますよと繰り返したんだが、その金持ちときたら、そんなことを言う医者に払う金はないって言うからね、だから言ってやったよ。ご自身が想像するのに好都合な病気に、ちょうどうまい具合に罹っていますと診断してくれる別の医師を見つけてくださいってね」

その場面を思い浮かべてジーンは声を立てて笑う。しかし、可笑しいのと同時に、その場に自分のいなかったこと、居合わせることなどおよそあり得なかったことに一抹の寂しさを覚えもする。確かに、未来は二人の前方に伸びている。しかし、もっと過去にも一緒でいたかったと突然に悲しくなる。

「それでどうなさるの」

「どうするかはもう決めてある。アンソンは私がこの報告書を内務省に送るために用意したと思っている。内務省に届いた報告書は顧みられぬまま埃をかぶり、内部監査の文書か何かでお座なりに言及され、その内部監査も世に出るのは私たち皆が死んだ頃だろう。しかし、そんな扱いに甘んずるつもりはない。私の調査結果は可能な限り広く世に問う。やり方は汽車の中で考えてきた。まず、私の報告書を『デイリー・テレグラフ』紙に持ち込む。『デイリー・テレグラフ』は、きっと喜んで掲載してくれるだろう。だが、私はそれ以上のことをする。『デイリー・テレグラフ』に頼んで記事の天辺に『著作権放棄』と印刷してもらうのだ。そうすれば他紙も、ことに中部地方《ミッドランズ》の新聞各社が、私の報告書の完全版を使用料を払わずに載せられることになる」

「素晴らしいですわ。随分と鷹揚ですし」

「それはどうでもよくてね、これは何がいちばん効果的かの問題だ。それだけじゃないぞ、この事件でアンソン本部長がどんな立場を取ったか、当初から偏見をもって臨んだアンソンがどんな役割を果したか、白日の下に晒してやる。警察本部長の仕事ぶりについて、私の素人臭い憶測をお望みならば、そいつを聞かせてやろうじゃないか。ご希望とあらば名誉毀損の訴訟も受けて立ち、そこで聞かせてやろう。私に完膚無きまで打ちのめされ、警察人としての将来が今想像しているのとは違ったものになることを覚悟しておくがいい」

「ちょっといいかしら、アーサー」

「ああ、なんだろう」

「この件をアンソン本部長に対する個人的な意趣返しにしてしまうのは賢明とは言えないんじゃないかしら」

「そんなことがあるものか。この悪逆無道の責任の過半はアンソンにある」

「私が申し上げたいのはね、アーサー、アンソン本部長のほうに気を取られて、何が第一の目的なのか忘れちゃいけないということ。そうなっていちばん喜ぶのはアンソン本部長ですもの」

アーサーは誇らしくて、また嬉しくて、じっとジーンの顔を見る。有益な忠告であるだけじゃない。物凄く頭のいい忠告だ。

「まったく君の言うとおりだ。アンソンを懲らしめるのは、それがジョージの利益に資する範囲にとどめよう。かと言って、懲らしめずにおくわけにはいかん。私の調査の第二段階で、あの男とその配下の州警察全体の面目玉を踏み潰してやる。真犯人についてもいろいろと分かってきた。真犯人が事件の当初からアンソンの鼻っ先にいたこと、なのにアンソンが手を拱《こまね》いていたことを証明できれば、どうしたってあの男は辞任に追い込まれる。私がこの仕事を終えるまでに、スタフォードシア州警察を上から下まで大掃除だ。全速前進！」

ジーンが微笑んでいる。それがアーサーには賞讃してくれているようにも、甘やかしてくれているようにも見えるのが堪らない。

「ねえ、僕の愛する人。前進と言えば、もう結婚の日取りを決めなくちゃいけない。さもないと、世間は君のことを不実な男たらしと見るだろう」

「私のことを？　アーサー、私が？」

アーサーはくつくつと笑ってジーンの手を取る。そう、全速前進だ、と思う。さもないと、蒸気釜が大爆発してしまうかもしれん。

〈森の下《アンダーショー》〉に戻ったアーサーはペンを執り、アンソンをやっつけにかかった。司祭に宛てたあの手紙──「小職はいずれ犯人に懲役罰を与えることができると信ずるものである」。責任ある立場にありながら、ここまで甚だしい妄断をした役人がかつていただろうか。アンソンの言葉を写しながら怒りの込み上げてくるのを感じ、一方でジーンの忠告の冷静さをひんやり心地よく感じもした。自分はジョージにとって最も効果的な手を打たねばならぬ。名誉毀損で訴えられることは避けねばならぬ。それと同時に、アンソンの罪状は明らかにせねばならぬ。人にあれほど見下されたのは久方振りだった。アンソンめ、人に見下されるのがどんな気分か思い知らせてやる。アーサーは書き始めた──

さて、アンソン警察本部長が心底ジョージ・エイダルジを嫌悪し、自身の偏見を意識しなかったことは疑う余地がない。これを疑うのは愚かである。しかし、警察本部長の地位にある者に、そのような感情を抱く権利はない。警察本部長の力はあまりに強く、取り調べられる者の力はあまりに弱く、その結果はあまりに酷い。本件の経緯を辿るとき、州警察の長たる者のこの嫌悪の情が下へ浸透し、遂には警察全体に瀰漫《びまん》するに至ったことが分かる。その結果、逮捕されたジョージ・エイダルジは明らかに公平を欠く扱いを受けることとなった。

裁判前、裁判中ばかりでなく、裁判後も、アンソンの傲慢はその偏見と同様、目に余る。

その後、アンソン本部長がいかなる報告書を内務省に送り、事件の見直しを妨げたのか知る由もない。一つ分かっているのは、失意の青年をそっとしておいてやればいいものを、有罪判決後も、青年とその父親の人格を中傷し、もって事件の再調査を志す可能性のある人々を追い払わんとする、ありとあらゆる努力が払われたという事実である。最初イェルヴァトン氏が本件を問題にした際、同氏のもとにアンソン本部長によって署名された一九〇三年十一月八日付の手紙が届いた。そこにはこう記されている――「一言申し上げておくべきでありましょう。ジョージ・エイダルジはその社会的地位のゆえに、また弁護側によって主張されたところの善良な性格のゆえに、不快で忌わしい手紙の数々を書いた犯人であるはずがないとお考えになり、その証明を試みられるとすれば、それは単なる時間の浪費となること必至であります。私ばかりでなく、ジョージの父親もまた、匿名で物を書くことを好む性向を息子のうちに認めており、この性向を直接に知る人間が他にも数名存在します」

さて、エイダルジ自身もその父親も、宣誓の上、前者は生まれてこの方一通の匿名の手紙も書いたことがないと明言しており、他方、「他にも数名存在」する人たちの名を教えてほしいというイェルヴァトン氏の照会に対しては梨の礫《つぶて》であった。考えていただきたいのである。この手紙が書かれたのは有罪判決の下った直後であった。そして、この手紙の意図は、恩赦を求める運動をそれがまだ芽のうちに摘むことにあった。これはまるで、人の弱り目を叩くような真似ではないか。

これでアンソンは片付いた、まさかこれで片付かぬことはあるまいとアーサーは思った。新聞各紙の社説が取り上げる、議会で質問が飛び出す、内務省が曖昧な声明を出す、とアーサーは想像した。そして彼奴は長期にわたり国外を旅することになるかもしれん。そのあと、前警察本部長のために居心地の悪くない、しかし遠方の任地が用意される。西インド諸島などは大いにあり得る。アンソン夫人は悲しい思いをするだろう。食卓で活発に会話を運ぶ人だったが。しかし、夫人はたぶん、夫の受ける当然の辱めに何とか耐えるだろう。息子の受けた謂れない辱めに打ちひしがれたジョージのご母堂とは違う。

一月十一日と十二日の二日にわたり、『デイリー・テレグラフ』はアーサーの調査結果を掲載した。紙面の割り付けもよかったし、植字工も丁寧な仕事をした。アーサーは自分の文章を改めて読み通した。結びは雷が轟くようだ――

目の前で扉を閉じられた我々は、今、全ての法廷中の最後の法廷、事実を公正に提示しさえすれば決して誤審することのない法廷に裁きを求める。すなわち、我々は英国国民に問う。かような事態が放置されてよいものか否かを。

両日の記事は凄まじい反響を呼んだ。じきに電報配達の少年は〈森の下《アンダーショー》〉まで目をつぶっても来られそうなくらいになった。著述家ではバリー、メレディス、その他が支持を表明した。『デイリー・テレグラフ』の投書欄は、ジョージの視力とそれを問題にしなかった弁護団の怠慢とで持ち切りになった。ジョージの母も自ら証言を寄せた――

息子が子供の頃から極度の近眼だったことは弁護をお願いした事務弁護士さんに何度もお話ししました。たとえほかに証拠がなかったとしても、もうそれだけで、息子が牧草地に行ったはずがないという十分な証拠だと考えました。「道」と言いましても、夜は目のよい人間でも歩けません。そう強く感じておりましたから、証言する際、息子の目が悪いことをお話しする機会を頂けず悲しく思いました。私に与えられた時間はごく短くて、きっと皆さんこの裁判に飽き飽きされていたのでしょう……。息子の目は昔からとても悪く、字を書くときは背を丸めて顔を紙にくっつけましたし、本や新聞は目のすぐ近くまで持ってきて読みました。外を歩いているときは、知っている人になかなか気づきません。どこかで息子と待ち合わせをするようなときは、息子に見つけてもらうのではなく、私のほうが息子を見つけなくてはといつも思いました。

エリザベス・フォスターを探すべきだという投書があり、アンソン警察本部長という人物を分析してみせる投書があり、スタフォードシアにおける一味徒党の類の跋《ばっ》扈《こ》ぶりについて詳説する投書がある。ある投書子は、コート裏の内側から芯地の馬の毛が抜けて出てくることは十分にあり得ると説明した。ワーリー線でジョージと同じ汽車に乗っていたという人からも、〈ハムステッドの丘の傍観者〉からも、〈パールシーの友〉からも、手紙が届く。医学博士（ケンブリッジ大学）のアルーン・チャンダー・ダット氏は、家畜の殺傷が東洋人の気質と氷炭相容れぬ犯罪であることを指摘したかったといい、ロンドンはニュー・キャヴェンディッシュ・ストリート在住のチャウリー・ムトゥ医学博士は、全インドがこの件を注視しており、イングランドの名と誉《ほまれ》がかかっていることに読者の注意を喚起した。

『デイリー・テレグラフ』に二回目の記事が出た三日後、アーサーとイェルヴァトン氏は内務省においてグラッドストン氏、サー・マッケンジー・チャーマーズ、ブラックウェル氏の三人との面会を許された。やりとりは内密にすることが合意され、会談は約一時間に及んだ。後日、サー・アーサー・コナン・ドイルは、自分とイェルヴァトン氏が「丁重かつ好意的な応接」を受け、内務省がこの件の解決に向けて全力を尽くしてくれるものと「確信」していると述べた。

著作権が放棄されたお蔭で、記事は中部地方《ミッドランズ》どころか世界中に広まった。アーサーが新聞記事切り抜きの代行を依頼している業者はてんてこ舞いになり、アーサー自身は「シャーロック・ホームズ、調査へ」という同じ見出しを繰り返し見るうち、「調査」を各国語で何というかを覚えてしまった。郵便が届くたび、その中に必ず、支持を表明する（時折は反対を表明する）手紙があった。事件の突拍子もない「真相」が語られることもあった——例えば、これまでエイダルジ家の人々を苛めてきたのは、じつはシャプルジの背教を懲らしめんとする同じパールシーの人々なのだという説などである。そして、言うまでもなく、今やすっかり見慣れた筆跡の手紙も一通、混じっていた——

スコットランド・ヤードの刑事から聞いた。やはりエイダルジは有罪でしたとグラッドストンに宛てて一筆認めれば、来年貴君は爵位を授かる。腎臓や肝臓を失う危険を冒すより、貴族に列せられるほうがよくはないか。世の中で犯される悪麻的殺人の数々を思え。自分だけは助かると思うな。

誤字に気づいたアーサーは、敵は焦っているぞと思い、便箋をめくった。

私の言うことが事実である証拠は、あの男が、その父親と、黒い面、黄色い面したあらゆるユダヤ野郎共々、繋がれているべきだった監獄から釈放されたときに書かされた書類の筆跡だ。あの男の筆跡をあんなに上手く真似ることのできる奴がいるわけがない。貴君の目は節穴か。

こんな露骨な挑発を受けたアーサーは、やはり全方面で驀進《ばくしん》する必要があると決意を新たにした。攻撃の手を緩めてはならぬ。ミッチェル先生から返信が届き、確かにサー・アーサーがお尋ねの時期、ミルトンはウォルソル中学の教育課程の一部をなしておりましたが、付言いたしますと、この大詩人はスタフォードシア州の全中学において、最古参の教師が思い出すことのできる限りの昔から教えられており、実際、今もなお教えられております、とのことだった。ハリー・チャールズワースも報告を寄越し、かつてブルックスのところの息子と同じ学校に通っていたフレッド・ウィンを捜し出したこと、ウィンは今、チェスリン・ヘイでペンキ屋をしていること、いずれスペックのことを尋ねてみるつもりであることを伝えてきた。三日後、あらかじめ決めてあった文句の電報が届いた――ショクジニドウゾ　カヨウニ　ヘンズフォードデ　チャールズワース。

ヘンズフォードの駅まで出迎えにきたハリー・チャールズワースに案内され、サー・アーサーとウッドは徒歩で〈日出亭《ライジング・サン》〉に到着した。パブの特別室《サルーン・バー》で紹介されたのは、ひょろりとした若者である。襟《カラー》はセルロイドだし、袖口は擦り切れている。上着の片方の袖にいくつか白っぽい染みがあり、これは馬の唾液でもなければ、牛乳に浸したパンでもなさそうだとアーサーは思った。

「私に話したことを、この人たちにも話してくれ」と、ハリーが促した。

ウィンは初めての二人をゆっくり見ると、指先でとんとんとパイントグラスを叩いた。情報提供者の舌の回りをよくするのに必要な液体を、アーサーに目配せされてウッドはカウンターまで買いにいった。

「スペックとは中学が同じでしてね」と、ウィンは話し始めた。「奴はいつも学年のびりっけつで、いつもお目玉を食ってました。ある年の夏は干し草の山に火を付けやがりましてね。嚙み煙草が好きで。ある日の夕方、ブルックスと一緒に汽車に乗ってましたら、あたしたちのコンパートメントにスペックの奴が駆け込んできたんです。そのまま突き当たりの窓ガラスに頭を突っ込んで、ガラスは粉々に砕けました。それで自分のやったことが可笑しくてげらげら笑いだすんですから。そのあと三人で別の車両に移りましたけどね。

二日後、鉄道公安官が何人かやってきまして、あたしとブルックスを窓ガラスの破損で訴えると言うんです。やったのはスペックだとあたしたち二人が言ったもんですから、あいつが弁償することになりました。あいつは窓を上げ下げする革帯を切ったことでも捕まりましたからね、そっちの弁償もさせられた。それからです、ブルックスの父ちゃんに手紙が送られてくるようになりました。ブルックスとあたしがウォルソル駅でお年寄りのご婦人に唾を吐きかけてたって書いてあるんです。悪さばかりしやがるんですよ、スペックの奴は。それで学校から追い出されましてね。正式の放校処分だったかは覚えてませんが、まあ似たようなもんです」

「その後、スペックはどうなったろう」と、アーサーが尋ねた。

「一、二年ほどして、船乗りにさせられたって聞きましたね」

「船乗りになった。確かかね、絶対確かかね」

「さあ、そう聞きましたけどね。とにかく、姿を見なくなりました」

「いつごろのことだろう、それは」

「さっきも言ったとおり、一、二年後ですね。干し草に火を付けたのが九二年くらいでしょう」

「じゃあ、九五年の暮れから九六年の初めにかけては、船に乗り組んでたってことになるか」

「それは何とも言えません」

「大体でいいんだが」

「今言った以上に正確には言えません」

「どこの港から出ていったか覚えてるかね」

ウィンは首を横に振った。

「いつ帰ってきたとか。まだ帰ってきていないとか」

ウィンは再び首を横に振ってから、「チャールズワースはあなたが関心を持つだろうって言ったんですけどね」と言い、またグラスをとんとんと叩いた。今回の要求をアーサーは無視した。

「関心は大ありですよ、ウィンさん。しかし、失礼ながら、あなたのお話には一つ問題がありましてね」

「いったいどんなです」

「あなたはウォルソル中学に行った」

「ええ」

「ブルックスさんもそうだった」

「ええ」

「で、スペックもそうだった」

「ええ」

「ならば、現校長であるミッチェル先生が、そういう名前の生徒は過去二十年間ウォルソル中学に在籍したことがないと断言している事実を、あなたはどう説明します」

「ああ、そういうことですか」と、ウィンは答えた。「スペックっていうのは仲間うちの渾名でしてね。あいつはちっちゃかったですからね、粒《スペック》みたいに。だから付いたんでしょう。本当の名前じゃないんです。本当はシャープっていうんです」

「シャープ」

「ロイデン・シャープです」

アーサーはウィン氏のパイントグラスを取って秘書に渡した。「ビールと一緒にほかのものもいかがです、ウィンさん。チェーサーにウィスキーとか」

「そりゃ、非常に有り難いです、サー・アーサー。大変、有り難い。それから、見返りっていっちゃなんですが、一つお願いをして構いませんか」そう言うとウィンは足元の小さな背負い袋に手を伸ばした。アーサーは土地の生活を描いた六つの短篇――「あたしは『素描集』って題にしようと思ってたんですがね」――を預かって〈日出亭《ライジング・サン》〉をあとにすることになった。文学作品としてどれほど価値のあるものか、判定の上、お知らせしましょうと約束もした。

「ロイデン・シャープか。この事件で初めて出てきた名前だ。どうやって居所を突き止めたもんだろう。何か考えはあるかな、ハリー」

「ご心配なく」とハリーは請け合った。「ウィンの前で言うのは控えましたがね。パブにありったけの酒を飲まれちゃいけませんから。シャープなら手がかりがあります。グレートレクスさんがあいつの後見人だったんです」

「グレートレクスだって！」

「シャープは二人兄弟で、それぞれウォリーとロイデンという名前でした。片方はジョージや私と学校が一緒だったんですが、もう昔のことで、どっちがどっちか思い出せません。でも、二人のことならグレートレクスさんが教えてくれるでしょう」

三人は汽車で二駅戻ってワーリー・アンド・チャーチブリッジで降り、駅から歩いてグレートレクス氏所有のリトルワース農場に達した。出迎えたのは何不自由なさそうな初老の夫婦で、客を快く受け入れ、ざっくばらんに物を言う。久しぶりにビールだの泥落としだのから解放されそうだ、とアーサーは感じた。得た情報の適切な価格が二シリング三ペンスだろうか、それとも二シリング四ペンスだろうかなどと考えずに済みそうだ。

「ウォリーとロイデンは、私のところの小作だったピーター・シャープの息子たちです」と、グレートレクス氏は話し始めた。「あの兄弟は相当な乱暴者でした。いや、そう言っては可哀相かな。乱暴者だったのはロイデンのほうですから。あれが干し草の山に火を付けて、父親が弁償させられたなどということもありました。ウォリーのほうは、乱暴者というより変わり者ですね。

ロイデンは放校処分になりました。兄弟で通っていたウォルソル中学から、です。怠慢で粗暴だというのが処分の理由と聞きましたが、私も一部始終を教えられたわけではありません。次に父親はロイデンを東部のウィズビーチ中学にやりましたが、そこでもうまく行きません。それで、キャノックの肉屋、確かメルドンという名だったと思いますが、その店の見習いに出されました。そして九三年の暮れ、私が深く関わることになります。今わの際の父親から、ロイデンの後見人になってやってくれないかと頼まれたのです。もちろん、それくらいのことはしてやりたいですからね、できるだけのことはさせてもらうとピーターに約束しました。私なりに一生懸命やりましたが、ロイデンはまったく手に負えませんでした。面倒ばかり起こします。物は盗む、壊す、口から出任せに嘘を言う。どんな仕事に就いても長続きしない。結局、私は二つのうちのどちらかを選べとロイデンに言い渡すことになりました。私が小遣いの支給をやめ、お前のことを警察に通報するか、それともお前が船乗りになるか、いずれかだと」

「どちらを選んだのかは知っております」

「そこで、ルイス・デイヴィス社所有の貨物船ジェネラル・ロバーツ号に見習い船員として乗り組ませてやりました」

「それはいつのことでしょう」

「一八九五年の暮れです。暮れも押し詰まっていました。確か出港したのが十二月三十日だったと思います」

「港はどこの港でしょう、グレートレクスさん」答えはすでに分かっていたが、それでもアーサーは期待して身を乗り出した。

「リヴァプールです」

「それで、ジェネラル・ロバーツ号にはどれくらい乗っていたんです」

「それが、珍しく続きましてね。四年ほどで見習い期間を終えて三等航海士の資格を取り、その後に帰国しました」

「それがもう一九〇三年でしょうか」

「いえ、いえ。もっと前です。確か、一九〇一年でした。でも、短期間帰ってきただけで、今度はリヴァプール—アメリカ間を往復する家畜運搬船に職を得ました。その船に十か月ほど乗って、その後に帰国して腰を落ち着けます。それが一九〇三年だったと思います」

「ほう、家畜運搬船ですか。それで、今はどこにいるんでしょう」

「もともと父親が住んでいた家です。でも、あの男もだいぶ変わりました。第一、結婚しましたからね」

「ロイデンあるいはウォリーが、ご子息の名で手紙を書いたのではないかとお考えになったことはありますか」

「いいえ」

「なぜでしょう」

「根拠がありません。それに、あんな手紙を書けるほど、まめじゃありませんし、想像力だって足りないんじゃないでしょうか」

「そして——私に推理させてもらえますか——二人にはもう一人弟が、そうですね、罰当たりな言葉を平気で使うような弟がいたんじゃないかと推理するのですが」

「いえ、いえ。二人以外に兄弟はいませんでした」

「それとも、そういう口汚い年少の友人がいて、よく二人と行動を共にしていたとか」

「いいえ、そういうことはありませんでした」

「なるほど。そして、ロイデン・シャープは後見人であるあなたの監督をうるさがっていたでしょうか」

「そういうことが多かったですね。父親の残した金をなぜ全額渡してもらえないのか理解できないようでした。たいした額があったわけじゃありません。それだからこそ、あの男に無駄遣いさせてはいけないと思ったのです」

「もう一人のほう、ウォリーのほうが年嵩ですか」

「ええ、もう三十くらいになるでしょう」

「じゃあ、ハリー、そっちだね、君と学校が一緒だったのは」チャールズワースが頷く。「グレートレクスさん、ウォリーは変わり者だったとおっしゃいましたね。どんなふうに変わっていたのでしょう」

「変わってました。ちょっとお目にかかれませんよ、うまく言えませんが」

「何か宗教にかぶれている様子はありましたか」

「さあ、気づきませんでしたがねえ」

「ウォルソル中学ではミルトンを読んだんでしょうか」

「さあ、聞いてませんがねえ」

「学校を出たあとは、どうしたんでしょう」

「しばらく電気技師のところに見習いに出されてました」

「ということは、近隣の町に出かける機会はいくらもあったわけですね」

この問いにグレートレクス氏は不可解そうな顔をした。

「ええ、もちろん。そういう人間は珍しくありませんが」

「それで……兄弟は今も一緒に住んでいるんでしょうか」

「いいえ、ウォリーは一、二年前にこの国を出ました」

「どこへ行ったんです」

「南アフリカです」

アーサーは秘書のほうを向いた。「なぜ急に、猫も杓子も南アフリカに行きだしたんだ。グレートレクスさん、ウォリーの南アフリカの連絡先は分かりますか」

「分かったかもしれませんが、死んだという話です。つい最近、去年の十一月のことです」

「そうでしたか。それは残念。で、二人が一緒に住んでいた家、ロイデンが今も住んでいる家ですが……」

「お連れしましょう」

「いえ、まだ結構です。伺いたいのは……その家はぽつんと建つ一軒家でしょうか」

「まあ、そうですね。そういう家は珍しくありませんが」

「つまり、近所の人に気づかれることなく家を出入りできると」

「ええ、ええ」

「そしてその家からは、容易に農地や野原に達することができるでしょうか」

「それはもちろん。裏がすぐ草地ですからね。でも、そういう家は多いですよ」

「サー・アーサー」と、グレートレクス夫人が初めて口を開いた。夫人のほうに向き直ったアーサーは、夫人の顔が紅潮し、アーサーたちが到着したときよりも動揺していることに気づいた。「あの人を疑っていらっしゃるんですね。二人ともをでしょうか」

「奥様、そう示唆する証拠が増えつつあることだけは確かです」

アーサーは夫人が昔馴染みの青年の側に立って抗議しだすのを覚悟した。疑り、謗《そし》る小説家への支持を拒むに違いない。

「でしたら、私も私の知っていることをお話しすべきでしょう。三年半ほど前のこと、そう七月のことでした。ジョージ・エイダルジが逮捕されるすぐ前の七月です。ある日の午後、通りがかりにシャープ兄弟の家に寄りました。ウォリーは留守でしたが、ロイデンがいました。じきに家畜連続殺傷事件の話になりました。当時は寄ると触るとその話で持ち切りでしたから。しばらくすると、ロイデンが台所の戸棚から何か取り出してきて私に見せるんです。何かの道具を私の目の前に突き出して言うんです。「こいつを使って牛を殺すんですよ」って。そんな道具を見ているだけで気持ちが悪くなりましたから、片付けてちょうだい、犯人だなんて思われたくないでしょ、と言うと、あの子も戸棚に戻しました」

「なぜ、話してくれなかったんだ」と、夫が尋ねる。

「そうでなくても噂が飛び交っていたでしょう。また一つ噂の種を増やしたくないと思って。その出来事のことは、すっかり忘れてしまいたかったんです」

アーサーは出かかった言葉をぐっと飲み込み、感情を出さずに尋ねた。「警察にお話しになることはお考えになりませんでしたか」

「いいえ。少し落ち着いてから、私は散歩をして考えました。そしてロイデンは恰好をつけているだけだと思いました。何か知っているふりをしたいだけだと。だって、自分がやったのなら、あんな物、見せたりするはずないじゃありませんか。それに、あの子のことはずっと見てきました。そりゃ、主人がご説明したように、ちょっと乱暴者ではありましたよ。でも海から戻ってきてからは落ち着いたんです。ちょうど婚約して、いよいよ結婚という時期でした。その後にちゃんと結婚して今に至っています。でも、警察にとっては要注意人物ですから、もしも私が警察に行って話したりしたら、証拠があろうがなかろうが、警察はあの子を犯人にして起訴してしまうと思いました」

　そのとおりです、とアーサーは内心思った。そして、あなたが黙っていたお蔭で、代わりに警察はジョージを犯人にして起訴してくれたわけです。

「なぜ私に話してくれなかったのか、それにしても分からん」と、グレートレクス氏が訝った。

「それは――それは昔からあなたのほうが私よりあの子に厳しかったから。話したら、決めてかかるって分かってましたから」

「決めてかかって、たぶん間違いでも何でもなかったんじゃないか」いささか手厳しく主人は言い返した。

　アーサーは話を先へ進めた。夫婦喧嘩はあとでしてもらえばよい。「奥様、それはどんな……道具でしたか」

「刃渡りはこれくらいで……」と夫人は両手で示した――三十センチかそこいららしい。「刃を柄に折り畳むことができて、巨大なポケットナイフのようでした。農家で使う道具ではありません。でも、怖いのは、その刃です。刃に湾曲したところがあるんです」

「三日月刀《シミター》とか、鎌とかみたいに、ということでしょうか」

「いえ、いえ、刃物自体は真っ直ぐで、刃もちっとも鋭くないんです。ただ、先端近くに、上に丸く出っ張った部分があって、そこがとても鋭そうでした」

「その絵を描いていただけるでしょうか」

「もちろんですとも」グレートレクス夫人は台所の引き出しを開け、罫線入りの紙の上で躊躇いもせずに手を動かした。

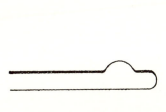

「ここは鋭くないんです、この辺ずっと、それにここも。」

真っ直ぐのところはですね。ところがここ、この丸く盛り上がったところ、ここは恐ろしく鋭いんです」

アーサーは他の面々を見渡した。グレートレクス氏とハリーは首を振っている。アルフレッド・ウッドは絵をぐるりとひっくり返して自分に向けると、「まず間違いありません。馬用のランセットです。馬用ランセットでも大型のものですね。きっと家畜運搬船から盗んできたんでしょう」

「ご覧なさい」とグレートレクス夫人が言う。「お連れさんがすぐに決めてかかったでしょう。きっと警察もそうしたに違いないんです」

アーサーも今回は抑えることができなかった。「そして現実には、警察はジョージ・エイダルジについて決めてかかったのです」そう言われた夫人の顔が再び紅潮した。「そして奥様、お尋ねすることをお許しいただきたいのですが、この道具のことをやはり警察に話そうと、あとになってお考えにならなかったのですか。つまり、ジョージが起訴されたとき」

「ええ、そのことは考えました」

「しかし、何もなさらなかった」

「サー・アーサー」と、グレートレクス夫人が応じる。「私の記憶では、事件当時、サー・アーサーはこの辺においでになりませんでした。あのときは辺り一帯、集団ヒステリーだったんです。あの人がどうの、この人がどうのと噂ばかり立って。『グレート・ワーリーの一味』についての噂もありました。犯人は家畜の次に若い娘たちに手を延ばすんじゃないかという噂。異教徒の生贄の儀式だという話。これは新月と密接に関わっているんだという人たちもいました。そういえば、今思い出しましたけど、ロイデンの奥さんから聞いたことがあります。ロイデンは新月の晩に妙な振る舞いをするって」

「それは本当のことだ」と、グレートレクス氏は考え込むふうに言った。「私も気がついていた。あの男は新月の晩になると、気が触れたように声を立てて笑っていたものだ。私は最初、あれは演技だろうと思ってたのだが、あるとき、誰もいないのにけたけた笑っているところを見てしまった」

「しかし、肝心なのは――」

と口を開きかけたアーサーをグレートレクス夫人が遮った。「笑うことは犯罪ではありませんから。たとえ気が触れたように笑っても」

「しかし、お考えにならなかったのですか――」

「サー・アーサー、私はスタフォードシア州警察の頭も腕も買っておりません。この点についてだけは、私たちの意見が一致するのかもしれません。そして、若いご友人が濡れ衣を着せられたことをサー・アーサーがご心配になるように、私もまた、同じことがロイデン・シャープの身に降りかかることを心配したのです。ことによれば、ご友人が投獄されずに済むという結果にはならず、そんな一味が存在しようがしまいが、二人は同じ一味に属しているとされて、二人ともが監獄入りになったかもしれません」

この批判をアーサーは受け入れることにした。「それでその凶器はどうなりました。処分するようにおっしゃいましたか」

「まさか。あの日から今日に至るまで、お互い話題にしたこともありません」

「ならば奥様、お願いがございます。このことについては、このまま、あと数日、黙り通していただきたい。そして最後にもう一つだけ伺います。ウォーカーあるいはグラッドウィンという名にお聞き覚えはあるでしょうか――シャープ兄弟との関係で」

夫妻とも首を横に振った。

「ハリーはどうかな」

「グラッドウィンのほうは覚えがあります。ビールの運搬を手伝ってましたね。でも、もう何年も姿を見てません」

ハリーには指示を待つように言い付け、アーサーと秘書はバーミンガムに戻って泊まることにした。近くて便利なキャノックの宿も勧められたのだが、アーサーとしては、忙しかった一日の終わりにまともな赤ワインの保証される土地を選びたかった。インペリアル・ファミリー・ホテルでの夕食の最中、匿名の手紙の一通にあったある文句を不意に思い出したアーサーは、ナイフとフォークをがちゃんと置いた。

「切り裂き魔が自分のことは誰にも捕まえられないと自慢するくだりがあっただろう。あそこに『俺はこれ以上《アイ・アム・アズ・シャープ・》ない切れ者だ《アズ・シャープ・キャン・ビー》』と書いてあった」

「『アズ・シャープ・アズ・シャープ・キャン・ビー』ですか」と、ウッドは鸚鵡返しに言った。

「そうだ」

「でも、あの罰当たりな言葉を書き連ねたのは誰だったのでしょう」

「分からん」自分の閃きに賛同を得られなかったアーサ

ーはいささかしょげている。「近所の若者かもしれん。そうでなければ、シャープ兄弟の一方による創作か」

「それで、これからどうします」

「続けるさ」

「でも、私たちは、サー・アーサーは、もう事件を解決したんじゃありませんか。切り裂き魔はロイデン・シャープで、手紙はロイデン・シャープとウォリー・シャープが二人で書いた」

「私もそうだと思うよ、ウッディー。では、なぜロイデン・シャープが犯人なのか、その理由を述べてみたまえ」

ウッドは手の指を一本ずつ折りながら理由を挙げていった。「第一に、馬用のランセットをグレートレクス夫人に見せています。第二に、家畜たちの負った傷は、皮膚と筋肉を切り裂きはしましたが、内臓には達しておらず、それゆえ馬用ランセットのような特殊な道具によらずしては加えることのできないものでした。第三に、肉屋と家畜運搬船で働いた経験があり、従って家畜の扱い方、潰し方を心得ていたはずです。第四に、船からランセットを盗むことが可能でした。第五に、匿名の手紙や切り裂き事件の消長が、ロイデンがワーリーを留守にした時期、帰郷した時期と符合します。第六に、匿名の手紙がロイデンの移動、活動について仄めかしていることは明らかです。第七に、非行歴があります。第八に、新月の晩に奇妙な行動をとります」

「完璧だ、ウッディー。文句の付けようがない。十分かつ巧みな弁論だった。ただし、推測と状況証拠とに立脚している」

「なるほど」と、秘書はがっかりした顔になった。「私、何か落としましたか」

「いや、何も落としてはいない。ロイデン・シャープが星だ。そのことを私は微塵も疑わない。しかし、我々にはもっと具体的な証拠が必要だ。ことに、馬用のランセットだ。そいつを押さえる必要がある。シャープは我々がこっちに来ていることを知っているはずだからな。奴に少しでも知恵があれば、ランセットはすでに奴の知っている一番深い湖の底に沈んでいるだろう」

「もしまだ沈んでいなかったら」

「もしまだ沈んでいなかった場合は、君とチャールズワースが偶然見つけて押さえることになるね」

「偶然見つける」

「偶然見つけるんだ」

「そして押さえる」

「そうだ」

「どのような手口を使えばよいか、お教え願えますか」

「正直言って私はあまり関知しないほうがよいと思うんだが、敢えて言えば、この辺りでは今でもドアに鍵を掛けずにおくのが習慣なのではないかと想像するわけだ。そしてもし、話し合いということにでもなったら、必要な経費は〈森の下〉《アンダーショー》の帳簿上、君が適当と思う費目に計上しておいてくれればいい」

きれいごとを言われてウッドは少々苛立った。「のこのこシャープの家を訪ねていって、済みません、家畜を切り裂くのにお使いになったランセットを売ってくださいませんか、警察の人に見てもらいたいものですからなんて言ったたって、シャープが簡単に譲ってくれるはずないでしょう」

「そりゃ、そうだ」と、アーサーはくつくつと笑った。「そんなのじゃ駄目さ。君たち二人には、もっと想像力を働かせてもらう必要がある。もうちょっと、ずる賢くなってもらいたい。もっと言えば、もうちょっと大胆にだな。例えば、君たちのうちの一方が奴をパブとかに釘付けにしておいてだな、もう一方は……ほら、台所の戸棚という話だっただろう。しかし、さっきも言ったとおり、二人に任せるとしよう」

「いざという場合、私の保釈保証人になっていただけますか」

「君の人物を保証する証人として法廷に立つ覚悟だってあるさ」

ウッドはゆっくりと頭を振った。「まだ信じられない気持ちです。昨夜のこの時刻、私たちは何も知らないのに等しかった。もっと正確に言えば、いくつかの疑念があるに過ぎなかった。それが今や何もかも分かってしまった。たった一日のうちに。ウィン、グレートレクス、グレートレクス夫人ときて、それで解決です。立証することはできないかもしれませんが、でも分かりました。たった一日のうちに」

「本当は、こんなふうに運んじゃいけないんだがね」と、アーサーは言った。「嫌というほど書いてきたからね、分かってるんだ。簡単な手順を踏み、それで解決しちゃいけない。最後の最後まで解決はまったく不可能と見えてなくてはならん。そして最後の最後に、たった一つの見事な推理によって、もつれた糸を解きほぐしてみせる。至極論理的でありながら驚嘆に値する推理によって。そのとき、強烈な征服感を味わうことができる」

「それを味わっていないということですか」

「今かね？　味わってないさ。ほとんどがっかりしているのに近い。いや、本当にがっかりだ」

「しかし」と、ウッドが返す。「サー・アーサーより単純な人間が征服感を味わうことはお許しいただきたいですな」

「否やはない」

しばしのち、最後にもう一服パイプをふかしてから就寝したアーサーは、ベッドの中で改めて考えた。俺は自らに課題を与え、俺は今日それを解決した。けれども、沸き立つような歓喜はない。多少の誇らしさは感じるし、労働を終えて休息するときに覚える火照りのようなものもある。しかし、幸福感はない。征服感に至っては欠片《かけら》もない。

アーサーはトゥーイと結婚した日のことを思い出した。無論、トゥーイのことは愛していたし、交際し始めた頃は完全に溺愛で、早く夫婦になりたいと心が急いた。しかし、あのウォラーの奴に付き添われ、ソーントン・インン・ロンズデールの教会でいよいよ結婚の式を挙げたとき、俺が心に覚えたのは……あのときの心持ちをどう表現したものだろう、トゥーイの思い出に対する礼を失することなしに。そう、自分はトゥーイが幸せそうな顔をしている限りにおいてのみ幸せを感じた。それが真実だ。無論、しばらくして、というかほんの一日二日のうちに、期待していたとおりの幸福感が俺の内にも生まれ始めた。しかし、式のときには、予想していたよりも幸福感はずっと乏しかった。

だからこそ、自分は人生の節目ごとに必ず新しい課題を求めてきたのかもしれない。新しい理想や、新しい活動を。それは俺が手に入れた成功に喜びを感じていられる期間の短い人間だからだ。今日みたいな日にはウッドの単純さが羨ましくなり、得た成功に安んじることのできる人間たちが羨ましくなる。しかし、もとよりそれは自分の流儀ではない。

さてと、まだやり残しているのはどんなことだろう。まず、ランセットは押さえねばならぬ。ロイデン・シャープの筆跡が分かるものも手に入れねばならぬが、これはグレートレクス夫妻に頼むことになるだろうか。ウォーカーとグラッドウィンが関与していたのか、確かめねばならぬ。母子が襲われた一件もある。ロイデン・シャープのウォルソル中学での生活ぶりも調べねばならぬ。

ウォリー・シャープの足取りと手紙の投函地とが一つ一つ照応するかも確認する必要がある。馬用ランセットを押さえることができたなら、傷つけられた家畜を診た獣医たちに見せ、専門家の目で鑑定してもらわねばならぬ。ジョージにはシャープ兄弟について何か覚えていることがあるか尋ねる必要がある。

かあさまに手紙を書かねばならぬ。ジーンにも書かねばならぬ。

なすべきことで頭の中がいっぱいになると、アーサーは安らかな眠りに落ちていった。

〈森の下《アンダーショー》〉に戻ったアーサーは、ちょうど一冊の本を書き終えかかっているときの気分だった——大方のことは収まるべきところに収まり、すでに物語の最大の山場も過ぎ、あとは最後の追い込みをかけ、できるだけ隙のない作品にするだけ。それからの数日、アーサーの指示、照会、催促の成果が届き始めた。最初の成果は、金物屋のブルックスから買った品物のように茶色い蠟紙に包まれ紐で結わえられて到着した。しかし、開ける前からアーサーには中身が分かった。ウッドの顔付きで分かったのである。

包みを解き、ゆっくり開くと、馬用ランセットがその長細い姿を現した。この残忍な道具は、刃のない直線部分の鈍さと殺傷力を持つ曲線部分の研ぎ澄まされた鋭さとの対照によって残忍な印象を一段と強めていた——半円をなす刃は、まさに「これ以上ない鋭さ《アズ・シャープ・アズ・シャープ・キャン・ビー》」だった。

「凶悪だな」と、アーサーは言った。「訊いておきたいんだが——」

しかし、秘書は首を一つ横に振り、この問いを最後まで言わせなかった。そんなご都合主義は許されない。最初、自分は知らずにおくほうがよいのだと言ったくせに、今度は知ろうとするなどは通らない。

ジョージ・エイダルジも返信を寄越した。小学校時代も、その後も、シャープ兄弟についてこれといった記憶は残っておりません。また、兄弟が私あるいは私の父に対して何らの敵意を抱く理由も思い当たりません、とのことだった。

ミッチェル校長からの返信は、もっと満足のいくものだった。ロイデン・シャープの学業成績及び素行の詳細な記録である——

一八九〇年秋学期　第一学年。席次、二十三名中二十

三番。物覚え極めて悪く、遅鈍。フランス語、ラテン語は開始せず。（クリスマスに記す）

一八九一年春学期　第一学年。席次、二十名中二十番。愚鈍。宿題を怠る。図画に上達を示す。（復活祭に記す）

一八九一年夏学期　第一学年。席次、十八名中十八番。学力向上の兆しあり。教室内での無作法、嚙み煙草、言い逃れ、渾名付け等の廉で鞭打ち。（夏至に記す）

一八九一年秋学期　第一学年。席次、十六名中十六番。成績不良。しばしば不正直。常に不平不満を訴え、あるいは他生徒の不平不満の種となる。不正行為の発覚。頻繁に無断欠席。図画上達。（クリスマスに記す）

一八九二年春学期　第二学年。席次、八名中八番。怠惰な悪戯者。頻繁に鞭打ち。父親に連絡。学友の成績を改竄し、その件につき虚言を並べ立てる。今学期、鞭打ち計二十回。（復活祭に記す）

一八九二年夏学期　ずる休み。偽手紙を書き、頭文字による署名を偽造。父親の願いに依り退学。（夏至に記す）

案の定だ、とアーサーは思った――偽造、不正行為、虚言、渾名付け、無作法に悪戯。そのうえ、放校処分だか退学だか、いずれでも構わんが、その時期を見ろ。一八九二年の六月に記されている。ちょうどエイダルジ一家に対して、またブルックスに対して、さらにはウォルソル中学に対して、嫌がらせが始まった時期だ。アーサーは心が苛立つのを感じた――自分は理詰めの調査を当然の手順で進めることによってこれらの事実を知ることができたのに、あのぼんくらどもは……。アンソン本部長からバレット警視、キャンベル警部、パーソンズ及びアプトン両巡査部長、そして駆け出しのぺいぺいに至るまで、スタフォードシア州警察の全警察官を壁の前に並べ、簡単な質問を一つしてみたい。一八九二年十二月、ウォルソル中学の大きな鍵が同校の構内から盗まれ、グレート・ワーリーまで運ばれた。いったい、二人のうちどちらが容疑者として有力か。数か月前、成績、素行両面で不良な学校生活の末、不名誉な形で同校を退学した少年か。それとも、将来有望な勉強家で司祭の息子、ウォルソル中学に籍を置いたこともなければ、同校の敷地に足を踏み入れたこともなく、同校に対して何の恨みも抱かぬ点では地球の裏側の人間と選ぶところのない少年か。本部長、警視、警部、巡査部長、クーパー巡査、私の問いに答えよ。四季裁判所の十二人の陪審員、私の問いに答えよ。

ハリー・チャールズワースからの手紙は、一九〇三年の晩秋から初冬の間にグレート・ワーリーで起きたある出来事についての報告だった。ジャイラス・ハンドリー夫人はある晩、新聞を買いに行ったワーリー駅から歩いて帰る途中だった。夫人は幼い娘を伴っていた。二人の男が母娘の行く手を塞ぐように近づいてきた。一方の男が娘の首をつかみ、もう片手には何か光るものを握っていた。母娘は二人して悲鳴を上げ、すると男は逃げ出した。その際、構わず先に行っていた連れに向かって、「待てよ、ジャック。俺も行く」と大声で言った。娘は、母親が以前にも一度、同じ男に呼び止められたことがあったと言い切った。男は丸顔で、口ひげは蓄えておらず、身長は一メートル七十センチくらい、濃紺の上下を着用し、つばのついた光沢のある生地の帽子を被っていたという。この描写はロイデン・シャープの風貌と合致する。ロイデンは当時水兵服もどきの服を着ており、その服をのちに廃棄している。ハリー・チャールズワースは続けて、「ジャック」はジャック・ハートのことかもしれませんと推測し、ジャック・ハートは放蕩者の肉屋で、ロイデン・シャープといつもつるんでいたことは周知の事実ですと述べている。この件は警察に通報されたものの、誰も逮捕されるには至らなかった。

また、ハリーの追伸によれば、フレッド・ウィンから再び連絡があり、黒麦酒《スタウト》一パイントを飲ませてやったところ、ウィンは前回失念していたある事実を思い出したという。すなわち、ウィンとブルックスとスペックが三人ともウォルソル中学に通っていた頃、ロイデン・シャープには広く知られた性癖があった。汽車の車両で一人にしておくと必ず座席のクッションを引っくり返して裏側をナイフで切り開き、詰め物の馬の毛をはみ出させる。そうしてからげらげら笑い、クッションを元どおり表を上にして置き直したものだそうである。

三月一日金曜日、特定の方面からの圧力に内務大臣が屈したわけではないということを示すためであろうか、六週間の時日を経過させたのち、ようやく調査委員会の設立が発表された。委員会の目的は、現今世間を騒がせているエイダルジ事件に関わる諸々について検討することにある。しかしながら――と内務省は強調した――当委員会の審議はいかなる意味においても事件の再審に相当するものでないことに留意されたい。証人を召喚する予定も、エイダルジ氏本人に出頭を求める予定もない。当委員会はすでに本省が所持する資料を精査することにより、いくつかの手続き上の問題点について判断を下すことになる。インド帝国二等勲爵士サー・アーサー・ウィルソン、ダラム州四季裁判所首席判事ジョン・ロイド・ウォートン閣下、ロンドン首席治安判事サー・アルバート・ド・ルッツェンの三委員には、グラッドストン内務大臣への可及的速やかな報告書提出が求められている、とのことであった。

これら三紳士が「いくつかの手続き上の問題点」について歓談するのに任せておくわけにはいかん、とアーサーは思った。『テレグラフ』に載せた記事に手直しを加えたもの――これだけでジョージの潔白は証明できる――に付して、ロイデン・シャープを真犯人と考える理由を述べた私的覚書も送るとしよう。その中で、これまでの調査について説明し、集まった証拠について略述し、さらなる証言を得るため当たるべき人々を列挙しよう。

具体的に言えば、ブリッジタウンの肉屋ジャック・ハートに、現在南アフリカ在住のハリー・グリーンである。加えて、新月がどのような影響を夫に与えるかを知っているはずのロイデン・シャープの妻。

私的覚書はジョージにも写しを一部送り、感想を聞くとしよう。アンソンも枕を高くして眠らせるわけにはいかない。時折、アーサーはブランデーと葉巻の香りの中で交えたあの長い論戦を思い出し、すると喉の奥から唸り声が出て止まらなかった。二人の応酬は騒々しいばかりで成果に乏しかった――まるで北欧の森で角を突き合わせた二頭のヘラジカのようだった。それにしても、見識を求められる立場の人間が、あれほど偏見に満ちていて、何の疑問も持たずにいるのには呆れた。しかも、最後にはアンソンの奴、この俺を幽霊話で怖がらそうとしやがった。あの本部長、敵を知らぬにもほどがある。アーサーは書斎で馬用ランセットを取り出すと、折り畳まれていた刃を伸ばし、トレース紙に刃の輪郭線を写し取った。この輪郭の絵に「実物大」と書き込んでアンソン本部長に送り、ご意見を伺ってやろう。

「でも、お待ちかねの委員会ができるじゃないですか」と、ウッドが言った。晩方、二人はそれぞれの玉突き棒《キュー》を壁の棚から取り出すところだった。

「御用委員会がね」

「何かご不満があるということですか」

「あの紳士たちだって、まさか目の前に突き付けられた事実も見えぬわけはなかろう。だから、期待するところはあるのだが……」

「が？」

「が――君はアルバート・ド・ルッツェンが何者か知ってるかね」

「ロンドンの首席治安判事だと新聞に書いてありましたが」

「それはそうに違いないんだがね。あれはアンソン本部長の従兄でもある」

ジョージとアーサー

ジョージは『テレグラフ』の記事を何度も読み返してからサー・アーサーに礼状を書いた。そして、チャリングクロスのグランドホテルにおける二度目の対面に臨む前に、もう一度記事を読み返した。片田舎の三文新聞記者によってではなく、当代きっての有名作家によって自分のことが書かれているのを読むとどぎまぎする。自分という人間が、何人かの人間の重なり合いであるかのように感じられる。自分は救済を求める被害者でもあり、全ての法廷中の最後の法廷に立つ弁護士でもあり、小説中の登場人物でもある……。

記事の中でサー・アーサーは、たとえ主張されたような悪党集団がワーリーに存在したとしても、ジョージがその一員であったはずのない理由を説明していた――「第一にジョージ・エイダルジ氏は完全な禁酒家であり、その一事をもってしても、その種の悪党たちに気に入られるのは難しいと思われる。煙草も喫まない。非常に内気で神経質である。成績抜群の勉強家である」どれもこれも本当であって本当でない。褒め言葉でありながら、褒め言葉でない。信じられそうでもあり、信じ難くもある。自分は成績「抜群」の勉強家などではない。成績の良い真面目な勉強家というだけだ。自分が最終試験で収めた成績は第二級優等であって、第一級優等ではない。バーミンガム法曹協会からもらったのは銅メダルであって、銀や金ではない。確かに自分は事務弁護士として有能であり、グリーンウェイやステントソンが自分と同じくらい仕事ができるようになるとは思えない。けれども、自分も卓越した能力を備えるには至らないだろう。同様に、自己評価をするならば、自分は「非常に」内気なわけではないし、前回のホテルでの面会を判断の材料として「神経質」と見られたのなら、酌量すべき情状があったと言わなければならない。ロビーの椅子で新聞を読んでいた自分は、時間を間違えたか、いやそもそも日を間違えたかと心配になり始めていた。そしてふと気づくと、外套を着た大柄な人物が数メートル離れたところに立ったまま、こちらをじっと観察しているではないか。大作家に見つめられていたら、誰だってそわそわするのではないか。この内気で神経質という自分に対する評価は、両親によって宣伝されたとは言わないまでも、恐らく肯定されたのだろうとジョージは思った。よその家ではどうなのか知らないが、司祭館では、子供についての両親の見解の修正は、子供自身の発達の速度に追いつかなかった。ジョージのことばかりではない。モードが成長し、昔より体が強くなり、いろいろなことができるようになっている事実を両親が考慮に入れている様子もない。そして、さらにこのことについて考えをめぐらせてみると、サー・アーサーに相対して自分がさほど神経質に振る舞ったとも思えなくなってきた。もっともっと神経が緊張を強いられる状況で、自分は「至極平静に混雑した法廷と向かい合った」——バーミンガムの『デイリー・ポスト』紙にそう評されたではないか。

自分は煙草を喫まない。それは本当のことだ。喫煙は無意味で不快で金のかかる習慣であると考えている。けれども、それはまた犯罪行動と何の関係もない習慣である。シャーロック・ホームズがパイプをふかすことは有名だし、サー・アーサーも同様であると聞いている。しかし、だからといって、二人が犯罪者集団に加わっている可能性が高くなるわけではない。自分が完全な禁酒家であるというのも本当のことだ——これは育てられ方の結果であって、何らかの主義主張に基づいて酒を断ったわけではない。だが、自分は、相手が陪審員であれ、委員会であれ、禁酒家であるという事実は両様に解釈される可能性があると認識している。つまり、禁酒は穏当さの証しとも、逆に過激さの証しとも解し得る。その人間が下等な欲求を抑制できるしるしと見る可能性と、他のもっと重要なことに精神を集中するために断酒するような、いささか人間離れした、狂信的と言ってもよい人間であるしるしと見る可能性と、五分五分だろう。

サー・アーサーの労作が持つ価値と質とを軽んじるつ

もりは毛頭なかった。二日に分けて掲載された記事には「奇抜さの点で小説家の創作をはるかに凌ぐ一連の出来事」が稀に見る巧みさをもって語られている。「これらの疑問が一つ残らず解かれぬ限り、我が国の行政史に黒々とした汚点を残すことになろう」といった宣告をジョージは誇りと感謝の念をもって繰り返し読んだ。一騒動起こしてやりますよとサー・アーサーは約束し、実際起こした一騒動の反響はスタフォードシア州内に留まらずロンドンに達し、ロンドンに留まらずイングランド中に、さらにイングランドの外にまで広がった。サー・アーサーの言うところの「木を揺する」ことをサー・アーサーがしなかったならば、内務省が委員会を設立することはまずなかっただろう。もっとも、その委員会が、一騒動や木を揺すられたことに対してどう応じてくるかは別問題だ。イェルヴァトン氏の嘆願書を受理したあとの内務省の対応についてサー・アーサーは随分と手厳しく批判したものだとジョージは思う。なにしろ、「これ以上に不合理で不当な仕打ちを想像することは東洋の専制国家においてすら不可能であろう」とまで書いたのだ。お前は専制的だと非難することは、今後もう少し専制的でなくなってもらえるよう説得しようというときの最上の策でない可能性がある。それから、「ロイデン・シャープに対する告発状」……。

「ジョージ！　済まん、済まん。ちょっと用事に手間取った」

目の前にサー・アーサーが立っている。しかし、一人ではない。横に凜とした若い女性がいる。緑系の色の服を着たその人は颯爽としていて自信に満ちている。この色は何と言うのか、ジョージなどが知るはずもないが、女性たちなら知っていそうな色だ。その人はわずかに微笑んでいて、手を差し伸べている。

「こちらはミス・ジーン・レッキー。二人で……買い物をしていたものでね」そわそわとした声でサー・アーサーが言う。

「嘘よ、アーサー。あなた、お喋りをしていたんじゃない」愛想はよいが、きっぱりとした口調である。

「いや、店で主人と話をね。南アフリカで従軍していたというから、どこの部隊だったかくらい尋ねるのが礼儀――」

「それでもお喋りはお喋りですわ。買い物じゃありません」

このやりとりにジョージは当惑するばかりである。「ご覧のとおりでね、ジョージ。私たちは結婚するんだ」

「お目にかかれて嬉しいですわ」ミス・ジーン・レッキーの顔全体に微笑みが広がり、それでこの人の前歯のいささか大きいことにジョージは気づく。「でも、私はこれで失礼いたします」そう言ったミス・レッキーはアーサーに向かって仕様のない人ねと首を振ってみせると、足取りも軽く去っていった。

「結婚ってやつは」と、談話室の椅子に身を沈めながらアーサーが言う。もちろん、この言葉は問いではない。それでもジョージは答える——しかも妙に几帳面な物言いで。

「結婚は、私の望む状態です」

「だが、悩ましい状態ともなり得るのでね、注意が必要だ。無論、至福さ。しかし、大抵は滅茶苦茶に悩ましい至福だな」

ジョージは頷く。しかし、根拠となる経験は欠くものの、賛成はできない。少なくとも、両親の結婚生活を「滅茶苦茶に悩ましい至福」と表現する気になれないことだけは確かだ。「滅茶苦茶」「悩ましい」「至福」——どの一語をとっても、司祭館での生活を形容するために使うのには無理がある。


「ともあれ、本題に入ろう」

二人は『テレグラフ』の記事について、記事に対する世間の反応について、グラッドストン委員会について、委員会への委嘱事項と委員会の構成員について話し合う。どうしたものだろうとアーサーが言う。サー・アルバート・ド・ルッツェンが誰の従兄であるか、自分がすっぱ抜いたものだろうか、クラブ仲間の新聞編集者にそれとなく匂わせたものだろうか、それとも黙って放っておいたものだろうか。アーサーはすぐに意見が返ってくるものと期待してジョージに目をやる。しかし、ジョージはすぐには何も言わない。これはジョージが「非常に内気で神経質」であるからなのか。それとも、事務弁護士という職業からくるものなのか。それとも、サー・アーサーに擁護される被害者からサー・アーサーの参謀役への気持ちの切り替えが難しいからなのか。

「そうしたことを相談なさるなら、イェルヴァトン氏がよろしいかと」

「しかし今は君に相談してるんだから」とアーサーは、うじうじするなと言わんばかりである。

ジョージの意見は——これは意見というより単なる勘でしかない気がするのだけれど——、第一の選択肢は挑発的に過ぎるだろうし、逆に第三の選択肢は消極的に過ぎるだろう、だから結局中道を行くよう提案するのがよさそうだ、とそんな方向に傾いていた。けれど、もちろん……と考え直し始めたそのとき、ジョージはサー・アーサーが焦れていることに気づき、こういうとき確かに自分は少々神経質になると思う。

「ジョージ、一つ予言しておこう。委員会の作る報告書はまともな扱いは受けないだろう、とね」

前の件についての自分の見解をサー・アーサーはまだ欲しているだろうかとジョージは考え、欲していないだろうと結論する。「でも、報告書は公表されるでしょう」

「無論、公表しなければならないし、だから公表はするさ。だが、政府ってものの立ち回り方は分かってる。特に恥をかかされたり、面子《メンツ》を潰されたりしたときの政府だな。連中は何らかの方法で報告書が目立たないようにする。可能なら、葬り去る」

「そんなことが可能でしょうか」

「それはだ、例えばまず、公表するのを金曜の午後にする手がある。皆、週末に向けて出かけてしまってるからね。議会の休会中にしてもいいし、やり方はいろいろある」

「でも、いい報告書だったら、政府の株も上がるのではないでしょうか」

「いい報告書には、どうしてもならない」と、アーサーはきっぱり言う。「少なくとも政府の立場からすると。つまり、委員会が君の無実を認めた場合、そしてそうせざるを得ないと思うのだが、その場合、内務省は過去三年にわたり故意に正義の実現を妨害してきたことになる。ありとあらゆる情報が連中の目の前に並べられていたのだからね。そして、極めて考えづらいこと、いや、あり得ないことと言ってもよいのだが、無実でなければ有罪しかないわけで、やはり君を有罪と断じた場合、これは大変な物議を醸すことになるだろう。首がいくつも飛びかねない」

「なるほど」

二人が話し始めてすでに半時間かそこいらが経っており、なのにジョージが「ロイデン・シャープに対する告発状」について何も言わないのがアーサーには解せない。いや、解せないのを通り過ぎて苛立っている。侮辱された気分になるのも時間の問題かもしれない。〈緑の館《グリーン・ホール》〉で見せられた無心の手紙のことをジョージに尋ねてみようか、そんな考えも脳裡をよぎるが、思い直す。そんなことをすればアンソンの思う壺にはまってしまう。もしかすると、話題の選定は主人役の人間に任せるものだとジョージが思い込んでいるだけかもしれない。うん、それに違いない。

「次に」とアーサーが切り出す。「ロイデン・シャープのことだ」

「ええ」とジョージも応じる。「手紙にも書いたとおり、私はその人に会ったこともありません。たぶん、その人のお兄さんとは小さい頃学校が一緒でしたけれど。もっとも、お兄さんのほうについても何も覚えていないんです」

アーサーは頷くが、心の中で、おい、おい、勘弁してくれよと思う。俺は君の無実を証明しただけでなく、真犯人をいわばぐるぐる巻きにして引っ立ててきたのだ。あとは逮捕して裁判にかけるだけなのだ。まさか、この知らせに関心がないとは言うまいね。出かかる言葉をぐっと飲み込み、アーサーは待つ。

「驚いているんです」と、ようやくジョージが言う。「なぜ、その人が私に害を加えたいなんて思うんでしょう」

アーサーは答えない。答えはすでに示してあるからだ。そろそろジョージにも自分の頭で考えてもらわなくては、とアーサーは思う。

「サー・アーサー、この事件の一因に人種的な偏見があるとお考えであることは承知しております。しかし、すでに申し上げたとおり、お説には賛成しかねます。シャープと私はお互いを知りません。人を嫌うためには、まずその人を知ることが必要です。知ることによって嫌う理由が見つかります。もちろん、十分な理由が見つからないときは、ひょっとすると肌の色などの、その人の変わっている点を嫌う言い訳にするかもしれません。しかし、申し上げたように、シャープは私を知りません。私のほうも、シャープが侮辱ないし権利の侵害と受け取りかねないことを何かしただろうかと考えてはいます。例えば、私が事務弁護士として相談に乗った人とシャープが親戚関係にあったとか……」アーサーは論評を加えない。当たり前のことを指摘する回数には限度があると思うからだ。「それに、なぜ牛や馬をあんなふうに傷つけたいと思うのか理解できません。シャープに限らず、誰であるにせよ。サー・アーサーには理解できるでしょうか」

「告発状にも書いたように」と、刻一刻と不満を募らせつつあるアーサーが答える。「新月になると精神に変調を来す男らしい」

「そんなこともあり得なくはないでしょうが」と、ジョージが応じる。「すべての事件が同じ月齢の日に起こったわけではありません」

「それはそのとおりだが、ほとんどの場合が一致する」

「ええ」

「であれば、変則的な日の切り裂きは捜査当局の目を欺くために行われたと結論するのが妥当ではないだろうか」

「ええ、そうかもしれません」

「どうも納得してもらえんようですな、エイダルジさん」

「申し訳ありません、サー・アーサー。サー・アーサーには心から感謝しておりますし、ほんの少しでもそうでないように見えるのでしたら、私の本意ではありません。それはたぶん、私が事務弁護士であることからくるのだと思います」

「なるほど」と言いながら、この青年につらく当たりすぎているかなとアーサーは思う。それにしても妙だ。まるで地の果てから土産に黄金を一袋持ち帰ったのに、「でも本当を言うと、銀のほうがよかったのですが」と言われたみたいな気分だ。

「道具のことですが」と、ジョージが言う。「馬用のランセットのことです」

「うん」

「どうしてその形状をご存じなのか、伺ってもよろしいでしょうか」

「無論、構わんさ。二つの方法で知ったのだが、最初はグレートレクス夫人に絵を描いてもらってね。絵を見たウッド君がこれは馬用のランセットだと教えてくれた。それに今では――」と、アーサーは焦らすように一つ間を置く。「現物が私の手元にあってね」

「お手元にある」

アーサーは頷く。「お望みなら、お見せすることもできる」ジョージがぎょっとした顔をする。「いや、ここでじゃないさ。心配無用、携行してきたわけじゃない。〈森の下《アンダーショー》〉に置いてある」

「どのようにして入手なさったのか、伺ってもよろしいでしょうか」

アーサーは人差し指で鼻の横をこすってみせてから、折れて言う。「ウッドとハリー・チャールズワースが偶然見つけてね」

「偶然」

「早いとこ押さえなければ、シャープに始末されるのは目に見えていた。敵はこっちが敵地に乗り込み、跡を追っていることを知っていたからね。かつて君に送り付けたような種類の手紙を私に送り付け始めさえしていたんだ。臓腑を抉《えぐ》ってやるぞと脅してきた。奴に鶏並みの脳味噌でもあったなら、とっくに凶器を百年は見つからないような場所に埋めていたはずなのだ。そこで、ウッドとハリーに偶然見つけるよう指示したというわけさ」

「なるほど」ジョージは、どんな依頼人もおよそ事務弁護士に――自分が依頼していない事務弁護士にはもちろん、自分が依頼している事務弁護士にも――打ち明けるべきでないような種類の内緒事を依頼人から打ち明けられ始めたときの気分である。「それで、サー・アーサーはシャープに会って話を聞かれたのですか」

「いや、会ってはいない。告発状を読めば明らかだと思うが」

「ええ、そうでした。申し訳ありません」

「というわけで、君に異論がなければ、内務省に提出する他の文書と一緒にシャープに対する告発状も送るつもりだ」

「サー・アーサー、この胸にある感謝の気持ちは到底言葉では言い表せません――」

「表せなくてよろしい。私がこの仕事をしたのは君から感謝してもらうためではないし、君からはすでに十分に感謝してもらった。私がこの仕事をしたのは、君が無実の罪を着せられているからだし、まともに機能しないこの国の司法制度と官僚組織を恥ずかしく思うからだ」

「それでもやはり、サー・アーサーは余人にはなし得なかったに違いないほどのことをしてくださいました。しかも、このような比較的短期間のうちに」

これは詰まるところ、あなたはしくじったと言っているのと同じではないか、とアーサーは思う。いや、それはこちらの思い過ごしだろう。この青年には自身の汚名を雪ぐこと、そしてそれを絶対確実にすることのほうがずっと大事なのだ。だから、シャープが起訴されることにはさほど関心がないというだけなのだ。そしてそれは至極もっともなことだ。一つ目を片付けてから、二つ目に取り掛かる――用心深い法律家ならば当然の考え方ではないか。それに対して、俺は全方面で同時に前進する。この青年はただ心配なだけなのだ、俺がいわばボールから目を離してしまわないかと。

しかし、しばらくののち、ジョージと別れてジーンのフラットへ向かう辻馬車の中、アーサーの心に疑念が兆した。何か格言があったな。〈人は他の何を許せても、助けられたという事実だけは許せない〉だったか、そんなのがあったはずだ。そして、ひょっとすると、そんな気持ちが今回のような事件では増幅されるのかもしれない。ドレフュス事件について研究した折に気づいたことだが、濡れ衣を着せられたアルフレド・ドレフュス大尉の擁護に立ち上がった人々――情熱を傾けて大尉のために運動し、この事件を真実と嘘との闘い、正義と不正との対決と見るばかりか、自分たちの国がいかなる国であるかを雄弁に物語る出来事、さらにはいかなる国であるかを決める出来事とまで考えていた人々――、それらの人々の多くがこのフランス人将校の人となりにちっとも感心しなかった。多くの人の目に大尉は礼儀正しくて冷淡な朴念仁と映った。恩義やら人情やらに胸を熱くするほうではないらしかった。不可思議な事件の被害者は存外に詰まらぬ人間であるものだ、と書く者までいた。そんなことを言うのがやはりフランス人らしいが、あながち的外れでもあるまい。

いや、そんな発言はフランス的というに留まらず、不当であるかもしれぬ。初めてジョージ・エイダルジに会ったとき、こんなに華奢でひ弱な体をした青年が三年間の懲役によくぞ耐えたものだと感心した。感心したあまり、その三年がジョージに何を強いたか、たぶん俺はじっくり考えることをしなかった。もしかすると、生き抜くための唯一の手立ては、朝から晩まで二六時中、自身の事件の詳細に集中し続けることだったのかもしれぬ。他の一切を頭から追い払い、必要となるときに備えてありとあらゆる事実と主張を整理することだったのかもしれぬ。そのようにして初めて、途方もない不正と、一変した生活の不潔さに耐えることが可能となったのかもしれぬ。もしもそうだったなら、ジョージ・エイダルジに自由人と同じ反応を求めるのは過大な要求ということになるのではないか。恩赦と補償を得るまでは、ジョージはかつてのジョージには戻れないのだから。

苛立ちをぶつける相手を間違えてはならん、とアーサーは思った。ジョージはいい男だし、無実の人間だが、だからといって聖人君子の振る舞いを期待するのは無茶だ。先方が感謝する以上に感謝されたいと思うのは、出す本、出す本ことごとく、しかもすべての書評において、天才的作品と評されたいと思うのに似ている。うむ、苛立ちをぶつける相手は他にいる。まずは、アンソン本部長だ。今朝届いた手紙でも本部長はまたぞろ傲慢な態度を示し、切り裂きに用いられた凶器が馬用のランセットであった可能性を頭から否定している。挙句の果てに、「お描きくださったのは変哲もない放血刀であります」と人を小馬鹿にしたような言い草をする。まったく！　この腹立たしい手紙のこと、ジョージの耳には入れなかったが。

　アンソンもそうだが、ウィリー・ホーナングにもアーサーは苛立たしい思いをさせられていた。この義弟の思いついた新しい冗談を、先日昼食を共にしたコニーから教えられたのだ。「アーサー・コナン・ドイルとジョージ・エイダルジの共通点は？　分からない？　降参？　刑罰《センテンス》じゃないか」うう、とアーサーは一人で唸った。刑罰《センテンス》――彼奴、こんなのが機知だと思ってるのか。まあ、客観的には、そう思う人間もいるだろうことは分からんでもない。それにしても……。まさか、俺のほうがユーモアのセンスを失いかけてるんじゃあるまいな。中年になるとそういうことが起こると聞いたことがある。ふん、益体もない。こうしてアーサーは自分で自分を苛立たせ始めていた。これもまた、きっと中年のしるしなのだ。

　一方、ジョージはまだグランドホテルの談話室にあって意気消沈していた。サー・アーサーに対し甚だしく礼を欠いた恩知らずな態度を取ってしまった。何か月にもわたって事件の解明に力を注いでもらったのに。ジョージは自分が恥ずかしかった。お詫びの手紙を書かなければ。けれど……けれども……。あれ以上言えば、自分に不正直になってしまう。というより、あれ以上言えば、正直な気持ちを言わざるを得なかっただろう。

　アーサーが内務省に送るという「ロイデン・シャープに対する告発状」をジョージも読んでいた。もちろん、何度か読み返した。そして読み返すたび、印象は固まっていった。ジョージの結論――事務弁護士としてごまかすことのできない結論――は、この告発は自分に有利に働かないというものだった。また、ジョージの見解――とても面談の席では口にすることのできなかった見解――では、シャープに対するサー・アーサーの告発は、ジョージに対するスタフォードシア州警察の告訴と奇妙に似通っていた。

　まず、この告発は手紙を根拠にしており、しかも根拠にするその仕方までまったく同じである。サー・レジナルド・ハーディーはスタフォードの四季裁判所で陪審員たちに事件要点の説示を行う際、手紙を書いた人間がすなわち家畜を切り裂いた人間に相違ないと述べた。これは恣意的な関連づけであり、当然イェルヴァトン氏やこの事件を問題視した人々によって論難されてきた。ところが今、サー・アーサーがまったく同じ仕方の関連づけを行っている。手紙をサー・アーサーは出発点として、手紙を辿ることによってシャープの筆跡を確かめ、また各時期のシャープの動きを追った。ちょうど前回は手紙がジョージの有罪の証拠となったように、今回は手紙がシャープの有罪の証拠となっている。そして今回は、手紙はジョージを事件に引きずり込もうとしたシャープとその兄が悪意をもって書いたと結論されているけれど、シャープを事件に引きずり込もうとした別の誰かが書いたという可能性も同様に存在するではないか。前回が偽筆だったなら、なぜ今回は真筆だと言い切れるのか。

同様に、サー・アーサーの挙げる証拠はすべて状況証拠であり、その多くは伝聞である。かつて子供連れの女性が襲われるという事件があって、襲ったのはロイデン・シャープであったかもしれない。でも、当時ロイデン・シャープの名前は出なかったし、警察は動かなかった。三年以上前、グレートレクス夫人に対してある発言がなされ、当時夫人はその発言について誰にも話すべきでないと考えた。しかし、ロイデン・シャープの話題になると、その同じ発言を夫人は今になって持ち出した。夫人はまたある話を思い出したが、それは井戸端会議でシャープの妻から得た伝聞情報だった。ロイデン・シャープは学業成績が極端に悪かったが、もしもそれが犯意の十分な証しとなるのであれば、今ごろは国中の監獄が満杯になっていることだろう。ロイデン・シャープの振る舞いは月の満ち欠けによって奇妙に影響されるという——影響されない日を除いては。さらに、シャープの住んでいた家からは、夜間、人目に付くことなく抜け出すことが容易である。ちょうど司祭館がそうであるように、またこの地域にある数え切れないほど多くの他の家屋がそうであるように。

もし、これでもまだ事務弁護士の気を滅入らせる材料が足りないというのなら、もっと悪いこと、ずっと悪いことがもう一つある。サー・アーサーの唯一の確証は馬用のランセットであるが、それが目下サー・アーサーの所持するところとなっている。このような仕方で入手した証拠物にいったいどれほどの法的価値があるだろう。第三者、すなわちサー・アーサーが、また別の第三者、すなわちウッド氏を教唆して、さらにまた別の第三者たるロイデン・シャープの居宅に不法に立ち入らせ、ある品を盗ませ、盗まれた品はウッド氏に運ばれてこの王国を半ば横断した。証拠の品をスタフォードシア州警察に引き渡さなかったのは理解できるとしても、然るべき法曹の手に委ねることはできたはずだ。例えば、事務弁護士でもよい。なのに、サー・アーサーのとった行動は証拠物をいわば汚染してしまった。家屋等に立ち入る際には、事前に裁判所からの捜索令状ないしは家屋等の所有者からの明示的かつ明確な許可を得なければならないことくらい警察だって知っている。刑法が自分の専門分野でないことを認めるジョージではあるが、サー・アーサーは秘書を教唆して住居侵入の罪を犯させ、その過程において極めて重要な証拠物を無価値にしてしまったように思われてならない。それどころか、窃盗の共同謀議罪による告訴を免れれば、サー・アーサーとしてはめっけものなのではないだろうか。

これは、サー・アーサーの過剰な熱意が招いた結果である。それもこれも、シャーロック・ホームズのせいなのだ、とジョージは断じた。サー・アーサーは自身が創り上げた名探偵に影響されすぎた。ホームズは素晴らしい推理力を働かせ、犯人を当局に引き渡す。そのときの犯人は、いわば体中にべたべたと〈有罪〉のレッテルを貼られている。ホームズは一度として証人台に立つことを強いられていない。つまり、自身の推測や直観や完璧な理論をディスターナル氏のような相手に数時間かけて粉微塵にすり潰されたという経験がない。サー・アーサーのしたことは、犯人の足跡が残っているかもしれない草地に出かけていき、数種類の靴を取っ換え引っ換えしながら辺り一帯を踏み荒すことに等しかった。ロイデン・シャープに対する告発をしているつもりが、熱心になるあまり、その告発を法的には通らない主張にしてしまった。それもこれも、シャーロック・ホームズ氏のせいなのだ。

アーサーとジョージ

グラッドストン委員会の報告書を一部手にしたアーサーは、二度総選挙に出馬して二度とも落選していてよかったと思う。お蔭で、自分自身の恥と感じないで済む。これが奴らのやり方なのだ。こんなふうにして不都合な情報を葬り去る。何の予告もなしに、報告書を聖霊降臨祭の休みの前の金曜に発表する。海辺へ向かう汽車の中で誤審について読みたいと思う人間はいない。見識ある論評を加えられる人間もつかまらない。日曜、月曜の休みが終わり、また仕事の始まる頃には誰もが忘れている——エイダルジ事件？　もう何か月も前に決着がついたんだろう？

やはり一部を手にしたジョージは、標題の印刷されたページに目を落とす。「国王陛下の命により上下両院に提出される、ジョージ・エイダルジの事件に関する報告書」と題され、下のほうには出版地「ロンドン」、発行所「英国政府出版局」、印刷所「エア&スポティスウッド欽定印刷所」、定価「一ペンス半」、刊行年「一九〇七」が記され、「勅令書 三五〇三」という番号も付されている。大層に聞こえるが、定価で正体がばれている。一ペンス半を払えば僕の事件の真相が、僕の人生が、分かるというわけか……。ジョージは小冊子をそっと開く。報告書は四ページで、そのあとに短い補遺が二つ付されている。一ペンス半。胸が苦しくなってきた。今一度、自分の人生が要約された。しかも、今回は『キャノック魁新報』やバーミンガムの『デイリー・ガゼット』、同じくバーミンガムの『デイリー・ポスト』の読者が読むのとは違う。それどころか全国紙の『デイリー・テレグラフ』や『ザ・タイムズ』の読者が読むのでもない。上下両院の議員たちが読み、そして畏れ多くも国王陛下がお読みになる……。

アーサーは報告書を読まずにそのままジーンのフラットに持ってきた。これは当然のことだ。ちょうどこの報告書が議会の前に差し出されたように、俺の冒険の結果はジーンの前に差し出されねばならぬ。ジーンはこの一件に期待をはるかに上回る関心を示してきた。じつを言えば、俺はこれっぽっちも期待などしていなかった。けれども、ジーンは常に俺の傍らにいた。文字どおりにはそうでなくとも、比喩的な意味ではそうだった。だから、結末を迎えるにあたってジーンにいてもらう必要がある。

ジョージは水をコップに一杯持ってくると、肘掛け椅子に腰を下ろす。母はすでにワーリーに戻り、今はミス・グッドの貸し間に独り住まいである。ここの住所はスコットランド・ヤードに届け出た。ジョージは椅子の肘掛けに帳面を置く。報告書そのものには書き込みたくないからだ。ルイスやポートランドで図書室の本を借りるときの規則が身に染みついてしまったのかもしれない。アーサーは暖炉に背を向けて立ち、縫い物をしているジーンはすでに首を少し傾け、これからアーサーがところどころ読んで聞かせるのに備えている。今日という日、ジョージ・エイダルジのために何かしてあげるべきだったかしら、招待してシャンパンを振る舞うとか、とジーンは思う。もっとも、あの人はお酒を飲まないけど。それに、報告書が公表されることになっていると今朝になって聞いたのだし……。

「ジョージ・エイダルジは凶悪な手口で家畜を殺傷した罪に問われ……」

「ふざけるな！」と、最初の段落を半分読むか読まないうちにアーサーが声を上げる。「これを聞いてくれ。『本件裁判長であり、今回判決につき諮問を受けた四季裁判所次席判事は、自身も陪席二判事も有罪判決は正しかったと確信する旨報告した』素人のくせに。ど素人のくせに。三人のうち法律の専門家は一人もいないのだ。ねえ、愛するジーン、僕はときどき思うことがある。この国全体が素人によって運営されてるんじゃないかとね。この言い草を聞いてくれ。『以上の状況に鑑みるとき、かようにして導かれ、かようにして是とされた有罪判決に異議を唱えることには激しい躊躇の念を禁じ得ない』」

ジョージは、この出だしを読んでもさほど不安にならない。法律家としての訓練を十分に受けているので、「しかしながら」が近いときには気配で分かるのだ。ほうら、来た。しかも、一つじゃなくて三つもだ。一つ目——しかしながら、当時、ワーリー周辺には相当に剣呑な空気が流れていた。二つ目——しかしながら、長期にわたり捜査が難航していたため、警察は誰かを逮捕しなくてはと「自然と気がはやっていた」。三つ目——しかしながら、警察は当初から一貫して、「エイダルジに不利な証拠の発見を目的として」捜査に当たった。かくして随分と率直に、そしていよいよ随分と正式に記されたわけである。最初から警察はジョージに対して予断を持っていた、と。

アーサーもジョージも読む。「これはまた本質的に非常に困難な事件である。なぜなら、本件についていかなる見解に立つにせよ、極度に可能性の低い条件を仮定することが避けられないからである」益体もないことを、とアーサーは思う。ジョージが潔白であるという見解に立つうえで、いったいどんな極度に可能性の低い条件を仮定する必要があるのだ。ジョージは思う——これは言葉が難しいだけだ。要するに、二者択一で中間はないということで、それは本当だ。僕は完全に白か、完全に黒かのどちらかなのだから。そして、検察側の主張は極度に可能性の低い条件を仮定しており、その主張は退けられるべきだし、きっと退けられるだろう。

裁判の「瑕疵」……審理の過程で検察側の主張は重要な二つの点において変更された。いかにも、そのとおりだ。第一は、犯罪が行われたのをいつと考えるかに関する。警察の証言は「一貫性を欠き」、「矛盾さえ内包する」。同様の齟齬が剃刀に関する証言にも認められ……。そして、靴跡について。「当委員会の判断では、靴跡は証拠としてほぼ無価値である」そして、剃刀が凶器である可能性について。「獣医師の証言との間に扞格《かんかく》を見ぬことは困難である」付着した血液がすでに乾いていたこと。付着した毛のこと。「バター博士は全幅の信頼を寄せることのできる証人であり……」

立ち塞がるのは決まってバター博士だ、とジョージは思う。しかし、ここまでは公平そのものだ。次に、手紙である。グレートレクス書簡こそ事件の鍵であり、陪審員たちも時間をかけて精査した。「陪審は相当の時間に及ぶ評議の末に評決を下しており、当委員会の見るところ、陪審はこれらの書簡を書いたのがエイダルジであると考えるに至ったものと解するのが妥当であろう。当委員会もまた書簡を慎重に吟味し、それらとエイダルジが自身で書いたと認めているものとを照合したが、陪審が達した結論に異議を唱える根拠は見出せなかった」

ジョージは気が遠くなりそうである。両親が一緒にいなくてよかったと思うばかりだ。もう一度、読んでみる。「異議を唱える根拠は見出せなかった」あの手紙を僕が書いたと思っているのか！　委員会は世間に向かい、この僕がグレートレクス書簡を書いたと言っている！　水を一口ごくりと飲む。報告書を膝の上に置き、気持ちの落ち着くのを待つ。

一方、アーサーも読み進む。怒りが込み上げる。しかしながら、エイダルジがそれらの手紙を書いたという事実は、家畜を切り裂いたのもまたエイダルジであることを意味しない、と書いてある。「なんとも公明正大な態度だよ！」と、アーサーは大声で言う。これらの手紙は、罪を犯した人間がその罪を人になすりつけようとする手紙ではない、とも書いてある。当たり前のこんこんちきではないか！　アーサーの口から唸り声が漏れる。その手紙が罪をかぶせようとしている第一の人間がジョージその人じゃないか！　「当委員会の見るところ、これらの手紙を書いたのは犯人以外の人間、ただし心得違いをした、底意地の悪い人間である公算が大である。恐らくは悪戯心の赴くまま、知りもしないことをさも知っているかのように振る舞い、よって警察を惑わせ、さなきだに極めて困難な捜査に当たっていた警察の困難を倍加せしめたのである」

「馬鹿な!」アーサーが叫ぶ。「馬鹿な、馬鹿な、馬鹿な!」

「アーサー」

「馬鹿馬鹿しくてお話にならん」と、アーサーは言い募る。「俺は生まれてこの方、ジョージ・エイダルジほど真面目で真っ直ぐな人間に会ったことがない。『悪戯心』だと? いったい馬鹿委員共は、イェルヴァトンがあれだけ揃えた証言を読まなかったのか。誰もがジョージの人物を保証した。『心得違いをした、底意地の悪い人間』だと? こんな……こんな小説もどきを書いても——」

アーサーは報告書を炉棚に叩きつけ、それから続ける。

「議員特権によって守られているのか。そうでなければ、連中を名誉毀損で法廷に引きずり出してやる。三人とも引きずり出してやる。費用は俺が出す」

ジョージは自分が幻覚を起こしているように感じる。全世界が狂気に陥ったように感じる。自分はポートランドに逆戻りして、「空風呂」の検査を受けている。シャツ一枚を残して着衣をすべて脱ぐよう命じられ、脚を上げろ、口を開けと言われている。今度は舌を引っ張り上げられている——これは何だ、D四六二? 舌の下に隠しているこいつは何だ? 俺は鉄梃棒だと思うがな。この囚人が舌の下に隠していたこれ、鉄梃棒だと思いませんか、看守長殿? 典獄殿に報告しといたほうがよさそうですな。言っとくがな、D四六二、お前、こっぴどい目に遭うぜ。この監獄中で逃げる気の一番ない人間ですとかのたまってたくせに。ご立派そうな態度で図書室の本なんか読んでみせてたくせに。お前に番号を付けたからな、ジョージ・イダルジ。番号はD四六二だ。

ジョージはまた一休みする。アーサーは読み続ける。

検察側の主張の第二の瑕疵は、エイダルジが単独犯であったと考えるのか否かに関する。検察側は証言や証拠に応じて見解を変えた。ふん、さすがに正式に任命されたぼんくらどもは見逃さなかったか。肝心要の視力の問題について。この点は「内務省に宛てられた一部の書簡」において「大いに強調され」てきた。そうとも、その点を強調したのはロンドンはハーリー街とマンチェスター・スクエアの一流の眼科医たちだ。「当委員会は、監獄においてエイダルジを検査した高名な専門家の報告書および当委員会に提出された眼科医二名の意見を慎重に検討した。しかしながら、かくして収集された資料のみでは、犯行は不可能であったという主張を証拠立てるには甚だ不十分であると思われる」

「脳足りんめ！『甚だ不十分』だと！　脳足りんのぼんくらめ！」

ジーンは黙って縫い物を続ける。思い起こせば、視力の問題こそ、アーサーがこの支援活動に乗り出した出発点だった。それこそ、アーサーがジョージ・エイダルジは潔白だと思うだけでなく、潔白だと知っている理由なのだ。何て失礼な委員会なんでしょう、アーサーの努力と意見をこんなに軽く扱うなんて！

しかし、アーサーは先を読んでいる。視力の件を忘れようとするかのように、先を急ぐ。「『当委員会の見解では、この有罪判決は確たる証拠に基づかぬものであり、……当委員会は陪審の評決に賛同することを得ない』それ見ろ！」

「ということは、あなたの勝ちじゃない、アーサー。ジョージの汚名が雪がれたわ」

「それ見たことか！」ジーンの合いの手さえ耳に入らないらしい。「ちょっと、これを聞いてくれ。『本件に関する当委員会の見解によれば、内務省が現時点以前に介入することは権限の外であった』偽善者め！　嘘つきめ！言い逃れの卸問屋め！」

「今の文、何を言ってるの、アーサー」

「今のが言わんとするところかね、私の愛するジーン。それはつまり、誰にも落ち度はなかったということさ。つまり、あらゆる事態に有効な偉大なるイギリス的解決策が採用されたのだ。非道いことが起きた。しかし、誰にも落ち度はなかった、というあれだ。まったく、十七世紀の『権利章典』に遡及的に盛り込まれるべきじゃないかね。何事であれ何人も責任を問われることなし、ことに余は責任を問われることなし、とね」

「でも、評決が間違っていたことは認めています」

「ジョージが無実だったことは認めている。でも、そのジョージが三年間臭い飯を食わされたことについては、誰の責任でもないと言う。内務省は再三再四、この裁判には瑕疵があると指摘されてきた。その都度、内務省は見直しを拒んできた。それで誰にも落ち度はなかったと言う。呆れて物も言えん」

「アーサー、ちょっと落ち着いてちょうだい。ブランデーのソーダ割りか何か、一杯召し上がるとか。よろしかったら、パイプをお吸いになっても結構よ」

「ご婦人の前では吸わん」

「今日だけは目をつぶって差し上げてよ。とにかく少し落ち着いていただかなくちゃ。そして、そんな考え方の辻褄をどう合わせるのか、先を読んでちょうだい」

しかし、その部分はジョージが先に読んでいる。「いくつかの提案」……「国王陛下の恩赦大権」……「一方において、叙上の理由により、有罪判決は下されるべきでなかったと当委員会は思料する」……「職業上の地位と展望とを水泡に帰せしめたこと」……「警察の監督下にあり」……「失った地位に相当する地位を回復することは不可能と言わぬまでも非常に困難」ここでいったん読むのをやめ、一口水を飲む。「一方において」のあとには必ず「他方において」が来ることを知っているジョージは、その「他方において」の中身を自分が直視できるか自信がない。

『他方において《オン・ジ・アザ・ハンド》』だと！」と、アーサーが声を荒らげる。「まったく、内務省にはいったい何本の手《ハンド》があるんだ。あのインドの神も顔色なしじゃないか。何と言ったかな、あの神は」

「シヴァ神でしょ」

「シヴァだ。自分たちに落ち度はないと主張する理由を見つけなくてはならなくなると、あの手、この手がにょきにょき伸びてくる。『他方において《オン・ジ・アザ・ハンド》、一九〇三年の一連の書簡を書いたのはエイダルジであるという、陪審が達したものと解される結論に異議を差し挟むことのできぬ以上、当委員会としては、エイダルジは家畜殺傷につき無罪と思料しつつも、この有罪判決は幾分か被告本人の身から出た錆であると考えざるを得ない』違う、違う、違う！　大間違いだ！」

「アーサー、やめてちょうだい。私たちが喧嘩をしていると思われます」

「済まん。ただあまりに……うむ、補遺その一は嘆願書について……そうさ、嘆願書が出てたんだぞ。内務省が常に手を拱いている言い訳の披露だ。補遺その二と……賢人内務大臣殿がいったいどうやってこの委員会に感謝してみせるのか、お手並み拝見だ。『誠に行き届いた、詳細を極めた報告書であり』詳細を極めただと！　四ページこっきりで、アンソンの名もロイデン・シャープの名も一度も出てこないのにか！　よく言うよ。『身から出た錆であり』間違い！　『……結論は妥当……しかしながら……特異な事件であり……』違いない。『資格の永久剥奪は……』なるほど、この連中が最も怖がっているのは法曹界というわけか。法曹界の人間は一人残らず、これが空前の大誤審であることを知ってるからな。そう、だから法曹界さえジョージの資格の回復を認めれば……四の五の言いやがって……『配慮に配慮を重ね……恩赦を……』」

「恩赦」と、ジーンが顔を上げて鸚鵡返しに言う。それなら、こちらの勝利。

「恩赦」と、ジョージも読む。まだ、報告書最後の一文が残されていることは目に入っている。

「恩赦」と、アーサーも繰り返す。そしてアーサーとジョージは報告書最後の一文を同時に読む。『しかし、当職はまた、本件が補償金の支払われるべき事案ではないとの結論にも至ったのである』」

ジョージは報告書を置き、両の手で頭を抱える。アーサーは茶化すようにしめやかな口調で署名を読み上げる。

「内務大臣H・J・グラッドストン」

「ねえ、アーサー、最後のほう随分と早口になってらしたけど」こんなに機嫌の悪いアーサーをジーンはいまだかつて見たことがない。大丈夫かしらと心配になる。こんな感情を自分にぶつけられたら迷惑だとも思う。

「内務省は省内の標識を付け替えるといい。〈入口〉と〈出口〉に替えて、〈一方〉と〈他方〉という表示にすればいい」

「アーサー、そんなややこしい言い方はやめてちょうだい。いったいどういうことなのか、分かりやすく教えていただきたいわ」

「どういうことかというとだ、私の愛するジーン。どういうことかというと、この内務省、この政府、この国、この我がイングランドは、今回、新しい法的概念を編み出したのだ。昔は、人は無罪か有罪かのどちらかだった。無罪でなかったら有罪、有罪でなかったら無罪と決まっていた。じつに単純明快な、何世紀にもわたって守られてきた確立した方式だった。裁判官や陪審員ばかりでなく、世間一般の人々にもよく理解されていた。しかし、本日、イングランドの法に新しい概念が誕生した。すなわち、〈有罪かつ無罪〉という概念だ。そしてジョージ・エイダルジはこの方面における先駆者となった。犯していなかった犯罪について恩赦を与えられ、なのにそれと同時に、三年間の懲役刑に服したことはあれで差し支えなかったのだと告げられた歴史上初めての人物となった」

「間を取ったということかしら」

「間だって！　これは偽善さ。この国の得意技だ。官僚と政治家が数世紀をかけてこの技を完成させたのだ。何が政府報告書だ！　こういうのを世間では寝言とか譫言《うわごと》とか呼ぶんだ」

「アーサー、パイプをお吸いなさい」

「吸わん。以前、ご婦人の前で吸ってる男を見つけてね。口からパイプを引っこ抜いて二つに折って、そいつの足元に転がしてやった」

「でも、これでエイダルジさんは事務弁護士のお仕事に戻れるのでしょう」

「戻ることになるだろう。そして将来ジョージの依頼人となる可能性のある人間で、新聞が読める者は皆、将来ジョージのところに相談しにいったなら、こう思うことになる。ああ、この人は、凶悪な犯罪の下手人が自分だと、自分自身に罪をかぶせようとする匿名の手紙を書いた頭のおかしい人だったな、と。それも、内務大臣や、あの忌々しいアンソンの従兄でさえも、ジョージが何ら関与していないと認めるような犯罪なのに、だ」

「でも、皆、忘れてしまうかもしれない。あなたもおっしゃったでしょ。政府は聖霊降臨祭の週末にかかるように発表して、不都合な話を葬り去ろうとしてるって。ですから、世間の人たちも、エイダルジさんに恩赦が与えられたこと以外は忘れてしまうんじゃない」

「俺が手を引かぬ限り、そうはならん」

「ということは、まだお続けになるの」

「おめおめと引き下がれるか。こんなごまかしを黙って見過ごすわけにはいかん。私はジョージに約束をした。君にも約束をした」

「それは違うわ、アーサー。あなたはこうするとおっしゃったことを、ちゃんとやったし、現に恩赦を勝ち取って、ジョージはお仕事に戻れるのですもの。仕事に戻ることだけが息子の望みですって、お母様もおっしゃってた。大成功じゃない、アーサー」

「ジーン、僕に向かって物分かりのいいことを言わないでくれ」

「私に分からず屋になってほしいのかしら」

「その事態を回避するために必要ならば人を殺《あや》めもしよう」

「一方においては、でも他方においては、じゃないの」

と、ジーンがからかう。

「君に関しては」と、アーサーが言う。「他方はない。一方だけでね。単純明快だ。僕の人生で単純明快だと思える唯一のことだ。やっと、ようやっとね」

ジョージには慰めてくれる人も、からかってくれる人もいない。同じ言葉が頭蓋骨の中をめぐり続けるのを止めてくれる人がいない。「心得違いをした、底意地の悪い人間」「悪戯心の赴くまま」「知りもしないことをさも知っているかのように振る舞い」「警察を惑わせ」「さなきだに極めて困難な捜査に当たっていた警察の困難を倍加せしめた」……これが、上下両院と畏れ多くも国王陛下に提出された見解なのだ。

その晩、新聞協会の代表から報告書に対する感想を求められたジョージは、「結果に強い不満を覚えています」と言明した。報告書を「正しい方向への最初の一歩に過ぎません」と評したうえで、グレートレクス書簡を書いたのはジョージだとする主張について、「名誉の毀損、侮辱……根拠を欠く憶説であり、これが撤回され、謝罪がなされない限り、納得できません」と述べた。しかも、「補償は一切提示されませんでした」。有罪判決は間違っていたと委員会が認めている以上、「誤って科された三年の懲役刑について補償を受けるのは当然の権利であり、この件を黙って見過ごすつもりはありません。私は不法な処置を受けたことに対する補償を求めます」

『デイリー・テレグラフ』に寄稿したアーサーは、委員会の立場を「まったく非論理的で到底擁護できない」と批判し、恩赦を与えながら補償しないとは「これ以上にけちで、これ以上に非イングランド的な」態度を想像することができるだろうかと問いかけた。また曰く、自分なら、「三十分ももらえれば」、ジョージ・エイダルジがあの匿名の手紙を書いたはずのないことを証明してみせよう。あるいはまた曰く、ジョージ・エイダルジに対する補償を国民の血税から支払うのは公正を欠くから、必要な金額を三等分してスタフォードシア州警察と四季裁判所、内務省に負担させるのがよかろう。なにしろ、これら三つの組織が協同して、この大失態を招いたのであるから、云々。

グレート・ワーリーの司祭もまた『デイリー・テレグラフ』に一文を寄せ、陪審員たち自身は誰が手紙を書いたかについて何らの見解も示していないこと、また、もしも何か誤った推論が行われたとすれば、それは陪審員たちに向かって「手紙を書いた人間がすなわち家畜を切り裂いた人間に相違ない」と「軽率かつ非論理的な」説示を行ったサー・レジナルド・ハーディーの落ち度であることを指摘し、裁判長によるこの説示については、審理に立ち会った高名な法廷弁護士も「誠に遺憾」との意見を表明していることを付言した。司祭はまた、息子が警察および内務省から受けた扱いは「怒りを通り越して呆れるほどの薄情なもの」であったと評し、さらに内務大臣および内務大臣の設置した委員会の対応と結論に関しては、「これこそ外交手腕、政治手腕と呼ばれるものなのかもしれませんが、もしも愚息がイングランドの大地主や貴族の子弟であったならば、このような決着の付け方にはならなかったと思われます」と述べた。

もう一人、報告書に不満なのがアンソン本部長であった。本部長は地元スタフォードシアの『センティネル』紙の会見取材に応じ、「警察の名誉」に関わる批判のいくつかに答えた。委員会は証拠証言相互の間に「矛盾」とやらを見出したと言うが、それは単に委員会が警察側の主張を理解していないからに過ぎない。また、警察が捜査開始時からエイダルジを犯人と決め込み、その見方を裏付ける証拠証言を集めたというのも事実と異なる。じつはその逆で、エイダルジが容疑者として浮上したのは、切り裂き事件が始まって「数か月後」であった。「この犯罪に関与している可能性があるとして様々な人物の名が挙がった」が、一人また一人と篩《ふる》い落とされていった。エイダルジに対する「嫌疑がいよいよ高まったのは、同人の深夜の徘徊癖が頻々と人の口の端に上るため」であった。

この会見記事は全国紙の『デイリー・テレグラフ』にも掲載され、ジョージはこれに対する反論を書いた。私を犯人とする主張が「根拠薄弱」であることは今や明らかである。「事実を申し上げれば」、私は「一度として」「徘徊」などしたことはなく、また、バーミンガムからの帰りが遅くなったり、あるいは地元で夜に催し物があったりした場合を除けば、「決まって九時半頃までには帰宅しておりました」。私は「地元の他のどなたと比べても」夜の外出の少ない人間であり、どうやら誰かが「冗談か何か」のつもりで言ったことを「警察が真に受けた」らしい。付け加えるなら、もし私が常習的に深夜に出歩いていたならば、その事実は当該地区を警邏する「警察官の大多数」の知るところとなっていたはずである。

この年の聖霊降臨祭は季節外れの寒さとなった。「悲劇の自動車レース。富豪子息、所有の二百馬力車運転中に事故死」「スペイン王室洗礼式出席のため諸国王族マドリッドに到着」「南仏ワイン騒動。ブドウ栽培農家、ベジエで暴徒化。市庁舎を襲撃放火」しかし、ヒックマン嬢についての記事はない。あの女性医師について何も報じられなくなってから、すでに数年が経っていた。

サー・アーサーから、もしも名誉毀損訴訟を起こす気なら、アンソン本部長、内務大臣、グラッドストン委員会を別々に相手取るのでも、まとめて訴えるのでも構わない、費用は負担しましょうとの申し出があった。ジョージは改めて謝意を表しつつ、丁重に断った。今回、自分に与えられた救済は、サー・アーサーの献身と努力、理詰めの論法、それにサー・アーサーお得意の〈一騒動起こすこと〉を抜きにしては実現しなかった。けれども、とジョージは思った。一騒動起こすことが、どんな場合でも最善の解決策というわけではない。熱必ずしも光を生まず、騒々しさ必ずしも動力を生まぬ。事件をあらゆる角度から公式に調査すべきであると『デイリー・テレグラフ』が求めている。ジョージの考えでは、今はこれをこそ声高に要求すべきである。同紙はまた、ジョージのための金銭的支援も呼びかけてくれている。

アーサーはアーサーで活動を続けた。「三十分ももらえれば」、ジョージ・エイダルジがあの手紙を書いたはずのないことを証明してみせるというアーサーの申し出には何の反応もなかった。公に反対の立場を表明しているグラッドストンですら何も言ってこなかった。そこでアーサーは、グラッドストンと委員会の面々、アンソン、ガリン、『デイリー・テレグラフ』の全読者にこのことを論証してみせようと思った。この件に関して自筆の挿絵もたっぷり入れた三点の長大な記事を書き、手紙を書いたのは明らかにエイダルジと「階級をまったく異にする」人間、すなわち口汚い田舎者、ごろつき、文法も作法も知らぬ人間であることを示した。加えて、自分自身もグラッドストン委員会に蔑《ないがし》ろにされた、何となれば報告書中に「私の証言が検討されたことを窺わせる片言隻句もない」からだと言い放った。エイダルジの視力の問題については、委員会は「実名を伏せた監獄医」の意見を引き合いに出す一方で、アーサーの提出した十五名の専門家の見解を、それも「この内幾人かは我が国屈指の名眼科医」であるにもかかわらず、無視している。委員会の委員たちは結局、「非道の仕打ちを受けたこの青年」に「平謝りに謝る」責任のある「数多の警察官、役人、政治家の列」の最後尾に付いたに過ぎない。けれども、その謝罪がなされ、補償金が支払われない限り、「いくら世辞を言い合いながら互いの過ちを糊塗し合っても、誰一人として免責されることはないのである」

五月から六月にかけて、議会では質問が絶えなかった。サー・ギルバート・パーカーは、先例の有無を質した。誤って有罪の判決を下し、のちに恩赦を与えながら、補償金を支払わなかった例はあるのか。グラッドストン氏――「類似の事例があったとは聞き及びません」アシュリー氏は質問した。内務大臣自身、ジョージ・エイダルジは無実と思うか。グラッドストン氏――「私に私個人の見解をお尋ねになるのは適切を欠くかと思われます」パイク・ピーズ氏は質問した。監獄におけるエイダルジ氏の評判はいかがであったか。グラッドストン氏――「監獄における評判は良好でありました」ミッチェル＝トムソン氏は筆跡の問題について調査する新たな委員会の設置を内務大臣に求めたが、グラッドストン氏はこれを断った。クレイグ大尉は審理の記録の提出を求め、それに基づいて議会で裁こうではないかと提案したが、グラッドストン氏はこれを断った。F・E・スミス氏は質問した。問題の手紙を書いた疑いさえなければ、エイダルジ氏は補償を受けられたとの理解でよろしいか。グラッドストン氏――「生憎、そのご質問には答えかねます」アシュリー氏は質問した。完全には無実が証明されなかったのなら、なぜその人が釈放されたのであるか。グラッドストン氏――「有り体に申し上げるならば、ご質問は私に関わるものではありません。なぜなら、釈放は私の前任者の判断によるものだからであります。しかしながら、その判断に私も賛成であります」ハームード＝バナー氏は、ジョージ・エイダルジが獄中にあった間に発生した同種の家畜殺傷事件についての詳細を求めた。グラッドストン氏は、グレート・ワーリー近辺では一九〇三年九月、一九〇三年十一月、一九〇四年三月に各一件、計三件が起こっている旨回答した。F・E・スミス氏は質問した。過去二十年間で、有罪判決が確たる証拠に基づかぬものであることが明らかになったのち、補償金の支払われた事件はいくつあったのか、また支払われた額はいかばかりであったのか。グラッドストン氏は、この二十年の間にそのような事例は十二件あり、そのうちの二件で相当な額が支払われたと答えた。「一方の事件では五千ポンドを、他方の事件では二名に対し合わせて千六百ポンドを支払っております。残りの十件においては、補償額は一ポンドから四十ポンドまでの間であります」

パイク・ピーズ氏は質問した。全十二件において、恩赦が与えられたのか。グラッドストン氏――「その点は詳らかでありません」フェイバー大尉は警察から内務省に届いたエイダルジ事件関連の報告書や書簡を残らず印刷公表するよう求めたが、グラッドストン氏はこれを断った。そして六月二十七日、とうとうヴィンセント・ケネディ氏が質問した――「エイダルジがこのような扱いを受けているのは、エイダルジがイングランド人でないからでしょうか」国会議事録には、「(答弁なし)」とある。

アーサーのもとには、匿名の手紙や口汚く罵る葉書が届き続けていた。手紙の入った黄色い粗悪な封筒は、ふたが切手シートの耳紙で留めてある。消印はロンドンNW区だが、紙の皺の寄り方からすると、中部地方《ミッドランズ》から投函地のロンドンまで、小包か何かで郵送されたようにも見える。あるいは誰かの――例えば、鉄道の車掌の――ポケットに入れて運ばれた可能性もあるだろう。手紙の書き主を突き止めるのに協力してくださった方に二十ポンド進呈、とアーサーは広告を出した。

内務大臣と次官補のブラックウェル氏に再度の面会を求めたアーサーは、「丁重に」、しかし同時に「聞く耳持たぬ冷たさをもって」もてなされたと『デイリー・テレグラフ』紙上で報告した。そのうえ、大臣と次官補は「批判の矢面に立たされた役人たちの肩を持ち」、アーサーは周囲に「敵意に満ちた空気」を感じた。結局、温かみが増すことも空気の性質が変わることもなく会談は終わった。大臣曰く、誠に遺憾ながら、政務多忙のため、爾《じ》後《ご》サー・アーサーのお目にかかることは難しくなりそうです。

事務弁護士協会は投票の結果、ジョージ・エイダルジの除名処分を取り消した。

『デイリー・テレグラフ』は集めた義捐金をジョージに贈った。総額約三百ポンドであった。

以後、これといって新しい出来事はなかった。論争もなく、名誉毀損訴訟もなく、政府にも動きはなく、議会での質問もやみ、何らの公的調査も行われず、謝罪もなければ補償もなく、従って新聞も報じることがなかった。

ジーンがアーサーに言う。「あと一つ、私たちがあの人にしてあげられることがあるわ」

「いったい何だろう、僕の愛する人」

「私たちの婚礼の席にお招きしましょうよ」

この提案にアーサーは戸惑う。「しかし、両家の親族とごく親しい友人にだけ出てもらうことに決めたんだと思うが」

「それは式そのものでしょ、アーサー。そのあとに披露宴があるじゃない」

非公式のイングランド人は非公式の婚約者の顔を見つめた。「誰かに言われたことがあるかい。君は最高に愛らしい女性であるばかりじゃない。君は格別に賢い人だ。何が正しくて、何が必要か、君が夫にすることになるどこかの木偶の坊なんかより、ずっと正確に見抜く力のある人だ」

「これからはいつも私が横にいます。いつだって横にいますから、いつも同じ方向を見ています。それが、どんな方向であってもです」

ジョージとアーサー

夏も終わりが近づき、話題はクリケットとインド情勢になった。スコットランド・ヤードも毎月書留郵便でジョージの住所を確認することを行わなくなり、内務省は沈黙を守り、疲れを知らぬイェルヴァトン氏も新しい戦略を打ち出せずにいた。適当な場所が見つかるまでの間、どうぞメクレンバラ・ストリート二番地の事務所をお使いくださいとジョージに申し出てくれる人もいて、サー・アーサーからの連絡も減り、励ましか怒りの短信くらいになった。ジョージの父も元どおりとは言わないまでも教区の仕事にだいぶ身が入るようになり、母は長男と一人娘とが二人で暮らしているぶんには大丈夫と安心した。ワーリー連続家畜殺しの下手人は公式に不明となったにもかかわらず、ジョージ・アンソン警察本部長閣下は捜査の再開を発表しないままだった。ジョージは昔どおりに、つまり絶えず視界の隅に自分の名前を意識することなしに、新聞を読むことができるようになった。ワーリー地区でまた一頭の家畜が切り裂かれ、にもかかわらず世間の関心は薄れ続け、匿名の手紙の書き手さえもが悪態をつくことに飽いた様子であった。そのような中でジョージは、自分の事件に対する最終的な、公式の審判が下ったこと、それが変わることのまずないだろうことを悟ったのだった。
無罪だけれども有罪――そうグラッドストン委員会は言い、イギリス政府も内務大臣の口を通してそう言った。無罪だけれども有罪。無罪だけれども、心得違いをした、底意地の悪い人間。無罪だけれども、悪戯心の赴くままに任せた人間。無罪だけれども、警察による正当な捜査を故意に妨げようとした人間。無罪だけれども、身から出た錆。無罪だけれども、補償金を支払うには値しない。無罪だけれども、謝罪するには値しない。無罪だけれども、三年間の懲役刑には十分値する。

だが、それとは異なる審判もあった。新聞各紙は概ねジョージの味方で、『デイリー・テレグラフ』は委員会や内務大臣の見解を「根拠薄弱にして非論理的、まるで要領を得ない」と評した。世論の立場は、ジョージ自身の観測によれば、「ちょっとは公平に扱ってやれよ」というものだ。法曹界は圧倒的に支持してくれている。それに加えて、当代の大作家の一人がジョージの無実を声高に、しかも繰り返し、弁じてくれる。いつの日か、これらの声が公式の審判より重みを持つようになるだろうか。

ジョージはまた、自分の事件とそこに含まれる教訓について、より高い見地から考えることにも努めた。警察が今より有能になることや、証人が今より正直になることが期待できないとすれば、せめて警察や証人の言葉の検証の場である裁判所を改善しなければならない。そもそも、あのような事件は法曹としての訓練を受けていない裁判長が裁くべきではなかったのだ。まずは、判事席に座る者たちの資格要件を厳しくする必要がある。また、たとえ四季法廷と巡回法廷の機能改善に成功したとしても、それだけで十分とは言えない。より鋭敏で、より賢明な法曹の判断を仰ぐ機会を、すなわち上訴審を、設ける必要がある。今回のような誤審をひっくり返す唯一の方法が内務大臣に嘆願書を書き送ることというのは不合理極まりない。しかも、その嘆願書は毎年何百、いや何千と送られる他の嘆願書に混ざって届くのであり、嘆願書のほとんどは、疑問の余地なく有罪であるがゆえに国王陛下の監獄に起き臥しし、内務省宛の嘆願書をでっち上げるくらいしか時間の潰しようのない者たちによって書かれるのである。もちろん、上級審ができても、取るに足りない上訴は篩《ふる》い落とされてしかるべきだ。けれども、事実の認定あるいは法の適用について深刻な意見の対立がある場合や、下級審の審理が不公正だったり不適切だったりした場合には、当該の事件を上級審が再審査するべきである。

ジョージの受難には次元の高い目的があるのだと、折に触れてジョージの父は仄めかしていた。ジョージ自身は殉教者になりたいと考えたこともなかったし、今も自分の受苦にキリスト教的見地から説明がつくとは思わなかった。しかし、ベック事件とエイダルジ事件という二つの冤罪事件が法曹界で大きな物議を醸したことは確かであって、ジョージが結局ある種の殉教者——もっと単純で実際的な、法の世界における殉教者——となり、その受難が司法行政の改革に繋がる可能性は大いにあった。ジョージは思った。ルイスとポートランドの監獄で奪われた三年と、宙ぶらりんの状態で過ごした釈放後の一年は、何をもってしても埋め合わせることはできない。けれども、自分の人生における一大頓挫《とんざ》が、最終的には自分の働く世界にとって幾ばくかの効用をもたらすことになれば、多少の慰めになるかもしれない。

慎重に、まるで高慢の罪を意識するかのように、ジョージは百年後に書かれた法律の教科書を想像してみた。「控訴院設置のそもそもの発端には、世の批判を招いた数多の誤審がある。なかんずくエイダルジ事件が重要であった。事件それ自体の詳細は最早我々の関心を引くものではないものの、この冤罪事件の被害者が『鉄道利用者のための法律』の著者であることには言及しておくべきであろう。同書はこの一筋縄でいかぬ分野を解明した先駆的研究の一つであり、現在でも参照される基本的文献となっている……」法律の歴史の脚注に名が残るのならば、自分の運命も満更捨てたものではない、ジョージはそう思うことにした。

ある朝、大きな横長のカード《カッパープレート》がジョージ宛に届いた。カードは銀色の手書き文字風書体で印刷されていた。

このたび　サー・アーサー・コナン・ドイルと私共の娘ジーンが結婚式を挙げることとなりました
つきましては　披露かたがた粗餐を差し上げたく存じます
ご多用中誠に恐縮でございますが　何とぞご臨席賜りますようご案内申し上げます

一九〇七年八月

ブラックヒース旧司祭館《グリーブ・ハウス》
ジェームズ・ブライズ・レッキー
セリーナ・レッキー

ジョージ・エイダルジ様

記

日時　一九〇七年九月十八日水曜
　午後二時四十五分より
場所　メトロポール・ホテル　ホワイトホールの間
　お手数ながら　ご都合のほどをご一報賜りますよう
　お願い申し上げます

ジョージは言葉で言い表せないほど感激した。カードを暖炉の上に立て早速返事を書いた。事務弁護士協会は再び法曹界に自分を招じ入れてくれたが、今度はサー・アーサーが再び社交の世界に自分を招じ入れてくれた。社交の面でジョージに野心があるわけではない。少なくとも、こんな上流とは無縁である。けれども、この招待は、ほんの一年前までポートランドにいた人間に向けて送られた気高く象徴的な合図であるとジョージは考えた。一年前、監獄にいた自分はトバイアス・スモレットの小説を読むことで自身の正気を保とうと努めていたのではないか。ジョージは結婚祝いの品として何が相応しいか長いこと考えた末、シェイクスピアとテニソンをそれぞれ堅牢な装丁の一巻本で贈ることに決めた。

新聞屋たちには嗅ぎつけさせないぞ、とアーサーは心に決めている。ジーンと挙げる結婚式の場所は発表していないし、ゲイエティ劇場内のレストランで開く結婚前夜の晩餐会についても箝口令《かんこうれい》を敷いてある。当日、ウェストミンスターの聖マーガレット教会では、ぎりぎりの土壇場になって縞模様の日よけが張り出される。人目を引く土曜を避けて、ひっそりと水曜にいったい誰の結婚式だろうと、通りがかりの数人だけが、日の光を浴びて何とも眠たげなこのウェストミンスター寺院横の一角に足を止める。

アーサーはフロックコートに白のベストという出で立ちで、ボタンホールに大きな白い梔子《くちなし》の花を挿している。緊張の面持ちで付添人《ベスト・マン》を務めるのは、秋季大演習中の陸軍から特別をもって賜暇《しか》を許された弟のイネス。司式するのは、末の妹ドードーの夫シリル・エンジェルである。先だって七十回目の誕生日を祝ったかあさまは、グレーの錦織《ブロケード》を身に纏っている。コニーとウィリーの夫婦もいるし、ロティにアイダ、キングズリーとメアリもいる。一族を集めて一つ屋根の下に暮らすというアーサーの夢はついに現実のものとならなかった。しかし、今日ここに、束の間ではあれ、皆が参集した。そして今回ばかりは、ウォラー氏の姿はない。

祭壇の周りは背の高い棕櫚《しゅろ》の木々で飾られ、木々の根元には沢山の白い花が固めて配されている。式では本式に聖歌隊が歌ってくれることになっている。しかし、なにしろアーサーは日曜に教会よりゴルフをとるほうなので、聖歌の選択はジーンに任せた。「あめもみつかいも神をたたえよ」と「またき愛たもう神よ」。アーサーは信徒席の最前列に立ち、最後に会ったときのジーンの言葉を思い出す。「お待たせはしませんわ、アーサー。その点、父にはっきり言っときましたから」ジーンはきっと約束を守るだろう。二人はお互いのことを十年も待ったのだから、あと十分や二十分延びたところで構わないじゃないか、いやかえって展開が劇的になっていいじゃないか、そんなことを言う向きもあるかもしれない。しかし、嬉しいことに、世間では魅力的だとされているそんな花嫁らしい媚態をジーンが示す心配はまるでない。二人は二時十五分前に結婚することに決まっており、従ってジーンは二時十五分前に教会に来る。これぞ今後の結婚生活の堅実な基盤だ……。立って祭壇を見つめながらアーサーは考える。自分は女性というものを必ずしもよく理解しているわけではない。しかし、直球勝負の女性とそうでない女性との区別はつく。

ぴったり一時四十五分、父親の腕に手をかけてジーン・レッキーが到着する。玄関ポーチに出迎えたのは新婦の介添え《ブライズメイド》を務める二人、すなわちレズリー・ローズと心霊主義に傾倒しているリリー・ローダー＝シモンズ。付添いの少年はシリル・エンジェルとドードーの息子、青と淡黄の絹の宮廷服に身を包んだブランズフォード君。ジーンのドレスは上がプリンセス・ラインで下がエンパイア・ライン、象牙色の絹のスペインレースが使われて、レースの柄に沿って細かい真珠が刺繡されている。アンダースカートは銀糸の薄絹。恋結び《トゥルー・ラヴァーズ・ノット》のリボンには蹄鉄型に編まれた白いヒースの花が差され、そこから下に広がる裳裾《もすそ》は白のクレープ・デ・シンで縁取られている。ベールの下にはオレンジの花のリースの髪飾り。

横に近づいてくるジーンの衣装をアーサーはろくに見もしない。もともと服装に執着するほうではなく、従って、当日に新婦が着用して到着するまで新郎は花嫁衣装を一目たりとも見てはならぬという迷信もかえって好都合だった。じつに堂々たる花嫁だとアーサーは思い、クリーム色と真珠と長い裳裾の全体的印象を体の横に受け止めている。正直に言えば、これが乗馬服であったとしても、新郎の幸福感はちっとも減じなかったであろう。

感想を伝えるアーサーは元気溢れる声、それに答えるジーンは蚊の鳴くような声である。

メトロポール・ホテルに移動すると、ホワイトホールの間までは大階段を昇らなければならない。こうなると裳裾が甚だ邪魔臭い。新婦の介添え二人とブランズフォード少年が手を焼いて、いつ果てるともなく騒いでいる。痺れを切らしたアーサーは花嫁を足元から抱え上げ、そのまま軽々と階段を上がっていく。オレンジの花の匂いを嗅ぎ、頬に真珠がめり込むのを感じ、この日初めて新婦が立てる静かな笑い声を聞く。階段の下からは結婚式の参列者たちから喝采が起こり、階段の上に集まっていた披露宴の参会者からは、それに応えてさらに大きな喝采が起こる。

二度だけ会ったことのあるサー・アーサーと、チャリングクロスのグランドホテルでちょっと握手してくれた新婦のほかに、知り合いは誰もいないだろうことをジョージは痛いほど分かっている。イェルヴァトン氏が招かれているか怪しいし、ハリー・チャールズワースとなれば論外だろう。祝いの品を手渡し、皆が手にしている酒類を断って、ジョージはホワイトホールの間を見回す。ビュッフェ・テーブルでは料理人たちが準備に余念がない。メトロポール管弦楽団は音合わせの最中である。そして至るところに背の高い棕櫚の木が立ち、根元には葉のついた小枝の束や白い花や羊歯《しだ》が置かれている。部屋の壁際にぐるりと並べられた小さなテーブルにも白い花が飾られている。

ジョージを驚かせ、かつまた大いに安堵させたことには、皆が寄ってきて話しかけてくる。どうやらジョージが何者か知っているらしく、まるで昵懇《じっこん》の間柄であるかのように挨拶してくる。アルフレッド・ウッドは自己紹介して、私はワーリーの司祭館を訪ねてご家族にお目にかかったのですよと言う。ユーモア作家のジェロームは、正義のために戦って勝利したジョージに祝意を表してから、娘のミス・ジェロームを紹介し、会場にいるその他の有名人を教えてくれる。あそこにいるのがJ・M・バリー、それからブラム・ストーカーにマックス・ペンバートン……。庶民院において内務大臣を幾度か困らせたサー・ギルバート・パーカーもやってきて、ジョージの手を握る。ジョージは気づく。自分は非道の仕打ちを受けた人間として遇されている。正気の沙汰でない猥褻な手紙の数々をこっそり書いていた人間を見るような目で見られることは一切ない。はっきり何か言われるわけではないが、言わず語らずに了解されている。この人は概ねの事柄を概ね自分たちと同じように理解する人間だ、と。

　管弦楽団による静かな演奏の中、サー・アーサーの弟により、国内外から届いた籠三つぶんの電報が運び込まれ、開封され、読み上げられる。それから料理が出て、生まれてこの方ジョージが見たことのあるシャンパン全部より大量のシャンパンが注がれ、スピーチと乾杯が続く。そして新郎の挨拶が始まると、そこにはまるでシャンパンのような言葉が含まれている。なぜなら、その言葉はジョージの脳に泡を立て、興奮の眩暈を引き起こすから。

「……今日ご参集の皆さんの中に、私の年少の友人、ジョージ・エイダルジ君を招くことができたのは大きな喜びです。今日、こうしてお目にかかって、この人以上に私を誇らしい気持ちにしてくれる人はほかにいません……」すると、皆の顔がジョージのほうを向き、どの顔も微笑んでいて、皆が軽くグラスを上げていて、ジョージはどちらを向けばよいのか困り、でもどちらを向いても同じであることに気づく。

　新郎新婦は型どおりにダンスフロアを歩いて一周し、やんやの喝采を浴びる。その後に最初は二人で、しばらくしてから別々に、客の間を回っていく。ジョージは自分でも気づかぬうちにウッド氏の横に立っていて、そのウッド氏は後ろに下がりすぎて半ば棕櫚の木にめり込み、脚は膝まで羊歯の葉に隠れている。

「人に見つかるなと年がら年中、サー・アーサーから言われるものですから」とウッド氏は片目をつぶってみせる。二人並んで賑やかな会場を見渡す。

「おめでたい日ですね」とジョージが言う。

「ここまで長い道のりでしたがね」とウッド氏が応じる。

　ジョージはこの言葉をどう解すればよいのか分からず、黙って頷いて済ます。「長年サー・アーサーにお仕えしていらっしゃるのですか」

「サウスシー、サウスノーウッド、ハインドヘッド。きっと次はトンブクトゥでしょう」

「そうですか」とジョージが答える。「新婚旅行でそちらにいらっしゃるんですか」

　こう言われたウッド氏は、質問が理解できない様子で眉間に皺を寄せ、シャンパングラスからまた一口すする。

「エイダルジさんは『一般的に《イン・ジェネラル》結婚する』ことを強く希望されていると伺っております。ですが、サー・アーサーは人は『個別的に結婚する《イン・パティキュラ》』べきだというお考えでして」なぜか楽しい気分になるので、ウッド氏は「個別的に」を「イン・パ・ティ・キュ・ラ」とスタッカートに刻んで発音する。「それとも、これは当たり前でしたか」

会話が妙な方向に進みだしたことにジョージは身構える。それに、いささか決まり悪くもある。ウッド氏は人差し指で鼻の横をこすりながら、「この情報を提供してくださったのは妹さんです」と種を明かす。「二人の俄《にわか》探偵の手管にかかりましてね」

「モードですか」

「そういうお名前でした。いいお嬢さんですな、静かな。静かなのは悪いことじゃない。いや、私自身に結婚したい気持ちがあるわけじゃありませんよ、一般的にしろ、イン・パ・ティ・キュ・ラにしろ」と言って一人でにやにやしている。ウッドさんは底意地が悪くてこんなことを言うのではない、努めて愛想よくしてくれているのだ、ジョージはそう思うことにした。それにしても、この人、若干酩酊しているのではあるまいか。「大事《おおごと》になるじゃないですか、少々。それに金もかかる」と、ウッド氏はグラスを持った手で楽団や花、給仕人たちをひっくるめて指す。この仕草を見た給仕人の一人が、シャンパンを注ぎ足せと言われたのだと勘違いする。

このやりとり、いったいどこに行きつくのだろうと思い始めたちょうどそのとき、新しいコナン・ドイル夫人が勢いよく近づいてくるのがウッド氏の肩越しに見える。「ウッディー」と夫人は言い、するとこれまで相手をしてくれていた男の顔に奇妙な表情が浮かんだように見えた。しかし、ジョージがその表情の意味するところを推し量ることのできぬうちに、サー・アーサーの秘書はその場を離れていた。

「エイダルジさん」と、コナン・ドイル夫人はジョージの姓を完璧に発音し、手袋をはめた手をジョージの前腕に置く。「お運びいただけて光栄ですわ」

ジョージはびっくりする。一つの会に出席するために他の多くの会を欠席せねばならないような人間ではない。「ご多幸をお祈りします」と返し、ジョージは新婦のドレスに見入る。こんなのは生まれてこの方見たことがない。父の司式で結婚するスタフォードシアの村の人たちの着るものは、これとは比べ物にならない。ジョージはドレスを褒めなくてはと思うのだが、どう褒めればよいのか分からない。しかし、差し支えはない。再び、新婦のほうが話してくれている。

「エイダルジさん、私、お礼を申し上げたいんです」

再び、ジョージはびっくりする。新郎新婦はもう結婚祝いの品々を開けてみたのだろうか。まさか、そんなはずはないが。しかし、それ以外に礼を言われる理由もない。

「いえ、お二人が何を必要とされるかよく分からなかったものですから――」

「いえ、そのことじゃありませんの。何を頂戴したにせよ、ですよ」と、新婦はジョージに微笑みかける。目の色は灰色がかった緑かな、とジョージは思う。髪はブロンドだ。この人のこと、僕はじろじろ見てしまっているだろうか。「申し上げたいのは、今日という日に、こんなふうに、この幸せな日を迎えられたのは、エイダルジさんのお蔭もあるということです」

何を言われているのか皆目見当もつかない。しかも、僕はじろじろ見てしまってる。それが自分でも分かる。

「じきに邪魔が入るでしょうし、それに私、ちゃんと説明する気は端《はな》からありませんの。私の申し上げたいこと、エイダルジさんには分からずじまいになるかもしれない。でも、エイダルジさんの想像もできないほど、私、エイダルジさんに感謝しています。ですから、今日お越しいただけて本当によかった」

まだジョージがこの言葉を反芻しているうちにも、がやがやと渦巻く声がコナン・ドイル新夫人を連れ去っていく。〈エイダルジさんの想像もできないほど、私、エイダルジさんに感謝しています〉しばしののち、サー・アーサーがジョージの手を握り、さっきのスピーチは決して外交辞令ではありませんからねと言うと、ジョージの肩をぽんと叩いて隣の客へと移っていく。新婦が退場し、装いを新たにして再登場する。最後の乾杯が唱和され、杯が飲み干され、歓呼の声が上がり、新郎新婦が退場する。ジョージに残されたのは、束の間の友たちに別れを告げることだけである。

翌朝、ジョージは『ザ・タイムズ』と『デイリー・テレグラフ』を買った。一方の新聞ではフランク・ブレン氏とホーナング氏の間に、他方ではブレン氏とハンター氏の間に、ジョージ・エイダルジの名が出ている。名前を知らなかったあの白い花は鉄砲百合というらしい。そして、サー・アーサーとコナン・ドイル夫人はその後、パリ、ドレスデンを経てベニスへ向かう旅に出たという。「新婦の旅装は」とジョージは続けて読んだ。「象牙色の布のドレスである。縁取りには飾り紐《ソウタシエ》を使い、身頃と袖はレースだが、袖は布製のオーバースリーブ付き。コートは背中の金刺繍のボタンでウエストを絞り、前はレースの胸飾り《シュミゼット》の左右に布が柔らかな襞《ひだ》を作っている。これらの衣装を製作したのはメゾン・デュプレのB・M・リーである」

ジョージにはちんぷんかんぷんだった。そのドレスを着た人が前日に発した言葉と同じくらい分からない。

自分はいつか結婚するのだろうかとジョージは考えた。かつてそんな可能性を夢想したとき、脳裏に浮かぶのは決まって聖マルコ教会で、父が司式をしていて、息子を見つめる母は誇らしげだった。いつも花嫁の顔が思い描けなかったが、それを気にしたことはなかった。けれど、試練を経た今、父の教会での挙式はなさそうに思われ、するとそのことで結婚そのものの可能性まで失われたように感じられるのだった。モードはいつか結婚するのだろうか。そして、ホレスは……。ジョージは弟の現在の生活をほとんど知らなかった。ホレスは裁判の傍聴を断り、監獄にも一度も面会に来なかった。そぐわぬ文面の葉書をときどき送って寄越すばかりだった。家にも、もう何年も帰ってきていない。もしかするとすでに結婚しているのかもしれなかった。

サー・アーサーとコナン・ドイル新夫人に再び相見える日は来るだろうか、とジョージは考えた。自分はこれからの数か月、数年をかけ、かつてバーミンガムで手にしかけた生活を今度はロンドンで得るべく努めることになる。一方、あの二人は、世界的に有名な作家とその若妻に相応しい生活へ向かって去ってゆく。共通の大義がなくなったとき、あの人と自分の関係はいったいどんなふうになるのだろう。こんなふうに思うのは、自分が神経質になりすぎ、臆病になりすぎなのかもしれない。しかし、自分がサセックスに夫妻を訪問しているところとか、ロンドンの会員制クラブでサー・アーサーと食事をしているところとか、自分の財力で維持できるささやかな自宅で夫妻をもてなしているところとか、想像しようとしても想像できない。それらもまた、なさそうに思われる一場面、つまり自分には手に入れられない生活の一場面なのだ。きっと、あの人とは二度と会わないだろう。それでも、九か月の間はお互いの人生行路が重なったのだし、たとえ昨日という日がその重なった期間の終点であったとしても、それが非常に悲しいとは思わない。じつを言えばジョージは、心のどこかで、終わってよかったのだと感じていた。

第四部　ふたつの終わり

ジョージ

その火曜日、朝食のテーブルの向こう側から、モードが自分用の新聞の『デイリー・ヘラルド』を黙って差し出した。サー・アーサーが前日の午前九時十五分、サセックス州はクロウバラの自宅ウィンドルシャム・マナー邸で死んだのである。「今わの際に妻を賞讃」という見出しが付いている。続けて、「『君は素晴らしい！』とシャーロック・ホームズの生みの親」とあって、さらに続けて「服喪せず」とある。ジョージは先を読む。ウィンドルシャム・マナー邸に「沈鬱な雰囲気はない」。窓のブラインドはわざと上げたままにされている。そしてサー・アーサーと先妻との間の娘であるメアリだけが「深い悲しみを隠せずにいる」

デニス・コナン・ドイル氏は、『ヘラルド』から特派された記者に対し「声を潜めることなく、ごく普通の調子で滔々《とうとう》と語り、亡き父について話すことが嬉しく誇らしい様子であった」。「『父親としても夫としても、あんなに素晴らしい人はかつて存在しなかったのではないでしょうか』と氏は話した。『そしてあれほど偉大な人も多くはなかったでしょう。父は多くの方がご存じである以上に偉大でした。父は慎み深い謙虚な人でしたから』」

子から亡き父に手向けられた讃辞は二段落にわたった。しかし、その次の段落を読んでジョージは顔を赤らめた。息子が両親のことを、しかも新聞紙上で、こんなふうに話してよいものだろうか。「父と母は最後まで恋人同士でした。父の帰ってくる音を聞きつけると、母は若い娘のように跳び上がり、髪を撫でつけ、走って出迎えにいくのです。あの二人ほど仲のよい恋人たちはかつて存在しなかったでしょう」内容がはしたないばかりでなく、手放しで礼讃するのがいけないとジョージは思った。サー・アーサーは慎み深い謙虚な人だったと言った直後だから、なおさらだ。自分たちこそ史上最高のカップルだなどと、サー・アーサーだったら決して言わなかっただろう。息子は続けてこう語った。「私たち家族はこれで父を失ったわけではないのです。もしもこの確信がなかったならば、母は一時間もしないうちに自らの命を絶っていたに違いありません」

デニスの弟のエイドリアンが話を引き取り、父が今も自分たちと共にあることを説明している。「私は今後も父と話せることを微塵も疑いません。他界しても私たちとは連絡を取りつづけると父も断言していました。家族も皆、それを信じています。他界する前にしていたのと同じように、父は頻繁に私たちに話しかけてくるに違いありません」しかし、厄介な面もあるらしかった——「私たちは父が話しかけてくれれば分かりますが、それでも注意は必要です。こちら側の世界と同様、向こう側にも質の悪い悪戯をするのがいますからね。そういうのが父の声音を真似るということは十分考えられます。でも、ちゃんと母が判定法を知ってるんです。ちょっとした話し方の癖みたいな、人には真似ることのできないものですね」

ジョージは頭が混乱した。訃報に接した瞬間に自分の感じた、いわば三人目の親を失ったような悲しみが、許されないものと見なされている——「服喪せず」なのだから。サー・アーサーは幸福のうちに死を迎え、遺族も一人を除いては悲嘆することを控えている。ブラインドは上げたままにされ、沈鬱な雰囲気はないのである。そんなときに痛嘆する自分は、いったい何者なのだ。この困惑の気持ちをモードに打ち明けようかともジョージは思った。こうした事柄についてはモードのほうが明快に考えることができそうだからだ。しかし、そんなことを言えば自己中心的に聞こえるかもしれないと思ってやめた。きっと故人の慎み深さが、故人を知る者たちに嘆き悲しむことを慎ませているのだろう。

サー・アーサーは享年七十一だった。親愛の情のこもった長文の死亡記事が次々と出た。ジョージは一週間報道を追い、自分の読む『テレグラフ』よりモードの『ヘラルド』のほうが情報を多く伝えていることが分かっていささか面白くなかった。「近親者のみによるお別れの会」となる「庭園葬儀」が執り行われるとのことだった。自分も招かれるだろうかとジョージは思い、サー・アーサーの結婚を祝った者たちがサー・アーサーの……「死」に際しても、と考えかけ、だがクロウバラでは「死」という言葉を使わないのだったな、「他界」どころか「昇格《プロモーション》」と呼ぶ人たちさえいるのだったなと思い出す……サー・アーサーの「他界」に際しても集うことが許されれば嬉しいと思った。しかし、これは大それた望みだろう。自分はいかなる意味においても近親者ではないのだから。このように心の中で決着をつけていたジョージは、翌日の新聞が少々癪《しゃく》だった。三百人からがこの葬儀に参列の見込みであると伝えていたのである。

最初のコナン・ドイル夫人の葬儀と二番目のコナン・ドイル夫人の結婚式とを司《つかさど》ったサー・アーサーの義弟シリル・エンジェル師が、ウィンドルシャム・マナー邸薔薇園での葬儀も執り行った。補佐したのはC・ドレートン・トマス師である。参列者の間に黒い服は少なく、ジーンは花柄の夏物ドレスだった。亡骸《なきがら》は長年サー・アーサーの書斎の役目を果たしてきた庭の東屋の近くに埋葬された。世界中から弔電が届き、届けられる花すべてを運ぶために臨時列車を走らせねばならなかった。それらの花は埋葬地に積み上げられ、その場にいたある人の言によると、まるで華やかなオランダ式庭園が大人の背の高さまで盛り上がったみたいだったという。ジーンの注文した英国産オーク材の墓標には、「刀身のごとく一直線、鋼鉄のごとく真実」という文句が刻まれていた。最後までスポーツマンで、最後まで礼儀正しい騎士であった。

多くの点で慣例に反してはいても、すべてが然《しか》るべく行われたようだとジョージには感じられた。きっとこんなふうに見送られることを僕の恩人自身も望んだことだろう、と。ところが、金曜の『デイリー・ヘラルド』は、話はまだ終わっていないと伝えている。見出しは「コナン・ドイルのための椅子」と四段抜きで、その下の説明には大小取り混ぜた活字が躍る。「**霊視能力**を有する霊媒を招いての**大集会**計画さる。心霊主義者六千人による記念集会。**夫人の希望**。霊媒、結果は正直に話すと約束」

この公の告別式は一九三〇年七月十三日日曜、午後七時よりアルバート・ホールで行われる予定である。式の世話役はメリルボン心霊主義者協会の事務局長フランク・ホーケン氏。何人かの家族と共に出席するコナン・ドイル夫人は、これが夫と一緒に出る最後の公開交霊会となるでしょうと述べた。サー・アーサーの臨席を象徴するため、誰も座らない椅子が舞台上に置かれ、夫人はその左に座る――これまでの二十年間、夫人は倦《う》むことなく夫の左に座り続けてきた。

しかし、それだけではなかった。コナン・ドイル夫人が所望して、式の中で公開霊視が行われることになった。これを実演するのは、かねてよりサー・アーサーが贔屓《ひいき》にしていた霊媒のエステル・ロバーツ夫人である。『ヘラルド』の取材に応じたホーケン氏は、「霊視され得うるほど強い霊力をもって立ち現れる術をサー・アーサー・コナン・ドイルがすでに会得しているか、疑問無きにしも非《あら》ずです。しかし、立ち現れる術そのものは十分会得していることでしょう。サー・アーサーは他界に向けてしっかりと準備していましたから」と述べた。さらに言葉を継ぎ、「たとえサー・アーサーが現れても、心霊現象を疑う人たちにその証拠が受け入れられるかというと、難しいかもしれません。ですが、ロバーツ夫人の霊媒としての力を知っている我々は、その点に関して何ら疑念を抱く必要がないのです。ロバーツ夫人は、もしもサー・アーサーが見えなかったら、見えなかったと正直に言いますから」この人は質の悪い悪戯の心配については何も言わないのだな、とジョージは思った。

兄が記事を読み終わるのを見て取るとモードは言った。

「お兄様も行かなくっちゃ」

「そう思うかい」

「絶対よ。サー・アーサーはお兄様のことを『友人』と呼んだのよ。お別れを言ってこなくっちゃ、いくら普通とは違う場でも。心霊主義者協会に券を買いにいらっしゃい、今日の午後か明日にでも。買っとかないと心配でしょう」

ときどき妹がじつにきっぱりと物を言うのが不思議でもあり愉快でもあった。ジョージは仕事机に向かっているときもいないときも、頭の中で様々な意見を戦わせたうえで結論を出す習慣だった。モードはそんな時間の浪費を拒み、兄よりも明快に——少なくとも迅速に——考えた。だから、ジョージは家政の処理を妹に任せ、金は衣服と事務所にかかる費用を除《の》けてあとは全部妹に渡していた。モードは家計を遣り繰りし、毎月一定額を貯蓄口座に入れ、残りは慈善事業に寄付をした。

「お父さんが聞いたら渋い顔をしたと思わないかい、こういう……種類のことは」

「お父様が亡くなってもう十二年よ」と、モードが答える。「それに私、前からこう考えたくなるほうでしたけど、神の御前に出た人間は、この世に生きていたときとは幾分違う人間になってるものじゃないのかしら」

ときどき妹がずばりと物を言うことに、いまだに驚かされる。今の発言などは父を批判しているのに近い。これについて議論するのはやめておこう、あとでゆっくり一人で考えようとジョージは思った。心霊主義についてはサー・アーサーの書いた数十ページほどのものを読んで得た知識くらいしかなく、読んだときも集中していたとは言えなかった。心霊主義のいわば伝道師だったサー・アーサーが霊媒を通して語りかけてくるのを六千人の人々が待つ。その図を想像して、これはただ事ではないとジョージは思った。

ひと所に大勢の人間が集中することをジョージは嫌悪した。それはキャノックやスタフォードで目にした人の群れや、自分が逮捕されたのち司祭館に蝟集《いしゅう》したという野次馬のことを思い出させた。馬車のドアを激しく叩いたり、ステッキを振り回したりする者たち。ルイスやポートランドの囚人の群れ。その群れに揉まれたあとは、独房に拘禁されることに痛いほどの喜びを覚えたものだった。時と場合に応じて講演会にも出かけ、事務弁護士の大きな集会にも参加するジョージであるが、一般則としては、ひと所への人間の集結を混乱と狂気の始まりと見なしていた。確かに現在はロンドンという人口稠密《ちゅうみつ》な都市に暮らす身であったが、男女とも人との接触は概ね制御することができた。できるだけ一人ずつ事務所に入ってきてもらうし、自分は机によって、そして法律の知識によって、守られている。ここ、バラ・ハイ・ストリート七十九番地なら安全だ。階下は事務室、階上はモードと生活する居室。

妹と二人で暮らすというのは名案だった。しかし、いったい誰の言い出したことだったか、今では思い出せなかった。サー・アーサーが冤罪を晴らすのに尽力してくれたとき、メクレンバラ・スクエアのミス・グッドの貸し間に一時期母が一緒に寝泊まりしてくれた。けれども、母はワーリーに帰らねばならないことがはっきりし、そうであれば一家の二人の女性が入れ替わるのは至極当然のことに思われた。両親の大いに驚いたことに、といってもジョージはさほど驚かなかったが、やらせてみるとモードは非常に有能だった。兄が暮らしやすいように家の中を整理整頓し、食事を作り、兄の秘書が不在の折には秘書役を務め、そして子供時代の日曜学校の教室に戻ったみたいに、一日の仕事を終えて上がってきた兄の話に聞き入った。ロンドンに移ってきてからのモードは以前より外に出かけるようになり、以前より自分の意見を主張するようになっていた。兄をからかうことも覚え、これが兄にとっては無上の喜びとなった。

「でも、何を着て行こう」

間髪容れずに答えたところをみると、この問いを予想していたのだろう。「青の背広ね。お葬式ではないのだし、そもそも黒は着ない人たちなんでしょう。でも、敬意は示さなくちゃ」

「どうも大きな会堂らしい。舞台近くの席はとれないんじゃないだろうか」

すでに決まった計画にジョージが必ずけちをつけるというのが、二人の生活の一部になっていた。そしてモードは必ず、愚図愚図言う兄に優しかった。今回も黙って部屋から出ていったかと思うと、頭上の屋根裏で盛んに箱を引きずる音がする。数分後に戻ってきたモードが目の前に置いた物を見てジョージは感情の高ぶりを覚える。埃をかぶったケースに入った双眼鏡である。モードは布を取ってくると埃を拭った。長く磨かれていなかった革がしっとりとした光を放った。

たちまち、兄妹は今一度アベリストウィスの城山公園に立ち、ジョージの人生における最後の完全に幸せな日に戻っている。通りがかりの人が指差してスノードンの山を教えてくれ、けれどもジョージに見えるのは妹の顔に表れた喜びだけである。妹は向き直り、お兄様に双眼鏡を買ってあげると約束する。その二週間後にジョージの試練が始まった。のちに自由の身となって二人でバラ・ハイ・ストリートに移り、そこで一緒に過ごした最初のクリスマスにこのプレゼントは贈られて、贈られた兄はすんでのところで自己憐憫の涙を零すところだった。

ジョージは贈物を有り難いと思ったが、同時に首を捻りもした。今や二人はスノードンから遠く離れ、再びアベリストウィスを訪ねる見込みも薄かったからである。このときもモードはそんな反応を予期していたらしく、お兄様、野鳥観察を始めたらと勧めてきた。モードから提案されるといつもそうなのだが、聞いた途端にそれが大変気の利いた考えに思われて、その後しばらく、ジョージは日曜の午後になるとロンドン周辺の沼や林に出かけたものだった。妹は兄には趣味が必要だと考え、兄は妹には家に兄のいない時間が必要だと考えたのである。この趣味を律儀に数か月続けたジョージであったけれど、じつを言えば飛翔中の鳥はうまく目で追えず、かといって休息中の鳥は木の葉の間に巧みに姿を隠すことを好むらしかった。加えて、こちらが身を隠す場合、野鳥を観察するのに最適とされる場所の多くはじめじめと寒く感じられた。監獄で三年を過ごした者ならば、じめじめ寒いのはもう沢山なのだ――いずれ棺に納まって、これ以上なくじめじめと寒い場所に下ろされるまでは。それが野鳥観察に関するジョージの最終的な結論であった。

「あの日はお兄様が本当に気の毒で」

目を上げたジョージの頭の中から期待外れだったウェールズの城跡に立つ二十一歳の女性の姿は消え、ティーポットの向こうに髪の白くなり始めた中年の女性が現れていた。中年女性は双眼鏡のケースにまだ埃が残っているのを見つけてもう一度拭く。ジョージは妹をじっと見る。いったい、どちらがどちらの面倒を見ているのか、分からなくなるときがある。

「あれは幸せな一日だった」とジョージは、反復により完全に固定した記憶を手放すことなく、きっぱりと言った。「ベル・ヴュー・ホテル。ケーブルカー。ロースト・チキン。石は拾わないことにしたね。汽車に乗って。幸せな一日だった」

「私、ずっとお芝居してたのよ」

ジョージは自分の思い出をあまり引っ掻き回されたくない気がした。「モードがどれだけ知ってるのか全然分からなくてね」

「兄さん、私だって子供じゃなかったのよ。そもそもの始まりのときは子供だったかもしれないけど、あのときはもう子供じゃなかった。ちょっと頭を働かせれば分かるわよ。二六時中家にいる二十一にもなる人間に隠し事なんてできるもんですか。隠してる人は自分に隠し事をしているだけだわ。自分相手にお芝居して、そのお芝居に人も付き合ってくれるのを期待しているだけ」

ジョージは今自分が知っているモードを出発点として過去へ遡って考えてみた。そして眼前の女性が、当時自分が気づいていたよりずっと大きなものとして、あの若い女性の中にもいたに違いないことを悟った。が、それが意味するところを突き詰めて考えたくはなかった。何が起きたのかを自分はとうの昔に確定している。自分の物語を自分は知っている。たった今聞かされたような種類の一般的訂正なら受け入れないこともないけれど、新たな細部は断固お断りだ。

モードもこれを察知した。それに、あのとき兄が妹に隠し事をしたにしても、妹もまた兄に隠し事をしたのである。あの朝父から書斎に呼ばれ、お前の兄さんの精神の安定がひどく気掛かりなのだと告げられたことを、モードは死ぬまでジョージに話さないだろう。父は言ったのだ——ジョージは最近大きな緊張を強いられている。なのに、ほんの少しの休みも取らないと言って聞かない。そこで夕食のときにでも、兄妹でアベリストウィスへ日帰り旅行をしてはどうかと提案するつもりだ。だから、お前が行きたかろうが行きたくなかろうが賛成して、行きたい、絶対に行きたいと言い張りなさい、と。そしてそのとおりになったのだ。ジョージは丁重に、しかし頑として父の提案を断り、そののち妹からの嘆願に折れたのだ。

このような策略をめぐらせること自体が、司祭館ではごく珍しいことだった。だが、それよりモードにとって衝撃的だったのは、ジョージの状態に関する父の評価であった。モードにとってジョージは常に誠実で頼もしい兄だった。軽薄な兄ホレスが気紛れな生活を送り、沈着さを欠いていたのと対照的だった。そして結局、モードが正しく、父が間違っていた。なぜなら、ジョージがあの試練を乗り越えることができたのは、父が長男のうちに見ていたよりずっと強い精神を持っていたからにほかならないではないか。しかし、こんな考えをモードは胸に畳んで誰にも言わないのだ。

「ひとつだけ、サー・アーサーも大きな考え違いをしていた」とジョージが突然宣告した。「サー・アーサーは婦人参政権に反対だったからね」世間で盛んに議論が戦わされていたときも、この兄は一貫して婦人参政権に賛成だった。だから、今の見解はモードにとって意外でも何でもない。ただ、語気の鋭さだけが不可解だった。ジョージは今、気恥ずかしさゆえ妹から顔を背けていた。記憶を辿るうちにあれやこれやと甦ってきて、妹が愛おしくて堪らなくなったのだ。また、この心持ちこそ、自分がこれまで経験したうちで、そして死ぬまでに経験するうちで、最も強い情愛に違いないと悟ったのだ。しかし、ジョージはそのような考えを伝えるのが巧みでないばかりか、そうするのを苦しく感じるほうであり、このような至極遠回しの告白をしても心が乱れてしまう。そのため、ジョージは立ち上がると『ヘラルド』を必要以上に畳み直してから返し、階下の事務所へと降りていった。

しなければならない仕事もせず、ジョージは机に向かったままサー・アーサーのことを考えた。二人が最後に会ったのは二十三年前になるが、それでも二人の繋がりはどうにか切れずに済んだ。サー・アーサーが何を書き、何をし、どこを旅し、何を主張し、国の政治にどう関与するか、ジョージは見守ってきた。サー・アーサーの表明する意見に賛成できることも多かった。例えば、離婚法の改正について。ドイツの脅威について。英仏海峡トンネルの必要性について。ジブラルタルは道徳上スペインに返還すべきことについて。けれども、刑罰改革に関わるサー・アーサーのあまり知られない貢献の一部については、ジョージも率直に疑念を抱いて構わないと判断した。サー・アーサーは、この国の監獄に入っている者たちのうち、常習性の高い累犯者は全員スコットランドのタイリー島に移してしまえと提案したのである。長年ジョージは新聞記事を切り抜き続け、相変わらず『ストランド・マガジン』で活躍するシャーロック・ホームズを応援し続けた。二度ほどモードを伴って映画館に出かけ、借り出し続けた。二度ほどモードを伴って映画館に出かけ、名探偵役をエイル・ノーウッド氏が見事に演じるのを観た。

ジョージは思い出した。二人が初めてバラ・ハイ・ストリートに越してきた年、サー・アーサーの伝えるロンドン五輪のマラソン競走特報を読むだけのために『デイリー・メイル』を買った。陸上競技に何の関心もないジョージだったが、恩人の人柄について――すでに熟知してはいたが――さらに理解を深めることになった。サー・アーサーの活写を繰り返し読むうち、まるでニュース映画を観るように情景が目に浮かぶようになった。巨大な競技場。首を長くして待つ観衆。小さな人影が現れる。最初に入ってきたのは、ふらふらになったイタリアの選手だ。選手は倒れ、立ち上がり、また倒れ、また立ち上がり、よろよろと歩く。そのとき、アメリカの選手が競技場に入ってきて追いつき始める。敢闘精神溢れるイタリア人選手はゴールまであと二十メートル。観衆は催眠術をかけられたようになる。選手はまた倒れ、助け起こされる。親切な手に支えられ、アメリカ人選手に追いつかれる前にテープを切る。しかし、言うまでもなく、イタリアの選手は手助けを得たことによりルールを破っており、一位はアメリカの選手と発表される。

普通の書き手であれば劇的瞬間の再現に成功したことに満足し、それ以上のことはしなかっただろう。だが、サー・アーサーは普通の書き手ではなく、この奮闘にいたく心を打たれてイタリア人選手のために募金を始めた。三百ポンドが寄せられ、これを元手にマラソン選手は生まれ育った村でパン屋を開くことができた。これは金メダルでは決して実現できなかったことである。そして、いかにもサー・アーサーらしい行動である。気前がよくて、それと同じくらいに実際的で。

エイダルジ事件で成功を収めたのち、サー・アーサーは他の冤罪事件にも関わった。ジョージは恥ずかしながら、いわば後輩に当たる被害者たちに対し、ときに批判に近づく嫉妬を覚えたことを認めざるを得なかった。例えば、サー・アーサーが生涯のうちの数年を費やしたオスカー・スレーター事件がある。確かにスレーターは殺人の濡れ衣を着せられ、危うく処刑されるところだった。サー・アーサーの支援のお蔭で縛り首にならずに済み、最終的には釈放された。しかし、スレーターは品性下劣な職業的犯罪者であり、助けてくれた人々に対し爪の垢ほども感謝の念を示さなかった。

探偵役を務めることもサー・アーサーは続けた。ほんの三、四年前、女性作家が失踪する不思議な事件があった。クリスティという名前の作家だった。どうやら探偵小説界の成長株らしかったが、まだホームズがその事件簿をつけ続けている以上、ジョージとしては成長株に何の関心もなかった。クリスティ夫人はバークシアの自宅から姿を消し、乗り捨てられた夫人の車がギルフォードから約八キロの地点で発見された。三地方警察が捜査に当たったが行方は杳として知れず、そこでサリー州警察本部長はかつて同州の副統監でもあったサー・アーサーに助けを求めた。その後に起こったことは多くの人を驚かせた。サー・アーサーは証人たちに会って話を聞いただろうか。踏み荒らされた土地に足跡が残っていないか調べただろうか。警察官たちを追及しただろうか。すなわち、有名なエィダルジ事件の際に行ったことを今回も行っただろうか。否。徹頭徹尾、否。サー・アーサーはクリスティの夫に連絡を取り、行方不明の作家の手袋を片方借り、それをある霊能者のところへ持っていったのである。霊能者は女性作家の居所を突き止めんと手袋をその額に押し当てた。無論、かつてジョージがスタフォードシア州警察に提案したように、本物のブラッドハウンドを使って臭いを追わせるのは一つの手だ。しかし、家から動かずに手袋の臭いを嗅いでいる霊能ブラッドハウンドを雇うとは……。サー・アーサーの新しい調査手法のことを読んだジョージは、自分の事件のときはもっと正統的な手法が用いられたことに今更ながら安堵したものだった。

けれども、奇矯な振る舞いが多少見られるくらいでは、サー・アーサーに対するジョージの深甚なる敬意は寸毫《すんごう》も揺るがなかった。この敬意をジョージはまだ青年といってよい出獄したての三十歳のときに抱いた。それを五十四歳の事務弁護士である今、口ひげも頭髪もすっかり白くなった今も抱いている。こうして金曜の朝にこの机に向かっていられるのも、偏にサー・アーサーの高邁な道義心とその道義心を実行に移そうとするサー・アーサーの強い意志のお蔭であった。ジョージの生活がジョージに返還されたのだ。今のジョージは法律書を一式揃え、事務所もまずまず順調であり、帽子も複数所有し、立派な——人によっては派手と形容しかねない——懐中時計の鎖をチョッキに渡している。そのチョッキも毎年少しずつきつくなっていくようだ。ジョージは戸主であり、現代の諸問題について自分の意見を持つ男である。残念ながら、妻帯はしていない。また、同僚たちと時間をかけた昼食を楽しみ、最後に勘定書きに手を伸ばし、「済まんな、ジョージ」と言われることもない。その代わり、ジョージには奇妙な名声というか、名声もどきというか、それも数十年を閲《けみ》して半分、いや四分の一くらいになった名声もどきがある。法律家として名を知られたかったジョージが、皮肉にも誤審で名を知られることになった。エイダルジ事件がきっかけとなって刑事控訴院が設置され、この控訴院が過去二十年の間に下した判決の数々が、英国の刑事判例法を一般に「革命的」と評されるほどに精緻化した。この変革との結びつきを——それがどんなに偶然の結びつきであっても——ジョージは誇りに思っていた。しかし、そんなことを誰が知っているだろう。エイダルジの名前を聞いてジョージの手を固く握りしめ、ジョージのことを、かつて、遠い昔に、非道の仕打ちを受けた有名人として遇する人もいるにはいた。また逆に、ジョージのことを、農家の子やワーリーの田舎道に張り付けられた専従のような目付きで見る人もいるにはいた。けれども、最近では、エイダルジの名に聞き覚えがないという人がほとんどだった。

このことにジョージはときとして憤り、憤った自分を恥ずかしく思った。受難の数年間、自分が何より欲したのは無名であることだったではないか。ルイスの礼拝堂付司祭から一番恋しいものは何ですと問われ、私の恋しいのは私の生活ですと答えたものだ。今はそれを取り戻している——仕事があり、十分な金があり、表で会えば一礼する知り合いもいる。けれども、折節《おりふし》、自分はより多くを得て然るべきではないか、あれだけの試練を受けた人間はもっと大きく報われてよいのではないかという思いに駆られることがあった。悪者から殉教者へ、殉教者からほとんどただの人へ、というのは不当ではないか。支援してくれた人たちからは、エイダルジ事件はドレフュス事件と同じくらい重要な裁判だ、ちょうどドレフュス事件がフランスの実態を暴いたように、エイダルジ事件はイングランドの実態を暴くものだと励まされた。そして、ちょうどフランスにドレフュス擁護派と反ドレフュス派がいたように、イングランドにはエイダルジ擁護派と反エイダルジ派がいた。支援してくれた人たちはこうも主張した。サー・アーサー・コナン・ドイルは、ドレフュスを擁護したフランス人作家エミール・ゾラと同じくらい強力な擁護者であり、作家としてはゾラよりも上である。なにしろ、ゾラの書いた本は下品だと聞いているし、ゾラは自身が投獄されそうになるとイングランドに亡命したのだから、と。想像できぬではないか、サー・アーサーが政治家だか検察官だかの気紛れが怖くなってパリに逃げるなど。サー・アーサーなら踏みとどまり、闘い、一騒動起こし、放り込まれた房の鉄格子を揺すって揺すって、最後には監獄を倒壊させてしまったことだろう。

なのに、それにもかかわらず、ドレフュスの名は高まる一方で今や世界に知れ渡り、エイダルジの名のほうはウルヴァハンプトンにおいてすら知る人が少ない。これは一つにジョージ自身の為せる業——というか、為さざりし結果であった。ジョージは釈放後、聴衆の前で話しませんか、新聞に記事を書きませんか、記者の取材に応じる気はありませんかとしばしば誘われたが、そのすべてを断った。何かの主義主張の代弁者や代表者になりたくなかったし、演壇に立って公衆に対するのは性に合わなかった。また、すでに受難の手記を『審判《ジ・アンパイア》』紙に寄せていたので、誘われるたびに二番煎じを出すのは不謹慎のように感じられた。鉄道法に関する自著の改訂版を準備することは検討したが、それすら自分の知名度を利用することのような気がして遠慮した。

しかしそれ以上に、自分が有名にならずに終わったことは、イングランドそのものの性格と関係があるのではないかとジョージには思われた。ジョージの見るところ、フランスは極端の国、過激な意見と過激な主義の国、忘れっぽくない国である。イングランドはもっと穏やかな国であり、自分なりの主義を持つ点では変わりがないが、自分の主義について騒ぎ立てることをよしとしない国である。議会制定法よりもむしろ慣習法《コモン・ロー》のほうが信頼される国、自分の仕事を黙々とこなし、人の仕事には口を出さないようにする国。この国でも、ときどき大規模な世論の爆発が起こる。感情が爆発して箍《たが》が外れ、暴力や不法行為に至ることすらある。しかし、爆発の記憶はじきに薄れるのが常で、爆発の成果が国の歴史に取り込まれることは稀である。こんなことも起こったけれど、それはもう水に流して従来どおりにやっていこう——これがイングランド流だ。何かが間違っていたために何かが破綻したけれど、それももう修復されたのだから、最初から大した間違いはなかったということにしておこう。エイダルジ事件なんて控訴審があれば起こらなかったって？　よし分かった。エイダルジに恩赦を与え、年内に控訴審を設置しよう——まだ何か本件について言いたいことがあるかね？　これがイングランドなのであり、イングランド的なものの見方はジョージにも理解することができた。なぜなら、ジョージもまたイングランドの人間だからである。

結婚披露宴以後、ジョージは二度、サー・アーサーに手紙を書いたことがある。世界大戦の最後の年、父が死んだ。薄ら寒い五月の朝に、大伯父コンプソンのごく近く、父が四十年以上も司祭を務めた教会からほんの十メートルほどのところに埋葬された。父に会ったことのあるサー・アーサーにも知らせておくべきだとジョージは感じた。返信として短い悔やみ状が届いた。ところが、その数か月後、ソンムの戦いで傷を負い、衰弱した状態で帰還していたサー・アーサーの息子キングズリーが、多くの人々の命を奪ったインフルエンザによって命を落とした。これをジョージは新聞で知った。休戦協定が署名されるほんの二週間前のことだった。父を失った息子から、息子を失った父へ、手紙をジョージは再び書いた。今度は前より長い返事が来た。キングズリーは残酷なリストの最後の一人だったことが分かった。サー・アーサーの夫人は兄マルコムを戦争の第一週に亡くしていた。サー・アーサーの甥オスカー・ホーナングは、サー・アーサーのもう一人の甥と共に、イーペルで戦死していた。サー・アーサーの妹ロティの夫は、塹壕に入った初日に亡くなった。ほかにもまだいて、サー・アーサーは自分と妻の知り合いの名を挙げていった。けれども、締め括りには、それらの人々はいなくなったわけではなく、向こう側で待っているだけなのだという確信が表明されていた。

もはやジョージは、自分が信仰心の篤い人間だとは思わなかった。もし、今でも曲がりなりにキリスト教徒でありつづけているとすれば、それは孝心の名残りというより、兄妹愛のためだった。教会に通っているのも、そうすることがモードを喜ばせるからだ。来世に関しては、実際にその時が来れば分かることだと思っている。熱情というものをジョージは信用しない。だから、グランドホテルでサー・アーサーから、用件とは無関係と言ってよいサー・アーサー自身の宗教観について熱っぽく語られた折には、いささかの警戒心を抱きもした。だが、少なくともそのお蔭で、自分の恩人がいよいよ本格的な心霊主義者になり、残された歳月と精力は心霊主義運動に捧げると述べたことを後日知ったときは、驚かずに済んだ。多くの良識ある人々はこの宣言に仰天した。イングランド紳士の代表たるサー・アーサーが、日曜の午後に友人の紳士淑女とテーブルを囲むちょっとした交霊会に参加するくらいなら、世間も意に介さなかっただろう。が、そんな生温いことで満足するサー・アーサーではなかった。何かを自分が信じたら、それを皆にも信じてもらいたいと思う人なのだ。それが昔からサー・アーサーの強みであったし、ときとして弱みにもなった。そういうわけで四方八方から嘲笑が起こった。無礼な新聞が、「シャーロック・ホームズご乱心か?」という見出しを付けたこともある。どこかでサー・アーサーが講演するたび、イエズス会やプリマス同胞教会、怒れる唯物論者たちなど、ありとあらゆる毛色の反対勢力が対抗して講演を行った。つい先だっても、バーミンガムのバーンズ主教が、近年急速に勢力拡大中の「空想的信仰のいくつか」を糾弾したばかりだった。新聞によれば、クリスチャンサイエンス及び心霊主義のことを、「単純素朴な人々をして旧弊な考え方へ退化させる」謬説《びゅうせつ》と評したらしい。けれども、嘲笑も聖職者からの論難も、サー・アーサーを止めることはできなかった。

本能的に心霊主義は胡散臭いと感じるジョージも、かといって心霊主義批判に肩入れする気にはなれなかった。この種の事柄について判断を下す力は自分にはないと思う一方で、バーミンガムのバーンズ主教とサー・アーサー・コナン・ドイルのいずれを選ぶかと問われれば迷わなかった。グランドホテルで初めて面会したときの最後の場面を思い出す——ジョージにとってこれは素晴らしい思い出の一つ、妻に話して聞かせることを夢想し続けてきた思い出の一つだった。すでに二人は別れの挨拶をすべく立ち上がっていた。当然、ずっと高いサー・アーサーから見下ろされる。そしてこの大柄で力強くて優しい男がこちらの目をまともに見つめて言ったのだ。「私は君が潔白だと思うのではない。君が潔白だと信じるのでもない。私は君が潔白だと知っているのだ」と。この言葉は一篇の詩であり、一つの祈りでもあり、しかしそれを超えて、これにぶつかれば嘘の砕け散る一つの真実の表現であった。サー・アーサーが何かを知っていると言ったなら、法律家ジョージの見るところ、そのとき立証責任は転換され、その責任を相手方が負うことになる。

ジョージは書棚からサー・アーサーの自伝『わが思い出と冒険』を取り出した。六年前に上梓された、鉄紺色の分厚い本である。本は自然といつものところ、二一五ページで開いた。「一九〇六年」と、幾度読んだか知れない箇所を読む。「長く患っていた妻が他界した。……この暗澹たる日々ののちも、しばらくは仕事に手が付かなかった。そこへエイダルジ事件が舞い込み、私の精力はまったく予期しなかった方面に注がれることになる」この書き出しを読むたび、少々落ち着かない気分になる。これが含意するのは、自分の依頼がちょうどよい頃合いに届いたということ、事件の奇妙な性質がサー・アーサーを意気消沈の泥沼から引きずり出すのに誂《あつら》え向きだったということではないか。もしも最初のコナン・ドイル夫人が亡くなって間もないのでなかったら、サー・アーサーの反応は違っていたかもしれない、いやそれどころかまったく反応しなかったかもしれないということか。これは自分の僻《ひが》みだろうか。簡単な文を厳密に吟味しすぎているだろうか。しかし、それが職業人として自分が毎日行っていることなのだ、注意深く読むということが。それにたぶん、サー・アーサーも注意深い読者を念頭に置いて書いたことだろう。

ほかにもジョージは多くの文に鉛筆で下線を施し、欄外に注釈を付けた。まず父に関する次の文である――「いったいどのような経緯から、教区司祭がパールシーになったのか、あるいはパールシーが教区司祭になったのか、私は知らぬ」。いやいや、かつてサー・アーサーはその経緯を知っていた。それも至極正確かつ確実に知っていた。なにしろ、チャリングクロスのグランドホテルで、ジョージが父の遍歴について説明したのだから。

次はこの文だ――

「どこかに偏頗《へんぱ》なき心の支援者がおり、イングランド国教会の度量を示さんとしたのかもしれぬ。しかし、この試みの繰り返されぬことを私は願う。なぜなら、司祭は気の置けない献身的な人物であるけれども、有色人種の司祭とその混血児の息子が、粗野で乱暴な教区に現れれば、痛ましい状況の出来することは必定だからである」。これはあんまりだとジョージは思う。あの事態に立ち至ったのは、もともとあの教区の贈与権を握っていた母方の家の人々のせいだと言われたようなものだから。さらに、自分のことを「混血児の息子」と形容しているのも気に入らない。確かに用語の使い方は間違っていないけれど、自分は自分のことを「混血児」というふうに考えない。モードのことを「混血児の妹」、ホレスのことを「混血児の弟」というふうに考えないのと同じことだ。もっといい言い方はないのだろうか。もしかすると、世界の未来の成否は諸人種の融合にかかっていると信じていた父だったら、もっといい言い回しを思いついたかもしれない。

「私に義憤を感ぜせしめ、私に初志貫徹の原動力を与えたものは、この孤立無援の小家族の完全なる無力さであった。奇妙な立場に置かれた有色人種の聖職者と青い目をした勇敢なる白髪の母親、年若い娘の三人が、野卑な田舎者たちになぶられているのだ」完全なる無力さ？ そんなことを言うけれど、サー・アーサーが登場もしないうちに、父は事件について父自身の分析を発表している。母とモードだって、せっせと手紙を書き、支援を呼びかけ、証言を集めたのだ。ジョージの思うにサー・アーサーは、無論多大の評価と感謝に値するのだけれども、どうも評価と感謝を独占しようとする気持ちが強すぎるようだ。例えば、『真実《トゥルース》』誌のヴーレ氏による長期にわたる支援活動を軽んじていることは間違いない。イェルヴァトン氏のこともそうだし、嘆願書のこともそう、署名運動のこともそうだ。エイダルジ事件を知るに至った経緯についての記述すら、明らかな誤りを含んでいる──「一九〇六年の暮れのことだった。私は『審判《ジ・アンパイア》』という無名の新聞を偶然手に取り、そこで目に留まった記事がエイダルジ氏自身による事件の手記だったのである」。しかし、サー・アーサーがその「無名の新聞」を「偶然手に取」ったのは、書いた記事をまとめ、長い添え状を付し、自分がサー・アーサーのもとに送ったからだ。これはサー・アーサーも百も承知のはずのことだ。

いやいや、とジョージは思い直した。こんなふうに考えるのは不躾だ。たぶんサー・アーサーは記憶を頼りに書いたのだ。何年、何十年もの間、サー・アーサーが自身に向かって繰り返し語り続けた物語を文字にしたのだ。証人供述書の作成に関わってきた経験から知っているが、出来事の顚末を何度も語っているうちに、いわば話の角が取れてくる。語り手は次第に尊大になってくる。事が起こった当時より、何から何まで間違いなく思えてくる。今やジョージの目はサー・アーサーの叙述を走り抜けるように動いていた。これ以上間違いを見つけたくない。終わり近くの「名ばかりの正義」という言葉のあとに次の一文がある――「『デイリー・テレグラフ』がエイダルジ氏のために義捐金を募った結果、約三百ポンドが寄せられた」。ジョージは少々引きつった微笑みを浮かべた。三百ポンドというのは、翌年サー・アーサーの肝煎りでイタリアのマラソン選手のために集められた金と同額である。二つの出来事がイギリス国民の心を動かした度合いはまったく同じだったという測定結果が出たわけだ。片や濡れ衣を着せられて三年間、強制労働を伴う懲役に服した男。片や運動競技の最後に転倒した男……。しかし、自分のためにはきっとよいことなのだ、自分の事件を客観化してもらうことは。

しかし、その二行あとには、この本の中でジョージが最も多くの回数読んだ文がある。それはほかにいくら不正確な記述や重点の置き方の間違った記述があっても、それらを補って余りある文、受けた苦しみをひどく屈辱的な数値に換算された人間の心を優しく慰めてくれる文である。これがそうだ――「エイダルジ氏は私の結婚披露宴に出てくれた。その日、この人以上に私を誇らしい気持ちにしてくれた人は他にいなかった」そうだ、とジョージはこのとき心に決めた。式典には『わが思い出と冒険』を携えていこう。自分が出席することに四の五の言うのがいないとも限らない。ジョージは心霊主義者というのがどんな風体のものか知らなかったが――それが六千人というのも想像を絶するが――、自分が心霊主義者らしく見えるとは考えづらかった。面倒なことになった場合、この本が通行手形になってくれるだろう。ほら、ここ、二一五ページです。これ、私のことなんです。お別れを申し上げに参りました。今一度、サー・アーサーのお客になることができて誇らしい気持ちです。

日曜の午後、四時を回って間もなく、ジョージはバラ・ハイ・ストリート七十九番地を出るとロンドン橋へ向かった。左の脇の下に濃紺の本を抱え、右肩から双眼鏡をぶら下げた、青い背広を着た小柄な茶色い男。見かけた者は思うかもしれない。競馬を見に行くところかな。いや、日曜に競馬は開催されないか。それとも、小脇に抱えているのは野鳥観察の本かしらん。けれど、野鳥観察に背広を着て行く人間がいるだろうか……。これがスタフォードシアであったなら、異様な光景と言われただろう。バーミンガムの街でさえ、変人と思われたかもしれない。しかし、すでに十分過ぎる数の変人を擁するロンドンでは、誰もそんなふうに思わない。

　初めてロンドンに出てきた頃は不安だった。もちろん、将来の生活のこと。そして、モードと二人でうまくやっていけるかどうか。そして街の大きさ、人込みと騒音の凄まじさ。それに加えて、人々がどう接してくるか。人を生垣に押し倒し、傘まで壊していったランディウッドの若者たちのような無法者は、この街にも潜んでいるのか。痛い目に遭わせてやるぞと脅してくるアプトンのような頭のおかしい警官はいるのか。サー・アーサーが事件の根底にあると信じていた人種的偏見に出会うことになるのか……。しかし今、もう二十年以上も渡っているロンドン橋を渡るジョージは、微塵も不安を感じていなかった。礼儀から、あるいは無関心から、この街では概ね干渉されずに済むのであり、動機がいずれであるにせよ、そのことをジョージは有り難く思っていた。

　確かに、思い込みから的外れなことを言われるのはしょっちゅうだった。妹さんとお二人、最近イギリスに渡ってこられたのですか、とか。ヒンズー教ですよね、とか。香辛料を商っていらっしゃるんですか、とか。そして、ご出身はどちらですかといまだに尋ねられることは言うまでもない。もっとも、細かい地理は端折って、バーミンガムの出ですと答えると、大抵の質問者は然もありなんという顔付きで頷く。まるでバーミンガムの住民は皆、ジョージ・エイダルジのような外見をしているものと最初から思っていたとでも言うように。かつてグリーンウェイとステントソンが好んで飛ばした類の肌の色を種にした冗談も、さすがにベチュアナランドまで持ち出す人はいないけれど、当然、聞かされる。だが、ジョージはこれを雨や霧と変わらない不可避の日常的現象と捉えていた。さらにまた、バーミンガム出だと聞くと、それはがっかりですと言う人もいる。ジョージには到底提供できない遠い国の話を聞けるものと思い込んでいたのである。

　バンク駅からハイ・ストリート・ケンジントン駅まで地下鉄に乗り、そこから東へ向かって歩くうちに、巨大な椀を伏せたようなアルバート・ホールが見えてきた。時間に慎重な性分を妹によくからかわれるジョージは、式典の開始予定時刻より二時間近く早く到着した。ケンジントン公園を散歩することにする。

　天気のよい七月の日曜、午後五時を過ぎたばかりの今、野外音楽堂の吹奏楽団が大音量で演奏中だ。公園は家族連れや行楽客、兵士たちで賑わっている。しかし、園内のどこにも稠密な人込みはできていないから、ジョージも不安は覚えない。また、ふざけ合う若い男女を目にしても、真剣な顔で幼い子供の世話を焼く親たちを見ても、かつてなら感じたかもしれない強い羨望は感じない。ロンドンにやってきた頃は、まだ結婚を諦めていなかった。諦めていないどころか、未来の妻とモードが仲良くやっていけるだろうかなどと心配した。なぜなら、モードを見捨てるわけにいかないことは明らかだったから。それに見捨てたくなかったから。けれども、数年が経ち、未来の妻が妹をどう思うかよりも、未来の妻を妹がどう思うかのほうが自分にとっては大事であることに気がついた。そしてさらに数年が経ち、妻というものの一般的な短所のいろいろが明瞭さを増した。妻というものは、見た目は感じがよくても、一緒になってみるとがみがみ女だったという場合がある。妻というものは、倹約の概念を理解しない場合がある。妻というものは、まず確実に子供を欲しがるものだが、子供が惹起する喧騒と混乱にたぶん自分は耐えられない。それから、もちろん、性にまつわる諸々があり、これがまた不和の原因となりやすい。ジョージは離婚訴訟を扱わなかったが、それでも職業柄、結婚から生じ得る不幸の例を多々見てきた。つとにサー・アーサーは窮屈な離婚法の改正運動に携わり、離婚法改正同盟の会長も長年にわたって務めた。この会長職の後任がバーケンヘッド卿だから、ジョージの名誉回復に貢献した二人の功労者の間での引き継ぎとなった。エイダルジ事件について議会でグラッドストンを厳しく問い質した一人が、バーケンヘッド卿となる前のF・E・スミス氏であったから。

しかし、それも今は昔語りとなった。ジョージは五十四歳となり、不自由を感じない生活を送り、独り身の境涯について悩むことも少なくなった。弟のホレスは音信不通である。ホレスは結婚し、アイルランドに移り住み、名前を変えた。これら三つのことをどの順番で行ったのか、ジョージに正確なところは分からなかったけれど、三者は明らかに連関しており、各行為の嫌らしさが他の二つの行為の中へと流れ込んでいる。まあ、人生いろいろだ。正直に言えば、ジョージもモードも、昔からあまり結婚しそうにない人間だった。内気なところが兄妹で似ており、二人とも近づいてくる人を寄せつけない印象を与えた。しかし、世間では十分な数の結婚が行われており、人間の数が足りなくなりそうだという話もとんと聞かない。兄妹でも夫婦に負けず劣らず、場合によっては夫婦以上に、仲睦まじく暮らすことができるのだ。

二人で暮らし始めて間もない頃は、兄妹は年に二、三度ワーリーに帰省していた。だが、愉快な滞在になることは滅多になかった。ジョージの場合、あまりにも多くの具体的な記憶が甦ってきた。玄関ドアのノッカーが鳴ればいまだに飛び上がったし、晩方に暗くなった庭を見やれば、往々にして木々の下に何やら蠢《うごめ》く物影が目に入る。何でもないと分かってはいても、やはり怖かった。モードの場合は、また別だった。父にも母にも深い愛情を抱くモードであったが、生家の司祭館に足を踏み入れた途端、おずおずした引っ込み思案になってしまう。ほとんど意見を言わなくなり、声を立てて笑うことがなくなるのだ。これは加減が悪いに違いないとジョージはいつも思わされた。しかし、治療法は簡単だった。バーミンガムのニュー・ストリート駅からロンドン行きに乗りさえすればよかったからだ。

一緒に外出すると、兄妹が夫婦に間違われることがある。最初のうち、自分が結婚できない男だと誰にも思われたくなかったジョージは、「いいえ、これは私の可愛い妹のモードです」といささか几帳面に答えたものだった。しかし、時の経つにつれ、ときどきジョージも訂正せずに済ますようになり、そんな折、あとからモードは兄の腕を取り、小さな笑い声を立てるのだった。そのうちに、とジョージは思った。モードの髪も自分と同じくらい白くなり、自分たちは老夫婦と思われるようになり、そんな思い込みに自分は反論する気にもならないかもしれない、と。

ぶらぶらと歩いていると、アルバート記念碑が近づいてきた。きらきらと金箔に輝く四囲の中心にアルバート公が鎮座して、世界のありとあらゆる著名な人々にかしずかれている。ジョージは双眼鏡をケースから取り出して練習を始めた。記念碑を下から上へ、ゆっくり鑑賞する。芸術と科学と産業の君臨する下界を表現した装飾彫刻から始め、黙想するアルバート公の着座像へ、さらに天蓋の上に象徴された天上界へと目を上げていく。ざらざらしたダイヤルが調節しづらくて、ピントの外れた樹木の葉ばかりが視野に広がることもあるけれど、やがて鮮明に、がっしりした十字架が天辺に見えた。そこからゆっくりと、今度は下へ向かって尖塔を辿る。下界部分にも多数の人物が刻まれていたが、この尖塔にも同じくらい多くの者たちが住まっている。まず、幾層かは天使たち。それから——天使たちのすぐ下に——一群の人間の姿をした者たちがいて、古代ギリシア、ローマ時代を思わせる布を身にまとっている。ジョージは記念碑を一周する。何度も焦点が合わなくなる。あれらの人物は誰々なのだろう。片手に本、もう片手に蛇を持った女性。近衛兵が被るような高い帽子を被り、大きな棍棒を持った男。錨を持った女性。頭巾を被り、片手に長い蠟燭を持った人物……。聖人だろうか、寓意像だろうか。ああ、やっと分かるのがあった。角の台座に立っているあの女性。片手に剣、もう片手に天秤を持っている。彫刻家がこの像に目隠しをしなかったことに気づき、ジョージは嬉しかった。目隠しがしてあると感心しないと思ってしまうことが多い。目隠しが意味するところ（訳注　裁かれる者の顔が正義の女神に見えないことから、「法の下の平等」を表す）に合点がいかないからではなく、それを理解しない者が多いからだ。無知な人間は目隠しを見ると、法曹という職業を馬鹿にする。それがジョージには許せなかった。

　ジョージは双眼鏡をケースに戻し、単色で不動の人々から、周囲に躍動する色彩豊かな人々へと目を移した。彫像から生身の人間へと、目を転じた。そしてその瞬間、皆死ぬのだという思いにジョージは打たれた。無論、自分の死について考えることは普段からある。両親の死も——父は十二年前、母は六年前——悼《いた》んできた。新聞の死亡記事も読んできたし、同僚の葬儀にも参列してきた。そして今日は、サー・アーサーと永の別れをしにやってきた。けれども、誰もが死ぬのだということを本当に了解した——頭で理解するというより腹に感じた——のは、これが初めてだった。確かに、死については子供の頃に教えられた。しかし、それはあくまでもコンプソン大伯父についての話のように、その後も皆が、神の御胸に抱かれて、また悪い人間ならば別のところで、生き続けるという話の中での死であった。今ジョージは辺りを見回した。言うまでもなくアルバート公はすでに死んでおり、夫君アルバート公の死をいたく悲しんで「ウィンザー城の未亡人」と渾名されたヴィクトリア女王も同じく死んでいる。けれど、あの日傘を差したご婦人もいずれ死ぬ。その隣の御母堂はもっと早く死ぬし、あの小さな子供たちもあとから死ぬ。もっとも、また戦争が起これば、男の子たちは早く死ぬことになるかもしれない。あの子たちと一緒の二匹の犬もやはり死ぬし、もう遠くなった吹奏楽団の人たちも、あの乳母車の赤ん坊も。あの乳母車の赤ん坊でさえ、たとえあの子がこの地球上で最高齢の人と同じ歳、百五歳だか百十歳だかまで生きたとしても、いつか死ぬことに変わりはない。

　そろそろ想像力の限界が近かったけれど、ジョージはもう少し突き詰めてみた。誰か知っている人が死んだとして、その死んだ人についての考え方は二とおりしかあり得ない。一つは、死んだ、完全に滅んだ、と考えることだ。この場合、肉体の死は、その人の自我、その人の本質、その人の人格がもはや存在しないことのテストであり証明である。もう一つは、信じる宗教により、またそれをどれほど熱烈に、あるいは微温的に信じるかにもよるわけだが、死んだ人はどこかで、どうにかして、今も生きていると信じることだ。その生の態様は、既存の聖典が予言するとおりかもしれないし、我々がまだ理解するに至っていない別の形かもしれない。この二者択一なのであって、中間の妥協的立場はあり得ない。ジョージは内心、完全なる滅びのほうが当たっていそうな気がしていた。けれど、こうして暖かな夏の午後にケンジントン公園に立ち、何千という人間に囲まれていると（死ということについて今考えている人はたぶん一人としていないだろう）、生《ライフ》と呼ばれるこの強烈で複雑な存在が、単にちっぽけな惑星上の偶発事、二つの永遠の闇に挟まれた一瞬の光に過ぎないとは信じにくくなってくる。こんな瞬間には、これだけの生命力は、どうにかして、どこかで、継続されるに違いないと思うことも可能だ。ジョージには分かっていた。だからといって、自分が宗教心の大波に飲み込まれることはない——券を買いに行ったときに薦められた本や小冊子のいくつかを送ってくださいと、メリルボン心霊主義者協会に依頼するつもりはない。ジョージには分かっていた。これからも自分は、これまでどおり生きていくだろう。この国の多くの人々と同じように——そして主としてモードゆえに——イングランド国教会の一般的典礼を遵守し続けるだろう。漠然とした望みだけは捨てないで、身の入らぬ仕方で遵守し続けるだろう。やがて、自分も死ぬ日が来て、いよいよ事の真相を知ることになるのだろう。あるいは、むしろこちらが当たっていそうだが、結局何も知ることはできないのだろう。しかし、今日は——だく足で馬を進めてきた騎手が、つまり結局はアルバート公と同じ運命を辿る騎手と馬とが、ジョージと擦れ違った今は——ジョージは思うのだ。サー・アーサーが理解するに至ったことが、自分にも少しだけ理解できる、と。

　そんなことを考えていると、胸が苦しくなってきた。心を落ち着けようと、ベンチに座った。通る人を見ていても、死者が歩いているとしか見えない。仮釈放で出てきたものの、いつ何時呼び返されるか知れない囚人にしか見えない。気を紛らわそうと、『わが思い出と冒険』を開き、ぱらぱらページをめくってみる。するとその途端、二語が目に飛び込んできた。普通の活字だったけれど、大文字に見えた——「アルバート・ホール」。迷信家あるいは軽信家であったならば、このことに意味を見出したかもしれない。が、これを単なる偶然の一致以上のものと見る気はジョージにはなかった。それでも、そのくだりを読んで気が紛れた。書かれているのは、三十年近くも前、アルバート・ホールで開かれた筋肉美コンテストにサー・アーサーが審査員として招かれたときのこと。シャンパン付きの夕食会ののち、人気のない夜の通りに出ると、少し前を優勝者が歩いている。この田舎者は翌朝ランカシアに帰る汽車に乗るまで、ロンドンの街をほっつき歩くつもりだったのだ。突然ジョージは、鮮明な夢の世界に入った気がした。霧が出ていて、人の吐く息が白い。金の彫像を抱えたボディービルダーは宿に泊まる金がない。サー・アーサーがそうしたように、ジョージは男を後ろから見る。帽子が傾いているのが見え、盛り上がった両肩で上着の布地が引っ張られているのが見え、小脇にひょいと抱えた彫像の足が後ろに突き出しているのが見える。男は霧に包まれていて、しかし大柄で優しいスコットランド訛りの救済者が背後から間隔を詰めてくる。しかも、これは行動することを恐れない救済者だ。これから皆、どうなるのだろう、濡れ衣を着せられた事務弁護士やくず折れたマラソン選手、行き場を失ったボディービルダーは。サー・アーサーに置いてきぼりを食ってしまって。

まだ一時間あったが、早くも人々がアルバート・ホールに向かい始めていた。押し合いへし合いになる前にと思い、ジョージも流れに加わった。ジョージの券は三階《セカンド・ティア》ボックス席である。教えられた奥の階段を上ると、湾曲した廊下に出た。そして一枚のドアが開かれ、幅の狭い楔形のボックス席が現れた。席は五つで、まだ全部空いている。一番後ろに一席あって、その前に二席が隣り合って並び、真鍮の手すりの前の最前列にまた二席が並んでいる。一瞬躊躇したジョージは、一つ息を吸って前へ進んだ。

ジョージめがけて、目映い光が四方八方から射してくる。まるでコロセウムを金めっきと赤いビロードで覆い尽くしたみたいだ。建造物というより楕円の大峡谷という感じがする。ジョージは対岸を見やり、底を覗き込み、天を仰ぐ。いったい何人入るのだろう——八千人か、一万人か。目が回るような気がして、一番前の席に腰を下ろす。モードに言われて双眼鏡を持ってきてよかった。底のアリーナ席と、その周りの傾斜した床に広がるストール席から始め、三層を成すボックス席、舞台の奥の大パイプオルガン、三階ボックス席のさらに上に階段状にそそり立つサークル席、茶色い大理石柱に支えられてぐるりと並ぶアーチまで、嘗めるように見る。頭上はるかに懸かっているはずの丸天井は、並ぶアーチの上端から始まるが、麻帆布の天幕が天雲のごとくたゆたっているから、それより上は見えない。次は、眼下に到着しつつある人々を観察する。正装に威儀を正した人もいるが、粗方《あらかた》は服喪しないでくれというサー・アーサーの希望を尊重している。ジョージは再び双眼鏡を舞台上に向ける。紫陽花らしき花とお辞儀をした大きな羊歯がずらりと飾られ、四角い背をした椅子が一列、家族用に並べてある。真ん中の椅子の背には、横長の厚紙が立て掛けてある。この厚紙に双眼鏡の焦点を合わせると、「サー・アーサー・コナン・ドイル」と書いてある。

会場が埋まりだし、ジョージは双眼鏡をケースに仕舞う。左隣のボックス席の人たちが到着する。詰め物をした肘掛け一つ隔てて、すぐお隣である。お隣が、にっこりと挨拶してくる。今晩は不真面目になってはいけないけれど、堅苦しくなってもいけないのだと言いたげに。ここに来ている人たちの中で、心霊主義者でないのは自分だけだろうかとジョージは思った。四人家族が到着し、ジョージのボックスも満席になる。私が後ろの一つだけの席に座りましょうと申し出るが、聞いてもらえない。ジョージの目には、一家は普通のロンドン子たちのように見える。夫婦と、大人になりかけの子供が二人。夫人が自然な態度でジョージの隣の席に座る。年の頃は四十手前だろうか。紺の服を着ている。曇りのない大きな丸顔で、鳶色《とびいろ》の髪がふわりと肩にかかっている。

「もうだいぶ天国に近づいた気がしますわねえ、ここにいると」と、夫人は愛想よく言う。黙って頷くと夫人が尋ねる。「ところで、ご出身はどちらでしょう」

今回に限っては、ジョージも正確に答えることにする。

「グレート・ワーリーです。スタフォードシアのキャノックの近くの」グリーンウェイやステントソンのように「いえ、本当の意味でのご出身です」と返されても仕方がないと、半ば覚悟の上だった。しかし、夫人はそうは言わず、黙って続きを待っている。どこの心霊主義者協会に所属しているのかを知りたがっているのかもしれない。「サー・アーサーとは友人でした」と言いたい誘惑に駆られる。そのあと、「じつは結婚披露宴にもよばれたんです」と付け加え、もしも信じてもらえないようなら、持参した『わが思い出と冒険』で証明するのだ。が、それは出過ぎた真似と映るかもしれない。それに、もしもサー・アーサーの友人だったのなら、なぜ同様の幸運に恵まれなかった普通の者たちと一緒に、こんなに舞台から遠い席に座っているのだろうと夫人は訝るかもしれない。

会場がいっぱいになると照明が落とされ、主催者側の役員たちが舞台に出てきた。立つべきだろうか、とジョージは思う。ひょっとすると、拍手もしたほうがいいかもしれない。教会の儀式に慣れ切った、つまり、いつ立つべきか、いつひざまずくべきか、いつ座ったままでいるべきか知っていることに慣れ切った身としては、いささか当惑する。もしもここが劇場で、国歌が演奏されたのなら話は簡単なのだが。サー・アーサーへの手向けとして、また未亡人となったコナン・ドイル夫人への敬意のしるしとして、一同起立すべきだとジョージは思うのだが、何の指示もないので皆着席したままだ。コナン・ドイル夫人は黒の喪服ではなく、灰色の服を着ている。背の高い息子二人、デニスとエイドリアンは正装で、黒の燕尾服を着用し、手にシルクハットを持っている。あとに続いて妹のジーン、それから異母姉メアリが現れる。サー・アーサーの最初の結婚で生まれた子供二人のうちの生き残りのメアリである。コナン・ドイル夫人は誰も座らない椅子の左側に着席する。息子の一人が夫人の隣に、もう一人が横長の厚紙の向こう側に着席する。二人の若者は少々ぎこちない動作でそれぞれのシルクハットを床に置く。壇上の人の顔が全然よく見えないジョージは双眼鏡に手を伸ばしたいのだが、それが不適切な行為と思われないか心配である。代わりに視線を時計に落とす。ぴったり七時だ。この時間厳守ぶりにジョージは感心する。心霊主義者はもっと時間にだらしないだろうと何とはなしに決め込んでいた。

本日の司会を務めますと自己紹介したメリルボン心霊主義者協会のジョージ・クレイズ氏が、劈頭《へきとう》、コナン・ドイル夫人の挨拶を代読する。

世界各地の会合で、いつも私は愛する夫の横に座りました。本日、皆様がサー・アーサーへの有り難いお気持ちを胸にお運びくださったこの大きな会合におきましても、夫の椅子は私の隣に置かれております。もう少ししますと、霊的存在となった夫が私のごく近くまでやってくることを私は存じております。生憎、私たちの地上的な目は地上的な波動をしか見ることができません。しかし、霊視と呼ばれる天与の特別な視覚を有する方たちは、私の愛しい夫の姿を私たちの只中に見ることになるでしょう。

今宵ご来駕《らいが》くださいました皆様のサー・アーサーへのご厚情に対し、家族一同、愛する夫共々、心よりお礼申し上げます。

場内にざわめきが起こる。それが未亡人への同情から来るものなのか、結局サー・アーサーが眼前の舞台上に奇跡的に現れることはないと知っての落胆から来るものなのか、判然としない。クレイズ氏も念押しして、新聞紙上での愚かしい憶測とは裏腹に、奇術か何かのようにサー・アーサーの物理的な姿が顕現することはあり得ませんと言う。心霊主義の真理に不案内な方たち、ことにご来場の報道関係の方たちのためにご説明申し上げます、とクレイズ氏は続ける。人が他界する際、一定期間その霊が混乱に陥ることが少なくありません。そうなると霊は直ちには立ち現れることができないのです。しかしながら、サー・アーサーの場合、他界に向けて準備が万全でしたし、安らかに微笑んで他界に臨みました。後日の再会を疑わずに長旅に出る人のようにご家族のもとを発ちました。こうした状況下では、霊もその居場所と能力を通常よりも早く見出すものと期待できます……。

ジョージはサー・アーサーの息子エイドリアンが『デイリー・ヘラルド』に語った話を思い出した。エイドリアンは言っていた。家族は家長の足音が聞こえないこと、家長の姿が見えないことを寂しく思うことになるだろうが、それだけだ、と。「オーストラリアに行ったようなものです」とも。自分を擁護してくれた恩人が、かつてその遠い大陸へ出かけたことがあるのをジョージは承知している。それというのは、数年前に『ある心霊主義者の放浪』を図書館から借りたからだ。打ち明けて言うと、神学的論考の部分よりも、旅の見聞の部分のほうが面白く読めた。だが、今ジョージが思い出すのは、サー・アーサーとその家族が——疲れを知らぬウッド氏も同行し

――オーストラリアにおいて心霊主義の布教、宣伝を行った折、一行が〈巡礼者たち〉という異名を授かったことである。目下、サー・アーサーは彼の地を再訪しているわけだ。目に見える姿をしてではないが、心霊主義ではその等価物とされる姿をして。

　サー・オリヴァー・ロッジからの電報が読み上げられる。「我らが勇敢なる闘士は、従前に増した知恵と知識を得て、今頃は〈向こう側〉で布教活動を続けていることでしょう。心、高めて《スルスム・コルダ》」次に、セント・クレア・ストバート夫人が聖書の「コリント人への手紙」の一節を読み、読んだのちに言明する。使徒パウロの手紙は今日の式典に似つかわしいのです、なぜならサー・アーサーは生前しばしば〈心霊主義の聖パウロ〉と呼ばれたのですから、と。サミュエル・リドル作曲の独唱用「日暮れて四方は暗く」をグラディス・リプリー嬢が歌う。ジョージ・ヴェイル・オーエン師がサー・アーサーの文業について話し、『白衣の騎士団』とその続篇である『ナイジェル卿の冒険』こそ、自作中最高の傑作であるという作家自身の見解に同意する。それだけではありません、とオーエン氏は続けた。『ナイジェル卿の冒険』の描くキリスト教に深く帰依した騎士の姿は、サー・アーサーその人の姿とぴたりと重なるのであります……。クロウバラでの葬儀において司式を補佐したC・ドレートン・トマス師は、サー・アーサーが心霊主義の伝道者として行った精力的な活動を賞讃する。

　続いて全員が起立し、心霊主義運動で最も好まれる讃美歌「妙なる道標の光よ」を歌う。聴いていてジョージは何か違うと思うのだが、何が違うのか最初のうちは分からない。「行く末遠く見るを願わじ　主よ我が弱き足を守りて　ひと足またひと足　道をば示したまえ」ちょっとの間、心霊主義に特に似合っているとも思われない歌詞のほうに気を取られる。ジョージの理解する限りでは、心霊主義の信奉者たちは常に「行く末遠く」を見つめてきたし、そこに到達するのに必要な諸段階を迷わず踏んできたはずだからだ。次に、内容から態様へと注意を移す。歌い方が、確かに違う。教会で讃美歌を歌う人たちは、それが数か月前の記憶であろうと数年前の記憶であろうと、とにかく聞き覚えのある歌詞を思い出すようにして歌っているものだ――歌詞に含まれた真実は確立されたものであり、それを証明する必要も、それについて考える必要もない。ところが、この会場では、歌う声に直接さ、新鮮さがある。また、熱情一歩手前の快活さもあって、これをイングランド国教会の教区司祭が聞いたら不安を覚えることだろう。一語一語が明瞭に発せられている。あたかも一語一語が新たな真実を含んでおり、その真実を讃美し、緊急に世に伝える必要があるのだとでも言うように。これはイングランド流とはだいぶ違うと思い、用心しながらもジョージは少々感心する。

「闇夜の明け行くまで　導き行かせたまえ　常世の朝に覚むるその時　しばしの別れをだに嘆きし　愛する者の笑顔　御国に我を迎えん」

讃美歌が終わって再び全員が着席するとき、ジョージは隣の席の夫人に小さい曖昧な会釈をする。ごく控え目な仕草だが、教会ではジョージが決して行わないことだ。夫人は顔全面を満たす微笑みでこれに応ずる。その笑みに差し出がましいところもなければ、伝道師めいたところもない。また、一目瞭然の独善もない。笑みはただ、そうよ、これは確かなことなの、これは正しいことなの、これは喜ばしいことなの、とだけ言っている。

ジョージは感服すると同時にいささかの衝撃を覚える。喜びというものを信用していないからだ。そもそも、これまでの人生でほとんど喜びというものに出会わなかった。子供の頃に楽しみと呼ばれるものはあったけれど、それも大抵は「後ろめたい」とか「秘密の」とか「禁断の」とかの修飾語を伴っていた。許される楽しみは、「素朴な楽しみ」だけだった。喜びに関して言えば、それは喇叭《らっぱ》を吹く天使を連想させ、本来それは地上でなく天上に属すべきものである。「喜びを存分に味わう」などと世間の人は言うようだ。だが、ジョージの人生においては、喜びは常に厳しく封じ込められてきた。楽しみに関して言えば、務めを果たす楽しみを味わってきた。家族に対する務め、依頼人に対する務め、そしてときに神に対する務め。しかし、ジョージは同輩たちが楽しみとすることのほとんどを経験していなかった。例えば、ビールを飲むこと、踊ること、サッカーやクリケットをすること。言うまでもなく、結婚すれば経験したかもしれない楽しみのこともある。まるで若い娘のように跳び上がり、髪を撫でつけ、走って出迎えにくるような女性と知り合うことはついにないのである。

かつてサー・アーサーが初めて大きな会合で心霊主義について講演した際に司会を務めたことを誇りとするE・W・オートン氏は言う。我々が英国人気質と結びつけて考える様々な美質、すなわち勇気、楽天、忠誠、同情、雅量、真実への愛、神への献身をサー・アーサーほど残らず備えた人を私は他に知りません、と。次にハンネン・スワッファーが、ほんの十日ほど前のこと、すでに瀕死の重病人であったサー・アーサーは、妖術行為禁止令の廃止を求めるために内務省の階段を悪戦苦闘して上っていきました、と回想する。悪意ある人々が、同法を霊媒たちに適用しようとしているからです。それはサー・アーサーが自らに課した最後の務めでした。そして、務めに専心したサー・アーサーが挫けたことはありません。この性質はサー・アーサーの生活のあらゆる方面に発揮されました。作家ドイル、戯曲家ドイル、旅行家ドイル、拳闘家ドイルを多くの方がご存じです。クリケット選手としてのドイルは、大打者W・G・グレースからアウトを取ったことがあります。ですが、これらドイルのいずれよりも偉大であったのは、無実の罪に苦しむ人のために正義を求めたドイルでした。刑事上訴法が可決されたのは、このドイルのお蔭でした。エイダルジとスレーターの濡れ衣を見事晴らしたのは、このドイルでした……。

自分の名前を聞いたジョージは本能的に俯いて、それから誇りに感じて顔を上げ、それからこっそり左右を見る。またまた、あの品性下劣な恩知らずの職業的犯罪者と一緒にされたのは口惜しい。だが、この特別な日に自分の名前が出たことは光栄に思っていいだろう。モードもきっと嬉しがる。今度はやや公然と周りの人の様子を窺うジョージだったが、栄光の瞬間はすでに過ぎていた。観衆の目にはスワッファー氏しか映っていない。話は先に進み、また別のドイル、正義をもたらすドイルよりもさらに偉大なドイルが称揚されている。このドイル、すなわちすべてのドイルの中で最も偉大なドイルとは、絶望の戦時中、英霊となった若者たちが死んでいないことを証明し、もってこの国の女性たちを慰めた男でした。いや、今も慰めている男です……。

この心霊主義の偉大な伝道者を追慕するため、ここで全員が起立し二分間の黙禱を捧げるよう求められる。コナン・ドイル夫人は腰を上げげつつ暫し隣の空席に目を落とし、それから背の高い息子二人に両側から挟まれて立つと、会場全体をじっと見つめた。六千人——八千、一万いるだろうか——が見つめ返す。天井桟敷から、サークル席から、三層のボックス席から、大きく弧を描くストール席から、そしてアリーナ席から見つめ返す。教会では、人は頭を垂れ、目を閉じて故人を偲ぶ。ここには、そのような慎みや内向はない。率直な共感が真っ直ぐな眼差しで伝えられる。ジョージにはまた、この黙禱の沈黙が今まで経験したどんな黙禱の沈黙とも性質を異にするように思われる。正式の黙禱は恭しく荘重に行われ、悲しみを募らせることを目的とすることも少なくない。ところが、この黙禱では、沈黙に活気があり、期待と、さらには熱情が籠っている。もしも沈黙が、押し殺された喧騒のようなものであり得るならば、これはそのような種類の沈黙だ。黙禱が終わってジョージは気づく。黙禱に奇妙な力を及ぼされ、ほとんどサー・アーサーのことを忘れていた。

「さて、今宵我々は」と、マイクロホンの前に戻ってきたクレイズ氏が、再び着席しつつある数千人に向かい宣言する。「我々の他界した指導者から授かった勇気を鼓して、極めて大胆な実験を行うものであります。お招きした霊媒の方に、この壇上より公開霊視を試みていただこうというのです。かように途轍もなく大きな集会で公開霊視を行うことが躊躇われるのは、一つに霊媒の方に甚だしい緊張を強いることになるからであります。一万人の集まった会場では、凄まじい力が霊媒の方の上に集中いたします。本日はロバーツ夫人に幾人かの霊を霊視していただき、ご紹介くださるようお願いしておりますが、かように大々的な集まりにおいては空前の試みであります。皆様、次の讃美歌『我が目を開きて　さやに見せ給え』をご斉唱いただき、皆様の波動によるお力添えをくださるようお願いいたします」

ジョージは交霊会に行ったことがない。因みに、ジプシーに運勢を占ってもらったこともなければ、村の祭りで二ペンス払って水晶玉の前に座ったこともない。どれもいんちきだと思っている。掌に刻まれた線や茶碗に残った茶葉から何かが分かるなどと信じるのは、馬鹿者か未開人かのいずれかだ。死後も霊は生き続けるというサー・アーサーの確信には敬意を払ってもよい。さらに、一定の条件下で、そうした霊がこの世の生者と交信することだってあり得るかもしれない。また、サー・アーサーが自伝に書いているテレパシーの実験などは、一概に否定できぬものを含むかもしれないと認めても構わない。しかし、あるところで一線を画したくなる。そこまではちょっと、と言いたくなる。それは例えば家具が跳ね回ったり、誰もいないのに呼び鈴が鳴ったり、死んだはずの人の顔が闇の中から蛍光を放って浮かび上がったりするときだ。柔らかくなった蠟の上に霊の手の跡なるものが残っているときだ。そういうのは、どう考えても手品に過ぎないと思う。胡散臭さの極みではないか。霊の交信に最適の条件――カーテンは引かれ、明かりは消され、人々は手を繋いでいるから何が起きているか確かめたくても立ち上がれない――が、いかさまがし放題となるのに最適の条件とぴたりと一致しているだなんて。残念ながら、サー・アーサーは軽信家であったと言わざるを得ない。どこかで読んだのだが、サー・アーサーはアメリカを旅行中にアメリカの奇術師ハリー・フーディーニ氏と知り合った。するとフーディーニ氏が、職業的霊媒が引き起こすとされている現象を一つ残らず再現してみせましょうと申し出た。それまでにもこの奇術師は、幾多の機会にさくらでない客にしっかりと縛り上げてもらい、しかし照明が消されれば必ず縄抜けし、呼び鈴を鳴らしたり、物音を立てたり、家具を自在に動かしたり、果ては心霊体《エクトプラズム》を発してみせたりした実績があった。奇術師からの挑戦にサー・アーサーは応じなかった。そして、確かにフーディーニ氏はそれらの現象を引き起こすことができるかもしれないと認めたうえで、その能力についてサー・アーサー独自の解釈を施した。すなわち、フーディーニ氏はじつは霊能力の持ち主なのだ、そんな能力のあることをフーディーニ氏は天邪鬼なものだから認めないのだ、と。

「我が目を開きて」の斉唱が終わりに近づくと、黒髪を短く切った細身の女性が、ゆったりとした黒のサテンのドレスを身に纏ってマイクロホンの前に進み出た。サー・アーサーご贔屓の霊媒、エステル・ロバーツ夫人である。二分の黙禱の間にも増して、会場の空気が張り詰めた。ロバーツ夫人は両手を組み合わせ、項垂《うなだ》れてそこに立ったまま、わずかに体を揺らしている。目という目が夫人に注がれている。ゆっくりと、ごくゆっくりと、夫人は顔を上げる。そして、体の揺れはそのままに、結ばれていた両手が解かれ、両腕が広がり始める。そしてようやく、口を開く。

「今、ここに、夥しい数の霊が来ています。私の後ろで激しく押し合っています」

実際、複数の方向から大きな圧力を受けながら、どうにか直立の姿勢を保っているようにも見える。

しばらくは何も起こらない。体の揺れ、目に見えない背後からの圧力が続くばかりである。ジョージの右側に座っている夫人が囁く。「朱雲《レッド・クラウド》の現れるのを待ってるんですわ」

ジョージは黙って頷く。

「ロバーツ夫人の指導霊のことですよ」と説明が付け足される。

何と返事をしたものか分からない。ジョージにはまるで無縁の世界である。

「指導霊にはインド人《インディアン》が多いんですの」夫人はちょっと間を置いて、決まり悪いという顔をまったくせずに、付け加える。「アメリカ・インディアンのことですけど」

黙禱のときの沈黙に活気があったように、こうして待つ時間にも活気がある――目に見えない霊たちと同じように、会場の人間たちも、ほっそりとしたロバーツ夫人の体に圧力をかけているかのようだ。その活気が高まって、揺れている体はよろめくまいと踏ん張るかのように、両足の間隔を少し広げる。

「押し合っています、押し合って。多くの者たちは不満です。このホール、この照明、この好ましい世界……若い男性がいます、黒い髪を後ろに撫で付けた、軍服です、帯剣用帯革《サム・ブラウン・ベルト》をしています、言伝《ことづ》てがあるそうです……女性です、お母さんです、お子さんが三人、お一人はすでに他界されていて、今ご一緒です……年輩の紳士、頭は禿げて、医師でした、ここから遠くないところでした、濃い灰色の背広、恐ろしい事故で突然に他界されました……赤ちゃんです、ええ幼い女の子です、インフルエンザで他界、二人のお兄さんに会いたがっています、お一人はボブさんです、それからご両親にも……やめて！やめなさい！」ロバーツ夫人は突然叫び、大きく広げた左右の腕で背後に群れた霊たちを押し返そうとしているらしい。「多すぎます、声が入り乱れています。黒っぽい外套を着た中年の男性です、人生の多くをアフリカで過ごしました、言伝てがあるそうです……白髪のお婆様です、お前が心配なのはよく分かる、でも私が付いているからとおっしゃっています」

ジョージは耳を傾けている。群れ集まった霊たちが次々と手短に紹介されていく。皆、霊媒の注意を引こう、言伝てを頼もうと見苦しく争っているという印象を受ける。ジョージの心に、ある意味では論理的な、しかしふざけた問いが浮かんだ。いったいどこから湧いてきた問いなのか分からないが、たぶんこの不慣れな張り詰めた雰囲気への反動なのだろう。問いというのは、もしもこれらが本当に次の世界へ移っていったイングランド人の霊であるならば、行儀よく列を作って待つことを知っているはずではないか、というものだ。より高次な状態へ昇格されたはずなのに、なぜこのように騒々しい烏合の衆と化してしまったのか。だが、こんな考えを今や身を乗り出して真鍮の手すりを握りしめている左右の人たちに話すのはやめておこう。

「……ダブルの背広を着た二十五から三十の間の男性が言伝てがあると言ってます……女のお子さん、いえ、姉妹です、突然に他界された……年輩の紳士です、七十過ぎで、ハートフォードシアにお住まいでした……」

列挙は続き、時折会場の遠くのほうで、手短な紹介にはっと息を呑む音がする。ジョージの周りでは期待感が熱を帯び、はちきれそうに膨らんでいく。そこにはまた、恐れるような心持ちも混じっている。ジョージは考えた。何千もの人のいる前で、他界した家族の誰かから指名されるのはどんな気分だろう。そういうことが起こるなら、大抵の人はカーテンを引いて暗くした交霊会の部屋のほうがよいと思うのではないか。もしかすると、そもそもそういうことは起こらないでほしいと思うのではないか。

ロバーツ夫人が再び静かになる。まるで、夫人の背後や周りで続いていた競い合っての発言も差し当たりやんだかのように。それから突然、霊媒は右腕をすっと伸ばし、ジョージからは反対側になるストール席の奥を指差す。「ええ、そこです。私には見えます！ 若い兵士の霊体が、見えます。誰かを探してます。髪の毛のほとんど無い紳士を探しています」

ジョージは会場の反対側が見える人たち皆と一緒に、半ばは霊体が見えるのではないかと期待しながら、半ばはほとんど髪のない男を見つけ出そうとしながら、目を凝らす。ロバーツ夫人はアーク灯がまぶしくて霊体が見づらいというように小手をかざす。

「年は二十四くらいに見えます。カーキ色の軍服です。姿勢がよくて、体格がよくて、小さな口ひげを蓄えています。口が少々への字に曲がっています。突然の他界でした」

ロバーツ夫人は間を置き、下を向く。ちょうど法廷弁護士が横の事務弁護士からメモを受け取るときみたいに。「他界したのは一九一六年だと言っています。あなたのことをはっきり『伯父さん』と呼んでいます。ええ、『フレッド伯父さん』と」

ストール席の奥の禿頭の男が立ち上がって一つ頷くと、作法が分からないというふうに、立ち上がったときと同じくらい突然、再び着席する。

「チャールズというお兄さんのことを話しています」と、霊媒は続ける。「間違いありませんか。リリアン伯母さんも一緒に来ているかと尋ねています。お分かりになるでしょうか」

今回は席に座ったまま、男は勢いよく頷く。

「こないだ特別な日があったのだと言っています。どなたかご兄弟の誕生日です。ご家庭内に何か心配事があるとか。でも、ご心配には及びません。言伝てはまだ続きます……」と言ったかと思うとロバーツ夫人は突然、後ろから乱暴に押されたみたいに前へつんのめる。夫人はくるりと向き直り、こう叫ぶ。「分かりました！」どうやら押されたのを押し返そうとしているらしい。「分かりましたから！」

しかし、再び客席と向かい合ったときには、若い兵士との交信は明らかに切れていた。霊媒は両手で顔を覆い、指先を額に押し当て、親指は耳の下に当て、必要な心の安定を取り戻そうとしているようだ。ようやく顔から手を離すと、両腕を前に差し出す。

今度は女性の霊だ。歳は二十五から三十の間で、名前はJで始まる。出産の際に他界し、産んだ女児も同時に他界した。ロバーツ夫人はアリーナ席前方の端から端へと目を動かしている。霊体の赤子を抱いた霊体の母親が、一人取り残された夫を見つけようと移動していくのを目で追っているのだ。「ええ、名前はジューンだそうです……そしてジューンが捜しているのは……Rですか、ええRのようです……リチャードですか」これを聞いて男が一人、座席からすっくと立ち上がり、大声で喚く。「うちのはどこにいるんです。ジューン、どこにいるんだ。ジューン、私に話しかけてくれ。私たちの子供を見せてくれ！」男はすっかり取り乱し、辺りをきょろきょろと見回している。やがて決まり悪そうな顔をした年輩の夫婦が男の袖を引いて座らせる。

まるでそんな騒ぎもなかったかのように、ロバーツ夫人は霊の声に完全に集中している。「言伝てによると、こうです。ジューンとお子さんがあなたのことを見守っています。今、あなたは困ってらっしゃいますが、お二人の霊が守ってくれるそうです。お二人は向こう側であなたのことを待っています。今、お二人は幸せで、いずれ家族三人で再会できる日まで、あなたも幸せにお暮らしくださいとおっしゃっています」

どうやら、霊たちが少し行儀よくなってきたらしい。次々と身元が明らかにされ、言伝てが取り次がれる。一人の男が娘を捜している。娘は音楽に熱心である。男は手に総譜《スコア》を持っている。イニシャル、その後に名前が、判明する。ロバーツ夫人が言伝てを取り次ぐ――お嬢さんの音楽の勉強を偉大な音楽家の霊が助けてくれています。今後も努力を続ければ、音楽家の霊も助け続けてくれるでしょう。

次第にお決まりの方式が透けて見えてくる。慰めであろうと励ましであろうと、あるいはその両方であろうと、言伝ての内容はごく一般的な性質のものだ。身元確認の仕方に関しても、少なくとも最初のうちについては、同じことが言える。けれども、あとから、何か決定的な具体的条件が示される。多くの場合、この決め手を霊媒は時間をかけて探している。ジョージは思う。こうした霊たちが実在するとして、ロバーツ夫人に当て推量を繰り返させることによらなければ自分の身元を伝えられないなどということは非常に考えづらい。二つの世界の間の交信が難しいからとされているけれど、じつは単に劇的状況――劇は劇でも通俗劇――を作り出すための術策に過ぎないのか。やがて観衆の中の誰かが、あるいは頷き、あるいは手を挙げ、あるいは呼び出しを受けたかのように立ち上がり、あるいは信じられない喜びに両手を顔に当て、劇は最高潮に達するということか。

全体が巧妙な当て推量に過ぎない可能性もある。観衆がこれくらいの規模になれば、たぶん統計上、イニシャルの一致する人、さらには名前の一致する人のいる確率がそこそこあるに違いなくて、霊媒は巧みに言葉を操り、その候補者へと辿り着くのかもしれない。あるいは純然たるでっち上げで、観衆をあっと言わせ、あわよくば軽信家たちを入信させるべく、会場にさくらを紛れ込ませている可能性もある。最後に、第三の可能性もある。つまり、観衆の中の頷いたり、手を挙げたり、立ち上がったり、大きな声を上げたりする人々は、心から驚き、交信が成立したと心から信じている。しかしそれは、その人たちに近い誰か――きっと自分たちの考えを広めるためなら手段を選ばない熱烈な心霊主義者――がその人たちに関する情報を主催者側に流したという可能性。これが恐らくは実際のところだろうと、ジョージは結論した。偽証の場合に似て、虚実が具合よく混じり合ったときに最も効果を発揮する。

「さて今度は紳士からの言伝てです。とても品のよい、紳士そのものの方です。他界されたのが十年、十二年前。ああ、分かりました。他界されたのは一九一八年だとおっしゃっています」父さんの死んだ年だ、とジョージは思う。「お歳は大体七十五くらいでした」不思議だ、父さんは七十六だった。ここで長めの間が取られ、それから――「非常に宗教的な方でした」ジョージはこの言葉に両腕から首の辺りまで鳥肌の立ち始めるのを感じる。まさか、まさかそんなことは……。自分の体が座席の中で固まったのが分かる。両肩ががちがちに硬直している。ジョージは強張った視線を舞台上に張りつけ、霊媒の次の動きを待つ。

ロバーツ夫人は上を向き、ホールの高い部分、三階ボックス席から天井桟敷の間を目で追いはじめる。「人生の最初をインドで過ごしたとおっしゃっています」

これにジョージは震え上がる。今日ここに来ることを知っていたのはモードだけだ。でも、ひょっとすると当てずっぽう……というよりむしろ、非常に的確な推量ということになるだろうか。サー・アーサーと縁のある様々な人が来ることを見込んだ者がいたのだろう。だが、違う。なぜといって、貴顕《きけん》紳士の中にはサー・オリヴァー・ロッジのように電報だけ送ってきた人も少なくないのだから。今日到着した自分を見て分かった者がいたという可能性はあるだろうか。あり得なくはない。けれども、父さんが何年に死んだかどうして知り得よう。

今やロバーツ夫人は片腕をいっぱいに伸ばし、ホールの反対側の三階ボックス席を指差している。ジョージは全身の皮膚がじんじんして、まるで丸裸でイラクサの茂みに投げ込まれたみたいだ。ジョージは思う――とても耐えられそうにない。こっちに近づいてくるけれど、逃げようがない。視線と腕とが、大円形劇場をゆっくりとめぐってくる。高さは一定に保たれて、あたかもボックス席からボックス席へと順に尋ねる霊を見ているようだ。ついさっきジョージが導き出した合理的な結論も吹っ飛んだ。父さんが話しかけてくる。イングランド国教会の司祭として一生を送った父さんが、この……この信じ難い女性の口を借りて話しかけてくる。いったい何の用があるのだろう。そんなに急を要する言伝てとは、いったい何だろう。モードに関わることだろうか。信仰心の薄れた息子に対する父親からの叱責か。この身に何か恐ろしい天罰が下るのか。ほとんど恐慌状態に陥ったジョージは、隣に母さんにいてほしいと願っている自分に気づく。だが、母さんも死んでもう六年になる。

ゆっくりと霊媒の首が回り続け、霊媒の腕が同じ高さを指し続ける今、ジョージはあの日よりも怯えている。やがてドアがノックされ、入ってくる警察官によって、自分が犯してもいない罪のために逮捕されると知りつつ事務所の机に向かっていたあの日よりも。今日再び、自分は容疑者となった。じきに一万人の目撃者の前で指差される。いっそ、すっくり立ち上がり、「それは私の父です！」と叫んでしまい、この極度の緊張から脱したい。ひょっとすると気絶して、バルコニーから下のストール席へ転落するかもしれない。ひょっとすると脳卒中を起こすかもしれない。

「紳士のお名前は……お名前を教えてくださっていると ころです……Sで始まります」

依然として霊媒の首は回り続ける。三階ボックス席にその顔を求めて、輝かしい認知の瞬間を求めて、回る。ジョージは確信する。皆が自分に目を注いでいる——そしてほどなく、自分が何者であるか皆が知ることになる。しかし今になってジョージは、先刻は望んでいたはずの人に知られることが怖くなった。世界一深い地下牢にでも、世界一不健康な監房にでも身を隠したい。ジョージは思う。こんなこと本当のはずがない、こんなこと絶対に本当のわけがない。父さんがこんな行動に出るはずがない。もしかすると自分は粗相してしまうかもしれない。子供の頃、学校からの帰り道に粗相したみたいに。もしかすると、だから父さんは来たのかもしれない。僕が子供であることを思い出させるため、父親の権威は死後も存続するのだと息子に示すために。そうだ、それなら父さんのやりかねないことだ。

「お名前が分かりました……」ジョージは自分が悲鳴を上げると思う。自分は気絶する。自分は転落して頭をしたたかに……。「お名前は、スチュアートです」

すると、ジョージの左手数メートルのところにいたジョージと同年輩の男が立ち上がった。子供時代をインドで過ごし、一九一八年に七十五歳で他界したその紳士は確かに私の身内ですと、まるで賞品でも当たったみたいに、舞台に向かって手を振っている。ジョージは自分の上に死の天使の影が差したように思った。体が骨の髄まで冷え切って、汗びっしょりで、疲労困憊し、怯え、心から安堵し、深く恥じた。それと同時に、一面では、感銘を受け、好奇心を刺激され、畏怖の入り混じった不思議の念に打たれてもいた。

「さあ、次はご婦人です。お歳は四十五と五十の間でした。他界されたのは一九一三年です。モーペスという地名を口になさっています。この方は結婚なさいませんでしたが、ある紳士に言伝てがあるそうです」ロバーツ夫人は視線を下げ始め、アリーナ席に目を凝らす。「何か馬のことをお話しになっています」

ここで間が置かれる。ロバーツ夫人は今度も俯き、横を見て、助言を得る。「お名前が分かりました。エミリーです。ええ、名前はエミリー・ワイルディング・デーヴィソンだとおっしゃっています。言伝てがおありだそうです。ある紳士への言伝てがあったので、今日ここにいらっしゃる段取りを付けられたとのことです。エミリーは今日いらっしゃることを霊応盤《ウィジャボード》と占い板《プランシェット》によってあなたに告げられたのではありませんか」

舞台の近くに座っていた開襟シャツの男が立ち上がり、自分が会場全体に語りかけていることを意識しているふうに、よく通る声で言う。「そのとおりです。今晩、交信すると告げてきました。エミリーは婦人参政権の活動家でした。エプソム競馬場において国王の持ち馬の前に身を投げ出し、その怪我がもとで亡くなった人です。霊体となったエミリーのことはよく存じ上げています」

ホールが一体となって大きく一つ息を飲んだようだった。ロバーツ夫人は言伝てを取り次ぎ始めたが、ジョージは聞く気になれない。突然、己の正気が回復された気がする。澄明《ちょうめい》爽快な理性の風が再び脳内を吹き渡っている。ずっと怪しいと思っていたが、やっぱりいんちきだ。いやはや、エミリー・デーヴィソンとは。窓を割り、石を投げ、郵便ポストに火を付けたエミリー・デーヴィソン。監獄の規則に従わず、その結果幾度となく強制摂食をさせられたエミリー・デーヴィソン。ジョージの見るところ、己が運動を推し進めるために態《わざ》と死んでみせた愚かなヒステリー女だ。もっとも、デーヴィソンは馬に旗を立てようとしていただけで、馬の速度を計り損ねたのだという説もある。その場合、ヒステリーなだけでなく無能でもあったということになる。法を進歩させるために法を破るなど、まったく筋の通らぬ話であって到底許されない。法は請願によって、議論によって、必要であれば示威運動によって、変えるものだ。理性によって、変えるものだ。選挙権獲得運動の一環として法を破った者は、それによって自ら選挙権を得る資格のないことを証明したことになる。

とはいえ、肝心なのはエミリー・デーヴィソンが愚かなヒステリー女であったか否かではない。また、モードに選挙権があることを自分も全面的に是とするけれど、婦人参政権の実現にエミリー・デーヴィソンの活動が与《あずか》って力があったか否かも、今は重要ではない。そうではなくて、サー・アーサーは婦人参政権に対する名うての反対論者だったのであり、従ってその人を偲ぶ式典にデーヴィソンの霊などが出てくること自体、不合理なのだ。この世を去って霊になると、行儀と一緒に道理も忘れてしまうのなら話は別だけれども。あるいは、かつてエプソム競馬場でダービーを妨害したエミリー・デーヴィソンのことだから、今日の式典も妨害してやろうと思ったのかもしれない。だがその場合、デーヴィソンの言伝てはどこかの共鳴者宛ではなく、サー・アーサーないしその夫人宛となるはずではないか。

よせ、とジョージは自分に言う。この種の事柄を理性的に考えるのは、よせ。いや、そうではない。こういう人たちに〈疑わしきは罰せず〉の原則を適用するのはよせ、ということだ。さっきは巧みに誘導されて思い込み、ぎょっとさせられた。でも、平静と一緒に理性まで失ってよいわけがない。ジョージはまた、次のようにも思う。けれどもこの自分があんなに怖くなったということは、この自分が恐慌し狼狽したということは、そして自分は死ぬのではないかとさえこの自分が思ったということは、精神の弱い者、知性の劣る者にはとんでもない効果が現れる恐れがある。となると、よく知らない法律について迂闊なことは言えないものの、妖術行為禁止令はやはり英国の法令全書から削除されるべきではないのかもしれない。

ロバーツ夫人はもう半時間ほども言伝ての取り次ぎをしている。上から見ていると、アリーナ席のあちこちで人が腰を上げだした。だが、その人たちは一人の他界した親戚を取り合っているのでもなければ、愛しい人たちの霊体に挨拶しようと一斉に立ち上がったのでもない。ホールを出ていこうとしているのだ。この人たちも、エミリー・ワイルディング・デーヴィソンの出現で堪忍袋の緒が切れたのかもしれない。サー・アーサーの生涯と業績に敬意を払いにやってきたのだが、もうこれ以上、こんな手品大会に付き合うのはご免だということかもしれない。すでに三十人、四十人、五十人が立ち上がり、決然としてそれぞれの出口に向かっている。

「こんなふうにぞろぞろ出ていかれては、続けられません」と、ロバーツ夫人がはっきりと言う。立腹したような、またいささか動揺したような口ぶりである。夫人が数歩下がり、するとどこかで誰かが合図を出したに違いなく、それを受けて舞台背後の巨大なパイプオルガンが突然に大きく甲高く鳴り始める。これは心霊を信じない者たちが席を立つ音を掻き消すためなのか、それとも閉会の近いことを知らせるためなのか。ご教示を期待してジョージは右隣の女性を見る。だが、隣席の人は霊視が無礼な形で妨げられたことに怒って眉を顰《ひそ》めている。ロバーツ夫人その人は頭を垂れ、両腕で自身を抱き締めるようにして、霊界との間に通じた頼りない交信径路を維持するため一切の干渉を遮断している。

そして、ジョージにはまったく予想外のことが起こる。パイプオルガンが曲の途中で急に鳴りやむと、ロバーツ夫人が腕を開き、顔を上げ、自信を持った足取りでマイクロホンの前に進み出て、朗々と響き渡る力強い声でこう告げたのである。

「あの人が来ました！」それからもう一度、「あの人が来ました！」と。

帰りかかっていた人たちが足を止める。中には席に戻る者もいる。しかし、いずれにしろ、その人たちのことは忘れられる。誰もが舞台上を、ロバーツ夫人を、横長の厚紙の立て掛けてある空席を、じっと見る。パイプオルガンの大音響は観衆に注意を促すためだったのか。この瞬間のための前奏曲だったのか。ホール全体が沈黙し、見つめ、待っている。

「あの人の姿が最初に見えたのは」と、ロバーツ夫人が口を開く。「二分間の黙禱のときでした」

「あの人が来て、最初は私の後ろに立ちました。私の後ろですが、ほかのすべての霊たちからは離れたところに立ちました」

「次に、あの人が壇上を、あの人に用意された席まで歩くのが見えました」

「あの人の姿がはっきり見えました。黒の燕尾服を着てました」

「ここ数年のあの人と、ちっとも変わらない姿でした」

「間違いありません。あの人は他界に向けての準備が完璧だったのです」

ロバーツ夫人の短くて劇的な台詞と台詞の合間に、ジョージは壇上に並んだサー・アーサーの家族を観察する。一人を除いて全員が、ロバーツ夫人の宣言に射すくめられ、じっと夫人を見やっている。コナン・ドイル夫人だけが横を向かずにいる。ドイル夫人の表情は、この距離ではジョージには見えないけれど、両手をきちんと前に組み、肩を聳やかし、背筋をしゃんと伸ばしている。頭は誇らしげに高くもたげられ、視線は観衆の頭上を通過してはるか彼方に及んでいる。

「あの人は、こちら側でも、向こう側でも、私たちの偉大な指導者です」

「あの人は立ち現れる術をすでに自家薬籠中の物にしています。あの人の他界は安らかなものでしたし、あの人は準備万端整っていたのです。あの人の霊に何の苦痛も混乱もありませんでした。あの人は早くも向こう側で私たちのための仕事を始めることができるのです」

「最初、二分間の黙禱中にあの人の姿が見えたときは、一瞬の閃きのようなものでした」

「あの人の姿が初めてはっきり、鮮やかに見えたのは、様々な方たちの言伝てをお取り次ぎしている最中でした」

「あの人はやってくると私の背後に立ち、言伝てを取り次いでいる私を励ましました」

「私はあの聞き慣れた、耳に心地よい澄んだ声を再び聞きました。あの人の声は聞き違えようがありません。あの人は昔からそうでしたが、今日も紳士然とした振る舞いでした」

「あの人は常に私たちと共にあり、二つの世界を隔てる壁は一時的なものに過ぎません」

「他界することを恐れる理由は何もありません。私たちの偉大な指導者は、今宵、ここに、私たちの間に姿を現すことにより、そのことを証明したのです」

ジョージの左側の女性が、ビロード張りの肘掛けの向こうから身を乗り出してきて囁く。「あの人が来てる」

観衆の幾人かが、舞台上をもっとよく見たいというように立ち上がっている。全観衆が、空の椅子を、ロバーツ夫人を、ドイル家の人々を、食い入るように見つめている。沈黙を超え沈黙を圧する集団的感情に、ジョージは自分が再び飲み込まれつつあるのを感じる。父親が自分に話しに来ると思ったときの恐怖にはもう襲われないし、エミリー・デーヴィソンが登場したときの疑念も湧いてこない。今ジョージが覚えるのは、思いがけないことに、用心しいしいの一種の畏敬の念である。何といっても、今皆が言っているのはサー・アーサーのことなのだ。持てる探偵の才をジョージのために使うことを惜しまなかった、あの人。ジョージの名声を回復するために自らの名声を危険に晒した、あの人。ジョージから取り上げられた人生をジョージに返すことに尽力した、あの人。そしてサー・アーサーは、この上なく誠実で、この上なく聡明な人だったが、まさに今ジョージが目撃しつつあるような出来事が本当に起こるのだと信じていた。もしも今この瞬間にジョージが己の救済者の信念を否定するならば、それは無作法というものだろう。

ジョージは自分が理性を失いかけているとも、常識を忘れかけているとも思わない。ジョージは自問する――この一連の出来事が、さっき自分が感じ取ったような虚実の綯い交ぜによって構成されているとしたらどうだろう。起こったことの一部はいかさまで、一部は本物だとしたらどうだろう。あの芝居がかったロバーツ夫人が、本人も知らずに、じつは遠い国からの知らせを伝えているとしたら……。サー・アーサーが、いったいどこでどんな形で存在しているにせよ、この物質界と連絡を取るための仲介者として、ペテンを行うことも辞さない者たちを利用せざるを得ないのだとしたら……。これは一つの説明として成立しないだろうか。

「あの人が来てる」左側の女性が、当たり前の会話をする声で繰り返す。

するとこの言葉を十席ほど向こうの男が鸚鵡返しにする。「あの人が来てる」日常的な口調で発せられた、ごく短い言葉。ほんの二、三メートルの範囲にしか聞こえないはずだったろう。しかし、びりびりと張り詰めたホールの空気がその言葉を魔術的に増幅したらしい。

「あの人が来てる」天井桟敷の誰かが繰り返す。

「あの人が来てる」下のアリーナ席から女性が応じる。

するとストール席の奥の男が突然大音声を上げる。信仰復興集会に臨んだ説教師を思わせる威勢のよさで、「あの人が来てる！」と。

咄嗟にジョージの手が足元に伸び、双眼鏡をケースから引っぱり出す。双眼鏡を眼鏡に押し当て、壇上に焦点を合わせようとする。くるくると人差し指と親指が忙しなく動き、合わせたいところより奥に行ったり手前に来たりしてから、ようやくちょうどのところに落ち着く。恍惚境にある霊媒と、空の席、ドイル家の人々をジョージは仔細に見る。サー・アーサー出現という最初の宣言以降、コナン・ドイル夫人は微塵も姿勢を変えていなかった――背筋を伸ばし、肩を怒らせ、頭をもたげ、遠くを見やり、やっとジョージにも見えるようになった顔には微笑みに似たものを浮かべている。かつてジョージも短時間会ったことのある若くてなまめかしい金髪の女性は、今や恰幅のよい中年女性となり、髪も黒っぽくなっている。会ったときには二度ともサー・アーサーの横にいたけれど、本人によれば今日もサー・アーサーの横にいるそうだ。椅子から霊媒へ、霊媒から未亡人へと双眼鏡を行ったり来たりさせながら、ジョージは自分の呼吸が速く、荒くなっていることに気づく。

ジョージの右肩に指先が置かれる。ジョージは双眼鏡を下ろす。隣の女性が首を振りながら優しく言う。「そんなふうにしても見えませんよ、あの人は」

ジョージを叱責しているわけではなく、ただ本当のことを説明しているのだった。

「信じる者の目にしか見えません」

信じる者の目。チャリングクロスのグランドホテルで対面したときの、サー・アーサーの目だ。あのとき、サー・アーサーはジョージを信じてくれた。今、ジョージもサー・アーサーを信じるべきか。ジョージを擁護してくれた人の言葉はこうだった――私は思うのではない、信じるのでもない、私は知っているのだ。サー・アーサーには羨むべき自信が、人を安心させる確信が満ちていた。サー・アーサーは物事を知っていた。翻って、自分は何を知っているだろう、とジョージは考える。自分は何かを決定的に知っているだろうか。これまでの五十四年間で身に付けた知識を全部合わせたところで何だろう。大概において、自分は学んで習って、教えられるのを待つ人生を歩んできた。自分にとっては常に他者の権威が大事だったが、自分自身には権威というものがいささかでも備わっているだろうか。五十四歳の自分は多くのことを思うし、いくつかのことを信じてもいる。しかし、自分に本当に知っていると言えることがあるだろうか。

サー・アーサーが来たのが見えるという観衆からの叫びはすでにやんでいた。一つには、壇上から肯定的な反応がなかったためもあるだろう。式典の冒頭でコナン・ドイル夫人が釘を刺していたではないか。我々の地上的な目は地上的な波動をしか見ることができないと。霊視と呼ばれる天与の特別な視覚を有する者たちのみが、我々が敬愛するあの人の姿を我々の只中に見ることができるのだと。もしも、まだ会場各所に立ったままの様々な人にサー・アーサーが霊視能力を賦与することができたとしたら、それこそ本当の奇跡だろう。

そして今、ロバーツ夫人が再び口を開く。

「ジーンに言伝てがあります。アーサーから」

今度も、コナン・ドイル夫人は前を向いたままである。身に纏った黒のサテン地をふわりと漂わせつつ、ロバーツ夫人は左手へ、すなわちドイル一家と一つの空席が並んでいるほうへ移動する。そしてコナン・ドイル夫人のところまで来ると、夫人の片側に少し下がって立つ。会場のジョージが座っているほうへ顔を向ける恰好になる。距離はあっても、ロバーツ夫人の言葉はよく聞こえる。

「今朝、ご家族のどなたかが庭の東屋にいらっしゃったと、サー・アーサーがおっしゃってます」ロバーツ夫人はそう言って待つが、ドイル夫人から返事がないので答えを促す。「合っていますか」

「ええ、合ってますよ」と、コナン・ドイル夫人が答える。「私が行きました」

ロバーツ夫人は頷き、話を先へ進める。「言伝ては、こうです――メアリに言ってくれ……」

この瞬間に、再びパイプオルガンが大きく鳴り響く。ロバーツ夫人は少し前屈みになり、パイプオルガンの音に守られて話し続ける。コナン・ドイル夫人はときどき頷いている。それから左隣に座っている正装した大柄な息子のほうを見て、何やら息子に尋ねている様子である。息子はロバーツ夫人のほうを見て、ロバーツ夫人は今度は二人に向かって話しだす。そしてもう一人の息子が立ち上がり、話の輪に加わる。パイプオルガンは情け容赦なく鳴り続ける。

こうしてサー・アーサーの言伝てを掻き消すのが、いったいドイル一家の私生活を保護するためなのか、それとも効果を狙った演出なのか、ジョージには分からない。たった今自分が見たものが、いったい真実なのか、嘘っぱちなのか、それとも虚実相半ばするのかも、分からない。今晩、自分の周りにいる人々が示した、明らかな、意外な、非イングランド的な熱情が、いかさまの証しなのか、信念の証しなのか、またそれが信念であるとして、正しい信念であるのか、誤った信念であるのか、ジョージには分からない。

ロバーツ夫人は言伝てを取り次ぎ終わり、クレイズ氏のほうを見る。パイプオルガンは轟き続けるが、最早掻き消されるべき音はない。ドイル家の人々は互いに顔を見交わしている。ここから式典はどこへ向かうのか。讃美歌はすでに歌われ、讃辞も述べられた。大胆な実験も行われ、我々の只中にサー・アーサーが現れ、サー・アーサーの言伝ても取り次がれた。

パイプオルガンが鳴り続ける。だがその調べは、結婚式や葬式の終了後、会衆を出口へと誘導する際のリズムへと変化しつつあるようだ。執拗に、根気強く、人々を煤けた日常の世界、魔術とは無縁の地上世界へと送り返してやるときのリズムだ。ドイル一家が壇上を去り、続いてメリルボン心霊主義者協会の役員たち、スピーチをした人たち、ロバーツ夫人も退場する。観衆も腰を上げる。婦人たちは座席の下に置いたハンドバッグに手を伸ばし、正装の紳士たちは今日はシルクハットだったと思い出す。それから摺り足で歩く音と囁き合う声がして、友人同士、知人同士で挨拶が交わされて、どの通路にも気長に構えた静かな列が出来上がる。ジョージの周りの人々も持ち物を掻き集め、立ち上がり、よしと頷くと、大きくて確かな微笑みをジョージに向ける。ジョージも大きくて確かには程遠いが微笑みを返し、立ち上がらずに席に留まる。辺りにほとんど人がいなくなってから、再び足元に手を伸ばし、眼鏡に双眼鏡を押し付ける。再び焦点を合わせ、壇上を、紫陽花を、一列に並んだ空の席を、中でも横長の厚紙の載った空席を、さっきまでサー・アーサーがいたという可能性が微かに残る空間を、見る。ジョージは眼鏡と双眼鏡を通して虚空に、そしてその先に、目を凝らす。

今、何が見えるのか。

これまで、何を見てきたのか。

これから、何を見ることになるのか。

著者あとがき

この後もアーサーは数年間、世界中の交霊会に現れ続けた。もっとも、正真正銘のアーサーであるとドイル家が御墨付きを与えたのは、霊媒オズボーン・レナード夫人の私的な集まりで現れたとき一回のみだった。時は一九三七年、現れたアーサーは「途轍もない大変化」がイングランドに起ころうとしていると警告した。ジーンは兄が一九一四年のモンスの戦いで死んでから熱烈な心霊主義者となり、一九四〇年に死ぬまで心霊主義を信じ続けた。〈かあさま〉は一九一七年にメーソンギルを去った。ソーントン・イン・ロンズデールの教区民はかあさまに「大型夜光懐中時計、革ケース入り」を贈った。久方ぶりにイングランド南部に戻ったかあさまだったが、息子一家の厄介になることはなく、住んでいたウェストグリンステッドの田舎家で一九二〇年に死んだ。アーサーがオーストラリアで心霊主義を伝道している最中の出来事だった。ブライアン・ウォラーはアーサーが死んだ二年後に死んだ。

ウィリー・ホーナングは一九二一年三月、フランスのサン・ジャン・ド・リュズで死んだ。四か月後、ホーナングはドイル家の交霊会に現れ、生前心霊主義に対して懐疑的であったことを詫び、今の自分は「宿痾《しゅくあ》であった喘息から解放されている」と語った。コニーは癌で一九二四年に死んだ。ジョージ・オーガスタス・アンソン閣下はスタフォードシア州警察の本部長を四十一年間務め、ようやく一九二九年に引退。一九三七年にジョージ六世の戴冠を祝っての叙爵で騎士《ナイト》爵位を授かり、一九四七年にバースの地で死んだ。アンソンの妻ブランシュは一九四一年にドイツ空軍の爆撃で死んだ。シャーロット・エイダルジは夫シャプルジが死んだのちシュロップシアに戻り、一九二四年にシュローズベリーから程近いアチャムの村で死んだ。享年八十一。夫の横にではなく、アチャムの地に埋葬されることを選んだ。

叙上の誰よりも後まで生きていたのはジョージ・エイダルジだった。ジョージは生き続け、仕事をし続けた。一九四一年までは、バラ・ハイ・ストリート七十九番地だった。その後、一九四二年から一九五三年までは、同じくロンドンのアーガイル・スクエアに事務所を構えていた。ジョージが死んだのは一九五三年六月十七日、ハートフォードシアのウェリン・ガーデン・シティー、ブロケット通り九番地《クロウス》においてだった。死因は冠状動脈血栓とされた。当時も兄と同居していたモードが兄の死亡届を出した。一九六二年、モードは最後にもう一度グレート・ワーリーに帰っている。その折に父の写真と兄の写真を教会に寄贈した。写真は今日、聖マルコ教会の聖具室に掛けられている。

サー・アーサー・コナン・ドイルの死から四年後、イーノック・ノールズという五十四歳の労務者が、スタフォードシア巡回裁判の刑事法廷において、脅迫状および猥褻な手紙を三十有余年の期間にわたって書き送った罪を認めた。その長い経歴の第一歩を踏み出したのは一九〇三年、「グレート・ワーリーの一味、頭領《キャプテン》G・H・ダービー」と署名した手紙を送り付け、迫害運動に荷担し始めたときだったとノールズは白状した。ノールズの有罪が確定したのち、ジョージ・エイダルジは『デイリー・エクスプレス』紙に手記を寄せた。この一九三四年十一月七日付の、事件に関する公の場における最後の声明の中で、ジョージはシャープ兄弟についても、動機として考えられる人種的偏見についても、何ら触れていない。そして、以下のように結んでいる。

しかしながら、一番の謎は未解決に終わった。じつに多様な説が提示されてきた。一説によれば、切り裂きは時折流血の欲望に駆られる異常者の仕業だったのではないかという。他説によれば、切り裂きは教区と警察に悪評が立つようにとの願望から行われたのではないか、例えば馘首《かくしゅ》された警察官などが怪しいのではないかという。一つ、興味深い説を披露されたことがある。スタフォードシアの土地の人が、切り裂きの犯人は人間ではなく、一頭あるいは複数頭の猪ではないだろうかと話してくれたのである。この人によれば、猪たちは夜、外に送り出される前に、猪を獰猛にする何らかの種類の薬を投与されたのだという。そんな猪を一頭見たことがあるとも言っていた。だが、この猪説は荒唐無稽で眉唾物であると、初めて聞かされた当時も思ったし、今でもそう思っている。

アーサーの第一子メアリ・コナン・ドイルは一九七六年に死んだ。メアリには父に隠し通した秘密があった。臨終の床にあったトゥーイは娘に向かい、アーサーが再婚しても驚いてはいけないと告げただけではなかった。アーサーの未来の花嫁はジーン・レッキー嬢だと名指しもしていたのだった。

二〇〇五年一月　JB

ジーンからアーサーに宛てた手紙を除き、引用した手紙は署名入りにせよ匿名にせよ、すべて実在の手紙の原文のままである。新聞、政府の報告書、議会の議事録、サー・アーサー・コナン・ドイルの著作からの引用も同様である。最後に、スタフォードシア州警察アラン・ウォーカー巡査部長、バーミンガム中央図書館内バーミンガム市公文書館、スタフォードシア州土地建物管理局、ポール・オークリー尊師、ダニエル・スタシャワー、ダグラス・ジョンソン、ジェフリー・ロバートソン、スマヤ・パートナーの皆さんにお礼申し上げたい。

訳者あとがき

本書『アーサーとジョージ』は英国作家ジュリアン・バーンズ（Julian Barnes, 1946- ）の長篇小説 *Arthur & George* の全訳である。原作は二〇〇五年にジョナサン・ケープ（Jonathan Cape）社から上梓され、同年、長篇小説に与えられるイギリスで最も格式の高い文学賞であるブッカー賞（Booker Prize）の最終候補リストに残った。

翻訳の底本には、いくつかの誤りを正して二〇〇六年に刊行されたヴィンテージ（Vintage）版を使用した。

平凡な男子名二つを並べた地味なタイトルである。しかし、この小説のアーサーは地味とは言い難い一生を送り、ジョージも平凡とは言い難い一生を送る。

アーサーはシャーロック・ホームズの生みの親となった小説家アーサー・コナン・ドイル（Arthur Conan Doyle）。一八五九年にスコットランドのエジンバラで生まれた。この年、英国国会議事堂の大時計ビッグ・ベンの鐘が鳴り響き始め、ダーウィンが『種の起源』を発表した。前年の五八年、イギリスは東インド会社を廃止して、インドを政府の直轄下に置いている。

ジョージは事務弁護士ジョージ・エイダルジ（George Edalji）。一八七六年にイングランド中部、バーミンガム郊外にあるグレート・ワーリー（Great Wyrley）という村で生まれた。この年、ベルが電話機を発明し、ヴィクトリア女王（在位一八三七―一九〇一）がインド女帝の称号を得た。翌七七年、第一回のウィンブルドン選手権が開かれ、ローンテニスの人気が高まっていく。

この実在の人物二人の伝記を並走させて小説は進行する。アーサーの父は絵の達者なアルコール依存者。ジョージの父はイングランド国教会の司祭。アーサーは医学、ジョージは法律を学ぶ。アーサーは結婚し、医師として失敗し作家として成功する。ジョージは事務弁護士となり、バーミンガムに事務所を開く。アーサーの妻は結核に罹る。ジョージはまだ結婚しない。アーサーは別に愛する女性ができる。一九〇三年、ジョージは事務所において逮捕され、裁判にかけられる。法廷における検察側と弁護側の緊迫した応酬は、この小説の一つの山場をなす。陪審の評決は有罪。ジョージは懲役七年の刑を宣告され、監獄に送られる。一九〇六年七月、アーサーの最初の妻が死ぬ。

二人は対照的だ。アーサーは大柄、ジョージは小柄。アーサーはクリケットにゴルフ、テニス、ボクシング、スキーとスポーツなら何でもこい。当時まだ新しかった自動車も運転する。ジョージは勉強しか能がなく、スポーツや社交とは無縁である。アーサーは社交界で引っぱり凧の有名作家、ジョージは地方の事務弁護士。

二人の人生行路が重なるのは一九〇六年十二月末から翌〇七年九月までの約九か月で、これが小説の第三部。身に覚えのない家畜殺しの罪で科された懲役刑から帰ってきたジョージが、獄中で読んだシャーロック・ホームズ物の著者に宛て、身の潔白を証明したい、そして事務弁護士の資格を回復したい、ついては力を貸してほしいと嘆願の手紙を書いたのだ。二人がロンドンのホテルで初めて会う場面では、アーサーはホームズ顔負けの観察力を発揮する。先に着いて新聞を読んでいたジョージの姿を一見して、家畜殺しの犯人であり得ないと確信するのである。

その後のアーサーの活躍がまた目覚ましい。ワトソン博士役を振られることになる秘書を伴い、お忍びでグレート・ワーリーに赴いて村人たちと会う。この冤罪の第一の責任者、スタフォードシア州警察本部長アンソンと会い、一対一の論戦を交える。記録、資料、証言、証拠を収集し精査する。調査の結果を新聞で大々的に発表する。内務省に働きかける。ジョージに約束したとおりアーサーは「物凄い騒ぎ」を世間に巻き起こし、その甲斐あって、裁判の誤りが白日の下に晒される。

このエイダルジ事件の騒動も大きな一因となり、〇七年にはイギリスに刑事控訴院（Court of Criminal Appeal）が創設され、刑事被告人に上訴権が与えられた。

さて、ジョージという名は白人の国としてのイギリス、あるいはもう少し狭くイングランドの歴史と文化にしっかり結びついている。現英国王室のあの可愛らしいジョージ王子が将来王位に即くとジョージ七世となる。また、イングランドの守護聖人は聖ジョージ。この小説の敵役、スタフォードシア州警察本部長のアンソンもファーストネームはジョージである（これも実在の人物）。

しかし、この小説の主人公のジョージは、つまり実在のジョージ・エイダルジは、母がイギリス人で父がボンベイ出身のパールシー（ペルシア系インド人）なのだ。

当然、この冤罪の根底に人種的偏見があるとアーサーは思う。

ジョージに向かってアーサーは言う。「君と私は、我々は……名誉イングランド人なのですよ」（本書二九七頁）血から言えばアイルランド人で、スコットランド訛りの英語を話すアーサーは、イギリス人ではあってもイングランド人ではない。因みに、一八〇一年から一九二一年まで、アイルランド全体がイギリスに併合されていた。

アーサーに向かってジョージは言う。根に人種的偏見があるという証拠がありません。私はイングランドに生まれてイングランド人として育てられ、周囲の人々に励まされて事務弁護士になりました。それを邪魔する人はいなかった。私は法律家です。証拠のない説は信じません。

ジョージの八十年ほど後輩に、現代英国の作家ハニフ・クレイシ（Hanif Kureishi, 1954- ）がいる。ジョージと同じく母はイギリス人で父はボンベイ出身、クレイシ自身は南ロンドンのブロムリーに生まれた。クレイシの自伝的小説『郊外のブッダ』（*The Buddha of Suburbia*, 1990）は、「僕の名前はカリム・アミール。生まれも育ちもイングランド人だ――ほとんどね」（古賀林幸訳を一部改変）と始まる。そして「ほとんどイングランド人」のアミールは、学校で「糞面」（Shitface）とか「カレー面」（Curryface）とか呼ばれるのだ。

イングランドと、イングランド以外のイギリスと、イギリス以外のイギリス帝国は、昔も今も緊張と軋轢を孕んだ関係に立っている。

小説を締めくくる第四部は、アーサーが死んだ一九三〇年七月。晩年心霊主義の熱心な伝道者となったアーサーのために、心霊主義者たちがアルバート・ホールで大集会を開く。そこへジョージも出かけていく。この翻訳の編集を担当した中央公論新社の横田朋音さんから、「ラストはしみじみと読みました」という感想を頂いた。わたしも同感で、その意味で本作はジュリアン・バーンズの作品中異色だと思う。

タイトルからして洒落ていて仕掛けたっぷりの『フロベールの鸚鵡』（一九八四）や『10 1/2章で書かれた世界の歴史』（一九八九）、『イングランド・イングランド』（一九九八）などにしろ、ブッカー賞を獲った大どんでん返しの『終わりの感覚』（二〇一一）にしろ、バーンズの技巧に舌を巻き、すごいなあバーンズはと思いながら読むことになる。だが、本作にはそういった驚きとは異なる落ち着いた佇まいがあり、バーンズバーンズしていない。

もちろん、よくよく見れば、ドイルの自伝『わが思い出と冒険』(*Memories and Adventures*, 1924) 中の文をそっくりそのまま借用していたり (本書一一頁の「かあさまが年をとったときにはね、ベルベットの服を着て、金縁の眼鏡をかけて、暖炉の前でゆっくり座っていられるようにするからね」がそれ)、そうかと思うと、若い頃捕鯨船に乗り組んだドイルが後年綴った「北極の魅力」('The Glamour of the Arctic', 1892) 中のロマンチックな、だが関係代名詞三つ入りのぎこちない二十語からなる文を推敲し、関係代名詞を三つとも消し、十五語に引き締めて使っていたり (本書三九頁の「[撃ち]落とした鳥は、どの一羽も、地図が顧みない土地の小石をその砂嚢《さのう》に持っていた」がそれ)、流石の腕前なのである。でも、むやみに才気走らない。お蔭で読む者は汽車旅でも楽しむ気分で、アーサーとジョージの数奇な人生を、ゆったりと腰を据えて辿ることができる。

これは上質な小説である。第一に、形が美しい。それは四部のタイトル'Beginnings' 'Beginning with an Ending' 'Ending with a Beginning' 'Endings'を見ても、小説の最初の文'A child wants to see.'と最後の文'What will he see?'との呼応を見ても、一目瞭然だろう。第二に、文章に品がある。それが翻訳から少しでも伝わるとよいのだが。第三に、フランスで「善良な巨人」と渾名されたコナン・ドイルがよく描けている。エネルギッシュなスポーツマンで、エネルギッシュに物を書き、騎士のように女性に優しくて、男尊女卑思想の正当性を微塵も疑わず、正義感が強くて気前の良い、マザー・コンプレックスの好戦的帝国主義者の軽信家。第四に、アーサーに比べて圧倒的に資料の少ないジョージの巧みな人物造形。あくまでも自分はイングランド人だと言い張り、どこまでもイングランドの法律の有効性を信じる、茶色い顔をした「ほとんどイングランド人」の若い事務弁護士。じつは、ジョージの口を借りてバーンズがアーサーやイングランドを批評している面もあり、これがまた興味深い。第五に、この小説が「見ること」と「信じること」の関係を問う一種の寓話となっていること。元眼科医が目に見えない心霊の存在を信じ、極度に目の悪い法律家が証拠のないものは信じないと言う。第六に、作品の時代性。主としてヴィクトリア朝後期からエドワード七世時代

（一九〇一―一〇）にかけての古き良きイギリスを楽しめる。第七に、……

イギリスの女性推理作家P・D・ジェイムズ（Phyllis Dorothy James, 1920-2014）は、二〇〇五年七月九日付『タイムズ』（*The Times*）紙に寄せた書評の中で、「伝記や社会史を読む喜びと現実の事件を推理する興奮の両方がある」として、「『アーサーとジョージ』のバーンズは最高の出来」と激賞した。

二〇一五年春には、イギリスのITV（Independent Television）で*Arthur & George*のテレビドラマ版（全三話）が放映された。アーサー役はマーティン・クルーンズ（Martin Clunes）、ジョージ役はアーシャー・アリ（Arsher Ali）。未見だが、小説にはない殺人や自殺があるらしい。

翻訳は五分の四を真野が、五分の一を途中から助勢してくれた山崎が担当した。担当箇所は敢えて言わない。それがばれたら失敗なのだ。この場を借りて、共訳者の山崎暁子さんと、編集者の横田朋音さんに心よりお礼申し上げる。山崎さんの勤勉さ、横田さんの辛抱強さに敬意を表したい。*Diligentia vincit. Patientia vincit.*

二〇一五年十二月　　真野　泰

装画　斉藤高志
装幀　坂川栄治＋坂川朱音
（坂川事務所）

著者　ジュリアン・バーンズ（Julian Barnes）

1946年生まれ。長篇小説『フロベールの鸚鵡』『イングランド・イングランド』『アーサーとジョージ』がブッカー賞の最終候補作に選出され、2011年に『終わりの感覚』でブッカー賞受賞。その他の作品に『太陽をみつめて』『10 1/2章で書かれた世界の歴史』『ここだけの話』（いずれも長篇小説）、『海峡を越えて』（短篇集）、『文士厨房に入る』（エッセイ集）などがある。ロンドン在住。

訳者　真野泰（まの やすし）

1961年生まれ。学習院大学英語英米文化学科教授。
訳書にウィリアム・ボイド『スターズ・アンド・バーズ』、イアン・マキューアン『時間のなかの子供』『夢みるピーターの七つの冒険』、グレアム・スウィフト『ウォーターランド』『最後の注文』、ジョン・マグレガー『奇跡も語る者がいなければ』などがある。

訳者　山崎暁子（やまざき あきこ）

1972年生まれ。法政大学文学部英文学科准教授。
訳書にマルカム・ラウリー『火山の下』（共訳）、ポール・オースター、J・M・クッツェー『ヒア・アンド・ナウ　往復書簡2008-2011』(共訳)、ジャネット・フレイム『潟湖』などがある。

アーサーとジョージ

2016年1月25日　初版発行

著　者　ジュリアン・バーンズ
訳　者　真《ま》野《の》　泰《やすし》
　　　　山《やま》崎《ざき》　暁《あき》子《こ》
発行者　大橋 善光
発行所　中央公論新社
〒100-8152　東京都千代田区大手町1-7-1
電話　販売 03-5299-1730　編集 03-5299-1920
URL http://www.chuko.co.jp/

DTP　ハンズ・ミケ
印　刷　三晃印刷
製　本　大口製本印刷

Printed in Japan　ISBN978-4-12-004810-4 C0097